LE PRINCE D'AYODIÂ

ASHOK K. BANKER

LE PRINCE D'AYODIÂ

Livre premier du Râmâyana

LE PRÉ AUX CLERCS
FANTASY

OUVRAGE PUBLIÉ SOUS LA DIRECTION
DE BÉNÉDICTE LOMBARDO

Titre original : *Prince of Ayodhya*
The Ramayana Book 1
Traduit de l'anglais par Michelle CHARRIER

ISBN 2-84228-190-X
N° d'éditeur : 181
www.lepreauxclercs.com

Pour en savoir plus sur Ashok K. Banker et le Râmâyana, consultez son site Internet sur www.epicindia.com

Pour Biki et Bithika Banker,
Les jumeaux gémeaux.
L'un m'a sauvé la vie,
L'autre m'en a donné deux de plus.

Pour Ayush Yoda Banker,
Ami, fils, Maître Jedi.
Ta naissance
M'a fait renaître aussi.

Pour Yashka Banker,
Devî, fille, princesse.
Tu m'as redonné foi en la chance,
Et, plus important, en l'amour.

Om Bhur Bhuvah Swah :
Tat Savitur Varenyam
Bhargo Devasya Dhimahi
Dhiyo yo nah prachodayat.

Mahâ-mantra Gâyatrî
(à l'oreille des nouveau-nés
lors de la cérémonie du nom)

Ô, Ganesha, puisses-tu mener à la victoire
cette armée de mots

Prarambh

LA LUNE EST UNE MAÎTRESSE CRUELLE

I

RÂMA.

Chaleur brutale d'un souffle fétide sur son visage, murmure guttural à son oreille. Il se réveilla en sursaut. En nage, brûlant, gelé jusqu'aux os. Bondit du satin de sa couche sur le frais dallage rose. L'épée, *maintenant*. Un mètre cinquante d'acier kosalien*[1] luisant, toujours à portée de main, éclair d'orage à son poing. Doux froissement du pagne en soie brodé d'or noué autour de ses abdominaux contractés. Grâce féline épurée. Muscles tendus de la jeunesse, corps souple, sens aussitôt accordés au plus léger signe de danger.

Il examina la vaste chambre baignée de lune avec l'acuité d'une panthère aux narines emplies de l'odeur du cerf. Trois secondes à peine après avoir émergé d'un sommeil profond, sans rêve, il était prêt à affronter une douzaine d'hommes en armes. Voire pire.

Mais la pièce était déserte. La pleine lune tissait un filet lumineux assez serré pour permettre à des yeux exercés de scruter les appartements princiers. Les ornements incrustés de gemmes et les meubles d'une magnificence royale luisaient de toute leur richesse dans la pénombre argentée.

1. *Les astérisques signalent les mots figurant dans le glossaire.*

Sur le mur, une vingtaine de mètres plus loin, se devinait dans un miroir ovale à l'encadrement d'or pur une pâle imitation du jeune homme. Les bardes royaux l'avaient assez décrit dans leurs kâvya* pour lui apprendre ce qu'aurait montré la glace sous une lumière plus vive. Une ressemblance dynastique évidente, indéniable pour qui posait les yeux sur un des imposants portraits de famille qui ornaient la galerie des Sûryavamsa*. Une beauté classique (auraient chanté les poètes), le digne héritier de la lignée du Soleil. La réalité offrait plus de dureté, de minceur, d'austérité. Les yeux bruns pénétrants, aussi perçants que ceux d'un milan, fouillaient le moindre centimètre carré des appartements dont l'occupant progressait avec une précision et une rapidité militaires, en mouvements fluides, gracieux. Chambre, sécurisée. Gymnase, sécurisé. Bains, sécurisés. Aucun ennemi en vue, je répète, aucun ennemi en vue. Tour du propriétaire terminé. Retour au pied du lit.

Respirant comme le lui avait enseigné le prânâyama*, il exécuta un âsana* martial, mi-attaque, mi-discipline spirituelle : trois bonds d'une élégance à couper le souffle le menèrent jusqu'à la véranda qui bordait en partie la chambre circulaire. L'épée taillada les plis arachnéens des rideaux translucides où se dissimulait, peut-être, un assassin. Tourner, tourner, inspirer, trancher, franchir la brèche du même mouvement, se redresser, reprendre position. Le guru* Vasistha avait magnifiquement entraîné son élève. Une équipe de quatre assassins auraient eu du mal à seulement l'égratigner.

La véranda était déserte.

Il examina le périmètre entier, décrivant un arc de cercle de trois cent soixante degrés qui le ramena dans sa position initiale exacte, puis porta le regard derrière la balustrade en séquoia sculpté, vers le haut d'abord, vers le bas ensuite. Les voûtes complexes du mahal* s'élevaient au-dessus de lui en degrés ingénieusement agencés, de sorte que les soldats montaient une garde efficace sans que leur protection vigilante fût jamais perceptible aux royaux occupants du palais. Le jeune homme avait cependant besoin d'une certitude ; l'impression de danger mortel était trop réelle, trop forte. Il bondit au bord de la saillie entourant la véranda, changea en un éclair l'épée de main, se cramponna à l'angle sculpté de la balustrade pour se pencher sur un gouffre noir de vingt mètres de profondeur. Le flot brillant de la pûrnîma* lui dévoila les têtes casquées et les pointes de lance des gardes en patrouille, marchant à l'unisson du pas à quatre temps habituel. Niveau du sol, sécurisé. Niveaux supérieurs, sécurisés jusqu'au toit. Scintillement argenté du fer d'une pique tenue de manière défensive : chaukidar* du toit attentifs, aux aguets.

Retour d'un bond sur la véranda. Tourner, l'arc de cercle décrit par la lame sécurisant le premier cercle de la protection personnelle. Cercle, sécurisé.

Rester en position. L'épée à plat sur l'épaule droite. L'acier froid contre la peau échauffée par le sommeil. Inspirer, expirer, scruter. Gagner l'extrémité opposée de la longue galerie, vingt mètres bordant les appartements princiers, distance parcourue avec la rapidité du guépard. De là, vue sur la partie ouest du domaine, les grandes portes lointaines du palais et, au-delà, l'étendue obscure de l'avenue Raghuvamsa. Désertes, elles aussi, à l'exception des gardes vigilants patrouillant à cette heure de silence. Tintement des armures accordé au martèlement des sandales sur des rythmes précis, quatre soldats du roi quadrillant la moindre parcelle de terrain pour dessiner un même motif répété à l'infini. Carrés superposés à d'autres, encore superposés à d'autres, grille toujours croissante – étirée jusqu'à la première muraille, défense extérieure de la plus grande cité fortifiée jamais construite par les nations ârya* : Ayodiâ* l'Imprenable.

Douce brise du sud chargée du fumet des éléphants, des chevaux, chameaux, buffles, sangliers, cerfs, vaches, oiseaux, épais brouet obscur de senteurs animales. Source : les écuries et parcs à bestiaux royaux, sur l'arrière du palais.

Chien-loup domestiqué hurlant dans la nuit figée, silencieuse, comme saisi lui aussi du malaise qui hérissait la nuque princière. Éléphant somnolent trompetant en réponse. Coq s'éclaircissant la gorge, poussant un unique cri irrité, puis retombant dans le silence pour voler quelques derniers instants de sommeil avant l'aube imminente.

Le jeune homme renonça avec effort à l'âsana martial de la vigilance absolue : il transforma le motif de sa respiration prânâyama, ralentit son biorythme grâce aux techniques du yoga. Passa de l'état de combattant à la simple attention. Le danger n'était nulle part en vue.

La brise nocturne rafraîchissait sa peau barbouillée de sueur, la douce brume de la Sarayû toute proche humidifiait l'atmosphère. En tant qu'aîné des princes – de quelques semaines, mais néanmoins aîné –, il disposait de la suite d'angle avec vue sur sa rivière bien-aimée, à moins de trentre mètres. Timidement dissimulé derrière le palais du maharajah, son père, le cours d'eau glacé n'en exhalait pas moins un parfum reconnaissable, un picotement minéral revigorant qui réveillait les souvenirs d'une enfance passée sur ses berges. Le doux murmure de la Sarayû aida le premier-né royal à s'apaiser. Son corps se détendit par étapes soigneusement graduées et perdit de sa chaleur. La sueur refroidit sur sa peau brûlante. L'odeur des écuries royales s'évanouit tandis que le vent tournait, se chargeait du froid mordant arraché aux pics hautains, couronnés de neige, du lointain Himalaya.

Le parfum aphrodisiaque des rât ki ranî* monta vers le jeune prince, aussi séduisant que les courtisanes royales au pas délicat, aux chevilles ornées de payal* tintinnabulants. Un tiraillement de l'aine lui répondit. La dernière mujra* nocturne des danseuses avait été si tentatrice que…

Tes femmes violées, tes enfants condamnés à l'esclavage, ta ville mise à sac puis réduite en cendres…

Les yeux de Râma s'écarquillèrent. Vigilance absolue, instantanée. Tourner, tourner, trancher, sécuriser le premier cercle, le deuxième, le troisième, tourner, tourner, taillader, frapper, respirer, toujours respirer. Il lui suffit d'un instant pour couvrir les sept cercles de la protection personnelle. S'il s'était trouvé sur un champ de bataille, une douzaine de cadavres et d'agonisants l'aurait entouré. L'âsana de sept cercles ne laissait pas de survivant. Pas de survivant humain, en tout cas.

Pourtant, il n'y avait toujours personne. Ni homme, ni bête, ni asura*. Que se passait-il donc ?

Alors il prit conscience de la chose.

Une présence immonde, à la puanteur étouffante de sanglier en décomposition depuis cinq jours, infesté d'asticots. Les miasmes de vers ruisselant d'orifices incrustés de sang, de paille pourrie. La fétidité brute de la jungle profonde.

Chaleur d'un souffle sur son visage, gravier crissant d'une voix à son oreille, pierre grinçant sur le verre. Je ne suis pas le jouet de mon imagination. Il y a quelqu'un – quelque chose – là, près de moi. Invisible, indiscernable, venimeux comme le cobra.

Ta mère de sang martyrisée au point d'en être méconnaissable, tes mères et sœurs de clan engrossées par mes râkshasa, ton père et tes frères dévorés vifs, ton peuple massacré, tes fières cités pillées, rasées…*

— Qui va là ? Montre-toi, espèce de lâche ! Viens te battre honnêtement !

… Et lorsque tu te croiras incapable d'en supporter davantage, lorsque l'horreur prendra fin, le moindre mortel survivant ayant été réduit en esclavage ou gagné à ma cause, lorsque tu auras subi toutes les tortures qu'un être de ton espèce peut endurer sans périr, alors j'éteindrai la flamme de ta vie, puis je recommencerai depuis le commencement. Le samay chakra, la roue sacrée du Temps, répétera à l'infini le cycle de la naissance et de la souffrance. Tu regretteras de ne pas te trouver en enfer, car le monde souterrain du Narak* t'apparaîtra comme une merveilleuse échappatoire au cauchemar éveillé de la mortalité.*

— Démon ! Montre-toi !

Gamin. Tu ne comprends toujours pas. Ouvre donc les yeux. Contemple l'avenir et tremble.

Il y eut un éclair aveuglant. Râma se sentit emporté.

II

IL SE TENAIT dans la tour des Prophètes, qui dominait toute la cité, épée dressée contre le ciel, impressionnant accomplissement de l'architecture ârya et poste de garde parfait. Du Gandhara à Ayodiâ, chaque ville s'enorgueillissait d'un édifice semblable, afin que nulle armée ne pût l'approcher à l'insu de ses habitants. Toutefois, plus de deux décennies s'étaient écoulées sans que les nations ârya goûtent le sel amer de la guerre. Quant à Ayodiâ, jamais de toute sa fière existence elle n'avait été assiégée, d'où son titre. D'ailleurs, les sept mages-prophètes qui avaient érigé la tour grâce à leurs pouvoirs mystiques de brahmanes* n'avaient trouvé, durant des siècles, aucune raison de se rassembler entre les murailles invincibles de la cité.

La salle circulaire occupant le sommet de la construction – l'Œil du prophète, comme on l'appelait – abandonnée, envahie par la poussière et l'humidité, glaçait les pieds du jeune homme de son dallage gris emperlé de rosée nocturne. Il tourna et vira une nouvelle fois, défendant par l'épée le premier cercle. Les éléments se révélaient plus sauvages au cœur de cet édifice magique, souvenir d'une époque lointaine où la guerre était un véritable mode de vie, où ce genre d'endroits permettait seul aux nations ârya de garder une lame d'avance sur leurs ennemis mortels. Râma tendit l'oreille, attentif, mais ne perçut d'abord que le souffle sibilant de Vâyu, le dieu du vent, qui se coulait par les ouvertures dépourvues de vitres, et le grondement lointain d'Indra*, le dieu de la foudre et du tonnerre, qui menaçait de déchaîner une tempête, même si la saison de la mousson ne débutait que dans des mois.

Le bruit ne lui parvint qu'ensuite.

Là. Dominé par les mugissements du vent et les roulements du tonnerre lointain. Un bruit tel que jamais il n'en avait entendu durant ses quinze années de vie – mais dont il comprit aussitôt la signification.

La guerre.

Le vacarme de la guerre.

Au cœur même d'Ayodiâ.

Pour la première fois depuis son réveil, une aiguille de peur lui perça le cœur. Il faillit se figer par réflexe, les muscles noués, mais un effort de volonté lui permit de préserver son motif respiratoire. Il s'avança vers la gueule obscure des ouvertures béantes pour affronter la vision la plus choquante de son existence.

Le viol d'Ayodiâ.

Une bataille sans merci faisait rage dans les rues. Une immense armée asura avait enfoncé les sept portes et envahi la cité. Les trois fossés des fortifications étaient remplis des cadavres monstrueux des attaquants aussi bien que des corps des défenseurs mortels. Le cramoisi luxueux du sang humain se mêlait aux fluides vitaux multicolores des créatures, coulées ruisselantes répandues où que portât le regard, polluant jusqu'à la Sarayû sacrée, dispensatrice de vie. Les restes des combattants obscurcissaient la rivière de leur masse, transformaient en caniveau de mort sa pureté d'antan.

Des asura de taille et de forme variées massacraient les Ayodiens. Les atrocités commises par les démons étaient au cœur d'histoires sans nombre, et les récits cauchemardesques de la dernière guerre asura obsédaient toujours le père de Râma par les nuits de l'amâvasya* telles que celle-là – car le mal proliférait alors –, mais jamais le jeune homme n'avait imaginé ou entendu évoquer pareilles atrocités au sein même de sa mère patrie, la puissante Ayodiâ. Un simple coup d'œil, et son univers vacilla. Mille visions impossibles s'imposèrent à lui, menaçant sa raison.

Des râkshasa deux fois plus grands que des êtres humains, rugissant d'exultation, empalaient des soldats sur leurs énormes andouillers, avant d'ouvrir à coups de griffes jaunes arquées le ventre de leurs victimes pour en sucer avidement les entrailles fumantes.

Quatre gardes du palais cernaient une râkshasî* dont les seins affaissés nourrissaient deux bébés velus obstinément accrochés à sa taille. Les soldats la piquaient à petits coups de lance afin de l'écarter des portes du mahal. Sans doute répugnaient-ils à tuer une femelle, mère, de surcroît. Leur force morale provoqua leur perte. La démone attrapa leurs lances puis les leur enroula autour du cou aussi aisément que des brins de laine. Elle saisit un garde dans chaque main et brandit les malheureux au-dessus de ses petits, qui, hurlant de plaisir, leur ouvrirent le ventre. L'un dévora avec avidité des intestins ruisselants, tandis que l'autre tétait voluptueusement une gorge d'où jaillissait un flot de sang, comme s'il s'agissait du lait maternel.

Tout autour de Râma, les râkshasa massacraient et dévoraient les Ayodiens avec une terrifiante facilité. Pour un démon blessé ou abattu, des dizaines d'humains connaissaient une mort horrible. Les monstres n'achevaient même pas convenablement ceux dont ils se gorgeaient ; des centaines de blessés éventrés imploraient la grâce d'une fin miséricordieuse. Les râkshasa les écrasaient, les foulaient aux pieds dans leur quête de nouvelles proies sur lesquelles poursuivre la boucherie. Ils ne composaient pourtant que l'avant-garde de l'armée asura, car d'autres envahisseurs arrivaient dans leur sillage.

Des essaims de pishaca, avec leurs mandibules d'insectes cliquetantes, traquaient des malheureux condamnés d'avance qui subissaient une double dégradation : les monstres commençaient par fendre leur chair de leurs griffes aussi acérées que des rasoirs, puis ils s'accroupissaient au-dessus d'eux pour déposer leur fardeau d'œufs vert-noir cristallins. Après quoi ils exsudaient un fluide visqueux qui scellait instantanément les plaies béantes.

Alors seulement ils passaient à d'autres Ayodiens – un seul pishaca ensemençant ainsi des dizaines d'humains. Les citadins survivaient les quelques heures nécessaires aux œufs logés dans leur ventre dévasté pour éclore, puis aux essaims de crabes minuscules pour croître, car les petits démons dévoraient leur hôte à sang chaud afin de s'en libérer. La plupart des asura combinaient la guerre avec l'absorption de l'ennemi, mais seuls les pishaca l'utilisaient aussi pour se reproduire.

Les nâga, cobras géants à tête et à torse humains, pourvus d'une langue fourchue d'un mètre de long, d'un corps et d'une longue queue serpentins, se glissaient dans les allées et sur les murs pour dénicher les Ayodiens isolés ou les fuyards. Plusieurs convergèrent en sifflant sur une brahmane accompagnée de ses deux fils au crâne rasé. Les capuchons levés cachèrent miséricordieusement la suite de la scène à Râma. Lorsqu'ils s'écartèrent, trois corps gisaient dans la rue, face contre terre, la peau virant au bleu sous l'effet des piqûres.

Les uraga, énormes frères reptiliens des nâga, coulaient telle de la vase parmi ce flot hideux, leur gigantesque corps de python gonflé d'enflures révélatrices – des Ârya avalés tout vifs. Leurs visages trompeusement humains évoquaient de ravissantes fillettes, détail qui ajoutait encore à l'horreur de leurs tueries.

Les yaksa – les races elfiques... Râma avait grandi bercé de contes sur leurs bouffonneries magiques, mais jamais il ne les avait entendu qualifiés de « maléfiques ». C'étaient en général de malicieux farceurs, dont la faculté de métamorphose servait à taquiner les mortels, pas à les tuer ou à leur nuire. En l'occurrence, leur malice se révélait vicieuse, leurs pitreries mortelles. Un groupe de yaksa se transforma en troupeau de chevaux à l'angle d'une rue, avant d'arriver près d'une foule de citadins armés d'outils agricoles et d'instruments de cuisine. Les Ayodiens s'écartèrent pour laisser passer les bêtes, et comprirent leur erreur lorsque ces doux herbivores se ruèrent sur eux en prédateurs. Les sabots se levèrent ; des crânes éclatèrent telles des citrouilles bien mûres. Les puissantes dents équines déchiquetèrent des cous, arrachèrent des membres.

Les chevaux de guerre d'une demi-tonne piétinèrent les humains hurlants, leur brisèrent les os, firent exploser leurs organes. D'autres yaksa usaient de leur capacité de transformation pour se déguiser en éléphants, en chameaux, en cerfs, en chiens, en porcs ou en troupeaux improbables de buffles meurtriers lancés au galop, les cornes dégoulinantes de sang.

Partout, les diverses races asura sous toutes leurs formes commettaient toutes sortes d'atrocités et d'horreurs indicibles, profanaient les images saintes, démolissaient les temples, massacrant encore et toujours.

Un grondement sourd attira l'attention de Râma à l'extérieur de la cité. La grand-route royale fourmillait d'envahisseurs. Les forces démoniaques la couvraient jusqu'à la lisière des bois du Midi, un yojana* entier plus loin. Le flot descendait des hautes terres forestières vers la ville comme un fleuve bouillonnant de noire pestilence. Un seul coup d'œil suffisait pour comprendre que les attaquants étaient incomparablement plus nombreux que les défenseurs, mais il en arrivait toujours un flux agité, ininterrompu. Leur foule impie paraissait sans fin.

Un hurlement perçant tira brutalement le jeune homme de sa songerie horrifiée. Il leva les yeux pour voir s'assombrir le ciel de l'aube. De grandes ombres massives se coagulèrent en formes ailées, oiseaux montrueux, humanoïdes volants tout droit sortis de la légende. Il contempla, incrédule, ces garuda et ces jatâyus, ainsi nommés en l'honneur de l'énorme homme-aigle de la mythologie et du gigantesque homme-vautour de la tradition populaire. Leur corps mince était d'une humanité frappante malgré son plumage, excepté le bec et les yeux d'oiseau, ainsi que les ailes puissantes, inouïes, qui leur poussaient dans le dos. Certains dépassaient les dix mètres d'envergure. Ils plongèrent vers les rues, vers l'abattoir qu'était devenue Ayodiâ. Râma, qui scrutait le ciel, distingua des centaines, des milliers peut-être, de créatures rassemblées en vol, fondant sur le carnage, s'interpellant avec exultation dans leur langue protohumaine. Lorsqu'elles atteignirent le sol et que naquit une nouvelle vague d'horreur, il ferma les yeux et tituba en arrière, à l'écart de l'ouverture, incapable d'en supporter davantage.

Comprends-tu à présent qu'il est futile de nous résister, à mes armées et à moi ? Aimerais-tu voir tes parents et amis enlevés, massacrés comme tes compatriotes ? Tes frères, peut-être ? Ou ta mère de sang ? Ou…

L'épée du prince s'abattit. Cette fois, il frappait sans discipline, poussé par la seule rage. Sa lame cingla le vide. Il reprit ses esprits un instant plus tard, de l'autre côté de la salle, son arme vibrante tenue à deux mains, après avoir tracé des mandalas* entrelacés dont le motif couvrait le moindre centimètre carré de la pièce. Nul être vivant ne se trouvait là avec lui. Une fureur impuissante lui embruma les yeux.

— Qui es-tu ? À quoi riment ces visions monstrueuses ? Montre-toi, maudit bavard !

Gamin. Les horreurs, les vraies, sont encore à venir. Je réserve le meilleur pour la fin, lorsqu'on emmène les survivants à Lankâ pour qu'ils me servent d'esclaves et de putains. Veux-tu voir ce spectacle, à présent ?

— Qu'attends-tu de moi, démon ?

Une émotion plus puissante que la simple colère lui avait arraché ce cri de la gorge, une tentative désespérée de donner un sens au mal qu'il affrontait.

Ah ! Tu apprends peu à peu ! J'attends en effet quelque chose de toi. Un vœu d'allégeance. Plie le genou devant moi à l'instant et jure-moi fidélité. Fais-le maintenant, et peut-être jugerai-je bon d'épargner Ayodiâ lorsque mes armées ravageront les nations ârya. À genoux, gamin, et tu vivras.

Il contraignit son souffle à demeurer mesuré, sa voix à rester calme. Le maniement de l'épée lui avait coûté moins d'énergie.

— Je ne plierai le genou devant toi qu'en prenant position pour tirer une flèche dans ton cerveau maudit. Montre-toi et affronte-moi comme l'homme que tu prétends être, espèce de lâche !

La foudre déchira le ciel au-dessus de la tour des Prophètes, jaillie d'un ciel aussi noir que l'encre. Un instant plus tard, le tonnerre retentit, résonnant. Lorsque la voix reprit la parole, elle évoquait des dents géantes grinçant de frustration.

Tu n'es encore qu'un gamin, mais tu apprendras. Je t'enseignerai le chant de la douleur et de la terreur. Alors tu plieras le genou. Tu imploreras en sanglotant l'honneur de t'humilier devant moi. Jusque-là, dors de ton sommeil d'enfant. Et rappelle-toi : Ayodiâ tombera.

Un autre éclair blanc aveuglant.

Râma se réveilla dans son lit, en nage, brûlant, gelé jusqu'aux os. Sa poitrine se soulevait difficilement. Il se leva brutalement et se tint, nu, sur le frais dallage rose – car il s'était débarrassé de son pagne lorsque la nuit s'était réchauffée. Sa main se tendit vers son épée, mais il savait déjà qu'elle se trouvait toujours sur la couche, où elle était restée toute la nuit sans que personne n'y touchât.

Un simple cauchemar, pensa-t-il, se forçant à se calmer. Il se rappelait la perfection de ses gestes et de ses âsana rêvés, mais aussi la complète futilité de l'entraînement auquel il les devait. Quel était le monstre sans visage qui le torturait ainsi ? C'était la troisième fois en cette seule semaine que la bête lui imposait ces visions horribles – trop horribles pour qu'il les racontât à quiconque. Il n'en avait pas même parlé à Lakshman, à qui il disait toujours tout. Un simple cauchemar. Aussi réel et terrifiant que n'importe quel autre.

Mais évoquant quelque chose de plus.

Une prophétie.

III

LE VOYAGEUR S'IMMOBILISA au sommet de la côte.

Ayodiâ.

Il portait le costume tout simple de l'ascète : grossier dhotî* blanc et socques de bois. La chevelure sale emmêlée qui entourait son visage raviné, la longue barbe blanche broussailleuse, le rudraks mâlâ* passé à son cou, tout indiquait l'ermite de retour d'une longue tapas* austère. Ses traits émaciés et ses yeux enfoncés dans leurs orbites apportaient la touche finale au portrait du pénitent.

Pourtant, il n'avait pas l'air d'un sâdhu* ou d'un tapasvî* ordinaire. Quelque chose d'indéfinissable contrebalançait la première impression – son regard intense de prédateur, la sensation de puissance contenue due à ses mouvements fluides, la force perceptible en lui, mais, surtout, son air indéniablement souverain.

C'était un ancien guerrier, un ancien roi, même – autrefois maharajah d'un illustre clan ârya nordique, possesseur d'un trône prestigieux, membre d'une riche dynastie. Des siècles auparavant, il avait renoncé à tout cela pour se vouer à la quête du Brahman*, l'énergie vitale de l'Univers. À présent, il brandissait un bâton au lieu d'une épée, prononçait des mantras* au lieu d'édits souverains. Son royaume était celui de l'âtman* et du Brahman, de l'esprit et de l'énergie. Son nom avait dépassé les frontières de l'histoire pour entrer dans la légende, le domaine brumeux du mythe. Il était devenu guru parmi les guru, prophète révéré des prophètes, brahmârishi*, sans pourtant perdre complètement son allure royale. À ce tournant de l'histoire, debout sur fond de ciel au sommet de la colline, les yeux baissés vers la beauté luxuriante de la vallée, il semblait toujours être le monarque d'autrefois.

Légèrement appuyé sur un bâton de flamboyant presque aussi haut que lui, ses larges épaules découpées contre le pourpre brumeux des prémices de l'aube, le voyageur n'évoquait rien tant qu'un souverain guerrier examinant ses murailles. Il n'aurait pas déparé dans un char royal, protégé par une armure polie, étincelante sous cette clarté froide, un grand arc ornementé à la main, concentré sur la topographie d'un champ de bataille.

Même le léger vent du nord, qui froissait les vastes étendues onduleuses de kusa*, en contrebas, retint son souffle un instant, prêt à prendre les ordres du sage. Les eaux de la Sarayû, d'une pureté de glace et d'une transparence de cristal, cessèrent de gargouiller. Le monde se tut tout entier, pendant que l'ermite récitait un mahâ-mantra* – la Gâyatrî* toute-puissante.

Il n'avait pas fini que les lignes de la destinée tourbillonnaient autour de lui. La vague luminescence bleue du Brahman, l'énergie brute de l'édification spirituelle, l'enveloppa d'une cape de pouvoir invisible. À partir de là, chacun de ses pas apporterait des changements historiques. Car en ce matin froid, cristallin, qui marquait la dernière nuit de l'hiver et le premier jour du printemps, il allait faire un roi – le plus grand de tous les temps, peut-être. Ce qu'il accomplirait dans la cité du bord de l'eau se répercuterait tout au long de l'histoire humaine.

Assurant sa prise sur son bâton, Visvâmitra reprit la route royale usée par les chariots, qui descendait en direction de la première muraille. Un yojana entier le séparait encore de la ville proprement dite, qu'il voulait atteindre avant le lever du soleil. Toutefois, il allait d'abord altérer son aspect pour éviter de se montrer tel qu'en lui-même, sans quoi l'arrivée inattendue d'un des légendaires mages-prophètes défrayerait la chronique. Des centaines de brahmanes viendraient lui présenter leurs respects, ce qui le retarderait, alors que sa mission était de la plus extrême urgence.

Sans ralentir, il récita le mantra de la transformation. L'aura dont le revêtait le Brahman s'intensifia, tandis que la nature même répondait à l'incantation sacrée. Une myriade de points lumineux bleuâtres se mirent à tourbillonner autour de lui, brouillant sa silhouette. Comme la route longeait un gros rocher, il passa de la chaussée sur l'herbe, où il s'enfonça jusqu'aux genoux. Des gouttelettes de rosée s'accrochèrent telles des perles de mercure à son dhotî. Invisible de la raj-marg*, il contourna le rocher, une vibration chatoyante s'emparant de son corps – qu'on aurait dit voilé par un rideau de fumée.

Le voyageur qui réapparut de l'autre côté de l'obstacle, quelques secondes plus tard, n'était plus le grand mage-prophète Visvâmitra. Jeune, musclé, très sombre de peau, affublé du pagne en peau, du collier et des bijoux corporels en os d'un chasseur sûdra*, il regagna la route de terre creusée d'ornières. Une carnassière gonflée sur l'épaule, une lance au fer incurvé à la main, quelques points de lumière bleue s'attardant dans son sillage, où ils s'éteignaient lentement telles des lucioles arrosées par la pluie, il partit d'un bon pas en direction d'Ayodiâ.

IV

AU SOMMET DE LA COLLINE, une ombre se détacha d'un bosquet d'eucalyptus pour s'avancer à petits bonds prudents sur une saillie moussue, d'où elle examina la route. Son regard aigu repéra sans difficulté le sûdra qui s'éloignait d'un bon pas vers le nord, loin en contrebas.

Habituée aux êtres qui changeaient de bhes-bâ* à volonté, elle n'eut aucun mal à percer le déguisement à jour. Malgré la distance, d'ailleurs, l'aura du voyageur apparaissait à ses sens surnaturels aussi nettement que le halo d'un deva* à la peau bleue. Ses yeux d'or suivirent le faux chasseur jusqu'à ce qu'il disparût derrière une élévation de terrain, un kilomètre et demi plus loin. La chose racla de ses serres la corniche rocheuse. D'épais lambeaux de mousse humide s'envolèrent, tandis que les griffes d'un mètre de long arrachaient des étincelles à la pierre, où elles creusaient des entailles profondes. Un cri à glacer les sangs retentit, presque humain. Le grand mage-prophète Visvâmitra le reconnut, lui accorda à peine une seconde d'attention et ne ralentit pas pour autant, alors qu'un véritable sûdra eût été terrorisé.

Frustrée, la créature poussa un deuxième hurlement. Elle regrettait de ne pas avoir attaqué le sage dans la jungle épaisse de la Bayanak-van, la forêt obscure. Il avait eu conscience de sa présence dès le départ, elle le savait, aussi n'avait-elle pas cherché à se cacher. Pourtant, loin de jeter des regards terrifiés à l'ombre gigantesque qui planait au-dessus de lui, le vieil homme avait poursuivi sa route sans s'arrêter, aussi indifférent au jatâyus légendaire, le premier du nom – un nom qui frappait de terreur le moindre mortel des nations ârya –, qu'à un simple corbeau. Vexé, fatigué de tourner en rond sans fin pour compenser la lenteur de ce prisonnier de la terre, le monstre avait une grande envie de plonger, de s'abattre sur la petite silhouette en dhotî et de la réduire en pièces.

Toutefois, les ordres étaient simples : « Suis et observe. » Rien de plus, rien de moins. Le sombre seigneur de Lankâ s'était montré fort clair.

Le jatâyus griffa une dernière fois la corniche, assez fort pour en tirer un craquement évoquant une brindille desséchée qui se casse : ses serres imposantes venaient de fissurer la roche. Son énorme tête chauve levée vers le ciel, l'homme-oiseau réfléchit à ce qui l'attendait. Un long trajet, puisque un sous-continent entier le séparait de Lankâ, où il avait à transmettre des nouvelles importantes. Le souverain des asura serait mécontent d'apprendre où se rendait le mage-prophète Visvâmitra, mais la diligence de son espion lui plairait certainement.

La créature étendit les ailes, la gauche d'abord, la droite ensuite, avec une lenteur douloureuse. Un grand soupir lui échappa. Le voyage l'avait fatiguée ; son ventre grondait de faim. Certes, elle avait attrapé quelques petites proies en vol – deux perroquets, un canard qui s'était écarté de ses pairs, jusqu'à une chauve-souris enceinte fort appétissante –, mais ce n'étaient que mises en bouche face à son énorme appétit.

Si seulement elle avait pu passer un moment dans la région, pour chercher les ghât* où les Ayodiens brûlaient leurs morts, elle aurait fait bombance. Après tout, elle était moitié humaine, moitié vautour et se repaissait de chair faisandée.

Malheureusement, la distance qui séparait le jatâyus de Lankâ était trois fois supérieure à celle qu'il venait de parcourir. Même s'il ne se reposait guère, le voyage lui prendrait un temps précieux... que le mage-prophète passerait en ville, avec un peu de chance. En général, les saints hommes ne se pressaient guère lors de leurs rares incursions dans la civilisation, et celui-là vivait en ermite depuis très longtemps, même selon les critères de l'homme-vautour – plus de deux cents ans, lui semblait-il. Le vieillard avait sans doute une excellente raison de gagner Ayodiâ... Le seigneur de Lankâ serait donc contrarié de ne pas en être informé au plus tôt.

Avec un soupir de frustration, le jatâyus entama une tâche ardue : battre de ses ailes puissantes assez fort pour créer un vent qui le soulèverait de terre, puis le porterait jusqu'à un courant aérien. La bourrasque inouïe qu'il déchaîna coucha l'herbe à des mètres à la ronde, plaquant au sol des lièvres sortis de leur trou, dont elle applatit les longues oreilles de chaque côté de la tête. Dans un dernier cri à crever les tympans, la créature se jeta de la corniche. D'interminables secondes durant, elle tomba comme une pierre, avant de trouver une petite saute de vent à laquelle se cramponner farouchement. Le filet d'air s'étoffa, lui permettant de redresser quelques mètres à peine au-dessus de la route empruntée par le sage, puis se laissa chevaucher un moment.

Le jatâyus dériva de plus en plus haut, à la recherche d'un courant aérien orienté à son gré. Loin en contrebas lui apparurent les sept murailles qui entouraient Ayodiâ, comme des colliers concentriques le cou d'une reine. La Sarayû traversait le paysage luxuriant telle une corde d'argent sinueuse. Les palais et mahal magnifiques, bâtis au centre de la ville, enjambaient la rivière rugissante de leurs arches voûtées et de leurs élégants ponts intérieurs, vision si stupéfiante que le monstre admit, à contrecœur, ne jamais avoir contemplé cité humaine d'une architecture aussi complexe. C'était donc là Ayodiâ l'Imprenable. Tandis qu'il planait sur un fort vent ascendant parallèle au cours d'eau, l'odeur douceâtre de la mort parvint clairement à ses sens aiguisés par la faim. Son appétit se réveilla, lui faisant complètement oublier la beauté, la splendeur de la capitale ârya. Au bout du compte, voilà ce que représentait pour lui Ayodiâ : un garde-manger gigantesque. Bientôt, son seigneur et maître abattrait les fières murailles ; le jatâyus et les siens festoieraient leur content.

La créature poussa un cri moqueur en pensant aux fourmis humaines, à leur quête puérile d'immortalité, puis elle s'éloigna sur le courant aérien qui l'emportait vers le sud, où l'attendait sa destination lointaine.

Les trois syllabes d'un seul mot s'étirèrent dans son hurlement modulé d'homme-bête :

— Râ-van-a !

V

LES GARDES POSTÉS sur les murailles de la ville sursautèrent au cri perçant descendu des cieux.

Un vétéran grisonnant, de faction à la septième porte, leva la tête à temps pour distinguer la silhouette d'une taille stupéfiante qui se découpa brièvement sur le bleu profond du ciel.

— Qu'est-ce que c'était que ça, au nom de Shiva ? demanda son compagnon, beaucoup plus jeune – tout juste d'âge à arborer la barbe. Tu as noté la taille de ce truc ? Il doit faire au moins vingt mètres d'envergure !

Le vétéran haussa les épaules.

— Bof, simple effet de lumière. Je te l'ai déjà dit cent fois : c'est à cette heure-ci, juste avant l'aube, qu'on imagine les choses les plus incroyables.

— Mais tu as bien dû le voir aussi, protesta son camarade en se tournant vers lui. Juste au-dessus de nous. On aurait dit un vautour géant. La tête ronde, le long bec crochu, le dos voûté... Sauf que le corps avait quelque chose de bizarre. Trop large pour un oiseau, pas de la bonne forme, presque...

— Presque humain ? Un homme-vautour géant, c'est à ça que ressemblait ton apparition, novice ? demanda l'aîné d'un ton brusque.

— Exactement ! (Son cadet le fixait d'un regard ardent.) Tu l'as donc bien vu, toi aussi ?

Le vétéran se racla la gorge, puis cracha par-dessus le parapet une petite boule de mucus qui brilla à la lumière des torches. Il la regarda tomber avec force éclaboussures dans l'eau immobile du fossé, loin en contrebas, avant de répondre d'un ton indifférent :

— Les hommes-vautours géants, ça n'existe pas, mon garçon. Du moins, ça n'existe plus. C'était un jeu de lumière, rien de plus. On voit de drôles de choses à pûrnîma. La pleine lune trompe les sens. Maintenant, concentre-toi sur ton travail. Il est presque l'heure d'ouvrir les portes.

— Mais tu l'as vu aussi, Somasra ! s'obstina le jeune homme. C'était un garuda. Exactement comme ceux des fresques du musée de la Guerre. Des guerres asura*.

Pour toute réponse, l'autre émit un reniflement ironique dont la signification ne faisait aucun doute : le novice était prié de laisser tomber. Pour commencer, si la créature avait bel et bien été un homme-vautour, c'eût été un jatâyus. Les garuda étaient des hommes-aigles, imposantes montures volantes des dieux et images sacrées – les jatâyus, eux, n'éprouvaient que haine envers l'humanité.

La jeunesse, toutefois, montrait, entre autres défauts, une certaine lenteur à interpréter les signes de mauvais augure.

— Tu y étais, Somasra, lança le débutant avec passion, imperméable à la mise en garde informulée. Tu t'es battu durant la dernière guerre au côté de mon père. Tu as déjà vu ce genre de créatures ! Comment oses-tu dire qu'elles n'existent pas ?

C'était plus que n'en pouvait supporter son aîné, qui se retourna brusquement vers lui.

— Parce que c'est vrai, voilà pourquoi ! Tu parles de la dernière guerre, mais qu'est-ce que tu en sais ? Tu n'étais même pas une graine dans les gonades de ton père lorsqu'elle a pris fin, il y a eu vingt-deux ans en shrâvana*. De quel droit discutes-tu de ce genre de choses ?

Le visage du jeune homme s'allongea. Les vétérans se montraient extrêmement chatouilleux sur le chapitre du passé et de la tradition. Un jour, son père lui avait donné une bonne fessée pour le punir d'avoir répété une comptine sur les râkshasa entendue à la récréation ; il n'avait alors que sept ans, mais jamais plus il n'avait ri des asura ou de la dernière guerre. Il n'en avait pas moins vu ce qu'il avait vu : ce n'était pas un oiseau ordinaire.

Après quelques minutes d'un silence tendu, son compagnon reprit la parole d'un ton bourru.

— Qu'est-ce que vous savez des asura, vous, les jeunots ? Des hommes-vautours géants ? Des jatâyus ? Parce que, attention, ce sont des jatâyus, pas des garuda ! (Il eut un rire amer.) Oui, je me suis battu au côté de ton père, épaule contre épaule. Sans lui, je ne serais pas là aujourd'hui à monter la garde sur cette muraille. C'était un homme de bien, que Vishnu ait son âtman. Lui et moi, on a vu assez de bêtes des enfers pour une centaine de vies. Voilà pourquoi le maharajah Dasaratha a créé les Purâna Wafadars : il voulait que les vétérans aient leur régiment. À part ça, il a dissous presque toute l'armée, parce qu'il n'avait qu'une envie : laisser la guerre derrière lui. On avait tous la même. Il y a des choses qu'il vaut mieux oublier.

Il regarda au loin, comme si ses yeux portaient droit dans le passé, frissonna, secoua la tête puis cracha de nouveau dans le fossé.

— Je ne voulais pas te manquer de respect, Somasra, déclara le jeune homme gravement. C'est grâce à vous, les vétérans, que nous vivons aujourd'hui en paix, je le sais bien. Le moindre Ârya des sept nations le sait.

Son compagnon hocha la tête, une seule fois, en réponse à ses excuses.

— Tu as de la chance, crois-moi, une sacrée chance d'être né dans la première période de paix qu'aient connue les nations ârya depuis leur fondation. Mais ce n'est pas seulement les anciens qu'il faut remercier pour cela. Le bon maharajah Dasaratha a passé son temps au premier rang des troupes. Il s'est battu comme nous. C'est grâce à lui, grâce au maharajah Janaka et aux autres chefs de clan qu'on a débarrassé la contrée des derniers asura. En fait, Dasaratha a combattu si longtemps par monts et par vaux que quand la guerre a pris fin, il avait quarante ans, mais pas encore de descendance ! Tu te rends compte ? À cet âge-là, on est presque tous grands-pères ! Mais sa reine, bénie soit son âtman, ne lui avait pas encore donné un seul enfant. D'ailleurs, même après son retour, il a fallu dix ans et deux reines de plus pour lui en porter. La vérité, c'est qu'il avait donné ses plus belles années et ses meilleurs hommes à la cause. C'est lui qui a planté le banian de la paix et de la prospérité qui nous abrite tous aujourd'hui.

— C'était sans doute un vautour, rien de plus, acquiesça le jeune chaukidar, décontenancé. Mon imagination m'a joué un tour. Je suppose que j'ai écouté trop d'histoires à la taverne des vétérans.

Somasra éclata de rire, puis donna dans le dos de son camarade une claque presque assez forte pour le faire tomber dans le fossé.

— Il en faut, mon jeune ami. Les sages eux-mêmes nous apprennent que la kathâ* est le boire et le manger de l'esprit. Mais les histoires des guerres asura ne sont plus que cela, justement – des histoires. Et fasse Vishnu qu'elles le restent.

Il leva brusquement la tête vers l'est, les yeux plissés.

— Il est plus que temps d'ouvrir la porte. Allons-y, jeunot. Les contes et le vin, tu en auras à la fin de ton tour de garde. (Un clin d'œil plissa ses traits ravinés, dissimulés par des ombres grises dans la faible clarté brouillée.) Tu veux du jatâyus ? Je vais te raconter des histoires à te glacer le sang, mais devant un matka* du bhang* royal, pendant le festin sacré, d'ici quelques heures. Pour l'instant, au travail !

Quelques minutes plus tard, la porte fut ouverte par les deux gardes mal assortis, trop occupés à manœuvrer le gros treuil pour continuer à discuter d'oiseaux géants mythiques. L'énorme panneau de bois servait aussi de pont sur le fossé dont, une fois abaissé, il couvrait les quinze mètres de large. Le bruit qu'il fit en se logeant dans son encadrement d'acier évoqua le coup de poing d'un géant. Les deux soldats s'occupèrent ensuite des leviers permettant de vider les douves puis de les remplir avec une eau claire puisée dans la rivière. On procédait ainsi chaque semaine pour éviter toute source d'épidémie.

Déjà, il y avait foule derrière la porte. La brève conversation des gardes en avait retardé l'abaissement de quelques minutes, durant lesquelles les six ponts-levis précédents avaient livré passage à des voyageurs pressés.

C'était un groupe hétéroclite, composé pour l'essentiel de chars à bœufs transportant des paysans des alentours, dont les enfants poussaient des piaillements excités à l'idée de passer un jour de fête dans la grande cité. On y voyait aussi quelques ksatriya*, professionnels de la guerre également désireux d'assister au festival ou simplement de passage ; un courrier au sac en cuir orné du sceau royal du maharajah Janaka de Mithilâ, cité sœur d'Ayodiâ située à la frontière orientale du Kosala ; quelques brahmanes à pied, à dos de mule ou de baudet, au ventre énorme murmurant à la perspective du festin ; un marchand menant trois chameaux chargés de pleins sacs de rang*, les poudres colorées utilisées durant la fête sainte ; de nombreux bateleurs – un charmeur de serpents, une famille d'acrobates chargée de ses accessoires, un danseur de corde, deux yâtugar*, un flûtiste, un flagellant shivaïte* aux fouets de cinq mètres de long, avec l'extrémité ornée d'une pointe métallique ; un montreur d'ours et de singe. Ce n'étaient là que les lève-tôt : lorsque le soleil émergerait de derrière l'horizon, le flot serait ininterrompu. Ces dernières années, à Holî*, on aurait dit que le moindre habitant du royaume voulait gagner la capitale afin de profiter des largesses du roi, lequel nourrissait et abreuvait, pour l'occasion, qui le désirait. Holî était le jour de fête le plus important de l'année ârya, si l'on exceptait Dîpavalî* ; mais Dîpavalî représentait une dernière chance de s'amuser et de festoyer avant l'hiver, tandis que Holî célébrait le premier jour de printemps et annonçait les futures moissons.

Les deux gardes de la septième porte regardèrent la caravane bigarrée s'engouffrer avec excitation par la brèche. Les yeux perçants quoique vieillissants de Somasra repérèrent une silhouette perdue dans la foule, un grand vieillard à barbe blanche vêtu des robes ocre rouge des prophètes, chargé d'un bâton de flamboyant. Somasra battit des paupières, stupéfait.

La foule s'éclaircit, ses membres s'égaillant à droite et à gauche pour vaquer à leurs occupations. Un instant, le sage se dessina, bien visible, dans la lumière vacillante des masâl* disposées autour de la porte, puis il s'engagea d'un pas décidé sur l'avenue Harichandra. Somasra se frotta les yeux, persuadé que sa vue le trahissait.

Car si elle ne baissait pas, le vénérable personnage qui s'éloignait déjà dans la rue principale d'Ayodiâ n'était autre que le légendaire mage-prophète et brahmârishi Visvâmitra en personne. La ressemblance était évidente : le visiteur offrait l'image même de l'énorme portrait accroché dans la galerie des Prophètes. Mais comment aurait-il bien pu s'agir de Visvâmitra ? Nul n'avait posé les yeux sur le grand sage depuis plus de… combien de temps cela faisait-il ? Deux cents ans ? Deux cent cinquante ?

Quelques minutes plus tard, tandis que Somasra essayait encore de déterminer si ses yeux l'avaient ou non trompé, le véritable Visvâmitra passait la porte d'un bon pas, toujours déguisé en chasseur sûdra. Cette fois, malgré son regard perçant, le vétéran ne reconnut pas le voyageur.

VI

MANTHARÂ DÉTESTAIT SON OMBRE. C'était une chose que d'être bossue, c'en était une autre que de voir sa difformité s'étaler sur un mur, dix fois plus grande que nature. Malheureusement, la servante chargée de la torche, trop lente à descendre du carrosse, la suivait au lieu de la précéder. La flamme vacillante faisait fuir l'ombre de Mantharâ devant elle, danser sa silhouette sur les pavés de la rue puis sur la paroi à l'extrémité de l'impasse. À cette heure tardive, après plusieurs nuits blanches d'attente anxieuse, cette vision était plus que l'infirme n'en pouvait supporter. Elle se retourna brusquement, faisant sursauter la servante avant même que la gifle ne s'abattît sur sa joue. La fille laissa échapper un couinement, mais ne lâcha pas la masâl. Malgré la faible clarté de la torche, la marque des longs doigts osseux se dessinait aussi nettement que des cils sur sa peau pâle. Elle fixa intensément Mantharâ, se demandant quelle erreur elle avait commise, mais la bossue ne se donna pas la peine de l'en informer. Déjà, elle était repartie de sa démarche traînante vers le fond de l'impasse.

Là, elle s'immobilisa un instant, attentive aux bruits de la patrouille de nuit. Toutefois, son ouïe fine ne lui révéla que le claquement lointain de la septième porte, qui s'abaissait dans un coup de tonnerre résonnant. Il se faisait dangereusement tard : Mantharâ devait regagner le palais avant la relève de la garde, à l'aube.

Lorsqu'elle voulut frapper, le battant pivota avant même que ses doigts n'en touchent le bois usé, éraflé. Une silhouette tassée, drapée dans un ample chaddar* noir, lui fit impatiemment signe d'entrer. Elle pénétra dans une petite salle, mal éclairée par deux bougies puantes et peu meublée. La servante suivit, éteignant comme toujours sa masâl. La pièce, aveugle, semblait peinte d'un noir uniforme, mais Mantharâ savait d'expérience qu'une lumière violette y faisait apparaître des signes phosphorescents sur le moindre centimètre carré de mur – symboles interdits du tantra*, depuis longtemps oubliés de la plupart des Ârya. Ces signes païens dataient d'une époque primitive, où les mille divinités du panthéon védique n'étaient pas considérées comme les manifestations du seul vrai Dieu, mais comme des déités individuelles de plein droit, vision polythéiste blasphématoire en cette nouvelle époque civilisée. Pis encore, les inscriptions, rédigées dans un dialecte quasi oublié, célébraient les plus sombres, les plus interdites des anciennes divinités. Ignorant les dieux bienveillants et justes qu'adoraient à présent les Ârya, elles s'adressaient aux esprits primordiaux devant lesquels s'inclinaient les asura – et quelques Ârya insatisfaits, comme Mantharâ. Celle-ci était cependant assez intelligente pour garder secret son culte des dieux asura ; nul symbole blasphématoire n'était peint sur ses murs, avec quelque peinture que ce fût, et la pièce réservée à ses yajna* était également secrète, même pour sa maîtresse, la deuxième reine, Kaikeyî. Dessiner ce genre de choses chez soi revenait à chercher les ennuis – aux couleurs safran et noir des Purâna Wafadars, dont le travail consistait, entre autres, à traquer les adorateurs des démons.

— Tu as ce qu'il me faut ? demanda Mantharâ en se tournant vers son hôte.

Il ne répondit pas. D'ailleurs, il n'ouvrait que rarement la bouche, comme la plupart des adeptes du tantra, persuadés que le silence leur conférait une aura de sagesse.

Mantharâ s'en fichait. De toute manière, elle n'avait pas grand-chose à lui dire et aucune envie de l'entendre.

Il alla ramasser un sac de toile de jute visiblement lourd à l'autre extrémité de la pièce et le traîna jusqu'aux pieds de la visiteuse. Un gémissement étouffé en jaillit, tandis que de légers mouvements gonflaient le tissu grossier. Les sourcils froncés, le sectaire regarda autour de lui, puis il s'empara d'un morceau de bois avec lequel il frappa la bosse ronde qui distendait la toile au sommet du sac. Le choc, accompagné d'un bruit d'os reconnaissable, interrompit gémissements et mouvements. Satisfait, l'homme se redressa en lâchant son gourdin de fortune et s'épousseta les mains.

Derrière Mantharâ, la servante, haletante, récita une courte prière pour demander pardon à la déesse mère, Srî. Cette idiote passait son temps à prier les devî*, malgré l'interdiction formelle de sa maîtresse. Plus tard, il faudrait la rappeler à l'ordre... Mantharâ dénoua les cordons de la bourse en veau qu'elle portait à la taille pour y pêcher les pièces destinées au sectateur.

Lorsqu'il tendit la main vers les roupies, cependant, elle ne desserra pas aussitôt le poing. Conscient de l'attente qu'elle lui imposait, le petit homme leva lentement les yeux vers les siens. Elle comprit aussitôt qu'il se trouvait sous l'emprise d'une substance quelconque, sans doute la ganja*. C'était apparemment la préférée des adeptes du tantra, la bossue ignorait pourquoi. Son visage se plissa de dégoût. Elle désapprouvait l'usage des drogues et autres stimulants : leurs amateurs devenaient négligents, et dans un cas comme celui-ci, la négligence signifiait la mort. À la pensée de la facilité avec laquelle ce piteux imbécile pouvait tout gâcher, l'amertume l'envahit.

— Quelqu'un t'a-t-il vu ou entendu ? demanda-t-elle d'un ton sec, sans lâcher l'argent.

Son hôte la considéra d'un air morne, les pupilles beaucoup trop dilatées pour la faible lumière, puis finit par secouer la tête.

— Personne ne le regrettera ? reprit-elle avec un geste en direction du sac.

Une autre éternité s'écoula avant que le sectaire ne secouât de nouveau lourdement la tête.

— C'est un orphelin, comme les cinq autres ? Tu l'as trouvé dans un anars-ashram*, lui aussi ? Ni père, ni mère, ni parents connus ?

Troisième dénégation muette.

— Tu as vérifié que c'était un brahmane de naissance, qui avait eu droit aux cérémonies du nom et du cordon sacré[1] ? Que cette semaine, on avait célébré son entrée dans l'âge de raison, comme pour les précédents ?

Une pause plus longue, suivie d'un hochement de tête affirmatif.

— Personne ne t'a interrogé sur les disparitions ? Tu n'as pas dit un mot des enlèvements ou de tes relations avec moi ? Aucun membre des Purâna Wafadars n'est venu traîner dans le coin en posant des questions bizarres ?

Le petit homme, se demandant visiblement s'il devait secouer ou hocher la tête, finit par se décider à donner un coup de menton en diagonale. Son regard était peu à peu redescendu jusqu'au poing de la visiteuse, étroitement serré autour des six pièces d'argent, une par anniversaire du garçonnet.

Mantharâ n'était pas contente, loin de là. Toutefois, si son fournisseur s'était réellement conduit comme un idiot, elle ne se serait pas trouvée là à badiner ; les Purâna Wafadars auraient déjà défoncé la porte pour les traîner tous deux jusqu'aux prisons royales. De plus, il lui avait livré à ce jour une demi-douzaine de petits brahmanes. Trouver quelqu'un pour enlever chaque mois un enfant de six ans n'était pas facile, dans une ville aussi bégueule qu'Ayodiâ. Même les hors-la-loi, les vrais bandits contactés par la bossue au fil des années avaient reculé en apprenant à quoi elle destinait les bambins ; ils avaient craché à ses pieds. Que des assassins et des voleurs se réclament d'une telle vertu la laissait perplexe, mais c'était bien le genre de la moralité ârya...

1. Le cordon sacré signalait les « deux fois nés » des castes supérieures. Il leur était remis lors de la cérémonie de l'initiation, marquant, en principe, la fin de l'enfance. *(N.d.T.)*

Malgré les dangereux efforts fournis pour dénicher le sectaire, cependant, elle avait traité avec lui une fois de trop. Il savait plus ou moins ce qu'elle faisait, un risque inacceptable, si près du grand jour. Oui, il faudrait veiller à ce qu'il n'eût pas l'occasion de partager ses informations. Mantharâ était allée trop loin pour se laisser entraver par un misérable drogué au bhang, persuadé que quelques symboles suffisaient à montrer sa dévotion au seigneur de Lankâ.

Le moins-que-rien se racla la gorge, tirant l'infirme de ses réflexions. Elle tenait toujours l'argent, bien que la transaction fût terminée. « Allez, Mantharâ. L'aube ne va plus tarder. Une journée chargée t'attend, et ce n'est pas en restant plantée là, dans le taudis de cet imbécile, que tu feras avancer les choses. »

— Tiens, dit-elle avec mépris en tendant les pièces.

À sa grande surprise, le sectaire ne se jeta pas dessus.

Il leva les yeux vers elle. L'insolent.

— Vous avez promis.

Sa voix rauque, brisée, révélait qu'il fumait la ganja dans une hûkâ*plutôt qu'un chilom*.

— Je t'ai promis six pièces d'argent, acquiesça Mantharâ, les sourcils froncés. Les voilà. Prends-les, je suis pressée.

Il secoua la tête, décidé à mieux s'exprimer. Le dialecte commun qu'il employait franchissait ses lèvres de manière si heurtée, si embrouillée qu'il en devenait quasi incompréhensible. Pas étonnant qu'il parlât aussi peu !

— Promis de me prendre avec. Ce yajna. Le seigneur obscur, accueillir à Ayodiâ.

Mantharâ le considéra d'un œil fixe. Jamais elle n'avait promis à ce rustre d'accepter son aide lors du grand yajna ! Elle ne lui avait même pas dit qu'il s'agissait du rite crucial, du pénultième sacrifice qu'elle célèbrerait pour souhaiter la bienvenue au seigneur des asura la veille de son entrée à Ayodiâ. Pourquoi, par le Triple Monde, aurait-elle révélé une chose pareille à un sectateur incapable de résister à la ganja ? Enfin, elle comprit. La pratique du tantrisme donnait la capacité de discerner le passé d'autrui à son odeur corporelle. Et son odeur l'avait trahie.

La ganja servait bien à quelque chose, après tout : au moins, elle avait aidé cet idiot à atteindre une certaine compréhension.

Il eut un sourire entendu. L'expression de la visiteuse était éloquente : à présent, elle savait qu'il savait. Toutefois, elle secoua la tête, fermement décidée.

— Je me débrouillerai toute seule, merci. (Mantharâ compta quelques pièces supplémentaires.) Tu as fait du bon travail, mais c'est fini, maintenant. Je n'ai plus besoin de tes services.

Le sourire disparut, englouti par une tristesse morose.

— Avec vous, marmonna le sectateur. Préparer. L'arrivée du seigneur de la nuit. Conquérir les nations ârya. Vaincre le royaume des mortels. Avec vous. Unis dans la nuit.

Il continua à divaguer, pathétique dans ses efforts pour convaincre sa cliente : leurs talents combinés représenteraient la fusion des énergies mâle et femelle, qui menait au cercle parfait du pouvoir tantrique. Ensemble, ils formeraient un ordre nouveau, l'ordre de Lankâ ; lorsque le seigneur obscur serait là, ils régneraient, grand prêtre et grande prêtresse de la nouvelle religion.

La bossue se retint de rire au nez du misérable devant tant d'impudence. Grand prêtre et grande prêtresse, vraiment ! Ce crétin n'avait aucune idée des forces en présence : il mourrait de peur si le seigneur obscur lui apparaissait un seul instant ; et puis, s'imaginait-il réellement qu'en aidant Mantharâ à nourrir son foyer sacrificiel avec quelques petits brahmanes, payés un bon prix, il avait gagné le droit d'exprimer des revendications aussi grotesques ? D'ailleurs, quel recours croyait-il avoir contre elle ? La faire chanter en racontant aux autres sectateurs qu'il avait enlevé sur son ordre de jeunes orphelins ? Cette idée la fit réfléchir. Maintenant qu'elle y pensait, c'était en effet certainement ce qui se passerait.

Conscient de ne pas impressionner la bossue autant qu'il l'aurait voulu, l'homme se tut et la fixa d'un air morose en attendant sa réponse. Elle le surprit par un sourire chaleureux, du moins aussi avenant que le permettait le côté droit paralysé et ratatiné de son visage.

— Je suis d'accord, bien sûr, dit-elle. Tu disposes d'un grand vidyâ* et d'un immense kalâ*, un savoir et un art qui me seraient très utiles lors de mes rituels. Le seigneur obscur aimerait que des acolytes tels que toi se joignent à sa cause. Nous sommes isolés au cœur de hordes d'adorateurs des deva, minuscules îlots perdus dans un affreux océan de Brahman. Il faut nous unir pour assurer la victoire de notre maître. (Mantharâ s'interrompit, rouvrit sa bourse et y fouilla une seconde fois.) Pour sceller notre alliance toute neuve, je te fais en son nom une offrande spéciale. Elle te servira à recruter de nouveaux adeptes, comme bon te semblera : ces quelques pièces ne sont rien en comparaison du trésor où je les ai puisées. Le seigneur obscur sait avec quelle facilité les mortels se laissent séduire par l'appât du gain. Garde ce que tu voudras en récompense, car tu l'as bien servi, à sa grande satisfaction.

Elle tendit une poignée d'or et d'argent, de quoi acheter une maison confortable des beaux quartiers. Les pupilles du sectaire se dilatèrent davantage encore dans ses yeux écarquillés, fixés sur ce salaire de roi. Il déglutit, faisant tressauter sa pomme d'Adam, puis il acquiesça d'un hochement de tête égaré en tendant les deux mains pour recueillir cette manne, qui dépassait sans doute ce qu'il avait jamais possédé de toute sa misérable existence.

Mantharâ fit mine de lâcher les pièces dans la coupe de ses paumes, mais vacilla, les répandant sur le sol. Les petits disques de métal tintèrent, cliquetèrent et partirent dans toutes les directions. Le fournisseur les contempla un instant d'un air morne avant de tomber brutalement à genoux pour les rassembler avec frénésie.

La bossue le regarda faire un moment puis, écartant les plis de sa lourde robe, en tira une longue dague courbe. Au moment de quitter le palais, elle l'avait glissée dans une poche spéciale doublée de cuir, où elle avait déjà versé quelques gouttes d'une mixture de sa fabrication, précaution qu'elle prenait lors de toutes ses excursions nocturnes illicites. La clarté fumeuse des bougies fit luire la lame d'un éclat jaune-vert.

Mantharâ saisit la poignée à deux mains, afin d'avoir une meilleure prise malgré sa difformité, se pencha et frappa l'homme à la nuque – ou, plutôt, l'égratigna juste assez pour lui traverser la peau. Il continua un instant à marteler le sol comme si de rien n'était, obsédé par sa récompense, mais il s'interrompit enfin, se figea, leva lentement la main jusqu'à sa nuque. Une gouttelette de sang quasi imperceptible lui tacha le bout du doigt, qu'il contempla avant de le porter à sa bouche pour le sucer. La compréhension se fit lentement jour sur ses traits décharnés. Toutefois, lorsqu'il voulut se tourner vers Mantharâ, le poison, qui venait de passer dans son système digestif et dans son sang, l'en empêcha. Un spasme le secoua ; il tomba face contre terre, pendant que les pièces rassemblées par ses soins se dispersaient de nouveau bruyamment.

L'infirme le regarda agoniser un moment puis se tourna vers la servante. La jeune fille, blanche comme le dhotî d'un brahmane, s'appuyait contre la porte, avec l'envie évidente de se fondre dans le bois.

— Emporte le sac au carrosse, lui ordonna sèchement sa maîtresse. Débrouille-toi pour que les valets de pied ne découvrent pas ce qu'il contient. Mets-le dans la boîte au kazana*, comme d'habitude, et fais attention. Le dernier, tu l'avais abîmé.

Prête à détaler, la servante approchait lentement la main du loquet, mais à la dernière seconde, ses yeux se reposèrent sur le sectaire qui étouffait, secoué de spasmes ; le même sort attendait quiconque contrariait Mantharâ. La fille se précipita vers le sac grossier, le jeta sur son épaule comme s'il contenait des pommes de terre puis sortit le plus vite possible.

La bossue passa un instant à examiner la pièce puante à la clarté des bougies. Il y avait sans doute là quelque chose dont elle pouvait tirer profit. Il y avait *toujours* quelque chose. Les plis de sa robe dissimulaient une écharpe, bande de soie semblable à celles qu'utilisaient, au palais du maharajah, les reines, titrées ou non. Avec un sourire aussi mince que la grimace de la mangouste se jouant du cobra, Mantharâ se pencha pour placer le foulard dans la main du cadavre, comme si le sectaire l'avait arraché à son assassin au moment de mourir. Voilà. Cela suffirait à dérouter les autres adeptes du tantra, à les mettre en colère – ce qui s'avérerait peut-être utile.

Lorsque Mantharâ quitta le taudis, la lumière extérieure la prit par surprise. Les traits crispés, elle leva sa main droite tordue. Maudite pûrnîma ! La pleine lune étincelante, aussi gonflée qu'une sorcière enceinte, semblait d'une omniscience et d'une sévérité de juge… Le clan de la bossue, les Chandramuki, révérait en l'astre nocturne un totem redouté. C'était par des nuits de pûrnîma comme celle-ci que le panchâyat* rendait ses jugements. Mantharâ avait changé de religion depuis bien longtemps, mais il lui était toujours difficile de repousser la peur instinctive gravée en elle par les rites de sa jeunesse. Tirant sur sa tête la capuche de sa robe, elle partit aussi vite que le lui permettait sa démarche chaloupée.

Son ombre lunaire dansa devant elle tout le long de l'impasse, raillerie silencieuse. L'infirme lui cracha dessus avant de grimper dans le carrosse, dont elle conserva les rideaux fermés avec soin jusqu'au palais du maharajah.

Kânda* premier

LA FIN DE L'ENFANCE

I

KAUSALYÂ !

La voix tonitruante résonna dans les corridors tortueux du palais de la première reine. Les guerrières postées à l'entrée regardèrent avec des yeux ronds un homme imposant, au torse large, s'approcher d'un pas décidé, puis elles s'empressèrent de baisser leur lance en s'inclinant devant le souverain. Le palais de la ranî* était interdit aux hommes, à une seule exception : le maharajah Dasaratha, souverain du Kosala*. Toutefois, il n'avait pas rendu visite à son épouse principale depuis si longtemps que les servantes qui s'étiraient paresseusement ou qui le guettaient, cachées derrière les rideaux de soie et les panneaux ornementés, mirent un moment à le reconnaître. Certaines cherchèrent maladroitement à protéger leur pudeur avec ce qui leur tombait sous la main – coussin de satin, tapisserie, vase en argent –, tandis que d'autres exposaient délibérément leur nudité afin d'attirer l'attention par leurs poses d'une modestie feinte sur les seuils ou les luxueux shâsan*. Outre les trois reines, habitant chacune son palais particulier, trois cent cinquante concubines se partageaient la demeure royale ; c'était plus qu'il n'en fallait à n'importe quel homme viril, mais cela ne coûtait rien d'essayer.

Les yeux du souverain ne s'égarèrent cependant pas sur les beaux corps féminins ou les séduisants regards en amande. Dasaratha traversa le mahal d'une démarche énergique, qui démentait sa masse et son âge respectables.

— Kausalyâ ! appela-t-il encore, surtout pour prévenir l'intéressée de son arrivée.

C'était la première fois depuis bien longtemps qu'il s'aventurait en ces lieux, aussi dissimulait-il sa nervosité sous une autorité fanfaronne. Attitude efficace : les servantes considéraient comme normal que le maharajah parcourût le palais à grands pas en appelant sa maharanî.

Après avoir traversé la dernière antichambre, il pénétra dans un petit chaukat* à ciel ouvert, au centre occupé par des sculptures délicates et une fontaine en marbre, qu'il contourna la tête haute. L'aube arrivait tout juste, teintant la voûte céleste de multiples nuances pourprées. Une bruine légère, presque une rosée, rafraîchissait la cour intérieure, où elle apportait l'arôme du célèbre bosquet de gulmohur* qu'affectionnait la première reine. Le souverain jeta un coup d'œil nostalgique à la statue de Kâma* qui dominait la fontaine et l'étang aux lotus. Un sourire mélancolique joua sur ses lèvres à la vision de l'arc en canne à sucre et de la flèche-fleur que le dieu tenait délicatement de ses mains poupines. Dasaratha se rappelait l'époque où Kausalyâ avait aménagé cet ensemble avant de le lui montrer avec fierté ; elle s'était chargée en personne de la décoration intérieure de ce chaukat, mais aussi de tout le palais, ou presque. Le roi lui avait témoigné son admiration en lui faisant l'amour au pied de la vasque, sous le bleu profond d'un ciel de varsa* à minuit, tandis qu'un crachin tombait sur leurs corps onduleux. Dix-sept longues années le séparaient de cette nuit-là, mais la fontaine lui en rappelait le souvenir aussi nettement que s'il datait de quelques jours à peine.

— Kausalyâ ! appela-t-il une troisième fois, avec douceur cependant, en s'engageant dans les pièces centrales.

Une jeune servante allongée sur un shâsan, presque nue quoique l'hiver touchât juste à sa fin, se releva avec un couinement puis se figea, les yeux écarquillés, telle une biche devant un char, pétrifiée par la vision de son roi fondant sur elle. Dasaratha remarqua ses seins opulents et ses côtes bien dessinées, qui descendaient jusqu'à une taille assez fine pour qu'il l'entourât des deux mains. Il attrapa la fille par l'épaule – peau fraîche, d'une douceur de pétale – afin de l'écarter doucement de son chemin. Son coude lui effleura la poitrine. Elle laissa échapper un petit halètement pendant qu'il s'éloignait sans un regard en arrière, inconscient du fait que, d'ici le soir, ce frôlement aurait été exagéré jusqu'à devenir une véritable relation sexuelle.

En pénétrant dans les appartements privés de sa reine, il fut aussitôt frappé par le changement de décor : une atmosphère de calme l'enveloppa, une impression de quasi-pénombre due à des couleurs sobres, des meubles et des bibelots choisis avec le goût le plus exquis, répartis à des intervalles d'une esthétiquc parfaite. Cet aménagement artistique s'était étendu jusqu'aux torchères et aux candélabres, mais aussi aux bouches d'aération associées, dessinées de manière à dissimuler leur véritable fonction : évacuer la chaleur et la fumée des flammes. Dasaratha, amusé, secoua la tête en foulant avec indifférence les tapis orientaux aux broderies complexes, dont il ne remarqua même pas les arabesques originales. Il lui semblait avoir franchi une porte ouvrant sur le passé.

Enfin, il s'immobilisa, bouleversé. Lui qui avait passé autrefois toutes ses nuits et presque toutes ses journées en ces lieux, il les trouvait si peu changés que c'en était effarant.

Il allait repartir à la recherche de son épouse, lorsque quelque chose arrêta son regard : un visage familier, entrevu à l'extrémité de la salle, près d'une fenêtre, dans une alcôve où la lumière des masâl pénétrait à peine. Cette apparition le retint aussi irrésistiblement que l'apsaras* le voyageur dans une étreinte séductrice.

C'était un portrait de Kausalyâ et de lui à l'époque. La différence entre son présent et son passé lui arracha une grimace : les membres minces et musclés avaient épaissi, ramolli ; le torse marmoréen, tellement masculin, s'était enrobé de graisse et arrondi ; le visage nettement découpé, empli d'énergie, était devenu morne et bouffi ; les cheveux... Assez ! Les médecins lui reprochaient sans arrêt son surpoids et son manque d'exercice ; il n'avait pas besoin d'une image d'autrefois pour verser du sel sur la plaie. À soixante-trois ans, son aspect physique était bien le moindre de ses soucis.

En revanche, il n'avait rien contre le fait de contempler Kausalyâ un instant encore. Voire une éternité. Sa beauté était à couper le souffle. Dasaratha tendit la main, incapable de résister à l'envie de toucher ce doux visage, cette joue lisse, que n'avaient marqués ni les années de soucis, ni la grossesse, ni la maternité. La reine était l'image même de la perfection ârya, avec ses yeux de biche, sa chevelure de corbeau, son teint de lys, ses traits délicats, ses membres minces, ses seins généreux... Dans son sourire serein, il se revoyait jeune, fort, épargné par les maux mystérieux et l'inexplicable affaiblissement présents, amoureux jusqu'au priapisme. En cet instant, d'ailleurs, absorbé par sa contemplation, plongé dans des souvenirs d'une incroyable puissance sensorielle, il sentait une sorte de fourmillement s'emparer de lui en dessous de la ceinture. « Le vieux renard chasse toujours », se dit-il avec un sourire.

Un tintement de clochette le tira de sa rêverie. Il se retourna dans le froissement de son dhotî en soie pour découvrir Kausalyâ immobile sur le seuil, un thalî* à pûjâ* entre les mains. Contrairement à lui, au corps las, ravagé par la maladie, la reine s'était épanouie dans la maturité telle une mangue mûrissante, gagnant juste assez d'ampleur pour rehausser sa féminité. Quant à ses yeux, sombres, profonds, qui, il l'avait juré autrefois, lui renvoyaient le reflet de son âme, ils étaient restés inchangés. Brûlants, ou plutôt flamboyants, à cet instant précis, en le découvrant dans des appartements privés, où il n'avait pas été invité.

— Ayodiâ-naresh*, commença Kausalyâ, usant du titre officiel de Dasaratha. Quelle affaire vous amène dans ce quartier oublié de la cité ?

Il fit la grimace : la pique avait porté. Seul un couloir mitoyen séparait du sien le palais de la première reine. Ils étaient donc voisins, logés à quelques centaines de mètres l'un de l'autre.

— Je suis ravi de constater que tu n'as rien perdu de ta

vivacité d'esprit, Kausalyâ, répondit-il en s'approchant d'elle. De ton sens du dharma* non plus.

Allusion au thalî à pûjâ qu'elle tenait toujours.

— Le dharma ? répéta-t-elle avec une surprise feinte, les sourcils arqués. C'est un bien grand mot pour parler d'une petite habitude de tous les jours. Je ne doute pas que la moindre de vos reines commence la journée en offrant quelques prières aux ancêtres, aux dieux, mais aussi à son seigneur et maître ? Aucune épouse digne de ce nom ne saurait faire moins.

Il détourna les yeux comme pour regarder à travers une fenêtre treillissée. L'aube arrivait ; les parterres de fleurs alignées avec soin sortaient de l'ombre, la puissante odeur du jasmin s'élevait, excitante – le parfum préféré de Kausalyâ depuis toujours. Dasaratha savait parfaitement que la réplique visait Kaikeyî, la deuxième reine, plus susceptible, à cette heure, de dormir sous l'emprise de l'alcool que de se consacrer aux rites matinaux. Un petit effort lui suffit pour résister à la provocation. Il y avait bien longtemps que personne n'avait osé le rabrouer ou se moquer de lui.

— Comment vas-tu, ma reine ? demanda-t-il, décidé à faire une autre tentative. J'espère que les choses se passent selon tes désirs. Tu n'as besoin de rien ?

Il s'efforçait de laisser transparaître dans sa voix et son expression toute la sincérité, mais aussi toute la noblesse royale possibles, afin de dévier les traits que risquait de lui décocher Kausalyâ.

Toutefois, elle n'en avait pas terminé. Elle ne faisait même que commencer. Son ravissant visage se plissa en une petite moue de surprise feinte.

— Moi, grand naresh* ? (Elle se servait, cette fois, du mot sanskrit signifiant « seigneur », se refusant à appeler le visiteur par son prénom.) En quoi pourrais-je bien vous intéresser ?

— Allons, il suffit, dit Dasaratha avec un sourire forcé. Tu es ma reine principale, ma première épouse. (Il eut un geste vague en direction du grand lit, l'élément central de la pièce.) Nous avons partagé tant de nuits sur ce terrain de jeu réservé au plaisir...

— C'est fini.

La rebuffade avait claqué, aussi brève et cinglante qu'un coup de fouet.

Le sourire du roi disparut.

— Permets-moi d'en venir au fait. Je suis ici ce matin parce que...

— Pas encore, Ayodiâ-naresh, coupa Kausalyâ en secouant la tête. Toutes vos épouses ne remplissent peut-être pas leurs devoirs avec beaucoup de zèle, mais je suis, quant à moi, bien élevée. Respectons la tradition.

Avant qu'il ne pût protester, elle frappa dans ses mains. Aussitôt, une servante apparut, celle qu'il avait croisée dans l'antichambre, mais habillée. Elle s'inclina presque assez bas pour toucher le sol du front.

— L'argha*, lança la maîtresse des lieux.

La jeune fille battit en retraite puis réapparut en un clin d'œil, chargée d'une bassine en métal et d'une carafe d'eau.

Avec un soupir, Dasaratha prit place sur la chaise que lui désignait Kausalyâ.

— C'est ridicule, ma reine ! L'argha sert à accueillir un hôte lors d'une visite exceptionnelle, pas son mari !

Comme elle s'était accroupie pour lui laver les pieds, elle dut relever les yeux afin de le regarder.

— Certains hôtes m'ont rendu visite plus souvent que vous, naresh.

La riposte alla droit au cœur du roi, qui se baissa et attrapa son épouse par les bras, l'empêchant de lui essuyer les pieds avec le bas de son pallo*.

— J'ai à te parler de choses importantes. Ces jeux stupides ne sont pas de mise.

Kansalyâ baissa les yeux vers ses mains, vers les poings velus qui la tenaient par les poignets, lui enfonçant ses bracelets d'or dans la chair.

— Quel grand roi vous êtes, Ayodiâ-naresh. Venir trouver votre première épouse après une si longue absence pour lui prouver ainsi votre affection.

Il la lâcha aussitôt, honteux. Certes, elle l'avait provoqué, mais il s'était mis en colère parce qu'il se sentait coupable. Il détourna la tête, tant le regard de Kausalyâ lui était insupportable. Il était resté trop longtemps sans l'approcher, au point d'oublier qu'elle n'avait rien d'une Kaikeyî. Ce matin, en entrant dans le petit cercle où elle exerçait son pouvoir, il lui avait donné l'occasion de le railler, de le réprimander, de lui faire éprouver un sentiment de culpabilité comparable à celui du jeune époux qui dérobe un baiser à sa belle-sœur. Il fallait qu'il gardât son calme. Après tout, il s'était préparé à ce genre de choses en se décidant à cette visite. Quelque provocation qu'elle lui opposât maintenant, il resterait dans les limites de la chevalerie.

Toutefois, la réplique suivante de Kausalyâ le surprit autant que le ton sur lequel elle fut prononcée de tout près : doux, sincère et tendre. La main de la reine effleura le bras nu de Dasaratha. Ce simple contact fit déferler en lui un flot de souvenirs sensuels.

— Raje*, dit-elle, je te présente mes excuses pour m'être montrée désagréable. Il y a bien longtemps que tu ne m'as pas accordé la grâce d'une visite. Je suis restée si souvent en ma seule compagnie que j'ai oublié comment me conduire en présence de mon roi.

Les yeux de Dasaratha s'humidifièrent, sa nuque se hérissa de honte.

— Je te prie de me faire l'honneur de passer un moment avec moi dans ma salle de l'âkâsa*, poursuivit Kausalyâ. Nous regarderons ensemble un nouveau jour se lever, et tu m'exposeras tes pensées en toute liberté. Je ne saurais oublier une nouvelle fois les règles de l'hospitalité.

Il se tourna pour l'attraper par les épaules avec une force et une brusquerie telles qu'elle eut un hoquet de stupeur, puis elle plongea le regard dans ses yeux. Ils ne trahissaient nulle colère, loin de là.

— N'en dis pas plus, je t'en prie, lança-t-il, renonçant à ses efforts de maintien. J'ai déjà bien assez honte.

— Raje, murmura-t-elle, stupéfaite.

— Crois-moi, je t'en prie. Jamais je n'ai cessé de t'aimer. Il ne s'est pas écoulé un jour, une heure, un instant sans que je pense à toi.

Elle le fixait intensément. Pour une fois, Kausalyâ à la langue agile ne savait que dire.

— Je me suis conduit comme un imbécile, cruel, qui plus est. Je t'ai négligée sans raison, sans explication ni excuse. C'est honteux pour un ksatriya, impardonnable pour un roi. Seulement, lorsque j'ai fini par le comprendre, j'ignorais comment t'exprimer mes regrets et faire amende honorable. Les guru eux-mêmes ne sauraient arranger les choses entre homme et femme, Kausalyâ.

— Je ne m'en doutais absolument pas, répondit-elle en secouant lentement la tête.

Il baissa les yeux.

— Tu ne peux pas savoir combien de fois j'ai eu envie de venir te trouver pour te supplier de me pardonner. De me laisser tout reprendre de zéro.

Elle le regardait à présent comme si elle ne l'avait pas vraiment vu depuis son arrivée.

— Tu aurais dû. Je t'aurais pardonné en un clin d'œil. Si seulement tu étais venu…

— Oui, acquiesça-t-il d'une voix rauque, j'aurais dû. Mais tu sais, et toi seule le sais, combien je redoute d'être rejeté. J'hésite à m'aventurer lorsque je risque un échec. Malgré mon deuil – oui, c'est le mot juste, le deuil de notre amour –, je ne supportais pas l'idée que tu me repousses, que tu me chasses. J'aurais été complètement perdu.

— Comment l'aurais-je pu ? s'écria-t-elle. Te repousser ? Te chasser ? Tu es fou ! Le fou de la cour ! Je t'aurais accueilli à bras ouverts. Jamais je ne pourrai te repousser.

— Est-ce bien vrai ? demanda-t-il, la considérant d'un œil fixe. Tu m'aurais pardonné aussi facilement ?

Elle baissa un instant les yeux. Lorsqu'elle reprit la parole, sa voix se brisa.

— Peut-être m'aurait-il fallu un moment. Je ne suis qu'une femme, pas une devî. Une femme qui s'efforce d'être une reine. Mais je ne t'aurais pas chassé. De cela, tu peux être sûr.

Ils restèrent un long moment silencieux, pensant tous deux aux nuits blanches passées dans leur lit respectif, si proches physiquement, si éloignés émotionnellement, emplis de désir, de passion, de peur.

— Je suis un fou, c'est vrai, admit-il enfin. Un vieux fou, à présent.

Elle releva vers lui un regard anxieux. La détérioration de la santé royale n'était un secret pour personne au palais.

— Tu as eu d'autres attaques ? Les vaid*...

Dasaratha l'interrompit d'un reniflement méprisant.

— Les vaid royaux trouvent fascinante ma maladie incurable ! (Il secoua la tête.) Je manque de charité. Ils font de leur mieux, je le reconnais, mais leur immense ayurveda* n'a pas toutes les réponses. (Le roi écarta le sujet d'un brusque haussement d'épaules.) Nous en reparlerons, je te le promets. Pour l'instant, je me sens bien comme jamais depuis des années. (Il montra, non sans nostalgie, leur portrait de jeunesse.) Je ne suis plus ce que j'ai été. Jamais je ne retrouverai cette force, cette ambition brûlante, cette envie d'en découdre, de... (Il avait failli évoquer ce qui l'avait éloigné de la chambre de Kausalyâ, le jetant dans les bras d'autres femmes, le menant vers d'autres amours.) Mais je me sens bien. Ou, disons, mieux. Peut-être est-ce pourquoi j'ai enfin eu le courage de venir.

Il la contempla, les yeux humides d'une tendresse que la seule politesse n'expliquait pas.

— Je remercie d'ailleurs les ancêtres de l'avoir fait.

Elle sentit le regard du visiteur descendre le long de son visage jusqu'à sa poitrine, sa taille toujours fine, ses hanches voluptueuses, son nombril... Son teint d'amande pâle vira à l'écarlate, la rougeur se répandant de ses joues à sa gorge, à la vallée entre ses seins... Dasaratha se rapprocha d'elle, assez pour qu'elle sentît durcir contre sa cuisse un désir revivifié.

— Kausalyâ, lui chuchota le souverain à l'oreille, le souffle brûlant contre sa joue.

Ses genoux flanchèrent. Elle glissa à terre dans le froissement de son sari et le cliquetis de ses bracelets, sans force, hors d'haleine, puis se cacha le visage contre les cuisses de son époux. Avec un grognement, il fit l'effort de se pencher, de l'attraper par les mains pour la remettre sur ses pieds. Elle se redressa facilement, docilement. Une senteur de jasmin parvint aux narines du roi, qu'elle submergea de souvenirs. Les premières années de mariage, les premières nuits partagées, seuls au monde, elle et lui, sans deuxième ni troisième reines, sans la première des trois cent cinquante concubines ; un prince et sa princesse, nus sur un lit jonché de fleurs, dans le chaukat à ciel ouvert, sous les étoiles, perdus au cœur du labyrinthe complexe de Kâma. Ils avaient exploré les jardins secrets du plaisir sensuel, de l'art d'aimer, le Kâma-sûtra*. Voilà ce que le jasmin rappelait à Dasaratha, avec une soudaineté d'autant plus saisissante qu'il avait longtemps gardé ces souvenirs sous clé.

Kausalyâ le regardait, les yeux aussi immenses, aussi beaux – non, plus beaux – que ceux du portrait. Nul talent artistique ne permettrait jamais de rendre la manière dont ils emprisonnaient la lumière, la flamme intérieure qui donnait à la reine des airs de concubine et de déesse tout à la fois, d'ange sombre et de princesse guerrière. Sa féminité dissimulée par le sari, soulignée par la clarté fluctuante des torches, était plus douloureusement désirable que jamais, comme si les années n'avaient pas filé, comme si elle n'avait pas eu de fils, comme si Dasaratha ne s'était pas détourné d'elle, comme si…

Il secoua la tête et la relâcha, faisant un pas en arrière. Ses pieds nus se posèrent sur le rebord de la bassine à argha, qu'ils renversèrent. L'eau se répandit sur le sol tandis que retentissait un choc sonore, dont l'écho se répercuta dans la vaste pièce. Ni Kausalyâ ni Dasaratha ne le remarquèrent.

Attirant son épouse vers le lit, il la fit tomber sur les plis de satin caressant. Alors qu'il déroulait son dhotî puis le jetait de côté, elle tira sur une mince corde à glands attachée à l'un des montants. Une pluie de pétales de roses rafraîchissante, au doux parfum fleuri, enveloppa la couche et ses deux occupants. Dasaratha en fut stupéfait. Combien de temps Kausalyâ avait-elle attendu, égrenant les nuits, remplissant chaque jour la réserve de pétales en prévision de l'instant où il la rejoindrait une fois de plus dans son lit ? Quelle patience infinie, inouïe ! Lorsqu'il écarta le dernier pli du sari de sa femme, qu'il couvrit de son corps, il s'aperçut avec étonnement qu'il pleurait de plaisir et de douleur mêlés – plaisir de leur étreinte, douleur de leur longue séparation.

Il se rappela, alors, qu'il n'avait pas encore exposé la véritable raison de sa visite. Après. Il en parlerait aussitôt après.

Alertée par le bruit de la bassine à argha renversée, la servante arriva un instant plus tard. En entendant les soupirs passionnés qui s'élevaient de la chambre, elle y jeta un coup d'œil, sans rougir, puis elle tira les rideaux à l'entrée de la pièce. Elle était jeune, certes, mais pas au point de méconnaître l'importance de l'événement. Le ménage attendrait.

II

UN DÉMON CORNU assassinait la deuxième reine. À califourchon sur la poitrine de Kaikeyî, il lui écrasait les poumons de sa masse d'ours tout en lui martelant la tête comme un joueur de dhol* son tambour durant les fêtes d'Holî. Boum, boum, boum, boum, pause, boum, boum, boum, boum, pause.

Il aurait continué jusqu'à fendre le crâne de sa victime pour en répandre le cerveau, si la pensée d'Holî ne lui avait fait perdre le rythme. Avec un grognement de rage, il serra les cuisses, soulevant une douleur indescriptible dans les côtes de Kaikeyî.

Elle s'efforça d'ouvrir les yeux. Holî. Pourquoi l'idée du festival sacré avait-elle mis le râkshasa en colère ? C'était pour bientôt, non ? Si, elle en était sûre, parce que Mantharâ lui avait fait remarquer récemment que ce serait le premier Holî de Bhârata au palais depuis ses sept ans. Kaikeyî en avait été saisie. Évidemment, elle savait que Bhârata et ses frères avaient passé des années au gurukul* du guru Vasistha, à apprendre Dieu sait quoi, mais comme ils étaient rentrés trois saisons plus tôt, il lui semblait vivre avec son fils depuis toujours. Étaient-ils vraiment restés huit ans séparés ? Mantharâ ne pouvait se tromper, elle ne se trompait jamais ; c'était pourquoi sa maîtresse lui laissait le soin de prendre toutes les décisions.

D'ailleurs, où était-elle ? Pourquoi ne défendait-elle pas Kaikeyî contre le râkshasa ? Oh ! sa pauvre tête... Sainte mère la Terre Srî ! Si seulement le monstre la lui arrachait, purement et simplement, pour en finir ! La décapitation serait un tel soulagement après les coups... Peut-être la reine oserait-elle, alors, ouvrir les yeux afin de reprendre le cours de son existence. Bien sûr, il lui serait difficile de mener une vie normale sans tête. Quoique le grand dieu Ganesha se fût fort bien débrouillé avec celle d'un éléphanteau.

Peut-être se coifferait-elle du chef d'une biche ou, mieux encore, d'un cerf, un de ces géants du Nîlgîri qui mesuraient trois mètres au garot et dont les bois claquaient, menaçants. Elle s'imaginait très bien, nue, le décolleté déchiqueté et sanglant, dotée de la fière dépouille d'un mâle aux yeux noirs, aux andouillers évoquant une étrange couronne. Intéressant, troublant même, comme seuls pouvaient l'être les dieux et les monstres. Elle ressemblerait à la victime mythique d'une terrible malédiction. Excitant, comme les peintures de créatures difformes exposées à l'étal de ce marchand, autrefois, sur la route de Janakpurî...

— Kaikeyî !

Ou comme la danse inspirée par le rite de pûjâ interdit... Une danse choquante, si grossière et si stimulante sexuellement que Kaikeyî s'était demandé ce qu'elle aurait éprouvé en assistant au rite proprement dit. Voire – motus et bouche cousue – en y participant. Les célébrants, de véritables primitifs, arboraient des fourrures dont ils n'avaient pas détaché les têtes aux yeux fixes, vitreux. Voilà de quoi elle aurait l'air : un trophée de cerf sur son corps de femme, son corps parfait d'avant le mariage, avant que la maternité, la vie facile, la chère et la boisson plus faciles encore ne prélèvent leur dû ; une vision formidable, inquiétante, qui frapperait le spectateur d'une terreur respectueuse.

— Kaikeyî ! Réveille-toi tout de suite, ou je te verse de l'eau glacée sur la tête.

Si elle se mettait à danser pour Dasaratha, à danser vraiment – il n'était pas question de la chorégraphie précise destinée aux yeux royaux, mais de la frénésie sauvage des Gandharî, des Kazakhs ou des Kirghiz –, même la longue maladie du maharajah n'étoufferait pas le désir qui se lèverait en lui, l'excitation qui s'emparerait de ses organes inférieurs, comme lorsque Kaikeyî l'avait initié au jeu du poignard et de la yoni, au délicieux mélange de sexe et de danger. Dasaratha y avait puisé une telle ardeur qu'il en avait littéralement répandu sa semence aux quatre vents. Oui, elle retrouverait ce pouvoir sur lui, cette impression de domination complète, entière.

— Kaikeyî ! Dernier avertissement, ma fille. Après, c'est l'eau. Prépare-toi.

Pourquoi Mantharâ l'appelait-elle toujours « ma fille » ? La vieille sorcière avait veillé sur son enfance, d'accord, mais c'était quand même ridicule. Kaikeyî était mère, maintenant. Et maharani, rien de moins. Pourtant, la bossue la traitait toujours comme une gamine capricieuse, trop gâtée...

— Aaaah !

La reine s'assit brusquement, ouvrant les yeux sur un enfer aqueux. Non, pas un enfer, car les enfers étaient brûlants, envahis par les flammes, alors que *ça*, c'était froid, glacé. La daîmâ* lui avait bel et bien jeté de l'eau au visage, et tenait encore la cruche, les lèvres tordues par son vilain sourire, comme pour laver un cheval ou... ou...

— Mantharâ ! crachota Kaikeyî en s'essuyant les yeux. Espèce de vieille sorcière !

Le sourire de l'infirme s'élargit.

— Eh oui, c'est moi, la vieille sorcière. (Elle laissa tomber avec fracas le pichet de l'argha puis, s'avançant de son pas traînant, tendit une main ratatinée semblable à une serre. Deux gifles s'abattirent sur les joues de Kaikeyî, assez fort pour lui brûler la peau.) Et toi, espèce de putain, de garce du maharajah. Réveille-toi. Viens voir ce qu'a fait ton maître pendant que tu passais ta matinée au lit.

Kaikeyî battit des paupières, les gifles complétant le processus de réveil entamé par l'eau glacée. Les insultes de sa servante l'avaient instantanément avertie qu'il y avait un problème, un vrai. L'infirme s'autorisait parfois quelques écarts de langage, mais lorsqu'elle s'adressait de cette manière à la reine, cela signifiait que cette dernière avait commis une grossière erreur, dont les répercussions affecteraient sa conseillère. Or si Mantharâ laissait passer certaines bêtises dont Kaikeyî seule avait à pâtir, jamais, au grand jamais, elle ne pardonnait celles qui l'atteignaient, elle. Sa maîtresse avait appris la leçon bien longtemps auparavant, lorsqu'elle n'était encore qu'une fillette aux grands yeux pas plus haute que le genou de la daîmâ, dont la silhouette écrasante exerçait sur elle un pouvoir absolu.

Son épouvantable gueule de bois oubliée, Kaikeyî se réfugia de l'autre côté du lit. Elle était redevenue une enfant effrayée, cramponnée au sari de Mantharâ, à sa merci. L'infirme, qui ne la battait plus depuis des années, semblait prête à rattraper le temps perdu. Ses yeux brillaient d'un éclat de diamant, tandis que sa lèvre inférieure luisait de salive, à l'endroit où reposaient les dents supérieures, proéminentes.

Recroquevillée au bord du grand lit luxueux, Kaikeyî ramena les genoux contre la poitrine, fixant sur Mantharâ un regard mobile de bête sauvage. Elle ignorait ce qu'elle avait bien pu faire pour déchaîner sa fureur, mais elle n'avait pas l'intention de rester plantée là à se laisser brutaliser.

À sa grande surprise, cependant, la réplique suivante de la bossue prit la forme d'une question plutôt que d'un chapelet de mots de deux syllabes.

— Depuis combien de temps n'est-il pas venu te voir ?

Kaikeyî se redressa à genoux, méfiante, s'essuyant les yeux sans les détourner de la mégère. L'eau ruisselait sur son visage de ses tresses trempées.

— Qui ça ?

— Qui ça ? répéta Mantharâ, méprisante. Ton mari, femelle stupide. Le roi du Kosala, le maître d'Ayodiâ, le maharajah Dasaratha. Qui d'autre ? Avec qui partages-tu ta couche ?

Kaikeyî se demanda un instant s'il s'agissait d'une question purement rhétorique ou si elle exigeait une réponse. La subtilité n'avait jamais été son fort, et le martèlement qui résonnait sous son crâne n'avait fait qu'empirer. Seigneur, pourquoi avait-elle laissé ce voyou lui verser tout ce mauvais vin dans la bouche, la veille au soir, à la taverne ? Ah ! oui : il était tellement beau, tellement bien bâti. Un effort permit à la deuxième reine de chasser de son esprit son compagnon de la nuit précédente pour chercher une réponse. Mais au fait, quelle était la question ? Oui, bien sûr : depuis combien de temps Dasaratha n'était-il pas venu la voir ? Bonne question. Depuis combien de temps...

— Je ne sais pas, dit enfin Kaikeyî avec une franchise rare. Un bon moment. Un an, peut-être, voire plus.

Mantharâ hocha pensivement la tête en ramassant la cruche pour la poser sur une table de chaturanga* – Kaikeyî n'y jouait jamais, mais Dasaratha si, à l'occasion. Un éléphant, une tour, quelques fantassins tombèrent du plateau carré en s'entrechoquant.

— C'est bien ce que je pensais. Je pensais aussi que sa santé expliquait son absence. Un sexagénaire malade n'a pas autant envie d'intimité physique qu'un robuste jeune homme.

— Tu parles ! lança Kaikeyî d'une voix geignarde quoique irritée. Tous les mêmes : des brutes égoïstes.

Les meurtrissures de la nuit précédente n'avaient pas encore disparu. En général, les beaux voyous bien bâtis aimaient laisser des traces.

— Mais avec les hommes, on ne sait jamais, poursuivit Mantharâ en agitant le doigt. Ils feignent souvent la faiblesse dans le seul dessein de réserver leur énergie concupiscente à de nouvelles conquêtes. (Ses traits se tordirent en une grimace hargneuse.) Je me suis laissé abuser, tout comme toi, en concluant que sa mauvaise santé éloignait Dasaratha de ta couche. Maintenant, je comprends : ce salaud hypocrite avait une idée derrière la tête.

Les yeux de Kaikeyî s'écarquillèrent. Jamais encore les colères injurieuses de Mantharâ n'avaient eu le maharajah pour objet. La deuxième reine frissonna. Elle ne savait pas de quoi il s'agissait, mais n'avait, pour l'instant, aucune envie de l'apprendre. Pas avec l'impression que son crâne allait se fendre en deux.

— Qu'est-ce que tu fais là, bouche bée, ma fille ? continuait la bossue d'un ton sec. Ce n'est pas en restant au lit que nous arrangerons nos affaires. Il faut trouver ce que mijote ce vieil âne, et vite. Habille-toi. (Elle montra les vêtements disposés par ses soins sur le lit.) Allez. Jaldi* ! Nous avons du travail.

Kaikeyî s'abstint de discuter. Toute sa vie, elle avait subi ce genre d'autorité ; on lui avait dit que porter, que dire et comment, que faire, quand et à qui. Retomber dans cette obéissance facile était presque un soulagement. En s'essuyant le visage – sa toilette matinale se limiterait sans doute à cela –, elle jetait à Mantharâ des coups d'œil furtifs, dans l'espoir de mieux déchiffrer l'humeur de sa daîmâ.

Cette dernière contemplait une dîpa* posée près du lit, le regard plongé dans la flamme vacillante.

— Que se passe-t-il ? interrogea Kaikeyî en ôtant le pagne dans lequel elle avait dormi pour en enfiler un propre. Pourquoi ces questions sur Dasaratha ? Qu'a-t-il fait ?

Mantharâ ne répondit pas, concentrée sur la lampe, ses minuscules pupilles vitreuses transformées en points de feu jaune par les reflets jumeaux de la flamme.

Kaikeyî s'enroula la bande de tissu autour de la taille avec des gestes vifs, efficaces, fruits d'une longue habitude. Elle s'était maintes fois habillée à la hâte dans des chambres inconnues, en pleine nuit s'il le fallait – et le cas s'était souvent présenté.

— Mantharâ ! appela-t-elle. (Elle commençait à vraiment prendre peur.) Qu'y a-t-il ? Parle-moi, s'il te plaît.

Enfin, la bossue releva les yeux. Le reflet qui y brillait semblait à présent rougeâtre, d'un ocre orangé foncé ; on aurait dit du sang, si celui-ci avait coulé vers le haut, comme brûle une flamme.

— Le maharajah est dans la chambre de la première reine.

Kaikeyî se figea au moment de nouer le pagne, une main sur la hanche, l'autre à la hauteur de la taille, s'efforçant de comprendre toute l'étendue de la révélation. C'était une plaisanterie : Dasaratha n'avait pas mis les pieds dans les appartements de Kausalyâ depuis des années. Sauf que... sauf que... Mantharâ ne plaisantait jamais.

— Que fait-il là-bas ?

La voix de Kaikeyî dérapa dans les aigus sur le dernier mot.

Le visage de Mantharâ se crispa de dégoût.

— Ce que les hommes font aux femmes.

Son interlocutrice sursauta. Elle ne savait pas à quoi elle s'attendait ou ce qu'elle redoutait. Pas ça, en tout cas.

— Mais... commença-t-elle, perplexe. (Elle parcourut la pièce des yeux, découvrit le lota* en argent posé sur la table de nuit, s'en saisit et le vida d'un trait. Sa langue retrouva son agilité, quoique sa bouche fût toujours d'une sécheresse de désert.) Mais pourquoi ? Pourquoi elle ? Je veux dire... Je croyais... D'après toi, il était trop malade pour... (Les implications de l'événement la frappèrent avec la force d'un marteau géant. Une vague de colère monta dans sa gorge comme de la bile.) Pourquoi *elle*, Mantharâ ? Nom de Dieu ! Pourquoi *elle* ?

L'infirme la fixait d'un regard sinistre. Avec les flammes qui dansaient dans ses yeux, elle ressemblait de manière étrange au râkshasa dont venait de rêver Kaikeyî.

— C'est exactement ce qu'il faut découvrir, espèce de stupide salope.

III

LORSQUE LE PRADHAN-MANTRI* arriva à la salle de yoga, il vit léviter Vasistha.

Le sage à la longue barbe imposante, vêtu de blanc, se découpait entre les colonnes de pierre entourant le chaukat central. Un court instant, un instant de stupeur, le Premier ministre aurait juré que le vénérable Vasistha flottait au-dessus du sol ; pas très haut, à cinquante ou soixante centimètres, mais il s'élevait peu à peu... oui, il s'élevait indéniablement. Le dernier pilier s'interposa entre les deux hommes, une fraction de seconde, pendant que l'arrivant le contournait ; lorsqu'il atteignit le chaukat, le guru était assis par terre, les yeux mi-clos, dans l'âsana du dyâna*, la méditation transcendantale profonde. Face à n'importe qui d'autre, Sumantra eût écarté l'incident de ses pensées, persuadé d'avoir été le jouet de son imagination. Son esprit scientifique faisait de lui le Premier ministre le plus pragmatique que le royaume eût jamais eu. Toutefois, s'il ne perdait pas son temps avec les histoires des Sept Prophètes et de leur fantastique maîtrise du Brahman, il ne savait pas vraiment sur quel pied danser avec Vasistha. Après tout, le brahmârishi était une véritable légende. On disait qu'il avait été ordonné par le Créateur, le puissant

Brahmâ en personne. Même le pragmatisme de Sumantra vacillait momentanément devant une telle réputation.

— Nâmaskaram*, gurudev.

Après avoir salué le mage, le ministre attendit sa réponse sans un mot, les yeux baissés.

Vasistha resta quelques instants encore dans la position du lotus, les yeux clos, le souffle ralenti jusqu'à la stase. Il semblait à Sumantra distinguer du coin de l'œil une faible coloration bleuâtre sur le dhotî blanc du prophète, dont les ongles des orteils lui paraissaient d'ailleurs briller d'une vague luisance assortie.

L'arrivant battit des paupières. La luminescence avait disparu. Le bas du vêtement immaculé était aussi blanc qu'un sasî* albinos. Sumantra déglutit, résistant à l'envie de se frotter les yeux. Peut-être serait-il bon que les vaid royaux s'intéressent, une fois de plus, à sa vue.

La respiration du sage reprit peu à peu un rythme normal. Le Pradhan-mantri sentit plus qu'il ne vit ses yeux s'ouvrir.

— Kaho*, Sumantra.

Saisi, le visiteur releva la tête. On aurait dit que la voix s'élevait dans son cerveau et non à ses oreilles. Un pétillement imperceptible animait les yeux sereins du brahmârishi, fixés sur lui. Un instant, Sumantra crut discerner dans leur orbe un faible frémissement bleu, une sorte d'éclair minuscule, mais il battit des paupières à deux reprises ; la vision disparut.

— Kaho, Pradhan-mantri. Kya samasya hain ? [Parlez, Premier ministre. Que se passe-t-il ?]

Il baissa la tête, ennuyé de s'être laissé aller à son imagination. C'était toujours la même chose, avec Vasistha : en tête à tête, on aurait dit que le mage-prophète se jouait de lui pour tester les limites de son esprit scientifique.

— Shama*, mahâdev*. Pardonnez-moi d'avoir interrompu votre méditation sacrée. Un visiteur est arrivé, qui désire vous voir à l'instant. S'il s'était agi de n'importe qui d'autre, je lui aurais dit de revenir à un moment mieux choisi, mais ce n'est pas un seigneur ou une dame ordinaire en quête de votre asirvâd*.

— Qui est-ce, alors ? Parlez, noble Sumantra.

— Nul autre que le grand sage Visvâmitra en personne, mahâdev ! s'exclama le ministre, incapable de contenir davantage son excitation. Votre pair, le légendaire mage-prophète ! Il attend aux grilles du palais, mais refuse d'entrer sans y avoir été invité par le seigneur des lieux. Je prie de ne l'avoir offensé en rien, car je suis venu vous avertir au plus vite.

— Vous avez bien fait, comme toujours. (Le guru se montrait aussi calme que son interlocuteur était fébrile.) À présent, allez prévenir le maharajah. Le protocole exige que nous nous rendions ensemble au portail accueillir l'illustre visiteur avec toutes les formalités voulues. Il nous fait un immense honneur, vous le savez. Visvâmitra est resté tellement longtemps dans la forêt à méditer... Une raison de la plus haute importance a dû le pousser à interrompre sa retraite. Il faut impérativement respecter jusqu'au moindre détail les traditions et les rituels de circonstance. Allez chercher le maharajah Dasaratha, je m'occupe du reste. Nous nous retrouverons au salon d'ici quelques minutes.

Sumantra n'était pas d'un naturel nerveux, et les questions de protocole constituaient son ordinaire, mais jamais il n'avait été confronté à un tel dilemme.

— Mahâdev, le maharajah...

Il s'interrompit, se demandant comment exprimer le reste de sa pensée.

— Oui, Sumantra ? s'étonna le guru devant son expression. Akhir samasya kya hai* ? [Quel est le problème, au juste ?]

Il n'y avait pas trace d'impatience dans sa voix.

— Le maharajah ne se trouve pas dans ses appartements, guruji*.

— Mais encore ? Vous savez sans doute où il est. Vous le savez en permanence, Sumantra. Vous êtes les yeux, les oreilles, l'attention du trône.

— J'ai en effet ma petite idée, admit le ministre.

Comme il se gardait de poursuivre, Vasistha l'interrogea avec une patience infinie :

— Où est le roi, Sumantra ?

Le Pradhan-mantri releva les yeux à contrecœur.

— Le maharajah se trouve en compagnie de la première reine, Kausalyâ, dans la chambre à coucher privée de cette dernière. (Il avait légèrement insisté sur « en compagnie de », ne laissant planer aucun doute sur ce qu'il entendait par là.) Pour la première fois depuis quinze ans.

Le silence s'étira une longue minute.

Enfin, lentement, telle la première rougeur de l'aube se répandant à travers le ciel nocturne, un sourire apparut sur le visage du mahâguru*.

IV

KAUSALYÂ ET DASARATHA reposaient sur des nattes confortables, couvertes de coussins, dans la belle salle de l'âkâsa de la première reine. La pièce, circulaire, était coiffée d'un énorme dôme qui emplissait tout le champ de vision du souverain, allongé sur le dos, les yeux en l'air. Le verre le plus fin et le plus transparent du royaume composait la coupole, d'une telle perfection qu'on distinguait au travers le brasier de l'aube naissante à l'orient céleste aussi nettement que si l'on avait été allongé sur l'herbe, à l'extérieur. D'ailleurs, se remémorait Dasaratha, dans sa jeunesse, les salles de l'âkâsa n'étaient pas meublées. On y étendait juste chaque jour un épais matelas de kusa fraîchement fauchée, emperlée de rosée, encore chargée d'un parfum de terre.

— Raje...

La voix musicale de Kausalyâ tira Dasaratha de sa rêverie. Il se souleva sur un coude pour regarder sa reine, épanouie, les yeux las après l'amour. Comme toute Ârya élevée dans la tradition, elle ne trahissait jamais les désirs qui l'agitaient, mais ne se privait pas de les satisfaire avec joie lorsque s'en présentait l'occasion légitime. Leur union lui avait été agréable, cela se voyait, et son plaisir à elle lui en donnait à lui. Avec Kaikeyî, la deuxième reine, il avait toujours l'impression de relever un défi, de livrer un concours de libido afin de déterminer lequel des deux surpasserait l'autre, et de quelle manière exotique. Pour un peu, il se serait cru au cirque. Quant à Sumitrâ, la troisième reine docile, sa plus jeune épouse, elle évoquait par sa candeur une gandharvî*, nymphe de la forêt, naïve au point de ne plus être excitante. Les concubines, elles, représentaient le sexe pur, le simple plaisir physique.

Tandis que là... en pleine béatitude postcoïtale, les yeux tournés vers le jour nouveau qui nettoyait le ciel avant de le repeindre d'un magnifique lever de soleil, le premier du printemps, Dasaratha se sentait... chez lui. Il n'avait pas connu pareil bien-être depuis fort longtemps.

— J'aimerais beaucoup que tu viennes me trouver ainsi chaque matin, lui dit doucement Kausalyâ à l'oreille. Tu voulais me parler... De quoi s'agit-il ?

— Oui, ma ranî, acquiesça-t-il, souriant. J'ai en effet quelque chose de très important à te dire, dont nous discuterons plus tard. J'ai déjà passé près d'une heure dans ton étreinte envoûtante. Je n'ai aucune envie de te quitter, mais Sumantra et Vasistha doivent me chercher partout. D'autant que d'ici une heure ou deux, les cérémonies d'Holî commenceront, puis la file interminable des courtisans et des bons samaritains arrivera avec ses thalî de rang.

Il avait raison. La coutume voulait qu'à l'occasion d'Holî, on rendît visite à un collègue ou à un supérieur pour le barbouiller d'un peu de rang. En ce qui concernait Dasaratha, la ville tout entière attendait cette magnifique occasion de partager avec son roi un instant d'intimité amicale. Kausalyâ sourit à la pensée des thalî emplis de poudre colorée. Elle se souvenait des nuits passées à masser son époux avec de l'huile tiède, discrètement parfumée à la noix de coco, pour effacer les taches tenaces et apaiser les nerfs fatigués. La pompe et le faste publics du trône dissimulaient mille petits inconvénients privés de ce genre.

La première reine caressa affectueusement l'avant-bras de son mari, puis les poils argentés qui lui poussaient en buissons épais sur le dos de la main.

— Dis-moi juste ce qui te tracasse, Dasaratha.

Lui prenant les doigts, il la regarda dans les yeux, décidé à surprendre sa réaction spontanée. Sans être un pur esprit – il préférait la chasse au sanglier à la danse avec des grelots en argent aux pieds –, il se montrait excellent observateur de l'être humain, qualité nécessaire lorsqu'on se frottait aux intrigues et à la politique de haut niveau. Aussi était-il très doué pour interpréter les expressions de ses interlocuteurs, surtout quand ils baissaient leur garde. Ce fut d'une voix atone, quasi dénuée d'émotion, qu'il reprit la parole. Il aurait aussi bien pu demander à Kausalyâ de lui apporter un pân* en spécifiant de quelles supari* il le voulait fourré : pilées, mondées ou sucrées.

— Aujourd'hui, après la procession d'Holî, je vais annoncer le couronnement de mon successeur. Notre fils, Râma, va être nommé prince héritier d'Ayodiâ.

De toutes les réponses possibles, celle qui tomba des lèvres de Kausalyâ fut la plus inimaginable : Dasaratha n'avait tout simplement rien envisagé de pareil.

Le visage de la reine perdit ses couleurs. Son teint pâle devint d'une blancheur d'albinos, rappelant à son époux qu'elle avait toujours eu tendance à l'anémie. Il crut d'abord qu'elle s'évanouissait de surprise, mais la main qui l'avait caressé avec une telle douceur un instant plus tôt se referma sur son avant-bras pour une étreinte d'une force qu'il n'avait pas connue depuis des années. Penchée vers lui, Kausalyâ lui adressa un regard embrumé de larmes, avant de lâcher d'une voix étouffée par le choc :

— Tu es encore jeune, Dasaratha. Tu as assez d'énergie pour vivre des années au sommet de ta force. Aja, ton père, Raghu, son père à lui, et presque tous les Sûryavamsa ont régné très avant dans leur grand âge. D'ailleurs, Raghu avait presque trente ans de plus que toi aujourd'hui lorsqu'il a fait d'Aja l'héritier d'Ayodiâ. Il est trop tôt pour quitter ton trône. Beaucoup trop tôt.

Une émotion si puissante envahit le maharajah qu'il resta un moment muet. Lorsque, enfin, il retrouva l'usage de la parole, sa voix tremblante trahit ses sentiments.

— Quel genre de femme es-tu donc, Kausalyâ ? Je te dis que je vais désigner la chair de ta chair comme mon successeur et tu essaies de m'en dissuader ! Est-ce ainsi que parle une mère ?

— Non, c'est ainsi que parle une reine, par amour et inquiétude pour son époux et roi.

Dasaratha ne répondit pas. Les parfums et la vision de la salle de l'âkâsa lui semblaient soudain insupportables. Était-il possible qu'une femme aimât à ce point son mari ? Qu'elle s'inquiétât plus de la santé de son seigneur que de l'héritage de son fils ? Dasaratha n'avait rien d'un sage ni d'un philosophe, mais il savait parfaitement qu'il venait de vivre, qu'il vivait encore un instant à marquer d'une pierre blanche dans sa longue existence illustre. Kausalyâ avait passé l'épreuve, se révélant une épouse parfaite.

— Jamais je n'ai rencontré une femme qui te ressemble, tu sais, déclara-t-il, les yeux brillant d'une émotion à la fois douloureuse et joyeuse.

Inutile d'ajouter ce corollaire, évident : ni une épouse.

Tout à son anxiété, Kansalyâ ne releva pas le compliment.

— Je t'en prie, raje, réfléchis encore avant de te décider.

Il secoua la tête.

— Le calendrier royal porte déjà la note requise, ma reine. Le guru Vasistha a même choisi une date favorable pour le couronnement : le dixième jour du mois de chaitra*.

Kausalyâ se redressa brusquement.

— Le seizième anniversaire de Râma ?

— Pas seulement. C'est aussi la date la plus propice de l'année, à l'exception des fêtes habituelles. (Dasaratha décida d'en appeler à l'instinct maternel de Kansalyâ.) Presque aussi favorable que celle où Râma nous est né. T'en souviens-tu ? Cette nuit-là, étoiles et planètes s'étaient vraiment réunies pour un grand rendez-vous galant. On aurait dit que les dieux eux-mêmes faisaient à notre fils la grâce de présages favorables.

— C'était un miracle, affirma Kausalyâ, radoucie.

— Oui, c'est le mot qui convient. Râma est apparu alors que nous avions perdu tout espoir de procréer, que tous les yajna et pûjâ rituels étaient restés sans résultat. Le royaume l'a fêté une semaine entière.

Constatant qu'elle fléchissait, Dasaratha poussa son avantage.

— Quelle meilleure muhurat* pour annoncer le couronnement que le seizième anniversaire de ce miracle ?

Kansalyâ hésitait, partagée à présent entre son inquiétude d'épouse et sa fierté de mère.

— Mais c'est ce mois-ci... dans moins d'une demi-lune ! Pourquoi si tôt, Dasaratha, voilà ce que je te demande ? Il n'est pas revenu du gurukul depuis un an. Accorde-lui un peu de temps pour grandir, apprendre, se marier peut-être. Lorsque le fardeau de l'État pèsera sur ses épaules, ce ne sera plus un enfant. Laisse-le mûrir.

La réaction du souverain fut inattendue. Se penchant vers Kausalyâ, il embrassa son mâng*, l'extrémité de la raie qui divisait ses cheveux par le milieu, l'endroit qu'un mari avait coutume de teinter de sindhûr*. Un baiser très tendre se posa sur ce symbole du serment de sang qui liait tous les couples. Lorsque le roi recula, les yeux de son épouse brillaient de surprise et de joie ; les siens, de larmes.

— Je n'ai pas de temps à perdre, ma reine. Je vais mourir. Les vaid et le guru Vasistha sont d'accord pour dire que ma rémission n'est qu'un sursis temporaire avant la fin. La maladie a suivi son cours comme j'ai suivi le mien... Avant de disparaître, je veux couronner Râma prince héritier, même si ce doit être la dernière chose que je ferai jamais.

V

AVANT QUE KAUSALYÂ ne pût répondre à la stupéfiante révélation de son époux, les tentures qui fermaient la pièce s'agitèrent, puis une petite voix féminine se fit entendre, déférente. La reine répondit aussitôt, avec son sens de l'à-propos habituel. Le maharajah ne comprit guère que la moitié de ce qu'elle disait dans son dialecte maternel, le bânglâ. Quoi qu'il en fût, la servante se retira immédiatement.

— Tu es demandé, annonça Kausalyâ à Dasaratha. Le guru Vasistha t'a envoyé chercher de toute urgence. Il t'attend dans ton palais.

Le roi fronça les sourcils. Jamais Vasistha ne l'aurait fait déranger dans les appartements privés de la reine sans une raison de la plus haute importance. Pourvu qu'il ne s'agisse pas d'une querelle territoriale au sujet de la rivière ou d'un barrage quelconque ! Il ne se sentait pas de taille à supporter une discussion furieuse dans une multitude de dialectes.

— Sans doute un détail à régler pour l'annonce du couronnement : je veux la faire ce matin, tu sais. (Il s'efforçait de dissimuler sa lassitude sous une gaieté factice.) Je te parie que Vasistha veut rallonger la liste des cérémonies. Les brahmanes les apprécient tellement... Ils ne supportent pas qu'on fasse quoi que ce soit sans des rituels compliqués, interminables, agrémentés de chants à n'en plus finir, d'encens d'agar* et de clochettes ! Je me demande pourquoi ils raffolent de ces ornements ? Moi, j'ai du mal à prier avec tous ces tintements !

Se lever lui fut difficile, mais il n'en écarta pas moins Kausalyâ d'un geste impatient quand elle voulut l'aider. Il était plus fatigué par l'amour qu'il ne l'avait cru, mais aurait pourtant préféré mourir plutôt que de l'admettre devant elle. D'ailleurs, le jeu en avait valu la chandelle. Il regarda son épouse, au teint rosé après leurs ébats, aux longues tresses d'un noir de corbeau libérées sur les épaules. Malgré sa mauvaise santé, un tiraillement de désir le fit tressaillir.

Elle sourit, devinant peut-être ses pensées.

— Il vaut mieux éviter de faire attendre le guruji.

Une réponse suggestive traversa l'esprit de Dasaratha.

— Fais-moi l'honneur de m'accompagner durant les cérémonies officielles, se contenta-t-il cependant de demander.

Il ajouta, avec un sourire de gamin :

— Ta présence rendra les clochettes plus supportables.

Kausalyâ l'embrassa sur la joue, les yeux brillants de larmes ; il le vit avec émotion.

— Te sens-tu vraiment obligé de demander ? Si tu me donnes ta permission, je passerai chaque seconde à ton côté. Et si les deva me donnent la leur, je t'accompagnerai de même dans le royaume de Yama.

Il resta bouche bée : la déclaration se passait d'explication. Seuls les défunts se rendaient dans le royaume souterrain de Yama, dieu de la mort.

Kausalyâ effleura avec douceur le bras de son époux pour lui faire comprendre qu'il était temps de partir.

— Que la grâce t'accompagne, mon aimé.

Il se détourna sans oser seulement chercher une réponse. La maîtrise de soi royale avait ses limites, lorsqu'on en arrivait aux émotions les plus extrêmes.

— Dasaratha ?

Kausalyâ avait une toute petite voix, digne d'une jeune épousée tremblante plutôt que de la première reine de la plus puissante nation ârya. Il s'immobilisa au seuil de la chambre.

— Oui, mon amour…

— Je respecte ta décision et te soutiendrai, comme toujours, mais ne m'en veuille pas d'espérer que tu régneras encore quarante années solaires.

Il ne se retourna pas. S'il la regardait en cet instant, c'en serait fait de lui, il le savait.

— Personne n'y peut rien. (Il mit autant de douceur dans son ton qu'un jeune marié accueillant pour la première fois sa femme dans le lit conjugal, et désireux d'apaiser la peur de la vierge devant le mâle inconnu dont elle a juré de partager la couche et la vie jusqu'à ce que la mort dénoue leur lien sacré.) Les vaid et les prophètes ont fait tout ce qu'il était humainement possible de faire. La science védique et le savoir ârya sont impuissants.

Il y eut un court silence, comme si Kausalyâ avait lentement secoué la tête.

— Alors appelons-en à ceux dont les pouvoirs sont plus qu'humains, dit-elle enfin.

Elle s'avança derrière lui, les mains pliées en un nâmaskaram dirigé vers un point situé juste au-dessus de la tête du roi.

Levant les yeux, il découvrit une peinture de la trimûrti* sacrée – Brahmâ, Vishnu et Shiva —, les paumes dévoilées en un geste de bénédiction.

L'image l'accompagna pendant qu'il traversait d'un pas rapide le couloir entre les deux palais, éclairé par des torches dont la flamme vacillait dans un courant d'air d'une fraîcheur inattendue. Son ombre fuyait devant lui, puis, à chaque masâl dépassée, se lançait à sa poursuite, stimulant son imagination. Lorsqu'il repensa aux événements de la matinée, il se demanda s'il avait bien fait d'aller trouver sa première épouse.

Son cœur ne doutait pas, empli d'une chaleur éclatante : serrer de nouveau Kausalyâ contre lui avait constitué une expérience à nulle autre pareille. Quant à ce qu'il avait lu dans ses yeux en lui annonçant qu'il renonçait au trône… Déchiffrerait-il les mêmes sentiments dans ceux de la deuxième reine, Kaikeyî, en lui communiquant la nouvelle ? Il en doutait. Le dernier geste de Kausalyâ, sa détermination à prier les dieux en dépit des conclusions des médecins, avait ému Dasaratha au point de lui serrer la gorge.

Comment avait-il pu gaspiller tant d'années dans les bras de Kaikeyî sans rendre une seule visite à Kausalyâ ? Ils s'étaient pourtant côtoyés un nombre incalculable de fois en remplissant leurs fonctions officielles. Dasaratha s'était alors senti plus proche d'elle que de n'importe quelle autre femme, même dans le feu du désir – une impression justifiée, qu'il avait eu tort d'ignorer. Toutefois, sa longue absence s'expliquait, et il priait à présent que Kausalyâ ne lui demandât pas comment. Voilà ce qu'il avait le plus redouté des années durant : les questions de la reine. Par bonheur, il y avait échappé, malgré leurs retrouvailles, mais des émotions conflictuelles se disputaient son âme : le sentiment de culpabilité luttait avec l'impression d'accomplissement.

Un mélange de joie et de regret se lisait toujours sur ses traits lorsqu'il émergea du corridor pour se trouver face au guru Vasistha.

— Pranâm*, gurudev, dit le roi, joignant respectueusement les mains devant le sage.

— Pranâm, raje, répondit ce dernier. Je vois que ce matin, vous avez pansé d'anciennes blessures et tissé de nouveaux liens. C'est une bonne manière de commencer une journée favorable.

Dasaratha baissa la tête, muet, hésitant : il savait de longue date que le silence était préférable à une remarque idiote. Le code ksatriya exigeait du guerrier soumission à la supériorité spirituelle du brahmane. Toutefois, le roi ne s'inclinait pas seulement pour obéir au code, mais aussi par respect pur et simple. Le guru Vasistha avait servi de mentor à cinquante rois de la dynastie des Sûryavamsa avant lui, le moindre de ces ancêtres descendant en droite ligne du fondateur du clan, Iksvâku*, et, au-delà, de Manu le Législateur, le premier Ârya. Mille ans durant, les plus grands ksatriya sûryavamsa avaient courbé la tête devant Vasistha. C'était un héritage formidable.

Le sage pivota puis se mit en marche, invitant Dasaratha à l'accompagner. Le roi s'aperçut alors qu'il avait du mal à suivre l'allure du mince prophète, à la démarche aussi assurée que l'élocution. « Il a mille ans de plus que moi, mais je suis le vieillard souffreteux », songea tristement le souverain. À une époque, pourtant, moins de dix ans plus tôt, il parvenait à marcher du même pas que Vasistha. Pour la dixième fois ce jour-là, il maudit le mal sans nom qui l'avait mené à une telle décrépitude.

Si le guru remarqua ses efforts pour ne pas se laisser distancer, il n'en montra rien. Il fit juste preuve de son efficacité coutumière en discutant du protocole.

— Ayodiâ-naresh, je suis heureux de vous apprendre qu'un événement du meilleur augure s'est produit en ce premier beau jour de printemps. Un être extraordinaire, d'essence divine, a décidé de nous faire la grâce de sa présence. Je ne sais pas encore ce que signifie son arrivée, mais c'est sans le moindre doute une visite d'une extrême importance et un très bon signe. Considérez-vous comme un des plus heureux souverains d'Ayodiâ, maharajah Dasaratha, car le mage-prophète Visvâmitra en personne, d'illustre renommée, vous attend aux grilles du palais. Suivez-moi. Allons l'accueillir avec les honneurs qui lui sont dus.

Il fallut à Dasaratha toute sa maîtrise de soi pour ne pas rester paralysé de stupeur.

VI

LAKSHMAN ET SATRUGAN se réveillèrent exactement au même instant. Ils expédièrent leurs ablutions au plus vite, s'habillèrent puis, toujours au même instant, quittèrent du même pas leur chambre respective. Satrugan donna dans le dos de son frère cadet – de vingt minutes – une claque affectueuse.

— Alors, pas d'escrime, aujourd'hui ?

— Ni pour moi ni pour toi, mon vieux, répondit Lakshman avec un geste vague vers la hanche de son frère. Les lois du maharajah interdisent le port d'armes les jours de fête. J'espère que tu ne l'as pas oublié durant ton long entraînement rigoureux dans la forêt, au service du guru Vasistha ?

— Rigoureux, je ne sais pas, mais long, ça oui, acquiesça Satrugan, dont les traits reflétaient le sourire éblouissant de son frère. Je commençais à croire que nous allions passer nos plus belles années dans cet ermitage, au beau milieu de nulle part.

— Enfin, tu as retrouvé le luxe et le confort. (Lakshman engloba d'un geste l'opulence de l'annexe princière, rattachée au palais royal.) On se croirait morts et arrivés au Svargaloka*. Ou plutôt, *de retour* au Svargaloka.

Satrugan haussa les épaules.

— Oui, c'est vraiment paradisiaque, hein ? Mais d'une certaine manière, ça n'a plus l'air tout à fait réel. J'en ai toujours des souvenirs d'enfance, tu comprends, de l'époque où l'on ne connaissait rien d'autre, où c'était notre univers tout entier. Mais après huit ans en forêt, à tirer notre subsistance de la terre, à dormir à même le sol, à avoir les ongles sales et de la paille dans les cheveux, tout cela semble... tu vois...

— Mâyâ* ? [Illusion ?] Tu as l'impression que ce qui nous entoure risque de s'évanouir sans avertissement ?

Lakshman claqua des doigts. Le son se répercuta dans les corridors silencieux, les vastes passages déserts si l'on exceptait la présence de quelques servantes qui s'inclinaient sur leur passage. Chaque fils du maharajah disposait d'une suite de sept pièces, mais l'annexe en comportait bien d'autres.

— Oui, grand frère, poursuivit Lakshman en longeant la bibliothèque puis l'akhada*, où il travaillait chaque matin en compagnie des trois autres princes. Ces huit ans d'entraînement sont justement faits pour ça, pour nous donner conscience de la séduction trompeuse du luxe et de la richesse.

— C'est une manière de voir les choses, petit frère, admit Satrugan sans ralentir. Quoiqu'il m'ait aussi semblé apprendre les sciences et les humanités védiques. Tout, depuis les mathématiques, la physique, la géographie, l'ayurveda et la physiognomonie, jusqu'à la cosmologie, l'astronomie et l'astrologie, en passant par la stratégie militaire, l'autodéfense, la lutte, la maîtrise des armes, l'ingénierie, l'architecture...

— Assez ! l'interrompit Lakshman avec une bourrade sur son épaule musclée. J'y étais aussi, tu sais, juste à côté de toi. J'ai appris ce que tu as appris.

— J'essayais simplement de t'expliquer qu'après toutes ces années d'étude et d'entraînement, me retrouver ici me fait un effet bizarre. (Satrugan s'arrêta brusquement puis se tourna vers son frère, les traits assombris par une expression étrange.) Tu ne te demandes jamais comment ce serait d'être un libre archer ?

Lakshman faillit s'étrangler d'un rire surpris.

— Quoi ? Tu veux dire, un mercenaire ? Une sorte d'arc à louer ?

— Ou une épée, musa Satrugan, rêveur. (Il leva les yeux vers le plafond incurvé, orné d'une fresque représentant Indra, le dieu des tempêtes.) Il m'arrive de me dire que je suis né au mauvais moment. Que si j'étais venu au monde mille ans plus tôt, je serais en train de me battre contre les asura, de tuer des centaines de râkshasa. (Il baissa le regard vers ses mains, qu'il retourna, révélant des paumes durcies, sculptées par son travail quotidien aux armes et aux poids. Personne, pas même peut-être Râma, ne s'y exerçait avec autant d'acharnement que lui. Cela commençait à se voir.) Il ne me semble pas être fait pour gouverner un royaume et caresser des robes de soie.

Lakshman fixa Satrugan avec perplexité, ne sachant trop que répondre à cct aveu extraordinaire. Incapable de trouver les mots justes, il opta pour la plaisanterie.

— Qu'est-ce que tu as mangé hier soir, grand frère ? J'ai bien peur que tu ne te sois empoisonné !

La main de son aîné partit trop vite pour qu'il pût l'éviter, se refermant sur son épaule tel un étau d'acier. Satrugan arborait toujours son expression étrange. Les jumeaux étaient semblables, certes, mais l'aîné donnait une impression de dureté anguleuse que, curieusement, on ne retrouvait pas chez le cadet. On aurait dit que le même artiste les avait représentés, décidé à obtenir des personnages identiques, mais que son humeur s'était profondément modifiée entre les deux dessins. Les traits sévères de Satrugan s'adoucissaient chez Lakshman, gagnaient en sérénité. Ce contraste subtil n'apparaissait qu'à l'observateur attentif, mais devenait inoubliable pour qui en avait pris conscience. Il ne s'évanouissait que si les jumeaux souriaient.

C'était le cas, d'ailleurs, exactement au même instant, et cela révélait deux profils d'un même visage.

— À propos de nourriture, petit frère, reprit Satrugan, faussement indifférent, veux-tu te remplir à en éclater des délices somptueux du nâsta* de Susama-daîmâ, ou as-tu plus urgent à faire ?

Lakshman haussa les épaules, malgré la main de son aîné qui pesait encore de tout son poids sur la gauche.

— À vrai dire, je pensais me passer de nâsta pour aller tout droit aux bosquets de manguiers. Râma et moi nous y sommes donné rendez-vous au lever du soleil... c'est-à-dire maintenant.

Le sourire de Satrugan s'élargit.

— Bon... très bien... dit-il d'une voix traînante, avant de crier, comme son frère s'y attendait – puisqu'ils jouaient à ce jeu-là tous les jours depuis qu'ils savaient parler et marcher : « Le dernier aux écuries est un derrière de chameau ! »

Il n'avait pas fini sa phrase qu'il lâchait son cadet et fonçait dans le couloir vers l'escalier de service menant aux écuries, et non vers la bogashâla*. Sa tentative pour prendre son jumeau par surprise ne réussit pas davantage qu'à l'ordinaire : Lakshman, avantagé par une silhouette plus déliée, moins massive, le dépassa facilement. Avant même qu'ils n'atteignissent le haut des marches, l'issue de la course était évidente.

L'horizon oriental, inondé d'une douce lumière diffuse, transformait en bronze luisant l'énorme fontaine de marbre blanc occupant le centre de l'allée circulaire. Les premiers rais du soleil levant, dont la tête émergeait à peine au-dessus des rochers escarpés des lointaines collines garhwâlî, se reflétaient sur les arêtes polies de l'effigie de Sûrya. Le dieu solaire, géniteur de la dynastie éponyme des Sûryavamsa, debout dans son char, tenait d'une main les rênes de ses magnifiques étalons du Kâmboja, de l'autre le sûryachakra, disque d'or magique.

Lorsque les jumeaux ralentirent jusqu'à retrouver une démarche normale, Lakshman avait deux bonnes longueurs d'avance. Ils firent le tour de la cour en riant et en se tapant dans le dos, contournant le vaste étang aux lotus où trônait la fontaine. La sculpture proprement dite dominait les lieux de plus de vingt mètres. Son ombre pointée vers le palais semblait le désigner fièrement. Les deux frères prirent à droite, vers les écuries, où les attendaient leurs palefreniers, frais et dispos. Les princes étant des lève-tôt, leurs attelages les attendaient dès l'aube. Les râtha*, élégants chars ârya à deux chevaux, rapides et maniables, brillaient à la lumière du petit matin, avec leur carapace d'acier plaqué or, polie comme un miroir.

Satrugan donna congé à son serviteur d'un geste bref, bondit sur la plate-forme de son véhicule et démarra aussitôt.

— Rendez-vous aux jeux, petit frère ! cria-t-il à Lakshman en négociant adroitement un virage à quatre-vingt-dix degrés. Tu auras le plaisir de me voir gagner le bouclier du tir à l'arc !

— Tu veux dire que je me réjouirai de voir Râma l'emporter ! riposta Lakshman sur le même ton.

Satrugan agita la main pendant que son char contournait la fontaine sans la moindre difficulté. Son jumeau le regarda franchir les grilles puis prendre à droite sur Aja Marg, en direction des terrains de manœuvre royaux. Bhârata, leur frère aîné (de deux semaines), s'y trouvait sans doute déjà, à attendre Satrugan. Depuis leur petite enfance et malgré leur gémellité, Satrugan adorait Bhârata et Lakshman Râma. Les huit ans passés loin de chez eux n'avaient fait que renforcer ces liens.

Lakshman pénétra dans les écuries, où il passa un moment à parler affectueusement à ses chevaux. Il aimait les animaux, qui semblaient en avoir instantanément conscience. C'était une des nombreuses qualités qu'il partageait avec Râma – l'aîné des quatre princes, puisqu'il avait un mois de plus que lui. Quant à Satrugan, les bêtes ne lui inspiraient qu'indifférence.

Lakshman rendit à son palefrenier son respectueux nâmaskaram.

— Ayurmânbâ*, Samar. Il y a longtemps que Râma est parti ?

— Longue vie à vous aussi, mon prince, répondit le serviteur, souriant. Le rajkumâr* Râma est sorti très tôt, juste avant l'aube. Nous commencions à nous occuper des chevaux. Je savais que vous me poseriez la question, alors j'ai interrogé Samin à ce sujet ; d'après lui, il s'est dirigé vers la rivière.

Lakshman fronça les sourcils. Si Samin était encore là, cela signifiait que…

— Il conduit son char ?

— Non, rajkumâr Lakshman. Il n'a pas voulu le prendre.

— Il est à cheval, alors ?

— Oui, mon prince. Comme il voulait que son attelage soit en pleine forme pour le défilé d'Holî, il a pris un destrier des écuries du roi.

— Sans doute Airâvata, conclut aussitôt Lakshman.

Le cocher sourit. Dans la faible clarté, ses dents blanches étincelèrent au cœur de son visage sombre.

— Gagné, comme toujours, mon prince. Vous avez partagé la même matrice que le rajkumâr Satrugan, mais le lien d'affinité qui vous unit au prince Râma est tout aussi puissant. C'est vraiment votre jumeau, à part pour le physique.

— Il paraît, répondit Lakshman, lui rendant son sourire, avant de le remercier de l'information.

Samar et Samin, tout comme les palefreniers de Bhârata et de Satrugan, ne se contentaient pas de maîtriser les râtha à la perfection et d'être de grands guerriers. C'étaient aussi les condisciples des princes, anciens sisya* du guru Vasistha, car sous le règne de Dasaratha, le moindre ksatriya se devait d'être un disciple de Saraswati, devî du savoir. Samar était autant le pair et l'ami de Lakshman que son serviteur.

Le choix du jeune homme se porta sur Marut, un cheval âgé qui avait connu des jours meilleurs et des défis plus exaltants. Parfois, lorsque Lakshman chevauchait une de ces vénérables montures, il lui semblait voyager à rebrousse-temps, vers les jours enfuis dont avait parlé Satrugan. La guerre était alors partie intégrante du quotidien ; un ksatriya n'était pas seulement un guerrier par sa naissance et son nom, mais aussi par sa vie quotidienne. Défendre les nations ârya, mourir ce faisant, voilà ce qu'on attendait de lui. Tel était son dharma, tout comme celui des brahmanes ou des prêtres était de préserver la pureté des rites et des traditions, celui des vaisya* de veiller aux échanges commerciaux nécessaires à l'économie, celui des sûdra de remplir des devoirs moins prestigieux encore, quoique essentiels : entretien des animaux, chasse, nettoyage, préservation de la santé publique. À l'époque, la répartition par castes s'imposait pour la survie de tous. Désormais, même un sûdra pouvait s'élever jusqu'au statut de ksatriya s'il s'y efforçait avec assez d'application. Sous le règne de Dasaratha, être ksatriya était aussi prestigieux, mais beaucoup moins exaltant qu'à l'époque dont rêvait Satrugan.

Toutefois, Lakshman n'était pas Satrugan. La guerre ne l'effrayait pas, mais ne l'attirait pas non plus. Il passerait, si nécessaire, sa vie sans combattre les asura ni massacrer les râkshasa. Faire son devoir de ksatriya lui semblait inévitable, désirable aussi, mais vivre à une époque de calme et de paix présentait des avantages indéniables.

— Nous sommes tous les deux faits pour la guerre, vieux brave, reconnut-il, penché sur l'encolure de Marut, qu'il flattait et caressait en suivant la marg* déserte, mais à quoi sert la guerre, sinon à forger la paix ? Nous l'avons bien méritée, alors espérons que nous en jouirons encore un bon millier d'années, tu ne crois pas ?

Le cheval encensa, puis hennit. À présent qu'il avait trouvé son rythme, sa foulée puissante faisait oublier son âge. Lorsqu'il tourna brièvement la tête, Lakshman entrevit son front, traversé par l'effrayante cicatrice d'une blessure à la hache qui eût abattu tout autre animal moins puissant. La signification du mouvement ne lui échappa nullement : le destrier lui-même préférerait toujours la paix à la guerre.

VII

SUMANTRA SE TENAIT aux grilles du palais, où il avait fait apporter, dans les règles, le nécessaire à argha. L'horizon oriental avait viré au safran et au cramoisi, pendant que le bleu nuit profond qui avait fait l'admiration de Dasaratha dans la salle de l'âkâsa s'éclaircissait, passant à la nuance exacte du vase en porcelaine de Chine offert par l'émissaire grec la semaine précédente : une teinte de bon augure, celle du Brahman. Le maharajah eut un pincement au cœur en s'avançant vers le portail, flanqué de son mahâguru et de son Pradhan-mantri.

Vasistha discourait toujours d'une voix douce, audible à son seul souverain. Ils procédaient souvent ainsi pour que le roi n'omette aucun des rites rigoureusement codifiés des cérémonies officielles. Il avait depuis longtemps admis l'impossibilité de se rappeler le moindre détail des discours et des actes propres à la tradition védique, et se demandait comment Vasistha se souvenait de ces centaines de milliers de vétilles avec une aisance aussi parfaite. C'était une des nombreuses raisons pour lesquelles les ksatriya acceptaient avec joie et reconnaissance l'autorité spirituelle des brahmanes : elle leur permettait de se concentrer sur leurs obligations au lieu de perdre un temps précieux et de s'encombrer l'esprit d'une myriade de choses insignifiantes.

Quoique... Il arrivait aussi à Dasaratha de soupçonner que c'était peut-être la raison pour laquelle les brahmanes rendaient les rites aussi complexes !

Pourtant, une vie passée à écouter le guru en toute discrétion l'empêchait de s'agacer du flot ininterrompu d'instructions et de conseils qui lui était dispensé. Contrairement à ce que prétendaient quelques chefs de clan stupides, la question n'était pas de savoir qui commandait, mais simplement qui possédait les connaissances les plus complètes dans un domaine bien précis. D'ailleurs, les gardes du palais eux-mêmes, en saluant les trois dignitaires qui s'avançaient dans l'agréable brise matinale, ignoraient que le sage parlait à l'oreille du roi. On eût dit, songeait souvent Dasaratha, que le guru lui transmettait ses instructions par télépathie, droit au cerveau.

— Enfin, naresh, gardez-vous de la moindre allusion à la collaboration qui nous a unis, Visvâmitra et moi, lorsqu'il exerçait encore l'autorité royale, avant de se consacrer à la spiritualité. Depuis son élévation au statut de brahmârishi, il n'aime pas qu'on lui rappelle sa vie antérieure.

Dasaratha prit mentalement note de se renseigner, plus tard, sur ladite vie antérieure, à la bibliothèque royale. Il ne savait qu'une chose du grand mage-prophète : il avait été ordonné quelque quatorze siècles plus tôt par le grand dieu Shiva, alors qu'il était roi – non pas maharajah de quelques tribus réunies, mais souverain d'un clan princier installé bien loin au nord-ouest. La remarque cryptique de Vasistha donnait à penser qu'il avait mené une vie intéressante – plus, sans doute, qu'au cours des deux cent quarante-deux ans passés à méditer au cœur de la forêt.

Les grilles étaient grandes ouvertes, comme toujours. En cette époque de paix, Ayodiâ s'enorgueillissait de ne jamais rien barricader ni fermer à clé, fût-ce le palais royal. Le règne de Dasaratha s'était écoulé sans qu'il s'avérât une seule fois nécessaire d'en interdire l'accès. Les gardes eux-mêmes, sur le qui-vive et entraînés à la perfection, se révélaient purement décoratifs. Des concours hebdomadaires d'athlétisme leur permettaient de conserver la forme, et ils avaient mis au point un rituel de relève à la chorégraphie assez complexe pour en faire une attraction touristique. Comme le voulait la coutume lorsque le roi quittait le palais, une section entière avait rejoint l'escouade de quatre hommes occupant le poste de garde du portail. Les soldats se déplaçaient avec un ensemble parfait – variation impressionnante sur la relève pittoresque –, faisant passer leur courte lance d'une main à l'autre, avant de la replacer contre leur épaule. Enfin, ils saluèrent leur souverain d'un geste élégant.

Dasaratha leur rendit le salut de son mieux, malgré les protestations des muscles de ses épaules et de sa poitrine. Après tout, il était le commandant suprême des forces armées, le senâpati* du grade le plus élevé... malgré son corps décrépit, trop gras. Autrefois capable d'affronter à mains nues quatre ksatriya et de les désarmer en quelques minutes, il ne pouvait plus à présent évoquer ces âsana martiaux qu'avec de profonds regrets, en remerciant les deva de ce qu'il parvenait encore à se tenir sur ses deux pieds.

— Concentrez-vous, Dasaratha, lui dit Vasistha, inaudible pour n'importe qui d'autre.

Le roi eut de nouveau l'impression que les instructions du sage s'élevaient dans sa tête plutôt qu'à son oreille. La voix calme, d'une netteté d'acier, le contraignit à écarter émotions et pensées inutiles pour se focaliser sur la tâche qui l'attendait. Cela lui demandait bien plus d'efforts qu'autrefois...

— Concentrez-vous.

Le ton plus ferme trahissait la réprimande larvée. Dasaratha abordait les histoires relatives aux pouvoirs légendaires des prophètes avec un scepticisme scientifique de bon aloi, mais son guru était bel et bien capable de télépathie et, surtout, de contrôle mental à distance. Il avait « entendu » les pensées distraites du maharajah relatives à son corps faiblissant, tout comme il « entendait » à présent son esprit vagabonder au sujet de sa réconciliation matinale avec la première reine... Or il ne fallait pas que sa distraction se soldât par une entorse au protocole ou par un mot malheureux. Le visiteur qu'ils allaient accueillir n'était pas un banal diplomate.

— *Concentrez-vous.*

Vasistha avait mis dans ce dernier ordre tout le poids de son immense personnalité.

Dasaratha obéit, forçant son intellect à s'éclaircir pour diriger son attention vers l'extérieur.

La silhouette immobile aux grilles du palais évoquait une peinture animée par miracle : le portrait extraordinaire, deux fois plus grand que nature, accroché dans un salon du palais – une œuvre due au pinceau d'un roi sûryavamsa mort depuis quatre siècles, l'illustre Dilîpa, ancêtre de Dasaratha. Les chroniques officielles de la dynastie, compte rendu historique auquel Dasaratha avait parfois apporté sa contribution, spécifiaient, en ce qui concernait le noble Dilîpa, qu'il avait réalisé le portrait de mémoire. Le souverain rentrait alors d'une visite imprévue à l'ashram* du grand sage Visvâmitra, dont les conseils éclairés l'avaient fort impressionné. Cette entrevue avait changé sa vie et sa destinée, ainsi que l'avenir de la dynastie. Dilîpa avait payé sa dette en consacrant la moindre once de son talent de peintre, considérable, à l'exécution de cette œuvre magnifique. Visvâmitra n'ayant jamais mis les pieds à Ayodiâ, on la considérait depuis quatre cents ans comme sa représentation fidèle ; elle avait inspiré plusieurs peintures de taille plus modeste et même une statue, dressée sur la place des Prophètes. Aujourd'hui, enfin, Dasaratha, descendant de Dilîpa, pouvait fièrement affirmer, avec émotion, que le portrait était d'une ressemblance stupéfiante. « Parfait jusqu'au moindre détail, grand Dilîpa. Absolument parfait. »

La silhouette qui se tenait devant le souverain semblait être sortie une minute plus tôt de l'énorme toile. Elle portait la tenue toute simple de l'ascète : grossier dhotî ocre rouge en toile de jute tissée à la main, socques au bois usé, rudraks mâlâ au cou, tout cela sous une chevelure sale, emmêlée, qui s'agitait autour d'un visage raviné, et une longue barbe blanche broussailleuse. Au premier coup d'œil, on aurait pu prendre le vieillard pour un des tapasvî qui émergeaient chaque printemps par dizaines des bois du Midi, émaciés, épuisés par une pénitence et un jeûne rigoureux. Toutefois, il dégageait cette grande force intérieure et cette puissance immortalisées par Dilîpa : on sentait le mage-prophète, autrefois illustre ksatriya et maharajah, dont l'arrogance et la dignité dénonçaient un prince ârya.

Lorsque Dasaratha, Vasistha et Sumantra approchèrent, Visvâmitra leur tournait presque le dos, les yeux fixés sur les pentes des collines au nord, dont les crêtes s'élevaient jusqu'à former les contreforts de l'Himalaya. Sa longue barbe et son pagne usé battaient au vent. Le serviteur qui s'avançait sur les talons de Sumantra laissa échapper un cri étouffé, avant de lâcher en langue commune avadhî* une exclamation incrédule. Frappé de stupeur à la vision de cette légende tout droit sortie des livres d'histoire, il entrechoqua le bassin et la cruche de l'argha avec un tintement qui résonna longuement dans l'air pur de l'aube. La vaste étendue de l'avenue Raghuvamsa n'étant pas encore couverte de circulation, si tôt un matin de fête, le bruit fut aussi pénible que le craquement d'une roue de charrette.

Le visiteur se retourna.

Il pivota sans effort, son imposant bâton bien droit dans sa main puissante. Un frisson d'anticipation parcourut Dasaratha, l'impression que l'histoire s'écrivait en cet instant même. Il serait le premier roi d'Ayodiâ à avoir eu l'honneur d'accueillir le légendaire mage-prophète, un jour de fort bon augure, de surcroît. Malgré sa résolution de se concentrer sur le présent, la pensée lui vint que s'il parvenait à persuader le sage de rester jusqu'au couronnement, quinze jours plus tard, cette présence consacrerait son dernier acte de roi. Râma entrerait dans l'histoire ârya comme le premier prince d'Ayodiâ béni lors de son accession au trône, non par un, mais par deux des plus grands mages-prophètes et brahmârishi de tous les temps, Vasistha et Visvâmitra. Ce couronnement-là inaugurerait une autre époque !

Les lèvres parcheminées de Dasaratha s'ouvrirent sur les salutations d'usage, tandis qu'il s'agenouillait afin de se prosterner devant le brahmane, mais à sa grande surprise et au mépris du protocole, la légende vivante prit la parole sans lui laisser dire un mot.

— Maharajah Dasaratha, je suis venu vous demander votre aide selon l'antique tradition du guru-daksinâ*, qui unit brahmane et ksatriya. Je vous exhorte à réaliser sans hésitation ni retard mon vœu le plus ardent, comme le veut la coutume et quoi qu'il vous en coûte. Honorez votre caste, votre clan et votre nom en acceptant sans tarder. Je vous l'ordonne, moi, Visvâmitra, sage entre les sages.

VIII

LA BICHE S'ARRACHA à la douce étreinte de Râma. Attentif à ne pas la serrer trop fort, il l'avait sentie bander ses muscles pour s'échapper, mais n'avait pas cherché à la retenir. Ses pattes fines la propulsèrent loin de lui, plus haut sur la butte. Lorsqu'elle atteignit le sommet de l'éminence, elle s'immobilisa, se retourna. Ses oreilles s'agitèrent, tandis qu'elle regardait le jeune homme avec des yeux inquiets. Il se remit sur ses pieds, souriant.

— Je t'ai fait peur ? demanda-t-il d'une voix douce, tout juste audible par-dessus le bruit de la rivière. Telle n'était pas mon intention, beauté. Je voulais juste qu'on devienne amis. Tu ne te rapprocherais pas un peu ?

Postée au bord de l'à-pic, la tête seule tournée vers lui, le corps vers le sentier menant à la Sarayû, la biche ne fit pas mine de revenir, mais ne reprit pas la fuite non plus.

Râma s'avança d'un pas, puis d'un autre. Elle ne bougea pas. Il fit quelques mètres supplémentaires, mais bientôt, le flanc de la bête se mit à palpiter, tandis que ses oreilles s'agitaient de plus belle. Râma s'arrêta, l'appela. Elle resta où elle était, à le regarder. Ils passèrent un long moment ainsi, adolescent et animal, les yeux dans les yeux. La rivière coulait, le soleil dépassait le sommet des collines au nord pour briller dans toute sa gloire, la cité lointaine capturait la lumière du jour naissant puis la renvoyait en mille reflets étincelants. Tours et flèches, fenêtres et arches, dômes et colonnes, verre et bronze, cristal et coquillage, perle et pierre, tout s'éclairait simultanément. Ayodiâ flamboyait tel un phare au brasier doré, emplissant la vallée de son éclat. En ce petit matin glorieux, il était facile de tenir le cauchemar pour un simple mauvais rêve, justement. Pourtant... Râma entendait encore les hurlements, revoyait les horribles plaies, la béance...

« Arrête ! »

Il se raidit, les yeux posés sur la cité, oubliant la biche. Il lui fallut un moment de prânâyama régulière pour retrouver son calme. Il se concentra sur la vue qui s'offrait à lui. Son Ayodiâ bien-aimée, resplendissante au soleil d'une nouvelle saison, d'une nouvelle année de moissons. Il s'avança, fasciné. Avant l'âge du gurukul, ses frères et lui avaient passé d'innombrables journées à l'ombre de ce bosquet de manguiers, à jouer, se battre, faire la course – tout ce à quoi se livrent les gamins, princes ou non. Il y était venu, aujourd'hui, dans l'espoir que la familiarité des lieux et la nostalgie qu'ils éveillaient en lui le libèrent de son cauchemar nocturne. Sa démarche n'avait remporté qu'un succès mitigé.

Ses pieds trouvèrent le bord de l'à-pic et s'y immobilisèrent, une dizaine de mètres au-dessus de la rivière coléreuse. À cet endroit, la Sarayû négociait en rugissant une courbe de la vallée, se précipitant sur les pierres et les rochers avec l'énergie d'un cours d'eau dont le long chemin ne fait que commencer. Un grondement de tonnerre ininterrompu s'en élevait. Râma écarta les bras, offrit son visage à la chaude lumière dorée du soleil et se mit à rire. Les gouttelettes d'écume qui dérivaient lentement vers le haut se prenaient dans ses cheveux et son dhotî blanc tout simple, diamants étincelants au soleil.

Il regagna le bosquet, la nuque beaucoup moins douloureuse, assez serein à présent pour jouir d'un nâsta frugal. Pas le buffet surchargé que Susama-daîmâ préparait chaque matin – de quoi nourrir une garnison –, mais un simple fruit. Ses yeux cherchèrent la grosse kairî* verte qu'il s'apprêtait à cueillir sur une branche basse au moment où il avait vu la biche. Il la trouva, la saisit en effet, sourit quand quelques feuilles détachées voletèrent autour de sa tête comme pour accueillir un jeune époux. Ah ! enfin une question à laquelle il serait facile de répondre : quel goût avait une mangue verte le premier jour du printemps ? Interrogation digne des célèbres réunions philosophiques organisées par son oncle, le maharajah Janaka, à la cour de Mithilâ. Le mystère ne tarderait pas à être levé.

Râma soupesa la kairî, lourde, ferme, gorgée d'un jus épais. Lui qui n'était pourtant pas encore un roi, ni même un prince couronné, juste un prince en attente, allait déguster le roi des fruits. Ceux qui n'avaient jamais éprouvé son indescriptible acidité, irritante pour les dents, qui n'avaient pas mordu dans sa chair jaune moutarde à travers sa peau verte, qui ne l'avaient pas délicatement réduite en charpie, agacée en aspirant son amertume succulente, ceux-là n'avaient pas vécu. L'adolescent se tapota la taille afin de vérifier que son petit sac de sel s'y trouvait bien, le tira puis l'ouvrit avec soin en s'asseyant dans l'herbe. Une kairî saupoudrée de sel… le paradis sur Terre, une fois de plus.

Il lécha l'extrémité de la mangue pour en humidifier la peau, avant de la tremper dans le sel. Des grains de namak* brun-beige se collèrent à l'épiderme vert perroquet, tandis que l'arôme acide de la kairî se mêlait au parfum terreux du sel gemme. Râma porta le fruit à sa bouche, les yeux clos, anticipant la saveur qui allait exploser contre son palais. Le fin duvet de ses bras – il avait hérité de la très faible pilosité de sa mère et non du crin hirsute de son père – se hérissa d'avance.

La kairî avait presque atteint sa bouche lorsque lui parvint un cri perçant, suivi de rires et de braillements rauques. Il reconnut aussi, malgré le rugissement de la rivière et la cacophonie des oiseaux dans les arbres serrés du bosquet, le son bien particulier d'une corde d'arc qu'on relâche.

Les sourcils froncés, il se figea, aux aguets, la mangue dans une main, l'autre sur le sac de sel ouvert : dès que la peau du fruit aurait été percée, il faudrait y coller quelques grains supplémentaires pour en contrecarrer le goût amer.

Un instant plus tard, le même bruit se répéta, frémissement distinct d'un arc bandé parlant au vent, suivi cette fois d'une réponse tout aussi familière : le choc mat d'un coup, d'une hampe de bois dont la pointe de métal frappait la chair. Un cri de douleur retentit.

Râma bondit avec une vivacité que la biche lui aurait enviée. La kairî, intacte, valsa d'un côté, pendant que le sel se renversait. Un instant plus tard, l'adolescent grimpait la butte en courant. Au sommet, il se pencha dans le vide, parfaitement maître de ses réflexes, sûr de lui comme on l'est à quinze ans.

La scène qui l'attendait en contrebas lui parut aussi explicite que si une troupe de nautanki* l'avait jouée avec des marionnettes à l'intention des enfants.

La biche gisait au bord de la rivière, près des hautes herbes. Quelques secondes de plus, et elle les aurait atteintes, devenant virtuellement invisible. La flèche l'avait touchée au sommet de la patte avant, elle était à moitié assommée et elle saignait beaucoup, mais la blessure n'était sans doute pas mortelle. La plupart du temps, l'animal mourait au moment de l'impact, sous le choc, ou à cause de la lente hémorragie qui suivait, voire d'une infection. Les poings de Râma se serrèrent quand il vit la bête s'efforcer de se relever, bêlant de douleur, puis retomber sur les pierres luisantes de la berge.

Les criminels – car c'en étaient, aux yeux du prince – étaient un groupe d'une bonne douzaine de Nordiques massifs à la peau claire. Ils arboraient les fourrures de loup et d'ours des tribus garhwâlî, des montagnards vaguement apparentés installés sur les pentes inférieures de l'Himalaya, quelques yojana au nord-ouest d'Ayodiâ, hors les frontières du Kosala. Ces étrangers venaient plusieurs fois par an faire du troc aux mela*. Il était normal que les célébrations d'Holî en attirent à Ayodiâ, car les festivités organisées pour l'occasion étaient célèbres à travers toutes les nations ârya, d'autant que la cité avait coutume d'ouvrir alors grandes ses portes. Toutefois, cela ne donnait pas le droit de chasser en vue de ses murailles. Aux outres de vin que portaient les voyageurs et auxquelles ils s'abreuvaient, Râma comprit qu'ils étaient ivres et voulaient s'amuser un peu. L'un d'eux, un jeune voyou stupide à peine capable de tenir son arc, essayait d'achever la biche. Ses compagnons l'encourageaient par des hurlements et des suggestions sadiques, dans le dialecte pahâri* grossier de leurs tribus.

Râma longea en courant le sommet de l'à-pic, dégringola jusqu'à l'endroit où la corniche se repliait presque sur elle-même, bondit sur la portion inférieure du sentier, évitant avec agilité un cobra qui se chauffait au soleil – ce dernier siffla un avertissement, mais ne fit pas mine d'attaquer –, puis franchit d'une détente les deux derniers mètres pour atterrir dans l'herbe épaisse. Une seconde plus tard, indifférent aux flèches, il se précipitait sur la berge de la rivière pour aller examiner la biche blessée. Par-dessus le rugissement des eaux, quasi assourdissant au bas de la pente, lui parvenaient les cris surpris des Garhwâlî.

La bête tourna la tête vers lui. L'égarement qu'il lut dans ses grands yeux terrifiés lui serra le cœur. Comme si elle avait voulu parler, expliquer de quoi elle souffrait, elle poussa une sorte de miaulement aigu. Râma déchira une bande de son kurta*, heureux de l'avoir mis en prévision des morsures du vent, enroula le tissu autour de la patte blessée puis le noua assez serré pour stopper l'hémorragie, en attendant de retirer la flèche. La biche persistait à secouer la tête, à s'efforcer d'arracher, avec les dents, le corps étranger logé dans sa chair. Le jeune homme toucha le sommet de sa tête duveteuse.

— Je reviens t'aider, lui dit-il tout bas.

Puis, se redressant, il se tourna vers les montagnards.

IX

DASARATHA FIXA LA SILHOUETTE imposante qui se tenait devant lui, aux grilles du palais. Il ne pouvait se permettre aucune hésitation.

— Mahâdev, commença-t-il, employant à dessein le terme le plus respectueux, qui élevait le visiteur honoré au rang de dieu, je suis aussi fidèle à la tradition que mes illustres ancêtres, et je me ferai une joie de satisfaire au plus vite le moindre de vos désirs. Quoi que vous me demandiez, je vous le donnerai sans poser de question, comme le veut la coutume, fût-ce la possession dont je suis le plus fier.

Le visage raviné du prophète, mieux éclairé à présent par le jour levant, se fendit d'un grand sourire. Visvâmitra abattit avec force son lourd bâton sur la terre tassée de l'avenue, ponctuant ses premiers mots d'un choc sonore.

— Ayodiâ-naresh, hum prasan huye. [Votre réponse me plaît fort, seigneur d'Ayodiâ.] Je vous adjure de ne pas oublier la promesse que vous venez de me faire en la présence sacrée de votre mahâguru et marg-darsak*, Vasistha, ainsi que devant ces gens…

Il montrait Sumantra et les serviteurs, frappés d'une telle terreur quand il avait ouvert la bouche qu'ils étaient tombés à genoux, face contre terre, dans la poussière. Ils s'y trouvaient toujours, trop effrayés pour seulement lever les yeux vers le brahmane fabuleux.

— Ce seront mes témoins, ajouta Visvâmitra, avant de frapper une deuxième fois le sol de son bâton pour bien souligner le pacte.

Dasaratha avait désespérément envie de jeter un coup d'œil au guru Vasistha, muet comme la tombe depuis qu'ils avaient franchi les grilles, mais il était vrai qu'en l'occurrence, le protocole était sans ambiguïté.

— Mahâdev, reprit le souverain en s'inclinant, les mains jointes, je vous supplie de me faire l'honneur d'accepter l'argha traditionnel par lequel j'aimerais vous souhaiter la bienvenue dans mon humble demeure.

Le brahmârishi leva la tête vers le palais, qui dominait toutes les autres constructions de l'avenue.

— Bien sûr, lâcha-t-il, pensif. Oui, bien sûr. Mais ne vous plairait-il pas de savoir ce que je vais vous demander ?

— Je vous ai juré de vous donner ce que vous voulez, mahâdev, répondit Dasaratha, les mains toujours jointes, les yeux fixés sur les pieds nus poussiéreux du sage. Ce serait pour moi un grand privilège que de vous entendre formuler votre requête sacrée entre les murs de ma demeure. Il n'est pas convenable que je laisse un hôte vénéré de votre importance debout dans la rue. Accédez à ma demande, je vous en prie.

Sans plus attendre, il appela d'un geste les serviteurs, toujours figés. Sur un ordre sec quoique discret de Sumantra, ils s'avancèrent à pas furtifs avec le nécessaire à argha, mais dans leur nervosité, manquèrent de trébucher. L'un d'eux faillit même renverser sur le maharajah la lourde cruche emplie de Ganga-jal*, l'eau sacrée du Gange. Le ministre, muet, mais exaspéré, la lui prit des mains, puis l'inclina lui-même, faisant signe à Dasaratha qu'il était prêt à verser.

Toutefois, avant que le roi ne pût effleurer les socques encroûtées de terre du visiteur, une voix étrangement familière résonna sur l'avenue silencieuse.

— Arrêtez, Ayodiâ-naresh ! Ne vous abaissez pas à

toucher les pieds de cette vile créature. Relevez-vous à l'instant !

Kausalyâ avait gagné la salle de pûjâ, où elle priait avec ferveur la déesse mère, Srî, dans son incarnation de devî dispensatrice, patronne sacrée des femmes mariées et des mères. La fumée odorante des agarbatti* emplissait la pièce d'une brume dense. Les épais bâtonnets délicatement parfumés au jasmin, au musc, au pin, au frêne et au lotus diffusaient un cocktail d'arômes entêtant, qui aidait la première reine à vider totalement son esprit pour n'y laisser subsister que l'image de la devî.

Le silence régnait, seulement troublé par le tintement occasionnel de la clochette posée devant elle, sur l'autel en bois. Après chaque cycle de mantra, Kausalyâ s'en emparait pour l'agiter de manière rythmique, déclenchant un doux carillon.

C'était précisément à cela qu'elle s'occupait quand la porte – fermée, mais pas à clé, car jamais le besoin ne s'en était fait sentir – fut ouverte d'un coup de poing. Kausalyâ n'eut pas à se retourner pour savoir de qui il s'agissait : à l'instant précis où elle achevait de secouer la clochette, les tintements bruyants de nombreux bracelets l'informèrent qu'une femme pénétrait dans la pièce. Ce ne pouvait être que la deuxième reine, Kaikeyî, car les gros anneaux étaient indéniablement d'or pur, alors que la troisième reine, Sumitrâ, préférait l'argent. D'ailleurs, jamais la timide Sumitrâ ne serait entrée chez Kausalyâ avant de s'être fait annoncer, sans parler de s'y ruer tel un rustaud dans une taverne de bas étage. La maîtresse des lieux ne douta donc pas une seconde d'avoir affaire à Kaikeyî, ce qu'une exclamation coléreuse lui confirma :

— Espèce de salope ! Je sais ce que tu mijotes. Tu n'as aucune chance !

Kausalyâ reposa la clochette avec soin puis se pencha pour toucher du front les pieds de la statue. L'arôme rassurant de l'argile rouge dont était façonnée l'effigie lui monta aux narines, accompagné de l'odeur des pigments végétaux dont elle avait été peinte, aux couleurs traditionnelles éclatantes : vert perroquet, bleu paon, ocre rouge, ocre jaune, safran et lavande. Kausalyâ implora en silence la devî de lui dispenser sérénité et assistance.

La pensée l'effleura qu'elle se trouvait dans la position idéale pour une décapitation, mais cela ne lui fit pas peur. Kaikeyî avait la langue plus aiguisée que la dague. Kausalyâ joignit une dernière fois les mains en se relevant, puis se tourna vers sa grossière visiteuse.

L'image de la fureur féminine présentée par l'intruse aurait inspiré les fidèles de Kali*... mais Kali ne se montrait jamais à ce point sybarite ni aussi outrageusement parée.

Comme d'habitude, la deuxième reine en avait trop fait, se couvrant de lourds bijoux en or et de symboles de sa position royale ou de son statut marital. Le gros bindu* rouge qui marquait son front flamboyait sur sa peau très pâle, rosie par la colère, plus évocateur du troisième œil de Shiva que des épousailles. Kausalyâ s'étonna presque de ne pas lui voir quatre bras, brandissant chacun une arme divine.

— Espèce de tentatrice ! De séductrice ! Tu as attiré mon mari hors de mon lit pour le prendre dans tes griffes comme une véritable devadâsî*. Tu croyais vraiment que je n'en saurais rien, traînée ? Que je te l'abandonnerais sans me battre ?

Kausalyâ toisa avec froideur la deuxième épouse de Dasaratha puis s'avança vers elle, sans lâcher le thalî à pûjâ en or. Kaikeyî tressaillit, comme si elle craignait que sa rivale ne l'attaquât avec le plat, et leva la main pour se protéger. Ses gros bracelets tintinnabulèrent. Kausalyâ s'étonna, en son for intérieur, qu'elle parvînt seulement à bouger le bras avec tout ce poids. Où croyait-elle aller, ainsi parée ? À son propre mariage ?

La première reine dépassa l'intruse pour quitter la salle de pûjâ, posa le thalî sur le lutrin de lecture, éteignit sans hâte les dîpa puis donna trois secousses rapides à la corde en satin accrochée au chevet de son lit. Un tintement assourdi s'éleva dans les entrailles du palais. Immobile, le dos tourné à Kaikeyî, Kausalyâ attendit que cette dernière la suivît. Lorsque le bruit des bijoux lui parvint, elle pivota avec la brusquerie d'une nâginî* enfiévrée, pour frapper sans laisser à l'ennemie la moindre chance de prendre la parole la première.

— Comment oses-tu violer le sanctuaire de ma salle de prière, alors que tu n'as même pas le droit de poser le pied dans mes appartements sans y avoir été invitée ! Quant aux qualificatifs dont tu m'as gratifiée, tu les as sans doute pêchés dans les commérages qui circulent sur toi derrière ton dos. Ils te décrivent à merveille. C'est toi qui as détourné mon mari de ma couche, il y a de cela quinze ans, en te l'attachant par l'obligation faite au guerrier de payer la dette que représente sa vie. Tu as utilisé les artifices de la séduction avec autant d'effronterie qu'une putain des bas quartiers pour l'attirer entre tes bras, et comme si ce n'était pas assez, tu as décidé de ne pas partager ses attentions. Tu as comploté contre la pauvre Sumitrâ et contre moi, tu as versé Dieu sait quel poison dans l'oreille de Dasaratha, jusqu'à ce qu'il te consacre tout son temps. Comment oses-tu venir ici m'accuser de tes propres péchés ? Puissent les deva te foudroyer sur place, menteuse éhontée ! Maintenant, va-t'en, avant que je ne te fasse déshabiller et jeter dehors par mes gardes !

Cette explosion inattendue laissa Kaikeyî muette de stupeur. Kausalyâ n'avait pas fini de parler qu'un martèlement de socques s'élevait dans le corridor aboutissant à sa chambre.

Un instant plus tard, les tentures s'écartaient devant une section entière de guerrières, membres de la division spéciale de la garde du palais assignée aux trois reines en titre, ainsi qu'aux trois cent cinquante concubines. Les jeunes femmes envahirent la pièce, jugèrent la situation en un clin d'œil et fondirent sur Kaikeyî. Un geste du doigt de Kausalyâ, et elles encerclèrent l'intruse – la pointe de leur courte lance tournée vers le haut, cependant, de manière dissuasive, non vers le bas pour attaquer. Kausalyâ avait choisi elle-même ces amazones dans son clan d'origine afin de s'assurer leur indéfectible loyauté. La moindre d'entre elles était aussi grande et musclée qu'un homme, aussi bonne combattante, aussi sportive, aussi apte à mourir au combat.

Kaikeyî roulait des yeux stupéfaits, saisie par la réaction inattendue de sa rivale. Sans doute se demandait-elle que faire. Jamais, dans toute son existence protégée – en tant que princesse héritière de Kaikeya d'abord, que reine du Kosala ensuite –, elle ne s'était trouvée confrontée, sous son propre toit, à une garde hostile.

Mais justement, elle n'était pas sous son propre toit. Elle se tenait dans les appartements privés de Kausalyâ, dont elle venait de bafouer le titre, la dignité et les sentiments religieux.

— Emmenez-la, ordonna la première reine d'un ton sec. Si elle résiste, déshabillez-la, traînez-la par les cheveux, et jetez-la toute nue dans la cour.

Comme l'intruse déglutissait en silence, livide, ne sachant que dire, Kausalyâ ajouta avec un sourire glacial :

— Eh bien, Kaikeyî ? As-tu d'autres qualificatifs à m'appliquer ? Je suis sûre que mes sœurs adoreraient t'entendre m'insulter.

Pour toute réponse, la visiteuse lui lança un regard de haine pure, ses yeux bordés de rouge étincelants dans son visage empourpré.

Kausalyâ résista à la tentation de verser du sel sur la plaie. « Il suffit. Tu l'as déjà assez vexée pour t'en faire une ennemie mortelle. Cette scène n'a que trop duré. »

— La deuxième reine va se retirer, à présent, dit-elle tout haut à ses protectrices. Reconduisez-la jusqu'à ses appartements.

Lorsque les guerrières voulurent prendre Kaikeyî par les bras, elle revint à la vie pour leur frapper rageusement les poignets, cherchant à les punir de l'humiliation subie.

— Ne me touchez pas ! (Sa voix s'éleva d'une octave, suraiguë, au bord de l'hystérie.) Si l'une d'entre vous ose poser un doigt sur moi, elle sera exécutée en moins d'une heure !

Elle se retourna vers Kausalyâ, les yeux aussi brûlants que des flammes jumelles dans son visage empâté, le menton frémissant de rage.

— Nous n'en avons pas terminé, espèce de serpent ! Je ne renoncerai pas à mon mari sans lutter. Avant le crépuscule, il sera de retour dans mon lit, et toi, tu ne seras plus qu'une de ses innombrables concubines sans titre !

La menace résonnait encore dans la pièce lorsqu'elle la quitta comme une flèche, suivie de près par les gardes, inutiles, à présent. Kaikeyî ne reviendrait pas. Elle avait atteint son but : menacer Kausalyâ, lui faire peur. La suite de la scène se jouerait lorsque la deuxième reine jugerait le moment venu, et la première avait bien l'impression que ce serait son tour d'affronter des lames aiguisées.

X

KAUSALYÂ SE LAISSA TOMBER sur son lit avec un soupir involontaire. C'était une femme de caractère, entraînée dans sa jeunesse aux arts militaires et au maniement des armes, mais Kaikeyî était une combattante née : elle avait pris la tête des armées paternelles à quatorze ans, puis conquis des hordes barbares. Lorsque son chemin avait croisé celui de Dasaratha, bien longtemps auparavant, une réputation formidable la précédait déjà. C'étaient d'ailleurs surtout sa férocité et ses prouesses de ksatriya qui avaient séduit le volage maharajah, tout le monde le savait. Quinze ans plus tard, sa capacité brutale à tuer sans se poser de question lui donnait toujours l'avantage sur Kausalyâ.

Malgré ses origines guerrières, la première reine manifestait, en effet, une préférence marquée pour les arts. Elle avait ses points forts, mais abattre froidement autrui pour atteindre son but lui était impossible. Son entrevue violente, quoique brève, avec Kaikeyî ne l'en avait que davantage épuisée.

Kausalyâ lutta contre la tentation de s'allonger tranquillement pour se reposer un moment. La journée, déjà riche en péripéties, commençait à peine et s'annonçait chargée : le défilé d'Holî, l'annonce du couronnement, le visiteur pour qui Vasistha avait envoyé chercher Dasaratha de toute urgence – sans doute un personnage important, puisque le guruji avait interrompu une audience privée des souverains –, Râma... Il fallait qu'elle le vît avant le début des réjouissances.

Un sourire monta à ses lèvres lorsque lui parvint le carillon de délicats payal en argent. Ce tintement précieux était aussi distinctif que le cliquetis brutal des lourds bracelets en or de Kaikeyî.

Les tapisseries qui fermaient la chambre s'écartèrent une fois de plus et le petit visage de biche de Sumitrâ apparut. La visiteuse parcourut la pièce d'un regard prudent et fut bientôt réconfortée par la solitude de Kausalyâ.

— Entre, petite sœur, lança la première reine d'une voix douce. N'aie pas peur, la mâynî* est partie.

Avoir parlé de « sorcière » la fit sourire malgré elle. S'exprimer crûment lui était difficile, même quand on la poussait à bout.

Sumitrâ lâcha une petite exclamation inarticulée en s'avançant d'un pas furtif, au froufroutement musical de son choli* diaphane, puis s'assit à côté de Kausalyâ. Elle était si légère que le lit bougea à peine.

— J'ai entendu des cris, des bruits de course... Mes gardes m'ont dit que Kaikeyî t'avait attaquée dans tes appartements, alors je me suis empressée de venir ! C'est terminé ? Tu n'es pas blessée ? Que voulait-elle, la coquine ?

Kausalyâ sourit. Malgré quinze ans de mariage et deux robustes fils, Sumitrâ n'avait guère changé. C'était juste une version plus âgée de la grande enfant qui lui avait demandé, haletante de nervosité, la permission de s'unir à son époux et de devenir ainsi sa sœur dans le mariage. La première reine avait d'emblée éprouvé envers elle des sentiments maternels, qui n'avaient pas totalement disparu : cette fillette vulnérable apporterait-elle une réponse aux prières du maharajah pour avoir un héritier ? Kausalyâ s'était pliée à la coutume ârya, qui permettait au monarque de prendre plusieurs épouses afin d'assurer sa descendance. Accepter que Sumitrâ devînt la femme de son mari ne lui avait pas donné l'impression d'accueillir une rivale. Il en était allé bien autrement quand il lui avait annoncé en même temps qu'il comptait installer au palais une autre reine encore. Le regard de Kaikeyî lorsqu'elle était descendue de sa maison roulante pour monter avec arrogance l'escalier en ce jour fatal, dix-sept longues années plus tôt… Si Kausalyâ s'était doutée que l'ombre projetée, ce matin-là, par Kaikeyî plongerait dans l'obscurité la décennie et demie à venir, peut-être aurait-elle usé du droit que lui donnait la loi de récuser le choix du roi. Il aurait été obligé de renvoyer la guerrière chez son père. Mais, désarmée par la douce, l'enfantine Sumitrâ, la première reine s'était aperçue trop tard, beaucoup trop tard, de la menace que représentait Kaikeyî.

Kausalyâ se força à revenir à la question de Sumitrâ.

— Elle est furieuse parce que Dasaratha est venu me voir, ce matin. Elle s'imagine que je l'ai manipulé pour qu'il me rende visite.

Les grands yeux de Sumitrâ, aussi immenses que ceux d'un lapin, s'agrandirent encore, semblant envahir la moitié de son visage en forme de cœur.

— C'est vrai ? Tu as fait ça ? (S'apercevant trop tard de ce qu'elle venait de dire, elle rougit jusqu'aux oreilles.) Non, bien sûr, jamais tu ne t'abaisserais à une chose pareille… Mais c'est vrai ? Il est venu te voir ? Discuter ?

Kausalyâ prit dans sa main, une fois et demie plus large, la menotte minuscule de la jeune femme. Comment, au nom du ciel, cette enfant perdue avait-elle bien pu donner naissance à deux jeunes gens aussi forts et musclés que Satrugan et Lakshman ?

— Discuter, oui, admit Kausalyâ. Mais pas seulement.

Sumitrâ la fixa un instant sans comprendre, puis sa bouche s'ouvrit toute grande.

— Non ! Tu ne me mèneras pas en bateau comme ça !

— Si j'en avais envie, je ne crois pas que tu pourrais m'en empêcher ! (La première reine se mit à rire. Elle se détendait un peu, après l'anxiété et l'émotion soulevées par la visite de Dasaratha, puis l'agression verbale de Kaikeyî.) Je t'assure que je n'exagère pas. Regarde, les conséquences de sa conquête sont toujours là. (Elle montrait les draps froissés et les pétales écrasés qui couvraient le lit.) Il est vrai que j'ai participé à la bataille, moi aussi.

Sumitrâ ramassa une poignée de pétales et se perdit dans leur contemplation.

— Par la déesse ! (Elle se mit à rebondir sur la couche moelleuse, s'habituant lentement à la nouvelle telle la grande enfant qu'elle était restée.) Par Lakshmî, trois fois bénie, femme du divin Vishnu !

Elle serra gaiement dans ses bras Kausalyâ, qui se surprit à lui rendre spontanément son étreinte, rieuse, elle aussi. « Nous sommes tellement différentes, toutes les trois, songea-t-elle. L'une veut garder Dasaratha pour elle seule, l'autre est prête à le partager s'il en a la moindre envie, et moi... qu'est-ce que je veux, moi ? »

Sumitrâ s'écarta brusquement de son hôtesse pour s'agenouiller près du lit. Avant que la première reinc ne comprît ce qu'elle avait en tête, elle se pencha, lui toucha le pied puis porta le bout des doigts à son propre front.

— Bagavân* Kausalyâ, dit-elle avec passion. Les dieux t'ont bénie.

— Sumitrâ... commença son interlocutrice, prête à protester.

Pourtant, elle s'interrompit, la gorge serrée, puis étreignit affectueusement son amie, *sa meilleure amie*. Sumitrâ était aussi chaleureuse, d'une bonté aussi sincère que Kaikeyî était méchante. D'ailleurs, elle avait raison. En ce jour de festivités, Kausalyâ était bel et bien bagavân, bénie des dieux. La roue du samay avait tourné, elle ne savait pourquoi, lui rendant son mari après un long éloignement amer ; son fils allait être couronné prince héritier.. Aucune ombre ne saurait entacher un jour pareil.

« Kaikeyî peut bien faire ce qu'elle veut, songea-t-elle avec sauvagerie. Cette fois, il faudra qu'elle me tue pour me le prendre. »

Ils étaient onze, pas douze, sous l'autorité d'un homme de haute taille aux muscles imposants, défiguré par des cicatrices hideuses : ses compagnons se tournèrent vers lui ensemble avant de revenir à Râma et à la biche, sans cesser de hurler en pahâri. Le blanc-bec du groupe, que les autres asticotaient un instant plus tôt, tenait encore une flèche encochée, dirigée à présent droit vers le prince. Un sourire idiot aux lèvres, il semblait prendre l'incident pour une grande aventure. Trois de ses aînés brandissaient aussi leur arc, deux prêts à tirer.

— Ayodiâ ke âs-pâs shikhar karna mana hain, lança Râma en haut sanskrit, avant de répéter la même chose deux fois, dans la langue commune puis en pahâri. [La chasse est interdite en vue d'Ayodiâ.]

Les montagnards s'entreregardèrent, stupéfaits, puis éclatèrent de rire. Seul le chef resta impassible, fixant Râma bien en face, malgré les vingt mètres ou plus qui les séparaient.

— Vous vous êtes rendus coupables d'un crime aux yeux du droit kosalien, reprit l'adolescent en montrant la biche du doigt. Allez trouver les magistrats de la ville. Si vous ne connaissez pas nos lois, sans doute témoigneront-ils d'une certaine indulgence, mais déposez immédiatement les armes, puis remettez-les aux gardes de la première porte. Elles sont strictement interdites dans la cité.

Une autre vague de rires lui répondit. Le blanc-bec dont la flèche le visait y participa, visiblement plus pour imiter ses aînés que par réel amusement. Ses mains, mal assurées, faillirent relâcher le trait sans qu'il le voulût.

— Toi, jeune homme, appela Râma, pose cet arc. Tout de suite. Abandonnez tous vos armes. Si vous refusez, il vous en cuira.

L'interpellé hésita. La main qui tenait le talon du projectile frémit, se relâcha. L'arc s'inclina vers la rivière. Son propriétaire regarda ses compagnons pour juger de leur réaction.

L'avertissement de Râma ne semblait nullement les avoir impressionnés. Deux d'entre eux, un peu à l'écart du gros de la troupe, échangèrent quelques mots avant de cracher d'un même mouvement dans le cours d'eau puis de tirer leur poignard, un grand couteau de chasse si souvent aiguisé qu'il s'effilait en véritable aiguille. Ils le tenaient à la manière pahâri, la lame pointant de côté, sous le poing.

Un gros homme à la chevelure et à la barbe blondes encocha une flèche.

— Si tu veux mon avis, c'est plutôt à toi qu'il va en cuire, mon gars ! Tu nous empêches de nous amuser, figure-toi !

— Ouais ! renchérit un autre, brandissant une kukri* à l'éclat menaçant. Pousse-toi de là et laisse-nous tranquilles avec cette biche. À moins que tu n'aies envie de connaître le même sort. On se fera une joie de t'aider !

Tous se mirent à brailler défis et commentaires, certains y ajoutant des insultes à l'adresse des Ayodiens et de leur ville. Trois d'entre eux saisirent leur arc et y encochèrent un trait avec l'arrogance de l'ivresse. Sept projectiles étaient à présent pointés vers Râma, qui se tourna vers le chef.

— Est-ce vous qui parlez au nom de ces Garhwâlî ?

— Nous sommes des hommes libres, riposta un des autres. Nous parlons en notre propre nom.

Ce qui ne les empêcha pas de jeter un regard discret à l'imposant chasseur pour guetter sa réaction.

Il examina un moment Râma de la tête aux pieds, enregistrant le moindre détail. Le soleil lui tombait droit dans les yeux, qu'il transformait en deux points de lumière blanche, comme réfléchis par des cristaux de quartz. Enfin, le chef graillonna puis cracha un mucus taché de sang qui parcourut bien cinq mètres avant de tomber dans les eaux tourbillonnantes de la Sarayû. Ce geste vexa Râma davantage que les insultes. Se laver ou se baigner dans la rivière, oui ; en y crachant, cependant, le Pahâri se moquait du clan Iksvâku tout entier, qui s'était installé dans la vallée autrefois inhabitée, puis avait veillé à son équilibre écologique deux mille ans durant. Les impressionnantes cicatrices qui balafraient le visage du montagnard, véritables crevasses aux endroits où la chair avait été endommagée trop profond pour se reformer, étaient les marques du grand ours brun himalayen, le rksa*, géant parmi les bêtes, qui n'épargnait rien ni personne sur son chemin. Râma se demanda comment il était possible de survivre à de telles blessures. L'entraînement militaire gravé dans son esprit lui disait, en tout cas, qu'un homme en état de raconter son combat avec un rksa était un adversaire dangereux. De toute évidence, les autres considéraient le miraculé, qu'ils appelaient Face d'ours, comme leur chef.

— Va donc chercher ta mère, gamin, lança-t-il d'une voix râpeuse qui se fondit dans le rugissement de la rivière. On a de quoi l'occuper. (Ses yeux parcoururent le corps de l'adolescent.) Et toi aussi, mon joli.

L'éclat de rire général qui salua la réplique fut plus fort encore que les précédents.

— Vous allez être arrêtés et jugés selon les lois ayodiennes pour avoir chassé la biche et refusé de déposer les armes. La peine la plus sévère, en l'occurrence, vous sera appliquée à tous sans exception, déclara Râma d'une voix claire, dépourvue d'émotion, qui domina les rires et le tonnerre des flots. (Il tendit le doigt vers Face d'ours.) Mais vous, Pahâri, allez répondre devant moi seul de votre dernière remarque.

— Tu entends, Face d'ours ? s'écria le gros blond, gouailleur. Tu dois lui répondre, maintenant !

Le chef sourit ; au fond des cicatrices où la peau et les chairs avaient été déchirées de part en part s'ouvrirent des fentes exposant les cartilages et la mâchoire.

— Ça me plaît assez. J'ai à répondre, hein ? Viens voir, gamin, la réponse que tu cherches se trouve dans mon langot*.

Il empoigna le devant de son pagne en un geste qui ne laissait pas place au doute.

Râma se pencha pour ramasser une pierre, qu'il soupesa. Parfaite. Son mouvement aiguisa l'attention des sept archers, avinés, amusés. Certains s'étaient même remis à boire, détendus. Le vin leur coulait sur la poitrine. Le prince secoua tristement la tête. Son enseignement lui interdisait de se battre avec des hommes pris de boisson, mais il n'avait pas le choix. Une ultime tentative d'en appeler à leur bon sens s'imposait cependant.

— Je vous le demande pour la dernière fois, lança-t-il d'une voix aussi calme et ferme que la main qui tenait le caillou. Posez vos armes, constituez-vous prisonniers, et je vous promets de ne pas engager de poursuites.

Les Pahâri le trouvaient moins drôle, à présent : ils en avaient assez de discuter. L'un d'eux lâcha négligemment sa flèche, qui passa un bon mètre au-dessus de Râma pour se ficher avec un doux soupir dans la pente herbue de la butte, derrière lui. Il n'y prêta aucune attention.

— Essaie donc de poursuivre ça ! brailla l'homme en cherchant à tâtons un deuxième trait dans son carquois.

L'heure n'était plus à la discussion.

XI

DASARATHA LEVA LA TÊTE pour voir qui l'avait interrompu avec une telle impolitesse.

Un individu vêtu de peaux de bête s'avançait à grands pas sur l'avenue Raghuvamsa en direction des grilles du palais, une lance à la main. Sa peau sombre et ses bijoux le désignaient sans erreur possible comme un banal chasseur, un sûdra.

Le souverain battit des paupières, incapable de croire qu'un homme de basse caste eût le front de lui lancer des ordres, à lui, le maharajah du Kosala. Il se retint de pivoter pour parcourir les alentours du regard, au cas où il aurait mal entendu. C'était inutile : la vaste avenue était déserte, à l'exception des gardes postés tous les trente mètres. Elle ne menait nulle part, sinon aux palais et aux salles du Trésor. Marchands et personnel eux-mêmes passaient par les grilles de service.

Comme pour dissiper les derniers doutes de Dasaratha, l'arrivant reprit la parole, d'une voix encore plus forte, mettant encore plus d'énergie dans son exhortation.

— Relevez-vous à l'instant, maharajah ! Ne vous abaissez pas à courber la tête devant cette ordure répugnante. Relevez-vous, je vous l'ordonne !

Le roi le regarda un instant sans mot dire, puis sa lèvre

supérieure se mit soudain à frémir de colère. Il se redressa, les mains jointes devant le mage-prophète, qui attendait toujours l'argha.

— Shama, mahâdev. Pardonnez-moi d'abandonner un instant mes devoirs d'hôte. Je dois m'occuper de l'insolent qui interrompt le rituel avec une telle impolitesse.

Visvâmitra acquiesça, le regard lointain, fixé, semblait-il, au-dessus de la tête du maharajah. Au grand soulagement de Dasaratha, il ne s'offusquait pas de l'interruption – pas encore. Le roi fit trois pas de côté pour se placer en face du grossier inconnu, qui approchait d'un pas décidé, et le montra du doigt. Ce fut de sa voix la plus impériale qu'il lança ses ordres, alors que le chasseur se trouvait encore à une bonne vingtaine de mètres.

— Gardes ! Emparez-vous de cet homme et couchez-le sur le ventre. Il a interrompu l'argha sacré réservé à notre noble visiteur. Cette violation de notre antique rituel le prive de ses droits de citoyen. Arrêtez-le à l'instant !

Il n'avait pas refermé la bouche que les soldats s'élançaient avec un ensemble parfait. Quelques secondes leur suffirent pour se séparer en trois formations principales : quatre groupes de quatre hommes entouraient le souverain, l'abritant derrière quatre cercles concentriques, formidable muraille qu'il faudrait éliminer pour porter la main sur lui.

La deuxième unité se déployait en V sur l'avenue, la pointe dirigée vers le sûdra pour l'intercepter, avant que les ailes ne s'écartent puis ne se referment derrière lui, le piégeant dans une prison de muscles puissants hérissés d'acier.

La troisième formation, constituée de deux sections supplémentaires sorties à l'instant où Dasaratha avait franchi les grilles, en bloqua le chemin et les referma avec une efficacité militaire afin d'éviter toute intrusion éventuelle.

Le barrissement des éléphants et le tonnerre des roues des chars s'élevèrent à l'extrémité de l'avenue. Le maharajah n'eut pas à se retourner pour savoir que, déjà, des renforts arrivaient. D'ici quelques instants, une force capable de résister à une petite armée prendrait position autour du palais, au cas, bien improbable, où l'insolence du chasseur annoncerait une menace plus inquiétante. Malgré ses grands espaces et ses accès ouverts, Ayodiâ n'en restait pas moins une forteresse formidable, conçue pour soutenir les assauts les plus violents.

Une conque sonna derrière les grilles verrouillées : la première alarme. À cinq kilomètres de là, passé les grands terrains d'entraînement, les cantonnements entraient en état d'alerte numéro un. La ville proprement dite entretenait en permanence un corps d'armée de quatre aksohini*. Si la conque sonnait une seconde fois, les divisions seraient prêtes à en découdre en une heure : un demi-million de fantassins, deux cent cinquante mille cavaliers, cent mille archers en voiture, plus de quatre-vingt mille éléphants de guerre. Et si une invasion menaçait Ayodiâ, le reste de l'armée arriverait en quelques jours des garnisons réparties aux divers points stratégiques du royaume.

Toutefois, il ne s'agissait de rien de tel. Une nouvelle sonnerie serait inutile. La première même avait été simple affaire de routine… à cause d'un chasseur isolé, d'un idiot insolent qui avait bu trop de bhang, trop tôt en ce jour de fête, et entretenait contre son souverain quelque grief mesquin. Dasaratha s'en occuperait en un instant, le punirait – après s'être assuré qu'il n'était pas suivi d'autres sûdra aussi mauvais patriotes –, puis reprendrait l'argha interrompu.

Il regarda l'officier de son premier cercle défensif, charmant jeune homme dont le visage révélait la parenté avec un vieux senâpati illustre, qui avait autrefois dirigé une partie des armées au cours de certaines campagnes.

— Drishti Kumar – c'est bien cela, je crois ? –, je veux parler à cet homme. Menez-moi à lui, je vous prie.

Le capitaine salua, heureux que son roi l'eût reconnu et appelé par son nom, mais ne perdit cependant pas de temps à le montrer.

— Maharajah, puis-je respectueusement suggérer que votre hôte vénéré et vous-même vous retiriez dans le palais, en sécurité ? Nous interrogerons le trublion et vous rapporterons tous les détails de l'entretien dans quelques minutes.

Dasaratha secoua la tête avec impatience.

— Merci de votre conseil, capitaine, mais c'est juste un citoyen mécontent qui a bu trop de bhang. Je peux m'en occuper. Écartez-vous.

À regret, le jeune homme donna un signal secret. Un couloir dégagé se matérialisa devant le souverain, qui suivit le chenal de lances luisantes pour se rapprocher du sûdra, toujours encerclé, mais bien visible.

— Qui êtes-vous, et comment osez-vous vous adresser à votre roi avec une telle audace ?

Le chasseur s'avança d'un pas, indifférent à la barrière de lames qui l'entourait. Sa voix était étrangement familière, complètement dénuée de l'accent des plaines occidentales auquel Dasaratha s'attendait, compte tenu de son aspect et des marques de sa caste.

— Écoutez-moi bien, maharajah. Votre visiteur est un imposteur. Le véritable Visvâmitra, c'est moi.

Le souverain maîtrisa un éclat de rire incrédule. Cet homme était-il fou ? De toute évidence, il avait besoin d'une correction, et vite. Très conscient que plus d'une centaine de ses gardes l'observaient, Dasaratha répondit de son baryton le plus formidable :

— Insolent ! Vous voulez donc être mis à mort en pleine rue ?

— Regardez-moi bien, Dasaratha. J'ai changé d'apparence pour entrer en ville sans attirer l'attention de vos ennemis. J'ignorais que ce démon me précédait de quelques instants. Si je n'étais pas arrivé à temps, vous seriez mort, ici même, devant votre palais. Une nouvelle fois, je vous en conjure, écartez-vous de lui !

En entendant dire que le roi risquait un mauvais parti, les soldats qui entouraient le sûdra se rapprochèrent de lui. Leur entraînement exigeait à présent qu'ils traitent l'inconnu comme un traître dangereux, aussi s'empressèrent-ils de le désarmer puis de lui tordre les bras dans le dos. Il ne chercha pas à résister : leur réaction ne paraissait pas le surprendre.

— Cet homme délire, naresh, lança la voix du capitaine dans le dos de Dasaratha. Laissez-nous l'emmener en prison, où nous l'interrogerons à loisir. Peut-être fait-il partie d'une conspiration.

Le souverain acquiesça, non sans tristesse. La pitié avait remplacé la colère dans son cœur. Il tourna le dos au chasseur.

— Emmenez-le.

— Il faut me croire ! hurla sauvagement le sûdra, les veines du cou et des épaules saillantes sous la peau. Vous accueillez un imposteur ! Un assassin de Lankâ chargé de vous éliminer avant que vous n'annonciez le couronnement de votre fils, Râma. Dites à vos soldats de me lâcher, ou je n'aurai pas le choix : je devrai utiliser mes pouvoirs contre eux.

Le maharajah s'arrêta net. Un instant, il sembla que le temps s'était figé avec lui.

À la seconde où il avait tourné le dos, il avait reconnu la voix du chasseur : c'était celle de Visvâmitra, jusqu'à la moindre inflexion. Il lui avait fallu un moment pour s'en apercevoir, car le sage ne lui avait parlé pour la première fois que quelques secondes avant l'arrivée de ce fou insolent ; mais maintenant que la similarité lui était apparue, il ne subsistait plus aucun doute. Le sûdra s'exprimait avec les mêmes intonations cultivées, le même ton modulé que le grand mage-prophète, l'ancien roi ksatriya d'une grande dynastie, pas comme un tueur d'animaux à poil et à plume. Quelle étrange magie était donc à l'œuvre ? Résistant à l'envie de se retourner pour fixer le trublion, le souverain poursuivit son chemin.

— Dasaratha ! appela le chasseur, d'une voix à présent nettement coléreuse. Ne m'obligez pas à détruire vos soldats. J'ai fait vœu de ne pas prendre de vie avant d'avoir terminé ma pénitence. Donnez-leur l'ordre de s'écarter et laissez-moi m'occuper de l'imposteur. Regardez bien. Cette stupide créature a toujours mon aspect, mais son déguisement est loin d'être parfait. Si vous ne me croyez pas, demandez au guru Vasistha. Parlez, Vasistha ! Cela épargnera des vies !

Dasaratha continua son chemin dans le corridor délimité par les gardes. Devant lui, le tableau n'avait pas changé : le sage Vasistha, aussi immobile qu'une statue, les bras croisés ; le légendaire Visvâmitra, fier profil découpé contre la clarté grandissante du soleil levant ; un peu à l'écart, les yeux écarquillés devant la tournure inouïe des événements, le Pradhan-mantri Sumantra.

— Ayodiâ-naresh... (Le visiteur avait à peine tourné la tête vers le souverain, mais sa voix trahissait la fierté blessée.) Est-ce ainsi que vous accueillez un prophète en voyage ? Par les insultes d'un citoyen du commun ? Je devrais tourner mes pouvoirs contre ce provocateur et le réduire en cendres.

Vasistha intervint alors, avec un calme quasi surnaturel, prononçant ses premières paroles depuis qu'il avait franchi les grilles du palais.

— Excellente idée, Visvâmitra. Pourquoi ne pas le faire à l'instant ? Servez-vous de la puissance du Brahman pour punir ce misérable mortel. Le code des prophètes l'exige, vous le savez bien.

Dans le silence de mort qui suivit, un bruit étrange s'éleva derrière Dasaratha, évocateur des grognements, des halètements d'hommes qui étouffent. Le maharajah fit volte-face pour découvrir un spectacle stupéfiant.

Le chasseur avait réussi à se débarrasser des gardes qui le tenaient par les bras. Tombés sur le dos, ils se griffaient la gorge, le souffle visiblement coupé. Les autres soldats répartis autour du sûdra levèrent leur lance puis l'en frappèrent sans hésiter. Dasaratha vit les lames d'acier effilées de plus de trente centimètres de long s'abattre sur le corps du trublion et casser net !

Elles produisirent en se brisant un vacarme saisissant. Les hommes, sidérés, regardèrent sans comprendre leurs armes hors d'usage, puis le chasseur. Son torse nu ne portait pas la moindre égratignure. Lorsque le commandant de l'unité cria un ordre en langue commune, ses subordonnés se saisirent de leur épée, logée au fourreau dans leur dos.

Le sûdra leva les mains, les paumes tournées vers eux, puis fit mine de pousser, comme s'il s'appuyait aux murs d'un corridor étroit. Dans une explosion de lumière bleue, le cercle qui l'entourait vola en éclats. Les assaillants s'envolèrent pour retomber quelques mètres plus loin en tas, à demi assommés, dans un vacarme d'armures entrechoquées. Le chasseur se tenait à présent au centre d'un espace dégagé.

Il baissa les mains et s'avança à grands pas vers le visiteur planté devant les grilles.

— Allons, imposteur. Vasistha a bien parlé. Détruis-moi, ou prépare-toi à être détruit, mais sache d'abord que tu affrontes le brahmârishi Visvâmitra en personne.

Sous les yeux stupéfaits de Dasaratha, il prononça un mantra sanskrit avec l'ardeur d'un général lançant son cri de guerre. Un éclair bleu aveuglant l'enveloppa. Lorsque la lumière se dissipa, il était devenu le double parfait du mage-prophète Visvâmitra.

XII

TOUT SE PRODUISIT SIMULTANÉMENT.

Râma ramena la main en arrière pour lancer la pierre, qui vola droit au but : le chef. Face d'ours n'eut même pas le temps de cligner des yeux : le caillou le frappa en plein front avec un bruit évoquant un coup de hache sur un teck. Un grognement échappa au montagnard, ses yeux roulèrent dans leurs orbites, et il s'effondra mollement.

Au même instant, deux de ses archers décochèrent leurs flèches, décidés, cette fois, à toucher Râma. Celui-ci, emporté par l'élan du lancer, pivota brusquement, n'offrant plus à l'ennemi que son profil mince au lieu de ses larges épaules. Les traits le frôlèrent en sifflant, la pointe rouillée du second effilochant l'ourlet de son kurta, puis allèrent s'enfouir dans le flanc de la butte. Il avait parfaitement jugé leur trajectoire, puisqu'ils passèrent trop haut pour blesser la biche allongée derrière lui, impuissante.

Avant même qu'ils n'atteignent l'éminence, cependant, trois autres les suivirent, et les compagnons des tireurs s'aperçurent que leur chef avait été abattu. Ils hésitèrent, déconcertés. Quelques-uns ne comprenaient seulement pas comment Face d'ours avait bien pu tomber ; l'ivresse les empêchait d'associer sa chute au jet du caillou par l'adolescent.

Râma, toujours de profil, avait regardé en arrière afin de voir où avaient atterri les premiers projectiles, et le temps lui manquait pour estimer *de visu* la trajectoire des suivants. Il ne lui restait qu'à se fier à la vibration des cordes puis au sifflement des pointes métalliques dans l'air, à peine audible à cause du rugissement de la Sarayû. Il en profita pour se retourner complètement, dos à l'ennemi, mains levées vers le ciel. Ses poings se refermèrent comme pour attraper des moustiques, puis il s'immobilisa, bien d'aplomb, toujours sans regarder les chasseurs. Deux flèches dépassaient de son poing droit, une de son poing gauche.

Les Pahâri clignèrent des yeux, surpris.

— Par la shakti de Kali ! lâcha l'un d'eux.

Un autre en laissa tomber son outre, dont jaillit du vin rouge sang, qui tacha la terre humide de la berge.

Leur jeune compagnon, lui, n'avait pas tiré, mais un hoquet sonore lui fit lâcher sa flèche. Elle s'éleva très haut, décrivit une courbe gracieuse puis retomba droit dans la rivière.

Le regard des montagnards passait de leur chef à Râma. Il se retourna vers eux, poings serrés, jeta le trait isolé en l'air de manière à le faire tournoyer, le rattrapa par le talon, le soupesa. Il était de bon aloi : une cinquantaine de centimètres de long, assez fiable. Râma le relança, le rattrapa cette fois par la pointe, bras levé, visa un des hommes qui lui avaient tiré dessus.

Ce dernier chercha à tâtons son carquois dans son dos. Les yeux toujours écarquillés de stupeur, le cerveau embrumé par la boisson, il ne saisissait pas ce qui venait de se passer. L'instinct lui permit de trouver une flèche, de la dégager, mais avant qu'elle n'eût seulement atteint la corde de son arc, Râma lança celle qu'il tenait avec la force exacte requise, à l'angle idéal par rapport au vent qui soufflait de l'amont. Elle atteignit le Pahâri à l'épaule. Ses armes lui échappèrent, et il s'écroula en se tenant le bras, défiguré par un hurlement muet.

Le jeune homme enchaîna en expédiant très vite les

deux traits restants sur des adversaires qui avaient essayé de le toucher, pas sur les chasseurs au couteau qui s'étaient contentés de le menacer. Il fit mouche chaque fois, au flanc, loin des organes vitaux, et au sommet de la cuisse – la cible se tenait sur un rocher d'un mètre de haut, ce qui expliquait la différence.

Un des montagnards, trop bête pour estimer à qui il avait affaire, cracha un juron en décochant un projectile, droit vers la gorge de Râma. Le prince l'attrapa en l'air – on aurait dit qu'il se débarrassait d'un collier – et le retourna à l'envoyeur d'un geste fluide. Il se ficha dans le cou du barbare, qui tomba à genoux. Un gargouillis d'écume s'éleva de sa trachée déchirée. Le sang se mit à couler sur la peau de loup tachée de vin dont il était vêtu, puis il s'effondra face contre terre pour ne plus se relever.

Les neuf survivants conscients fixaient Râma sans mot dire. Le silence se prolongeait. Le plus jeune des assaillants respirait fort, comme s'il avait couru un yojana sans s'arrêter et était secoué de hoquets, à intervalles réguliers. Tombant à genoux, il rendit bientôt le contenu de son estomac.

Le grondement de la rivière devint vacarme.

— Lâchez vos armes, et le sang ne coulera plus, dit Râma, regardant à tour de rôle ses agresseurs dans les yeux.

Les claquements du bois et du métal sur la rive rocheuse formèrent un contrepoint quasi musical au tonnerre des flots.

Lakshman se trouvait à moins de cent mètres du bosquet lorsqu'il vit un groupe disparate s'avancer dans sa direction. Aux fourrures portées par les hommes, il reconnut des Pahâri, mais jamais il n'en avait vu se comporter de cette manière : ils marchaient à la queue leu leu, sans la moindre manifestation de cette turbulence propre aux montagnards. L'un d'eux soutenait un camarade, apparemment malade. Deux autres portaient une civière de fortune où gisait l'un des leurs, blessé par une flèche – même à distance, Lakshman en distinguait l'empennage, dressé vers le ciel. Quant aux deux derniers, ils étaient chargés de ce qui ressemblait fort à un corps enveloppé de peaux. Une mince silhouette vêtue de blanc fermait la marche, derrière la file irrégulière, tel un govinda* ramenant au bercail son troupeau bêlant. En tout cas, celui-ci était anormalement silencieux.

Lakshman murmura quelques mots à l'oreille de Marut, qui réagit aussitôt en ralentissant pour se mettre au petit trot. Quelques secondes plus tard, ils atteignaient le cortège. Les montagnards regardèrent le cavalier d'un air morose sans le saluer ni lâcher le moindre commentaire. Il y avait vraiment un problème, c'était sûr. Les Pahâri étaient d'une loquacité proverbiale. Même leurs processions funèbres se faisaient au milieu de déclamations et de chants ininterrompus. L'un d'eux, un homme particulièrement imposant, celui qui s'appuyait au bras d'un de ses compagnons, posa sur Lakshman un regard brûlant jailli d'un visage terriblement balafré. Des griffes d'ours, se dit le prince. Les années passées au gurukul de Vasistha lui avaient permis de découvrir ce dont le grand rksa himalayen était capable, mais toujours sur les cadavres mutilés de pèlerins égarés que les sisya* trouvaient au pied des montagnes. Les cicatrices du Pahâri étaient les pires qu'il eût jamais vues sur un homme en vie.

Arrivé en bout de file, il immobilisa sa monture.

— Eh bien, dit-il à son frère, on dirait que tu as eu une matinée chargée.

Râma, une kairî à la main, en mâchonnait l'extrémité d'un air de martyr.

— Donne-moi un peu de sel, s'il te plaît, demanda-t-il en saluant son cadet d'un hochement de tête.

Lakshman tira le petit sac de sel que tout ksatriya gardait sur lui par habitude, afin d'éviter la déshydratation, et le lança à Râma. Celui-ci l'ouvrit d'une seule main, y plongea la mangue et se remit à la suçoter, après qu'elle fut incrustée de grains brunâtres. À présent, il secouait la tête avec ravissement.

— Sundar. Atî sundar. [Merveilleux. Vraiment merveilleux.]

Lakshman sourit en faisant volter son cheval. Le goût de Râma pour les mangues aigres était légendaire, au point de lui avoir valu, par le passé, d'innombrables plaisanteries.

Lakshman sauta à terre pour discuter avec son frère en menant le destrier par les rênes.

— Alors, qu'ont fait ces brigands pour mériter leurs plaies et bosses ?

Râma haussa les épaules, absorbé par sa dégustation.

— Ils chassaient une biche au bord de la rivière. Je leur ai dit d'arrêter. Ils n'ont pas écouté.

Son cadet examina le groupe morose, qui s'avançait d'un pas lourd vers la première porte de la ville.

— Trois blessés, non, quatre. Un mort. Et le jeune badmas*, là, m'a l'air d'avoir rendu encore plus de vin qu'il n'en a bu. Pourtant, je jurerais que ce sont de vrais brigands, du genre à braconner sur les terres du roi et à assassiner les gardes-chasse pour manger du lapin.

Râma hocha la tête, yeux fermés, tout à la kairî.

— Bien vu. Quelques gardes les passeront en revue. Peut-être remarqueront-ils une ou deux têtes connues. Des récidivistes. Sumantra a, en effet, parlé de braconniers sur les terres du roi, cet hiver.

— Comment t'y es-tu pris ?

Le sourire de Râma révéla des lèvres et des dents jaunies par le fruit. Lakshman sourit, lui aussi.

— D'accord. Question idiote...

Son frère lui montra du doigt le bas de la longue rajmarg. Sur la rive nord de la Sarayû, la grand-route serpentait un yojana entier à travers les petits bois couvrant les pentes de la vallée, avant d'arriver aux portes de la ville.

— Pourquoi ne retournerais-tu pas à la première porte demander qu'on m'envoie une escorte pour ces misérables ? Comme ça, on aura peut-être le temps de faire la séance d'entraînement prévue. Je te parie que Bhârata et Satrugan sont déjà en plein effort. Ils sont bien décidés à nous battre à l'arc, mais aussi dans la course de chars.

— Ils peuvent rêver, renifla Lakshman, avant de retendre avec douceur les rênes de Marut. Accorde donc quelques instants de repos à ton troupeau. Tu n'auras pas le temps de finir cette kairî que je serai de retour.

Râma, souriant, tapota la bosse dessinée sous la poche de son kurta*.

— Ne t'inquiète pas, j'en ai une autre.

XIII

L'IMPOSSIBLE S'ÉTAIT PRODUIT. Il y avait deux Visvâmitra ! Dont l'un traitait l'autre d'imposteur, d'assassin ! Que se passait-il donc ? Si le sûdra était en fait un asura déguisé, comment pouvait-il avoir recours au Brahman ? Dasaratha avait vu utiliser la force sacrée assez souvent pour en reconnaître la lumière bleutée.

Le trublion qui affirmait être le véritable Visvâmitra s'arrêta à quelques mètres du premier arrivé, celui dont Dasaratha avait failli laver les pieds avec les eaux sacrées du Gange, quelques minutes plus tôt. Le faux chasseur tendit la main. Une sorte de hululement s'éleva, le bruit d'un lourd objet en bois filant dans l'air. Dasaratha se retourna à temps pour voir la lance du sûdra, jusqu'alors abandonnée par terre, près des gardes assommés qui l'avaient confisquée, voler en direction de son propriétaire ; elle se transformait, sans cesser de produire le curieux sifflement, en un solide bâton de flamboyant, identique à celui du premier Visvâmitra. Lorsqu'il atteignit celui qui se présentait comme le véritable mage-prophète, ce dernier le brandit, menaçant, devant les soldats stupéfaits dressés sur son chemin.

— Écartez-vous, Ayodiens. Je n'ai aucune envie de vous

faire du mal. C'est après l'imposteur ici présent que j'en ai, car c'est lui, pas moi, l'intrus qui constitue une menace pour votre roi et votre cité.

Les gardes, mal à l'aise, consultèrent leur officier du regard. Leur entraînement ne les préparait pas à ce genre de scénario, Dasaratha le savait. Lui-même n'avait jamais rien vu de tel. Le capitaine Drishti Kumar, ravalant sa visible stupeur, cria aux hommes postés devant les grilles et autour du maharajah de rester en position – ce qui était tout à son honneur. Il aboya ensuite au reste de la section l'ordre d'attaquer l'inconnu sans faire de quartier. Le souverain hocha la tête avec approbation.

Un instant plus tard, son expérience lui semblait bien inutile.

Comme nul ne tenait compte de ses avertissements, l'intrus traça calmement de son bâton deux demi-cercles dans l'air. Une explosion de lumière bleue emplit l'avenue, visible à plus d'un kilomètre à la ronde.

Les quarante et quelques soldats en armes massés autour du faux sûdra furent projetés en l'air telles des poupées de chiffon, écartés des deux côtés de son chemin à la manière des mottes de terre dans un champ retourné par une charrue. Ils retombèrent en tas désordonnés de lances emmêlées, d'armures, de membres meurtris. La situation devenait critique, mais Dasaratha remarqua, en guerrier chevronné, que les éclairs magiques n'avaient blessé personne. Pourtant, l'individu capable de ce tour de force n'aurait eu aucun mal à tuer tous les gardes, jusqu'au dernier. Le roi se rappela alors ce qu'il avait dit : il ne voulait pas gâcher sa tapas en prenant une vie... La première graine du doute germa dans son esprit.

Rien ne séparait plus l'intrus du premier Visvâmitra, qui s'était tourné vers lui. Quatre soldats rejoignirent aussitôt le Pradhan-mantri pour l'entraîner à l'écart, en sécurité. Sumantra tremblait comme une feuille. Le maharajah l'avait vu se battre en brave pendant la guerre, mais une sorcellerie de cette puissance était un véritable cauchemar pour un ksatriya. La chair et le métal étaient impuissants face à la magie des prophètes.

Les gardes ne cherchèrent pas à mettre Vasistha à l'abri :

si quelqu'un pouvait éclaircir la situation, c'était lui. D'ailleurs, pourquoi n'avait-il encore rien fait ? Ce fut cette pensée, plus que n'importe quelle autre, qui incita Dasaratha à tenir sa langue au lieu de donner immédiatement un autre ordre. Il avait besoin d'entendre s'exprimer Vasistha.

Ce dernier, comme toujours surnaturellement sensible aux humeurs du maharajah, reprit la parole dans le lourd silence qui s'était installé.

— Il semblerait que se pose une question d'identité, mon vénérable ami, dit-il avec calme, quasi négligemment, du ton sur lequel il aurait discuté du temps et des récoltes. Cet homme met en doute la vérité de votre apparence. N'avez-vous rien à lui répondre ?

Le visiteur dont Dasaratha avait failli laver les pieds fixa le guru sans mot dire puis, avec une répugnance visible, se tourna vers celui qui le défiait.

— C'est moi Visvâmitra, déclara-t-il, et toi, l'imposteur.

À ces mots, un sourire sinistre joua sur les lèvres de son contradicteur.

— Il ne suffit plus de parler, assassin. Prouve ce que tu avances !

— Ma parole est une preuve suffisante, affirma le premier visiteur sans le quitter de son regard perçant. Maintenant, va-t'en, ou prépare-toi à tout perdre.

S'il jouait un simple rôle, c'était un sacré comédien.

— Il m'est impossible d'attaquer, imposteur, rétorqua le second Visvâmitra. Ma pénitence s'en trouverait annulée. Je n'ai pas subi deux cent quarante ans de tapas dans les marais fétides de la Bayanak-van pour me laisser piéger par un asura métamorphe tel que toi. Je me contenterai donc de me défendre, comme avec les soldats. Libère ta noire sorcellerie. Adonne-toi au pire.

Vasistha hocha la tête, visiblement satisfait.

— Bien dit, mon ami. (Sa voix se durcit tandis qu'il se tournait vers le premier Visvâmitra, posté à moins d'un mètre de lui.) Il est temps de te montrer sous ton vrai jour.

Un cri pénétrant, à glacer ses auditeurs jusqu'aux os, jaillit de sa gorge avant qu'il ne prononçât un mantra :

— Dévoile-toi, râkshasa !

Dasaratha comprit avec stupeur que son conseiller soutenait le second Visvâmitra ! D'après Vasistha, le vrai mage-prophète n'était autre que le sûdra... et le premier visiteur, un imposteur ! Sous les yeux incrédules du roi, le drame qui se jouait devant les grilles prenait une tournure inattendue.

À cet instant précis, les renforts arrivèrent. Dasaratha vit du coin de l'œil un senâpati diriger quatre lanciers à dos d'éléphant, tandis que des chars bloquaient la moindre voie d'accès. Un deuxième escadron de sa garde personnelle entreprit de se déployer autour de lui afin de l'éloigner sans tarder de la menace incompréhensible, mais évidente, qu'il côtoyait. Il dut donner deux ordres successifs, fermes quoique calmes, pour que les hommes se contentent de se positionner. Un regard circulaire lui permit de jauger la situation. De partout s'élevaient des bruits d'armures et de pas précipités. Quel qu'eût été le but de l'imposteur, il lui était à présent impossible de s'introduire dans le palais sans tuer plusieurs milliers des meilleurs guerriers ârya. Derrière les grilles fermées à double tour, des gardes maintenaient à distance, en sécurité, une foule de serviteurs et d'employés, tandis qu'à l'extrémité de l'avenue Raghuvamsa, des lanciers faisaient de même avec une masse croissante de citoyens. Les nouvelles circulaient vite à Ayodiâ, surtout quand l'alerte aux armées était donnée. D'ores et déjà, la cité entière savait qu'une crise avait éclaté aux portes du palais et qu'elle impliquait le roi en personne.

Le centre de toute cette attention, le premier Visvâmitra, leva lentement son bâton. Dasaratha crut un instant qu'il allait dessiner dans l'air un signe capable de réduire son double en cendres afin de prouver sa bonne foi.

Toutefois, avec un soupir las, le visiteur se contenta de lancer l'objet puis de le rattraper d'un geste adroit de jongleur. Il obtint l'effet habituel : un court instant, tous les yeux suivirent la courbe ascendante de la chose, avant de redescendre se poser sur son propriétaire.

Cet instant lui suffit pour retrouver sa forme véritable.

XIV

DES CRIS DE STUPEUR S'ÉLEVÈRENT de la foule massée sur l'avenue. Dasaratha lui-même s'entendit marmonner une rapide invocation à Indra, patron des guerriers, général des armées divines.

La créature qui se tenait devant Vasistha n'avait plus rien d'humain, sans parler de ressembler à un mage-prophète.

C'était un râkshasa, un démon des mondes inférieurs, un habitant du troisième plan d'existence, le plus bas, dont Lankâ était à la fois la porte et la capitale. Sa peau d'un rouge noirâtre, ses vêtements en peau humaine, son collier de crânes de nouveau-nés, sa chevelure de serpents ne laissaient subsister aucun doute. Jamais un prophète n'aurait pris cet aspect, même par jeu. Non, il s'agissait par essence d'un râkshasa, d'un âge et d'une puissance extrêmes à en juger par la taille de ses cornes, deux andouillers de deux mètres de long, aussi formidables que ceux d'un cerf noir himalayen. Il faisait au moins trois fois la taille de Vasistha, qui mesurait près de deux mètres.

Le démon éclata de rire, dévoilant des crocs noirs déchiquetés. Ce rire n'avait rien d'humain non plus. Les poils de Dasaratha se hérissèrent, ses dents grincèrent. Derrière lui, un soldat gémit, avant de balbutier une courte prière, à laquelle le souverain joignit la sienne – en silence, cependant.

Seul Vasistha resta imperturbable, l'air indifférent à la proximité de la chose.

— Voilà bien longtemps que nous ne nous étions vus, Kâla-nemi, lança-t-il d'un ton sec, interrompant le ricanement démoniaque.

Le râkshasa se tourna vers lui. Sa tête cornue, trop lourde même pour son corps aux muscles massifs, rendit le mouvement lent, circonspect. Une vague de dégoût souleva Dasaratha lorsqu'il s'aperçut que la peau du monstre, vivante, se composait de tissus rampants qui gonflaient par endroits, bouillonnaient, s'agitaient telle la roche en fusion. L'asura abritait aussi d'autres formes de vie : des corps blêmes, vermiculaires, qui se tortillaient à l'aveuglette dans sa chair, rendant sa silhouette fluctuante.

— Alors, Vasistha. Toujours de ce monde, vieux fou ?

Sa voix, grincement de gravier sur du verre, écorchait les oreilles.

— Vous connaissez cette bête, mon ami ? demanda Visvâmitra à Vasistha.

— Nous nous sommes déjà rencontrés au fil du millénaire, répondit le guru de la cour sans quitter des yeux le râkshasa, dont la tête oscillait lentement entre les deux prophètes, au rythme de leurs répliques. Il appartient à l'une des plus illustres lignées asura. Je suis sûr que vous la connaissez : les Pulastya.

— Vous plaisantez, renifla Visvâmitra. Cette abomination puante descendrait du sage Pulastya ?

— C'est son fils, rien de moins. Le frère de Visravas, donc.

— Comme c'est intéressant. Voilà qui fait de lui l'oncle de Râvana, le soi-disant roi de tous les asura ?

À la mention de Râvana, le démon leva sa lourde tête en ouvrant grande la bouche. Un serpent gluant, infesté de vers, jaillit de plus de trente centimètres entre ses lèvres. La bestiole claqua des mâchoires, poussa un cri suraigu à percer les tympans, puis battit en retraite aussi vite qu'elle était apparue. Un asticot d'un blanc verdâtre tomba dans la poussière de l'avenue, qui se mit à bouillonner, mais, tiré de son habitat naturel fétide, il se liquéfia presque aussitôt en une minuscule flaque fumante.

— C'est moi, Kâla-nemi, le roi des râkshasa. Râvana n'est que mon neveu. Je parcourais les trois mondes bien avant qu'il ne fût seulement une lueur dans l'œil de ma sœur.

Un éléphant se cabra, frappé de terreur par la voix contre nature du monstre. « Un vétéran, comme moi, songea Dasaratha, confronté à des choses qu'il s'est désespérément efforcé d'oublier des années durant. »

Il fut saisi de la brusque envie d'avoir une arme à la main. Le spectacle le rendait malade. Dire qu'il avait failli laver les pieds de cette chose ! Qu'il avait courbé la tête devant cette présence immonde comme une chèvre devant le boucher, assez près pour être abattu d'un unique coup en traître... aux grilles de son palais, au cœur de la cité ârya la plus imprenable jamais construite. Incroyable. Le maharajah se tourna vers Drishti Kumar pour lui demander une épée, que le capitaine lui tendit sans un mot, les yeux fixés sur le tableau qui se peignait devant eux.

Serrant son arme de toutes ses forces, Dasaratha s'avança d'un pas décidé, ses gardes dans son sillage. Il allait affronter l'intrus qui avait osé l'humilier sur son propre terrain ! Avant qu'il n'arrivât à portée du démon, cependant, les deux sages échangèrent un coup d'œil, puis Visvâmitra fit un geste dans sa direction. À son grand regret, le souverain se retrouva prisonnier d'une bulle d'immobilité qui l'empêcha de bouger, mais aussi de parler.

— Aucune épée ne saurait régler le problème, Ayodiânaresh, lui dit Vasistha d'un ton d'excuse en inclinant légèrement la tête vers lui. Permettez-nous de nous occuper de Kâla-nemi de la manière adaptée à ceux de sa race. (Il engloba d'un geste les soldats postés alentour.) J'ai immobilisé de même vos courageux guerriers, avec votre permission royale.

Une vague de colère irrationnelle souleva Dasaratha, mais il comprit presque aussitôt que le mage avait raison. Le maharajah avait affronté assez de râkshasa pour savoir qu'en abattre un coûtait une douzaine de guerriers, voire plus – et jamais il n'avait eu affaire à une créature aussi puissante que ce Kâla-nemi. Sa fureur s'éteignit, suivie d'une brève pensée reconnaissante pour le guru qui, une fois de plus, l'aidait à sauver la face tout en préservant sa vie.

« Tel est mon dharma, mon roi. » La réponse résonna, silencieuse, dans la tête de Dasaratha, lui rappelant pour la énième fois que si Vasistha se montrait parfois brusque, c'était tout simplement que de lourdes responsabilités pesaient sur ses épaules. Le guru de la cour était le prophète le plus âgé au monde, l'un des trois seuls survivants des sept sages présents à l'aube de la civilisation et, par extension, le plus vieux dépositaire des Veda*, le savoir accumulé par les peuples ârya depuis le commencement de leur race.

Vasistha reprit la parole sans se départir de son calme. On l'aurait cru habitué à discuter avec des râkshasa devant le palais, entouré de l'armée et de la population curieuse.

— Tu te considères donc comme le véritable chef des asura, Kâla-nemi ? Je parierais pourtant mes sept mille ans d'existence que c'est ton neveu, Râvana, qui t'a chargé de cette mission idiote.

— L'idée était de moi. Je vais où il me chante, je fais ce qu'il me plaît. J'ai laissé Râvana s'installer sur le trône de Lankâ parce que j'aime errer à mon gré en ravageant vos villes de mortels, tandis qu'il préfère s'amuser des joujoux qu'il vous a volés, y compris ses reines. Il me plaît de lui abandonner la gérance de mon royaume pendant que je sème parmi vous la terreur et la désolation.

— C'est donc ce que tu comptais faire ici ? s'enquit Visvâmitra, moqueur. Tu n'as guère eu de succès, il me semble.

— Si ton rusé collègue ne m'avait pas démasqué, je me déchaînerais, maintenant, entre les murs du palais. Seule la chance vous a permis d'échapper à ma colère… pour cette fois.

Le vieillard éclata de rire.

— Imbécile ! lança Vasistha. Tu t'imaginais réellement m'avoir abusé ? J'ai eu conscience de ton déguisement à la seconde où je t'ai vu. Un sage, prophète ou mage-prophète, possède une aura de Brahman, alors qu'un asura exhale la puanteur du mal. Je l'ai sentie à un kilomètre.

Un rugissement de frustration échappa au râkshasa, qui en cracha des asticots.

— Menteur ! Si tu m'avais repéré, jamais tu ne m'aurais laissé approcher ton maharajah ! (Il tendit une grande main griffue, qui exécuta un geste tranchant à quelques centimètres seulement du visage de Vasistha.) Il m'aurait suffi de me baisser pour lui couper la gorge !

— Ce qui t'aurait empêché d'approcher ta véritable cible, rétorqua le guru, imperturbable malgré la menace. Ta mission se serait soldée par un échec.

Kâla-nemi grogna de dégoût, sembla-t-il à Dasaratha – mais peut-être le démon était-il juste victime d'un renvoi acide.

— Si tu sais qui je comptais éliminer, sache aussi autre chose, vieillard : tôt ou tard, je remplirai ma mission. Le jour viendra où un champ de ruines fumantes remplacera cette cité vulgaire, qui offense ma vue. La plus grande armée asura jamais rassemblée se prépare à partir pour le nord. Ayodiâ tombera, et toutes les fières nations ârya après elle. Les maîtres du monde d'en bas deviendront aussi ceux de Prithivî*. Nous vous écraserons comme les pathétiques sacs de viande et d'eau que vous êtes, vous autres, mortels ! Ensuite, après avoir débarrassé Prithivî du moindre d'entre vous, nous nous abattrons sur le Svargaloka, patrie des deva. Nulle puissance du Triple Monde, de l'enfer, de la terre ou du ciel, ne saurait nous arrêter !

Vasistha jeta un coup d'œil sévère à Visvâmitra.

— Je crois que la conversation avec cette charmante entité a assez duré, Visvâmitra. Il est temps de lui montrer comment les mortels se débarrassent des assassins sournois et des râkshasa impolis qui les menacent de génocide.

Visvâmitra acquiesça. Les deux sages levèrent les bras au ciel en scandant un mantra que Dasaratha lui-même ne connaissait pas. Des rais de lumière bleue jaillirent de leurs doigts et s'entortillèrent en une grosse corde de Brahman, qui s'enroula autour du râkshasa, furieux, dès qu'ils baissèrent les mains.

— Faites tout ce que vous voudrez, pauvres idiots, cria le monstre en se tordant rageusement pour échapper à ses liens d'énergie mystique. Je reviendrai. Vous apprendrez dans la douleur, comme vos frères avant vous, qu'on n'appelle pas pour rien Râ-van-a celui qui fait hurler l'univers !

— Mais pour l'instant, c'est toi qui hurles, répondit calmement Visvâmitra.

Les mages relevèrent les bras ensemble. Kâla-nemi suivit le mouvement, porté par la lumière bleue, qui l'éleva une douzaine de mètres au-dessus de l'avenue. Des exclamations de stupeur jaillirent de la foule massée à l'extrémité de la rue, mais aussi des rangs des soldats, accompagnées de prières étouffées.

— Au nom de Brahmâ, de Vishnu et de Shiva, crièrent les prophètes d'une seule voix, véritable coup de tonnerre dans un ciel limpide, que ce démon retourne au monde d'en bas pour y subir une éternité de souffrance !

Un dernier mantra puis, dans une explosion semblable à l'éruption d'un volcan, le câble bleu abattit le râkshasa contre terre, *dans* la terre. Il frappa le sol comme une flèche frappe l'eau, y ouvrant un trou par lequel Dasaratha se sentit aspiré, de même que tout ce qui l'entourait – obscurité tourbillonnante, vortex ancré dans l'infini. La lumière flamboya, aveuglante, forçant les spectateurs à se protéger les yeux, un grondement assourdissant fit vibrer l'avenue.

Le démon avait disparu, le trou aussi ; le monde était redevenu normal.

Un vacarme gigantesque, applaudissements et vivats mêlés, explosa dans la foule des simples citoyens comme des militaires. Les éléphants barrirent pour faire écho à la joie des mahout*. Les gardes frappèrent leur bouclier avec leur épée.

Dasaratha se découvrit libre de ses mouvements, lui aussi. Le sortilège ligotant les témoins de la scène avait été levé à l'instant où Kâla-nemi avait disparu. Le roi se fraya un passage entre les soldats pour se précipiter vers les mages, qui discutaient tout bas, l'air plus âgés, plus anxieux que pendant la lutte avec le râkshasa.

— Mahâdev ! s'exclama le souverain en s'agenouillant pour toucher du bout des doigts les pieds poudreux de Visvâmitra. Pardonnez-moi de ne pas vous avoir reconnu aussitôt et de vous avoir traité avec une telle impolitesse. Non seulement vous m'avez sauvé la vie, mais vous avez aussi rendu un grand, un immense service au Kosala tout entier. Jamais je ne pourrai payer la dette que j'ai envers vous ! S'il m'est possible de faire quoi que ce soit pour vous prouver ma reconnaissance, il vous suffit de le dire.

Visvâmitra bénit Dasaratha en lui touchant le front puis le remit sur ses pieds.

— C'était une erreur bien naturelle qu'il est inutile de mentionner, Ayodiâ-naresh. Quant à votre dette envers moi, ne m'assurez pas trop vite de votre reconnaissance, car je compte vous demander ce que vous avez de plus cher au monde.

Dasaratha, souriant, joignit les mains en pranâm.

— Quoi que ce soit, grand sage, je vous le donne. J'en fais serment en présence de mon mahâguru Vasistha, sur l'honneur des nations ârya, de la dynastie des Sûryavamsa et du clan Iksvâku, du Kosala et de sa capitale, Ayodiâ, car aujourd'hui, vous avez assuré leur pérennité à tous. Dites-moi quel est votre daksinâ, je vous l'accorderai sans hésiter.

Visvâmitra jeta un coup d'œil à Vasistha, qui resta muet, visiblement hésitant. Le visiteur se retourna donc vers Dasaratha.

— Grand roi, je suis venu vous demander la vie de votre fils aîné, le prince Râma. J'ai besoin de lui pour une mission du plus grand danger et de la plus extrême importance, qui sauvera peut-être Ayodiâ tout entière. Confiez-le moi, acceptez ce sacrifice, et vous serez béni pour l'éternité.

XV

MARUT S'ARRÊTA. Râma, en croupe derrière son frère, mit pied à terre et se précipita vers l'arbre auquel il avait attaché Airâvata.

— Je ne pouvais quand même pas faire traverser le bosquet à tous ces Pahâri, expliqua-t-il. C'était plus facile de les conduire à pied jusqu'à la première porte. Si je ne t'avais pas rencontré en chemin, je les aurais tout simplement confiés aux gardes avant de revenir ici chercher Airâvata.

Lakshman, qui était descendu de cheval, hocha la tête en gagnant la corniche pour scruter la berge de la rivière.

— Où avais-tu laissé la biche, déjà ? Je ne la vois nulle part.

Râma le rejoignit puis parcourut des yeux la rive rocheuse, en contrebas.

— Juste là. Regarde. Il y a des taches de sang. Elle était blessée, mais après tout, elle devait être assez vaillante pour regagner la forêt.

— Tant mieux. Maintenant, rentrons en ville célébrer Holî !

— Et l'entraînement ? demanda Râma, les sourcils froncés.

— Quoi, l'entraînement ? soupira son frère. Tu es déjà

le meilleur, de toute manière. D'ailleurs, au cas où tu l'aurais oublié, c'est jour de fête ! Tout le monde attend avec impatience les célébrations, les masi*, le bhang, les rôtis ! C'est *Holî* ! Notre premier Holî à Ayodiâ depuis huit ans !

Râma, souriant, essuya une dernière trace de jus de kairî sur son menton.

— Tu as sans doute raison ! (Il s'interrompit.) Dis donc, tu crois qu'on est trop vieux pour s'amuser à Holî ?

— Trop vieux ? (Lakshman pouffa.) Tu ne te rappelles donc pas les histoires que père nous a racontées sur la manière dont il y jouait avec nos mères et avec ses autres femmes, les trois cent cinquante réunies ? Et la fois où le cabinet ministériel tout entier s'est saoulé puis s'est mis à danser le bhangra* – des hommes d'État qui s'empoignent à la moindre occasion ! On n'est jamais trop vieux ! Le festival a été inventé pour que les adultes puissent se conduire en gamins au moins une fois par an.

— Je vois, acquiesça Râma, songeur. Donc, si on se conduit en sales morveux aujourd'hui, personne ne pourra nous le reprocher, c'est ça ?

— Toi, tu as une idée derrière la tête...

Il haussa les épaules.

— Mais non. Je me disais juste qu'on pourrait attraper Bhârata et Satrugan pour leur colorer la figure en pourpre, tels des singes !

— Bravo ! Ça, c'est parler en véritable Ârya ! Allons-y !

— D'accord ! (Râma se redressa, les jambes à peine fléchies.) Alors, espèce de kasyapa*, on fait la course jusqu'aux chevaux ?

Lakshman, rieur, se mit à courir. Lorsqu'ils bondirent sur leurs destriers, avec une brusquerie qui fit tressaillir les bêtes, ils se mirent à chanter d'une seule voix :

— Holî hai, Holî hai ! Rang-birangi Holî hai !

Les princes atteignaient l'endroit où la raj-marg interrompait ses tours et ses détours pour filer droit comme une flèche vers la première porte, quand ils virent approcher un nuage de poussière.

— Voici Bhârata et Satrugan, lança Râma.

Un instant plus tard, deux chars dorés tirés chacun par deux beaux étalons du Kâmboja se matérialisèrent. Comme les râtha ralentissaient, la masse musculeuse de Bhârata et la carrure à peine moins développée de Satrugan s'y dessinèrent.

— Où étiez-vous donc passés, par le Triple Monde ? demanda le premier, d'une voix qui résonna sur la grand-route poudreuse.

Râma sourit tandis que les nouveaux venus s'immobilisaient habilement à moins d'un mètre des chevaux, qui ne bronchèrent pas.

— Qu'est-ce qui se passe, bhai* ? demanda-t-il. Tu es pressé de te faire colorer la figure ?

— On va bien voir qui se fait piéger en premier, riposta Bhârata en lui rendant son sourire. Mais d'abord, on nous demande au palais. Ordre paternel.

Râma et Lakshman échangèrent un regard.

— Père a sans doute entendu parler de ta petite escapade avec les Pahâri, commenta le second.

— Quels Pahâri ? interrogea Satrugan en entamant un demi-tour, avec force claquements de langue pour encourager les étalons. Ils veulent nous envahir aussi ?

— Nous envahir ? Qui a parlé d'invasion ? demanda Râma, soudain nerveux.

Lakshman, surpris, se tourna vers lui. Cette fois, ce fut à Bhârata et Satrugan de se regarder.

— Vous n'êtes vraiment au courant de rien, hein ? reprit Bhârata en faisant lui aussi demi-tour. La ville est en état d'alerte. L'armée a été appelée.

Râma s'assombrit. Lakshman, qui le fixait, eut l'impression qu'un nuage de barka* passait devant le soleil.

— Que s'est-il passé ?

— Au début, c'était presque drôle, pouffa Satrugan. Il y avait deux Visvâmitra, dont un chasseur sûdra. Il a fallu qu'il commence à envoyer valser les soldats un peu partout pour que père comprenne que ce n'était pas un chasseur. Ensuite...

— Tais-toi, Satrugan, intervint Bhârata d'un ton calme, mais ferme, devant l'expression de Râma. Tout va bien, maintenant, bhai. Le mage-prophète Visvâmitra est venu rendre visite à père pour lui parler d'une mission urgente, seulement un râkshasa est arrivé en même temps, déguisé en Visvâmitra. D'où le cirque que tu imagines. Mais le vrai Visvâmitra et le guru Vasistha ont dévoilé l'imposture et renvoyé le démon en enfer grâce à la magie brahmanique. Père nous fait tous rappeler au palais, au cas où il y aurait d'autres intrus dans les environs. Il faut y aller.

Ses frères observaient Râma avec attention, sans mot dire. Jamais Lakshman ne l'avait vu devenir sérieux à ce point aussi rapidement. Râma avait écouté Bhârata d'une oreille distraite en hochant la tête, comme s'il s'était attendu à quelque chose de ce genre.

— Que se passe-t-il, bhai ? demanda enfin doucement Lakshman.

Râma lui jeta un coup d'œil, avant de prendre conscience des regards posés sur lui et de la surprise suscitée par sa conduite inattendue.

— Rien. Rien du tout. Je viens juste... Bhârata a raison. Il faut rentrer au plus vite. On devrait tous être derrière les sept murailles, dans un moment pareil.

Lakshman vit très bien son jumeau, sourcils froncés, interroger Bhârata, qui secoua la tête pour lui imposer une nouvelle fois silence. Satrugan haussa les épaules.

Les quatre princes mirent leurs montures au trot sur la route dans un silence tendu. Au bout d'un moment, Râma se força visiblement à secouer la chape d'inquiétude qui s'était abattue sur le groupe. Il regarda ses frères, souriant, au grand soulagement de Lakshman, qui avait vraiment eu peur. Les nouvelles étaient déjà alarmantes en elles-mêmes, mais la réaction de son aîné l'avait encore plus inquiété. Voir Râma redevenir celui qu'il connaissait le soulageait d'un grand poids.

— Hé, lança Râma avec une certaine gaieté. Si on faisait la course jusqu'à la première porte ? Le gagnant a le droit de peinturlurer les autres, d'accord ?

— D'accord ! s'écrièrent ses trois frères d'une seule voix joyeuse.

Encourageant leurs chevaux à grand renfort de braillements, les jeunes gens partirent comme une flèche, dans un nuage de poussière qui couvrait toute la largeur de la raj-marg.

Sur les hauteurs du bosquet de manguiers, bien au-dessus de la route, la biche regardait les adolescents s'éloigner. La hampe de la flèche dépassait toujours de sa patte, mais la plaie avait arrêté de saigner : le tourniquet de fortune s'était révélé efficace.

La bête lécha le pourtour de la blessure. Elle hésitait à s'infliger une métamorphose douloureuse, qui risquait de raviver l'hémorragie. Les événements de la matinée lui semblaient difficiles à comprendre. On l'avait envoyée à Ayodiâ chargée d'une mission précise, en elle-même très simple : accompagner son oncle Kâla-nemi durant le long voyage, l'aider à s'introduire dans la cité, puis attendre qu'il eût accompli sa propre tâche – assassiner un mortel du nom de Râma Chandra, premier-né du maharajah Dasaratha. Lorsque Kâla-nemi avait pris l'apparence du mage-prophète Visvâmitra – une idée brillante que lui avait soufflée le seigneur Râvana, son cousin à elle, en leur donnant leurs instructions –, elle avait adopté l'aspect d'une biche, un de ses déguisements préférés, auquel bien des mortels s'étaient déjà laissé prendre. Si jamais Kâla-nemi échouait – chose fort improbable mais néanmoins possible, étant donné la présence du guru Vasistha, un vieil ennemi des asura –, elle le remplacerait au pied levé.

Toutefois, pendant qu'elle attendait le retour de son oncle, il s'était produit un incident bizarre. Un mortel l'avait trouvée, l'avait même surprise dans le bosquet. Ses sens aiguisés de râkshasî ne lui avaient signalé aucune présence avant que l'humain ne la serrât contre lui. C'était déjà assez exceptionnel pour constituer une première. Malgré sa jeunesse – à peine cinq cents ans, alors que Râvana en avait cinq mille –, Sûrpanakâ était comme tous ceux de sa race, surnaturellement sensible à la moindre menace. Pourtant, elle n'avait rien perçu d'autre que l'agréable vent du nord, les embruns de la rivière, l'odeur des fleurs et des mangues vertes. Une seconde plus tard, elle s'était retrouvée dans les bras du jeune homme, qui l'étreignait à la manière d'un amant. Le souffle coupé, elle était restée sans voix, paralysée, durant un instant vital. Elle, Sûrpanakâ, que ses frères râkshasa appelaient Parole-Fleuve !

Une seule conclusion lui venait à l'esprit, maintenant qu'elle repensait à cette étrange capture : l'inconnu n'avait représenté aucun danger, il avait conservé une odeur et une aura bénignes, si bien qu'elle ne l'avait pas particulièrement remarqué, malgré ses sens aiguisés. C'était un véritable défi à tout ce qu'elle savait des hommes, mais il n'existait pas d'autre explication. D'ailleurs, l'étreinte n'avait-elle pas été réellement affectueuse ? Pourtant... un humain, un de ces bipèdes rapaces et violents, était-il vraiment capable d'affection pour un quadrupède inapte à s'exprimer par les mots ?

Sûrpanakâ avait encore d'autres questions, d'autres raisons de perplexité. Lorsque de répugnants ivrognes l'avaient attaquée sans prévenir – d'après son expérience personnelle, c'était une conduite beaucoup plus normale pour ceux de leur race –, le garçon avait, une fois de plus, réagi *a contrario* de ce qu'elle attendait. Il lui avait sauvé la vie. Il l'avait soignée. Il s'était mis en danger de mort pour empêcher les chasseurs de terminer ce qu'ils avaient commencé. Tout bien considéré, c'en était trop pour une matinée.

Après un dernier coup de langue à la plaie en voie de cicatrisation, la biche se prépara à la métamorphose. Elle devait reprendre sa véritable apparence. Des mains seraient plus capables que des sabots de retirer le trait avant qu'il ne provoquât une infection.

Sûrpanakâ se concentra sur la transformation, se servant de ses émotions bouillonnantes pour oublier, autant que possible, la souffrance imminente. Elle n'en subit pas moins une véritable torture. La pointe de flèche, profondément enfoncée, resta où elle se trouvait, tandis que les tissus changeaient, évoluaient ; l'hémorragie et la blessure d'origine n'étaient rien comparées à celles infligées à la chair mouvante.

Incapable d'en supporter davantage, la démone poussa un hurlement qui n'évoquait vraiment ni l'animal ni la râkshasi, juste un être vivant en proie à une terrible douleur. Maudits mortels ! Que l'enfer les engloutisse tous !

La métamorphose terminée, elle se tint, nue, à l'orée du bosquet. Les larmes ruisselaient sur son visage velu quoique presque humain. Ses grandes oreilles arrondies tressaillirent, tandis qu'elle tendait vers le projectile une main maladoite puis promenait avec précaution ses doigts griffus sur les bords de la plaie. Par chance, le trait n'avait pas touché l'os. Si elle parvenait à l'extraire du muscle, la blessure guérirait naturellement. C'était l'avantage d'être une asura : elle cicatriserait en un jour ou deux, et d'ici une semaine, la marque serait quasi invisible. Pour l'instant, toutefois, cela ne la consolait guère.

Un nouveau hurlement lui échappa lorsque la pointe de la flèche lui déchira le bras en ressortant. Cette fois, il évoquait moins la biche meurtrie que la râkshasî furieuse. Les oiseaux et autres créatures du bosquet, conscients de la différence, se figèrent, muets.

Le cri résonna dans la vallée ensoleillée, sur la rivière et la raj-marg. Lorsqu'il parvint à Râma, qui avait pris une bonne longueur d'avance sur ses frères, ce n'était plus qu'un murmure, mais le prince leva la tête. Son sourire s'effaça, à ce témoignage des souffrances d'autrui.

Un instant plus tard, cependant, il découvrit quelque chose qui chassa le faible écho de son esprit. Il leva la main pour interrompre la course impromptue.

XVI

LE MAHARAJAH DASARATHA s'immobilisa à l'entrée de la salle du sabhâ*. Il se doutait que les nouvelles de la matinée se répandraient tel un incendie de forêt à travers la cité – le capitaine de la garde l'avait informé qu'une foule substantielle s'attroupait déjà aux grilles du palais –, mais il ne s'était pas écoulé une demi-heure depuis que Vasistha et lui avaient escorté Visvâmitra jusqu'au salon de réception. Comment tous ces gens avaient-ils fait pour se rassembler aussi vite ? Les lieux étaient conçus pour accueillir deux cents officiels de la cour, assis, plus un millier de spectateurs. Un rapide coup d'œil permettait de constater qu'ils étaient largement surpeuplés. La seule densité de la foule contraignait l'arrivant à s'arrêter sur le seuil pour assimiler cet élément inattendu.

L'espace bourdonnait de centaines de conversations, dans lesquelles Dasaratha saisit au vol les mots « râkshasa » et « Visvâmitra », prononcés par des dizaines de voix trahissant des dizaines de nuances de stupeur impressionnée. Voyons, que disait le vieux proverbe ârya ? « Rumeur d'hier, légende d'aujourd'hui » ? Jamais il n'avait été plus véridique.

Le héraut de la cour en personne, un jeune homme dont

le falsetto haut perché avait le don d'exaspérer le souverain, était assez occupé par ailleurs pour ne pas avoir remarqué l'arrivant. Appuyé sur la bannière royale, il murmurait avec animation à l'oreille d'une servante particulièrement jolie, chargée d'une cruche d'eau. De toute évidence, le corsage de la fille l'intéressait plus que l'équilibre de l'emblème des Sûryavamsa. En des temps révolus, ce simple manquement lui eût coûté la vie, mais Dasaratha se contenta de s'éclaircir ostensiblement la gorge. À sa vue, la fille laissa échapper une petite exclamation et se fondit aussitôt dans la foule. Le héraut, brusquement rendu à son rôle, vira à l'écarlate le plus vif en entonnant la traditionnelle introduction :

— Kosala-narad Ayodiâ-naresh Sûryavamsa Raghuvamsa Ajaputra Shrimati mahâraj Dasaratha rajya sabhâ mein padhâr rahein hain. [Le roi du Kosala, seigneur d'Ayodiâ, héritier des maisons Sûryavamsa et Raghuvamsa, fils d'Aja, l'honorable empereur Dasaratha, fait à cette assemblée la grâce de sa présence vénérée.]

Lorsque s'acheva la litanie du lignage et des titres du souverain, le vacarme s'était réduit à un murmure susurrant. Les chuchotements même moururent pendant que Dasaratha s'avançait sur le tapis rouge cérémonial de quarante mètres de long menant à l'estrade royale. Ce fut dans un silence adapté à sa dignité qu'il grimpa les sept marches plaquées d'argent et semées de pétales de roses, au sommet desquelles l'attendait son gaddhi* : sa présence commandait encore assez de respect pour que personne ne se permît de bavarder. Son genou droit flancha quelque peu quand il arriva sur la plate-forme, et il faillit se cramponner à l'un des accoudoirs ornementés. Pour la première fois depuis le début de son long règne, l'énorme masse d'or filigrané du trône lui parut trop imposante pour son corps fragile, fatigué. En atteignant sans aide le siège du pouvoir du Kosala, il pria en silence ses ancêtres de lui donner la force de supporter jusqu'au bout cette journée aussi stupéfiante qu'éprouvante. Enfin, il se tourna vers l'assistance.

Comme d'habitude, Sumantra avait réussi l'impossible : les quelques dizaines de minutes employées par Dasaratha et Vasistha à remplir les formalités de bienvenue en l'honneur de leur estimé visiteur lui avaient suffi pour rassembler tout ce que la cour comptait d'important. Le premier rang était occupé par les huit ministres du cabinet au complet – Drishti, Jayanta, Mantrapala, Vijaya, Siddârta, Jâbâli, Artasadaka, Ashoka –, ainsi que par Sumantra en personne. La simplicité inhabituelle de leur tenue surprit Dasaratha – kurta et dhotî en coton blanc immaculé évoquaient l'intimité familiale –, puis il se rappela que c'était Holî. Vraisemblablement, tous se préparaient pour le festival lorsqu'on les avait rappelés à la cour. Si les chars envoyés au plus vite par Sumantra étaient arrivés quelques instants plus tard, les huit représentants choisis par Ayodiâ pour incarner ses circonscriptions électorales auraient exhibé les couleurs de l'arc-en-ciel – le visage et les vêtements tachés par les poudres de rang et les eaux colorées symbolisant le renouveau printanier. Les choses étant ce qu'elles étaient, ils avaient l'air plus animés que de coutume, gagnés par l'excitation qui tenait l'assistance tout entière. Seul Jâbâli, au rationalisme austère d'influence grecque, faisait grise mine ; mais c'était, en réalité, une constante chez lui.

Vasistha et Visvâmitra avaient suivi Dasaratha sur l'estrade. Lorsque les deux mages-prophètes se tournèrent vers le sabhâ d'un même mouvement, un murmure s'éleva du respectable contingent de brahmanes qui composaient plus de la moitié de la foule. Ces derniers assistaient, en effet, à un spectacle pour lequel leurs aïeux auraient donné le bras droit. Le regard de Dasaratha erra sur la masse des saints hommes et des purohit* ayodiens qui semblaient bien être venus jusqu'au dernier, vêtus en tout et pour tout du dhotî traditionnel. Le cordon noir, symbole de leur caste, tranchait sur leur torse nu et leur ventre, souvent fort imposant, le souverain le remarqua sans joie. L'extase dévote peinte sur leur visage rebondi montrait qu'ils luttaient pour ne pas se prosterner devant Visvâmitra, l'élu des dieux, et baiser ses pieds sacrés.

Le Pradhan-mantri regarda, à la dérobée, les secrétaires de la cour, assis à une extrémité de la rangée, la plume figée au-dessus du parchemin. Ils fixaient avidement

Dasaratha, prêts à noter ses premiers mots. Les ministres attendaient, leurs assistants et secrétaires attendaient, les brahmanes attendaient, les courtisans attendaient... Les gardes eux-mêmes, cinq fois plus nombreux qu'à l'ordinaire, visiblement tendus, attendaient, quoique la discipline les contraignît à regarder droit devant eux plutôt qu'en direction du souverain.

Le maharajah se dressa autant que possible de toute sa taille. Jusqu'alors, il avait rigoureusement suivi le protocole, accomplissant la moindre formalité pour retarder l'inévitable au maximum, mais il ne pouvait surseoir davantage. L'heure était venue.

— Ayodiâ ke vasiyon, sada khush raho, lança-t-il, débitant la prière habituelle pour un sabhâ prometteur. [Puissent tous les habitants d'Ayodiâ y vivre heureux à jamais.]

— Mahâraj ki jai hon ! répondit Sumantra, commc il sc devait.

— Longue vie au roi ! s'empressa de répéter l'assemblée.

Le héraut annonça alors le visiteur, non sans ajouter une fioriture à sa litanie :

— Brahmârishi mahâdev saprem swami tapasvî mahântya Visvâmitra atikhi satkar ka swagat hai. [Le grand maître élu de Brahmâ, le seigneur de la pénitence et de la sagesse, notre hôte honoré, le sage Visvâmitra, nous fait la grâce de sa présence.]

Vasistha présenta ensuite dans les formes l'illustre prophète au sabhâ en général et au roi en particulier. Ces discours s'adressaient essentiellement aux spectateurs et aux secrétaires de la cour, Dasaratha le savait, mais jamais il n'avait été aussi heureux des longues formalités protocolaires. Visvâmitra adressa un nâmaskaram à chacun des ministres et pundit* qu'énumérait Vasistha. Lorsque vint le tour de Jâbâli, ce dernier parvint presque à effacer de son faciès chevalin sa grimace désapprobatrice.

Le souverain profitait du répit pour passer en revue les choix qui s'offraient à lui. Les présentations prirent, hélas ! étonnamment peu de temps ; avant même qu'il ne pût se concentrer, Sumantra, de retour à son côté, lui chuchota d'entamer le programme officiel du sabhâ.

Après avoir prié son hôte de s'asseoir, Dasaratha s'installa sur le trône, retenant un soupir lorsque le siège massif en bois doré lui permit de reposer ses pieds fatigués par le poids des ans et des excès.

— Khamosh ! Sabhâ jâri hain ! s'écria le héraut. [Silence, le parlement siège !]

Dans un calme fort inhabituel – il n'y avait, ce jour-là, ni soieries luxueuses pour froufrouter ni bijoux compliqués pour tintinnabuler –, les occupants de la salle s'inclinèrent devant le maharajah avant de s'asseoir à leur tour. Les gaddhi accueillirent un cinquième des participants, les autres s'installant simplement par terre en tailleur, dans la traditionnelle posture ârya.

— C'est un immense honneur pour nous que d'accueillir notre légendaire visiteur, déclara Vasistha en haut sanskrit. Au nom du sabhâ et du moindre citoyen du Kosala, j'offre au brahmârishi Visvâmitra tout le respect et la courtoisie – sampurn atithi satkar – dont Ayodiâ est capable. Nous sommes vos humbles serviteurs, mahâdev. Faites-nous la grâce de votre sagesse, je vous en prie, et dites-nous en quoi nous pouvons vous servir.

Visvâmitra se leva, s'avança un peu et s'adressa directement à Dasaratha :

— Que Brahmâ, Vishnu et Shiva vous bénissent, vous et votre descendance, Ayodiâ-naresh. Malgré ma joie de visiter la grande nation des Sûryavamsa, c'est, hélas ! par nécessité et non pour mon plaisir que je suis ici aujourd'hui. Le temps nous est compté, aussi irai-je droit au but. Il est malheureusement de mon devoir d'informer cette honorable assemblée que la plus grande crise de l'histoire ârya nous attend.

XVII

LES TROIS AUTRES avaient ralenti lorsque Râma leur avait fait signe. Bhârata, dont l'attelage talonnait le destrier de son aîné, le rejoignit ; il ouvrait la bouche pour protester contre l'interruption de la course, mais le spectacle la lui fit refermer. Les quatre princes s'arrêtèrent.

— La première porte est fermée, commenta Lakshman, incrédule. On n'a pas vu ça un jour de fête depuis... eh bien, depuis la dernière guerre asura.

L'énorme pont-levis avait, en effet, été relevé pour boucher la seule brèche dans les arcs-boutants de cinquante mètres de haut constituant la première ligne de fortifications de la cité. Rien ne permettait plus de franchir les douves de vingt mètres de large peuplées de magarmach*, de gharial* et autres prédateurs aquatiques. Ceux-ci, prisonniers des parois escarpées, hautes de dix mètres, disposaient de petites îles pour se reposer, se reproduire et s'entretuer. Lakshman s'était toujours demandé ce qui se produirait si l'on faisait preuve de négligence durant une des averses torrentielles d'une semaine apportées par la mousson et si l'eau débordait, mais jamais, de toute l'histoire d'Ayodiâ, une chose pareille ne s'était produite. Les Ayodiens mettaient un point d'honneur à entretenir leur ville.

Si les habitants des fossés avaient pu grimper sur la berge à cet instant précis, ils y auraient trouvé leur bonheur. Les voyageurs s'y pressaient de plus en plus nombreux, allant et venant sans but, s'interrogeant les uns les autres. Au bruit des chars et des chevaux, ils s'étaient retournés, un peu plus silencieux quoique nullement effrayés. « Ils sont habitués à la paix, se dit Lakshman. Les horreurs de la guerre sont déjà oubliées, vingt-deux ans à peine après la dernière invasion. Ou peut-être aimeraient-ils qu'elles le soient... »

Comme la poussière retombait, la foule reconnut les princes.

— Rajkumâron ! Ap hi kuch kijiye, na. Hummey andar jâne nahi de rahey hain, leur demandèrent anxieusement plusieurs personnes en s'approchant. [Faites quelque chose, princes. On nous refuse l'entrée de la ville.]

Les frères échangèrent un regard.

— Bon, je suppose qu'il va falloir parler aux gardes, soupira Bhârata, prêt à descendre de son char.

— Non, l'arrêta Râma. Attends ici avec Satrugan. Nous allons nous en occuper, Lakshman et moi.

— Comme tu voudras, bade bhai*, répondit Satrugan, souriant pour montrer que peu lui importait.

Ses cadets appelaient souvent Râma « grand frère » par plaisanterie, à cause des quelques semaines qui faisaient de lui leur aîné. Son évidente maturité leur semblait bien plus importante que cette petite différence d'âge, mais même s'ils ne s'étaient pas aussi bien entendus, la loi ârya ne laissait subsister aucun doute. Le premier-né bénéficiait du droit d'aînesse. C'était lui qui régnait. Toujours. Bhârata, venu au monde deux semaines après Râma, avait surmonté de longue date son dépit puéril et admis la primogéniture de son frère.

Râma et Lakshman mirent pied à terre, puis jetèrent leurs rênes à Bhârata et Satrugan, qui les attrapèrent avec adresse pour les attacher à leur char. Les deux premiers entreprirent de se frayer un chemin à travers la foule, tâche plus difficile qu'il n'y paraissait au premier abord. Les supplications désespérées des gens du commun qui leur demandaient accès à la ville les retardaient, tandis que les innombrables bagages et marchandises bloquant la route entravaient leur progression.

— Je crois que ces fêtards comptent passer plus d'une journée dans notre belle cité, constata Lakshman en se faufilant entre les chariots, les voitures à bras, les montures et les visiteurs, assis en tailleur sur la raj-marg.

— Les festivités durent sept jours, et il faut souvent deux fois plus de temps pour s'en remettre, répondit distraitement Râma.

Lakshman lui jeta un coup d'œil en écartant d'un geste un Tamil qui lui montrait son autorisation de colporteur. Le marchand, vêtu d'un lungi*, portait à la ceinture un couteau à décapiter les noix de coco. L'adolescent se demanda comment le léger pagne pouvait bien rester en place malgré le poids de la lourde lame incurvée.

— Ça va, bhai ? demanda-t-il tout bas. Quand Bhârata et Satrugan nous ont raconté ce qui s'était passé en ville, on aurait dit que tu avais vu un râkshasa, toi aussi.

Râma le regarda, l'air lointain, sans rien de la vivacité décidée dont il était coutumier.

— J'ai rêvé de quelque chose de ce genre.

Il allait continuer, mais préféra finalement s'en tenir là.

— Tu veux dire d'un râkshasa qui s'introduisait à Ayodiâ ? Drôle de coïncidence, non ? De quand date ton rêve ? Tu devrais le raconter au guruji pour qu'il l'interprète. Après tout, les prophètes ont parfois des visions prémonitoires. Ton rêve était peut-être prophétique.

— Je ne suis pas un prophète, déclara Râma d'un ton froid. C'était juste un cauchemar idiot. Inutile d'en parler.

— Pourquoi te montrer aussi chatouilleux, alors ? s'étonna Lakshman. Moi, ce que j'en disais… Au nom de Shiva !

Il venait de tomber « nez à nez » avec l'arrière-train d'un mithun*, croisement de buffle et de bison des collines du nord-est. La bête faisait plus de deux mètres, même à la croupe. Comme l'adolescent contemplait cette apparition inattendue, qui s'était matérialisée sans prévenir sur son chemin, la longue queue broussailleuse se leva brusquement. Râma éclata de rire tandis que son frère s'écartait le plus vite possible, alarmé par ces prémices menaçantes. Dans sa hâte, Lakshman dut faire une embardée pour éviter deux enfants aux joues rouges qui tentaient de mettre en branle un âne buté en train de braire, se retrouva devant un homme torse nu jonglant avec une demi-douzaine de couteaux, esquiva le dangereux spectacle, faillit piétiner un petit feu sur lequel un couple de Malayalî à la peau sombre cuisait des dosai* – les voyageurs lui jetèrent un regard noir pendant qu'il s'éloignait à reculons en leur présentant ses excuses –, heurta un fakir vêtu de sa seule longue barbe, battit vivement en retraite avec un salut respectueux, sans que le saint homme aux yeux exorbités, perdu dans sa bakti* extatique, arrêtât de jouer de son arc de bois, dont la seule corde produisait un son aigu monotone.

Râma, toujours souriant, montra l'herbe du bas-côté, relativement dégagé. Lakshman approuva de la tête, soulagé, avant de quitter la route pour le rejoindre.

— Ils n'ont pas besoin d'aller en ville, commenta-t-il, sidéré. Ils ont leur mela d'Holî juste ici !

Les jeunes gens atteignirent le bord du fossé sans plus d'incident ni de discussion. Là, les voyageurs avaient débordé de part et d'autre de la chaussée sur des dizaines de mètres. Lakshman remarqua un inconnu maigre comme un clou, au menton orné d'un petit bouc, appuyé de manière assez confortable sur une houlette, entouré d'un cheval des montagnes ébouriffé, de plusieurs femmes appartenant visiblement aux peuplades du Nord et d'une nuée d'enfants joueurs. Des Gandharî, de la nation ârya la plus septentrionale.

Un senâpati vieillissant se tenait à la tête de la section postée devant le pont-levis. Ses hommes portaient l'uniforme rouge et blanc caractéristique de la garde des portes, mais le sien, safran et noir, s'ornait aux épaules des lettres sanskrites équivalant à P et F, brodées en doré. Lakshman le reconnut aussitôt.

— C'est Dhîraj Kumar, le général des Purâna Wafadars, les vétérans de la dernière guerre asura.

L'officier salua les arrivants avec des mouvements élégants, qui semblaient démentir son âge.

— Princes. Des soldats sont déjà hors les murs à votre recherche et à celle de vos frères. J'ai des ordres.

— Senâpati Dhîraj Kumar, commença Râma. (Il se permettait d'employer le nom du général à cause de la réelle familiarité qui existait entre eux : les fils du militaire étaient des condisciples de gurukul des quatre rajkumâr.) Pourquoi ne laisse-t-on pas ces gens entrer en ville ?

— Que vous répondre, mon prince ? (Le militaire haussa les épaules, morose.) Jamais encore Ayodiâ n'avait rejeté ses propres frères et sœurs, mais nous vivons des temps étranges. Les ordres sont clairs. Je suis chargé de vous escorter droit au palais.

— Et les voyageurs ? Quand les laissera-t-on passer ? Ce ne sont ni des râkshasa ni des démons d'aucune sorte, juste des personnes du commun désireuses de participer à la grande fête d'Holî.

La troupe bariolée rassemblée sur la route suivait la discussion avec un intérêt passionné. D'aucuns avaient déjà ramassé leurs affaires, étaient remontés à cheval ou en chariot, persuadés que les jeunes gens leur obtiendraient le droit d'entrer en ville.

Le général pinça les lèvres.

— Vous avez raison, rajkumâr, mais la bête qui s'est introduite dans Ayodiâ ce matin avait réussi à transformer son bhes-bâ pour ressembler au grand brahmârishi Visvâmitra. Son déguisement diabolique a trompé tout le monde ou presque, y compris la garde des portes, celle du maharajah et le maharajah en personne.

Il engloba d'un geste la foule qui bloquait la route, où elle s'étirait bien sur quatre cents mètres et s'allongeait de plus en plus vite à mesure que le soleil s'élevait dans le ciel.

— Comment être sûr que l'un de ces individus n'est pas aussi un asura déguisé ? Que ce ne sont pas tous des démons ?

— Dans ce cas, général, répondit Râma avec un sourire ironique, comment avoir la garantie que nous n'en sommes pas, mes frères et moi ?

Dhîraj Kumar en resta bouche bée, puis, retrouvant sa dignité, hocha la tête, amusé.

— Bien parlé, rajkumâr, mais j'ai des ordres. Je vous en prie...

Râma soupira. Discuter davantage ne servirait à rien. L'officier faisait son travail, voilà tout. Lakshman n'en partageait pas moins la gêne de son frère.

Quelques instants plus tard, lorsque la garde de la porte écarta les petites gens pour permettre aux chars et aux chevaux princiers d'avancer, leur embarras ne fit que croître. La moindre paire d'yeux s'attachait aux princes, à présent sous bonne escorte. Ils s'engagèrent sur le pont-levis abaissé, pendant qu'on maintenait le peuple à l'écart à la pointe de la lance. Lakshman, rouge de honte, remarqua cependant que personne n'élevait la voix contre les rajkumâr. Au contraire, on les acclamait, on leur souhaitait une longue vie et des mariages fructueux ; bref, on les couvrait des bénédictions ârya habituelles.

Les sept portes s'ouvraient successivement devant le groupe, qui dépassait chaque fois la foule coincée entre deux enceintes à cause de l'état d'alerte. « C'est la faute de ce satané râkshasa, se rappela Lakshman. Pas la nôtre, ni celle de père. Celle de ce sale râkshasa ! Que son âme rôtisse en enfer ! »

XVIII

VISVÂMITRA LEVA LES MAINS pour calmer les murmures choqués qui avaient suivi sa déclaration, avant de continuer d'un ton égal :

— Je vous prie de m'écouter jusqu'au bout. Comme certains d'entre vous le savent peut-être... (Ses yeux rencontrèrent ceux de Vasistha.) Je me consacre depuis un certain temps à une petite tapas, dans un seul dessein...

— Brahmârishi Visvâmitra, intervint fort opportunément Vasistha, votre existence tout entière vouée aux prouesses spirituelles sert de modèle dans le moindre gurukul et le plus infime ashram, depuis les frontières occidentales de notre vaste continent jusqu'à son extrémité orientale. C'est grâce à l'une de vos rigoureuses tapas, une de vos pénitences, que vous avez maîtrisé le Brahman, les deva en soient loués. (L'explication représentait une maigre concession aux membres de l'assistance ne maîtrisant pas le haut sanskrit.) Je vous prie de nous dire quelle impérieuse nécessité vous a contraint à interrompre votre méditation sacrée.

— Je vous remercie mille fois de vos bonnes paroles, Vasistha, répondit Visvâmitra dans la même langue, le sanskrit le plus pur que Dasaratha eût jamais entendu. Venues de vous, elles équivalent réellement à des louanges, car vos prouesses de prophète surpassent de très loin mes humbles accomplissements. C'est à vous que je dois ma conversion de raja ksatriya régnant en quêteur spirituel, rishi*, mahârishi puis enfin brahmârishi. Pourtant, je n'ai guère vécu que trois mille ans, tandis que votre lumière éclatante brille depuis sept mille bonnes années. Les citoyens du Kosala sont heureux entre tous de bénéficier de votre sagesse, et du sacrifice que vous consentez en servant de guru à la dynastie des Sûryavamsa au lieu de continuer votre ascension spirituelle. (Visvâmitra s'interrompit pour parcourir du regard les Ârya assemblés, qui l'écoutaient avec fascination.) Car s'il avait préféré suivre la voie de l'ermite, votre guru Vasistha serait à présent rien de moins qu'un deva, je vous l'assure.

— Le brahmârishi couvre de compliments extravagants ma piété de peu d'envergure, dit l'intéressé d'un ton bourru. (« Il lui arrive donc de se sentir gêné », songea Dasaratha, amusé.) Mais assez parlé de moi. Nous avons hâte de vous entendre expliquer votre inquiétante déclaration, mon ami. Quelle est cette crise que vous nous annoncez ?

— Il suffit, pour le savoir, de connaître la raison de ma tapas actuelle. (Visvâmitra se tourna une fois de plus vers son auditoire.) J'espère obtenir que s'achève le règne du démoniaque seigneur de Lankâ et qu'il regagne pour l'éternité, avec ses sujets, le monde d'en bas d'où ils sont issus.

Un murmure approbateur parcourut la foule.

— Votre réaction me prouve que vous voyez à qui je fais allusion, citoyens du Kosala.

— Malheureusement, mon ami, les méfaits de cet être ignoble sont célèbres jusqu'en notre ville bénie, répondit aussitôt Vasistha. Nous avons entendu parler des excès du maître de Lankâ.

— Rendez grâce aux dieux d'en avoir entendu parler, rien de plus, s'écria Visvâmitra, dont la voix résonna dans la vaste salle bondée. Car s'il ne tenait qu'à elle, cette vile créature envahirait votre cité et ravagerait votre fière nation !

Une tempête d'exclamations consternées explosa dans la

foule, tandis que pundit et brahmanes lançaient des questions anxieuses.

— Le maharajah Dasaratha a déjà pu constater de quoi le seigneur de Lankâ est capable. Le râkshasa Kâla-nemi a cherché à se faire passer pour moi afin de s'introduire dans le palais royal. S'il y était parvenu, il se serait livré à une frénésie de meurtres et de destructions comme nul n'en a jamais vu dans toute l'histoire ârya. (Visvâmitra s'interrompit pour laisser ses auditeurs assimiler ses révélations.) S'il est possible à un râkshasa isolé de se faire admettre dans la plus vénérable cité des nations ârya, imaginez de quoi serait capable une armée de ces démons.

— Et les râkshasa ne sont qu'une des espèces répugnantes aux ordres du seigneur de Lankâ, ajouta suavement Vasistha. Nos courageux vétérans se rappellent peut-être les horreurs des combats contre les terribles légions infernales de la dernière guerre asura. (Il inclina respectueusement la tête en direction du trône.) Notre noble maharajah s'est battu au premier rang des armées ârya unies au cours de cet atroce conflit. C'est d'ailleurs sa bravoure extraordinaire qui a enrayé l'invasion et permis aux forces humaines de faire reculer les hordes de monstres.

« Maintenant. »

— Le guruji me couvre de compliments, moi qui me suis contenté d'accomplir mon devoir, tout simplement, déclara Dasaratha avec autant de calme et de royale dignité qu'il put en rassembler. (Il exécuta un nâmaskaram de reconnaissance parfait.) Depuis cette époque terrible, cependant, nous gardons Lankâ sous constante surveillance. (Il fit un geste en direction de Sumantra, qui hocha la tête.) J'avais cru comprendre que si Râvana contrôlait toujours la ville et les portes du monde d'en bas, il n'osait plus la moindre incursion dans les territoires humains.

Visvâmitra tenait son bâton avec une certaine distraction, un peu comme un guerrier sa hache entre deux combats.

— La vérité sort de votre bouche, maharajah. Les forces asura ne se sont plus risquées sur les terres des mortels depuis que vous les avez obligées à regagner leur île infernale.

Étonnamment, le mage semblait contredire Dasaratha alors même qu'il admettait le bien-fondé de son point de vue.

— Exactement. Après avoir été repoussés jusqu'à Lankâ, Râvana et ses armées ont manqué de courage pour retraverser l'océan et aborder aux rivages de Prithivî. (Le souverain poursuivit, avec une nonchalance délibérée afin de ne pas inquiéter les membres de l'assemblée peu au fait des détails militaires ; on n'en discutait plus depuis près de deux décennies, hormis durant le conseil de guerre annuel des nations ârya.) À l'exception, bien sûr, des râkshasa, nâga, uraga, pishaca et autres renégats asura isolés, qui s'aventurent sur la péninsule inhospitalière du Sud. Sans oublier, non plus, que ni les tribus yaksa ni les autres habitants des jungles du Dekkan et des environs ne se sont soumis à Râvana.

— En effet. Votre savoir est admirable, illustre fils des Sûryavamsa. Pourtant, malgré vos précautions, les asura ont conquis une base sur le continent. Et de bonne taille.

Dasaratha se pencha en avant, ses épais sourcils froncés.

— J'hésite à mettre en doute votre sagesse, mahâdev, parantu* c'est impossible. Comme je le disais, nos postes avancés et nos espions surveillent sans faillir les régions périphériques.

Visvâmitra poussa un soupir théâtral.

— Pourtant, je le répète, les asura se livrent à des incursions au cœur de la péninsule inexplorée. Comment le pourraient-ils ? vous demandez-vous. Eh bien, comme un nouveau credo ou une nouvelle religion se répandrait sur le continent. Je ne parle pas de principes aussi purs, aussi élevés que la foi védique hindoue, mais plutôt d'une sorte de tumeur cancéreuse qui envahirait lentement le pays, à la manière dont la brume s'étend sur les mangroves orientales du Bânglâr.

La brume ? Une tumeur cancéreuse ? De nouvelles religions ? Mais de quoi parlait donc le mage-prophète ? Dasaratha allait reprendre la parole, lorsque Visvâmitra leva la main.

— Permettez-moi de m'expliquer, maharajah. Au fil des ans, pendant que les nations ârya jouissaient de la paix et de la prospérité, pendant que vos armées s'amollissaient dans l'inaction, pendant que vous vous consacriez à la vie culturelle et autres occupations civilisées plutôt qu'aux arts sanglants de la guerre, vos ennemis rassemblaient leurs forces. Aujourd'hui, le seigneur de Lankâ dispose d'une armée vingt fois supérieure en nombre à celle des nations ârya réunies.

Une vague d'inquiétude déferla dans la salle. Dasaratha lui-même retint son souffle. Vingt fois ? Son esprit refusait de comprendre un tel rapport de forces, sans parler de se le représenter. Il secoua la tête.

— Vous avez peut-être raison, mahâdev – je n'aurai pas l'audace de mettre en doute votre immense sagesse –, mais là n'est pas la question : jamais les asura n'oseront reprendre pied sur les terres des mortels. Nos postes avancés nous avertiraient aussitôt si une invasion se préparait, nous serions prévenus bien à l'avance, et nous repousserions les démons avant même qu'ils ne franchissent l'océan rebelle. Si imposantes que soient leurs armées, nous ne les laisserions pas fouler la terre bénie de Prithivî, et encore moins parcourir un centimètre des cinq mille yojana menant aux portes d'Ayodiâ.

— C'est vrai, acquiesça gravement le sage. Votre maîtrise des sciences militaires est célèbre dans les sept nations ârya, maharajah.

— Elle n'est rien comparée à votre formidable réserve de vidyâ* ksatriya, mahâdev, répondit Dasaratha, encouragé par ce compliment inattendu. (Visvâmitra était aussi légendaire, aussi admirable comme souverain guerrier que comme prophète des armées divines.) Mais pour en revenir aux forces asura... Elles se trouvent toujours à Lankâ, n'est-ce pas ?

— En effet.

Le roi sourit.

— Alors nous n'avons rien à craindre. (Il se tourna vers le sabhâ pour lui faire partager son soulagement.) Les plus grands bateaux existants ne peuvent guère porter qu'un millier d'hommes. Pour déplacer une armée aussi immense, il faudrait aux démons une flotte de... (Sumantra se tenait prêt à lui donner la réponse avant même qu'il ne la demandât.) Deux millions de vaisseaux ? Oui, deux millions de grands vaisseaux ! (Dasaratha se permit un rire moqueur.) Je doute qu'il existe à Lankâ assez d'arbres pour construire une telle armada !

Des ricanements nerveux roulèrent comme un tonnerre lointain, mais la plupart des spectateurs attendirent la réponse du visiteur, suspendus à ses lèvres.

— Vous êtes un grand général, déclara-t-il avec calme, mais le plus remarquable senâpati ne saurait être informé de tout. La raison de ma visite est simple : je suis venu porter à votre connaissance des événements graves et vous montrer le défaut qui entache votre perception de la réalité.

— Un défaut ? répéta le roi, mal à l'aise.

— La construction d'une flotte destinée à une armée aussi vaste que celle dont nous parlons prendrait en effet des décennies. (Visvâmitra agita son bâton.) Voilà pourquoi le seigneur de Lankâ a donné l'ordre de commencer le travail le jour même de son retour, après la défaite que vous lui avez infligée, *il y a de cela vingt-deux ans.*

Il laissa à son auditoire le temps de digérer l'information, puis reprit :

— Aujourd'hui, près d'un million de bateaux attendent, à Lankâ ou au large. L'un d'eux a permis à Kâla-nemi, le râkshasa que nous avons affronté, d'atteindre les rivages occidentaux du Kutch, d'où il a gagné Ayodiâ à pied. Si Râvana en décide ainsi, il peut envahir notre monde dès demain en débarquant ses forces tout le long du continent pour qu'elles déferlent comme une vague noire sur les nations ârya. (Le mage-prophète parcourut du regard l'assemblée stupéfaite.) Et telle est exactement son intention.

XIX

ILS PARVINRENT SANS INCIDENT aux grilles du palais, devant lesquelles se pressait une foule dense, citoyens du commun et aristocrates mêlés. Les deux larges rues perpendiculaires qui se rencontraient juste devant le mahal, les avenues Raghuvamsa et Harichandra, grouillaient de monde, et il en arrivait toujours, à pied, à cheval ou à dos de mulet. Des chars aux couleurs de diverses familles nobles bloquaient même l'avenue Harichandra. L'ambiance de fête, normale ce jour-là, était bien sûr tempérée par l'incident du matin. Quatre soldats entouraient une portion de chaussée grossièrement circulaire, à la terre caillouteuse noircie, fissurée. Les conversations excitées apprirent aux princes que les deux mages-prophètes avaient emprisonné le râkshasa sous cet endroit précis. Des acclamations éparses saluèrent l'arrivée des jeunes gens : leurs compatriotes les reconnaissaient parfois à retardement, mais ils réagissaient alors avec une vivacité d'autant plus grande. Certains criaient le nom de leur favori – l'un des quatre revenant nettement plus souvent. Les trois cadets échangèrent des regards entendus : les plus enthousiastes étaient des jeunes filles en âge de se marier, encouragées par leur mère !

Un crieur public se mit à clamer les dernières nouvelles.

— Mahâraj Raghuvamsa Ajaputra Iksvâku Sûryavamsa Dasaratha ki jai ! [Loué soit le maharajah Dasaratha, descendant de Raghu, fils d'Aja, héritier du clan Iksvâku et de la dynastie des Sûrya !]

— Le sabhâ est toujours en réunion. Notre souverain vous prie de patienter un petit moment encore. Il vous rejoindra dès la fin du conseil, avec de bonnes nouvelles dignes de ce mémorable jour d'Holî. Le brahmârishi Visvâmitra, sage vénéré, l'accompagnera et nous fera la grâce de participer aux célébrations !

Les acclamations, plus ferventes cette fois, emplirent les larges avenues d'un rugissement de tempête. Les rajkumâr échangèrent des sourires rapides : ils ne connaissaient pas de son plus rassurant que les cris de joie de quelques milliers d'Ayodiens.

Le senâpati Dhîraj Kumar tira sur les rênes de sa monture, échangea quelques mots avec les gardes postés aux grilles du palais, puis se retourna vers les jeunes gens, tandis que deux des soldats partaient en courant.

— C'est mon fils, Drishti Kumar, qui commande la garde du palais aujourd'hui. On lui a demandé d'assurer la sécurité de la salle du sabhâ, où le maharajah et ses conseillers confèrent en cet instant même avec le grand Visvâmitra. Il a laissé des ordres pour que personne ne franchisse le portail sans sa permission expresse, mais il sera ici d'un instant à l'autre. Je vous prie d'excuser ce retard supplémentaire.

— Nous comprenons, senâpati, répondit Râma au nom des quatre princes. Ce genre de chose fait partie des procédures de sécurité imposées en cas d'alerte. Vous pouvez rejoindre votre poste à la première porte, maintenant.

— Si cela ne vous dérange pas, rajkumâr, je vais rester jusqu'à ce que vous ayez franchi les grilles.

— Très bien.

Râma s'interrompit un instant, avant d'ajouter :

— J'espère parler à mon père au plus tôt pour lui demander de vous laisser ouvrir les portes.

— Comme vous voudrez, prince, mais je ne vous le conseille pas, répondit l'officier après une brève hésitation.

— Vous craignez vraiment que certains de ces braves

gens soient des asura déguisés ? interrogea Râma avec curiosité.

— J'aimerais ne rien avoir d'autre à craindre. (Les yeux bleu acier du guerrier vieillissant se posèrent sur l'emplacement brûlé signalant le trou où avait disparu le râkshasa.) Malheureusement, je ne crois pas aux tentatives isolées. J'ai été lutteur autrefois, vous vous en souvenez peut-être ; ces athlètes pratiquent un jeu qu'on appelle le kho dans certaines régions du royaume, le kabbadi* dans d'autres. Sans doute y avez-vous joué, vous aussi, des centaines de fois, rajkumâr.

Ils acquiescèrent. Le général se montrait d'une modestie de bon ton : il avait été champion des sept nations à la fois en lutte et en kabbadi pendant plus de vingt ans, puisqu'il avait conservé le titre jusqu'à sa récente retraite. Malgré son âge, plus de soixante-dix ans, c'était toujours un produit robuste, voire imposant, du vidyâ de l'akhada, l'antique mode de vie ârya à base d'exercice physique naturel.

— Au kabbadi, poursuivit-il, aucune des deux équipes ne quitte son camp. Elle envoie chez l'adversaire un unique joueur, qui chante « Kabbadi-kabbadi-kabbadi » sans reprendre haleine en cherchant à toucher le coin le plus éloigné de la base ennemie. S'il y parvient, son camp gagne la partie. Sinon, il s'efforce de toucher au moins quelques adversaires pour les mettre hors jeu. Eux, de leur côté, essaient de s'emparer de lui au plus vite, puis de le plaquer à terre jusqu'à ce qu'il soit obligé de reprendre son souffle hors de sa base…

Râma remarqua à l'autre extrémité de l'avenue un petit groupe très agité de citoyens en robe sombre. Sans doute des visiteurs impatients de voir s'ouvrir les festivités. Il se concentra autant que possible sur le discours du général, sans toutefois quitter du regard l'attroupement grossissant.

Le senâpati s'interrompit pour jauger les princes, se demandant s'ils comprenaient où il voulait en venir.

— D'après vous, commença Bhârata, Kâla-nemi était juste le premier envoyé de l'ennemi, chargé d'étudier nos forces et nos faiblesses. Les siens voulaient voir jusqu'où il irait avant que nous ne l'arrêtions. Après tout, il aurait pu toucher le fond de notre chaukat... (Il montra les hautes aiguilles du palais.) Ou au moins éliminer certains de nos joueurs les plus importants. C'est bien ainsi que vous voyez les choses, senâpati ?

— En effet, rajkumâr Bhârata. Il faut d'ailleurs porter au crédit de notre équipe qu'elle a battu le premier intrus sans perdre aucun de ses membres. Mais comment sommes-nous censés réagir à cette intrusion ?

— En envoyant l'un des nôtres dans le chaukat adverse, dit Satrugan. Pour appliquer la même stratégie : chercher à déterminer les forces et les faiblesses de l'ennemi, tout en lui montrant que nous sommes prêts à la riposte. L'idéal serait de lui faire plus de mal qu'il ne nous en a fait. Sans quoi, il continuera à nous dépêcher ses champions.

— C'est un bon résumé de la situation, rajkumâr Satrugan, approuva le militaire. Je vous ai vu jouer avec mes petits-fils dans l'akhada. Vous êtes très prometteur.

Ce compliment inattendu fit rougir le jeune homme.

— Merci, monsieur, parvint-il à balbutier en s'inclinant.

À cet instant, toutes les têtes se tournèrent vers Drishti Kumar, qui arrivait pour surveiller l'ouverture des grilles. Les princes pénétrèrent dans la cour puis mirent pied à terre, confiant chevaux et chars à leurs palefreniers, qui les attendaient depuis un moment déjà avec anxiété.

Le senâpati salua élégamment le capitaine, sans montrer le moins du monde qu'il s'adressait à son fils et héritier.

— Capitaine, je vous confie les rajkumâr Râma, Bhârata, Satrugan et Lakshman. Que votre vie et votre honneur répondent de leur sécurité. Je dois me retirer. Âgya*.

— Âgya, répondit l'arrivant.

En franchissant les grilles, droit comme un I, aussi fièrement campé qu'un guerrier dans la fleur de l'âge, le général jeta un dernier regard aux princes.

— Ça, c'est un ksatriya, commenta Bhârata, qui le suivait des yeux avec admiration.

— Rajkumâr... (Le beau visage du capitaine était coloré et tendu, quoique sa voix ne trahît nulle émotion.) J'ai pour ordre de vous conduire directement au palais, puis de vous y placer sous la protection de la garde jusqu'à ce que votre père vous envoie chercher.

Lakshman ouvrait la bouche afin de demander de quoi discutait le sabhâ – l'expression de l'officier indiquait clairement qu'il se passait des choses inouïes –, lorsqu'un des soldats postés à la grille poussa un grand cri, auquel succédèrent des hurlements alarmés. Tout le monde se tourna vers l'avenue.

Râma quittait en courant l'enceinte du palais : il se glissa entre les monstrueux battants de fer forgé une fraction de seconde avant qu'ils ne se referment dans un claquement sonore. Gardes et portiers – il fallait une équipe de huit hommes pour manœuvrer les grilles – braillèrent des avertissements, en vain. Le portail était clos ; Râma se trouvait sur l'avenue, où s'entassaient maintenant des milliers de gens. Une seconde plus tard, la foule l'engloutissait, le dérobant à la vue de ses frères.

XX

Cette fois, ce fut Dasaratha qui leva la main pour demander le silence. Les cris de stupeur et d'inquiétude s'éteignirent aussitôt. Le peuple, si agité fût-il, aimait et respectait son souverain.

Quoique ce dernier s'efforçât de le cacher, il était furieux contre le mage-prophète, qui remettait en question sa conception du monde tout entière.

— Même s'il en est comme vous le dites, grand sage, Râvana ne nous envahirait pas sans raison. Les mortels ont fait la paix avec les asura il y a de cela vingt-deux ans. Jamais les démons n'oseraient faire le premier pas vers leur propre annihilation.

Visvâmitra se permit un sourire, inattendu sur son visage ridé et crevassé, plus exaspérant pour son interlocuteur que la pire des colères.

— Vous commettez l'antique erreur de juger les asura à l'aune humaine, dit-il d'un ton sinistre. N'oubliez pas qu'ils ne sont *pas* humains. Voilà précisément pourquoi ce sont des asura.

Le souverain se radossa, touché au vif.

— Permettez-moi de m'exprimer sans euphémisme ni circonlocution, continua Visvâmitra, implacable. (Sa voix gagnait en force et en vivacité. Son sourire s'était évanoui, remplacé par un air rogue, annonciateur d'orage.) Que ce soit dans vingt jours ou dans vingt ans, les asura vous envahiront, car telle est leur raison d'être. Ils ne vivent et ne respirent qu'à cette fin. Aucun d'eux ne connaîtra le repos tant que les fières cités ârya n'auront pas été rasées ou que leurs habitants n'auront pas péri jusqu'au dernier. Leur objectif n'est autre que le génocide, sans concession. Les asura ou les mortels continueront à fouler la Terre, oui, mais la cohabitation des deux espèces touche à sa fin.

Le silence qui suivit cette déclaration fut plus effrayant que n'importe quel déchaînement d'émotions. Dasaratha dut se contraindre à reprendre la parole, conscient que le mage-prophète l'avait entraîné dans une discussion à la conclusion toute tracée.

— Je n'aurai pas l'audace de mettre en doute vos sources d'information, mahâdev, mais mes espions et mes avant-postes…

— *Vos espions vous ont trahi ! Vos avant-postes sont tombés !*

Ces quelques mots frappèrent le cœur affaibli du souverain tels des coups de marteau. Cramponné aux accoudoirs, il s'efforça de conserver son sang-froid.

— Écoutez-moi, maharajah, poursuivit le sage d'un ton sévère quoique respectueux. Écoutez-moi bien, et sachez que j'énonce de simples faits. Le seigneur de Lankâ a corrompu tous vos espions et le moindre de vos alliés au sud d'Ayodiâ. Aucun d'eux ne vous apportera jamais la moindre nouvelle de l'ennemi. Voilà pourquoi, à ce jour, vous n'avez rien appris d'inquiétant ! Voilà pourquoi Kâlanemi est arrivé jusqu'ici et entré aussi facilement en ville sans avoir été repéré !

En un éclair, Dasaratha comprit qu'il avait tort et que le mage-prophète avait raison. Son cœur palpita, la salle du sabhâ lui parut s'assombrir. Il s'agrippa aux bras du trône de toutes ses forces, les paumes glissantes de sueur, mais continua à discuter, poussé par un instinct irrésistible.

— Peut-être, s'obstina-t-il, mais si un râkshasa déguisé en mortel trompe nos défenseurs, les dizaines de millions d'asura dont vous avez parlé ne sauraient traverser l'océan pour nous envahir sans que nous nous en rendions compte.

Même la magie noire de Râvana ne pourrait dissimuler une armée aussi immense. Nous serions avertis des mois avant l'arrivée de ses premières forces. Ensuite... (Affirmer ses convictions face à des révélations aussi dévastatrices lui était nécessaire.) Eh bien, ensuite, si ces troupes arrivaient jusqu'à Ayodiâ sans rencontrer de résistance, nous ne nous contenterions certes pas de leur ouvrir nos portes en invitant le grand taureau à nous encorner. (Cet aphorisme traditionnel suscita parmi les membres les plus ardents du sabhâ des hochements de tête approbateurs.) Notre ville ne s'appelle pas pour rien Ayodiâ l'Imprenable, Ayodiâ Anasya* ! Et je peux affirmer sans hésiter qu'aussi longtemps qu'elle existera, les nations ârya ne céderont pas.

Pour toute réponse, Visvâmitra frappa le sol de son bâton. Une petite explosion fit sursauter les personnes les plus proches de lui, puis un minuscule nuage de fumée pourpre étendit des tentacules brumeux au-dessus de l'assemblée nerveuse.

— Regardez, maharajah. Un simple yâtugar est capable de charmer d'innocents spectateurs par l'hypnose et l'artifice. Le seigneur de Lankâ a usé de même des pouvoirs que lui ont donnés les dieux pour égarer et voiler votre esprit.

— Mahâdev ? s'étonna Dasaratha, se demandant si ses oreilles ne l'avaient pas trompé.

Visvâmitra leva son bâton. La fumée pourpre monta jusqu'au plafond voûté de la salle, suivie par mille têtes, et se mit à tourbillonner et à s'étendre avec une surprenante rapidité en projetant de longs filaments dans toutes les directions. Quelques instants plus tard, un filet rouge enveloppait la vaste pièce.

— Rappelez-vous qu'il n'est pas question d'un simple râkshasa, reprit le sage, pendant que son auditoire, stupéfait, contemplait l'étalage inattendu de ses pouvoirs. Nous parlons de Râvana, dont la tapas d'un millier d'années a attiré l'attention du grand Brahmâ lui-même ! La vie éternelle et l'immunité à toute forme de destruction, voilà ce qu'en a obtenu Râvana !

— Il n'empêche que nous l'avons déjà vaincu, protesta

Dasaratha, conscient cependant de sa voix hésitante. Nous recommencerons s'il le faut.

Ses yeux ne quittaient pas la nappe colorée répandue au plafond.

Visvâmitra secoua tristement la tête.

— Vous persistez à protester, maharajah ? Il faut donc vous révéler ce dont j'hésitais à parler. Sachez, dignitaires d'Ayodiâ, défenseurs du Kosala, gardiens des frontières sud des nations ârya, que la puissance de Râvana s'étend parmi vous en cet instant même, comme cette brume. Il est là, dans cette salle ; il nous écoute.

Dasaratha banda ses muscles pour se lever. Il n'y avait plus à hésiter : cette déclaration prouvait que le mahâguru était mal informé. Des espions à la cour d'Ayodiâ ? Impossible !

Toutefois, avant que le roi ait pu dire un mot, la fumée s'abattit sur les courtisans avec la soudaineté d'un faucon fondant sur sa proie. Des tentacules se détachèrent du nuage principal pour chercher à travers la foule des cibles précises. Dasaratha se tassa sur son trône, sidéré par le spectacle qui s'offrait à lui : un noble moustachu s'était mis à hurler, ligoté par la brume comme par une corde. L'homme se débattit tandis que les pseudopodes immatériels s'entrecroisaient sur son corps flasque, pour l'emprisonner avec autant d'efficacité que des liens de chanvre.

La salle entière résonnait de cris. Le souverain parcourut du regard la foule pétrifiée. Partout, des gens se tournaient, montraient du doigt un voisin entravé. Quelques instants plus tard, la fumée magique retenait bel et bien captifs plusieurs courtisans. Le maharajah les connaissait tous de vue, voire de nom. Parmi eux se trouvait le secrétaire de Jâbâli, le ministre des Administrations. Ce dernier avait oublié sa maussaderie habituelle : il arborait, à présent, une expression de dégoût qui aurait convaincu de renoncer à son art un peintre chargé de le portraiturer. Il se penchait de côté le plus loin possible, répugnant visiblement à se laisser toucher par la fumée qui ligotait son subordonné.

— Que signifie cela, mahâdev ? demanda Dasaratha. Qu'espérez-vous prouver par cette démonstration ?

— Pardonnez-moi cet artifice théâtral, maharajah, répondit Visvâmitra avec calme. Il était nécessaire pour vous prouver à quel point le seigneur de Lankâ a corrompu les fières populations ârya. Cet artifice n'est autre que la puissance du Brahman, rendue visible au bénéfice de l'assemblée. Le mantra que j'ai prononcé lui a donné la capacité de trouver et de capturer les espions à la solde du seigneur de Lankâ. Les onze prisonniers de son étreinte divine sont des serviteurs de Râvana en personne.

Dasaratha se leva, livide.

— Impossible ! Ce sont des courtisans de longue date, qui ont toute ma confiance ! Je passe chaque jour en leur compagnie des heures à discuter des affaires d'État et de nos défenses !

— Vous n'avez aucun reproche à vous faire, maharajah. (La voix de Visvâmitra trahissait à la fois chagrin et colère.) Vous ne pouviez pas savoir. Tel est le vil pouvoir de Râvana. Il a, à votre cour, des yeux et des oreilles. Ses fidèles vivent sous le même toit que vous, au cœur d'Ayodiâ. Et pour chacun de ceux que vous voyez là, il y en a mille autres dispersés à travers tout votre royaume. Voilà la riposte de Râvana à la défaite que vous lui avez infligée lors de la dernière guerre asura. Il a corrompu votre peuple en le convertissant à sa cause maléfique.

XXI

RÂMA FILA À TRAVERS LA FOULE comme une hirondelle à travers un hallier. Quoique le rassemblement devînt de seconde en seconde plus dense, il restait assez aéré pour qu'un jeune homme mince, agile et rapide pût s'y faufiler. Les cris consternés des gardes du portail retentirent derrière lui, bientôt suivis des appels de ses frères ; malgré leur inquiétude, il poursuivit son chemin. L'analogie développée par le senâpati Dhîraj Kumar n'avait pas empêché Râma de surveiller d'un œil le groupe en noir planté à l'extrémité de l'avenue, devant la marg Jagganâtha*, qui menait au quartier sûdra. Pendant le petit discours du général, l'attroupement avait grossi, sous l'afflux ininterrompu de silhouettes sombres crachées par la marg Jagganâtha, puis la masse mouvante avait pris la forme d'une pointe de flèche. Alors s'y étaient devinés les scintillements reconnaissables du soleil sur des objets brillants. Des armes. Râma avait compris qu'il se passait quelque chose ne figurant pas au programme d'Holî. Inquiet, surnaturellement attentif à ce genre de signes, il avait réagi sans réfléchir. Les grilles allaient se refermer... Leur ouverture prenait de précieuses minutes... Peut-être serait-elle plus longue encore, en l'occurrence, si le capitaine Drishti Kumar se montrait décidé à suivre les ordres du maharajah quoi qu'il arrivât... Le prince avait donc fait la seule chose qui lui avait paru sensée : se faufiler dehors avant la fermeture du portail, tel un masîr* argenté s'échappant par une déchirure du filet d'un pêcheur bânglâr.

À présent, il courait comme si sa vie en dépendait. Les gens, tout excités, discutaient des événements de la matinée avec trop d'ardeur pour lui prêter attention. Ceux qui le remarquaient ne voyaient qu'un jeune homme bien de sa personne, extrêmement pressé. Il était à pied, il fonçait dans la rue, il ne portait pas d'arme, pas de signe de son statut, juste des vêtements blancs très simples. Nul ne le reconnaissait au premier regard, et si le doute effleurait certains, ils n'avaient pas le temps de lui en jeter un second.

Quelques instants lui suffirent pour traverser le fleuve d'humanité agité de l'avenue. Aux franges de la foule, il ralentit. Un peu plus loin brillait l'éclat familier des lances. Les PF, toujours sur le qui-vive, avaient déjà établi un cordon afin de circonscrire le problème. Autour de Râma se pressaient pour l'essentiel des gens du commun, plus désireux d'aller admirer la magnifique architecture du palais que de s'arrêter pour voir se qui se passait derrière eux. Il se fraya un passage parmi des jeunes filles vaisya* qui se tenaient par la main, agitées et rieuses, sous la surveillance de trois imposantes gouvernantes, puis il atteignit enfin le cordon. Un calme bizarre régnait à l'extrémité de l'avenue, il s'en aperçut d'un seul regard au-dessus du V dessiné par les lances de deux PF. Le croisement où il avait vu s'agglutiner les silhouettes en noir était à présent désert. Toutefois, quelques turbans foncés traînaient dans la poussière, déroulés, près d'un ou deux foulards militaires. Et un régiment de PF tout entier prenait position sous les ordres d'un lieutenant, prêt à s'engager dans la marg Jagganâtha.

— Que s'est-il passé ? demanda Râma au soldat le plus proche, un vétéran trapu à l'oreille gauche remplacée par un petit trou, au-dessus d'un entrelacs de cicatrices luisantes.

— Va à tes affaires, citoyen, répondit l'homme sans se

retourner. Tu peux acheter de quoi te restaurer plus haut à droite, dans la marg Sarayû, sur la route des terrains de manœuvre. Ici, ce sont des affaires de militaires.

Râma heurta du sceau princier la lance de son interlocuteur, qui fit aussitôt volte-face, la pique baissée de manière défensive. Son partenaire l'imita, alerté par le bruit. L'arrivant avait déjà levé les mains pour montrer qu'il n'était pas armé.

— Du calme, soldats. Je veux juste savoir ce qui se passe. Vous me reconnaissez ?

Les deux hommes échangèrent un regard, puis déglutirent.

— Ouais. Vous êtes le rajkumâr Râma. Ou une très, très bonne imitation.

Il sourit.

— Non, non, je suis bien le prince Râma. Le capitaine Drishti Kumar ne va pas tarder à arriver avec mes frères pour vous le confirmer. Maintenant, au fait. Dites-moi ce qui s'est passé ?

Le plus jeune des militaires, un colosse apparemment dépourvu de cicatrices, le considérait d'un air méfiant, mais son camarade répondit lentement :

— Les adeptes du tantra sont devenus fous furieux. D'après eux, une épouse du maharajah aurait assassiné un des leurs. Ils se préparaient à adresser une pétition au roi pour protester contre le meurtre et demander une enquête immédiate…

— Et alors ?

Le vétéran haussa les épaules.

— Il n'y a pas grand-chose à ajouter. La cité est en état d'alerte. On nous a donné l'ordre de ne laisser personne s'introduire dans le palais et d'arrêter quiconque pourrait causer le moindre désordre. Le lieutenant leur a donc dit de passer par les voies officielles. Ça ne leur a pas plu. La situation a vite dégénéré. (Le soldat montra le régiment, qui allait s'engager dans la marg.) Maintenant, on nettoie… mais pendant la bagarre, des brahmanes sont arrivés et ont accusé les sectaires d'enlever les petits garçons des orphelinats pour les sacrifier ou quelque chose dans ce goût-là.

Je n'en sais pas plus. Nous, ça ne fait pas longtemps qu'on nous a appelés. On doit juste tenir les badauds à l'écart.

— Merci beaucoup des renseignements, soldat... ?

— Pai, dit le vétéran en haussant les épaules. Je me suis battu sous les ordres de votre oncle Janaka, dans la brigade de Mithilâ.

— Merci beaucoup, sipâhî* Pai. Laissez-moi passer, maintenant, je vous prie.

Les PF hésitèrent. Enfin, le plus âgé reprit, embarrassé :

— Bien sûr, vous savez comment s'appellent les filles du maharajah Janaka. En tant que rajkumâr, n'est-ce pas...

— Bien sûr, acquiesça le prince, souriant. Nous avons joué ensemble, enfants, avant que mes frères et moi ne partions pour le gurukul.

Le plus jeune des deux soldats le regardait avec attention, paraissant guetter l'apparition de cornes ou de crocs. Râma poursuivit d'un ton posé :

— Elles s'appellent Sitâ, Urmila, Mandavî et Kîrti. Lakshman a un faible pour Urmila, comme la plupart des garçons, mais moi, j'ai toujours vu en Sitâ la plus belle des quatre.

Le vieux soldat abaissa sa lance en soupirant et fit signe à son compagnon de l'imiter.

— Vous avez bien raison ! Pardonnez-nous, rajkumâr. Ce n'est pas un jour comme les autres.

Râma lui tapota l'épaule pour montrer qu'il ne lui tenait pas rigueur de l'incident et franchit le cordon, à l'instant précis où le lieutenant donnait au régiment l'ordre de se mettre en marche dans la marg Jagganâtha. En arrivant au début de la rue, le prince la parcourut des yeux : elle était trois fois moins large que l'avenue Harichandra, même si seize soldats pouvaient y avancer de front sans se gêner. Un peu plus loin, les robes ternes des sectaires reculaient devant les uniformes safran et noir des PF. Plusieurs corps vêtus de sombre gisaient dans la poussière, épinglés par des lances, mêlés à quelques silhouettes bicolores dont dépassaient des trisûl*, ainsi qu'à un ou deux brahmanes en blanc, au crâne rasé. Sans doute les soldats avaient-ils vite écarté les saints hommes de l'échauffourée, mais les adeptes du tantra paraissaient nettement plus difficiles à convaincre : après tout, leur foi célébrait l'anéantissement et l'abdication de la vie devant l'apocalypse qui s'annonçait.

La troupe s'apprêtait à livrer un nouvel assaut à ces hommes maussades, aux yeux révulsés, dont certains martelaient de leur trisûl, aux pointes dangereusement aiguisées, leur minuscule bouclier gravé du portrait de Kali, la noire devî présidant à la vengeance et aux cultes tantriques.

Le lieutenant donna l'ordre de charger.

Râma s'élança, passa en courant devant les PF – il y avait de la place sur les côtés – et se précipita entre les deux groupes. Il leva les mains.

— Je suis le rajkumâr Râma Chandra. Au nom du maharajah Dasaratha, mon père, je vous ordonne à tous de poser immédiatement les armes.

Il fallut au capitaine Drishti Kumar de longues minutes pour faire rouvrir le portail, laps de temps qui aida Lakshman à comprendre le départ inattendu de son aîné.

— Il a vu quelque chose, et il n'a pas voulu attendre la réouverture des grilles pour agir, expliqua-t-il à ses frères. Voilà pourquoi il s'est glissé dehors avant qu'elles ne se referment.

— Mais qu'est-ce qu'il a bien pu voir ? grommela Bhârata. C'est irresponsable de filer comme ça en courant.

Satrugan, frustré, serra ses poings vides.

— Si seulement j'avais le temps d'aller chercher ma masse. J'ai l'impression d'être tout nu...

— On ne porte pas d'arme les jours de fête, Satrugan, c'est la loi.

— Oh ! allez, Lakshman. Tu crois que ce râkshasa la respectait ? Je ne sais pas ce qu'a vu Râma, mais je te parie que ce n'était pas un rendez-vous galant. Il y avait un problème. C'est pour ça qu'il est parti comme une flèche. Et la meilleure manière d'affronter un problème, c'est avec du bon acier bien aiguisé.

Lakshman secoua la tête.

— Tu te trompes, Satrugan. La violence ne résout pas tout.

— D'accord. Quand tu verras ton premier asura, essaie de l'embrasser et de le cajoler, si tu veux. Moi, je me contenterai d'une bonne masse gandharî.

— Ce n'est pas tombé dans l'oreille d'un sourd, bhai, lança Bhârata, approbateur.

Les battants s'écartèrent, et les trois frères se précipitèrent sur l'avenue, à la suite du capitaine Drishti Kumar. Comme il avait déjà distribué ses ordres aux hommes postés à l'extérieur, deux rangées de soldats délimitaient un couloir désert tout le long de la rue. Il ne fallut qu'un instant aux jeunes gens pour atteindre le croisement avec la marg Jagganâtha, où l'officier ordonna aux PF de les laisser passer. Lakshman s'aperçut qu'un vétéran au cou balafré et à l'oreille gauche depuis longtemps disparue le regardait avec curiosité, mais déjà, il avait atteint l'entrée de la marg, où l'attendait un spectacle effrayant.

Râma se tenait, seul, entre deux groupes antagonistes en armes. Le plus éloigné se composait d'adeptes du tantrisme en robe noire, visiblement décidés à provoquer rien moins qu'une émeute ; le plus proche, de PF en formation d'attaque, sur le point de charger, dos tourné aux arrivants.

Lakshman ouvrit la bouche pour appeler son frère, mais se retint juste à temps, de crainte de provoquer une réaction désastreuse de l'un ou l'autre camp. Chacun semblait également hostile, prêt à se battre jusqu'au dernier. Les princes ne voyaient pas les visages des PF, mais les sectaires aux yeux exorbités, égarés, paraissaient sous l'empire de la drogue.

Bhârata et Satrugan, qui arrivaient derrière Lakshman, ne purent retenir une exclamation de stupeur en découvrant la situation. Lakshman n'eut aucun mal à deviner ce qu'ils pensaient : exactement la même chose que lui. « Dans quel pétrin Râma s'est-il encore fourré ? Comment va-t-il s'en sortir ? »

Alors il se mit à chanter.

XXII

LORSQUE LES DERNIERS RETARDATAIRES quittèrent la salle du sabhâ, le Pradhan-mantri s'empressa de rejoindre le maharajah. Celui-ci restait assis sur le trône, voûté, le visage enfoui dans les mains, les deux bras appuyés aux accoudoirs.

— Maharajah ? appela Sumantra d'une voix douce, inquiète. Vous allez bien ?

— Oui. (Le souverain leva la tête avec un effort, qui pinça le cœur de son ministre.) Je n'ai pas le choix. Je dois guider mon peuple à travers cette crise terrible. (Il parvint à se mettre sur ses pieds, écartant d'un geste Sumantra, qui lui tendait la main.) Quelle erreur avons-nous commise, mon ami ? N'ai-je pas gouverné sagement, en toute justice ? N'ai-je pas fait fond sur l'œuvre de mes ancêtres en élevant Ayodiâ et le Kosala à de nouveaux sommets de prospérité et d'harmonie ? Alors, pourquoi ces désastres s'abattent-ils sur moi au crépuscule de mon règne ?

— Vous êtes le plus grand roi de votre lignée, maharajah, le plus noble à s'être assis sur le trône du Soleil. Jamais encore les peuples ârya n'avaient joui d'une paix et d'une sécurité aussi prolongées. Votre action survivra aux millénaires. Ne vous reprochez pas les maux apportés par les asura.

Dasaratha traversa la salle d'un pas lent en hochant la tête.

— Peut-être avez-vous raison, Sumantra, mais je ne supporte pas l'idée de laisser ce genre d'héritage à mes fils. Pour quoi nous battons-nous durant notre jeunesse, sinon pour l'avenir ? Seulement, je l'imaginais bien différent.

— Il n'est sans doute pas aussi noir que vous le craignez, maharajah, dit Sumantra en s'avançant vers les portes du même pas que le roi. Jamais encore dans l'histoire ârya nous n'avons été aussi forts, aussi riches, aussi puissants. À la fin de la dernière guerre asura, lorsque vous avez mené le raid décisif contre le seigneur de Lankâ, tout semblait perdu. Nous étions inférieurs en nombre, inférieurs en talent, épuisés, hagards. Pourtant, nous avons gagné. Nous avons triomphé. Aujourd'hui, nous ne sommes pas seulement plus forts, nous avons aussi le vidyâ remporté durant ces batailles, nos stratèges ont eu des années pour étudier les forces et les faiblesses des asura, notre population a presque doublé. D'ailleurs, les choses ont bien commencé pour nous. Au lieu de faire couler le sang les premiers, comme ils l'espéraient, les démons ont perdu leur principal envoyé ; et il ne s'agit pas d'un banal râkshasa, mais du redoutable Kâla-nemi, l'oncle de Râvana ! Leurs espions à la cour ont été découverts. On les interroge en prison, dans les cachots. Bientôt, nous aurons débusqué le moindre traître ou sympathisant asura du royaume. Nous avons prévenu les autres nations ârya de nous imiter. Après ce grand nettoyage, le conseil de guerre se réunira ici, à Ayodiâ, en quelques jours. Reprenez courage, mon cher raje. Nous ne nous contenterons pas de vaincre, nous triompherons. Et c'est vous qui écraserez sous votre pied chacune des dix têtes de Râvana.

C'était un long discours pour quelqu'un qui n'en avait pas l'habitude, Dasaratha le savait. Il s'était arrêté devant les portes de la salle, tourné vers son vieux condisciple de gurukul, ancien cocher, conseiller de confiance, ministre puis, enfin, Premier ministre. Il posa une main lasse, mais encore puissante sur l'épaule de Sumantra.

— Fassent les deva que les choses se passent exactement comme vous l'avez dit.

Sumantra lui serra le poignet avec force.

— Il en sera ainsi. Je suis prêt à donner mon dernier souffle pour cela, et le moindre Ârya aussi. N'ayez pas peur, raje. Ayez, au contraire, l'orgueil qui convient. Vous avez bâti une grande nation. À présent, vous allez admirer les fruits de votre labeur.

Dasaratha hocha la tête.

— À présent, je vais me reposer un peu avant de discuter avec le brahmârishi Visvâmitra de l'autre raison de sa visite. Il désire me parler en privé. Mes fils sont-ils en sécurité au palais ?

— Ils devraient l'être, votre grandeur. (Sumantra fronça les sourcils.) Le capitaine Drishti Kumar est parti leur faire ouvrir les grilles, il y a déjà un petit moment...

— Mais ? s'enquit Dasaratha, conscient de la réserve informulée.

— Il n'est pas encore revenu, admit le ministre en secouant lentement la tête. (Il s'arracha un sourire rassurant.) Je vais m'en occuper, maharajah. Du moment que les rajkumâr ont atteint le portail, il n'y a aucune raison qu'ils ne soient pas en sécurité, mais je vais m'en assurer. Faites-moi confiance.

— Je vous fais toute confiance, Sumantra. Vérifiez quand même. Nous vivons un jour étrange, dont j'attends plus étrange encore. Assurez-vous que mes fils sont sains et saufs.

Lakshman mit un moment à reconnaître la chanson, qu'il prit d'abord pour l'hymne de mort fétiche des adorateurs de Kali, traditionnellement scandé par les soldats envoyés à une mort certaine. Bien sûr, les adeptes du tantra le considéraient comme un cantique d'allégresse, leur foi sinistre les assurant que le Kali-yuga* tout proche verrait la fin de la civilisation humaine. Le prince s'aperçut à retardement que certains sectaires le chantaient bel et bien, puis il distingua le battement martelé par les PF, les quatre temps sur lesquels les troupes marchaient et se battaient – rythme quaternaire traditionnel imposé par la coutume védique à tous les rituels ârya. La cacophonie assourdissante de l'avenue surpeuplée l'avait empêché de reconnaître immédiatement les deux lignes mélodiques.

Pourtant, lorsque son aîné se mit à chanter, Lakshman comprit presque aussitôt ce qu'il tentait. Devant l'impossibilité d'en appeler aux camps opposés par la logique ou l'autorité, Râma se rabattait sur le sentiment patriotique. Après tout, c'était Holî, le jour où tous les Ârya célébraient en frères une année supplémentaire de leur fière civilisation, laquelle, du même coup, en entamait une autre. Chacune des sept nations fixait ses jours de fête particuliers, mais Holî et Dîpavalî étaient respectés partout.

Râma chantait le traditionnel *Dhâtrî mâ* [Terre mère]. Lorsqu'il avait ouvert la bouche, cependant, le battement martial des PF et l'hymne à Kali s'étaient déjà mêlés en un glas sinistre évoquant un cortège funèbre, un duo de mauvais augure.

À présent, le *Dhâtrî mâ* exultant couvrait cette funeste symphonie. Râma possédait un ténor mélodieux, parfaitement maîtrisé, avec juste ce qu'il fallait de basses pour la profondeur. Il n'avait pas terminé le sloka* d'ouverture que l'atmosphère avait indéniablement évolué. La vénérable chanson possédait un pouvoir certain, capable, disait-on parfois, de transformer le désert en terre fertile et d'apaiser les plus féroces bêtes sauvages. Peut-être s'agissait-il là d'une exagération, mais l'empire de *Dhâtrî mâ* sur les Ârya était indéniable. Les poils de Lakshman se hérissèrent, pendant que Râma scandait les paroles émouvantes célébrant le puissant sous-continent où s'épanouissaient les sept nations, qu'il s'adressait à la Terre nourricière subvenant à leurs besoins – leur mère, leur devî.

Sans réfléchir, Lakshman s'engagea dans la marg Jagganâtha, puis contourna le régiment des PF stupéfaits pour aller se poster à côté de Râma, avant de joindre sa voix à la sienne. Nul besoin de regarder en arrière pour vérifier que Bhârata et Satrugan l'imitaient. Indifférent au picotement de peur qui le parcourut quand il se retrouva encerclé par les fanatiques porteurs de tridents et les soldats armés de lances, le jeune homme puisa le courage de chanter dans l'autorité de son aîné. Si le destin avait condamné Râma à mourir là, dans une rue de sa capitale, des mains de son peuple, alors Lakshman mourrait de la même mort.

Au début du deuxième couplet, il se produisit quelque chose d'étrange, de merveilleux. On aurait dit qu'un gigantesque nuage, appesanti sur la foule tout entière, se levait lentement au son de l'hymne, entraînant avec lui la nervosité, l'agitation, voire la violence qu'il avait apportées.

Quelque chose de plus étonnant encore suivit. D'autres voix se joignirent à celles des princes, éparses d'abord, dans les rangs des PF et des sectateurs mécontents, puis plus loin, au coin de la rue, dans l'avenue, derrière le cordon de vétérans... Comme tous les hymnes, celui-là parlait au cœur, toujours et partout. Il unissait les Ârya, jeunes ou vieux, hommes ou femmes, de haute ou de basse caste, nobles ou pauvres, par un lien aussi indéniable que leur dépendance à la déesse Terre, dispensatrice de bienfaits.

La chanson s'acheva. La voix des princes s'éteignit, suivie d'un court instant de néant écrasant.

C'était fini.

XXIII

AVEC UN CRI DE RAGE, Mantharâ jeta le trident sacrificiel dans le yajna ; l'image de la scène qui se déroulait à cet instant même au croisement de la marg Jagganâtha disparut. Le trisûl, identique à celui des sectateurs, que la bossue venait d'espionner grâce à la sorcellerie asura, claqua sur le sol du chaukat dédié aux rites védiques, où il se perdit dans les flammes ondoyantes. Avec un nouveau cri, Mantharâ se précipita aussitôt pour essayer de le récupérer. Son geste de dépit pouvait être interprété comme un manque de respect, et la cérémonie complexe lui avait donné trop de mal pour qu'elle risquât de tout gâcher sur la fin. L'infirme se pencha vers le brasier ardent, qu'alimentaient entre autres combustibles les restes du petit brahmane sacrifié un peu plus tôt. Là... entre l'os de la cuisse presque nettoyé et le crâne au contenu bouillonnant. Elle plongea la main dans le feu, se brûlant le bras, perdant cils et sourcils, mais récupéra le trident porté au rouge.

Elle ne l'en empoigna pas moins. La douleur indescriptible ne l'empêcha pas de chercher à comprendre ce qui avait mal tourné. Utiliser l'assassinat de son pourvoyeur pour provoquer une émeute lui avait paru une très bonne idée. Elle espérait, au moins, susciter un certain désordre.

Des centaines de milliers d'hommes, de femmes, d'enfants et d'animaux encombraient les avenues, contenus par des soldats en armes sur le qui-vive. Déclencher une émeute semblait facile. D'ailleurs, au début, tout s'était très bien passé. Les sectateurs et les brahmanes avaient mordu à l'hameçon, comme prévu. Les PF avaient fait leur travail, comme d'habitude. À l'instant où le maharajah et les deux prophètes s'étaient enfermés dans la salle du sabhâ, la bossue avait libéré sur l'avenue un mantra maléfique qui aurait dû obscurcir les esprits, les emplir d'une fureur aveugle le temps qu'ils succombent à la violence, laquelle se serait perpétuée en un cycle de vengeances ininterrompues. C'était un plan brillant : une insurrection provoquée par un minuscule non-événement dépourvu de la moindre importance... Ensuite, au moment le mieux choisi, Mantharâ y aurait ajouté un mantra destiné à exaspérer les chevaux des militaires. Débandade paniquée... Bain de sang...

— Râma !

Oui, Râma était entré en scène. Râma avait tout gâché, elle ne comprenait pas comment. En chantant ? Ridicule ! Un hymne patriotique stupide ne pouvait émouvoir une foule à ce point. De toute manière, qu'était-ce qu'un pays ? Des terres occupées par des peuplades différentes, rien de plus. Qu'y avait-il là d'émouvant ?

Pourtant, Râma avait réussi. Il avait annulé l'effet du mantra, dissipé l'égarement obscur imposé par Mantharâ aux deux camps en présence, réduit ses plans à néant aussi facilement qu'on efface un sloka sur le sable. Certes, les pouvoirs de l'infirme étaient encore balbutiants, leur croissance commençait à peine, mais elle s'était donné tellement de mal... Elle avait accompli de tels sacrifices... Le seul fait d'avoir gardé le secret sur son adoration du seigneur de Lankâ pendant des années dans une ville aussi pieuse, vouée aux deva, constituait une véritable prouesse. Perdue dans un océan d'Ârya vertueux, Mantharâ avait préservé en solitaire la minuscule flamme noire de la foi asura. Kaikeyî elle-même, sa pupille d'autrefois, la reine de ce puissant royaume, était inconsciente de ce que dissimulaient la puissance et l'influence de la bossue, de ce qu'il lui en avait coûté pour s'élever à sa position. Mais tout allait changer dès aujourd'hui ! Personne, surtout pas un gamin, n'aurait dû être capable de contrarier ses plans.

— Râma ! répéta-t-elle, agitant le trident de sa main noircie, aux plaies suintantes.

— *Mégère stupide !*

La voix jaillit du foyer, brûlure de glace sur un cœur palpitant, animée d'une rage froide dirigée contre Mantharâ, qu'elle enveloppa de flammes noires.

Haletante, la vieille femme se força à courber la tête pour toucher le sol du front.

— Seigneur ! Je ne vous ai pas senti arriver !

— *Comment oses-tu prononcer ce nom dans mon sanctuaire ? Ne te l'ai-je pas interdit ?*

Elle fouilla désespérément son esprit, sans s'occuper de l'incendie obscur qui torturait le moindre centimètre carré de son corps. Il lui semblait endurer le fouet de la glace et du feu réunis.

— Seigneur… Vous voulez parler de Râma ?

— *Silence, imbécile !*

— Seigneur, je… (Elle s'inclina de nouveau, plusieurs fois, frappant le sol du front jusqu'à ce que la peau se fendît et que le sang se mît à couler, puis à bouillir aussitôt au contact des flammes.) Shama ! Pitié, seigneur ! Shama !

— *Garde-toi de le sous-estimer. C'est une créature de dharma, de celles qu'on dévoie difficilement.*

— Je ne recommencerai pas, seigneur, jamais. Je vous implore de me pardonner.

— *Ton blasphème et ton échec d'aujourd'hui devraient te valoir l'excommunication. C'est ainsi que je fais régner la discipline dans les rangs de mes fidèles. La mort attend celui qui trébuche. Toi, Mantharâ, tu n'as pas seulement trébuché, tu m'as déçu. Je t'avais chargée de certaines tâches ; tu as échoué dans toutes. Tu sais quelle punition tu mérites…*

— Non, seigneur ! (C'était un cri de pure terreur.) Ne m'abandonnez pas, je vous en supplie ! Je ferai pénitence pour payer mon erreur. Jamais plus je ne prononcerai ce mot répugnant. Je vous en prie !

Le brasier se déchaînait toujours autour de la bossue, semblant savourer sa peur. Ce n'était plus une torture, elle avait dépassé ce stade. Son être tout entier se consumait dans une chaleur glacée infernale, insupportable, mais implacable.

Enfin, le poing de feu la libéra pour regagner le chaukat.

— *C'est bien parce que j'ai besoin de toi, misérable. Si jamais tu commets de nouveau pareille erreur, l'excommunication sera le moindre de tes châtiments.*

Mantharâ tremblait, muette, courbée si bas que son front touchait le bord du foyer proprement dit. La puanteur de ses cheveux carbonisés montait à ses narines ; au fond d'elle-même, sous le brouillard de douleur, elle savait qu'elle s'était souillée ; pourtant, elle s'humiliait, se flagellait en esprit. Le seigneur obscur était une déité avide, à qui mieux valait donner trop que pas assez. Enfin, elle sentit la colère de l'entité s'apaiser.

— *Ta punition va prendre fin, pour l'instant, mais n'oublie pas : je la garde en réserve, je ne l'efface pas. Maintenant, mégère, fais bien attention à ce que je te dis, car il est vital de ne pas laisser ce revers affecter l'ensemble de nos plans.*

— Quoi que vous me demandiez, seigneur, vous l'obtiendrez, balbutia-t-elle d'une voix tremblante de terreur. Je ne vous décevrai pas une nouvelle fois.

— *Pendant que nous restons là à discuter, les deux vieux brahmanes exercent leur charme insidieux sur Dasaratha. Il ne tardera pas à accéder à la demande de Visvâmitra…*

Mantharâ releva lentement la tête. Ses yeux d'un rouge luisant évoquaient des braises dans son visage noirci.

— Si tel est votre désir, seigneur, je vais me rendre à la salle du sabhâ pour les détruire grâce à mes pouvoirs. Un seul acte de terreur nous débarrassera de toutes les têtes régnantes d'Ayodiâ. Les princes ont sans doute rejoint leur père, à présent, et…

— *Pauvre imbécile. Tu te servirais de ta shakti pour jouer les bombes humaines, c'est bien cela ? Ce genre de choses ne relève pas du courage, affreuse bossue, mais de la bêtise pure et simple. Nous voulons que ce sabhâ s'achève paisiblement.*

Nous voulons que le maharajah Dasaratha accède à la demande du mage-prophète. Tel est notre plan. Tu comprends, maintenant ? Ou faut-il que je te chatouille un peu avec le feu pour implanter cette idée dans ton crâne épais ?

La bouche ouverte de Mantharâ laissait pendre un filet de salive.

— Seigneur... (Elle déglutit.) Vous êtes réellement sublime.

— *Il suffit. Je suis las de discuter. Lorsque j'aurai besoin de toi, je te le ferai savoir. Le jour est proche.*

La flamme caressa Mantharâ avec douceur, s'insinuant dans ses orbites, faisant bouillonner ses fluides, qui coulèrent sur ses joues. Elle frissonna, extatique.

— *Lorsque je tiendrai Ayodiâ, je te récompenserai. Tiens, voici une petite preuve de mon estime...*

Haletante, elle releva la tête pour contempler ses bras, son corps, puis se palpa de partout, incrédule devant la puissance de son maître, la facilité avec laquelle il l'exerçait.

— Mes blessures, mes brûlures... disparues ! Oh, seigneur, vous êtes plus magnifique et munificent qu'on ne peut l'imaginer ! Vos pouvoirs...

Le brasier crépita une dernière fois, explosant littéralement, emplissant le moindre centimètre cube de la salle de prière secrète, enveloppant Mantharâ d'un voile de sorcellerie qui flambait sans brûler. Elle poussa un hurlement d'extase, ses bras guéris tendus vers l'incendie impie quelle voulait embrasser de tout son être. Les flammes froides évoquaient une chape de glace plutôt que de feu. Ainsi en serait-il du corps nu de son seigneur contre le sien, la bossue le savait, tandis qu'elle savourait l'asirvâd maudite de sa sombre divinité.

Aussi brusquement qu'il s'était étendu, le feu se retira, se rétracta dans le chaukat, où il s'éteignit avec un ultime pétillement. Le carré sacré apparut froid et désert : les derniers os du petit brahmane avaient disparu. Le silence et l'obscurité régnaient.

Un grand soupir échappa à Mantharâ lorsqu'elle se remit sur ses pieds pour aller exécuter les ordres de son maître. Son aspect paraissait ne pas avoir changé d'un iota depuis son arrivée dans la pièce secrète ; pas un de ses cheveux n'avait bougé.

XXIV

LES TROIS PRINCES CADETS étaient presque arrivés à la bogashâla royale, lorsqu'une silhouette plutôt enveloppée apparut devant eux avec des soupirs et des éructations sonores, frottant son ventre nu. On aurait dit un chat à l'estomac trop plein qui commence à regretter sa gloutonnerie. Les plaisanteries malicieuses de Lakshman et Satrugan se tarirent aussitôt, le second s'interrompant juste avant la chute d'un excellent jeu de mots où se mêlaient les termes de la langue commune et du sanskrit pour « jeune fille nubile ». Le sourire de Bhârata s'effaça, tandis qu'il ralentissait le pas.

Kaikeyî se tourna vers les jeunes gens avec une exclamation exaspérée.

— Tu peux me dire où tu étais passé, hein ? (Sa voix suraiguë faisait mal aux oreilles. Des parcelles de pân coincées entre les dents, elle postillonnait en parlant le jus rouge sang du tabac.) D'abord, tu disparais toute la matinée – et quelle matinée ! Ensuite, Mantharâ s'évapore sans me dire où elle va. Quant à ton père... Je préfère ne pas en parler, je ne sais pas ce qui lui a pris aujourd'hui. On dirait que plus personne ne s'occupe de moi dans ce satané palais.

Lakshman et Satrugan s'inclinèrent comme le voulait la

coutume, effleurant du bout des doigts l'ourlet du sari de Kaikeyî. Elle répondit d'un geste vague, avalant son asirvâd – si elle leur en donnait une. Ses lèvres colorées par le jus du tabac offraient un contraste sanglant avec sa peau claire de Nordique.

Lakshman remarqua ses yeux injectés de sang, écarquillés, ses manières encore plus hargneuses qu'à l'ordinaire. Pour un peu, il aurait cru qu'elle sortait d'une nuit de beuverie, alors que la deuxième reine se faisait toujours un devoir de déclarer fièrement en public qu'elle ne buvait pas, par féminité. Curieuse vantardise, puisque les deux autres souveraines n'avaient pas avalé une goutte d'alcool de leur vie, mais estimaient superflu de le rappeler au monde entier. Toutefois, Kaikeyî aimait chanter ses propres louanges, même si personne n'avait envie de l'accompagner.

Bhârata s'éloigna en compagnie de sa mère, pendant qu'elle le prenait à témoin des manquements au protocole dont elle était victime, de la disparition des domestiques, de la maladresse de la couturière, qui avait complètement raté son choli pour le défilé, de la fatigue que les festivités représentaient pour une reine, même si personne ne s'en souciait, etc. Il se retourna une seconde vers ses frères, avec un air désespéré qu'ils lui connaissaient bien.

— Tu as vu ça ? s'exclama Satrugan. Elle m'énerve tellement, dans ces cas-là, que j'ai envie de l'empoigner par les épaules et de la secouer jusqu'à ce qu'elle se taise !

Lakshman jeta un coup d'œil à son jumeau, s'interrogeant, une fois de plus, sur l'ironie cosmique qui avait étroitement lié Satrugan à Bhârata, pendant qu'il forgeait quant à lui un lien semblable avec Râma.

— Tu prends une épaule, moi, l'autre, répondit-il. Tu n'y arriveras pas tout seul.

Satrugan le regarda, surpris. Les yeux pétillants de son frère aidèrent sa grimace à se muer en sourire.

— Oui, elle est solide, hein ? Si seulement elle employait toute cette force de ksatriya à combattre les râkshasa au lieu de la passer sur ce pauvre Bhârata.

Lakshman haussa les épaules.

— Je ne sais pas. Peut-être aussi que Bhârata devrait un

peu moins se laisser faire. Il pourrait lui résister de temps en temps, non ? Ce n'est plus un bébé à la mamelle.

— N'oublie pas que c'est sa mère. Et sans parler de lui, tu crois que l'un de nous élèverait la voix contre elle ?

Il secoua la tête : Satrugan avait raison. La seule pensée de s'adresser à un aîné sur un ton agressif couvrait de honte tout Ârya digne de ce nom. Certains parents adoptaient, depuis peu, des habitudes moins rigides ; le maharajah Janaka, par exemple, accordait plus de liberté à ses filles que la majorité des rois à leurs fils. Mais Ayodiâ restait plus proche du formalisme rigide traditionnel que de l'individualisme libéral.

— Enfin, il a au moins appris à s'en accommoder, soupira Lakshman. Il ne se laisse plus gaver comme quand il était petit. Elle le bourrait pire qu'un pourceau...

Son frère acquiesça. Avant le départ des princes pour l'académie de Vasistha, Bhârata arrivait toujours bon premier à la bogashâla et la quittait bon dernier, sous l'œil vigilant de Kaikeyî-mâ* ou de Mantharâ-daîmâ. À présent, attentif à son aspect physique, il surveillait son alimentation de plus près.

— Dieu merci, notre mère ne lui ressemble pas, ajouta Lakshman.

— Puisqu'on en parle, on ne devrait pas passer la voir avant le nâsta ?

Une odeur de friture lui chatouilla les narines : sans doute des samosas. Il les adorait, comme les jalebi*...

— Si, tu as raison, admit-il à regret.

Les jeunes gens se dirigèrent donc vers le palais de la troisième reine plutôt que vers la bogashâla. Leur approche souleva un chœur d'exclamations parmi les servantes, qui en avertirent Sumitrâ avec l'animation de moineaux saluant le lever du soleil. Lorsqu'ils se présentèrent dans les appartements de leur mère, elle les attendait, le thalî de l'ârti* à portée de main, prête à célébrer le rituel matinal d'Holî.

— Vous voilà, lança-t-elle, rayonnante. (Ses fils la dépassaient d'une bonne tête. Avec son visage rond d'une joliesse enfantine, elle avait l'air de leur sœur cadette plus que de leur mère.) Je parie que vous êtes affamés. Finissez votre ârti, et vous irez prendre votre nâsta. (Un petit soupir lui échappa tandis qu'elle soulevait le thalî de ses mains minuscules.) J'ai passé la moitié de la matinée en compagnie à Kaikeyî-mâ pendant qu'elle déjeunait, et j'avoue que j'ai l'estomac qui gronde, moi aussi.

— Vous voulez dire que Kaikeyî-mâ a déjà déjeuné ? s'étonna Lakhman. Elle n'est pas censée s'occuper d'abord de l'ârti de Bhârata ?

Sumitrâ jeta à son fils un regard significatif.

— Si, mais tu la connais. (Elle secoua la tête, perplexe.) Je ne la comprends vraiment pas. Boirait-elle une tasse de bile chaque soir avant de s'endormir ? Elle est toujours d'une telle amertume, quoi qu'il arrive. Vous ne pouvez pas savoir la scène qu'elle a faite dans les appartements de Kausalyâ-mâ ce matin. J'ai cru que les râkshasa avaient envahi le palais ! Enfin, ne parlons pas de ce genre de choses asubh* avant la pûjâ. Une longue journée nous attend tous.

Les deux garçons échangèrent un regard avant de s'incliner pour toucher les pieds de leur mère – un regard de soulagement à la pensée qu'ils n'étaient pas les enfants de Kaikeyî-mâ.

XXV

LORSQUE RÂMA SE MONTRA, encadré par une arche de marbre aux piliers entrelacés de bougainvillée, l'envie impérieuse de courir le serrer dans ses bras saisit Kausalyâ, comme un an plus tôt, quand il était rentré de l'ashram de Vasistha. Ce jour-là, postée dès l'aube sur les marches du palais, elle avait attendu avec anxiété le retour de son fils après une absence insupportable de sept longues années. La vision du jeune homme élancé remontant l'avenue l'avait d'abord stupéfiée : « Ce n'est pas mon Râma, ce n'est pas possible. » Puis elle avait reconnu les traits délicatement ciselés, plus fins que dans n'importe quelle autre virilité adolescente. Il s'était rapproché, sans cesser de plaisanter avec ses frères, révélant à Kausalyâ le profil aquilin reconnaissable de Dasaratha, mais aussi les traits de son nez, de sa mâchoire, de son menton à elle, le tout mêlé en un ensemble d'une beauté saisissante et d'un caractère qui n'appartenait qu'à Râma – alors que Bhârata, à côté, était le portrait craché de son père, en plus petit et beaucoup moins massif. Kausalyâ avait compris, avec un choc délicieux, que son fils, parti enfant, lui revenait homme. Le sourire aux lèvres à cause d'une remarque quelconque d'un des jumeaux, il avait levé les yeux, rencontré son regard surpris, dont l'étonnement s'était aussitôt reflété dans le sien. Indifférente au protocole, elle avait dévalé les escaliers puis dépassé la garde de nuit, stupéfaite, pour se jeter dans les bras de Râma. Ses larmes avaient zébré de traits humides les épaules poussiéreuses de l'arrivant.

Il avait alors quatorze ans, presque quinze. Une année s'était écoulée depuis leurs bouleversantes retrouvailles, au fil de laquelle ils étaient devenus plus proches que jamais, malgré, ou peut-être grâce à leur longue séparation. Chaque jour, ils passaient ensemble une heure au minimum afin de rattraper le temps perdu. Pourtant, en regardant Râma pénétrer dans la cour puis s'avancer vers elle, Kausalyâ sentit son cœur se serrer, ses yeux la picoter avec autant de force qu'en ce matin enfui depuis près d'un an.

Râma allait devenir prince héritier d'Ayodiâ. Prince héritier... ! Même la tristesse qui pesait sur la poitrine de Kausalyâ telle une lourde pierre froide, la terrible certitude que l'ascension de Râma résulterait de la mort prématurée de Dasaratha, même cette douloureuse réalité ne ternissait pas la joie qu'elle éprouvait en cet instant. Un peu plus tôt, dans la salle de l'âkâsa, son mari lui avait reproché de penser en épouse plus qu'en mère.

Il avait eu raison, mais maintenant qu'elle avait assimilé les nouvelles inattendues de la matinée, qu'elle avait accepté la disparition de Dasaratha, elle recommençait à penser en mère. La fierté, le bonheur que lui procurait son exaltant secret lui mettaient le rose aux joues. Il lui fallait toute sa maîtrise de soi pour rester dignement où elle se trouvait au lieu de se précipiter vers Râma en criant son nom, en riant, en clamant la nouvelle aux quatre vents. Sa conduite devait être irréprochable. À partir d'aujourd'hui, ils seraient surveillés, elle et lui, où qu'ils soient. Car s'il devenait roi, elle serait reine mère, suivant un protocole bien établi. Des yeux jaloux les épieraient constamment.

Ces pensées traversèrent l'esprit de Kausalyâ durant les quelques instants qu'il fallut à Râma pour franchir l'arche de marbre. Le visage du jeune homme s'adoucit lorsqu'il la vit de l'autre côté de l'ângan*.

Il la saluait de la main, prêt à courir la rejoindre, quand

son regard se posa sur les servantes et le thalî à pûjâ. Aussi traversa-t-il finalement la cour d'un pas mesuré, sans s'attarder à contempler la tulsî* sacrée, qu'il avait plantée à sept ans en compagnie de sa mère, ni les yeux de biche admiratifs du personnel strictement féminin affecté au palais de la première reine. Les jeunes filles jaugeaient la moindre courbe de son corps mince, quoique musclé, avec l'avidité d'un johari* estimant la pureté de l'or – mais aucun joailler ne se serait attardé aussi effrontément sur les ciselures détaillées d'un bijou. Après l'annonce qui serait faite le jour même, les choses empireraient encore : toutes les femmes de la cour seraient prêtes à donner leur vie pour une nuit avec Râma. Kausalyâ n'avait pas peur qu'il succombât à la tentation, elle l'avait trop bien éduqué pour cela, mais sa popularité lui faisait plaisir. C'était très bien d'inspirer le désir, du moment qu'on n'y cédait pas.

Au crédit de Râma, il ne jeta pas le moindre regard séducteur autour de lui en s'avançant vers les sept marches au sommet desquelles se tenait la reine. Il se conduisait vraiment en fils digne de sa mère, pas en débauché comme son père, songea-t-elle dans un éclair de fierté. Lorsqu'il dépassa la tulsî, trois papillons qui dansaient gaiement en l'air s'attachèrent à ses pas, tournant et virant autour de sa tête. Au moment où il atteignit le dernier degré, ils se mirent à planer devant son visage, si bien qu'il les remarqua enfin. Un rire ravi lui échappa, tandis qu'il se mettait à loucher pour les examiner. Puis ces admirateurs effrontés s'éloignèrent, portés par la brise. « Prajâpati* », se dit Kausalyâ. Ces insectes étaient une des incarnations du Dieu unique, créateur de tout ce qui vivait, petit ou grand. Les six millions d'autres divinités, y compris la triade sainte, ne représentaient que ses avatars très divers. Vu les circonstances, la scène qui venait de se dérouler symbolisait rien de moins que la bénédiction suprême. Kausalyâ récita une prière silencieuse en faisant serment d'offrir un yajna spécial à Prajâpati avant la fin de la saison.

— Mâ, pranâm, dit Râma en s'inclinant assez bas pour lui toucher les pieds. [Bonjour, mère.]

— Ayurmânbâ, Aryaputra, répondit-elle de manière formelle. [Longue vie à toi, fils d'Ârya.]

Il porta à son front les doigts qu'elle venait de bénir, acceptant cette asirvâd, puis se redressa. Les servantes figées derrière elle s'avancèrent, chargées de la mâlâ* et des autres ustensiles de l'ârti, le rituel tout simple consciencieusement accompli chaque jour par toute épouse et mère ârya pour que les siens jouissent d'une longue vie de santé, de fortune et de bonheur. La femme le dédiait en principe à son mari, roi ou laboureur, avant qu'il ne partît vaquer à ses occupations quotidiennes. Ce matin-là, Kausalyâ avait déjà officié pour Dasaratha, mais durant ses longues années de solitude conjugale, elle s'était contentée de bénir son fils. Cet acte marquait pour elle le véritable début de la journée.

À la fin, l'aînée des servantes, Susama-daîmâ, la sage-femme qui avait présidé à la naissance de Râma, activa la cloche en cuivre accrochée au-dessus du seuil. Les jeunes filles rassemblées sous ses ordres secouèrent ensuite leurs clochettes d'argent à pûjâ. Lorsque le dernier tintement s'éleva dans le matin clair, porté par la fumée tortueuse de l'agar, au parfum sucré, des échos lui répondirent depuis les ângan environnantes, au cœur des palais des autres reines et des concubines. Les mêmes sons et les mêmes odeurs planaient sur toute la capitale, nés de cent mille demeures où des femmes bénissaient leur époux et leur fils aîné, priant pour que la saison des semailles commençât sous d'heureux auspices.

— Quelle journée, mâ ! lança Râma en s'asseyant avec sa mère dans le salon de réception.

Comme ils disposaient de quelques minutes avant le défilé royal, il lui résuma les événements de la matinée, depuis sa rencontre avec la biche et les ivrognes jusqu'à la quasi-émeute de la marg Jagganâtha. Kausalyâ l'écouta patiemment, malgré les nouvelles qui lui gonflaient le cœur à le faire exploser. Apprendre que son fils avait échappé de peu à des incidents graves la surprit désagréablement. Elle savait depuis longtemps que la violence ferait partie de la vie de Râma, mais se consolait en se disant qu'elle l'avait éduqué pour chercher, autant que possible, des solutions pacifiques. Toutefois, qu'il eût relevé deux défis de ce genre l'inquiétait. Dans ces cas-là, elle regrettait presque qu'il fût aussi fiable, avant de se reprocher aussitôt pareille pensée.

Les servantes s'activaient, s'agitaient, apportaient des rafraîchissements. Débarrassées de la retenue imposée par le rituel religieux, elles dévoraient le prince des yeux, s'arrangeaient pour le frôler de manière suggestive en se penchant pour lui présenter un plat de fruits ou une tasse d'eau de rose, lui offraient des aperçus de leur décolleté ou lui caressaient « par inadvertance » le visage ou le bras. Après quelques instants de ce manège, le jeune homme s'éclaircit bruyamment la gorge en jetant à sa mère un regard significatif. Elle grimaça un sourire puis frappa dans ses mains pour chasser les effrontées, qui s'éloignèrent à contrecœur, mais restèrent à les regarder depuis les fenêtres et les arches.

— Tu veux manger quelque chose ? demanda Kausalyâ.

— Plus tard, peut-être, répondit Râma.

Il n'accepta qu'une tasse d'eau de rose, qu'il sirota lentement. La reine ne toucha pas non plus à la nourriture. Un banquet l'attendait, et le protocole exigeait qu'elle prît sa part des plats trop lourds, trop copieux. Son fils, aussi sobre qu'elle, formait un contraste saisissant avec Bhârata, dont l'appétit promettait de rivaliser, plus tard, avec la gourmandise pourtant légendaire de Dasaratha.

Kausalyâ se rappelait une époque où Râma, assis à côté du souverain, buvait en levant de temps à autre un regard adorateur vers lui, essayant de l'imiter de manière touchante – le maharajah avait, en effet, l'habitude de tenir sa tasse par le bord plutôt que par l'anse. Celle de Râma avait fini par échapper à ses doigts minuscules pour se briser sur le sol de la bogashâla royale. La tristesse qui s'était inscrite sur son petit visage ne devait rien au liquide répandu, il l'avait expliqué plus tard à sa mère d'une voix douce, mais les éclats d'argile colorée lui avaient rappelé qu'il avait fabriqué la tasse sur un tour de potier, derrière le palais. Ce souvenir souleva en Kausalyâ une vague d'amour maternel si puissante que son cœur se serra douloureusement.

Conscient du regard qu'elle posait sur lui, Râma lui adressa un demi-sourire caractéristique. Maintenant encore, il se montrait aussi calme, aussi patient que durant son enfance. « Un calme d'acier », avait un jour commenté Vasistha. Kausalyâ se pencha vers son fils, résistant à l'envie de le serrer dans ses bras. Lorsqu'il était enfant, il se mettait alors à rire, partait en courant se cacher au milieu des soieries et se roulait dans leurs plis parfumés, pendant qu'elle faisait mine de fouiller la moitié du palais avant de le trouver « par hasard ». Enfin, les paroles qu'elle avait depuis un moment sur le bout de la langue lui échappèrent.

— Ton père est venu me voir, ce matin.

Râma posa la tasse, très semblable à celle qu'il avait fabriquée, jadis, mais d'une forme et d'une finition bien supérieures – également confectionnée de ses mains.

— Il a décidé que tu deviendrais roi à sa mort. Il veut te couronner prince héritier le jour de ton seizième anniversaire, ce mois-ci.

Kausalyâ attendit une réponse.

Il n'y en eut pas.

XXVI

RÂMA RESTAIT SILENCIEUX, fixant le carrelage. Ses yeux sombres étaient aussi indéchiffrables que ceux de sa mère en pareille circonstance : un puits par un après-midi finissant, où l'eau reflétait le soleil, loin en contrebas, sans être réellement visible, sous quelque angle qu'on cherchât à la voir. Dans sa jeunesse, Kausalyâ s'était comportée comme lui, devenant parfois tellement silencieuse que les servantes les plus âgées du palais paternel en arrivaient à douter de son intelligence.

— Il compte annoncer la nouvelle aujourd'hui même, ajouta-t-elle. Pour préparer le royaume à ton couronnement en grande pompe. Il est extrêmement fier de toi.

Toujours pas de réponse. Râma se contentait d'écouter, penché en avant au-dessus de la tasse posée par terre, entre sa mère et lui, les coudes sur ses jambes croisées. Quelque part dans la cité, les conques sonnèrent le début officiel des festivités d'Holî. Une nouvelle vague d'agitation se propagea à travers le personnel du palais. Les servantes attendaient maintenant avec impatience que la reine et le prince terminent leurs rafraîchissements puis rejoignent le reste de la famille royale. Kausalyâ eut une pensée pour les jours d'Holî où elle n'avait joui ni de la compagnie de Râma ni des attentions de Dasaratha, où elle s'était sentie comme la troisième roue d'un char depuis longtemps inutile, mais elle écarta fermement ces images douloureuses. L'heure était venue de prendre un nouveau départ, de se forger des souvenirs inédits, d'engranger des instants heureux. Il fallait que Râma comprît l'importance de la nouvelle.

— Tu es l'héritier par ton rang de naissance, tu le sais. C'est toi le successeur légitime au trône. C'est à toi de devenir roi lorsque ton père sera... parti.

Le jeune homme releva la tête. Son expression avait changé de manière subtile mais effrayante, au point que Kausalyâ devina plus ou moins combien les ivrognes avaient dû le trouver terrible. Découvrir une telle rage sur un visage d'une telle jeunesse, d'une telle sérénité, avait quelque chose de terrifiant.

— Et vous, mère ? demanda Râma d'une voix aussi douce que l'acier en fusion, bouillante de fureur. La position qu'on vous a déniée ? Les affronts que vous avez subis en silence ? La trahison, l'infidélité ? L'indifférence ? Vous rendra-t-on aussi votre dû ? Le legs que veut me faire mon père arrangera-t-il tout cela par magie ?

Ses yeux étincelaient maintenant d'une lumière intérieure qui reflétait la menace tapie dans leurs profondeurs. Un gharial attendait sous la surface au calme trompeur, antique reptile dont la férocité absolue démentait l'inertie apparente. Ni les ivrognes ni les émeutiers n'avaient sans doute éveillé la bête endormie ; ils avaient juste constitué un problème que le jeune ksatriya, parfaitement préparé, avait affronté sans mal, tandis qu'il rencontrait à présent une menace contre laquelle il ne possédait aucun moyen de défense, qu'il ne savait ni gérer ni écarter. Kausalyâ avait déjà vu ce trouble faire surface en lui le jour où, tout petit, il avait compris qu'on la traitait, malgré sa position, en maîtresse indésirable, alors que Kaikeyî, l'usurpatrice, régnait sans partage avec l'accord du roi. Le gharial était né à ce moment-là ; il avait grandi jusqu'à devenir adulte ou presque, car Râma, à son retour de l'ashram, avait découvert que les choses n'avaient pas changé. Sa mère connaissait toujours l'humiliation quotidienne de l'épouse négligée dans son propre palais.

Kausalyâ resta un instant muette afin de choisir ses mots avec soin. Elle n'était pas de ces femmes qui entretiennent leur souffrance et leur rancœur pour en nourrir leurs enfants, comme d'un lait aigre qui leur noue l'estomac et les retourne contre leur père.

— Il est malade, Râma, reprit-elle enfin avec douceur. Il ne lui reste que peu de temps à vivre, aussi désire-t-il... faire amende honorable. Il m'a déjà offert une... réconciliation, que j'ai acceptée.

— Acceptée ?

Si bas qu'il eût été, l'écho avait jailli des lèvres du jeune homme telle une flèche tirée droit au cœur de sa mère, qui se sentit brusquement palpitante d'anxiété. La peur la saisit de ne pas le convaincre : allait-il refuser son pardon à Dasaratha, son héritage, la couronne qui avait coiffé le coupable ?

— Comment cela, *acceptée* ? Comment avez-vous pu admettre en une matinée qu'il vous revienne, alors qu'il vous a négligée quinze ans durant ?

— Il n'en reste pas moins mon mari, répondit-elle d'une voix aussi neutre que possible. Je suis sa femme. Nous avons parcouru sept phera* autour du feu sacré. Rien ne saurait défaire ce qui a été fait.

Râma la fixa un instant en silence, furieux, avant de lire sur son visage quelque chose qui lui en dit plus que les mots. Humilié, il détourna les yeux. Kausalyâ sentit le rouge lui monter aux joues : son fils venait de comprendre à quel point la réconciliation avait été intime.

— Et de quel point de vue considérez-vous ce... ce changement d'attitude royal ? demanda-t-il sans la regarder.

— Du point de vue de l'épouse et de la mère. (Elle résolut d'en appeler à son affection, de se réfugier dans la tendresse parfaite qui les unissait, dépourvue du fardeau de douleur pesant sur leur relation avec Dasaratha.) C'est exactement ce dont je rêve pour toi, Râma. Je veux te voir couronné roi. Rien ne m'importe davantage. Rien ne pourrait me rendre plus heureuse. Essaie de comprendre.

— Ne dites pas une chose pareille, protesta-t-il d'une voix rauque d'angoisse. Je comprends. Je comprends que vous soyez disposée à oublier, à pardonner, pour mon avenir. Vous ne voulez pas que vos années de souffrance muette s'interposent entre le trône d'Ayodiâ et moi.

— Ce n'est pas tout à fait cela. J'en ai fini avec la colère et la peine, voilà tout. Je suis prête à les laisser derrière moi, à aller de l'avant, à prendre un nouveau départ. Aujourd'hui, je veux célébrer Holî en compagnie de mon fils et de mon époux, puis commencer une nouvelle saison de bonheur. Je veux jouir de la bénédiction que Dieu m'a accordée, une fois de plus, pour être heureuse aussi longtemps qu'elle durera, car rien n'est éternel. Entends-moi, Râma. Domine-toi. Ton père est sincère, il se repent réellement. Oublie ses errements. Accepte son asirvâd et la couronne d'Ayodiâ.

— Je ne veux pas d'un prix de consolation, rétorqua Râma avec un geste de mépris, comme pour chasser un insecte de son épaule.

Le sarcasme choqua Kausalyâ. Son fils n'avait pas pour habitude de lancer des piques, il était trop bon garçon. De toute évidence, elle avait sous-estimé la colère qui avait enflé en lui au fil des ans. Peut-être après tout, sans le savoir, lui avait-elle donné un peu de lait aigre. Peut-être cela tenait-il au simple fait qu'il était son enfant. Comme elle, il emprisonnait son gharial si profond que quand la bête émergeait, il était trop tard pour se préparer à sa férocité.

Toutefois, d'autres émotions avaient crû en elle. Elle devait continuer le combat, non pour dominer Râma, mais pour le sauver.

— Attention, mon fils, prévint-elle. Ne laisse pas la rage obscurcir ton jugement. Tu es un Sûryavamsa, l'héritier légitime du titre royal. Accepte ta place dans la dynastie, monte sur le trône pour lequel tu es né. Tes sentiments personnels n'ont aucune importance. C'est une question d'histoire et de destinée.

— On peut réécrire l'histoire et modifier la destinée.

Dans un quasi-feulement, il poursuivit :

— S'il est possible de changer de reine à volonté, il en va de même pour les princes héritiers. Qui sait ce que son autre épouse nous prépare ?

— Râma Chandra ! (Elle ne l'avait plus appelé par son nom complet depuis des années. Pas une fois, après son départ pour l'ashram.) Tu vas trop loin. N'oublie pas qui tu es. Ta mère t'interdit de prononcer un mot de plus contre ton père.

Il releva les yeux. Sous le feu qui y couvait, elle discerna aussi une lueur nouvelle, la conscience qu'elle avait changé. Peut-être le lien qui les unissait aiderait-il Râma à la comprendre, à évoluer avec elle, à quitter les régions arides de la haine et de l'amertume pour faire le premier pas sur le pont du pardon. C'était un défi à tout ce qu'elle lui avait inculqué, des notions plus difficiles à maîtriser que l'art de l'épée ou le tir à l'arc, des leçons qui devaient devenir partie intégrante de la personnalité. « Je t'en prie, Srî, aide-le à faire le bon choix », demanda-t-elle en silence à sa patronne divine.

Lorsqu'elle posa la main sur la joue de Râma, elle s'aperçut qu'il avait la peau brûlante.

— Écoute-moi. (Elle aurait employé le même ton avec le bébé gargouillant qu'elle avait tenu dans ses bras quinze ans plus tôt.) Oublie le passé. Prends un nouveau départ. Il ne s'agit pas d'une réconciliation de hasard. C'était écrit. Ce qui est fait est fait. Peu importe. Seul compte ce qui nous attend. Prépare-toi à le vivre l'esprit ouvert. Accepte-le. Accepte ton dharma.

À ce dernier mot, l'éclat des yeux noirs s'adoucit légèrement, se fit moins hostile. Kausalyâ poussa son avantage.

— Cela nécessite que tu exauces le vœu de ton père en le remplaçant sur le trône d'Ayodiâ, que tu vives un règne de justice et de sagesse. Tu dois t'y conformer sans peur ni hésitation. Cela n'a rien à voir avec le fait que Dasaratha m'ait longtemps négligée. Ce genre de choses est sans importance dans un contexte plus vaste. Oui, il m'a suffi d'une matinée pour pardonner, voire pour oublier tous les manquements, mais je n'exige pas de toi que tu m'imites. Je ne te le demande même pas. La décision t'appartient. Ce que j'attends, en revanche, c'est que tu honores tes parents, tes ancêtres, ton héritage. Ton dharma t'appelle. Réagis sagement.

Une servante s'avança sur le seuil, parcourut la pièce des

yeux puis ouvrit la bouche, mais Kausalyâ la congédia d'un geste. Lorsqu'elle reporta son attention sur Râma, elle constata avec soulagement que s'il avait toujours du chagrin, sa colère s'était apaisée. Le gharial avait regagné les profondeurs.

— Mon dharma...

Les deux mots avaient été prononcés d'une voix douce, dénuée d'amertume, mais Kausalyâ y déchiffra une enfance douloureuse, la souffrance d'un fils qui avait vu sa mère se languir en secret, remplacée au grand jour par une femme plus jeune et une suite sans fin de concubines. Si elle ne pouvait chasser ce mal, elle pouvait au moins donner au jeune homme un but à atteindre, une cible sur laquelle concentrer son énergie. En priant pour le meilleur.

— Ton dharma, acquiesça-t-elle.

Le silence se prolongea, troublé par les conques qui sonnaient à travers toute la ville. Après une matinée riche en surprises, Ayodiâ commençait enfin à célébrer officiellement la plus grande fête de l'année. D'ici quelques instants, des milliers de mains répandraient les poudres de rang, teignant la cité de toutes les couleurs de l'arc-en-ciel. Pourtant, l'ambiance chez Kausalyâ était à la grisaille : la gaieté restait cantonnée à l'extérieur, en attendant une décision qui changerait le cours de l'histoire ârya.

La première reine craignait que Râma ne s'opposât au désir de son père ; que, malgré son éducation et son entraînement, le fils de Kausalyâ ne l'emportât en lui sur le prince héritier de Dasaratha.

Elle finit cependant par comprendre qu'elle ne devait même pas évoquer une telle possibilité, car le seul fait d'y penser risquait de la transformer en réalité.

Râma devinait ce qu'elle ressentait, elle n'en doutait pas. Comme toujours – malgré le protocole, qui interdisait à une mère hindoue d'évoquer devant son fils les errements paternels –, il la comprenait sans qu'elle eût besoin de parler. Au bout du compte, il ferait le bon choix. Naturellement.

Les conques sonnaient partout, à présent, orchestre festif aussi assourdissant qu'un troupeau d'éléphants. Les servantes, folles d'excitation, allaient et venaient sans arrêt, cherchaient leur rang et leurs petites affaires, persuadées d'obtenir bientôt la permission de sortir s'amuser.

Après un long silence tendu, Kausalyâ sentit que Râma avait pris sa décision. Au lieu de l'en informer, cependant, il la surprit en se levant aussitôt.

Il s'inclina pour lui toucher la plante des pieds, effleurant du bout des doigts ses orteils ornés d'anneaux d'or, puis se redressa, les mains jointes en un pranâm empli de respect et d'affection. La moindre trace de colère ou de rancœur avait disparu de son visage, sur lequel se lisait de nouveau la sérénité habituelle. Kausalyâ vit en le regardant dans les yeux que la vague de haine était passée. Râma avait digéré le choc pénible qu'elle lui avait infligé.

— Il en sera selon votre volonté, mâ, dit-il enfin, parvenant même à s'arracher un petit sourire de tendresse.

Sa mère en eut les jambes coupées de soulagement.

La guerrière qui pénétra alors dans la pièce était une de ses plus anciennes, ses plus loyales protectrices.

— Ranî, shama. [Excusez-moi, ma reine.] Le roi veut voir le prince Râma dans la salle du sabhâ à l'instant.

XXVII

LORSQUE LES GRANDES PORTES s'ouvrirent devant les princes, des éclats de voix s'échappèrent de la salle du sabhâ, faible contrepoint à la musique et aux bruits de fête qui résonnaient dans le reste de la cité – et le palais. Exubérance à l'extérieur, solennité à l'intérieur... C'était vraiment un Holî bizarre. Râma pénétra le premier dans la pièce, comme l'exigeait le protocole, d'une démarche volontairement posée. Les voix se turent aussitôt. Il se demanda même un instant s'il les avait réellement entendues ou simplement imaginées. Derrière ses frères, les battants furent refermés puis reverrouillés avec un véritable fracas. Le jeune homme prit l'allée centrale qui menait à l'estrade royale dressée contre le mur du fond ; le bruit des socques fraternelles le suivait de près.

L'endroit lui rappelait les rares occasions où les princes avaient eu la permission d'assister aux débats – entrelacs de voix animées par des conflits interminables. « Pourquoi le maharajah doit-il toujours discuter ? avait un jour demandé Râma à sa mère. Pourquoi ne peut-il pas simplement être gentil avec tout le monde ? » Elle l'avait serré contre elle, souriante, en répondant qu'une fois roi, il exercerait sa gentillesse comme il le désirerait.

La querelle, si vive quelques instants plus tôt, semblait à présent terminée. Les arrivants approchaient de l'estrade au milieu d'un silence total. Râma remarqua que Dasaratha paraissait plus vieux, plus fatigué que de coutume, malade de chagrin. Sa mâchoire empâtée s'affaissait, des cernes sombres lui soulignaient les yeux, sa lividité trahissait les assauts de sa mystérieuse maladie. Penché en avant sur le trône, les coudes sur les genoux, la tête entre les mains, il semblait accaparé par de pénibles réflexions. Les trois hommes debout devant lui sur l'estrade composaient un tableau discordant : le Pradhan-mantri se tenait à droite du roi, face aux deux brahmanes proches à se toucher, dont l'un, le visiteur, tournait le dos aux princes.

Il n'en était pas moins impressionnant, image de force et de virilité rayonnantes d'autant plus frappante qu'elle côtoyait Dasaratha. L'ironie du contraste était indéniable. « Il doit faire au moins deux mètres, se dit Râma. Et cette musculature, ces cicatrices... De nos jours encore, il a vraiment l'air d'un roi. »

À l'extrémité du long tapis cramoisi, le jeune homme s'inclina très bas.

— Pranâm, Ayodiâ-naresh ; pranâm, pujya pitâji.

[Salutations, seigneur d'Ayodiâ ; salutations, père vénéré.]

Ses frères répétèrent son geste et ses paroles.

— Venez ici, mes fils bien-aimés, appela le maharajah d'une voix tendue.

Ils s'avancèrent sur le tapis safran de l'estrade. Râma s'approcha, les mains jointes, pour saluer ses quatre aînés dans l'ordre fixé par le protocole. D'abord, le vénérable visiteur.

— Pranâm, hôte vénéré. Votre présence est un honneur. Si l'humble ksatriya que je suis vous en semble digne, je vous supplie de lui donner votre asirvâd, dont je vous serai éternellement reconnaissant.

Visvâmitra fit un pas de côté et pivota légèrement vers Râma, tout en prenant soin de ne pas tourner le dos au souverain.

— Salutations, prince Râma.

Comme l'arrivant se penchait pour toucher les pieds du mage-prophète dans le salut traditionnel adressé à un aîné respecté, le visiteur ajouta simplement :

— Ayurmânbâ, rajkumâr. [Longue vie à vous, prince.]

La réponse, dénuée de fioriture, avait été faite d'un ton si bref que Râma faillit relever les yeux alors qu'il ne s'était pas encore redressé. Il sentit d'ailleurs le Pradhan-mantri battre des paupières avant de se perdre de nouveau dans une contemplation lointaine. Le maharajah, lui, resta muet, figé. Le jeune homme s'écarta pour permettre à ses frères de répéter ses salutations respectueuses puis de recevoir l'asirvâd de Visvâmitra. Une tension palpable régnait sur l'estrade. Sans doute la querelle s'était-elle terminée par une impasse.

Pendant que ses cadets s'inclinaient tour à tour vers les pieds du visiteur, Râma se sentit soumis au feu d'un regard aussi pénétrant que celui d'un puissant habitant des forêts profondes – comme si un tigre l'avait fixé depuis son perchoir, dans un arbre de la mangrove. Oui, c'était bien l'examen attentif d'un égal, d'un prédateur. Pourtant, lorsque l'adolescent le chercha des yeux, ni Vasistha ni Visvâmitra n'étaient tournés vers lui. Son impression d'être observé n'en subsistait pas moins.

L'asirvâd du mage aux autres princes fut moins brève. Quand il toucha la tête de Lakshman, sa voix profonde trahit même presque une nuance de chaleur.

Les quatre jeunes gens s'alignèrent à gauche du trône. La disposition d'ensemble évoquait à présent un V, dont le maharajah occupait la pointe.

— Mes enfants, commença-t-il d'une voix lasse, brisée, nous vivons une époque étrange et déroutante. L'arrivée de notre hôte vénéré le jour favorable entre tous de la pûrnîma d'Holî aurait dû nous inciter à des célébrations plus grandioses encore que de coutume, mais d'autres événements ont jeté une ombre sinistre sur notre belle cité…

À sa demande, Sumantra informa rapidement les princes des péripéties du matin, depuis l'arrivée de l'imposteur, la révélation de sa véritable nature et son renvoi par les deux sages, jusqu'à la discussion dans la salle du sabhâ et à la découverte des espions.

— Ils se trouvent à l'heure actuelle dans les cachots de la ville, où le mantri* Jâbâli, qui a quelque expérience en la matière, les interroge. (Sumantra engloba d'un geste l'étendue de la pièce déserte.) Sur ordre du maharajah, le sabhâ a été dissous et l'état d'urgence déclaré. Il semblerait qu'un véritable réseau à la solde des asura s'étende à travers tout le royaume, voire toutes les nations ârya. Une réunion plénière urgente du conseil de guerre se tiendra dans une semaine, jour pour jour, afin que l'on discute des meilleurs moyens d'attaquer et de détruire ce réseau.

La voix et l'expression du ministre trahissaient l'incrédulité que lui inspiraient ses propres déclarations. Bhârata et Satrugan échangèrent un regard avant de se tourner vers leur aîné. Les nouvelles étaient bien pires qu'aucun d'eux ne s'y attendait.

— Il nous est arrivé quelque chose d'étrange tout à l'heure, à nous aussi... commença Râma, avant de résumer ce qui s'était passé dans les rues adjacentes.

Ses frères, mécontents de sa brièveté, intervinrent plusieurs fois, puis Bhârata prit le relais pour célébrer sa vivacité d'esprit et son ingéniosité.

— Sans lui, conclut-il, il y aurait eu un bain de sang.

Sumantra et Dasaratha échangèrent un regard, le premier plus troublé encore qu'auparavant.

— Le capitaine Drishti Kumar nous a bien dit qu'il s'était produit un curieux incident, mais personne ne semblait savoir ce qu'il en était au juste.

— Il y avait de la sorcellerie là-dessous, affirma Lakshman. On aurait dit qu'un brouillard obscurcissait les esprits. Râma était le seul à ne pas en être affecté ! conclut-il avec fierté.

Râma s'agita, mal à l'aise, pendant que son père le félicitait avec toute l'énergie qu'il parvenait à rassembler. Les mages-prophètes échangèrent un coup d'œil, eux aussi, mais l'étreinte paternelle empêcha le jeune homme de déchiffrer l'expression de Visvâmitra.

— Voilà un moment que les raksak* nous transmettent des rumeurs bizarres, déclara Sumantra, inquiet – il parlait de la sous-caste de ksatriya chargée de garder les ponts et les routes du royaume. Et puis le mois dernier, le courrier qui nous avait apporté un message du maharajah Janaka est bien reparti, mais il n'est jamais rentré à Mithilâ.

— Une conspiration est à l'œuvre, qui vise Ayodiâ, en déduisit Râma. Les événements contre nature ne font que commencer.

— Bien dit, prince, approuva le visiteur avant que Dasaratha n'ait pu répondre. Vous avez parfaitement raison. Le seigneur de Lankâ a tendu de grands filets pendant vingt ans. Maintenant, il les ramène petit à petit. Si nous ne réagissons pas vite et bien, nous serons témoins d'un règne de terreur tel qu'aucune nation ârya n'en a jamais connu.

— Comment empêcher une chose pareille ? interrogea Râma. Ne pourrions-nous parlementer avec Lankâ ?

Un sourire inattendu adoucit le visage raviné de Visvâmitra.

— Si seulement c'était possible… Malheureusement, prince, les asura ne parlementent pas. Cette guerre a une histoire trop longue, trop sanglante, pour que la paix soit encore envisageable.

Râma se tourna vers Dasaratha.

— Mon père m'a appris que la paix est toujours possible.

Le sage haussa les sourcils en échangeant un regard avec le maharajah.

— Il a fort bien fait, mais en l'occurrence, il n'est pas question d'adversaires normaux. Nous parlons des asura, les éternels ennemis des deva. Aussi longtemps que nous considérerons ces derniers comme nos dieux, nous ne connaîtrons pas la paix avec leurs adversaires.

Bhârata ouvrit la bouche, mais Râma le devança, obstiné :

— Pourtant, les hostilités ont bien cessé une fois : avant notre création à nous autres, mortels. Les deva et les asura sont parvenus à un accord, ils ont posé les armes et négocié la paix.

— Le guru Vasistha a été bon professeur, commenta Visvâmitra avec un hochement de tête en direction de son pair. Vous connaissez l'histoire, prince, puisque vous parlez de l'Amrita-manthana*. Sans doute savez-vous aussi à quoi ont abouti les négociations ?

Râma comprit aussitôt son erreur.

— Deva et asura ont brassé l'océan ensemble pour produire le nectar d'immortalité, mais quand l'heure est venue d'en donner leur part aux asura, les deva la leur ont volée parce qu'ils craignaient qu'une fois immortels, les démons ne deviennent invincibles.

— Alors la guerre a repris, plus âpre que jamais. (Visvâmitra sourit au jeune homme.) Il n'en est pas moins agréable d'entendre un prince ksatriya parler de paix, Râma Chandra. Si seulement il existait un moyen de mettre fin à ce conflit sans violence... (Il soupira.) Ce n'est malheureusement pas le cas.

Râma s'aperçut alors que Dasaratha évitait de trop peser sur sa jambe gauche : sa vieille blessure de guerre à la cuisse se réveillait toujours, en cas de fatigue ou de malaise. Son fils aîné se tourna vers Vasistha pour voir s'il avait remarqué quelque chose. Il lui parut tristement compatissant : l'état du souverain empirait, mais nul n'y pouvait rien.

— Depuis mon arrivée à Ayodiâ, continuait le visiteur, je sens dans l'éther des bouffées et des tourbillons de kâla yâtu*. Découvrir le mal au cœur d'une aussi noble cité m'attriste profondément.

— Brahmârishi Visvâmitra, commença Bhârata avec respect, son visage tendu trahissant son incapacité à maîtriser plus longtemps sa colère, père respecté, grand guru Vasistha, il faut attaquer le mal à la racine. Laissez-moi mener la chasse à cette vermine traîtresse. Son sang impur coulera à flots dans les caniveaux. Je débarrasserai notre fière capitale de la lèpre maléfique.

— Shanti*, rajkumâr, dit Vasistha en levant la main. Contrôlez vos émotions. Une hâte coléreuse ne résoudra pas le problème. (Il montra d'un geste fluide Visvâmitra.) Notre illustre visiteur a interrompu une pénitence de deux cent quarante ans dans le seul dessein de nous assister durant cette nouvelle guerre.

Râma, tourné vers Dasaratha, le vit blêmir à ces derniers mots. Un flot de compassion envahit le prince. Le maharajah, durement éprouvé par sa dernière campagne, avait toujours prié avec ferveur pour que ses fils n'aient pas à connaître de telles horreurs.

— Je regrette qu'il en soit ainsi, dit le jeune homme au nom de son père. Il aurait mieux valu éviter d'engager le conflit.

Visvâmitra le regarda. Leurs yeux se rencontrèrent. Râma eut l'intuition que c'était lui qui l'avait observé un peu plus tôt grâce à ses pouvoirs surnaturels.

— Bien dit, là encore. Mais le conflit est engagé, quoique ni de votre fait ni du nôtre. Il est juste en notre pouvoir d'y mettre fin.

— Y mettre fin ? répéta brusquement Dasaratha. Impossible ! Les dieux eux-mêmes ne sont pas venus à bout des guerres asura, et ce n'est pas faute d'avoir essayé, vous nous l'avez bien rappelé. Comment de simples mortels tels que nous pourraient-ils réussir là où les deva ont échoué ?

— Nous devons pourtant nous y efforcer. Il faut tenter l'impossible dans l'espoir, qui sait, de l'accomplir. Karmanye swahikâraste mahâphalesua ! [Obéis à ton dharma sans penser aux fruits de ton labeur ! – comme dit le sloka sanskrit.]

— Alors nous devons agir, nous, les ksatriya, car nous sommes les défenseurs des peuples ârya, déclara Bhârata, toujours énervé. Tel est notre devoir sacré, n'est-ce pas, mahâdev ?

La question lui paraissait purement rhétorique, car il poursuivit sans attendre :

— D'ailleurs, nous n'avons pas le choix. Les asura ont fait le premier mouvement. Ils ont violé la trêve en infiltrant notre cité. Nous ne pouvons nous contenter d'attendre qu'ils envahissent et détruisent notre royaume. Il faut partir en guerre dès maintenant.

— Non !

La voix du souverain, rauque et cassée, n'en recelait pas moins une puissance qui lui coûta sans doute beaucoup d'énergie vitale. La colère de Râma contre les erreurs passées de son père s'était effacée devant une angoisse profonde. Il s'inquiétait, à présent, du tribut que prélevait la discussion sur un Dasaratha dangereusement affaibli.

— Moi vivant, il ne sera pas question de guerre. (La main du maharajah tremblait en se levant vers le fils de Kaikeyî.) Tu sais quel prix nous avons payé, Bhârata, quel prix nous payons toujours le dernier conflit. À l'époque, j'ai juré que plus jamais nous ne dresserions nos tentes de campagne ni ne partirions au combat contre les asura. Si tu honores ton père, respecte son serment.

— Mais les démons...

— Les démons se conduisent en démons. Que cela ne nous empêche pas, nous, de nous comporter en êtres humains.

— Mais les intrusions... le râkshasa qui s'est introduit dans la cité...

Dasaratha se leva, rouge de colère.

— Ça suffit ! Arrête de discuter. À partir de cet instant, je ne veux plus jamais entendre parler de guerre !

Bhârata se tut, à contrecœur. Satrugan et Lakshman restaient muets, les yeux baissés, conscients qu'il ne servait à rien de contredire leur père dans un instant pareil. Râma seul regardait toujours le souverain, guettant le moindre signe d'effondrement. Si Visvâmitra n'avait pas été là, le jeune homme aurait prié le maharajah de mettre fin à l'entretien, mais lui recommander devant un hôte vénéré de s'allonger et de se reposer aurait été insultant.

Dasaratha se tassa lourdement sur les coussins du trône.

— Je ne veux pas voir ces heures sombres revenir sur nos terres, continua-t-il d'une voix rauque, mais passionnée. Tant qu'il me restera un souffle de vie, je m'y refuserai. (Son poing se ferma puis s'abattit avec force sur l'accoudoir.) Je vous l'ai déjà dit cent fois, grand sage. Pourquoi refusez-vous d'en tenir compte ?

Un silence gêné suivit, que Visvâmitra finit par rompre :

— Vous vous êtes montré très clair, maharajah, mais mon dharma est aussi évident que le vôtre. J'ai beau détester la guerre et les horreurs qui l'accompagnent, je me vois contraint de réitérer ma requête.

— Alors je me vois contraint de la repousser, une fois de plus !

— Soyez raisonnable, Dasaratha, demanda le prophète d'une voix radoucie. Je vous propose un antidote à la guerre, la fin du cycle éternel de violence et de sang qui est notre malédiction depuis le commencement des temps, une paix réelle entre les trois mondes : Pâtâl*, Prithivî et Svargaloka.

Le roi laissa échapper un son entre rire et sanglot.

— Un antidote pire que le poison qu'il est censé éliminer, mahâdev. Je vous l'ai déjà dit, il est impensable que je vous donne satisfaction. Demandez-moi n'importe quoi d'autre, et vous l'aurez.

— Votre décision manque de sagesse, Ayodiâ-naresh. Je vous en prie, réfléchissez. Sinon, vous commettrez un péché mortel en violant la loi sacrée du dharma !

XXVIII

UNE TOUX SÈCHE secoua Dasaratha, qu'il étouffa dans son poing. Lorsqu'il voulut reprendre la parole, cependant, une autre quinte l'assaillit. Sumantra lui présenta très vite un crachoir, puis un gobelet. Le maharajah se servit des deux avant de retrouver l'usage de sa voix, plus rauque encore qu'auparavant. Râma sentit ses frères échanger près de lui des regards inquiets : sans illusion sur la santé de leur père, ils étaient impuissants à soulager la tension qui l'oppressait. Si fascinante que fût la discussion, ils en attendaient la fin avec anxiété, pour le bien du malade.

Les yeux de ce dernier brillaient à la lumière des torches.

— Même si je vivais encore cent ans – mais il est bien improbable que les deva me fassent la grâce d'une aussi longue existence –, ma décision resterait inchangée, grand sage. Ce que j'ai déjà dit constitue mon dernier mot.

Visvâmitra resta un instant muet. Lorsqu'il rompit le silence, ce fut d'une voix d'un calme mortel.

— Il n'est pas dans la nature des prophètes, sans parler des brahmârishi, de se répéter. Quant à vous, vous ne devriez ni renier les serments de votre clan ni bafouer le code ksatriya. Malgré tout, la dynastie des Sûryavamsa et le clan Iksvâku se sont rendus tellement célèbres par les hauts faits de leurs membres au service des guru que je vais encore une fois exposer ma requête pour le bénéfice de vos enfants, les fiers princes d'Ayodiâ.

Il se tourna légèrement avant de poursuivre d'une voix un peu plus forte, à l'adresse des quatre jeunes gens :

— Écoutez-moi, roi d'Ayodiâ, capitale du puissant Kosala, la plus grande nation ârya au monde. Accordez-moi le daksinâ que j'exige, car tel est mon droit. Peut-être, alors, pourrons-nous extirper l'épine avant que le buisson ne nous étouffe par sa croissance.

Dasaratha pencha la tête avec lassitude.

— Je ne puis sacrifier la vie de mon fils sur l'autel de votre foi, grand sage.

— Vous préférez livrer votre peuple ? demanda Visvâmitra d'un ton sec.

— Si telle est la volonté des dieux, qu'il en soit ainsi.

La voix du maharajah, brisée par la fatigue et la tension nerveuse, se faisait revêche. Dans un instant, Râma le savait, les deux hommes en viendraient aux insultes, et la discussion s'envenimerait réellement. Si le brahmârishi s'offensait des refus de Dasaratha, la réunion se terminerait par une malédiction au lieu d'une décision.

— Père, mahâguru, shama.

Le souverain et son visiteur regardèrent avec une égale surprise Râma s'avancer puis s'agenouiller devant le trône, tête baissée en direction du mage. Comme celui-ci acceptait les excuses du jeune homme pour son intervention, il se remit sur ses pieds et se tourna vers le roi, qui l'examinait, sourcils froncés.

— Pardonnez-moi ma naïveté, maharajah, mais puis-je vous demander quel daksinâ réclame exactement le brahmârishi Visvâmitra, et pourquoi vous contrevenez au code ksatriya en refusant de le lui accorder ?

Ses frères restèrent muets, mais Râma sentit qu'ils l'approuvaient : quel était précisément l'enjeu de la querelle ?

Dasaratha baissa de nouveau la tête, fermant ses yeux rougis. Sumantra s'approcha, anxieux, mais le souverain le chassa d'un geste faible avant de rouvrir les paupières.

— Le sage désire organiser un grand yajna qui marquera l'apogée de ses deux cent quarante ans de pénitence, expliqua-t-il d'une voix nette. Malheureusement, chaque fois que ses prêtres dressent l'autel sacré, les râkshasa le profanent, ruinant leurs préparatifs. Or la période propice au rituel touche à sa fin. Le prophète ne dispose plus que des sept jours à venir pour atteindre son but spirituel. Voilà pourquoi il a interrompu sa pénitence afin de venir à Ayodiâ aujourd'hui nous demander notre protection contre les démons.

— Mais père, lâcha Râma, sidéré, c'est l'essence même du code ksatriya : protéger ceux qui ne peuvent, ne veulent, ne doivent pas se battre. Nous sommes tenus par serment, de donner, s'il le faut, notre vie pour les prophètes et les brahmanes, tout comme ils ont obligation de nous transmettre leur savoir et de nous servir de guides spirituels. Pourquoi opposer un refus à une telle requête ?

Dasaratha secoua la tête.

— Tu ne comprends pas. J'ai offert à notre hôte les services de mes meilleurs guerriers, mon bataillon de Purâna Wafadars. J'ai mis mon armée entière à sa disposition s'il le désire... Je ne puis faire moins, car comme tu l'as fort bien dit, notre devoir sacré nous ordonne de protéger et de servir les saints hommes. Le brahmârishi a refusé tout ce que je lui ai proposé et insisté pour choisir lui-même son protecteur. (Dasaratha secoua de nouveau la tête, désespéré.) Il a exigé que ce soit toi, mon fils, alors qu'il sait parfaitement que le roi de ces démons a autrefois mis en déroute ma puissante armée tout entière. Je ne serais même pas assis là aujourd'hui sans l'intervention de ta mère de clan, Kaikeyî, qui m'a sauvé la vie par deux fois sur le champ de bataille. Râvana n'est pas un râkshasa ordinaire, mes blessures sont là pour en témoigner.

La deuxième reine, Kaikeyî – à l'époque la princesse Kaikeyî – commandait alors les armées de son père en compagnie du maharajah Dasaratha, fidèle allié du Kaikeya durant les guerres asura. Lors d'un combat singulier contre Râvana, Dasaratha, gravement blessé, avait été sauvé par Kaikeyî, qui l'avait recueilli dans son char, puis mis en sécurité. Plus tard, à la fin du conflit, le seigneur de Lankâ ayant détruit le char de Dasaratha, la princesse s'était interposée entre eux puis avait tenu position le temps que Sumantra arrivât avec des renforts. Au bout du compte, les armées unies du Kosala et du Kaikeya avaient repoussé les asura. Le maharajah avait toujours dit que si Kaikeyî ne l'avait pas secouru à deux reprises, nul ne savait comment la guerre se serait terminée.

Sans laisser à Râma le temps d'ouvrir la bouche, Bhârata s'avança, très impatient.

— Alors laissez-moi y aller, père. Je protégerai le brahmârishi et veillerai à ce qu'il termine son yajna. Offrez-lui ma lame et mes services.

— Ton courage et ton intrépidité sont vraiment dignes de ton nom, mon enfant, répondit Dasaratha, un sourire indulgent aux lèvres. J'ai bien fait de te baptiser d'après le fondateur des nations ârya, le grand Bhârata. Malheureusement, cela ne conviendrait pas non plus au sage. Il veut que Râma, et nul autre, l'accompagne dans la forêt.

— Donnez-m'en la permission, je vous en prie, père, implora Râma. (Tous les regards se fixèrent sur lui.) Ce sera une bénédiction pour moi que de rendre un tel service au mage-prophète.

Visvâmitra pivota, transperçant le jeune homme de son regard brillant, empli d'une joie féroce.

— Vous voyez, Dasaratha ? Il veut m'accompagner ! Vous n'avez plus aucun argument à m'opposer !

Le maharajah se leva, les poings tremblants.

— Il ne comprend pas, grand sage ! Il est jeune, sans expérience... Vous, vous êtes l'un des Sept Prophètes... Les asura ne peuvent pas davantage vous faire de mal qu'au Brahman. Vous êtes virtuellement immortel, invulnérable, protégé par des mandalas, des mantras, des devâstra*, des armes et des boucliers que vous ont donnés les dieux en personne. Mon Râma, lui, n'est qu'un enfant mortel. Il n'est pas de taille face aux asura du seigneur de Lankâ. Il ne sait même pas vraiment de quoi sont capables ces démons !

— Eux non plus ne savent pas de quoi il est capable, riposta le sage avec calme.

— Que peut un garçon de quinze ans contre des

créatures pareilles ? Des râkshasa, rien de moins ! Râma vient de quitter le gurukul, il est tout juste en âge de se marier… En ce moment, il devrait être dehors, en train de s'amuser à Holî avec ses frères et ses amis, de profiter de sa jeunesse, de fêter son propre printemps… non d'écouter cette discussion fatigante. Il n'a pas l'âge de s'occuper de ces choses-là. Il n'est pas plus capable d'affronter les deux démons les plus puissants de Râvana que je ne le suis à mon âge, dans mon état, d'affronter Râvana lui-même !

— Il pourrait vous surprendre, maharajah. Après tout, c'est votre fils.

Dasaratha secoua la tête avec véhémence.

— N'insistez pas, grand sage. Vos exigences sont exorbitantes. Je vous en supplie ! Aujourd'hui, durant le festival du printemps, je vais annoncer qu'il me succédera. Dans moins de deux semaines, le jour de son seizième anniversaire, il sera couronné héritier du trône d'Ayodiâ. Pensez à son avenir sinon à sa jeunesse.

— J'y pense beaucoup, Ayodiâ-naresh. C'est pourquoi je vous ai promis de le ramener sain et sauf, à temps pour son couronnement. Vous avez ma parole – la parole d'un des Sept Prophètes.

Le maharajah, sur le point de fondre en larmes, se contrôla avec effort pour lâcher d'une voix qui n'était guère qu'un sanglot brisé :

— Shama, mahâdev. Demandez-moi n'importe quoi d'autre. Je ne puis vous confier mon premier-né. Prenez-moi tout ce que vous voudrez, mais pas mon Râma.

Cette fois, il s'écoula un long moment avant que le sage ne répondît. Il était à bout de patience, cela se voyait. Ses traits s'étaient durcis en un masque de mauvais augure rappelant plus le roi qu'il avait été que l'homme de Dieu. Enfin, s'avançant d'un pas vers le trône, il leva son bâton.

— Ainsi soit-il, Dasaratha. Je n'ai plus rien à faire ici. Je me retire. Bonne journée.

Sur ce, il pivota, le bâton brandi, puis s'éloigna dans la salle à grands pas décidés. Ses interlocuteurs, paralysés, ne firent pas un geste, ne dirent pas un mot. « Il part sans avoir obtenu son guru-daksinâ », songeait Râma, incrédule : un événement pareil contredisait tout ce qu'il avait appris depuis l'enfance. Ses frères échangeaient des regards nerveux. Sumantra, posant gobelet et crachoir, tomba à genoux pour prier. Ses marmonnements inaudibles ne pouvaient signifier qu'une chose : il implorait la sainte trimûrti de les protéger tous de la krodha* du grand mage-prophète. Des nations entières avaient été balayées par la malédiction sacrée d'un brahmârishi pour des manquements bien moins graves que celui de Dasaratha.

Vasistha s'avança, fixant le maharajah, avant de se retourner vers le visiteur.

— Brahmârishi Visvâmitra, appela-t-il, alors que l'ascète avait presque atteint les portes, attendez un instant, je vous en prie. Nous n'en avons pas terminé. Tout n'a pas été dit.

Visvâmitra s'arrêta, mais ne reposa pas son bâton.

— Tout ce qui importait l'a été, lança-t-il par-dessus son épaule. Il ne reste rien à ajouter.

— Au nom de notre statut partagé de brahmârishi, je vous prie instamment de revenir sur l'estrade. Laissez-nous juste discuter une minute. Partir ainsi constituerait une insulte indélébile à l'honneur de la maison Sûryavamsa et du clan Iksvâku.

— Si quelqu'un ici a été insulté, c'est moi, par votre maharajah. Seule ma dignité a été bafouée. Que cet homme affronte les conséquences de sa décision.

Visvâmitra repartit, mais la voix du guru l'arrêta de nouveau.

— Alors je vous prie de m'accorder un instant pour excuser ses insultes et corriger ses erreurs. Car il ne s'agit que de cela, je vous l'assure. Les Sûryavamsa sont célèbres pour leur munificence. L'ancêtre de Dasaratha, le maharajah Harichandra, a cédé l'intégralité de sa fortune en guru-daksinâ. Quant au noble Raghu, il avait déjà ruiné le Trésor en donnant jusqu'à sa dernière roupie à un rishi, avant qu'un autre ne lui demande comme guru-daksinâ de se séparer d'une somme fabuleuse. Kubera, le dieu de la richesse, a favorisé Raghu, qui a donc rempli une seconde fois son devoir sacré. Le trône d'Ayodiâ a toujours été célèbre pour son obéissance au dharma.

Visvâmitra se retourna à demi, les yeux durs comme des diamants, dans l'ombre d'un pilier de marbre ornementé.

— Les déclarations de votre roi sont en totale contradiction avec les vôtres, grand guru. Regardez ! Il reste là, muet, pendant que vous m'implorez en son nom.

Vasistha pivota vers Dasaratha, qui offrait une image de désespoir et de douleur quasi insupportable pour ses fils.

— Ayodiâ-naresh, brahmârishi Visvâmitra, vous avez atteint une impasse. L'un affirme le droit d'un brahmane à obtenir un daksinâ d'un ksatriya, l'autre celui d'un père à protéger son fils. La querelle pourrait se prolonger à jamais, mais je ne voudrais pas que vous en veniez aux insultes...

— Que nous proposez-vous, guruji ? demanda Dasaratha d'un ton plus calme. (Râma ne comprenait que trop le dilemme de son père, déchiré entre l'inquiétude et le désir de remplir son dharma.) Dispensez-nous les fruits de votre sagesse, je vous en prie.

Vasistha écarta les mains pour montrer la salle déserte.

— Lorsque Manu le législateur, premier maharajah du Kosala, a été couronné ici même, sur ce trône, il a édicté deux lois par lesquelles gouverner. Aujourd'hui encore, elles représentent le fondement des décisions de vie et de mort prises à Ayodiâ. Pouvez-vous nous les évoquer, rajkumâr Râma ?

— La première stipule qu'il faut à tout prix obéir au dharma, répondit aussitôt le jeune homme, car son code moral représente le pilier sur lequel s'appuie la droiture ârya.

Il s'interrompit, conscient de l'argument qu'allait invoquer le guru avant même de le formuler.

— La seconde dit clairement que le maharajah ne règne pas en son nom, en celui de sa dynastie, de son clan, de sa varna* ou de sa famille, mais au nom de son peuple. Lorsqu'une de ses décisions affecte ses sujets, le roi doit respecter leur volonté.

Il y eut un silence durant lequel chacun soupesa les implications de la dernière loi.

Quand Vasistha reprit la parole, ce fut d'un ton plus léger, presque allègre. Râma crut même deviner une étincelle rieuse dans ses yeux.

— Refusez-vous de vous conformer aux lois de Manu, Dasaratha ?

— Évidemment non, gurudev, répondit le souverain, surpris. Les maharajahs d'Ayodiâ n'ont jamais régné qu'à la demande de leur peuple.

— Alors voilà la solution de votre douloureux dilemme. Ne discutez pas davantage, passez aux prières et aux festivités rituelles d'Holî, mais aujourd'hui même, lorsque vous vous tiendrez devant les habitants d'Ayodiâ sur le site des mela, posez-leur la question. Laissez-les décider si le prince Râma doit partir avec le brahmârishi Visvâmitra ou rester ici, au palais. Demandez à Ayodiâ de trancher !

Dans le lourd silence qui suivit, Râma vit briller l'éclat reconnaissable d'un sourire au fond des yeux de Visvâmitra.

XXIX

DASHASU DIKSHU APRATIHATAM ratham calayatîti Dasaratha...

Mille brahmanes psalmodiaient en chœur sous la direction du purohit de la cour, le rishi Vâmadeva. Assis en tailleur sur une plate-forme tirée par seize éléphants, ils ouvraient la procession qui descendait majestueusement l'avenue Harsavardana, où elle commençait chaque année. À l'avant était installé un garçon de sept ans maximum, au crâne rasé orné de symboles en forme de lingam de Shiva, destinés à apaiser le dieu de la destruction pour qu'il laissât passer sans encombre le défilé. Le barrissement des montures ponctuait à intervalles irréguliers les sloka sanskrits célébrant le maharajah Dasaratha. Le chariot mesurait un peu moins de trois mètres de large sur vingt de long, et reposait sur quatre-vingts roues d'un mètre de haut. Des PF en tenue de combat, quoique désarmés, tendaient des cordes de soie pour garder à l'écart, en sécurité, la foule qui se pressait des deux côtés de l'avenue. Le Pradhan-mantri avait donné l'ordre de déposer les armes après avoir entendu l'histoire de l'émeute manquée. Les soldats offraient malgré tout un spectacle imposant, aussi fascinant à cause de leurs cicatrices et de leur haute stature que le cortège royal, du moins pour les enfants. Parmi les milliers de spectateurs se tenaient deux jeunes vaisya, leurs paquets de rang et leur pitchkarî* à la main, la peau et les vêtements aussi bariolés que l'arc-en-ciel. La plus grande, l'air franche et ouverte, avait visiblement attiré davantage de jets de couleurs que sa camarade. Son visage n'était qu'une grande tache d'un cramoisi éclatant, à peine adouci par des marbrures pourpres et indigo. Sur ce fond de teintes vives brillaient deux yeux bleus ardents, fascinés par le chariot.

— Il doit y avoir des lakh* de purohit ! s'exclama la plus petite, tout excitée. Ils chantent vraiment bien en chœur, c'est incroyable. Mâ Prema aimerait tellement qu'on fasse pareil, mais on n'y arrive jamais !

— Combien de fois ne te l'ai-je pas répété, Srîlata ? répliqua son amie avec impatience. Un lakh, c'est cent mille. Il y a à peine dix mille prêtres !

— Oh... Bon, je ne m'en sors jamais avec les chiffres. En tout cas, c'est impressionnant, tous ces crânes rasés, tu ne trouves pas, Nandini ?

— Là, tu as raison, acquiesça Nandini, le sourire aux lèvres à cause des termes employés par Srîlata. Mais le défilé n'a même pas encore commencé. Attends de voir le chariot de la maison royale... Il fait cent mètres de long, et il est divisé en quatre parties distinctes de vingt-cinq mètres chacune, reliées par de petits ponts pour qu'on puisse circuler d'une extrémité à l'autre sans descendre à terre.

— Il me semble t'avoir entendu dire qu'il s'agissait d'une caravane, remarqua Srîlata en mordillant anxieusement un coin de son sari.

— Oui, oui ! Il y a aussi les éléphants de guerre. Qu'est-ce qu'ils sont beaux ! L'armée royale en a des lakh, mais ils ne peuvent pas défiler tous en même temps, évidemment, alors elle n'en prend que quelques-uns par aksohini – c'est une division qui comprend 21 870 éléphants, 21 870 chars, 65 610 cavaliers et 109 350 fantassins. L'armée d'Ayodiâ se compose de vingt-cinq aksohini, et il y en a quinze de plus répartis dans le reste du royaume.

— Comment peux-tu savoir une chose pareille ? demanda Srîlata, les yeux ronds.

La culture de son amie forçait son admiration, qu'il s'agît de chiffres ou d'autre chose, tout en lui donnant conscience de l'étendue et de la complexité du monde hors des murs du temple.

— Il suffit de garder les yeux et les oreilles ouverts, répondit Nandini, mystérieuse. (Elle donna un léger coup de coude affectueux à sa camarade, moins bien informée.) Et de faire parler les gardes quand ils en ont terminé avec toi. Les hommes sont capables de bavarder dix fois plus longtemps que de faire l'amour. Tu devrais le savoir, maintenant !

— Je le sais, ne t'inquiète pas, pouffa Srîlata. C'est incroyable ce qu'ils peuvent être pipelets, hein ? Oh ! regarde, c'est quoi, ce gros chariot, là ? Celui avec toutes les décorations en or et les sonneurs de conque ? C'est le chariot royal ? Je veux dire, la caravane ?

— Mais non, idiote, juste celui des sonneurs de conque, précisément. Le premier chariot du défilé. Regarde, voilà, ils sonnent... Ça veut dire que la procession arrive.

— Tu crois qu'on va voir le prince Râma ? demanda Srîlata presque timidement, par-dessus le bruit qui prenait possession de la cité.

— Pourquoi ? s'enquit sa compagne en se tournant vers elle. Tu veux lui demander de nous rendre visite au temple ?

— Arrête !

Srîlata, le rouge aux joues et au cou, envoya un coup de poing amical dans l'estomac de Nandini, qui éclata d'un rire ravi.

— Alors comme ça, tu as donné ton cœur au prince Râma ? Eh bien, j'espère pour toi que tu es la bonne sur au moins un crore* de filles, parce qu'il a fait serment de ne jamais prendre qu'une épouse. (Elle agita la main, tout excitée.) Regarde là-bas ! Les éléphants ! Ils arrivent !

— Comment ça ? (Srîlata taquina son amie du coude.) C'est le prince héritier. Il peut se marier mille fois s'il en a envie.

— Justement, répondit Nandini non sans gentillesse. Il peut, mais il ne veut pas. J'ai entendu dire qu'il avait juré de ne prendre qu'une femme. (Elle haussa les épaules.)

Peut-être parce que son père en a trop, si tu vois ce que je veux dire.

— Jai Mata Ki* !

Srîlata en avait la tête qui tournait. Un souverain décidé à se contenter d'une épouse ? C'était follement romantique ! Son adoration pour l'inaccessible prince Râma, homme de principes s'il en était, grandissait encore. Il n'aimerait jamais qu'une femme ? Elle voulait être celle-là ! Même si, bien sûr, les chances qu'une simple prostituée du temple attirât l'œil d'un prince héritier étaient de… combien ? Une sur un crore ? Sur une centaine de crore, oui !

Nandini poussa un long cri suraigu, sans la moindre pensée pour les airs distingués qu'elle cultivait avec soin.

— Srîlata ! Regarde ! La caravane royale ! Et devant, là, à cheval… les princes ! Regarde, regarde ! Le beau garçon en tête, à la peau si foncée qu'elle est presque bleue, c'est Râma ! Mon Dieu, qu'il est *beau* ! Oh ! je le mangerais tout cru !

Srîlata se joignit à son amie, hurlant à pleins poumons comme tous les hommes, femmes et enfants qui les entouraient. Peu importait que Râma eût juré de ne pas se disperser. On pouvait rêver, non ?

La procession sinuait le long de l'avenue Harsavardana, délimitant par sa lente progression hautaine le cœur de la cité. Bruit des conques, barrissements des éléphants, battements des tambourins, musique des trompettes et des flûtes, chants sacrés, hurlements enthousiastes, cris de joie enfantins se fondaient en un énorme vacarme jubilatoire. La foule se pressait dans les rues, couverte de rang, trempée. Les soldats à dos d'éléphant, en char, à cheval, à pied, revêtus de leur grande armure, s'avançaient fièrement sous le regard admiratif de leur famille, leurs amis, leur peuple. Ce jour-là, Ayodiâ annonçait la couleur, dans tous les sens du terme. Chaque varna, tribu ou clan de la grande nation ârya du Kosala participait au spectacle, depuis les maisons nobles avec leurs armes jusqu'aux marchands vaisya et aux artisans sûdra avec leurs bannières.

Lorsque le défilé arriva à destination, les spectateurs

migrèrent vers les quartiers excentrés, jusqu'à la berge herbeuse vallonnée de la Sarayû. La procession royale s'y rangea puis mit pied à terre, entourée sur trois côtés par les représentants de l'armée, de l'administration et de la noblesse. Le quatrième, au sud, était occupé par les citoyens, assis en tailleur sur la rive. L'énorme bande de terre se trouvait dans la cité même, entre la troisième et la quatrième muraille, car Ayodiâ avait été conçue pour inclure un microcosme du paysage alentour tout entier. Manu, le roi qui avait présidé à sa construction, s'était montré d'une grande sagesse. La ville ne tenait pas le monde à distance ; il était là, dans ses murs ; il faisait autant partie de sa structure que la rivière qui coulait sous ses plus beaux monuments – littéralement.

Gagner la berge puis s'y installer demanda près d'une heure. Enfin, l'espace se couvrit sur plus d'un kilomètre de kurta et de sari blancs tachés de couleurs vives, disposés en longues rangées bien nettes. Le sage Vâmadeva grimpa alors sur une grosse butte qui servait d'estrade naturelle pour faire scander à la foule le chant traditionnel :

— Yatha raja tatha praja. [Tel roi, tel peuple.]

— Yatha raja tatha praja, répéta l'immense assemblée.

Des oiseaux s'envolèrent dans les fourrés, plongèrent vers les eaux, virèrent avant les bois du Midi – quelques téméraires filèrent jusqu'à l'extrême limite de la sombre forêt maléfique –, pour décrire un grand arc de cercle, qui les ramena sur le perchoir d'où ils étaient partis.

Suivirent les basan* habituels des mantri et autres politiciens représentant les quatre castes du royaume – donc les dizaines de varna et de gotra* qui matérialisaient la division des tâches, à la manière des guildes occidentales. Si l'on exceptait les quelques dizaines d'étendards déployés au sommet de grandes perches pour signaler les familles nobles les plus importantes, la foule offrait un mélange indifférencié de varna, de races, de sexes, de communautés. Le claquement des bannières au tiède vent d'ouest évoquait des applaudissements assourdis. Brahmanes, sûdra, vaisya, ksatriya, assis côte à côte, voisinaient pacifiquement.

Le Pradhan-mantri fit ensuite un discours qui remporta

un franc succès, pour la bonne raison qu'il fut très bref. C'était maintenant au maharajah de prendre la parole.

La voix fatiguée de Dasaratha portait cependant loin au-dessus des lakh de citoyens qui attendaient ses déclarations avec impatience. Même ceux que le bhang ou le charas* avait plus que grisés retrouvèrent assez de calme pour l'écouter. Peut-être Vasistha avait-il accrû leur capacité à l'entendre malgré le bruit des eaux et le pépiement des colibris dans les fourrés... Quoi qu'il en fût, l'auditeur le plus éloigné, assis à des centaines de mètres, percevait clairement le souverain.

Les bénédictions rituelles expédiées – un roi ksatriya avait l'avantage de laisser les brahmanes se charger des formalités religieuses –, Dasaratha en arriva au fait.

— Aujourd'hui, un hôte illustre, légendaire, nous fait l'honneur d'une visite. Le guru Vasistha a déjà célébré l'ascension qui a fait de ce roi guerrier téméraire un saint brahmârishi, et le mage-prophète Visvâmitra n'a nul besoin d'autre présentation. Toutefois, la plupart d'entre vous ne savent peut-être pas encore qu'il nous apporte des nouvelles bouleversantes...

XXX

DASARATHA LEVA LA MAIN pour apaiser les murmures anxieux qui avaient accueilli son introduction.

— Il n'y a aucune raison de s'inquiéter. À l'heure où vous jouissez des festivités d'Holî, le conseil de guerre des nations ârya prépare une réunion, et je vous promets qu'il trouvera comment écraser sans attendre la menace potentielle. Vos suzerains chercheront la solution la plus rapide et la moins violente au problème, puis ils vous tiendront informés des événements…

Le roi s'interrompit. Des gouttes de sueur perlaient sur sa lèvre supérieure tandis que le soleil s'élevait dans le ciel printanier.

— Une question plus urgente doit cependant être réglée sur l'heure. Le brahmârishi est venu me trouver avec la traditionnelle exigence du guru-daksinâ. Comme vous le savez, le moindre guerrier est tenu, par serment, d'accorder sans hésiter le daksinâ de n'importe quel rishi. Les chroniques du Bhârata-varsa* regorgent d'histoires légendaires sur la générosité, voire la munificence de la lignée ksatriya Aryaputra Sûryavamsa Iksvâku. Pourtant, la requête du brahmârishi est tellement inhabituelle qu'il m'incombe de la faire connaître à mon peuple. En effet, il me demande ni plus ni moins que la vie de mon fils, Râma !

Un silence si total s'installa qu'il sembla un instant que les oiseaux avaient cessé de pépier, la rivière de gargouiller, l'herbe de froufrouter dans la brise.

— Je m'explique. Le brahmârishi prépare dans son ashram des bois du Midi un grand yajna, qui fait partie de nos mesures de protection face à la menace asura. Celui-ci doit impérativement être exécuté suivant les rites védiques, mais des râkshasa s'en prennent à l'ermitage.

Un murmure inquiet s'éleva de la foule.

— S'il s'agissait de profanateurs, de hors-la-loi ou de hors-caste normaux, je n'y réfléchirais pas à deux fois. Râma est la fierté de notre race, le meilleur dans tous les sports auxquels il s'essaie, un maître des armes et du savoir védique, un superbe spécimen de la virilité ârya. Seulement, les râkshasa qui harcèlent le brahmârishi ne sont pas des asura ordinaires, mais les troupes d'élite du misérable seigneur de Lankâ. Il les a en personne chargés d'écumer la forêt, dans l'intention d'expulser les brahmanes et les rishi. Les démons, qui contrôlent les bois maléfiques depuis des générations, craignent à présent que nos saints hommes ne purifient la région afin de la rendre hospitalière aux Ârya civilisés.

« Trois de ces râkshasa, envoyés spéciaux de leur roi Râvana, soutenus par je ne sais combien de complices, se multiplient dans la Bayanak*-van* [la forêt de la peur], empêchant le brahmârishi de terminer son yajna ou même d'assainir les alentours. Ce sont, paraît-il, des bêtes fauves impies, capables du pire pour s'assurer que le mage-prophète ne parviendra pas à ses fins. Il me prie de laisser mon fils, le prince Râma, aller combattre ces monstres redoutables. Pendant ce temps, assisté de ses prêtres, il mènera le rituel à bien avant que la pûrnîma sacrée d'Holî ne se réduise à l'amâvasya. Tel est le guru-daksinâ qu'il veut obtenir de moi. »

Dasaratha s'interrompit pour jauger ses auditeurs : ils étaient fascinés. Les membres de la famille royale eux-mêmes échangeaient sur leur hauteur des regards circonspects, plus anxieux, cependant, de ce qui allait suivre que de ce qui avait précédé.

— Sur le sage conseil du guru Vasistha, je vous soumets le problème, Ayodiens bien-aimés. En effet, avant d'apprendre l'arrivée du brahmârishi et ce qui se passe dans la forêt, j'avais décidé de vous dévoiler ce matin mon intention de couronner mon fils aîné, le prince Râma Chandra, héritier légitime du royaume.

Un rugissement salua cette déclaration. Les gens se levèrent, hurlant, braillant, applaudissant, déclenchant un vacarme digne d'accueillir l'issue d'une guerre séculaire. La berge, tellement silencieuse un instant plus tôt, résonna de millions de cris de joie poussés à pleine gorge. Les oiseaux piaillèrent en écho aux hurlements suraigus des femmes – dans le groupe des devadâsî, Srîlata et Nandini sautaient sur place –, tandis qu'une pluie de papillons descendait du ciel sur la famille royale comme une poignée de rang jetée d'en haut par les deva. Le visage de la première reine, Kausalyâ, se plissa en un sourire de soulagement ravi. La popularité de son fils n'était un secret pour personne, mais cet immense témoignage populaire d'enthousiasme approbateur la ravissait, et plus encore l'heureux présage. La troisième reine, Sumitrâ, se pencha pour lui prendre une main, qu'elle serra chaleureusement. L'entourage royal tout entier arborait un air satisfait qui s'étendait aux nobles, dont les filles nubiles regardaient les princes à la manière de paons se lissant lascivement les plumes sous un nuage de mousson. Le mantri Jâbâli lui-même eut un rapide sourire, avant de se replonger dans la contemplation profonde de quelque énigme platonicienne.

Seule se distinguait de la foule la deuxième reine, Kaikeyî, aux traits figés en une telle expression de fureur stupéfaite qu'un corbeau aurait pu être tenté de lui picorer le visage dans l'espoir de récolter quelques copeaux de bois de fer pour son nid. La bossue installée derrière elle dans son palanquin grimaçait également de rage, ses poings serrés aussi déformés que les racines torses du banian dont les branches vénérables ombrageaient la famille royale. Les autres nourrices, Susama-daîmâ et Ahilya-daîmâ, entendirent les grondements de colère étouffés qui jaillirent du dollî*. Elles s'agitèrent nerveusement : les sautes d'humeur de Mantharâ-daîmâ leur faisaient assez peur pour les inciter à prendre leurs distances. De toute évidence, l'ascension de Râma déplaisait à la deuxième reine, mais aussi à sa servante.

Bhârata, Satrugan et Lakshman, eux, étreignaient joyeusement leur frère. Même un observateur distrait – l'envoyé grec, par exemple, assis parmi les délégués étrangers – ne pouvait manquer de constater que les princes s'entendaient à merveille, contrairement à leurs mères. Ils évoquaient l'équipe d'archers victorieuse lors du tournoi annuel, grâce surtout aux efforts de son meilleur élément. Les bourrades et grandes claques qui pleuvaient sur Râma trahissaient une solide affection.

Le maharajah leva la main afin de demander le silence, encore une fois. Il fallut un moment à la foule pour contenir sa joie et se concentrer sur ce qu'il lui restait à dire.

— Râma sera couronné prince héritier le dixième jour de la nouvelle lune de chaitra, le seizième anniversaire de sa naissance. Mes amis, je vous promets qu'avant même d'avoir complètement surmonté la gueule de bois due aux festivités d'aujourd'hui, vous jeûnerez en prévision d'une fête sans précédent dans l'histoire de notre royaume ! Notez bien cette date sur vos tablettes. Une étoile nouvelle s'élèvera dans l'univers des Sûryavamsa.

Une petite ksatriya de neuf ans à peine, déjà marquée des cicatrices et des symboles réservés aux archers de Mithilâ, se leva pour demander au roi s'il y aurait des peda* ce jour-là.

Un rugissement de rires assourdissant salua la question. Les peda, les douceurs les plus simples, les plus courantes, se vendaient tous les jours quelques paisa* le kilo dans la mithaigalli* de n'importe quel quartier. Cela revenait à demander à un futur marié s'il y aurait de l'eau potable au banquet.

Dasaratha accueillit cette interrogation naïve avec bonne humeur, un sourire indulgent aux lèvres. Il prit même un instant pour répondre à la petite apprentie solennelle :

— Oui, maîtresse de l'arc, il y aura plus de friandises

que tu n'en pourras manger en un mois ! Et beaucoup, beaucoup d'autres choses !

Le court intermède humoristique mené à son terme, le roi reprit d'un ton plus grave :

— N'oublions pas, cependant, que j'ai commencé par vous parler de mon samasya*. D'un côté, je suis un père et un roi désireux de voir son fils aîné lui succéder sur le trône. Après tout, je ne serai pas éternel, malgré les vœux que vous faites de tout votre cœur, mes amis. D'un autre côté, je me dois à l'honneur du clan Iksvâku et de la dynastie des Sûryavamsa, à la tradition et à l'héritage de nos ancêtres ârya, qui ont semé la graine de notre puissante nation avant de s'aventurer plus au nord jusqu'en terre étrangère, où ils ont peuplé les forêts sauvages germaniques. Je suis soumis aux textes dépositaires de notre sagesse, les shâstra* et Veda, qui guident le moindre de nos actes, mais surtout au code des ksatriya, qui exige de n'importe quel guerrier, roi ou simple soldat, qu'il satisfasse sans discussion ni hésitation aux demandes de daksinâ des guru. Par-dessus tout, enfin, je dois obéir au dharma.

À ce dernier mot, les quelques murmures sporadiques s'éteignirent pour laisser planer un silence complet. Une fois de plus, Ayodiâ écoutait, fascinée.

— Il m'ordonne d'accéder au désir du mage-prophète en envoyant mon fils Râma Chandra, officiellement votre futur prince héritier, dans les bois du Midi affronter et combattre Dieu sait quels dangers. Mon cœur de père me crie d'y expédier à sa place ma puissante armée, de choisir mes guerriers les plus courageux, d'y aller moi-même s'il le faut, mais d'épargner à tout prix cette redoutable mission à mon précieux fils aîné. Mais le dharma... (Un long soupir trahit le poids de l'âge et de la maladie, le fardeau de la royauté posé sur des épaules fatiguées.) Le dharma est inflexible. Il m'impose de consentir à la requête du brahmârishi sans poser de question, sans hésiter, sans discuter ni m'interroger.

Dasaratha jeta un coup d'œil aux deux guru, qui se tenaient un peu à l'écart de l'entourage royal. Visvâmitra était resté immobile durant le long discours, son bâton bien droit à la main, son visage raviné impénétrable derrière sa longue barbe. Impossible de savoir ce qu'il pensait. Vasistha avait l'air presque aussi stoïque, malgré la tristesse et la sympathie inscrites sur ses traits ridés pendant qu'il écoutait les explications passionnées de son vieil ami et élève. Après tout, le plus grand prophète vivant au monde avait décidé, mille ans auparavant, de servir de guide spirituel exclusif à la dynastie des Sûryavamsa du clan Iksvâku ; or au bout d'une telle durée, le plus austère des pénitents commence à éprouver un certain attachement. Il prêtait à Dasaratha une oreille attentive, laissant deviner son approbation sans prononcer un mot.

— La demande du brahmârishi m'a énormément troublé, je l'admets volontiers, poursuivit le souverain. Quel père aurait-elle laissé de marbre ? Le dharma exige pourtant que j'y souscrive. Le problème n'aurait peut-être pas trouvé de solution si le guru Vasistha, vénérable mentor de ma lignée à l'infinie sagesse, ne m'avait soumis une suggestion d'une brillante simplicité. C'est sur son conseil que je procède ainsi...

Le maharajah pivota pour s'adresser directement à Visvâmitra.

— Pranâm, mahâdev, vous dont la pénitence a exalté et inspiré notre race tout entière, dont la dévotion a suscité l'admiration du puissant Brahmâ lui-même, au point qu'il a jugé bon de vous donner la maîtrise du Brahman, la force qui a créé, préserve et nourrit l'Univers. Je m'incline devant vous, grand sage.

Dasaratha joignit le geste à la parole, baissant la tête en un nâmaskar saprem*.

— Voici ma réponse à votre demande de daksinâ, reprit-il en se redressant, les mains jointes. Vous avez exigé le prince Râma. Il n'est pas en mon pouvoir de vous le donner, car il appartient à Ayodiâ, à chacun des citoyens réunis ici aujourd'hui. Sa naissance en fait l'héritier désigné du trône. Ni son père, ni sa mère, ni sa famille n'ont réellement de droits sur lui, contrairement au peuple, qu'il servira sa vie durant. Le dharma exige des membres d'une dynastie régnante qu'ils fassent passer avant les leurs les besoins de leurs sujets, ce qui empêche Râma lui-même de décider de ses actes à son seul bénéfice égoïste. Il doit agir au mieux des intérêts communautaires. Vous me demandez en guru-daksinâ de vous confier mon fils ; cela m'est impossible. Si vous voulez obtenir ses services, demandez-les à ceux qui en bénéficient de plein droit : aux Ayodiens.

Ce disant, le maharajah engloba d'un geste des deux mains la foule assise sur la berge de la Sarayû et la grande cité alentour.

XXXI

AYODIENS !

La voix de Visvâmitra s'abattit sur le pandémonium. Si la déclaration de Dasaratha avait produit l'effet d'une masâl jetée dans un champ de paille desséchée, le seul mot du légendaire mage-prophète noya cet enfer sous une douche glacée. La foule se maîtrisa à grand-peine : les histoires qui couraient sur les colères furieuses des prophètes l'incitèrent à juguler au plus vite sa consternation teintée d'anxiété.

Visvâmitra montra le souverain, assis sur le trône de son palanquin, où il buvait un gobelet de vin malgré l'évidente désapprobation des vaid royaux.

— Votre roi est fort sage et versé dans la connaissance du dharma. Il parle d'or. Râma Chandra vous appartient, à vous, qu'il est né pour servir. C'est donc à vous de décider si mon guru-daksinâ doit m'être accordé. Avant de trancher, cependant, sachez que le prince ne risquera pas sa vie pour mon seul yajna. Le destin lui demande de remplir cette mission pour le bien de l'humanité tout entière, y compris celui d'Ayodiâ. (Il brandit son impressionnant bâton au-dessus de sa tête.) Toutefois, je ne suis ni suzerain ni homme d'État. Vous comprendrez mieux ce que je veux dire si je vous donne un aperçu de l'avenir, au cas où nul ne me prêterait une oreille attentive. Les images que je vais vous montrer parlent d'elles-mêmes. Il s'agit de l'invasion d'Ayodiâ...

Râma sursauta, ce que Lakshman, posté près de lui, ne manqua pas de remarquer. L'aîné des princes, figé, contempla la suite des événements d'un air atterré, à croire que sa circonspection mélancolique de la matinée avait été simple prélude à ce qui arrivait.

Pendant que la foule murmurante s'agitait, mal à l'aise, Visvâmitra scanda d'une voix forte un mantra trop complexe, trop mystérieux pour être déchiffré par les brahmanes. De gros nuages noirs apparurent dans le ciel au-dessus de lui, aussi brusquement que des corbeaux se massant sur un oisillon tombé du nid. En un clin d'œil, la matinée lumineuse se transforma en un crépuscule terni. L'air s'épaissit, s'alourdit, annonciateur de l'orage. La peau de Lakshman se mit à picoter, comme le jour où, enfant, il avait frôlé un sumac vénéneux. Vu la manière dont les mantri les plus proches se frottaient les bras et le cou, tout le monde éprouvait cette curieuse sensation. L'odeur de la terre humide, pourrissante, monta aux narines du prince, lui bouchant presque le nez.

Lorsque Visvâmitra arriva à la fin de l'incantation, la foudre explosa dans le ciel, aussitôt accompagnée d'un coup de tonnerre si assourdissant que les gens se recroquevillèrent avec un cri en se cachant la tête, effrayés. Les enfants se mirent à pleurer, les chiens à hurler, les éléphants à barrir et à piétiner, les chameaux à baver, les yeux exorbités, les singes à piailler follement en bondissant d'arbre en arbre. Des voyageurs perdus dans la foule – ceux qui venaient du Bânglâr et autres contrées orientales excentrées – promenèrent autour d'eux des regards terrifiés, redoutant une des calamités naturelles qui s'abattaient régulièrement sur leur région : un typhon, peut-être, ou un raz de marée, quoique Ayodiâ se dressât à des centaines de yojana de l'océan.

Un grognement torturé fit sursauter Lakshman. Râma tomba à genoux, comme assommé d'un coup de matraque, les yeux fermés de toutes ses forces, les dents serrées, les poings crispés, penché en avant à en toucher du front l'herbe qui se balançait au vent.

— Bhai ? (Lakshman s'accroupit près de son frère pour lui poser la main sur l'épaule, qu'il découvrit avec stupeur brûlante, empoissée de sueur.) Que se passe-t-il ? Tu es mal…

Les yeux de Râma s'ouvrirent en grand, roulant dans leurs orbites. Lakshman, effrayé, bascula en arrière. Un cri monta du ventre de son aîné, plus semblable au gémissement affolé d'un animal primitif qu'au hurlement d'un être humain. Il se perdit dans le vacarme du tonnerre, mais le regard de Râma avait bouleversé son cadet au point de l'empêcher de remarquer que son comportement stupéfiant se reflétait parmi les ksatriya alentour. Pourtant, les plaintes des guerriers passaient inaperçues dans la panique qui avait explosé. En quelques secondes, la joyeuse célébration avait viré au cauchemar.

La voix du brahmârishi dominait le vacarme, y compris les échos du tonnerre qui roulait sur la foule depuis la nappe bouillonnante des nuages.

Le second mantra achevé, le chaos s'apaisa aussi vite qu'il s'était installé. Hommes, femmes, enfants, animaux, habitants et visiteurs d'Ayodiâ se figèrent. Un instant, une foule tumultueuse, frappée de terreur, s'affolait au point de devenir sans raison dangereuse, sous l'effet des illusions cauchemardesques suscitées par la sorcellerie d'un prophète. Celui d'après, la multitude n'était plus que statues, immobilisées dans l'attitude des modèles au moment où le mantra avait fait effet.

Lakshman, penché vers Râma pour l'aider. Râma, à genoux, les poings levés vers le ciel, la bouche ouverte en un hurlement angoissé, les yeux fixés sur une horreur encore invisible. Bhârata et Satrugan, épaule contre épaule, l'un tourné vers l'est, l'autre vers l'ouest, l'arc à la main, prêts à se battre, comme toujours.

Les brahmanes, figés alors qu'ils allaient embrasser le sol pour montrer l'admiration respectueuse que leur inspirait la maîtrise du Brahman de Visvâmitra. Les ksatriya, grimaçant de peur et de dégoût devant la sorcellerie qui se déployait autour d'eux. (Les guerriers détestaient la magie,

Vasistha l'avait expliqué aux princes, parce qu'on ne saurait combattre ce qu'on ne comprend pas. Voilà pourquoi un ksatriya devait apprendre bien davantage que l'art de la guerre.) Vaisya, sûdra, citoyens ordinaires, mères étreignant leurs bébés, couples âgés appuyés aux jeunes épaules puissantes de leur descendance, grandes familles d'une centaine de membres parfois, habitués à vivre sous le même toit, se tenant par la main pour former une chaîne humaine qui leur apportait le réconfort en cet instant de terreur, devadâsî et purohit, mochî* et dhobi*, sutâr* et joueurs de sitar, kavi* et sculpteurs, archers et fabricants de flèches, forgerons et faussaires, maçons et philosophes, architectes et prêteurs sur gages, halvai* et havaldar* – tous restaient figés sur place, assis ou debout, protégés de l'émeute ou des accidents dus à la panique par la magie du prophète, incapables de rien faire hormis regarder un gigantesque spectacle son et lumière se déployer devant eux.

D'abord vint l'obscurité, aussi noire que la plume du corbeau, que la chevelure bouclée de Râma, accompagnée d'une totale absence de bruit, plus terrible que n'importe quel silence.

Puis le vent se mit à souffler, avec l'art subtil d'un musicien produisant un tâl* pour un drame sanskrit – une tragédie épique comme l'histoire de l'amour contrarié de Dusyanta et Sakuntalâ [1], la romance sanglante de Vâsavadattâ [2] ou encore une antique légende païenne, emplie de mystère, de violence, de terreur, de passions insatisfaites. Son bruit mettait autant les nerfs à vif que celui d'une pierre frottée avec force et lenteur sur du verre, mais il possédait un curieux rythme propre, comme si le musicien invisible martelait son tabla* en un crescendo frénétique.

Au-dessus du sifflement insupportable du vent s'éleva ensuite un bruit étrange, contre nature, qui ne ressemblait à rien de ce qu'avaient jamais entendu les citoyens

1. Héroïne d'une pièce de théâtre en sept actes, très célèbre, servant de modèle à tout l'art dramatique indien.
2. Héros d'une pièce de théâtre en six actes, une des plus importantes de la littérature sanskrite.

rassemblés sur la berge. Seuls les guerriers, les vétérans, comprirent ce qu'il signifiait et, heureusement, ils n'étaient pas en état de se ruer sur leurs armes. Le bruit d'une armée d'invasion.

Les hordes asura jaillirent des bois du Midi tel un sanglier enragé d'un roncier. Les démons rampaient, couraient, bondissaient, volaient, chevauchaient, glissaient, coulaient de la forêt obscure, se répandant sur la rive sud de la Sarayû comme la peste. Innombrables. Une armée de fourmis n'aurait pas compté davantage de soldats. L'estimation que Visvâmitra avait donnée un peu plus tôt dans la salle du sabhâ était en fait modeste. Les créatures du monde d'en bas rassemblées sur la rive opposée de la rivière étaient assez nombreuses pour couvrir la terre sur une douzaine de yojana à la ronde – deux cent cinquante kilomètres carrés. L'armée en marche devait être visible depuis Chandra*, la lune, tapis grouillant progressant à la manière d'une amibe, gigantesque force primordiale engloutissant tout sur son passage.

Les asura s'immobilisèrent un instant pour contempler le somptueux butin qu'ils étaient venus chercher tellement loin de chez eux : Ayodiâ l'Imprenable. Râkshasa, dânava, daitya, pishaca, yaksa et autres démons issus de tous les croisements imaginables rivèrent leurs yeux étranges sur le but qui avait échappé, un millénaire durant, à tous les envahisseurs. Puis, dans un cri à faire vibrer les os, à glacer les sangs, ils chargèrent.

Le viol d'Ayodiâ commençait.

XXXII

RÂMA RETROUVA L'USAGE de ses membres avec une expiration digne d'un dernier souffle, puis inspira, tel un nouveau-né la première fois de sa vie. L'air frais mi-hivernal, mi-printanier évoquait une caresse maternelle, la chaleur du soleil sur ses épaules nues et sur son visage, le cadeau d'un dieu de bonté. Le long de la berge, les Ayodiens se remettaient également. Ils regardaient partout, en l'air, autour d'eux, pour vérifier que c'en était bien fini de la sorcellerie et qu'ils avaient retrouvé le monde réel. Les enfants en bas âge, épargnés par l'expérience, clignaient des yeux, bouche bée, l'air un peu bêtes, comme tirés d'une courte sieste. L'odeur de l'herbe et de la terre humides planait toujours, tel un linceul.

Après avoir laissé son public récupérer et s'assurer que le cauchemar était terminé, Visvâmitra reprit la parole. Sa voix pénétrante roula sur l'assemblée, fascinante : les Ayodiens étaient ses marionnettes autant que son public. Jamais encore ils n'avaient assisté à un tel déploiement de sorcellerie brahmanique ni n'en avaient entendu parler. Rishi et prétendus prophètes marmonnaient sans bruit des mantras à la gloire du brahmârishi ou priaient que les vestiges de son pouvoir incompréhensible déteignent sur eux en une aumône aux démunis. Les ksatriya, surtout ceux frappés au cœur, comme Râma – quoique moins fortement, car aucun n'avait vraiment ressenti la même chose que lui –, regardaient autour d'eux, l'air traqués, incapables de se persuader que les terribles visions de mort et de destruction n'avaient été qu'illusions. La magie du sage n'avait épargné aucun détail monstrueux à la foule, quoique son mantra l'eût protégée de l'effondrement mental menaçant les malheureux confrontés à de telles horreurs. Sûdra et vaisya, civils et soldats, nobles et serviteurs arboraient une expression égarée, tandis que la compréhension du spectacle les pénétrait. Le maharajah lui-même, qui frottait ses yeux las en maudissant tout bas les prophètes et leur sorcellerie, avait été tiré de ses préoccupations égoïstes. À cet instant précis, il le découvrit en parcourant du regard son peuple stupéfait : Ayodiâ était parfaitement unie, oublieuse des différences de castes, dc classes et autres vétilles. L'assemblée, emplie d'un respect quasi craintif, fixait le mage-prophète.

— Ne craignez rien, Ayodiens, lança ce dernier d'une voix aussi apaisante qu'un baume. Ce n'était que l'image de ce qui peut-être sera, un avenir possible. Si tout se passe comme l'espère le sombre seigneur de Lankâ, cela deviendra réalité d'ici un an, juste avant l'hiver, à l'époque où Ayodiâ sera la plus vulnérable à un siège. Voilà des années, voire des siècles qu'il s'y prépare, car celui que les dieux ont baptisé Râvana n'est pas un banal râkshasa, vous le savez tous. Son destin est de devenir un jour le souverain du Triple Monde. (Il leva la main pour couper court aux protestations.) Du calme, courageux Ayodiens. La sagesse des deva est sans limite. Pour chaque Râvana qu'ils laissent suinter à la vie, tel un furoncle purulent sur un animal malade, ils créent l'antidote approprié. Voilà pourquoi les fiers habitants des pays ârya ont eu le bonheur de connaître une infinité d'avatars du seul vrai Dieu. L'innombrable progéniture des deva possède une puissance illimitée. Vaincre Râvana n'a rien d'impossible. Comme l'a bien dit le noble Dasaratha, ses conseillers l'aideront à trouver un moyen d'empêcher les asura d'atteindre la Sarayû et de menacer les nations ârya. La prophétie le veut ainsi.

Une vague de soulagement traversa la foule.

— Mais avant de seulement évoquer le problème de Râvana, il faut lui montrer qu'il se frotte à l'ennemi le plus formidable de sa longue existence, poursuivit Visvâmitra. Aujourd'hui, il vous a lancé un défi. Il a envoyé l'un de ses plus fidèles lieutenants, son oncle, rien de moins, au sein même de votre grande cité. La mission du démon, autant que nous puissions en juger, consistait à massacrer la famille royale.

Murmures coléreux. L'intrusion du matin avait suscité des émotions puissantes, exacerbées par la vision magique.

— Ce n'était pas une simple incursion, mais aussi un test, un défi. Râvana cherche à savoir si nous sommes prêts à lui tenir tête, ou si nous nous contenterons de nous rouler à ses pieds en chiots dociles pour implorer sa pitié. Qu'en pensez-vous, Ayodiens ? Quelle sera votre réponse au seigneur de Lankâ ? Soumission ou insurrection ?

— Insurrection !

La réponse éclata tel le tonnerre dans la foule immense. Le mage-prophète hocha la tête, satisfait.

— Je n'en attendais pas moins de vous, mais notre riposte à Râvana doit être adaptée à sa pique. Lever une armée pour marcher sur Lankâ serait de trop. Peut-être même espère-t-il que nous en arriverons là, ce qui lui donnerait l'avantage, comme durant la dernière guerre asura. Non, la réaction serait d'une violence exagérée, prématurée. Il a envoyé un champion dans nos rangs. Nous devons faire de même.

Le silence tomba tandis que chacun pesait cette affirmation. *Un* champion ? À Lankâ ? Était-ce bien ce qu'avait voulu dire le brahmârishi ?

— Il n'ira pas à Lankâ, reprit le visiteur, comme s'il lisait dans l'esprit collectif aussi facilement que sur l'ardoise où un enfant griffonne à la craie, mais dans les bois du Midi, la grande Bayanak-van créée puis entretenue par Râvana pour former une barrière entre les sept nations et l'immense sous-continent austral. Depuis des millénaires, cet obstacle bloque l'expansion ârya : l'environnement y est tellement hostile, tellement dangereux pour les mortels que les grands guerriers de légende eux-mêmes sont rarement revenus de ses profondeurs.

Le prophète s'interrompit, le temps de parcourir d'un regard attentif les visages levés vers lui.

— Vous vous demandez, bien sûr, comment notre champion survivra à la Bayanak-van, puisqu'elle est si dangereuse... Eh bien, c'est justement ce qui compte. Si l'un de nos ksatriya s'y rend afin de décimer les hordes immondes de Râvana, nous aurons envoyé un message essentiel au seigneur de Lankâ. Nous lui aurons montré que non seulement il ne nous fait pas peur, mais que nous sommes aussi plus forts qu'il ne le croit. Regarde, lui aurons-nous dit, un de nos ksatriya, un jeune combattant sans expérience qui plus est, a infligé des pertes immenses à tes troupes. Imagine donc de quoi sera capable notre armée, vil démon.

Les spectateurs, comprenant enfin son point de vue, hochaient la tête, chuchotaient entre eux, poussaient parfois des cris approbateurs – les ksatriya plus que les brahmanes, Lakshman le remarqua. La stratégie du mage impressionnait les soldats, mais après tout, il avait été un grand roi guerrier.

— Vous vous demandez aussi quel sera notre envoyé capable d'entreprendre une mission aussi dangereuse et de la mener à bien. Quant à moi, Ayodiens, je vous le demande : si Râvana a mis en danger son oncle par le sang, pouvons-nous faire moins ? Il faut lui dépêcher le plus précieux d'entre tous les fils, celui qui vient juste d'être désigné prince héritier, Râma Chandra.

Silence. On entendait le murmure de la brise dans les rangs du public à des mètres à la ronde, les cris lointains des coucous et des perroquets dans les bosquets de manguiers. L'arôme des viandes qui rôtissaient, en attendant le début du festin, paraissait plus puissant que jamais.

Soudain, questions et protestations explosèrent. Visvâmitra prit la peine de répondre à toutes, brièvement, avec une logique dévastatrice et une conviction inébranlable. Le senâpati Mahesvari demanda s'il ne valait pas mieux envoyer dans les bois du Midi un aksohini tout entier plutôt qu'un combattant isolé : moins qu'une armée, mais assez pour augmenter les chances de victoire.

— Le maharajah Dasaratha m'a déjà proposé toutes ses troupes, ses plus grands guerriers, ses champions les plus accomplis. Je les ai refusés, répondit patiemment le sage. Que pensera Râvana si nous avons besoin d'une véritable horde ou de nos meilleurs éléments pour combattre son petit groupe de sanguinaires ? Les râkshasa de la Bayanak-van sont dangereux, c'est vrai, mais il en commande d'autres bien plus puissants, bien plus redoutables. Son fils aîné n'a pas été baptisé Indrajit sans raison : il a vaincu le grand Indra, le roi des deva, durant l'invasion asura d'Indraprasta, la capitale des dieux. Non, seul un solitaire nous permettra d'envoyer à Râvana le message désiré.

Le mantri Ashok demanda, très raisonnable, comment un homme seul pourrait survivre dans une forêt emplie de démons.

— Le jeune Râma ne sera pas seul, répondit Visvâmitra en hochant la tête. Je ferai le chemin avec lui pour le préparer aux périls à venir. Je lui offrirai les mahâ-mantras les plus puissants jamais créés pour le combat. Il affrontera seul les monstres de la Bayanak-van, c'est vrai, mais auréolé de la puissance de mille vétérans ksatriya. Une fois la jungle débarrassée des répugnantes ordures de Râvana, le rajkumâr m'accompagnera à mon ashram, où il nous défendra, mes prêtres et moi, pendant que nous mènerons à bien le yajna dont j'ai parlé. Nous sanctifierons ainsi ces terres interdites, qui deviendront enfin hospitalières aux Ârya. N'oubliez pas que je ne vous demande pas cette faveur à la légère, braves gens. Je sais de quoi je parle. La tâche paraît impossible, je le reconnais, mais il arrive qu'un individu réussisse où des nations entières échoueraient.

Enfin, les contestations s'éteignirent.

— Je vous adresse à tous ma requête, comme m'y autorise le code des ksatriya et des brahmanes, conclut alors Visvâmitra. Donnez-moi en guru-daksinâ le prince Râma Chandra, et je vous rendrai un champion. Prêtez-moi votre prince héritier pour une unique mission, et je vous aiderai à frapper un grand coup dans la nouvelle guerre contre les asura. Confiez-moi ce jeune guerrier pour me servir d'arme contre les démons déchaînés qui menacent mon yajna, et je vous prouverai, ainsi qu'à Râvana, que sous la tutelle d'un brahmârishi tel que moi, un ksatriya néophyte est capable de vaincre une horde de râkshasa. Accordez-moi mon guru-daksinâ, pour l'avenir d'Ayodiâ et le bien de l'humanité.

Sur ce, le brahmârishi joignit les mains, baissa la tête et attendit la réponse du peuple. Elle ne tarda pas.

(Plus tard, on discuterait sans fin du problème : « Comment un adolescent pourrait-il affronter une troupe de râkshasa sanguinaires ? demanderaient certains. — Sous la tutelle du brahmârishi Visvâmitra, un charpentier en serait capable ! » riposteraient d'autres, indignés. Ils ajouteraient en reniflant : « D'ailleurs, il s'agit du *prince* Râma, pas d'un adolescent quelconque. »)

— Que Dieu protège le rajkumâr, lança de sous le pan de sari qui lui couvrait la tête une femme anxieuse, mais s'il venait à mourir en combattant les démons, ce serait un noble sacrifice à une bonne cause.

Son mari, un dhobi coiffé du turban en toile blanche de sa classe, lui jeta un regard menaçant en levant par réflexe une main ridée, abîmée par des années de lessive, mais il rabaissa lentement le bras sans l'avoir giflée, car elle avait raison. Entouré de ses six enfants, il se redressa pour exprimer ce que la foule s'était jusqu'alors contentée de penser, non sans nervosité.

— Puisqu'un fils d'Ayodiâ doit partir, mieux vaut que ce soit le plus glorieux. Car si le maharajah accepte d'envoyer son héritier combattre les asura, aucun père des nations ârya ne pourra faire moins.

Lorsque le dhobi se rassit, Lakshman jeta un coup d'œil à Dasaratha, qu'il trouva livide. La logique toute simple de l'artisan était inattaquable. Si le souverain opposait un refus au brahmârishi, tous les parents auraient une excuse pour ne pas risquer la vie de leurs enfants dans la guerre qui s'annonçait.

— Yatha raja tatha praja.

Le dhobi se mit le premier à chanter, mais un instant plus tard, l'assemblée clamait les antiques paroles :

— Yatha raja tatha praja, yatha raja tatha praja...

Dasaratha se leva. Il ne pouvait ignorer la décision de ses sujets, qu'il avait juré de gouverner selon la deuxième loi de Manu et celles de sa propre conscience.

La réponse d'Ayodiâ était parfaitement claire : tel roi, tel peuple. Râma partirait.

XXXIII

Sur les conseils de Vasistha, la famille royale regagna le palais en toute discrétion, dans de simples chars au lieu de la caravane. Ce fut lui également qui suggéra aux souverains de faire leurs adieux à la porte des fournisseurs. Le brahmârishi et le rajkumâr quitteraient ensuite la cité par les petites rues, afin d'éviter les fêtards exubérants. Il n'était pas question de refuser de parler aux gens, mais prendre officiellement congé d'Ayodiâ aurait demandé plusieurs jours. Kausalyâ avait envie d'accompagner Râma jusqu'à la première porte, ce que le guru et Sumantra déconseillèrent en chœur : il ne fallait pas oublier les problèmes de sécurité. La famille royale dut attendre l'arrivée au palais, puis la fermeture des grilles, pour que le capitaine Drishti Kumar entraînât ses hommes à l'écart et lui laissât un moment d'intimité.

Kaikeyî brillait par son absence, de même que Mantharâ. Bhârata les avait vues quitter le cortège avec une hâte coléreuse après la surprenante démonstration du brahmârishi. Sans doute se trouvaient-elles, à présent, dans les appartements de la deuxième reine, bouillantes de rage à cause du futur couronnement de Râma.

Bhârata, lui, était là, avec les jumeaux et Sumitrâ-mâ. La

troisième reine pleurait déjà, moins maîtresse de ses émotions que Kausalyâ, stoïque.

Tout le monde resta un instant figé, mal à l'aise, nerveux, sauf les deux prophètes, aussi impassibles qu'à l'ordinaire. Lakshman rompit le silence pesant.

— Père, dit-il en s'agenouillant devant Dasaratha, je vous supplie de me donner la permission d'accompagner mon frère durant cette mission sacrée.

Le souverain blêmit.

— Comment peux-tu me demander une chose pareille, mon enfant ? Le karma* de Râma exige qu'il parte, je le comprends et j'y souscris à présent, de même qu'à la volonté du peuple et au désir du grand brahmârishi, mais qu'on ne m'impose pas de sacrifier un autre de mes fils ! La tâche est déjà bien assez dangereuse pour un seul ksatriya. Je prie les deva que Râma en revienne victorieux, avec leur bénédiction ; seulement, si vous partez à deux, la mort aura deux fois plus de chances de frapper. Cette pensée m'est insupportable. N'insiste pas, mon enfant, s'il te plaît.

Lakshman leva vers Dasaratha des yeux qui trahissaient tout le chagrin, tout le désir de la jeunesse.

— Je ne vous ai jamais rien demandé, père, mais dès que j'ai appris à marcher, j'ai accompagné Râma ; lorsqu'il ne mangeait pas, j'avais faim ; lorsqu'il riait, j'étais heureux. Aucune force ne nous a jamais séparés. Ne le faites pas aujourd'hui.

Le visage du souverain était un masque d'émotions conflictuelles. Il se passa sur le front une main lasse en cherchant des arguments capables de convaincre son fils.

— Pardonnez-moi de prendre la parole sans y avoir été invité, père, intervint Râma d'une voix douce, mais j'ai quelque chose à dire à Lakshman. Reste, mon frère. La menace asura plane toujours sur Ayodiâ. Si jamais d'autres intrus arrivent, ton arc ne sera pas de trop. Tu as vu ce qui risque de se produire, le brahmârishi nous en a avertis.

— Mais tu l'as entendu, Râma, protesta Lakshman. Il veut t'emmener dans la Bayanak-van pour éviter l'invasion ! Je l'aiderai davantage en t'accompagnant qu'en restant ici. Surtout qu'à Ayodiâ, un arc de plus ne changera rien à l'affaire, alors que dans la forêt, il doublera les chances de réussite.

— Mahâdev, quelle est votre respectable opinion en la matière ? demanda Dasaratha, au désespoir, en se tournant vers Visvâmitra.

— Je n'en ai aucune, maharajah, répondit le prophète, appuyé sur son bâton. Cette décision appartient aux parents, pas au guru. Si le rajkumâr Lakshman désire accompagner son frère, qu'il en soit ainsi. S'il préfère rester, je l'accepterai également.

Après quoi il s'éloigna un peu de la famille. Le roi regarda autour de lui, à la recherche d'une aide quelconque. Ses yeux effleurèrent Kausalyâ, qui eut la sagesse de rester muette, puis passèrent à Vasistha. Ce fut alors que Sumitrâ-mâ intervint, malgré ses larmes :

— Dasaratha, laisse Lakshman accompagner Râma.

Tout le monde fixa la troisième reine. Du kajal* humide et une traînée de sindhûr maculaient ses traits délicats. Elle s'avança en s'essuyant le visage avec le pallo de son sari.

— Notre fils a raison : Râma et lui sont unis par un lien qui va au-delà de ce plan d'existence. S'il restait, il se languirait jusqu'à se consumer. Au moins, dans les bois, ils veilleront l'un sur l'autre.

— Sumitrâ ? s'étonna Dasaratha. Tu sais ce que tu dis ? Tu risquerais sans nécessité la vie de ton enfant ? Râma doit partir, il y va de son honneur, mais Lakshman n'est pas obligé de courir un danger aussi immense. Réfléchis avant de donner ton avis, ma douce !

— Je ne fais qu'exprimer une réalité, riposta-t-elle avec une détermination surprenante. Crois-tu vraiment qu'il ne m'en coûte pas ? (Ses yeux s'embuèrent de nouveau, tandis qu'elle portait le pallo au coin de sa bouche.) C'est comme si je m'arrachais la moitié du cœur. Pourtant, je l'affirme : si je supporte le départ de Râma, alors je supporterai celui de Lakshman, car multiplier la douleur par deux divisera d'autant les risques. (Elle parcourut l'assemblée du regard, défiant quiconque de battre en brèche son raisonnement.) Je ne puis parler pour Bhârata, mais je me séparerais de même de Satrugan, parce que…

— Laissez-nous partir aussi, père ! demandèrent

Bhârata et Satrugan d'une seule voix passionnée en s'avançant vers Dasaratha.

Il leur fit signe de se taire pour que Sumitrâ poursuivît.

— Parce que Râma est comme mon fils, continua-t-elle. Le perdre me serait aussi insupportable que perdre les jumeaux. Voilà pourquoi je dis : si Lakshman veut partir, si un arc de plus augmente les chances de réussite, j'accepte d'envoyer là-bas un de mes enfants.

Tous les regards se reposèrent sur le souverain, dont la famille attendit le verdict. Il considéra le visage baigné de larmes, empli de fierté de Sumitrâ, les yeux suppliants de Lakshman. Ses épaules lasses se voûtèrent, tandis qu'un grand soupir lui échappait.

— Très bien. Qu'il en soit ainsi. Lakshman accompagnera Râma. (Comme les deux autres princes allaient protester, il les fit de nouveau taire d'un geste épuisé.) Lakshman seulement. Que la moitié de mes fils, au moins, me reste en cette heure de crise !

La requête semblait s'adresser à quelque dieu invisible plutôt qu'à son auditoire.

— Écoutez notre père, mes frères, lança Râma à Bhârata et Satrugan. Il est malade. Si jamais nous devions échouer dans notre mission, Ayodiâ aurait besoin de votre hache et de votre masse. Restez, vous défendrez nos mères et notre cité.

Les jeunes gens courbèrent la tête à contrecœur en signe d'accord, pendant que Lakshman se relevait pour se planter près de Râma.

Vasistha s'éclaircit la gorge.

— Il faut vous hâter. Le brahmârishi aimerait atteindre Ananga-ashrama avant le coucher du soleil. Une longue marche vous attend.

Les deux élus échangèrent un coup d'œil puis, comme un seul homme, vinrent s'incliner devant lui, touchant ses pieds dans la demande rituelle de bénédiction.

— Guruji, asirvâd dijiye.

Il posa avec douceur une main sur chacune des deux têtes.

— Ayurmânbâ, Ayodiâ ke rajkumâron. Hum tumhari safalta ke liya prathna karenge. [Longue vie à vous, princes d'Ayodiâ. Nous prierons pour votre réussite.]

Ils se tournèrent ensuite vers le maharajah, aux yeux rouges et gonflés quoiqu'il n'eût pas versé une larme, au visage marbré de cramoisi sous l'effet de la tension. Le cœur de Râma se serra lorsqu'il se redressa, après lui avoir touché les pieds.

— Ayez confiance, père. Nous triompherons en votre nom.

— Je n'en attends pas moins de vous, mes enfants, répondit Dasaratha d'une voix brisée. (Soudain, alors que les garçons allaient s'éloigner, il se jeta sur eux pour les engloutir, les écraser dans une étreinte d'ours.) Ah ! mes fils, mes fils... Qu'ai-je fait ? Ne puis-je vous donner ce que vous méritez ? En quoi ai-je suscité ce karma maudit ?

Râma serra son père dans ses bras et l'embrassa avec tendresse. Le chaume grisonnant du souverain piqua sa douce joue imberbe.

— Vous nous avez toujours donné plus que nous n'aurions dû recevoir, père. Ce n'est pas votre karma, mais notre dharma qui nous mène où nous allons.

Dasaratha regarda son fils, de grosses larmes opaques jaillissant de ses yeux angoissés.

— Une telle jeunesse, accompagnée d'une telle sagesse. Puissent les deva m'accorder que vous reveniez tous les deux sains et saufs.

Il leur serra une dernière fois le bras, ses poings velus deux fois plus gros que leurs minces épaules, puis les lâcha et leur tourna le dos avec un sanglot étouffé. Ils s'avancèrent alors vers Kausalyâ-mâ. Lorsqu'ils se penchèrent pour recevoir son asirvâd, elle ne chercha pas à cacher les larmes qui brillaient dans ses yeux, mais sa voix n'en fut pas moins ferme et nette.

— Accordez tout votre respect et toute votre attention à votre nouveau guru. Prenez soin l'un de l'autre autant que de vous-même. Protégez-vous mutuellement nuit et jour. Obéissez aux commandements des prophètes et de votre devoir. Accomplissez votre dharma.

Les jeunes gens firent ensuite leurs adieux à Sumitrâ-mâ, Bhârata et Satrugan, avant de se tourner une dernière fois vers Vasistha. Le vieillard hocha la tête, conscient de leur désorientation.

— Courage, rajkumâr. Vous partez accomplir de grandes choses, au service d'une noble cause. Vos noms figureront en bonne place dans les chroniques de votre dynastie et de votre lignée. Allez, maintenant, avec la bénédiction des deva. J'emploierai tout mon maigre pouvoir à prier pour votre prompt retour.

Visvâmitra frappa la terre de son bâton, signalant au capitaine qu'ils étaient prêts, puis il accorda un dernier regard au maharajah et au reste de la famille royale.

— Vous avez ma parole, Ayodiâ-naresh. Soit je reviendrai vous rendre vos fils, ma mission accomplie, soit je ne reviendrai pas.

À ces mots, le cœur de Dasaratha se glaça. *Je ne reviendrai pas* ? Le visiteur voulait-il dire par là qu'il risquait d'échouer ? Mais oui, bien sûr. Le plus puissant des prophètes ne pouvait garantir l'avenir. Visvâmitra jurait donc non seulement sur son honneur, mais aussi sur sa vie de ramener les princes sains et saufs. Soit tous en réchapperaient, soit aucun.

Une possibilité tout simplement inenvisageable.

Le portail ouvert, Drishti Kumar et ses gardes saluèrent les trois voyageurs puis, pivotant élégamment, entreprirent aussitôt de le refermer, comme le voulaient les procédures de sécurité. Bhârata et Satrugan s'élancèrent, se cramponnèrent aux barreaux des grilles pour crier à leurs frères encouragements et adieux.

Râma et Lakshman, trois pas derrière leur nouveau guru, ainsi que le voulait la tradition, ne se retournèrent pas. On leur avait tout spécialement dégagé un chemin jusqu'à la première porte puis sur la route : la raj-marg était déserte à perte de vue, à l'exception des soldats en alerte postés tous les dix mètres.

Ils atteignirent l'extrémité de l'avenue puis prirent le virage, disparaissant aux yeux des occupants du palais.

Kânda second

PLUS QU'HUMAINS

I

POSTÉES À UNE FENÊTRE, Mantharâ et Kaikeyî regardèrent les trois hommes parcourir l'avenue puis disparaître derrière un virage.

À peine furent-ils hors de vue que la deuxième reine posa sur sa servante des yeux gonflés de larmes.

— C'était mon fils qui devait être couronné maharajah. Mon fils ! Bhârata ! Pas Râma !

— Auparavant, il faut d'abord qu'il soit désigné prince héritier, répondit la daîmâ avec calme en laissant retomber les rideaux. Ensuite que le père renonce au trône ou meure. Telle est la loi de la royauté.

— Je me moque de la loi ! hurla Kaikeyî. Je veux que mon fils règne sur le Kosala ! Tu m'avais dit que ça arriverait ! Qu'il avait le kundalî* d'un roi, pas celui d'un simple thâkur*. Tu m'avais promis qu'il deviendrait maharajah !

— En effet, acquiesça Mantharâ d'un ton égal. Et il le deviendra.

Le hurlement aigu de Kaikeyî résonnait toujours dans les couloirs de son palais désert : les serviteurs festoyaient avec le reste de la population sur le terrain de manœuvre, et la famille royale n'avait aucune envie de s'aventurer dans les appartements de la deuxième reine.

— Alors pourquoi Râma a-t-il été déclaré prince héritier

aujourd'hui ? (Kaikeyî attrapa l'infirme par ses épaules osseuses avec assez de force pour lui faire mal.) Tu peux me le dire, sorcière ?

La bossue émit un sifflement. Une flamme jaune-vert évoquant la langue d'un énorme lézard naquit dans les profondeurs de sa gorge puis jaillit de sa bouche pour frapper son interlocutrice en plein front avec un craquement. Les yeux stupéfaits de Kaikeyî se révulsèrent. Elle s'envola à travers la pièce comme une poupée de chiffon lancée par une petite brute, heurta au passage un chaturanga* qui se renversa – envoyant promener des jalbartans* de cristal et la vaisselle sale de son repas –, puis atterrit avec une brutalité à lui briser les os sur les coussins et les matelas de sa baitak-san*, où elle resta effondrée, râlante, narines frémissantes et yeux écarquillés.

Mantharâ plia l'index ; sa maîtresse s'assit brusquement, la tête ballante comme la queue d'un chien. Elle eut un hoquet, aussi saisie par son propre mouvement involontaire que par le vol qui l'avait précédé.

La vieille femme fit trois pas vers elle, levant en guise d'avertissement un long doigt crochu.

— Ne t'avise plus jamais de me toucher, ma reine. La prochaine fois, il n'y aura pas de coussins pour amortir la chute.

Kaikeyî se remit lentement sur ses pieds en vérifiant qu'elle n'était pas blessée, les mains tremblantes d'émotions conflictuelles, dont la peur.

— Comment… comment… as-tu fait une chose pareille ?

— Quelle importance ? (La bossue haussa les épaules.) Je l'ai faite, c'est tout. Maintenant, rappelle-toi juste que tu n'es plus en âge de recevoir une fessée, espèce de chiot ârya trop gâté, et que je n'ai plus la patience d'autrefois.

Kaikeyî cligna des yeux, égarée. Que voulait dire la daîmâ ? Elle n'avait jamais eu la moindre patience. La deuxième reine comprit à retardement qu'il s'agissait d'une plaisanterie ; d'une certaine manière, c'était encore plus effrayant que le brusque étalage des pouvoirs de sa conseillère.

— Je suis... je suis... désolée de t'avoir secouée, balbutia-t-elle.

— Tu parlais du kundalî de Bhârata, reprit l'infirme sans prêter attention à ses excuses. Son horoscope dit en effet très clairement qu'il sera maharajah, et il le sera. En temps et en heure.

Elle s'était mise à faire les cent pas, plongée dans ses pensées. Kaikeyî la regardait comme un enfant regarde une marionnette parcourir la scène d'un théâtre de kâspulî*.

— Seulement ça n'ira pas tout seul. (Mantharâ releva les yeux.) Au lieu de passer tes nuits à t'amuser avec des voyous trop musclés dans des auberges mal famées, il va falloir m'obéir. Le temps nous est compté. Chaque seconde a son importance dans la partie.

Une partie ? Quelle partie ? Kaikeyî parvint à tenir sa langue, ce qui lui était presque aussi difficile que de surveiller son alimentation. Muette, elle regarda la daîmâ aller et venir. Enfin, celle-ci s'arrêta, les yeux brillants.

— Oui, c'est une excellente idée. Votre génie est sans limite, seigneur.

La reine fouilla la pièce des yeux, se demandant à qui s'adressait sa compagne. Dasaratha leur rendait-il une visite inopinée ? Non, elles étaient seules. Un brusque frisson secoua Kaikeyî. Elle traitait souvent Mantharâ de sorcière, surtout en son for intérieur ou derrière le dos de l'intéressée, mais c'était juste une manière de parler. À présent, cependant, elle commençait à comprendre que les pouvoirs de l'infirme émanaient bel et bien du royaume interdit de la magie noire. Ce que Mantharâ venait de lui faire en pliant un doigt, rien de plus, était œuvre de sorcellerie, et pas de sorcellerie brahmanique. Quels autres secrets lui avait cachés sa suivante, au fil des années ? De quoi était-elle capable ?

La vieille femme considéra sa maîtresse comme si la moindre pensée, la moindre émotion tourbillonnant dans son esprit enfiévré lui étaient connues.

— Ne viens pas me dire que tu veux voir régner Bhârata par amour maternel. Tu n'as pas pour deux paisa de désintéressement, je te l'ai arraché il y a des années, si tu en as jamais eu. Non, tout ce qui t'intéresse, c'est ton rang. Tu crains que si Râma monte sur le trône, Kausalyâ ne te remette très vite à ta place pour te punir d'avoir passé des années à chauffer le lit de Dasaratha. Tu n'as aucune envie de perdre ton allocation illimitée, ni les soieries et les babioles que le maharajah te fournit sans arrêt. À sa mort, tu risques d'être ravalée au statut de veuve, bannie en une région reculée du royaume pour y finir tes jours dans une ignominie sans nom. Voilà pourquoi tu veux que Bhârata soit couronné prince héritier.

Pour toute réponse, Kaikeyî posa sur Mantharâ de grands yeux : la bossue avait dit tout ce qu'il y avait à dire. C'étaient bien ces craintes évoquées qui empêchaient sa maîtresse de trouver le sommeil, la nuit ; c'étaient bien ces démons qu'elle cherchait à noyer dans l'alcool, à étouffer en se gavant matin, midi et soir tel un brahmane lors d'un festin. Pourtant, les entendre nommer tout haut lui dévoilait le pur égoïsme de ses inquiétudes les plus profondes avec la force brutale d'une gifle.

— N'aie pas peur, poursuivit Mantharâ, un sourire sinistre aux lèvres, il en sera comme tu le désires. Ton fils sera couronné prince héritier, il deviendra maharajah à la mort de son père, et tu conserveras ton statut de première reine en tout, sinon en titre, des années durant. Les clés du Trésor reposeront entre tes mains grassouillettes, et Kausalyâ elle-même n'osera pas contester le moindre de tes actes.

— Tu te moques de moi... tu m'asticotes... riposta Kaikeyî, les yeux plissés. Je t'ai déjà présenté mes excuses pour avoir porté la main sur toi. Inutile, en plus, de m'humilier. Je suis une femme, à présent, plus une enfant.

— Me moquer de toi ? T'asticoter ? (Le rire de Mantharâ ressemblait au baragouin d'un singe.) Ma pauvre grosse Kaikeyî, je ne fais que dire ce qui est inscrit dans ton kundalî à toi. Tu ne te le rappelles donc pas ? Je t'ai raconté exactement la même chose le jour où j'ai déchiffré ton horoscope.

Kaikeyî en resta bouche bée. Elle se le rappelait, en effet. La daîmâ lui avait dévoilé son horoscope pour ses seize ans, récitant la liste des événements merveilleux dont serait fait l'avenir de sa pupille.

— Tu veux dire... que tout ce dont tu m'as parlé... Ça va vraiment arriver ?

La bouche de la bossue conserva son sourire, mais ses yeux se durcirent, la peau ridée qui les entourait se tendit.

— Au détail près. Tu en as envie, hein, petit chiot ?

Dans son excitation, Kaikeyî ne put que hocher la tête avec vigueur, incapable de s'exprimer.

Mantharâ se pencha en avant, lui faisant signe de s'approcher d'un doigt noueux.

— Alors viens là, que je te dise comment aider ces merveilles à devenir réalité.

La grand-route longeait la rive de la Sarayû sur un yojana entier, que Visvâmitra et les princes parcoururent sans mot dire. Le prophète ouvrait la marche, d'un pas qui ne tarda pas à faire suer d'abondance ses compagnons. Seuls le claquement de leurs socques en bois et le rugissement de la Sarayû troublaient le silence.

Bien que l'après-midi touchât à sa fin – il restait peut-être trois heures avant le coucher du soleil –, la journée semblait plus chaude que de coutume, signe du changement de saison qui laissait bien présager de l'avenir. Râma et Lakshman, toujours vêtus de blanc, ne portaient qu'un simple dhotî et un ang-vastra* négligemment drapé autour des épaules. Une fraîcheur revigorante subsistait, mais leurs nouveaux devoirs de ksatriya assermentés leur commandaient de renoncer au moindre confort. Lorsque Dasaratha avait proposé à Visvâmitra un char et un peloton pour l'accompagner jusqu'au pont de Mithilâ, le mage avait poliment refusé. D'après la légende, il n'était plus monté dans un char ni à cheval depuis plus de mille sept cents ans. Vasistha lui-même, malgré son statut de guru royal, se rendait chaque jour à pied au palais, distant d'un yojana et demi de son ashram. Quant au mahârishi Vâmadeva, bien obligé de vivre sous le toit du maharajah pour superviser la petite armée de purohit employés par le trône, il dormait sur un matelas de joncs et se nourrissait fort simplement, dans un bol de faïence. Comme disait le proverbe : « Plus grand le prophète, plus réduits ses besoins. »

Les jeunes gens ne pouvaient non plus accepter le moindre avantage de leurs origines royales : en faisant serment de servir le brahmârishi, ils avaient renoncé à leurs titres, possessions et autres droits de naissance. Ils étaient tenus de suivre Visvâmitra et d'obéir à ses ordres, même implicites, jusqu'à ce qu'il les dégageât de leurs obligations envers lui. Ainsi le voulait, par tradition, l'accord guru-sisya.

Plus les voyageurs s'éloignaient de la cité, plus les bruits des réjouissances, des jeux, des défilés s'amenuisaient. Un soupçon de stupeur fit tressaillir Râma à la pensée de la destinée inattendue qui l'avait placé sur cette route. Ni doute ni crainte, non, mais un minuscule point d'interrogation blotti dans son ventre, lui chatouillant les entrailles.

« Nous savions ce qui nous attendait en acceptant le prophète comme guru, se dit-il. Enfin, moi, je le savais. » Il regarda son frère, qui marchait exactement du même pas que lui. « Mais j'aurais dû me douter que Lakshman voudrait m'accompagner. J'aurais dû faire quelque chose, lui parler, le convaincre de rester là-bas. C'était mon devoir, puisque je suis l'aîné. » Un filet de sueur coula sur la joue de son cadet, qu'il s'empressa de tapoter avec l'extrémité de son ang-vastra. Lakshman hocha la tête, à l'instant précis où une grosse goutte glissait sur le front de Râma puis s'insinuait dans son œil gauche. Lakshman voulut l'essuyer avec son propre ang-vastra, mais trop tard. Comme son frère clignait des yeux, souriant, pour chasser le picotement, il lui rendit son sourire.

Ils poursuivirent leur route.

Le soleil passa derrière un nuage isolé en forme d'outre gonflée de babeurre – association d'idées que Râma attribua à son estomac vide. Lorsque l'astre du jour réapparut, il brillait avec plus d'ardeur encore, véritable masâl brandie devant les marcheurs. Les princes étaient en nage, leurs vêtements trempés. L'hiver était bien fini.

Râma jeta un coup d'œil aux flots glacés, écumeux et accueillants de la rivière. Un petit plongeon, juste là, ce serait le paradis. Surprenant le regard en coin de Lakshman, il comprit que la même envie lui traversait l'esprit.

Le souffle frais de la Sarayû portait une brume à l'amertume ferreuse, une odeur de montagnes et de vallées en fleurs : le parfum des terres ancestrales. Un essaim de libellules aussi grosses que des pigeons tourbillonnaient au-dessus de l'eau, remontant vers l'amont. Dans la clairière ombragée où Râma s'était assis quelques heures plus tôt seulement, au loin, deux koyal* chantaient.

« J'aimerais bien me reposer près de vous un moment, mes amis, mais le devoir m'appelle. » Des écureuils bondissaient de branche en branche pour traverser la rivière, passant avec agilité d'un arbre à l'autre, pendant que les feuilles se balançaient dans leur sillage. Les flancs énormes des masîr et des rawas* luisaient sous l'eau comme de l'argent. Les poissons, amincis par le long hiver, seraient bientôt ralentis par la graisse, prêts pour le feu du cuisinier.

« J'aurais dû manger quelque chose au nâsta de Susama-daîmâ, en fin de compte. » Un cerf, qui s'abreuvait près du rocher où Râma avait pansé la biche blessée, fixa les voyageurs sans crainte. Il était jeune, amaigri par l'hiver, lui aussi, mais sa fourrure noire brillait, bien fournie. La saison du rut ne tarderait pas ; alors ses fiers andouillers s'entrechoqueraient avec ceux d'un frère pour décider lequel des deux mâles s'accouplerait. Râma examina la rive à la recherche de la biche, en vain. Il espérait qu'elle avait survécu à sa blessure, si improbable que cela parût.

Le soleil baissait à l'occident. Les trois hommes continuaient leur chemin. Bientôt, même le son lointain des conques et les barrissements s'évanouirent derrière eux. Le rugissement de la rivière s'atténua, car la route s'élevait progressivement au-dessus des flots. Les marcheurs dépassèrent des bosquets de manguiers, des orangeraies, des pommeraies, des vignes, des champs de canne à sucre, où des oiseaux-scorpions planaient au-dessus des grandes tiges, le ventre protégé de la sève poisseuse par une carapace gonflée. Les jaquiers abritèrent un moment les voyageurs du soleil déclinant. Les jeunes gens s'étaient souvent assis sous ces mêmes arbres pour se bourrer de jaques à la consistance élastique, avant d'apporter le surplus à Susama-daîmâ, qui cuisinait un délicieux curry de phanas* aigre-doux à la mode marathî. Cette fois, ils durent se contenter de regarder les fruits avec envie, sans s'arrêter.

Plus la route montait, plus il faisait chaud, malgré l'ombre produite par les arbres des bas-côtés. Trop chaud pour l'hiver, mais aussi pour le printemps. « Chaleur à Holî, mousson qui arrive », disaient les daîmâ. Râma humecta ses lèvres sèches, regrettant les embruns rafraîchissants de la Sarayû, mais aussi l'odeur délicate de lotus et de jasmin qui dérivait sur la rivière. Il s'essuyait le visage avec l'extrémité de son ang-vastra, lorsqu'il se rappela soudain qu'il ne s'était même pas oint de rang, lui que Lakshman peinturlurait toujours à l'occasion du festival, et réciproquement. Aujourd'hui, pourtant, ils n'avaient pas la moindre tache de poudre. À cet instant, la kumkum* que sa mère lui avait pressée sur le front après l'ârti lui revint en mémoire ; il n'était pas si dépourvu de couleur, après tout. Mâ y avait veillé.

Un petit caillou se coinça entre ses orteils, aussi s'arrêta-t-il pour s'en débarrasser. Quand son frère voulut l'attendre, cependant, il lui fit signe de repartir. Comme Lakshman poursuivait sa route derrière le sage, Râma s'aperçut que son arc pointait vers l'est, son carquois vers l'ouest, tandis que sa tête et ses pieds indiquaient le nord et le sud. « Il illuminait les quatre points cardinaux en partant au combat sur son char de feu. » Voyons, d'où sortait la citation ? D'un antique poème sur un de leurs ancêtres, sans doute Sûrya, qui avait donné son nom à la dynastie des Sûryavamsa après avoir pris pour femme la fille unique du chef de tribu Iksvâku le Colon.

Râma ne tarda pas à rejoindre ses compagnons ; il n'avait pas conscience de présenter la même apparence que Lakshman – car ils avaient une chevelure noir corbeau, des attitudes identiques et un bagage semblable.

Le soleil était encore à plus d'une heure de son coucher, lorsqu'ils atteignirent le pont de Mithilâ. Il n'en existait que trois sur la Sarayû. Celui de Mithilâ, construit à l'endroit le plus élevé des deux rives, dominait les flots de sept cents mètres. Sous les parapets ornementés, la rivière rugissante bouillonnait, tumultueuse, autour d'énormes rochers gris jetés dans son lit par une avalanche quelques milliers d'années auparavant.

Le pont, situé à un yojana et demi – vingt-deux kilomètres – de la première porte d'Ayodiâ, marquait la frontière du protectorat royal. Comme les voyageurs en approchaient, Râma distingua les hommes à dos d'éléphant et les cavaliers postés devant l'ouvrage. Ses proportions colossales diminuaient même la taille des pachydermes. Taillé dans le tronc massif d'un seul shagun*, il était assez large pour laisser passer de front trois caravanes royales ou sept éléphants. Malgré sa hauteur considérable, un nuage d'embruns en obscurcissait presque toute l'étendue.

Visvâmitra s'arrêta à l'endroit où la raj-marg s'incurvait en douceur, afin de permettre aux chariots et autres véhicules d'accéder facilement au pont. Il se tourna vers les jeunes gens.

— Ne révélez pas votre identité, rajkumâr. L'ennemi a des yeux partout, aussi vaudrait-il mieux que nul ne soit averti de notre mission. Conduisez-vous comme mes acolytes et laissez-moi le soin de discuter.

Sans attendre de réponse, il prononça un court mantra, accompagné de quelques gestes.

Râma et Lakshman offraient à présent l'aspect de brahmanes néophytes au crâne rasé, à l'exception d'une chotti*, tandis que le sage avait tout l'air d'un prêtre jovial, bedonnant et rubicond, vêtu du safran rituel.

Il hocha la tête, satisfait, avant de se retourner vers les deux gardes qui venaient à leur rencontre.

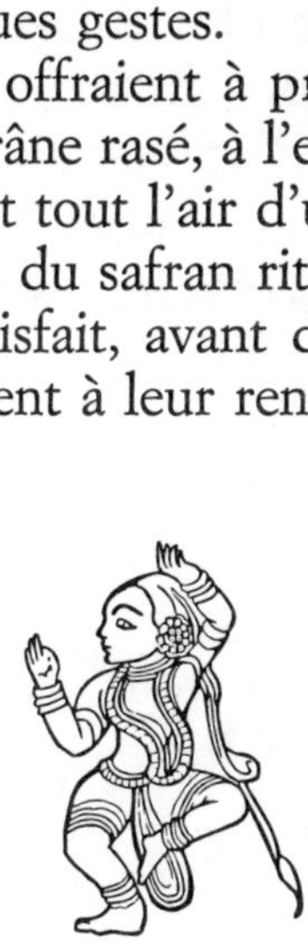

II

LES CAVALIERS APPROCHAIENT avec célérité, mais prudence, la peau luisante d'embruns, quasiment nus selon la coutume des raksak, les ksatriya voués à la protection des personnes et des biens, leur virilité dissimulée par un simple langot en coton blanc. Les muscles qui jouaient sur leur torse et leurs cuisses huilés brillaient au soleil de l'après-midi. Ils avaient le visage large, les traits lourds, la peau aussi sombre que la chevelure des princes ; leur crâne rasé étincelait sous l'astre du jour. Leur ressemblance était telle que Râma ne put, tout d'abord, les distinguer l'un de l'autre.

— Seriez-vous perdu, punditji ? demanda le premier au prophète, non sans brusquerie. Ayodiâ se trouve derrière vous.

— Je suis ravi de vous voir, raksak, répondit gaiement Visvâmitra dans son rôle de prêtre, et je vous salue en ce jour de fête. Malheureusement, des affaires sacrées m'appellent dans la direction opposée à celle de la mela dont jouit notre grande capitale. Mes apprentis sont très mécontents de ne pas pouvoir apprécier l'hospitalité munificente du maharajah Dasaratha, et je reconnais que j'aurais aimé profiter des spectacles exotiques des célébrations, mais une quête sainte m'oblige à gagner Ananga-ashrama avant la tombée de la nuit.

Les guerriers échangèrent un regard ennuyé.

— Ananga-ashrama ? Aujourd'hui ? Vos affaires ne peuvent-elles vraiment pas attendre un jour ou deux, voire trois ? Nous vous conseillons de rejoindre la ville pour y bénéficier de la semaine de fête. La nuit ne va pas tarder à tomber. Vous serez plus en sécurité derrière les murailles d'Ayodiâ. Revenez d'ici quelque temps. Nous vous souhaiterons bon voyage et vous laisserons passer sans problème.

Un froncement de sourcils plissa le front de Visvâmitra. Râma s'efforça de rester impassible : ainsi déguisé, le brahmârishi offrait une vision si incongrue qu'elle en devenait hilarante. Pourtant, la transformation était d'une efficacité impressionnante. Lorsqu'il porta la main à son visage, le prince sentit sous ses doigts une mâchoire moins énergique, des joues plus rondes, un nez bulbeux. Son envie de rire s'évanouit aussitôt, tandis qu'il prenait conscience de son propre ridicule. Mais au fait, de quoi le sage avait-il peur ? Les gardes du pont ne pouvaient tout de même pas être des espions, eux aussi ? Quoique... Pourquoi pas ? Râma comprit avec un choc qu'il devrait peut-être modifier toutes ses conceptions du monde en fonction de la réalité nouvelle qui l'attendait.

— Hélas ! Courageux défenseurs, je dois terminer mon voyage aujourd'hui même, ou mes karya* seront bhung*. Qu'avons-nous à craindre, plus loin, qui rende le trajet tellement dangereux ? Nous sommes en paix avec nos voisins, il me semble ?

— Pas pour longtemps, si le maharajah Dasaratha reste aussi docile que ces dernières années, renifla le premier garde.

Son compagnon lui jeta un regard d'avertissement. Sans doute était-il plus âgé, bien qu'il fût difficile de l'affirmer, en l'absence de pilosité. Il s'exprimait avec moins de brusquerie, témoignait un certain respect aux arrivants et cherchait, apparemment, à faire pardonner le comportement de son cadet. Père et fils, pensa soudainement Râma, par intuition.

— Mon camarade n'avait pas l'intention de manquer de respect à notre grand maharajah, punditji. Nous avons eu une journée bizarre. Des histoires étranges nous sont parvenues, d'après lesquelles il se passerait des choses encore plus étranges. Nous qui surveillons et protégeons le pont de Mithilâ, nous voyons passer des voyageurs venus de tout le royaume, et nous entendons des rumeurs qui ne parviennent jamais à Ayodiâ ou ne l'atteignent que bien plus tard.

— Et quelles sont-elles donc, brave homme ? s'enquit Visvâmitra d'un ton joyeux, mais surpris, comme il convenait à un brahmane regagnant son ashram avec ses deux apprentis. De quoi avez-vous peur, pour barrer la raj-marg à des pèlerins vertueux ?

— Peur ? se hérissa le plus jeune des deux guerriers. Vous feriez mieux d'éviter ce mot-là en parlant des raksak, saint homme ! Rien ne leur fait peur !

Son aîné lui posa la main sur le bras pour le calmer.

— Je vous l'ai dit, toutes sortes de bruits bizarres nous arrivent aux oreilles. Distinguer la vérité des suppositions fantaisistes ou des commérages mal intentionnés n'est pas toujours facile. Nous qui gardons les routes, nous en entendons beaucoup, mais nous avons peu de certitudes.

Il enchaîna, sans laisser à son compagnon le temps de reprendre la parole :

— Il paraît que des râkshasa ont envahi le palais royal, violé deux reines et tué des dizaines de gardes avant d'être abattus par la foudre que déchaînait le puissant mage-prophète Visvâmitra, ressuscité grâce aux mantras du guru Vasistha.

— Violé deux reines ? laissa échapper Lakshman, stupéfait.

Râma lui donna un coup de coude dans les côtes pour lui rappeler de se tenir coi, mais l'inexactitude des prétendues « nouvelles » ne l'amusait pas non plus.

— Des reines non titrées, précisa le raksak. Nous avons aussi entendu dire qu'une armée asura se rassemblait dans les bois du Midi sur l'ordre du seigneur de Lankâ. Au paroxysme des festivités, une fois les soldats pris de vin et les portes négligées, les complices déjà dans la place ouvriront la ville aux démons pour qu'ils y répandent terreur et destruction.

Le raksak s'interrompit, puis ajouta :

— C'est du moins ce que dit la rumeur.

« Ridicule ! faillit s'exclamer Râma, choqué par ces demi-vérités fielleuses. Vous croyez vraiment que l'armée d'Ayodiâ va faire la fête et s'enivrer sous prétexte que c'est Holî ? Pauvres idiots ! » Il dut se retenir pour ne pas protester que la garde avait été triplée et les troupes maintenues en état d'alerte maximale. Son père avait donné des ordres dans ce sens à Sumantra, qui les avait transmis en privé aux senâpati des différents aksohini. Les hommes patrouillaient dans la capitale en civil, les armes cachées, pour ne pas alarmer les citoyens. Non seulement ceux qui étaient de service ne boiraient pas une goutte de soma* de la journée, mais les officiers avaient institué des tours de garde de six heures pour que les trois quarts des forces soient disponibles en permanence, de nuit comme de jour. Toutefois, l'acolyte d'un brahmane n'avait aucune chance de savoir ce genre de choses. Le jeune homme tint donc sa langue, bouillant d'indignation.

Visvâmitra, lui, semblait imperturbable.

— Quand bien même ces commérages de pipelettes renfermeraient une once de vérité, mon brave – et franchement, je n'en crois rien –, quel rapport avec nous ? Pourquoi nous barrer la route d'Ananga-ashrama ? Vous croyez vraiment que les asura s'en prendraient à des hommes de Dieu ? (Il appuya ses questions d'un gloussement indulgent, assorti à son aspect bonhomme.) Qu'auraient-ils à y gagner ? La bénédiction de Vishnu ?

Le premier raksak – le fils, d'après Râma – abaissa un regard noir sur le prophète.

— Comment être sûrs que vous n'êtes pas vous-mêmes des asura ? On dit que…

Il examina les alentours, déglutit, puis poursuivit d'un ton rogue :

— On dit que des démons ont changé de bhes-bâ pour avoir l'air de voyageurs normaux, ou même de nobles ou de membres de la famille royale afin de nous tromper, nous, les protecteurs. Il paraît aussi que trois raksak ont été assassinés dans les bois du Midi par ces monstres hypocrites.

Il se racla la gorge avant de cracher avec colère, à quelques centimètres du pied de Râma.

— Je donnerais mon bras droit pour avoir une chance, une seule, de transpercer de ma lance un de ces kottîsiki* ! Je leur montrerais comment on s'occupe des asura, ici, au Kosala !

« Il a peur ! comprit Râma. Voilà pourquoi il se montre aussi agressif. Il ne sait plus à qui se fier. »

— Peut-être cette chance se présentera-t-elle plus tôt que vous ne le pensez, jeune homme, répondit Visvâmitra avec calme, mais pour l'instant, laissez-nous passer et vaquer à nos saintes occupations. Si nous ne sommes pas à Ananga-ashrama à temps pour notre ishta*, le grand Shiva en sera mécontent.

L'aîné des raksak regarda fixement ses rênes.

— J'aimerais vous rendre service, vieillard, lâcha-t-il enfin, mais notre supérieur a décidé que nul ne traverserait le pont de Mithilâ tant que nous n'aurions pas reçu d'ordres d'un envoyé du roi en personne. (Il fit reculer sa monture de quelques pas, prêt à regagner son poste.) Vous accomplirez votre ishta un jour plus favorable. Pour l'instant, retournez à Ayodiâ avant le coucher du soleil. Un couvre-feu va être institué dans tout le royaume, hors les murs de la cité. La garde s'occupera sur place des voyageurs démunis de parchemin d'accréditation. Ce sont les ordres.

Son cheval fit demi-tour, imité par celui de son camarade.

— Halte, raksak ! (La voix de Visvâmitra sonna haut et clair, débarrassée de son accent nasal et de son ton rieur.) Regardez-moi.

Les deux hommes opérèrent un nouveau demi-tour pour fixer le prophète d'un air méfiant. Déjà, le plus jeune tenait sa lance, tandis que l'autre se préparait à empoigner son épée.

Râma s'aperçut que le brahmârishi était entouré d'une brume légère, cape immatérielle flottant à quelques centimètres de sa peau. Elle scintillait au soleil éclatant, pailletée d'or et de bleu. Le pouvoir du Brahman. Visvâmitra avait repris son apparence première.

— Je savais bien qu'ils avaient quelque chose de bizarre, s'exclama le jeune raksak en éperonnant sa monture pour la lancer contre les voyageurs.

Une bulle de lumière se détacha de l'aura du mage et fondit sur le guerrier, qu'elle immobilisa net, cheval compris ; une autre frappa son compagnon. Elles les touchèrent au visage, éclatèrent puis leur couvrirent la tête, tels des ballons translucides emplis d'un fluide visqueux. La substance se mit aussitôt à suinter dans les orbites, les oreilles, le nez, la bouche des victimes, paniquées. Leurs yeux s'écarquillèrent, leurs narines palpitèrent ; mais, brusquement, leurs traits se détendirent, empreints d'un calme parfait. Les raksak sourirent, l'air tellement bêtes, tellement étrangers à eux-mêmes que Râma faillit éclater de rire. « On dirait qu'ils ont abusé de la ganja ! »

— Qu'est-ce qui leur prend ? chuchota Lakshman en lui donnant un petit coup de coude.

— Les... les choses que le brahmârishi leur a lancées produisent l'effet d'une sorte de tranquillisant.

— Quelles choses ?

Râma jeta un regard surpris à son frère.

— Les bulles qui leur entourent la tête. Tu ne les vois donc pas ?

— Tout ce que je vois, c'est leur sourire idiot.

« Pourquoi me sont-elles visibles et pas à lui ? » La réponse qui lui vint immédiatement à l'esprit était aussi contrariante que la question. « Pour la même raison que j'ai rêvé de l'invasion d'Ayodiâ et pas lui. Mon karma et le sien restent distincts, quoique entremêlés. Je ne dois pas l'oublier : nous sommes frères de sang, si unis qu'il nous semble constituer les deux moitiés d'un seul être, mais l'une et l'autre ne sont jamais identiques. Il faut que je l'accepte pour progresser. » Un effort lui permit de chasser de son esprit ces pensées importunes.

Brandissant son bâton, Visvâmitra repartit d'un bon pas.

— Merci de votre sympathie et de vos renseignements, mes bons raksak, commença le mage, dont la voix redescendit peu à peu jusqu'à sa basse habituelle.

(Heureusement, les guerriers n'étaient plus en état de remarquer ce genre d'incongruités.) Que Shiva vous protège et donne la force à votre bras.

Râma et Lakshman le suivirent en direction du pont, devant lequel était déployé un peloton tout entier, aux arrières surveillés par des éléphants qui agitaient nerveusement leur trompe. Si leur commandant à la peau d'ébène lançait le mot fatidique, ils s'aligneraient afin d'interdire le passage, tandis que les soldats se rangeraient bouclier contre bouclier pour attaquer. Râma n'avait jamais vu de raksak se battre, mais les avait regardés s'entraîner. Le serment de leur clan exigeait d'eux qu'ils protègent gîtes d'étape, ponts et lisières des forêts à travers les sept nations. Les gardiens des portes du monde ârya : voilà comment ils se définissaient. Lorsqu'ils étaient bébés, on leur offrait des armes avant même qu'ils ne soient sevrés. Les défenseurs du pont de Mithilâ eussent préféré mourir plutôt que de se rendre ou de battre en retraite. Si leurs ordres étaient de ne laisser passer personne, nul ne passerait.

Toutefois, rien ne leur permettait de résister aux pouvoirs brahmaniques de Visvâmitra.

— Raksak ! appela le sage en levant son bâton.

Son aura l'entourait de tourbillons rapides, traversés de paillettes dorées, bleues ou vert jade. Une douzaine, puis une autre, de bulles luminescentes se séparèrent du flot translucide pour filer vers les guerriers et les pachydermes.

Tout fut fini en un instant.

III

LES VOYAGEURS ÉMERGÈRENT à l'extrémité sud du pont de Mithilâ, couverts d'un film léger d'embruns, seul signe de leur passage au-dessus de la rivière. Ça, c'était une traversée gratuite, songea Râma, souriant au souvenir des gardes hébétés. Les éléphants eux-mêmes s'étaient mis à loucher et à tortiller de la trompe, avant de tomber à genoux. L'un d'eux avait copieusement déféqué puis poussé un grand soupir de satisfaction. Le jeune homme avait tapoté au passage son flanc gris ridé, dans l'espoir que cela lui portât chance, le nez froncé à cause de la puanteur. Le parfum de la route, comme disait toujours son père. Râma était heureux que les choses se soient aussi bien passées. Un combat aurait fait couler le sang en quantité. Se défendre contre des braconniers belliqueux ou des asura en maraude ne lui posait aucun problème, mais l'idée de prendre des vies ârya le tourmentait.

Lakshman expira brusquement en émergeant de l'ombre fraîche jetée par le surplomb du pont et en retrouvant la raj-marg poudreuse.

— Stupéfiant ! Si seulement on savait jouer ce genre de tour, bhai, on irait où l'on voudrait ! (Il enfonça le coude dans les côtes de Râma.) Même dans les appartements des princesses, chez oncle Janaka !

Râma ne put retenir un sourire à la pensée de Lakshman lâché dans le palais du maharajah de Mithilâ.

— Il va falloir te dépêcher de te marier, mon frère. Avant que tu ne deviennes père !

Son cadet lui lança un clin d'œil averti.

— Toi aussi. Avant que tu ne te fasses moine !

Râma haussa les épaules avec bonne humeur : sa retenue face à l'autre sexe était de notoriété publique.

— Je me marierai quand je rencontrerai la fille qu'il me faut.

— Tu veux dire que tu épouseras Sitâ quand elle aura l'âge ! Pas la peine de le nier, bhai. L'aînée du maharajah Janaka t'a toujours inspiré une certaine tendresse. (Lakshman baissa la voix jusqu'à un murmure.) Enfin, je devrais peut-être dire une certaine dureté.

— Ne sois pas vulgaire, protesta son frère, rougissant. Sitâ est notre cousine.

— Au troisième degré. D'après les lois de Manu, au-delà du premier, tout est bon à prendre. Elle reste donc dans la course ; et d'après ce que j'ai entendu dire, elle a l'âge de courir.

Une minuscule pointe d'irritation piqua Râma : il n'aimait pas que son cadet parlât de Sitâ sur ce ton. « Pourtant, je ne l'ai pas vue depuis des années, alors qu'est-ce que ça peut bien me faire ? »

— Je parie que tu penses à ses sœurs, lança-t-il tout haut. Urmila, hein ? C'est bien avec elle que tu t'es fait prendre nanga* dans la fontaine ?

Ce fut au tour de Lakshman de se sentir gêné. Le coup de poing qu'il décocha dans l'épaule de son frère était assez énergique pour faire mal.

— C'est elle qui m'a persuadé de l'accompagner. De toute manière, on était encore bébés… tout juste sevrés.

— Alors la prochaine fois qu'on la verra, riposta Râma, faussement innocent, n'oublie pas de lui dire que maintenant, tu es complètement sevré.

Cette fois, il esquiva le poing de son compagnon. Lakshman leva les mains en signe de reddition.

— D'accord, tu m'as eu. J'ai toujours adoré Urmila. Pourquoi le nier ? En fait, j'ai entendu je ne sais combien de fois Susama-daîmâ et ma mère parler d'unir les quatre d'entre nous aux quatre filles de Janaka-chacha*. Pendant que Satrugan et moi, on traînait dans les parages...

L'alliance paraissait logique : Mithilâ et Ayodiâ étaient des cités sœurs, identiques dans leur conception architecturale, mais aussi par bien d'autres côtés. Les deux clans descendaient d'Iksvâku, les Ayodiens par Sûrya, les Mithiliens par Chandra. Un mariage entre les trônes du bois solaire et de l'argent lunaire cimenterait la saine relation qu'entretenaient déjà les deux puissants royaumes, et doublerait ou presque les forces armées d'Ayodiâ. Une union d'une telle force déciderait peut-être de la victoire ou de la défaite en cas d'invasion asura.

Râma allait formuler cette pensée à voix haute, lorsque le mage-prophète ralentit. Les jeunes gens, persuadés qu'il allait leur reprocher leur bavardage malicieux, se préparèrent à une volée verbale de bois vert. Toutefois, le brahmârishi se montra d'une gentillesse surprenante.

— Sur la rive sud de la Sarayû, rajkumâr, les collines et les arbres ont des oreilles : nous nous trouvons en territoire ennemi. Les espions du seigneur de Lankâ risquent de surprendre vos innocentes plaisanteries, alors tenez votre langue, si vous n'avez rien d'important à dire.

Les princes baissèrent les yeux, respecteux. Le sage les regarda tour à tour, sa barbe blanche doucement agitée par la brise, avant d'ajouter, non sans amusement :

— Si inouï que cela vous paraisse, j'ai été jeune, moi aussi, mais gardez votre babillage en réserve jusqu'au moment propice. Il faut conserver votre énergie. Il nous reste un long chemin pour gagner Ananga-ashrama, et le jour baisse vite.

Il allait poursuivre, mais se ravisa, tourna le dos aux deux frères et repartit de son pas rapide, aussi précis que la marche à quatre temps d'une armée ksatriya. Ils échangèrent un coup d'œil qui signifiait clairement : « Bon, ça n'était pas si terrible, en fin de compte », puis suivirent leur guru sans un mot de plus.

La Sarayû constituait un fond sonore agréable au claquement de leurs socques et aux sons plus discrets de leur vie, pouls et respiration. Son parfum tenait en respect la puanteur des bois du Midi campés sur les falaises, à leur droite, comme une armée bien rangée, prête... mais à quoi ?

Râma n'avait qu'une certitude sur la Bayanak-van : la jungle interdite séparait les territoires ârya cartographiés des étendues inexplorées du sous-continent austral. Nul Ârya ne savait vraiment ce que défendait la sombre forêt de la Peur – traduction littérale de Bayanak-van. On ne se rendait qu'en bateau dans les postes avancés répartis sur la côte, et les ksatriya s'aventuraient rarement à l'intérieur des terres, car ceux qui l'avaient fait au fil des siècles n'en étaient jamais revenus.

La faune paraissait moins abondante sur la rive sud, beaucoup plus rocailleuse que la rive nord. Étrange : les alluvions auraient dû y être aussi riches, aussi fertiles. Râma vit, de loin, un grand arbre solitaire enraciné dans l'argile rouge moelleuse de la berge : un mahâruk*, l'arbre du ciel, d'après les gens du commun. Celui-là, plus haut que la moyenne, dépassait les vingt mètres. Plus étonnant encore, il était déjà couronné d'un feuillage serré, étincelant de petites taches dorées. En principe, il fleurissait une fois le printemps bien entamé. « Ma foi, c'est juste un autre signe de la précocité du redoux. Un bon présage de plus... » Le grand tronc pâle et la ramure dense fournissaient une ombre aussi bienvenue pour un voyageur épuisé par le soleil que la main d'un deva lui donnant son asirvâd.

Lorsque Râma passa sous le dais odorant, un coup de vent agita les branches supérieures, qui libérèrent dans un froufroutement de soieries une pluie de pétales colorés. Au même instant, des papillons d'une teinte si semblable qu'ils en étaient presque indiscernables apparurent devant le prince, se mirent à danser au-dessus de sa tête puis s'éloignèrent en folâtrant.

La route contourna un amoncellement de gros rochers, qui dissimulèrent ensuite aux marcheurs la rivière et le pont de Mithilâ. Presque aussitôt, le terrain changea. À gauche s'élevait une rangée de grands arbres sinistres qui cachaient la vallée de la Sarayû. Les « arbres de fer », comme on les appelait familièrement à cause de leur solide bois noirâtre, aussi sombre que la graisse d'anjan* utilisée pour souligner le regard, se paraient de rares taches claires. Ils ne tarderaient pas à étaler tous les tons de l'arc-en-ciel, mais pour l'instant, leur feuillage vert foncé et leur tronc gris dépassant parfois les huit mètres de haut composaient une barrière intimidante. Malgré la belle journée printanière, ils couvraient la route d'une pénombre digne de la mousson. Au bout d'un moment, Râma comprit pourquoi cette avenue naturelle lui faisait un effet curieux : on n'y entendait ni bourdonnements d'insectes ni chants d'oiseaux.

Des nodules de pierre d'un rouge noirâtre apparurent à flanc de falaise, à droite des marcheurs, tels des furoncles sur le museau d'un animal malade. Ces curieux rochers se multiplièrent au fil de l'ascension, jusqu'à couvrir toute la paroi d'un bouillonnement de protubérances déformées. Les entailles et les épaisses zébrures rouillées qui les traversaient prouvaient qu'ils contenaient du fer, mais dans la pénombre entretenue par les arbres, les marques évoquaient le pus suintant de boutons répugnants. Râma avait entendu dire que quand les ouvriers de la raj-marg avaient acheminé jusqu'à Ayodiâ des fragments de cette roche ferrugineuse, les lohar* de la ville avaient refusé de les travailler, persuadés que le métal maudit de la rive opposée ne couperait pas la chair asura. Avaient-ils eu raison, ou s'agissait-il juste d'une superstition, une des innombrables croyances suscitées par tout ce qu'on trouvait au sud de la Sarayû ? Le jeune homme résista à l'envie de toucher une des verrues : le sage en personne restait bien au milieu de la route, loin des arbres de gauche comme de la falaise de droite.

Peu avant le sommet de la côte, Râma remarqua une roche particulièrement impressionnante en surplomb de la chaussée, qu'elle ombrageait sur toute sa largeur tant elle était grosse. Quand le mage-prophète s'engagea sous l'énorme masse, une obscurité aussi fumeuse que le crépuscule l'engloutit. Le prince crut distinguer des balafres sur la gigantesque pierre, mais il était difficile d'en juger depuis l'endroit où il se trouvait. Quelque chose craqua sous ses semelles. Il baissa la tête : de minuscules rouleaux rouge et noir évoquaient les copeaux laissés par un sutâr rabotant une planche. Quelle créature, quelle force de la nature pouvait bien avoir raclé le roc assez fort pour en arracher des copeaux ? Aucune de celles qu'il avait jamais vues dans sa courte existence, c'était certain.

Près du haut de la côte, la route s'assombrit encore. Les arbres de fer se resserrèrent, tendant leurs branches au-dessus de la chaussée dans un effort pour atteindre les protubérances de la falaise opposée, plus grosses, plus chaotiques. Les ouvriers qui entretenaient la marg royale avaient pourtant bien dû les équarrir. « Elles continuent peut-être à pousser... » Ridicule ! La pierre ne poussait pas ! Le sourire de Râma s'effaça lorsqu'il découvrit un morceau de tissu déchiré pris entre une avancée rocailleuse déchiquetée et une branche nue tordue, comme si elles s'étaient refermées à la manière d'une pince pour attraper un malheureux voyageur.

Le prince leva les yeux en passant sous le lambeau qui se balançait au vent ; les armes de la maison de Janaka lui apparurent. D'après Sumantra, un courrier de Mithilâ avait disparu le mois précédent sans avoir délivré la réponse de Dasaratha... La couronne où figurait un cerf dessinée sur fond de pleine lune dominait une tache sombre délavée, presque effacée. Râma se contraignit à reposer le regard sur la route. Les oreilles bourdonnantes, il agita la main, d'instinct, avant de s'apercevoir qu'aucun insecte ne lui tournait autour. « Sans doute cette saleté de fer. La roche en est pleine. Les vaid royaux disent que ça affecte le magnétisme individuel et son harmonie avec la polarité planétaire. »

Un ample virage autour d'un bloc trop énorme pour que les infatigables ouvriers de la marg essaient de le tailler... et les voyageurs clignèrent des yeux, soulagés, dans la lumière chaleureuse quoique adoucie du soleil. La sinistre avenue était dépassée.

— Om Shiv Hari Swaha, murmura Lakshman. [Béni soit le nom de Shiva.]

Râma adressa aussi une courte prière silencieuse à leur dieu. Il lui semblait émerger d'un tunnel obscur, où guettaient mille bêtes sauvages. « Pourtant, nous avons juste emprunté une route secondaire en plein jour ! »

La raj-marg s'élargissait considérablement au sommet de la pente, offrant un répit aux chariots avant la périlleuse aventure de la descente. Cela rappela au jeune homme le vieux cocher de son père, Santosha, braillant des ordres aux palefreniers, qui s'empressaient d'atteler les chevaux à l'arrière de la caravane royale pour mieux contrôler dans la côte le monstre luxueux. Les hennissements des chevaux, les rires des soldats, la voix rauque et puissante de Dasaratha manquaient un peu à Râma, de même que la puanteur omniprésente du crottin frais... Les traces des innombrables bêtes et véhicules passés par là ne le consolaient pas davantage que le crottin desséché. Sur la droite, un pré de kusa à la terre noire charbonneuse tenait en respect la lisière menaçante des bois. « Il faut sans arrêt brûler les arbres pour les empêcher de se refermer sur la chaussée. » Cela n'empêchait pas l'obscurité rampante de la forêt de distiller une impression de danger assez forte pour donner mal à la tête. « Comme une bête qui attendrait tranquillement son heure. » Le sage allait-il aussitôt entraîner les princes dans la jungle ? Un sentier pédestre à peine visible traversait le pré désolé, puis s'enfonçait sous le couvert entre les mâchoires de deux troncs ramassés. Râma, intéressé, s'accroupit pour examiner de près une petite marque ronde imprimée dans la terre sèche. Un prophète, au bâton en flamboyant de la même taille que celui de Visvâmitra, était passé par là quelques heures plus tôt. Peut-être Visvâmitra en personne. Après tout, il était venu des bois du Midi. Penser que le brahmârishi avait vécu des siècles dans ce lieu redouté, mais en était sorti sain et sauf, rassura un peu Râma... puis il se rappela que le sage maîtrisait le Brahman. « Tandis que je ne maîtrise que mon arc et mon épée courte. »

Il s'attendait que le saint homme les guidât droit dans la jungle, mais Visvâmitra regardait à l'opposé, depuis une avancée de la falaise qui offrait une vue panoramique sur la vallée de la Sarayû. Le petit promontoire avait d'ailleurs été baptisé Ayodiâ-darsana* ou Sarayû-darsana – toute chose importante ayant au moins deux noms, dans la civilisation ârya. Les princes, postés près de leur guru, suivirent son regard.

Le spectacle était à couper le souffle. La vallée s'étendait en contrebas à perte de vue, dans les deux directions. Au nord, l'Himalaya garhwâlî s'élevait régulièrement jusqu'à disparaître dans les brumes de l'hiver finissant. Une épaisse forêt de palâ* donnait à la rive une texture rouge luxueuse, semblable au tissage serré des tapis gandhari préférés de Kausalyâ. La rivière soulignait d'un trait blanc ondulé le bord inférieur de ce rectangle grossier. Très loin à gauche, on devinait l'endroit où elle s'engageait dans la vallée, avant de disparaître sous les tours élancées et les arches cintrées d'Ayodiâ. Ensuite, elle dégringolait en rugissant les vingt mètres des cascades d'Ajaputra, au pied desquelles elle se transformait en un froid brasier blanc écumeux, qui se calmait à peine lorsqu'elle s'élargissait pour se frayer un passage régulier jusqu'à l'extrême droite du panorama. Là, elle se dissimulait sous le pont de Mithilâ, puis descendait des rapides semés de rochers déchiquetés, avant de s'enfouir enfin dans une avancée de la mangrove, en route vers Mithilâ.

« La prochaine fois que je poserai les yeux sur toi, ma rivière bien-aimée, on m'appellera Râma le tueur de râkshasa. Ou alors, plus jamais je ne te regarderai, j'en fais serment. »

Râma se tourna vers Lakshman, dont les prunelles lui semblèrent un peu plus brillantes que de coutume. Chacun d'eux saisit en même temps l'épaule de son frère, qu'il serra avec force.

Lorsqu'ils se lâchèrent, Visvâmitra attendait.

Sans un mot, le mage-prophète leva son bâton.

Ils le suivirent à travers le pré brûlé, tournant le dos à leur dernière vision d'Ayodiâ.

IV

AU DERNIER TOUR du colimaçon, Dasaratha fit une pause pour reprendre haleine. Non seulement la journée avait été longue et difficile, mais il avait aussi trop bu et trop mangé, comme d'habitude. « Ma foi, c'est Holî, se dit-il, s'efforçant de prendre les choses à la légère. Un peu plus de vin et de viande un jour de fête, ça n'a jamais fait de mal à personne. »

Affirmation à laquelle le plomb logé dans son ventre distendu, la douleur qui lui transperçait les reins et la pression qui lui écrasait la nuque et l'arrière du crâne apportaient un démenti cinglant. Au bout d'un moment, il comprit qu'attendre n'allait pas arranger les choses. Avec un soupir las accompagné d'un juron étouffé, il grimpa les dernières marches.

L'Œil du prophète, qui couronnait la tour des Prophètes, se déployait devant lui. De l'extérieur, l'édifice se présentait comme une aiguille spiralée dressée vers le ciel, une griffe tendue vers le ventre céleste ; de l'intérieur, son unique pièce se composait d'une plate-forme circulaire ouverte à tous les vents, aux sept colonnes incurvées, en forme de lance, gravées à l'image des Sept Prophètes. Les courants d'air puissants qui y circulaient tiraient violemment les vêtements et les cheveux du souverain, l'attirant vers le bord du cercle pour le jeter dans les bras de l'oubli.

« Ce serait si simple de me laisser aller. De voler comme un oiseau jusqu'à ce que Prithivî-mâ se précipite vers moi pour m'étreindre. » Oui, ce serait la fin des souffrances, de la maladie, de la longue, la pénible ascension vers les chutes du temps. Dasaratha aurait dû avoir honte de seulement songer à pareille chose ; peut-être était-ce le soma qui parlait. Peut-être.

Il installa sa masse douloureuse sur le sol, qu'il s'attendait à trouver glacé après les longues nuits froides de l'hiver, mais le marbre se révéla étonnamment tiède. Magie brahmanique. Évidemment. « Je baigne en permanence dans le pouvoir des mages. » Par exception, cependant, c'était un soulagement pour ses vieux os.

Dasaratha était là afin d'échapper au flot inévitable des questions et des discussions suscitées par les tribulations de la matinée, puis de l'après-midi.

Visvâmitra avait reçu son guru-daksinâ. Râma et Lakshman étaient en route pour accomplir leur dharma. Kausalyâ avait obtenu satisfaction, autant que faire se pouvait. Les citoyens avaient vu leur roi et profitaient de leur festin, les sportifs de leurs concours ; les comptables vaisya étudiaient, d'ailleurs, les nouvelles cotes dues à la disparition des quatre favoris, car en l'absence de leurs frères, Bhârata et Satrugan avaient décidé de ne pas participer aux jeux. Même les hors-la-loi emprisonnés jusqu'alors disposaient à présent de leur liberté, suivant la tradition. La cité célébrerait Holî plus que jamais, concours et festivités se poursuivraient sans interruption pendant sept jours entiers. À un moment de la semaine, le conseil de guerre se réunirait ; les partisans du conflit auraient leur jour de fête, eux aussi, où ils se démèneraient pour faire augmenter la production d'armes et d'engins, le budget consacré aux fortifications, la paie des soldats, les fiefs des senâpati, le déploiement des raksak, et les deva savaient quoi encore. Chacun obtiendrait ce qu'il désirait, ou au moins quelque chose d'approchant.

Quant au maharajah... Son corps s'écroulerait plus vite qu'un mur de terre durant une inondation et son cœur serait alourdi par l'angoisse.

Le soleil couchant descendait toujours, transformant en or le fil argenté de la Sarayû. Le souverain soupira puis se surprit à marmonner d'instinct le mantra de la sandyâvandana* :

— Je ne tarderai pas à terminer ma course, comme tous les fleuves, je m'endormirai dans le giron de l'océan, et les cauchemars prendront fin.

Râma régnerait alors à sa place. Un sentiment de culpabilité l'assaillit : était-il juste d'imposer un tel fardeau à un garçon si jeune, si inexpérimenté ? Mais la loi de la royauté n'avait que faire de la justice ; elle obéissait à la seule nécessité. « Régner est son dharma, comme ce fut le mien en mon temps. Son heure est venue. »

Pourtant... Pourtant...

À l'instant précis où les trois silhouettes avaient disparu au sommet de la dernière côte, Dasaratha avait senti ses entrailles se glacer. Il n'avait eu qu'une envie : bondir dans son char puis foncer à toute vitesse, comme durant sa jeunesse, sauf que cette fois, il ne se serait pas contenté d'oublier momentanément ses problèmes, mais les aurait une fois pour toutes laissés derrière lui. Les formalités complexes du défilé, de la pûjâ, du yajna et de la havan*, les discours et les spectacles, le festin et les concours lui avaient été pénibles. Quant aux heures qui avaient suivi le départ de Râma, elles lui semblaient floues, succession interminable, barbouillée de soleil, de visages grimaçants au sourire hypocrite – du moins son désespoir cynique les lui avait-il montrés ainsi.

Incapable d'en supporter davantage, il avait fini par emprunter le char de Sumantra – le sien, trop luxueusement équipé, n'était pas assez rapide – pour regagner le palais sans en avertir personne, alors que le festin commençait à peine. En fait, il s'était enfui.

La population tout entière, réunie sur le champ de manœuvre, festoyait dans l'allégresse et les rues désertes étaient silencieuses, ce qui l'avait mis curieusement mal à l'aise. En approchant des escaliers du mahal, Dasaratha avait changé d'avis au dernier moment, à cause d'un reflet du soleil dans l'Œil du prophète. Une impulsion inexplicable l'avait poussé à grimper jusque-là.

À présent, il avait la ferme intention d'y rester pour goûter une solitude bienvenue, pendant que la cité faisait la fête. Des filets de fumée s'élevaient des centaines de tandûri*, plumes minces dessinées sur le ciel bleu océan, visibles sans doute à une douzaine de yojana à la ronde. Comme une ville incendiée. On rôtissait au pied de la tour assez de viande pour remplir le ventre du moindre citoyen sept jours durant. Les chasseurs royaux allaient s'activer nuit et jour afin de fournir du gibier sans interruption. Le cœur de Dasaratha se soulevait au souvenir des quartiers de venaison dévorés à la va-vite, rageusement, bien arrosés de soma.

Malgré l'altitude à laquelle il se trouvait, le bruit des célébrations lui parvenait, étouffé. Dix mille servantes... Des milliers de danseurs, de jongleurs, d'avaleurs de sabre, de funambules, de charmeurs de serpent, de lanceurs de couteau, de danseurs de corde, de perceurs de corps, d'avaleurs de verre, de danseuses de mujra, de musiciens, de marionnettistes, de comédiens de nautanki et d'autres artistes dont Dasaratha avait oublié le nom, venus de tout le royaume, offrant à la population un éventail de distractions sans équivalent, qui lui prouvait la diversité culturelle de sa grande nation. Le moindre spectacle, la moindre cuisine régionale, le moindre talent imaginables représentés.

Les citoyens se jetaient sur ces curiosités, aussi affamés que des enfants au sortir d'un cauchemar. Ils avaient oublié sans difficulté l'intrusion démoniaque de la matinée, aberration mineure perdue dans une journée d'immense jubilation, incident définitivement relégué aux oubliettes par le plan de Visvâmitra pour lancer une riposte aux asura. Un sourire joua sur les lèvres du souverain au souvenir du tonnerre d'applaudissements et d'acclamations qui avait accueilli l'annonce de l'élévation de Râma et de son couronnement prochain.

Il n'en fallait pas beaucoup pour faire danser Ayodiâ. Elle dansait d'ailleurs à présent, célébrant le printemps précoce, signe infaillible d'un ensemencement fertile, et la désignation du prince héritier, même si ledit prince était parti pour la redoutable Bayanak-van risquer sa vie au service de la nation. Le maharajah avait entendu les mêmes paroles confiantes dans la bouche des nobles et des gens du commun : « Râma reviendra sain et sauf. Le bon droit est de son côté. »

Il ne pouvait leur donner tort, malgré sa terrible angoisse, mais il enviait la capacité de la ville à oublier les soucis pour s'amuser. « Danse, mon amour, car qui sait quand s'arrêtera la musique et commenceront les hurlements ? »

Il soupira, conscient de son injustice. « Le peuple mérite bien une fête. Ce sont ces bonnes gens qui ont fait d'Ayodiâ la perle des nations ârya. C'est grâce à eux que je peux être fier de ma couronne, il ne faut pas l'oublier. » Le souverain frotta ses cuisses douloureuses. Ses soixante ans et son règne lui pesaient. Bientôt, il devrait réfléchir à l'intrusion du démon, à l'interrogatoire des espions dans les cachots, à la réponse à faire aux inquiets qui redoutaient une invasion asura dévastatrice. Bientôt, le conseil de guerre se réunirait ; tout le monde attendrait de lui, Dasaratha, celui qui se battit de dix côtés à la fois, qu'il proposât une brillante stratégie.

Comment expliquer à ses pairs qu'il était las des batailles et de l'art de la guerre ? Qu'il ne voulait plus qu'une chose : passer ses dernières heures entre les doux bras parfumés de sa première reine, son premier amour, ou en compagnie de ses fils ? Les dix côtés qui lui avaient donné son nom semblaient à présent murés. Il ne lui restait qu'une porte de sortie : le long corridor obscur menant au néant.

— Dasaratha ?

Une voix douce, inquiète. Il n'eut pas à se retourner pour savoir qui l'avait rejoint.

— Kausalyâ ? appela-t-il, surpris, mais ravi. Tu es montée jusqu'ici ?

— Et alors ? Toi aussi, non ? (Un sourire hésitant aux lèvres, elle grimpa la dernière marche.) Pourquoi ce brusque départ ? Je t'ai appelé, mais on aurait dit que tu faisais la course ! Il a fallu que j'emprunte le char du mantri Jâbâli pour te suivre. Il avait l'air aussi morose qu'à l'ordinaire, mais l'envoyé grec m'a fait des yeux ronds, comme s'il flairait une intrigue dans la famille royale.

Dasaratha secoua la tête, souriant.

— Parfait. La cour va avoir des sujets de commérages plus intéressants que les asura. Viens ici, ma petite femme pressée.

Elle s'avança dans l'Œil du prophète, dans un froufroutement sensuel de sari, dont le vent agitait les plis, et un tintement de bijoux. Un rayon de soleil horizontal la frappa à mi-chemin, illuminant ses cheveux et sa peau parfaite, la faisant scintiller dans une brume vert et or. Une émotion si pure, si intense envahit Dasaratha qu'il crut son cœur sur le point d'exploser.

— Est-il bien raisonnable de grimper jusqu'ici dans ton état ? demanda Kausalyâ en l'examinant avec acuité.

— Les vaid voudraient que je passe tout mon temps au lit, répondit-il avec un haussement d'épaules. Tu préférerais ?

Elle lui sourit tendrement en s'asseyant près de lui, la main légèrement posée sur sa cuisse.

— Je préférerais que tu vives mille ans.

— Même maintenant que j'ai envoyé ton fils affronter des râkshasa dans les bois du Midi ?

Il s'efforçait de dissimuler son anxiété, car bien qu'il n'eût pas cherché à la fuir, elle, il ignorait toujours ce qu'elle éprouvait au fond d'elle-même. Toutefois, il ne lisait nul reproche dans ses yeux, nulle amertume.

— Tu n'avais pas le choix, déclara-t-elle, d'une voix où perçait une résignation sereine. Le sage exigeait son gurudaksinâ, et le peuple a été unanime. Tu ne pouvais qu'accepter. De toute manière, si Râma est appelé un jour à devenir roi, il doit apprendre à obéir sans hésiter à son dharma.

Dasaratha approuva, dissimulant son soulagement aussi habilement que son angoisse auparavant.

— Ce n'est pas lui qui protestait, c'est moi qui ne supportais pas l'idée d'accéder à la requête du mage. Dans la salle du sabhâ, je lui ai répondu non, alors que notre fils s'est presque mis à genoux pour engager son épée à l'instant. (Le souverain secoua la tête au souvenir de l'ardeur avec laquelle Râma s'était efforcé de satisfaire aux exigences contradictoires de son père et du rishi.) Béni soit le jour où ce garçon m'est né. (Il toucha les mains de Kausalyâ, qu'elle avait repliées dans son giron. Ses bracelets tintèrent tout bas.) Lorsqu'il est parti avec le prophète, si calme et si digne, je te le dis en toute sincérité, ma reine, jamais je n'ai été aussi fier d'être son père ni aussi malheureux d'être roi.

— Il te rendra plus fier encore et te fera oublier ta détresse, affirma-t-elle avec conviction. Tu verras.

— Mon Dieu, Kausalyâ, que tu as donc mûri. (Il l'examina attentivement.) Toi qui as toujours été de bronze, tu es maintenant d'acier trempé.

Elle détourna ses yeux emplis de lumière.

— Un acier martelé, battu, forgé je ne sais combien de fois puis plongé au cœur d'un glacier. (Les deux minuscules soleils flamboyants se reposèrent sur son époux.) Quinze ans de forge.

Une dague de douleur transperça Dasaratha.

— Trempé, oui, forgé aussi, mais battu, non, jamais. Je t'ai causé du tort, c'est vrai, mais tu en es sortie plus forte, d'une force dans laquelle je retrouve celle de Râma. Mon royaume sera en de bonnes mains. Le couronner sera la meilleure chose que j'aurai faite de tout mon règne.

— Tu te juges trop sévèrement, protesta-t-elle, radoucie. Tu es homme autant que maharajah, et les hommes sont sujets à l'erreur.

Il acquiesça, plus sobre qu'au réveil, le matin même.

— D'après toi, avoir laissé mes deux fils partir dans la jungle n'est pas une erreur ?

— Pourquoi te torturer ? Tu as agi comme tu le devais. Ils feront ce qu'ils doivent.

— Bien parlé, mais durement, soupira-t-il. Il me semble avoir envoyé mes enfants à la mort.

— Chut ! (Elle lui posa les doigts sur les lèvres.) Ils reviendront... Râma sera couronné... Les étoiles l'ont prédit. Cela figurait dans son kundalî à sa naissance, rappelle-toi.

Il se rappelait. L'horoscope de son fils n'était même que trop présent à son esprit.

— Son kundalî dit aussi qu'il sera couronné roi à trente ans, alors que je veux l'élever au rang de prince héritier dans quatorze jours, pas dans quatorze ans.

— Le prince héritier n'est pas le roi. (Kausalyâ détourna les yeux.) Tu régneras quatorze ans de plus, sinon le double. Voilà ce que signifie le kundalî de notre fils.

— S'il était possible d'ajouter le karma d'une femme dévouée à celui d'un mari dévoyé, peut-être en irait-il ainsi, mais je crois que tu en demandes trop aux deva !

— Pas plus qu'ils ne m'en doivent, rétorqua-t-elle, la bouche durcie. Tu n'es pas d'accord ?

Devant son air résolu, il perdit le sourire.

— Si, tu as raison. Tes souffrances méritent réparation.

— Non. (Elle secoua la tête.) En fait, les deva ne nous doivent rien. La vie n'est qu'un grand jeu qui se joue sur la roue du temps. Pourtant... Je crois vraiment que Râma rentrera des bois du Midi sain, sauf et triomphant, auréolé de prestige. Ensuite, l'heure venue, il montera sur le trône du soleil pour rejoindre les rangs illustres des grands Sûryavamsa.

Dasaratha lui prit la main afin de l'embrasser.

— Tu parles d'or, ma reine. Que les dieux exaucent tes vœux.

Un rugissement excité monta jusqu'à eux. Le dernier concours vespéral, la course de chars, approchait de sa conclusion. Les véhicules, tirés par deux chevaux et transportant un seul passager, avaient quitté la cité pour effectuer un trajet circulaire qui les ramènerait à leur point de départ. La poussière soulevée sur leur passage montait lentement dans le ciel, rappelant à Dasaratha les jours où il avait suivi leur progression depuis le palanquin royal, aussi attentif, aussi braillard que la foule... et l'époque, plus lointaine encore, où il avait participé à la compétition, où il s'était mesuré aux meilleurs et les avait battus.

Il s'efforçait d'identifier le char de tête – ses yeux le trahissaient autant que le reste de son corps las –, lorsqu'une voix dure s'éleva par-dessus le bruit du vent et les acclamations lointaines.

— Le mari infidèle et sa putain, enfin pris sur le fait par l'épouse bafouée. Qu'on aille chercher le kalâkâr*, vite. Le tableau sera digne des murs de ma chambre. Ou peut-être de ma salle de bains.

Dasaratha sursauta à la vue de Kaikeyî, les joues rougies par l'ascension, les yeux étincelants d'une haine et d'une fureur fiévreuses.

Comme si sa langue acérée n'avait pas suffi, l'arrivante tenait une lance d'une main et portait une épée à la ceinture. Revêtue de sa grande armure, elle avait tout de la reine guerrière.

Levant son arme, les yeux plissés dans le soleil couchant, elle se prépara à frapper.

V

LES VOYAGEURS SE TROUVAIENT à l'orée de la forêt, quelques mètres devant les premiers arbres tors, lorsqu'un grondement de tonnerre leur parvint. Râma, d'abord persuadé qu'il émanait de la jungle, s'aperçut très vite qu'il s'agissait d'une illusion auditive : le feuillage touffu renvoyait le bruit vers les marcheurs, ce qui signifiait qu'il venait de…

— Derrière ! lança-t-il en se retournant, en se laissant tomber sur un genou, en tirant son arc et en encochant une flèche d'un mouvement fluide.

Une odeur particulière montait du sol, puanteur de bête décomposée puis réduite en cendres qui s'insinua dans ses narines. Il réprima un haut-le-cœur en examinant le bord de la falaise, à la recherche de l'origine du grondement. Près de lui, Lakshman avait adopté la même posture défensive, flèche encochée, prête à partir. Râma découvrit rapidement la cause du bruit : le roulement lointain, évocateur de mousson, trahissait en fait le choc de sabots, l'avancée de chars mais aussi une vibration plus profonde, plus lourde.

— Des éléphants, dit Lakshman, dont les pensées rejoignaient celles de son frère. Au moins dix, caparaçonnés.

— Une centaine, voire plus, de chevaux, ajouta Râma. Une vingtaine de chars, peu renforcés.

— Seize éléphants, intervint la voix calme de Visvâmitra derrière eux. Caparaçonnés, en effet. Accompagnés chacun de huit cavaliers et d'un char.

Le sage conclut, bien que ce fût à présent inutile :

— Des vajra*.

Les jeunes gens, souriants, lâchèrent la corde de leur arc. Râma allait se relever et remettre sa flèche dans le carquois, lorsque le brahmârishi l'arrêta :

— Tenez prêts vos danush-bân* et n'hésitez pas à tirer, rajkumâr.

— Mais ce sont des Ayodiens, protesta Lakshman, perplexe, en échangeant un coup d'œil avec son aîné. Ils ne peuvent quand même pas nous vouloir du mal, gurudev ?

— À la seconde où vous avez quitté votre ville, vous avez cessé d'être de simples Ayodiens pour devenir des pèlerins chargés d'une sainte mission. Tout ce qui se met sur notre chemin représente un ennemi potentiel.

Devant l'égarement des princes, le sage ajouta avec plus de douceur :

— Je ne doute pas qu'en l'occurrence, quelques mots nous permettent d'arranger les choses, mais parler ne suffit pas. Il faut aussi agir, et avec décision. Je vous le redis : bandez vos arcs et servez-vous-en, si d'aventure les ksatriya font la sourde oreille à mes requêtes. N'oubliez pas que vous m'êtes à présent liés par serment. Je vous donne un ordre. Quoi qu'il arrive, vous serez innocents. La responsabilité de vos actes m'incombera.

Déjà, Râma avait obéi. Lakshman l'imita une seconde plus tard. Leur sourire joyeux avait cédé la place à une expression sinistre, tendue, car ils mettaient tout leur zèle à obtempérer. Râma refusait de laisser la moindre ombre de doute s'insinuer dans son esprit. Le brahmârishi n'en demandait pas plus que n'importe quel officier à ses troupes : sans leur subordination totale, aucune force militaire ne pouvait perdurer. Le jeune homme attendit avec calme, concentré sur l'endroit où s'achèverait la trajectoire de sa flèche, pendant que les ksatriya approchaient.

Une unité vajra se composait de guerriers d'élite à cheval ou en char, flanqués d'éléphants. Chaque section comprenait un pachyderme, huit cavaliers et un char, assortis de quatre voitures supplémentaires transportant ses éclaireurs. Elle menait en territoire ennemi des incursions au cours desquelles elle infligeait un maximum de dommages le plus rapidement possible, puis elle se retirait avant que l'adversaire ne récupérât assez pour riposter. Lorsque, remis de sa surprise, il se lançait à sa poursuite, les éléphants se révélaient très dissuasifs.

Lors des grandes batailles, les vajra s'en prenaient aux flancs de la force ennemie principale, pendant que le gros des combats se déroulait à l'avant-garde. Ce harcèlement exaspérant, meurtrier, incitait leurs victimes à les pourchasser, s'écartant du reste des troupes. Ainsi divisé, l'adversaire s'affaiblissait. Chars et chevaux, dépouillés au maximum pour gagner en légèreté, donc en rapidité, entraînaient les soldats dans une vaine poursuite, jusqu'à un cul-de-sac composé d'éléphants de guerre caparaçonnés. Là, ils faisaient adroitement demi-tour, se redéployaient derrière l'ennemi et le poussaient droit vers les pachydermes, contre lesquels ils l'acculaient. Alors le massacre commençait. Chaque aksohini possédait sa propre escouade vajra – du nom de la foudre mythique brandie par Indra, le roi des deva.

La formation qui apparut au sommet de la côte, où les chevaux s'ébrouèrent, était la meilleure de l'armée du maharajah. « Les vajra personnels de père, menés par son plus grand capitaine. » Les chars traversèrent rapidement le pré brûlé, se déployant en éventail ; Râma en déduisit qu'ils n'avaient pas l'intention d'attaquer. En effet, une unité vajra se présentait toujours, en V, avant l'assaut, afin d'offrir un seul char pour cible. D'ailleurs, les archers n'avaient pas levé leur arc. Les cavaliers qui les suivaient se déployèrent également, sans brandir ni masse ni fléau d'armes. Râma repéra le char de tête, qui s'approchait à toute vitesse. Il visa son occupant, immobile, les bras le long du corps malgré les embardées.

« Les mains d'un archer vajra lui servent à bander son arc ou à étreindre sa femme, pas à se cramponner au bord de sa voiture comme un bébé qui ne tient pas debout. »

Le prince n'avait pas six ans quand il avait entendu le capitaine vajra crier ces mots aux jeunes recrues chancelantes qui s'efforçaient de maîtriser l'art du tir à l'arc dans un char bringuebalant. À présent, il visait cet homme à la gorge. Les cent vingt chevaux auraient dû produire un vacarme assourdissant, mais cavaliers, conducteurs et montures, parfaitement entraînés et disciplinés, progressaient avec une discrétion étonnante. « Nous ne les avons entendus arriver que parce qu'ils se trouvaient sur la rajmarg et ne cherchaient pas à nous prendre par surprise. » Les voitures luisantes et les élégants étalons du Kâmboja emplissaient le champ de vision de Râma, plus imposants encore pour ses sens aiguisés, plus menaçants par le silence relatif de leur approche. « Ils vont nous écraser s'ils ne s'arrêtent pas... maintenant ! »

Comme s'il avait entendu penser le jeune homme, le capitaine leva la main. Le pouce et l'index de Râma tendirent davantage encore la corde de l'arc, qui frémit dans la brise légère venue de la vallée.

— Halte ! cria l'officier.

Chars et chevaux s'immobilisèrent, en une rangée étirée à travers le pré des deux côtés des princes. Si l'arrivée des militaires avait été plutôt discrète, le silence qui la suivit fut terrible. L'ouïe exercée de Râma perçut le piétinement caractéristique des éléphants, qui grimpaient lourdement la côte menant au sommet de la falaise. « Il va leur falloir un petit moment pour nous rejoindre. » La pointe de sa flèche suivit le capitaine tandis qu'il ôtait son casque puis descendait de son char, dont les magnifiques chevaux noirs encensèrent, avant que le conducteur ne les calmât en tirant doucement sur les rênes. Le chef de l'escouade s'approcha des jeunes gens, le visage plissé par une grimace mi-sourire, mi-froncement de sourcils. C'était un homme trapu, dont la musculature compensait la petite taille, aussi laid que le babiroussa, ou bejû, auquel il devait son surnom. Son visage disparaissait presque derrière une moustache et une barbe broussailleuses brunes et rêches, tel le poil du même animal. Bejû – ou Bejû-chacha, comme l'appelaient les princes depuis toujours, ravis d'avoir un « oncle babiroussa » – n'arborait ni arme ni bouclier, mais Râma le mit en garde d'une voix forte :

— Restez où vous êtes, capitaine, ou je vous tire dans la poitrine.

Il visait cependant la gorge plus que le torse, protégé par une tunique en mailles serrées. Sa flèche, choisie d'instinct, possédait une pointe aiguisée qui aurait traversé le métal, mais le cou, nu puisque l'officier avait retiré son casque, constituait une cible plus facile – si Râma oubliait qu'il ne s'agissait pas d'une simple cible, mais de Bejû-chacha, qu'il idolâtrait depuis l'enfance.

— Vous me transperceriez la poitrine, rajkumâr ? demanda le capitaine en arquant les sourcils. Une poitrine sur laquelle vous vous êtes appuyé enfant, alors que vous sautiez sur mes genoux et me tiriez la barbe jusqu'à ce que les larmes me montent aux yeux ? Allons, Râma Chandra, vous ne me tireriez pas davantage dessus que je ne porterais une épée à votre gorge. Posez cet arc et laissez-moi discuter avec le sage.

— Mahâdev, appela Râma sans se retourner, la flèche toujours encochée, l'arc bandé. Que désirez-vous ?

Visvâmitra répondit en s'adressant directement au capitaine :

— Je n'ai rien à faire avec vous, ksatriya. Retournez à Ayodiâ et laissez-nous poursuivre notre route. Il nous reste encore une bonne distance à couvrir, et le soleil n'attend pas.

— Je ne suis pas ici en promenade, mais sur les ordres de mon souverain, mahâdev, riposta l'officier, visiblement furibond. Le maharajah Dasaratha m'a chargé de suivre les princes pour me joindre à eux dans leur mission. (Il montra d'un geste orgueilleux la rangée de cavaliers et de chars.) Il envoie sa garde personnelle les aider à combattre les asura.

— Il n'empêche que nous n'avons pas besoin de vos services, répondit Visvâmitra, nullement impressionné. Faites demi-tour et repartez par où vous êtes venus. Nous n'avons pas de temps à perdre en vaines paroles.

Bejû s'avança d'un pas, les poings crispés. Comme la plupart des ksatriya de haut rang, il n'avait pas l'habitude de recevoir des ordres, sinon de son commandant suprême, le maharajah en personne. Si le brahmârishi avait été un brahmane ou un purohit ordinaires, sa tête aurait déjà roulé dans l'herbe, saint homme ou non. Râma comprenait que la brusquerie du prophète mît Bejû en colère, mais il n'en relâcha pas pour autant la corde de son arc d'une fraction de millimètre.

L'officier le regarda, les sourcils hérissés de colère.

— Je vous en prie, rajkumâr, expliquez au sâdhu que je tiens mes ordres de votre père. Il m'est impossible d'y contrevenir et de rentrer sans avoir accompli mon devoir.

— Capitaine Bejû, mon épée et celle de mon frère appartiennent par serment au brahmârishi Visvâmitra. Je vous demande instamment de faire ce qu'il vous dit. Mon père comprendra.

Bejû fronça les sourcils devant la manière dont Râma insistait sur le titre du sage.

— Les ordres du maharajah votre père étaient assez explicites pour ne laisser aucune place à l'interprétation, répondit-il, soulignant lui aussi le titre. Repartir sans avoir rempli ma mission constituerait une désobéissance caractérisée à mon souverain. Cela m'est impossible.

— Il m'est également impossible de vous permettre de nous accompagner. Écoutez la sagesse qui a parlé par la bouche de votre prince. Rentrez à Ayodiâ sans nous retarder davantage.

L'officier, ignorant le sage avec application, ne quittait pas Râma des yeux.

— Vous êtes lié par serment, rajkumâr, mais vous appartenez à la famille du soleil. Aujourd'hui, votre père vous a nommé prince héritier du trône. Vous devez être couronné ce mois-ci, au seizième anniversaire de la cérémonie du nom. Votre devoir le plus pressant est envers le peuple d'Ayodiâ et du Kosala. Vous comprenez sans doute pourquoi le maharajah m'a ordonné de vous accompagner. Deux jeunes gens… deux princes… ne peuvent guère affronter seuls des asura meurtriers dans la Bayanak-van.

Vous avez besoin de notre aide pour cette dangereuse mission.

« Dangereuse ? Vous voulez dire suicidaire, cher oncle Babiroussa. »

— Je comprends très bien les motivations de mon père, capitaine, mais mon serment non plus ne laisse aucune place à l'interprétation. Le brahmârishi a rejeté votre requête et vous a demandé de nous quitter. Je vous prie de l'écouter et de m'écouter, moi. Rentrez à Ayodiâ.

Bejû se gratta la barbe, perplexe et contrarié devant ce dilemme de désobéir à son maharajah ou de contrarier son futur souverain. Son unité, elle, attendait aussi silencieusement que possible, les roues bien huilées des chars grinçant à peine, les chevaux gardant la tête basse, sans s'ébrouer : un hennissement distrait ou un craquement pouvaient transformer une embuscade en désastre. Avant que l'officier ne se décidât, le premier éléphant atteignit le sommet de la pente, où il leva une trompe triomphante quoique silencieuse, car la discipline lui interdisait de lâcher le barrissement de joie habituel après une ascension pénible. Ses compagnons le suivaient de près, harnachés d'une belle armure brunie, les défenses cerclées d'or, étincelantes au soleil de l'après-midi. La terre frémissait sous leur poids, Râma le sentait dans son genou.

Enfin, Bejû eut un petit hochement de tête à l'adresse du jeune homme, puis, toujours sans un regard au brahmârishi, regagna à grands pas son char, où il grimpa en deux enjambées. Sur un signe de lui, la rangée de véhicules entreprit de faire demi-tour, imitée par les cavaliers. Le mahout de l'éléphant de tête lui tapota le flanc, et l'animal s'arrêta malgré sa surprise. « Désolé, vieux mastodonte, tu as grimpé pour rien. » Au moins, le retour se ferait en descente… Râma relâcha imperceptiblement la corde de son arc, la flèche toujours encochée.

— Allons, rajkumâr, lança le sage derrière lui, d'une voix dont la gentillesse offrait un contraste surprenant avec sa dureté face au capitaine. Il nous reste un long trajet avant le coucher du soleil, et pas aussi facile que sur la rajmarg. Dépêchons-nous.

Râma se releva puis partit à reculons, sans quitter des

yeux les vajra qui s'éloignaient. Chars et chevaux s'étaient arrêtés afin de laisser le dernier éléphant atteindre le sommet de la côte, où il ferait demi-tour. Le jeune homme remarqua sur le dos de plusieurs pachydermes des éraflures toutes fraîches, où le sang sourdait peu à peu. Sans doute les branches basses des arbres de fer. « Saletés. Je parie qu'ils sont ensorcelés. » Lakshman allait s'alarmer : il adorait les éléphants plus encore que les chevaux. Toutefois, le temps manquait pour se désoler. Et puis, il ne s'agissait que de blessures sans gravité. Râma ne doutait pas de voir couler bien plus de sang avant la fin de son périple, et pas seulement animal.

Il recula jusqu'à sentir un obstacle à quelques centimètres de sa tête ; les poils de sa nuque se hérissèrent par anticipation et il pivota pour se glisser sous une branche basse, dans la morne pénombre de la forêt.

Bejû attendit que l'obscurité des bois engloutît les princes et le sage avant d'appeler d'un signe son second, un grand ksatriya séduisant monté sur un alezan. La mâchoire allongée du lieutenant, sa peau laiteuse, ses cheveux blond foncé et ses yeux d'un gris presque blanc évoquaient la robe fauve tachetée de noir du loup des plaines. On l'appelait Berya, car le surnom d'un vajra dépendait toujours de son totem animal.

— Berya, dites à Gaja d'attendre ici une heure avec ses éléphants, puis de nous suivre dans la jungle lentement et en silence, ordonna Bejû sans quitter du regard l'endroit où les marcheurs s'étaient évanouis. Je dis bien *lentement et en silence*, samje* ? Pas question de tout piétiner comme un troupeau d'animaux de bât.

Le beau visage de Berya se plissa tandis qu'il s'efforçait de comprendre ce que voulait son supérieur.

— Mais mon capitaine, pourquoi cette discrétion, puisque nous rentrons à Ayodiâ ? (Il cligna plusieurs fois des yeux, alors que les implications de ce qu'il venait d'entendre lui apparaissaient.) Attendez, vous avez bien dit *dans la jungle*, mon capitaine ?

— Heureusement, votre belle épouse ne vous a pris que votre semence, pas votre cerveau, commenta Bejû avec une grimace. (Son subordonné venait de se marier ; en fait, la nuit précédente avait été sa suhâg rât*.) Attendez quelques minutes avant d'envoyer trois éclaireurs suivre les rajkumâr et le brahmane. Lorsqu'ils auront déterminé dans quelle direction progressent les voyageurs, l'un d'eux reviendra nous montrer la route la plus proche capable de porter nos chars et nos chevaux dans cette maudite forêt. Le deuxième nous rejoindra une heure plus tard pour nous guider le reste du chemin. À ce moment-là, la nuit tombera et nous camperons, si possible, à peu de distance de nos princes. Dès l'aube, nous repartirons, en nous servant de la même méthode pour les suivre jusqu'à destination et les protéger, comme nous en avons reçu l'ordre.

Berya hocha la tête. De toute évidence, le plan de son chef ne l'inspirait guère : les vajra permettaient un individualisme et une liberté de pensée étrangers aux autres corps ksatriya.

— À condition que nous trouvions un sentier praticable, ne serait-ce que sur une partie du trajet, et que les rajkumâr ne s'en éloignent pas. C'est bien improbable, vous ne croyez pas ?

Bejû se tourna pour cracher par terre.

— Je ne veux pas entendre parler d'improbable ou d'impossible ! Compris, Berya ? (Il leva le poing vers le ciel.) Je remplirai ma mission, quoi qu'il arrive. Il faut être sur les talons du prince héritier lorsqu'il sera confronté au danger, quel qu'il soit.

— C'est-à-dire tout le long du chemin, ajouta Berya en jetant un coup d'œil à la jungle oppressante.

— Les rajkumâr sont parfaitement capables de s'occuper des bêtes sauvages et des choses de ce genre. Je les ai vus chasser, ils sont tous les deux aussi bons archers que n'importe quel Mithilien. Ce sont les râkshasa qui m'inquiètent. Le prince Râma Chandra n'a pas la moindre idée de ce dont sont capables ces créatures. (Nouveau crachat.) Quant à ces brahmanes, ce sont de vraies têtes de mule. L'avatar de Vishnu, Parasurâma, a peut-être eu raison de jouer de la hache contre les ksatriya, mais il aurait encore mieux fait de s'occuper des brahmanes. Une bonne purge de ce genre aurait été salutaire.

— Ne vous inquiétez pas, mon capitaine, répondit Berya avec une intrépidité farouche, habitué qu'il était à la mauvaise humeur de son supérieur. Ces saletés n'auront même pas le temps de montrer les dents avant que nous ne nous interposions. (Il ajouta très vite :) Les asura, bien sûr.

— Vous avez déjà combattu des râkshasa, Berya ?

— Non, mon capitaine, je n'ai jamais eu ce plaisir.

— Alors fermez votre gueule baveuse et exécutez mes ordres.

Le lieutenant salua aussitôt puis fit volter sa monture. Bejû réprima un sourire en le regardant s'éloigner : Berya était un très bon élément, le meilleur bras droit qu'il eût peut-être jamais eu, mais il eût préféré mourir plutôt que de le reconnaître devant l'intéressé. Il ne l'en traitait même que plus durement, car il attendait rien moins que la perfection de celui qu'il espérait voir lui succéder à la tête de son unité. D'ailleurs, si Shakun et lui avaient eu des enfants, il aurait souhaité un fils comme Berya.

Penser à sa femme lui donna le coup de poignard habituel de douleur et de regret. Être privé de descendance représentait une torture indescriptible pour un ksatriya ârya. Surtout un homme de l'envergure de Bejû. Pourtant, Berya rendait le manque presque supportable. Après tout, une unité ksatriya était une famille. Entouré de ses vajra, Bejû était chez lui loin de chez lui. Shakun disait même, avec une ironie mordante, qu'il passait plus de temps en compagnie de sa sautan*, sa seconde femme, qu'avec elle ; et elle ajoutait qu'il la préférait visiblement à elle. Il soupira. Elle n'avait pas tort : au fil des années, il en était venu à apprécier plus son travail que son foyer. Par moments, il avait du mal à se retenir de serrer Berya dans ses bras en l'appelant putra*. D'où sa dureté bourrue envers lui. Bejû dissimulait son noyau de douceur derrière une façade revêche.

Berya arpentait le pré à cheval, distribuant des ordres rapides et précis aux cavaliers, aux conducteurs, aux mahout, grâce à des gestes soigneusement codifiés. Les vajra communiquaient ainsi en territoire ennemi, où des oreilles indiscrètes risquaient de surprendre les conversations. Quelques instants plus tard, trois conducteurs tendirent les rênes de leur attelage aux archers qui les accompagnaient, puis mirent pied à terre. Bejû hocha la tête en guise d'approbation. Ces hommes feraient les meilleurs éclaireurs. Quant aux archers, ils étaient tous capables de tirer en conduisant. Déjà, ces trois-là attachaient les rênes à un fermoir de leur cotte de maille, ce qui leur permettrait de diriger les chevaux par de simples mouvements pivotants du buste. Il existait des manières plus efficaces de manœuver un char, mais celle-là conviendrait.

Les vajra avaient développé leurs talents uniques de discrétion des siècles durant. Bejû avait entendu dire que certains guerriers du lointain royaume insulaire du Nord-Est se servaient des mêmes tactiques de combat silencieux. « Un envoyé nippon a parlé de nous chez lui, c'est sûr. » La lutte kalârappa*, par exemple, était apparemment devenue l'art martial le plus populaire des nations mandarines.

Le capitaine plissa les yeux ; le soleil brillait toujours assez haut dans l'azur. Il restait quelques heures de jour. L'officier ignorait jusqu'où le sage comptait entraîner les princes ce soir-là, mais ils seraient forcés de s'arrêter avant la nuit. Les bois du Midi étaient déjà assez traîtres ; s'y déplacer dans le noir serait pure folie. Comme cette mission tout entière.

Les trois éclaireurs attendaient son ordre pour partir. Il agita la main, désignant de trois doigts serrés l'endroit où les voyageurs s'étaient enfoncés sous le couvert, le pouce plaqué contre la paume. Ensuite, il leva brusquement l'index, puis le majeur. Ses hommes acquiescèrent en silence : message reçu. Ils gagnèrent au trot l'orée de la forêt, se déplaçant avec un ensemble parfait, avant de pénétrer dans la jungle épaisse, où ils disparurent.

« Nous serons sur vos talons, rajkumâr. Il n'est pas question qu'un râkshasa touche à un cheveu de la tête d'un Iksvâku Sûryavamsa. Pas tant que Bejû le vajra respire encore. »

L'officier attendit avec impatience le retour du premier pisteur.

VI

MÂ !

Bhârata jaillit de l'escalier, attrapant la lance de Kaikeyî. Cette dernière lutta un instant pour garder son arme, défigurée par la colère, au point que Dasaratha se demanda si son fils n'allait pas avoir le dessous. « Elle a une sacrée force à sa manière, autant que Kausalyâ, et c'est une guerrière. »

Toutefois, Bhârata avait l'avantage de la gravité : il avait saisi la hampe de la pique à l'instant précis où Kaikeyî rejetait le bras en arrière avant son lancer. Il n'avait plus qu'à tirer pour faire perdre l'équilibre à sa mère. Elle pivota brusquement, le poing toujours crispé sur le bois, montrant les dents, puis quelque chose passa sur son visage, une ombre d'instinct maternel, peut-être. Sa poigne se relâcha. Bhârata s'empara de l'arme, qu'il brisa sur son genou, les traits tordus par la colère et l'incrédulité.

— Tu allais embrocher père ! s'écria-t-il en brandissant les deux moitiés de la pique. Comment peux-tu faire une chose pareille ?

Kaikeyî, emplie de fureur, rajusta sa couronne. Dasaratha s'aperçut alors qu'elle s'était équipée pour le combat féminin. Son armure devenait chaque année un peu plus juste, mais elle arborait toujours son bouclier. Sans doute l'avait-elle vu s'esquiver, suivi de près par Kausalyâ, et leur avait-elle emboîté le pas à cheval. Bhârata avait dû lui servir de lieutenant ; ils s'étaient entraînés ensemble quelques semaines durant.

— Ce n'est pas ton père que je visais, imb... mon chéri. C'est sa putain.

— Kaikeyî ! (La voix de Dasaratha résonna à travers la plate-forme balayée par le vent.) Surveille ta langue ! Kausalyâ est ma reine. Elle mérite le respect.

L'interpellée, la tête rentrée dans les épaules, les yeux luisants du feu du soleil couchant, fixa sa rivale.

— Elle se conduit en putain ; *c'est* une putain.

— Retire ce que tu viens de dire, ordonna le souverain en s'avançant à grands pas, la main levée.

Kaikeyî redressa la tête pour s'offrir à la gifle.

— Vas-y. Frappe-moi. Tu l'as fait assez souvent pour connaître les meilleurs endroits.

Retenir son bras coûta plus d'énergie à Dasaratha qu'une dizaine de coups.

— Tu as perdu l'esprit. Présente tes excuses à Kauṣalyâ, puis disparais immédiatement de ma vue.

— Pourquoi ? Pour que vous puissiez continuer à conspirer contre mon fils et moi ?

— Ton fils ? balbutia-t-il, décontenancé.

Un coup d'œil à Bhârata lui montra le garçon si bouleversé que cela lui brisa le cœur.

— Comme si je ne savais pas ce que trafique cette chudail* ! À l'instant où j'ai appris qu'elle t'avait attiré dans ses appartements, j'ai deviné qu'elle avait repris ses ensorcellements. Quel art noir a-t-elle utilisé pour te persuader de priver mon fils de son droit de naissance, raje ? À moins qu'elle n'ait eu recours à de viles ruses féminines ? (Kaikeyî émit un reniflement méprisant.) Quoique je ne voie vraiment pas ce que tu pourrais trouver à ce sac d'os. N'importe laquelle de tes concubines te servirait mieux, au lit.

— Je n'utilise pas tes méthodes, intervint Kausalyâ, d'une voix où ne suintait cependant pas le même venin. (Au contraire, elle s'exprimait avec un calme surprenant, même si une lame d'acier perçait sous les mots, presque à nu.) C'est toi qui as attiré mon mari dans tes bras en l'écartant de ma chambre. L'aurais-tu vraiment oublié, *deuxième* reine ?

— Espèce de sorcière ! gronda Kaikeyî. Je suis bien sûre que tu as corrompu l'esprit du maharajah par la magie. Sans cela, jamais il n'aurait consenti à priver mon Bhârata de la royauté. C'est ton œuvre, ne le nie pas !

Elle cracha rageusement. Si le vent n'avait pas été aussi fort, sa salive se serait écrasée sur le visage de Kausalyâ, qui n'en tint pas moins calmement ses positions.

— Kaikeyî ! (L'épuisement cassait la voix de Dasaratha, qui réunit par un effort surhumain les derniers vestiges de ses forces.) Tu as dépassé les bornes. Je t'ordonne de présenter tes excuses à Kausalyâ.

L'interpellée le regarda. Il crut un instant qu'elle allait lui cracher dessus, à lui aussi, mais elle se contenta de paroles terribles.

— Tu m'as trahie, Dasaratha. Je n'y croyais pas, malgré les commérages du palais. Depuis des mois, tu me négligeais, tu évitais mon lit en feignant la maladie et la faiblesse, mon amour ne me valait qu'indifférence, mais pendant ce temps, tu succombais aux charmes de cette...

Kaikeyî employa un mot qu'il n'avait jamais entendu dans sa bouche, sinon dans le feu de la passion. Il eut un mouvement de recul, choqué qu'elle l'utilisât en présence de son fils. Comment avait-il pu partager la couche de cette mégère des années durant ? Comment avait-il pu abandonner la belle, la douce Kausalyâ pour cette femelle hystérique ? « Parce qu'elle était extraordinaire au lit, espèce d'idiot, parce qu'elle te faisait des choses qu'aucune autre ne t'avait jamais faites, parce que tu étais assez jeune et assez bête pour penser avec ta virilité plutôt qu'avec ton cerveau. »

Il se contraignit à contrôler sa main, frémissant de rage, brûlant d'envie de chasser d'une gifle les termes orduriers que crachaient les lèvres peinturlurées.

— Tu vas trop loin, femme. Rappelle-toi ton rang. Conduis-toi en reine d'Ayodiâ. (Il montra Bhârata, immobile derrière elle, malheureux, gêné, la tête basse.) En reine mère.

— Parce que je suis une reine mère ? Amusant. Après la déclaration d'aujourd'hui, je me prenais juste pour une de tes concubines non titrées. Sinon, pourquoi écarterais-tu mon fils en faveur du chiot de cette sorcière et me donnerais-tu l'impression d'être une maîtresse négligée ?

— Râma est mon premier-né, c'est-à-dire l'héritier légitime du trône. (Dasaratha s'efforçait de ne pas élever la voix jusqu'au cri.) Tu le sais aussi bien que Bhârata. Demande-lui s'il nie les droits de son frère. Allons, demande-lui.

Kaikeyî ne se tourna même pas vers son fils, dont les yeux reflétaient une telle souffrance que le souverain eut pitié de lui. « Pardonne-moi d'avoir laissé arriver un jour pareil, Bhârata. Puisses-tu ne plus jamais assister à ce genre de scène. »

Kaikeyî secoua la tête, méprisante.

— Ne le mêle pas à cette histoire, espèce de brute. Nous avons un compte à régler, toi et moi. Tu m'as fait une promesse. Maintenant, tiens-la ! Ou faut-il que je te rappelle ce qui s'est passé sur le champ de bataille, quand tu gisais inconscient, grièvement blessé, pendant que ton armée, écrasée, fuyait devant la puissance des hordes asura ? Ta précieuse *première* reine le sait-elle ? Sait-elle comment je me suis jetée au cœur des combats avec mon char, comment je t'ai porté puis mis en sécurité, avant de retourner à la tête des forces ârya contenir la multitude des monstres le temps que tu te reposes assez pour reprendre le commandement ? Aurais-tu oublié, Dasaratha ?

— Je m'en souviens comme si c'était hier, répondit-il avec calme, toute colère envolée.

Car il s'en souvenait, en effet. « Un hier sombre, terrible. »

Kaikeyî releva fièrement le menton.

— Alors dis à Kausalyâ ce que tu m'as promis lorsque nous avons regagné le palais de mon père.

Une impression de danger si forte envahit le roi qu'il vit un instant le monde entier s'assombrir, puis il s'aperçut que le soleil couchant s'enfonçait derrière les montagnes, tout simplement.

— Je ne veux plus rien entendre, Kaikeyî. Va-t'en. Bhârata, mon enfant, escorte ta mère jusqu'à ses appartements. Il faut qu'elle recouvre ses esprits.

— Ne pose pas la main sur moi ! s'exclama-t-elle en repoussant son fils. Les mensonges de ton père t'abusent sans doute, mais je ne le laisserai pas s'en tirer comme ça. Je n'ai qu'une chose à recouvrer : ton droit de naissance. Et je te promets que ce sera fait, même si je dois me battre jusqu'à mon dernier souffle. (Elle tendit vers Kausalyâ un doigt griffu.)

« Quant à toi, première *sorcière*, écoute-moi bien. Ton cher petit reviendra peut-être sain et sauf des bois du Midi, quoique j'en doute, mais il ne sera pas couronné prince héritier d'Ayodiâ. Ni le jour anniversaire de sa cérémonie du nom ni aucun autre. Telle est la malédiction que je lance en tant qu'épouse et mère bafouées. Rappelle-toi ma srâp* et tremble ! »

Dasaratha connut un instant de colère tellement pure, tellement brûlante qu'il lui sembla que sa tête allait exploser. Sa main bougea d'elle-même, se refermant sur la gorge de Kaikeyî, le bout des doigts plaqué contre la partie la plus tendre du cou. Une petite pression supplémentaire, et cette nuque se briserait aussi facilement que le bois de la lance. Il restait assez de force au souverain. « Fais-le, souffla dans son cerveau enfiévré une voix d'un calme de mort. Allez, fais-le. Que le fantôme de tes péchés repose enfin à jamais. Fais-le, ou toi mort, cette femme sera la pire ennemie de ton fils. Mère par alliance ou non, elle fera tout ce qui sera en son pouvoir pour évincer Râma. Tue-la. Maintenant. »

Mais Bhârata se tenait devant son père, le fixant d'un air égaré : jamais, dans ses rêves les plus déments, il n'avait imaginé un jour ou un événement pareil. Ses yeux écarquillés, emplis de larmes, figèrent la main de Dasaratha. « Mon fils, oh ! mon fils, tu n'aurais pas dû vivre cette horreur. » La force déserta son bras. Une vague blanche rugissante dégringola du ciel pour l'emporter. Il ne vit ni n'entendit plus rien.

En émergeant de la forêt obscure, Râma fut ébloui par la lumière du soleil couchant. Sa seconde d'aveuglement suffit pour qu'il fasse un pas de trop : la terre s'effrita sous ses pieds, puis il ne resta rien pour supporter son poids. Il se retrouva dans le vide, ses autres sens l'informant aussitôt de ce qui avait échappé à sa vue. « Une falaise ! Je ne me suis pas aperçu qu'on arrivait au bord d'une falaise ! » Déjà, il tombait, la bouche ouverte sur un cri d'avertissement à Lakshman et au prophète, les entrailles lui remontant dans la gorge.

Une main l'attrapa par les vêtements, une autre par l'épaule. Une fraction de seconde, il crut que son cœur s'arrêtait : il restait suspendu en l'air, le vent gémissant autour de lui, le soleil dans les yeux telle une masâl brandie juste devant son visage. Sans doute les oiseaux éprouvaient-ils ce genre d'impression quand ils cessaient de battre des ailes pour piquer vers le sol...

On le remonta brutalement, et il tomba sur le dos, agitant les pieds dans la terre qui s'effritait, cherchant de toutes ses forces un appui.

Lakshman se jeta à genoux près de lui, une main suante crispée sur son bras.

— Bhai ? Bhai, bhai !

— Ça va, répondit Râma – un mensonge éhonté.

Le prophète attendait tranquillement près d'eux, plus impassible que jamais.

— Mahâdev, âpka lakh-lakh shukar hai. Apne meri jân bachaî. [Merci infiniment, grand sage. Vous m'avez sauvé la vie.]

Sourd aux remerciements reconnaissants de Râma, il montra le néant ouvert devant eux.

— Des dangers incomparablement plus grands que des gouffres matériels nous guettent, rajkumâr. Vous feriez bien de vous en souvenir. La prochaine fois, je ne serai peut-être pas là pour vous sauver de votre maladresse.

Maladresse ? Le jeune homme cligna des yeux, ravalant une riposte. Comme Lakshman ouvrait la bouche, prêt à bondir, il l'attrapa par la main pour l'arrêter. « Le mage-prophète a raison. J'aurais dû sentir que la forêt s'interrompait et ralentir. » Pourtant, ni distraction ni maladresse n'expliquaient l'incident. La jungle cessait tout simplement d'exister au bord d'une falaise avec une saisissante brusquerie. « Une seconde avant, nous étions au cœur des fourrés, on y voyait à peine à un mètre ; celle d'après, nous nous tenions au bord d'un précipice. Personne n'aurait rien vu arriver. » Sauf le sage, puisqu'il avait ralenti à temps. « Alors pourquoi ne pas nous avoir avertis ? » Râma se releva puis s'épousseta sans un mot. Lakshman jeta un regard maussade au guru, mais tint également sa langue. Son frère se retourna pour jauger le gouffre qui avait failli lui coûter la vie.

Les voyageurs se tenaient au sommet d'une falaise d'au moins deux cents mètres de haut, sur laquelle les bois touffus s'étendaient à perte de vue, jusqu'à l'extrême limite du vide. La frange de terre meuble dans laquelle ils s'interrompaient mesurait moins d'un mètre de large. « Pas étonnant que je sois tombé. Même une chèvre de Ladâkh aurait du mal à ne pas glisser sur un terrain pareil. J'aurais eu plus de place pour me retourner dans mon char ! » Un pas en arrière, et Râma se cognerait le crâne contre le dernier tronc, dont l'épaisse frondaison emmêlée s'étendait au-dessus de lui.

Une feuille tomba, droit vers le bas malgré la forte brise. Elle plongea comme une pierre, tournant sur elle-même sans pourtant se renverser. Le soleil couchant, presque à la même hauteur que les voyageurs, les éblouissait de sa masse. Les yeux baissés afin de regarder entre ses pieds, Râma distingua la luisance familière de l'eau tout au fond du précipice. « Une rivière ? Ici ? » Ce n'était en fait qu'un ruisseau, dix fois moins large que la Sarayû, mais trouver de l'eau vive dans la forêt maudite n'en était pas moins surprenant. Plus surprenant encore, une clairière semée de fleurs, apparemment paisible, s'étendait dans la vallée encaissée, l'air quasi… idyllique.

— C'est ça, la Bayanak-van ?

La voix de Lakshman reflétait l'incrédulité de son frère.

— Ça, c'est le verger de Kâma, notre destination, répondit le sage d'une voix lointaine.

Le verger de Kâma ? Un lieu saint bien connu. Qu'était-il donc advenu des redoutables bois du Midi ? De la Bayanak-van, la forêt si terrible que les asura eux-mêmes ne s'y engageaient pas sans crainte ? Jusqu'alors, les jeunes gens en avaient juste vu l'épais bosquet qu'ils venaient de traverser, mais des arbres de fer semblables encadraient la raj-marg, à l'autre extrémité du plateau. Quoique difficiles à négocier, couverts d'épines aussi longues que des dagues et de branches semblables à des serres, ils étaient indignes de la région horrifique dont les princes entendaient parler depuis leur petite enfance. Ils n'avaient d'ailleurs rien remarqué d'extraordiaire dans le bois touffu, hormis l'absence de faune – pas un oiseau, pas un écureuil, pas un être vivant. Un seul danger s'était présenté : le gouffre dans lequel ils avaient failli tomber à l'instant. « Si c'est ça durant tout le voyage, il ne nous donnera pas beaucoup de mal. » Râma se doutait cependant qu'il y aurait bien autre chose.

— Venez, reprit le sage. Il faut être à la rivière avant le coucher du soleil, que vous puissiez accomplir votre sandyâvandana.

Il pivota puis fit un pas de côté, un peu comme pour descendre de cheval, ce qui lui amena un pied dans le précipice ! À la grande surprise de Râma, un point d'appui fiable dut s'offrir à lui, car il acheva de franchir le bord de la falaise. Le vent ébouriffa ses cheveux blancs emmêlés tandis qu'il descendait lentement, disparaissant aux yeux de ses sisya. Ces derniers se penchèrent dans le vide pour le suivre du regard. Il se tenait juste en dessous d'eux, si bien qu'ils ne voyaient que sa tête et ses larges épaules. On aurait dit qu'il marchait dans l'air. Ils s'aperçurent vite qu'il progressait, en fait, sur une corniche étroite taillée dans le flanc abrupt de l'à-pic. Son air dégagé et son allure rapide tendaient à prouver qu'il était déjà passé par là. « Donc, on ne devrait pas avoir trop de mal à le suivre. » Cette pensée ne rassura guère Râma. Il jeta un coup d'œil à Lakshman, qui attendait qu'il se décidât, puis, haussant les épaules, imita le mage. Le pied allait lui manquer, son poids l'emporter par-dessus la bande de terre pour le précipiter, cette fois, jusqu'au fond du gouffre… Il se vit même tomber, dépasser la feuille flottante de l'arbre de fer, l'attraper comme en rêve…

Sa socque se posa sur une marche bien taillée, où il prit fermement appui. À sa grande surprise, la corniche se révéla plus facile à négocier qu'il ne l'avait cru. S'habituer à la position requise – quasi collé à la paroi rocheuse – lui prit un moment durant lequel il pensa plus d'une fois que son cœur allait s'arrêter, mais quand il eut trouvé la façon de faire, les choses devinrent plus simples.

Son frère inspira avec force au moment de suivre son exemple. Pendant qu'ils s'enfonçaient tous deux dans le précipice, Râma résista à l'envie de regarder vers le bas pour voir où en était Visvâmitra : l'inexplicable impression l'avait saisi que s'il tombait de nouveau, le sage ne parviendrait pas à le rattraper. Pourtant, au lieu de le paralyser, cela ne fit qu'augmenter sa détermination à arriver en bas sain et sauf. Il continua à descendre, les mouvements de plus en plus sûrs et précis, la démarche de plus en plus rapide, jusqu'à ce qu'il lui semblât avoir passé sa vie dans le gouffre.

VII

LES PRINCES ATTEIGNIRENT le pied de la falaise sans encombre. Le soleil, très bas, n'allait plus tarder à réellement se coucher. Visvâmitra attendait ses compagnons sur la berge du ruisseau, que la lumière rasante transformait en miroir. En s'approchant, Râma vit deux sages, dont l'un lui tournait le dos alors que l'autre le regardait depuis la surface brillante. Ce dernier ressemblait à une statue de cire en train de fondre. Sans son doux gargouillis, le cours d'eau aurait réellement pu passer pour un miroir, tant son flot était calme. « Il est aussi pur que la Sarayû. Et il a la même odeur, ce parfum de glacier, de lotus et d'herbe qu'on ne trouve nulle part ailleurs. Oui, c'est la Sarayû ou sa sœur jumelle, je le parierais. »

— Comment s'appelle ce ruisseau, et où prend-il sa source, mahâdev ? demanda Lakshman.

— C'est un rejet de la Sarayû, rajkumâr, répondit le prophète sans quitter l'horizon des yeux, la barbe et la chevelure embrasées par les feux du couchant. Je l'en ai détourné moi-même il y a de cela six cents ans, afin de fournir de quoi vivre aux rishi qui habitent le verger.

Enfin, il se retourna pour jauger les deux princes d'un regard aigu. Râma prit conscience de se tenir droit comme un I et d'adopter l'air le plus respectueux possible.

Conserver l'attitude adéquate ne lui était pas difficile, car il avait souvent parcouru à pied des distances aussi longues, mais son estomac grognait de colère, échappant à son contrôle. Pourvu que le prophète n'eût pas entendu...

Son examen terminé, Visvâmitra montra le cours d'eau.

— Le voyage vous a salis. Lavez-vous dans la Sarayû purificatrice et accomplissez votre sandyâvandana avec la plus parfaite sincérité. Ensuite, je vous enseignerai les deux mantras jumeaux de Bala et d'Atibala. Allons, ne perdez plus de temps ; votre ancêtre Sûrya s'impatiente, il lui tarde de quitter cette partie du monde pour aller visiter ses terres de l'autre côté de Prithivî.

— Jaise âgya, gurudev, répondit Râma, les mains jointes. [Comme vous voudrez, grand guru.]

Les princes s'avancèrent en pataugeant dans le ruisseau, dont la fraîcheur et le parfum les surprirent. Râma, qui nettoyait déjà la poussière de la route étalée sur son visage, se sentit aussitôt rasséréné. Jusqu'alors, le voyage n'était pas aussi terrible qu'il l'avait craint. Si, en plus, le guru tenait parole, le jeune homme allait se voir offrir deux des plus grands mantras qu'un ksatriya aspirât à connaître. « Comment ça ? Évidemment. Un prophète tient toujours parole. » Râma accomplit son acamana* à trois reprises, selon la coutume, scandant tout bas les mantras de la sandyâvandana – les dévotions vespérales. Il remerciait le dieu soleil d'avoir nourri le monde durant la journée et exprimait son ardent désir de revoir Sûrya à l'aube, une fois de plus. Ses prières terminées, il s'aperçut qu'il espérait aussi dîner sous peu.

Visvâmitra, planté sur la berge, regardait les princes exécuter le rituel du soir avec un ensemble amirable, les mouvements de Lakshman reflétant sans faille ceux de son aîné. Ils avaient gardé leurs armes, comme le voulait la coutume durant les incursions en territoire hostile. Le sage aurait pu leur dire de laisser vêtements et épées sur la rive, car nul ne risquait de les attaquer pour l'instant, mais mieux valait qu'ils suivent les principes de leur éducation ksatriya. L'enseignement reçu au gurukul de Vasistha formait la base de leur vision du monde, et ils ne tarderaient pas à être précipités dans des événements que leurs rêveries les plus folles ne leur auraient pas permis d'imaginer. Entre-temps, autant les laisser se cramponner à leurs croyances enfantines.

Visvâmitra n'était cependant pas totalement d'accord avec le raisonnement du grand Vasistha ; lui-même avait ses limites : il s'attachait aux traditions. Or, pour affronter avec succès les épreuves qui s'annonçaient, les princes ne pourraient s'en contenter, loin de là. Mais ces fondations permettraient à Visvâmitra d'élever de nouvelles murailles, plus efficaces.

Devant le spectacle des jeunes gens en pleines ablutions, un pincement de tristesse quasi imperceptible lui meurtrit le cœur : de tels obstacles, de telles difficulés les attendaient, alors qu'ils sortaient tout juste de l'enfance ! Ils auraient dû goûter quelques années d'insouciance, celles dont il avait joui jusqu'au bout, lui. Les rajkumâr n'avaient pas mérité le cruel fardeau qu'il allait poser sur leurs épaules lisses, mais il n'avait pas d'autre recours. Les forces à l'œuvre étaient trop puissantes pour qu'un prophète pût espérer les contrôler. Vasistha l'avait compris et lui avait, en conséquence, accordé son soutien explicite. Il ne s'agissait pas seulement des deux princes d'Ayodiâ ; l'histoire était en crise. Les époques désespérées imposaient des mesures désespérées. Celle-là obligeait deux très jeunes hommes à entreprendre une tâche qui aurait fait hésiter les plus grands champions d'autrefois.

Les princes émergèrent du ruisseau. Des perles d'or tombaient de leur corps dans la lumière crépusculaire. Ils se prosternèrent aux pieds de Visvâmitra pour recevoir son asirvâd sans qu'il eût à le leur dire, puis s'assirent en face de lui dans la position du lotus, habituelle aux sisya à qui leur guru dispense son vidyâ. Leur visage luisait à la clarté réfléchie par les eaux.

Le sage ne perdit pas de temps en discours préparatoires, ce n'était pas son genre. Contrairement à Vasistha, pour qui l'éloquence servait de lubrifiant au savoir, Visvâmitra estimait que son enseignement se suffisait à lui-même.

— Videz votre esprit pour ne plus faire qu'un avec le

Brahman, ordonna-t-il. Les mahâ-mantras que je vais vous enseigner sont les matrices de la moindre connaissance martiale. Après les avoir intégrés, vous ne connaîtrez plus la faim ni la soif, le froid ni la chaleur, la fatigue ni la somnolence, la douleur ni l'inconfort. Aucun ennemi ne vous inspirera plus la moindre peur, ni les antiques esprits innommés qui foulent la terre durant les heures impies précédant l'aube, ni les terribles asura qui vont chercher à vous détruire dans les jours à venir. Tant que vous respecterez ces dons précieux, tant que vous en userez avec parcimonie et sagesse, ni la maladie ni l'âge ne vous atteindront. Nul assaillant ne vous prendra par surprise, même si vous dormez ou avez baissé votre garde, nul besoin corporel ne dominera votre intelligence ni ne permettra de vous séduire. Les apsaras les plus ravissantes de la cour d'Indra ou les gandharvî les plus sensuelles de la forêt ne parviendront pas à éveiller votre désir. Votre force sera sans rivale sur cette Terre, et nul parmi les trois mondes ne vous égalera en vidyâ, en shakti ou en chaturta*. Nul ne vous surpassera, sur le champ de bataille ou ailleurs. Acceptez le don de ces grandes formules scientifiques, apprenez à les maîtriser, usez-en sagement, rarement, et vous serez guerriers entre les guerriers, ksatriya exemplaires pour les ksatriya, guru de votre varna.

Il s'interrompit afin de braquer sur leur esprit son œil intérieur. Une profonde inspiration relaxante, une seule – l'opposée de la concentration –, et son aura brahmanique d'un blanc bleuté se mit à flamboyer. La force roula en lui, exaltante, enivrante. Il se laissa emporter pour palper l'aura des rajkumâr, beaucoup plus faible malgré leur robuste jeunesse.

La réceptivité et l'attention des princes lui donnèrent entière satisfaction. « Le guru Vasistha les a vraiment bien éduqués. Leur discipline est admirable. Ces deux-là brûlent d'apprendre. » Exactement comme le grand Brahmâ à l'aube de la création, avide non de procréer, mais de découvrir, de ne faire qu'un avec l'Univers. L'essence du Brahman était fortement implantée dans les jeunes gens.

Visvâmitra ouvrit les portes du noyau logé au cœur de sa

conscience – une partie de son esprit aussi inhumaine qu'un deva ou un asura : le Brahman, le tout et le rien, l'essence et l'absence de la création, l'âme de la matière et son contraire. Le prophète libéra le passage à cette énergie sacrée, puis relâcha les mahâ-mantras. La lumière bleue éblouissante du Brahman enveloppa les trois hommes de son brasier, les transformant en un gigantesque saphir triangulaire baigné par la pénombre crépusculaire, engloutissant les princes dans une explosion de lumière et de force à côté de laquelle la foudre aurait paru ridicule.

C'était fait. « Voilà. Ces deux jeunes gens sont maintenant plus que de simples mortels. Béni soit le grand Brahmâ. »

Du haut de la falaise, trois paires d'yeux regardaient les princes et leur guru, assis en contrebas sur la berge du ruisseau, mais une seule distingua l'explosion à l'effroyable beauté qui accompagna le don des mahâ-mantras. Si sa propriétaire ignorait la cause exacte de cette démonstration de pouvoir, rien ne l'empêchait de formuler quelques hypothèses. Sorcellerie brahmanique. « Le prophète prépare ces enfants à affronter mes cousins dans la Bayanak-van. Vieil imbécile. Tu ne sais pas ce que tu fais. Si mon peuple ne tue pas ces innocents, tes mantras s'en chargeront. » Comme tous les râkshasa, Sûrpanakâ n'éprouvait que mépris pour le Brahman et ceux qui s'en servaient.

Levant la tête, elle poussa un cri mi-biche, mi-râkshasî. Une cicatrice toute fraîche lui traversait l'épaule gauche, souvenir d'une blessure à peine guérie, à l'endroit où la flèche de l'ivrogne l'avait frappée le matin même. Elle se baissa pour franchir en rampant le bord de la falaise, puis entreprendre la descente à quatre pattes. Dans la clarté mourante du crépuscule brumeux, sa fourrure roussâtre foncé se confondait parfaitement avec la pierre ferreuse.

Moins de quarante mètres sur sa gauche, les deux éclaireurs vajra – surnommés Gîdhar et Doda à cause de leur totem respectif, le chacal et le corbeau – regardèrent autour d'eux avec curiosité.

— Par Kali, qu'est-ce que c'était que ça ? demanda Gîdhar, la nuque hérissée par le puissant cri de bête.

— Aucune idée, répondit Doda en haussant les épaules, mais il vaudrait mieux éviter de prononcer le nom de la déesse, mon frère. Surtout ici. On ne sait jamais. Elle risquerait de venir voir qui l'appelle.

Gîdhar renifla, méprisant, malgré un pincement de peur secret. Il avait entendu sur les bois du Midi des histoires encore plus incroyables que cette légende. Jusqu'alors, les vajra n'avaient pas vu grand-chose d'effrayant, mais il ne doutait pas que d'immenses dangers les attendaient, tapis au fond de la redoutable forêt.

— Dhole a dû rejoindre le capitaine, maintenant, dit-il, dans l'espoir de changer de sujet.

Son camarade se montrait souvent morbide, et lui-même n'était pas d'humeur à subir d'autres remarques de ce genre. Pas avec la nuit qui tombait tel un linceul sur un cadavre.

— Pour lui dire quoi ? Qu'il n'y a pas de chemin jusqu'ici ? De toute manière, même s'il y en avait un, comment les chars et les chevaux descendraient-ils cette falaise ? Comment allons-nous nous y prendre, nous ?

— Le mage et les rajkumâr n'ont pas eu trop de mal.

— Le soleil n'était pas encore couché. D'ici quelques minutes, il fera aussi sombre que dans le ventre de ta mère. Qu'est-ce qu'on est censés faire, à ce moment-là ?

— On va attendre jusqu'à l'aube. Ananga-ashrama est juste de l'autre côté du ruisseau, dans le verger de Kâma. Le prophète et les rajkumâr ont sans doute l'intention d'y passer la nuit. Nous, on va rester ici. On descendra au premier rayon de soleil.

Doda marmonna quelque chose d'incompréhensible, puis mâchonna un moment en silence le mélange de bétel et de tabac. Enfin, il cracha de côté un jus coloré.

— Au premier rayon de soleil, d'accord, acquiesça-t-il à contrecœur. Tu montes la garde pendant que je me repose un peu les yeux, je te relaierai plus tard.

Gîdhar ne se donna pas la peine de protester. Il ne l'aurait pas fait même si son compagnon lui avait demandé de veiller toute la nuit. Sans doute ne dormirait-il guère.

Pas après ce cri de bête... Quelle bête, d'ailleurs ? Un genre de renard ? Certainement pas, mais le vajra n'aurait su dire d'où lui venait cette impression.

Les princes pataugeaient à travers le cours d'eau dans le crépuscule finissant : c'était leur troisième tentative pour trouver un gué. Une fois de plus, ils durent faire demi-tour. Malgré son étroitesse et la faiblesse de son débit, le ruisseau était profond de plus de trois mètres. Ruisselants, les jeunes gens allèrent se prosterner devant le brahmârishi.

— Il faut traverser à la nage, gurudev. (Lakshman montra le cours d'eau.) Il ne fait que quelques mètres de large.

— Le soleil s'est couché, prince, répondit Visvâmitra sans bouger, les yeux levés vers l'horizon occidental, à présent zébré de multiples nuances rougeoyantes. Je préfère ne pas m'immerger dans une eau vive une fois que les derniers kiran* de Sûrya ont quitté Prithivî.

Lakshman, déconcerté, jeta un coup d'œil à son frère.

— Kintu*, gurudev, c'est le seul moyen de traverser.

Le brahmârishi se tourna vers Râma, qu'il fixa sans mot dire. Leurs yeux se croisèrent. Quelque chose passa entre eux, leur compagnon en eut d'autant plus conscience qu'un vague écho du phénomène lui parvint. « Le guru lui a montré qu'il existe une autre solution. » Lakshman en était certain, même s'il ignorait pourquoi.

Râma se détourna en silence puis s'approcha du pied de la falaise. Un arbre y était couché, abîmé par sa longue chute depuis le sommet de l'à-pic crevassé. Ses racines et ses branches basses, racornies et fendillées, pointaient en l'air telles les pattes d'un insecte retourné. Lakshman, sourcils froncés, vit son frère grimper sur le gros rocher qui supportait le géant abattu, disposé en diagonale. Râma l'examina de haut en bas ; le tronc faisait sept ou huit mètres de long sur un de large.

— Bhai ? appela le cadet. Que veux-tu...

Il s'interrompit.

Son aîné s'était penché pour empoigner l'arbre. Il l'entoura de ses bras, l'étreignit fermement puis, sous le regard incrédule de Lakshman, se redressa. L'arbre évoquait dans ses bras une botte de paille soulevée par un paysan.

Râma bondit du rocher, atterrissant avec un choc qui se répercuta dans les os de ses compagnons. Son fardeau dépassait de plusieurs mètres des deux côtés de sa silhouette mince : il faisait bien dix fois sa masse et sa taille. « Je parie qu'il pèse au moins une demi-tonne », se dit Lakshman, incapable d'en croire ses yeux.

Râma s'avança jusqu'au ruisseau. Là, il prit un bon appui sur des pierres à peine submergées – le flot se brisait autour de ses chevilles –, puis il brandit l'arbre tel un haltérophile une barre de fer. Un instant, sa silhouette immobile se découpa contre le ciel de plus en plus sombre, minuscule fourmi chargée d'une fibre énorme de canne à sucre. Enfin, il lança sa charge dans le cours d'eau, où elle tomba avec fracas. Les gerbes d'éclaboussures trempèrent tout à quinze mètres à la ronde. Quelques gouttes se posèrent sur la tête de Lakshman comme une bénédiction.

Râma examina un instant son œuvre avant de rejoindre ses compagnons.

— Vous pouvez traverser sans vous immerger, gurudev, dit-il en montrant le ruisseau après s'être prosterné.

Lakshman suivit le regard du brahmârishi. L'arbre attendait où Râma l'avait lancé *comme une botte de paille*, véritable pont de fortune.

— Bien joué, rajkumâr, déclara le mage en posant la main sur l'épaule du jeune homme. (Il se tourna vers Lakshman, qui vit pétiller ses yeux malgré l'obscurité grandissante.) Vous, prince Lakshman, vous vous demandez comment votre frère a soudain gagné la puissance d'un éléphant de bât.

— C'est vrai, gurudev, reconnut le cadet après avoir brusquement refermé sa bouche béante.

— Il s'agit d'une conséquence des mahâ-mantras de Bala et d'Atibala, expliqua le prophète. Ils ont déjà commencé à altérer la structure cellulaire de votre corps pour augmenter vos capacités. Le changement n'est pas mesurable, mais ce petit étalage de force physique n'était qu'un avant-goût du plein effet des formules. Bientôt, vous serez tous les deux capables de bien autre chose que de ramasser et lancer des arbres morts.

— Tous les deux ? (La voix de Lakshman se coinça dans sa gorge.) Moi aussi, mahâdev ?

— Bien sûr, mon jeune ami, répondit le sage, souriant. Les mahâ-mantras agissent différemment selon les individus, certes. Il se peut qu'ils n'améliorent pas chez vous les mêmes caractéristiques physiques et mentales que chez votre frère, mais ils en modifieront certaines, cela ne fait aucun doute. Les conséquences de leur puissance miraculeuse sont déjà visibles. Regardez Râma et regardez-vous vous-même avec attention.

Lakshman examina son frère. Il lui fallut un moment pour ajuster sa vision, comme lorsqu'on a longtemps observé quelque chose de tout proche, puis qu'on se met à regarder très loin, mais il finit par voir *vraiment*.

Le bout des doigts de Râma, le coin de ses yeux, ses narines, sa bouche émettaient une faible lueur bleutée. Il leva la main droite pour retirer de sa paume une écharde, qu'il jeta par terre. La plaie minuscule laissée par le petit morceau de bois brilla ensuite d'un bleu plus soutenu, plus éclatant, comme si le pouvoir du Brahman imprégnait le sang même du prince.

Lakshman se détailla alors lui-même. Le phénomène l'affectait également. « Je suis saturé de puissance brahmanique. Nous le sommes tous les deux. » Cette compréhension lui permit de prendre conscience de la métamorphose à l'œuvre dans ses cellules : sa force, son énergie croissaient à chacune de ses inspirations.

— L'heure venue, reprit le brahmârishi, lorsque les mahâ-mantras vous auront transmis tout leur pouvoir, je vous enseignerai l'usage des devâstra, les armes divines des deva. Il est nécessaire de s'imprégner des mantras de Bala et d'Atibala avant de passer à cette étape.

Les devâstra ? Lakshman était impressionné. « Les armes mythiques des grandes guerres entre deva et asura... Pour Râma et moi ! »

— Votre savoir est immense, gurudev, dit-il à voix haute, les mains jointes.

Le sage agita son bâton.

— Allons, prince. Il commence à faire nuit. Il faut gagner Ananga-ashrama.

Les voyageurs traversèrent facilement le ruisseau grâce à l'arbre, qui s'avéra un pont confortable. Enfants, les princes s'étaient souvent amusés à franchir des ravins sur des arbrisseaux à peine plus gros que le poignet : ils auraient négocié le tronc énorme les yeux bandés. Lorsque Lakshman bondit sur l'autre rive à la suite du brahmârishi et de son frère, il se retourna vers le cours d'eau.

— Faut-il laisser l'arbre dans cette position, gurudev ?

— Peut-être vaudrait-il mieux le retirer, répondit Visvâmitra en jetant un coup d'œil en arrière. Voulez-vous vous en charger, rajkumâr Lakshman ?

Le jeune homme sourit : c'était exactement ce qu'il avait espéré entendre.

Sûrpanakâ, accrochée à flanc de falaise, dix mètres à peine au-dessus d'eux, les regardait. Elle avait interrompu sa descente pour observer Râma ramasser l'arbre puis le lancer en travers du ruisseau. À présent, Lakshman s'en emparait afin de le jeter de côté sur la rive opposée. Il s'époussetait les mains, visiblement aussi content de lui qu'un enfant qui a gagné sa première course... Enfin, il emboîta le pas à ses compagnons, qui s'enfonçaient sous le couvert. Un instant plus tard, les trois hommes avaient disparu dans le verger.

Sûrpanakâ acheva la descente en réfléchissant à ce nouvel élément. Le brahmârishi avait administré aux princes une magie brahmanique quelconque qui les rendait plus forts, mais aussi sans doute plus rapides et plus résistants. Il fallait qu'elle en informât son maître. Son cousin.

La pensée de se trouver une fois de plus confrontée à Râvana la fit grincer des dents. Un moment, elle s'était plu à s'imaginer suivant Râma pour le regarder, rien de plus, pendant son voyage. Elle se serait satisfaite de cette occupation : son sauveur était immensément regardable. D'ailleurs, elle aurait vraiment voulu comprendre le jeune humain qui avait risqué sa vie pour une biche anonyme. Mais tout bien considéré, elle était une râkshasi, et pas n'importe laquelle : la cousine de Râvana. Et en mission, même si elle détestait y penser.

Son grondement de mécontentement résonna dans le calme endormi du crépuscule.

VIII

ILS CLIGNÈRENT DES YEUX, surpris, en distinguant la clarté chaleureuse des lampes à huile entre les arbres. Alors qu'ils approchaient de la clairière, les contours d'une bâtisse se dessinèrent devant eux, une grande hutte toute simple en chaume, boue et excréments d'animaux – l'unité architecturale ârya de base.

Rectangulaire, comme tout ashram, avec une entrée dépourvue de porte et protégée par un simple auvent de paille, elle semblait assez vaste pour loger au mieux quinze ou vingt hommes. Deux vaches et un veau ruminant de l'herbe épaisse fraîchement coupée, attachés à un pilier en bambou, poussèrent des meuglements endormis à l'approche des visiteurs. À en juger par les lignes parallèles superficielles imprimées dans la terre battue, la cour venait d'être balayée.

Une tête apparut à l'extérieur, les cheveux ramenés en un chignon serré au sommet du crâne, à la mode des ermites. Un jeune rishi, au sourire aussi large que sa taille était mince, sortit de la hutte.

« Des shivaïtes », se dit Râma : les autres religieux ne s'affamaient pas de cette manière. Pourtant, les adorateurs de Shiva gagnaient peu à peu du terrain ; ils arrivaient toujours loin derrière ceux de Vishnu et de Brahmâ, omniprésents, mais leur foi progressait, en respectabilité autant qu'en popularité.

Plusieurs rishi se précipitèrent à l'extérieur, surtout de jeunes acolytes : des brahmâcârin* qui avaient fait vœu de consacrer vingt-cinq ans à un célibat de méditation. Ils tombèrent à genoux pour accueillir d'un teko* Visvâmitra. Shivaïtes ou brahmanes, toutes les âmes respectueuses des deva révéraient les brahmârishi.

— Asirvâd, gurudev, entonnèrent-ils à l'unisson, des années d'entraînement quotidien leur ayant permis d'atteindre l'harmonie parfaite. Adarnya samman. Padaryen. [Soyez béni, grand guru. Nous vous invitons avec respect à nous faire l'honneur d'entrer. Vous êtes le bienvenu.]

— Ayurmânbâ, rishion. [Longue vie à vous, moines.] Puissent vos prières porter leurs fruits.

Un rishi de très haute taille, plus ridé, le chignon plus blanc que ses pairs, s'empressa de se prosterner devant le prophète et lui baisa les pieds avec révérence.

— Votre présence honore mille fois notre humble ermitage, mahâdev. Nous vous souhaitons la bienvenue à Ananga-ashrama, à vous et à vos nobles compagnons. Que Dieu bénisse ceux qui entrent chez nous.

— Je suis heureux de vous revoir, rishi Adranga. J'accepte votre généreuse invitation, en mon nom et en celui de ces jeunes gens.

Au passage, Visvâmitra toucha le flanc de la vache qui avait vêlé peu de temps auparavant.

— Pardonne-moi encore, dans ta grande sagesse. Je sais que j'ai eu tort.

Il présenta ses pieds à l'argha traditionnel, qu'accomplit pour lui le rishi Adranga en personne, tandis que ses cadets s'en chargeaient pour les princes.

Râma se demandait pourquoi le brahmârishi avait présenté ses excuses à la vache. Il se rappelait vaguement une légende relative au passé de Visvâmitra – à sa première rencontre avec Vasistha, pour être plus précis. Il poserait la question au sage à un moment propice.

L'ermitage s'avéra aussi simple à l'intérieur qu'à l'extérieur. Quatre murs aveugles blanchis à la chaux. Aucun meuble, hormis, dans un coin, une pile de paillasses. Le très jeune acolyte brahmâcârin qui les disposait pour la nuit resta frappé de stupeur à la vue du brahmârishi et des deux rajkumâr. Émerveillé, il tomba à genoux pour frapper le sol de son crâne rasé.

— Brahmârishi, mahâdev, asirvâd, haleta-t-il d'une voix étranglée par l'adoration.

Les princes échangèrent un coup d'œil amusé. « Ça, c'est un brahmane qui a la vocation. »

L'odeur de la bouse fraîche imprégnait la hutte, rivalisant, pour leur attention olfactive, avec la senteur âcre de l'urine bovine. Deux des cinq dons de notre Mère la Vache : la bouse, l'urine, le lait, le cuir et la viande. Même si, bien sûr, il ne fallait pas s'attendre à trouver les deux derniers sous ce toit : le shivaïsme était célèbre pour les privations et l'austérité que s'imposaient ses membres, leur maigreur squelettique en faisait foi.

Avant même que ses yeux ne s'habituent à la pénombre de l'ashram, éclairé par une unique lanterne, Râma savait que le sol se composait d'un mélange de paille et de bouse tout juste durci, arrosé depuis peu de pissat. Il se retint de froncer le nez en se répétant que les excréments et l'urine de vache étaient connus pour leurs qualités antiseptiques. À vrai dire, la bouse ne le dérangeait pas ; une fois sèche, elle prenait un discret parfum terreux, pas désagréable. C'était la puanteur piquante du pissat qu'il n'était jamais parvenu à apprécier. « Si seulement il pouvait sentir la rose. Voilà qui m'aiderait plus que les mahâ-mantras du sage à être à l'aise... »

Le rishi Adranga leva la tête, parcourant son ashram d'un regard étonné.

— Qu'est-ce que c'est que cette odeur ?

— On dirait que... qu'une femme vient de passer par là, guruji, ajouta un de ses acolytes, tout aussi surpris.

— Pas une femme, mon jeune brahmâcârin, plutôt un... un panier de fleurs, intervint un autre, visiblement stupéfait, lui aussi.

Lakshman examinait également la pièce en reniflant, à la recherche de ce qui la parfumait. Seul Visvâmitra, indifférent à la question, fixait Râma, pendant que les autres rishi fouillaient parmi les paillasses posées par terre. De petits claquements de langue trahissaient leur perplexité.

Râma s'aperçut alors qu'il retenait son souffle et inspira prudemment. À sa grande surprise, l'atmosphère de la hutte lui parut aussi parfumée que celle des appartements maternels. « Il m'a suffi d'une pensée... J'ai juste souhaité que le pissat sente la rose. Grand Vishnu ! Je n'avais pas la moindre intention d'en modifier l'odeur ! » Nerveux, il se tourna vers le sage, qui allait sans doute lui adresser de sévères remontrances. « Il aurait dû nous avertir que le seul fait de désirer quelque chose risquait de le provoquer. » Déjà, les rishi les plus âgés regardaient Visvâmitra en marmonnant des commentaires sur le pouvoir du Brahman. Râma allait avouer sa faute involontaire, lorsqu'un des brahmâcârin brandit une belle rose épanouie.

— Je l'ai trouvée là-bas, avec les agarbatti ! C'est sans doute Dumma qui l'a rapportée.

— Pas du tout ! s'écria le garçon que les visiteurs avaient trouvé seul dans la hutte en y entrant. (Ce devait être le plus jeune des acolytes, puisqu'il n'avait guère que sept ans.) J'ai rapporté un don de la reine, un jour, c'est vrai, mais ça ne veut pas dire que je passe mon temps à cueillir des fleurs !

— Quel parfum pour une seule rose, commenta le rishi Adranga en s'emparant de la fleur. (Il jeta à Visvâmitra un coup d'œil entendu.) Enfin, il n'y a pas de mal. Les shivaïtes s'abstiennent en général du moindre luxe, y compris ce genre de beautés odorantes, mais cette apparition inattendue constitue sans aucun doute un accueil de bon augure pour nos honorables visiteurs.

— Sans aucun doute, acquiesça Visvâmitra, impassible.

La puanteur âcre de l'urine emplissait de nouveau les narines de Râma. « Il a rendu ses caractéristiques naturelles à l'odeur et fait apparaître la rose pour justifier le parfum. » Le jeune homme évita le regard du sage, mais plus tard, assis par terre en compagnie des ermites pour partager leur frugal repas, il releva les yeux par hasard ; il lui sembla distinguer dans ceux du prophète une lueur amusée.

Râma se promit de maîtriser ses pensées et ses actes avec le plus grand soin. Étaler ses capacités toutes neuves devant les humbles brahmâcârin serait d'autant plus malséant qu'ils se montraient déjà obséquieux envers leurs hôtes. De toute manière, lesdites capacités ne lui étaient même pas connues. Lancer des arbres morts et faire apparaître des fleurs, c'était bien beau, mais le pouvoir des mahâ-mantras ne se limitait certainement pas à permettre ce genre de tours.

Un regard discret à Lakshman lui apprit que son frère devait entretenir le même genre de pensées. Ils hochèrent légèrement la tête en un accord tacite. « Ce soir, nous ne sommes que des garçons normaux. »

Le repas consista en un morceau de johar ka roti* et un petit cristal de sel gemme. Le rishi Adranga fit allumer un feu à l'extérieur en l'honneur des voyageurs, qu'il invita à s'asseoir autour du brasier en sirotant un peu de jus de fruits. Râma le trouva aigre – éventé, sans doute –, mais les brahmâcârin le savourèrent comme le meilleur nectar de soma du royaume !

Le prince surprit le plus jeune, Dumma, sa tasse en terre vidée, à contempler avec envie l'unique cruche à laquelle ils s'étaient tous servis – une gorgée chacun. Râma donna un léger coup de coude à son frère, puis lui fit part de ses intentions ; quelques instants plus tard, Lakshman glissait leurs portions au petit acolyte. À leur grand plaisir, il dégusta l'aigre boisson avec la satisfaction qu'un brahmane du palais aurait eue à vider son dixième verre de bhang à un festin d'Holî.

La nuit avait fraîchi, après le coucher du soleil, aussi le rishi Adranga demanda-t-il à ses hôtes s'ils désiraient dormir à l'extérieur, près du feu, ou à l'intérieur, sans feu. Par chance, Visvâmitra choisit l'extérieur : Râma aurait préféré passer la nuit en plein blizzard plutôt que dans la puanteur du pissat.

— Hier, mes compagnons ont joui de couches de satin et de soie, dit Visvâmitra aux rishi. Ce soir, ils se contenteront de paillasses.

Les religieux hochèrent la tête avec approbation, tout en

regardant timidement les princes. La plupart restaient nerveux en présence de visiteurs d'un si haut lignage.

— L'austérité est la première étape sur le chemin de la dévotion à Shiva, déclara Adranga, solennel. C'est la seule siksâ* que nous donnions à nos brahmâcârin durant leurs cinq premières années ici. Comment se passer du superflu afin que grandisse l'essentiel.

Les moines se mirent à discuter de la spiritualité, des vertus de la pénitence, de l'importance de l'abstinence, de l'art et la manière d'invoquer Shiva durant un long jeûne... Apparemment, ils abordaient ce genre de questions tous les soirs, au seul moment de la journée où ils se reposaient de leur quotidien épuisant de travail et de méditation. Partager ces réflexions avec leurs hôtes semblait leur faire plaisir. Quant à Râma, il trouvait leur compagnie rafraîchissante après une année de banquets, de convocations diplomatiques, de conseils de guerre et autres événements protocolaires prévus par centaines au calendrier royal surchargé d'Ayodiâ.

Pourtant, la nostalgie immense que lui inspira, en ces instants, le gurukul de Vasistha le surprit. « J'y ai passé les plus belles années de ma vie, songea-t-il avec un petit choc, mais il m'a fallu le quitter pour m'en apercevoir. » L'ironie de la chose lui arracha un sourire. « Pourquoi faut-il toujours perdre ce qu'on aime pour prendre la mesure de son attachement ? »

Il se sentait étrangement dans son élément. Quoique au sud de la Sarayû, le verger évoquait plus son bosquet préféré de la rive nord que les légendaires bois du Midi, la forêt de la terreur. Malgré les faibles cris des oiseaux de nuit et le bourdonnement des rares insectes, on n'entendait ni stridulation de grillon ni rugissement de prédateur, contrairement à ce qu'il aurait pensé. Fleurs et baies sauvages parfumaient agréablement l'atmosphère. Dans l'obscurité, une centaine de mètres plus loin, s'élevait le doux gargouillement du ruisseau. Comme toujours, le chant de l'eau plongea vite Râma dans un état intermédiaire entre le sommeil et l'éveil. Toutefois, lorsque le prophète prit la parole à voix basse, le jeune homme se retrouva aussitôt parfaitement attentif.

— Rajkumâr Râma, aimeriez-vous partager vos pensées avec nous ?

Il leva les yeux vers le sage, résistant à l'envie de battre des paupières dans le flamboiement du brasier. Sans doute ses pupilles s'étaient-elles dilatées pendant qu'il se perdait dans ses rêveries, car les flammes lui semblaient beaucoup plus ardentes, alors que les rishi n'utilisaient que le bois strictement nécessaire. La voix de Visvâmitra était-elle chargée d'un soupçon d'ironie ? L'ascète semblait lire à livre ouvert dans l'esprit du prince. Râma était à présent quasi certain que les mantras avaient tissé une sorte de lien entre Visvâmitra, Lakshman et lui, donnant au brahmârishi accès à ses pensées et ses sentiments les plus secrets. Curieusement, cela ne le dérangeait guère. Après tout, il n'avait rien à cacher, surtout à son guru.

— Mes frères et moi avons entendu des histoires tellement terrifiantes sur les bois du Midi, mahâdev. La fameuse Bayanak-van. La forêt interdite. Le domaine des asura. Le repaire des démons et de l'obscurité. Défendu à l'homme...

Il engloba d'un geste les shivaïtes assis autour du feu.

— Le verger se trouve à la lisière de la jungle, dans sa zone d'influence maléfique, mais apparemment, les râkshasa et autres asura ne dérangent en rien les habitants de l'ashram. Pourtant, ils ne sont sous la protection ni d'Ayodiâ ni des gardes forestiers raksak. Ils vivent hors les frontières des nations ârya sans qu'il leur arrive rien. Je ne comprends pas. Depuis des millénaires, notre peuple croit les bois du Midi inhospitaliers, inhabitables. Nous avons progressé sans entrave au nord jusqu'en Scandinavie et aux immensités glacées de Sibérie, mais jamais notre suprématie ne s'est étendue au sud de la Sarayû. Or nous sommes installés dans une belle clairière aussi parfumée, aussi tranquille qu'une roseraie d'Ayodiâ. Le verger paraît idyllique, paradisiaque, bien éloigné de la moindre influence maléfique. Voilà qui contredit tout ce que je sais de la Bayanak-van. Comment est-ce possible ?

Visvâmitra, assis juste en face de Râma, lui était à peine visible dans la brume de chaleur qui montait du foyer.

— Bonne question, rajkumâr. Devinette difficile, dont je

ne vois aucune raison de vous cacher la réponse. Il me semble, rishi Adranga, que vous êtes le mieux placé pour expliquer ce qu'il en est à mes compagnons. Aurez-vous l'obligeance de nous dispenser votre savoir ?

Le saint homme hocha la tête en direction du prophète, mains jointes.

— Je serai très honoré de partager mon vidyâ avec les fiers princes d'Ayodiâ, mahâdev. Que vous m'en jugiez digne me comble de bonheur.

Il se caressa la barbe d'un geste régulier pendant un long moment : c'était visiblement son habitude avant de prendre la parole. Râma remarqua que ses poils poivre et sel brillaient de jus de fruit répandu, mais le signaler eût sans doute été impoli.

Les yeux sombres d'Adranga étincelaient à la lumière du feu, capables, semblait-il, de fixer les flammes aussi longtemps qu'il le voulait sans pour autant cligner. Râma l'imaginait bien regardant le soleil jusqu'à ce que ses pupilles virent au blanc : il avait l'air endurci du véritable pénitent, celui qui accueille la chaleur destructrice du désert ou le froid perçant de l'hiver avec une égale indifférence. Le peu de chair qui lui enrobait les os n'était que tendons et cartilages, étirés sur son squelette au point que ses membres paraissaient légèrement incurvés – à la manière dont un très grand arc taillé dans le bois le plus dur se courbe, avec d'immenses difficultés.

Lorsqu'il s'exprimait, c'était d'une voix douce et claire, en homme qui épargne son souffle pour le mettre au service de son dieu. « Un mot inutile est une occasion manquée de prononcer le nom du Seigneur. » Voilà ce que disait cette voix dans la tête de Râma, alors que le rishi se caressait toujours la barbe au même rythme, sans un mot, en se balançant légèrement.

Soudain, l'esprit du prince s'emplit d'images fugitives d'Adranga assis devant ses élèves, à l'ombre de l'énorme banian sous lequel ils se trouvaient. Dans ces visions, cependant, il était très tôt, le soleil venait de se lever, et l'ascète, plus jeune, arborait des cheveux noirs et une barbe – qu'il caressait exactement de la même manière qu'en cet instant. « Il fait ça tous les matins, en donnant son pravasân*, tous les soirs, aux séances de prasna-uttar* des rishi et des sisya, plus chaque fois qu'il se trouve confronté à une question de philologie particulièrement difficile. Ça dure un bon moment, mais ses compagnons attendent patiemment la perle de sagesse qu'il va leur donner. »

Pour vider son esprit des sensations qui s'y déversaient tel un fleuve en crue, Râma formula en silence le premier mantra auquel il pensa, celui de la Gâyatrî : le plus sublime des poèmes, le sloka pavant le chemin des commencements prometteurs. Une autre conscience lui fit écho, il le sentit. Rouvrant les yeux, il s'aperçut que les lèvres de Lakshman remuaient. « Le changement provoqué par les mahâ-mantras nous donne du fil à retordre. Nous devenons plus qu'humains. » Les sensations s'écoulèrent de son crâne aussi brusquement qu'elles l'avaient envahi, comme l'eau disparaît dans le caniveau. Un soupir de soulagement lui échappa.

À cet instant précis, le rishi Adranga prit la parole.

IX

SATRUGAN ET BHÂRATA, sur des charbons ardents, attendaient devant la chambre de leur père. Une ronde ininterrompue de servantes et de vaid les entourait de pas rapides, inquiets. Enfin, quelques heures plus tard, le flot se tarit. Il ne restait plus dans les appartements du maharajah que son médecin personnel, Vasistha et Kausalyâ-mâ. Susama-daîmâ vint à trois reprises demander aux deux princes d'aller dîner à la bogashâla, mais à trois reprises, ils refusèrent. Ses supplications nerveuses leur firent comprendre que nul n'avait dîné, à part Kaikeyî-mâ. Il était tard, mais des bruits assourdis leur parvenaient de l'extérieur du palais. Sumantra leur expliqua à un moment qu'une foule s'était amassée aux grilles. Nulle annonce officielle n'avait été faite, mais la nouvelle du malaise de Dasaratha s'était répandue à travers la cité. Nombre de fêtards avaient renoncé aux réjouissances pour se rassembler au portail, où ils attendaient des nouvelles de leur souverain.

Lorsque le vaid sortit de l'appartement paternel, les deux jeunes gens s'élancèrent. C'était un homme du Nord à la peau claire, au long visage ridé et aux sourcils blancs broussailleux.

— Vaidji ? [Comment va-t-il ?]

Son regard passa de l'un à l'autre, tandis que ses sourcils se rejoignaient presque en un froncement inquiet.

— Je ne vais pas vous donner de faux espoirs, rajkumâr, répondit-il gentiment. Votre père est dans un état critique.

— Vous ne pouvez donc pas lui prescrire quelque chose ? demanda Satrugan avec une agressivité inattendue. Une potion au nîm*, peut-être ? En ayurveda, on nous a appris que la faiblesse cardiaque se soigne au...

— Votre instruction est un plaisir, rajkumâr Satrugan, interrompit sans impatience le médecin, mais certaines maladies échappent au champ de l'ayurveda. La vaste science médicale ârya elle-même a ses limites, lorsqu'il est question de vie ou de mort.

— Que voulez-vous dire, vaid ? Notre père... (Bhârata dut faire un effort pour terminer. ...Il pourrait ne pas avoir longtemps à vivre ?

Le vieil homme lui lança un regard compatissant.

— J'aurais volontiers évité d'en parler, mais c'est cela, en effet. Il lui reste peut-être une semaine, un mois, voire davantage, mais je crains que son heure ne sonne bientôt.

— Il doit bien y avoir quelque chose à faire, protesta Satrugan, rouge d'émotion. Le guru Vasistha a sans doute une idée. Il a vécu sept mille ans ! Il sait forcément comment prolonger la vie de notre père.

Le vaid soupira.

— Je ne peux parler pour le mahâguru. Tout ce que je peux dire, c'est que notre science médicale a atteint ses limites. Quoi qu'il arrive à présent, ce n'est plus de notre ressort. Âgya, rajkumâr.

Satrugan, les traits tirés par la colère, le suivit du regard.

— À quoi servent les médecins, s'ils sont incapables de l'aider dans un moment pareil ? À quoi riment tout ce savoir, toutes ces leçons ?

— Calme-toi, mon frère. (Bhârata lui passa un bras autour des épaules.) Il ne s'agit pas d'un combat. Te fâcher n'aidera pas notre père.

Satrugan dut lutter contre lui-même avant d'acquiescer.

— Tu as raison, bhai, mais il semblerait que je sois incapable de m'en convaincre. (Il se frappa la poitrine d'un poing crispé.) On dirait que quelque chose en moi refuse d'accepter que notre père est… mortel.

— Son corps seulement, prince. Son âtman est immortelle.

Ils levèrent les yeux vers la silhouette imposante de Vasistha.

— Pranâm, guruji, lancèrent-ils ensemble en joignant les mains.

— Je comprends votre colère, rajkumâr Satrugan, assura-t-il non sans douceur. Face à la mort omnipotente, nous réagissons d'instinct par la peur, qui chez un être sain se manifeste toujours par la colère. Votre fureur est donc normale, mais vous devez apprendre à ne pas la laisser éclater. Canalisez-la dans une émotion plus utile. Transformez-la en prière.

— En prière ? répéta Satrugan, incrédule. Pardonnez-moi cette question, mahâdev, mais cela aidera-t-il vraiment notre père ? Si je prie assez fort et assez longtemps, Yama, le roi des morts, l'épargnera-t-il vingt ans de plus ? Ou quarante ?

Le guru jeta à Satrugan un regard aigu, dans lequel Bhârata vit passer une étincelle flamboyante.

— Je vous passerai cette défaillance, parce que je comprends le chaos dans lequel vous vous débattez, prince, mais ne remettez jamais en cause une pratique aussi fondamentale. Si chaque Ârya ballotté par une crise personnelle perdait de vue sa foi, notre nation… toutes les nations Ârya seraient condamnées à une damnation éternelle. Vous pensez être fort, Satrugan, n'est-ce pas ? Alors prouvez votre force d'âme comme de corps, de mann* comme de tann*. Gardez le contrôle de vos émotions comme de votre langue. Vous n'éteindrez pas un brasier en jetant sur le feu l'huile de la colère.

La rage du jeune homme s'évanouit, balayée par ce fouet verbal. Bhârata résista à l'envie de s'écarter de son frère pour ne pas être inclus dans la réprimande ; il s'en rapprocha, au contraire, afin de le soutenir par sa présence.

Satrugan finit par céder, joignant les mains et courbant la tête.

— Shama, gurudev. Pardonnez-moi. Je me suis laissé aller.

Vasistha accepta ses excuses d'un brusque coup de menton.

— Vous vous êtes interrogé sur la prière. Sur la manière dont elle peut aider votre père. Je ne vous conseillais pas de demander qu'il se remette. Vu son état, c'est impossible. Ce qui lui arrive est la manifestation de son karma. Je vous suggérais de prier pour votre propre bien.

— Le mien ? s'étonna Satrugan.

— Oui. La prière purifie l'âme en temps de crise et la prépare à relever tous les défis. Transformez votre énergie négative destructrice en force positive par la prârsana*. Ne priez pas pour le maharajah, mais pour accepter sa mort inéluctable avec grâce et force morale.

Le guru repartit dans le long couloir. Ses paroles restèrent en suspens derrière lui comme des échos dans une caverne.

Les deux frères se regardèrent, puis Satrugan baissa la tête, gêné. Bhârata lui serra l'épaule.

— Allons voir père.

— Vas-y d'abord, bhai. (Satrugan secoua la tête.) Je... J'ai besoin de réfléchir.

Il posa la main sur le cordon de son nom, qu'il roula entre le pouce et l'index à la manière d'une rudraks mâlâ dont il aurait compté les grains.

— Je vais suivre le conseil du guruji. Si tu as besoin de moi, je serai au mandir*.

Bhârata le vit s'éloigner d'un pas lent. « Chacun affronte la vie à sa manière. Nous sommes frères, oui, mais nos personnalités n'en sont pas moins distinctes. Il est vrai que les deux moitiés d'une pomme ne renferment pas le même nombre de pépins, alors qu'on les jurerait identiques. Nous suivons tous des trajectoires différentes. À nous de trouver notre chemin, où qu'il mène. »

Enfin, il pénétra dans les appartements de son père. Les servantes qui y échangeaient des murmures nerveux retrouvèrent instantanément leur vivacité sur son passage. Lorsqu'il atteignit la pièce centrale, la chambre à coucher, il écarta les tentures d'un geste hésitant. Le guru s'était exprimé avec autant de sagesse qu'à l'ordinaire. Bhârata avait d'abord réagi par la colère, lui aussi, mais il s'était calmé beaucoup plus vite que son frère. Seule avait subsisté la peur, immense.

La pièce, étonnamment claire, était illuminée par des centaines de petites lampes à huile en argile alignées sur la moindre surface libre. Le contraste était saisissant avec la chambre de malade obscure à laquelle le visiteur s'était attendu. Il cligna des yeux, surpris.

— Sa vue baisse, et il a peur du noir, aussi demande-t-il le plus de lumière possible.

Kausalyâ-mâ souriait à Bhârata, désorienté. Assise au chevet du maharajah, sur un simple tabouret rembourré, elle tenait un linge mouillé d'une main. Dasaratha semblait dormir – les traits tirés, le teint grisâtre, mais du moins se reposait-il.

Le prince hocha la tête. La première reine portait toujours le sari du défilé : elle ne s'était pas changée de la journée pour ne pas quitter son époux. Bhârata se sentit coupable, pas personnellement, mais à cause de Kaikeyî, qui avait regagné ses appartements comme une furie, puis ne s'était plus montrée après la scène dans la tour des Prophètes. Pourtant, il s'en souvenait avec amertume, Susama-daîmâ avait bien dit que la deuxième reine s'était fait apporter un énorme dîner. De toute évidence, l'état de son mari n'avait pas le moins du monde affecté son appétit. Kausalyâ-mâ, elle, n'avait ni mangé ni bu, ne serait-ce que de l'eau, depuis l'évanouissement de Dasaratha.

Bhârata s'agenouilla près d'elle pour lui toucher les pieds.

— Mâ, shama. [Pardonnez-moi, mère.]

Elle ne claqua pas de la langue ni ne feignit de protester, comme la plupart des aînés dans ces cas-là. Au contraire, elle prit le jeune homme par les épaules.

— Tu n'as rien à te faire pardonner, mon enfant, affirma-t-elle doucement.

Il leva les yeux vers elle, si bonne, si calme, regrettant soudain de ne pas être son fils plutôt que celui de Kaikeyî.

— Je l'ai entendue appeler père et houspiller les

servantes... Lui, je l'avais vu monter dans la tour quelques minutes plus tôt. Cela lui arrive parfois quand il a besoin de solitude. Je le lui ai dit, à elle... Mais au moment où elle s'est précipitée dans l'escalier, je me suis aperçu qu'elle avait pris une lance, alors je l'ai suivie, pensant qu'elle n'avait peut-être pas tous ses esprits. (Le garçon secoua la tête.) Je n'imaginais pas qu'elle irait aussi loin, qu'elle formulerait des horreurs pareilles. (Il baissa les yeux.) Je n'arrive pas à croire qu'elle vous a menacés, père et vous.

Là encore, Kausalyâ-mâ se garda de soupirer, de proférer de banales onomatopées compatissantes ou de rabaisser d'aucune autre manière la confession de Bhârata. Il lui en fut d'autant plus reconnaissant que s'expliquer lui avait été pénible. Lorsqu'il parlait de Kaikeyî derrière son dos, il avait toujours l'impression d'être un traître, mais cette fois, il s'était senti obligé de se justifier, de bien montrer que la scène l'avait pris totalement au dépourvu. Sans cela, jamais il n'aurait révélé à sa mère où se trouvait son père, d'autant qu'il avait vu Kausalyâ-mâ monter le rejoindre.

— Il nous est impossible de contrôler autrui, Bhârata. Chacun de nous crée son karma par ses choix. Tu n'es pas responsable des actes de Kaikeyî. Ne prends pas sur tes épaules le fardeau de sa culpabilité.

Il hocha la tête. La première reine parlait d'or, mais la douleur refusait de le quitter. Il lui semblait avoir avalé un éclat de bois qui, logé entre ses côtes, tressaillait à chaque battement de son cœur, envoyant des pointes d'angoisse à travers tout son être. Ses poings se serrèrent, froissèrent le dessus-de-lit.

Kausalyâ en couvrit un de sa main.

— Courage, Bhârata. Ton père a besoin de toi. Le Kosala a besoin de toi. Tout ira bien, tant que tu n'oublieras ni qui tu es ni quel est ton dharma. Aucun mortel ne peut davantage. Libère-toi des regrets et du sentiment de culpabilité. Tu n'as rien fait qui ne soit à l'honneur de ton père et de ta lignée. Dasaratha et moi n'éprouvons à ton égard que fierté et amour, fils.

À ce dernier mot, le cœur du prince se figea, l'éclat de bois explosa dans une gerbe de flammes, le brûlant de l'intérieur, transformant son sang en lave. « Elle m'a appelé *putra*. Fils. Ma mère me traite en inconnu dont elle n'a que faire, la traite, elle, avec une haine et une insolence incroyables, mais cela ne l'empêche pas de m'appeler *putra*. De me regarder comme son fils. C'est Kausalyâ-mâ ma vraie mère. Oui. Elle témoigne tant d'amour et de gentillesse à l'enfant de son ennemie mortelle... Voilà celle que je dois implorer de me servir de guide en ces heures critiques. »

Il se pencha pour lui prendre de nouveau les pieds, qu'il serra avec force. Il ne voulait plus jamais la lâcher.

— Mâ, balbutia-t-il d'une voix brisée par l'émotion.

Plongé dans un sommeil fiévreux, Dasaratha s'agita brièvement. Ses yeux bougèrent sans s'ouvrir, puis il retomba dans l'immobilité. Pourtant, son visage s'était détendu, comme si son âme avait trouvé un peu de paix parmi ses souffrances.

Vasistha et Sumantra discutaient dans la salle des sceaux lorsque le mantri Jâbâli fit irruption. Le ministre d'habitude si soigné avait les cheveux et les vêtements en désordre, couverts de taches. À ses halètements, on aurait cru qu'il venait de faire en courant deux ou trois kilomètres.

— Mahâdev, Pradhan-mantriji, pardonnez-moi mon intrusion... (Des sanglots l'interrompirent.) Il s'est passé quelque chose d'affreux dans les cachots ! Venez, je vous en prie. Tout de suite !

X

ANANGA-ASHRAMA EST LE DERNIER havre de paix sur la route du sud, rajkumâr. Ensuite, malheureusement, c'en est fini du calme et de la sérénité. Dès demain, les paillasses et le jus de fruits surs vous apparaîtront comme des luxes de palais. Mon cœur se serre à la pensée des épreuves et des tribulations qui vous attendent dans les jours à venir. Surtout…

Le saint homme s'interrompit pour jeter un coup d'œil à Visvâmitra.

— Mais il ne m'appartient pas de vous parler de ce genre de choses. Par la grâce de Shiva, votre sort est entre les mains du vénérable brahmârishi Visvâmitra, puisqu'il est devenu votre guru. Les dieux vous ont bénis, d'ailleurs, car vous avez goûté à l'immense vidyâ de Vasistha, le plus âgé des Sept Prophètes vénérés, avant de passer sous la tutelle du plus jeune et du plus puissant de notre époque, Visvâmitra en personne. Puisse son infinie sagesse vous guider durant votre périlleux voyage. Nul n'est jamais revenu sain et sauf de là où vous allez…

Adranga frissonna brièvement, malgré l'absence de vent et la chaleur du feu.

— Nul mortel, du moins.

Après ces derniers mots, il resta un long moment muet,

le regard perdu dans les flammes, à se caresser la barbe. Comme le silence se prolongeait plus encore que prévu, Dumma, le benjamin, s'agita impatiemment. Un des brahmâcârin dit tout bas quelque chose à l'oreille d'Adranga, qui cligna des yeux avant de les reposer sur Râma.

— Pardonnez-moi mes mauvaises manières, je vous en prie. Ici, nous n'avons pas l'habitude des subtilités sociales réservées à une aussi honorable compagnie. Vous m'avez demandé comment le verger pouvait être aussi idyllique et tranquille, malgré la proximité de la Bayanak-van. Pour vous l'expliquer, il faut d'abord que je vous raconte l'histoire d'Ananga-ashrama et du bosquet qui l'abrite, avec votre permission. Ce ne sera pas long. (Il eut un petit sourire.) Suivant nos critères à nous, en tout cas. (Son sourire se démultiplia tout autour du feu.) Peut-être le guru Vasistha vous l'a-t-il résumée, car ce bosquet est plus connu sous le nom de Kâma-ashrama, et son histoire est celle de la Folie de Kâma.

— La Folie de Kâma ? Mais c'est l'endroit où Shiva a détruit Kâma. Il s'agit d'un mythe, intervint Lakshman, surpris.

— En effet, rajkumâr Lakshman. Au fil du temps, la vérité se réduit aux faits, que l'homme couche sur le papier pour constituer l'histoire, laquelle se fond dans la légende, qui finit par ne plus subsister qu'à l'état de mythe. Pourtant, vous êtes bénis, votre frère et vous, car vous vivez le Tretâ-yuga*, l'âge de raison. Le Satya-yuga*, l'âge de vérité, aurait été préférable, mais du moins connaît-on encore les lieux où les deva ont autrefois vécu, aimé, combattu, car les mythes, comme vous dites, sont nés d'événements bien réels. Avec le temps, ces contes disparaîtront aussi des mémoires. Lorsque viendra le Kali-yuga, l'âge de ténèbres, ils ne seront plus que souvenir de race méprisée, qualifiée de mythologie ou d'imaginaire par des gens soi-disant rationnels. Nous qui vivons ici et maintenant, cependant, nous les tenons pour rationnels, car ils obéissent aux lois scientifiques de notre monde. Simplement, il faut connaître notre science – notre vidyâ, puisque c'est ainsi que nous l'appelons, nous autres, Ârya.

Il eut un sourire triste, les yeux fixés sur les flammes.

— Mais je me perds en digressions, une fois de plus. Pardonnez-moi ces petites errances. Les rishi de Shiva, dont nous sommes, vouent leur existence à l'adoration et à la contemplation du destructeur. Le kathâ-vidyâ, l'art du conte, est un élément très important, très précieux de notre vocation... notre seule richesse, à vrai dire. Mais si les histoires valent de l'or, eh bien, notre fortune à tous autant que nous sommes est immense, n'est-ce pas, mes bons rishi ?

— Notre fortune est immense ! répondirent les moines d'une seule voix.

De toute évidence, question et réponse faisaient partie d'une sorte de rituel.

— J'en reviens à ma kathâ. Comme je le disais, l'ermitage d'Ananga-ashrama est le lieu mythique que vous connaissez sous le nom de Kâma-ashrama. Nous l'avons baptisé Ananga-ashrama pour une excellente raison, qui vous apparaîtra à la fin de mon récit. Mon histoire remonte à l'époque suivant la création, celle où les deva vivaient sur Prithivî, au matin du premier jour de Brahmâ qu'on appelle aussi le Satya-yuga, car tout n'était alors qu'innocence dénuée de corruption. Savez-vous combien de temps dure un jour de Brahmâ, brahmâcârin ?

Dumma, le benjamin, répondit le premier, les lèvres luisantes de jus de fruits séché.

— Pranâm, guruji. Un jour de Brahmâ comporte 2 160 000 000 de nos années solaires, car c'est le laps de temps durant lequel le monde reste inchangé après sa création par le dieu. À la fin de ce jour, l'Univers entier est consumé par le feu. Seuls subsistent les deva, les brahmârishi et les éléments. Brahmâ s'endort pour on ne sait combien de temps. À son réveil, il recrée le monde, et un nouveau jour commence. Au bout de cent de ses années, son existence prendra fin. Brahmâ, l'Univers, les deva, les sages et tout ce qui existe se dissocieront en leurs éléments constitutifs.

Le visage du jeune novice se fendit d'un sourire triomphant. Le garçonnet, ravi d'avoir appris tout cela par cœur, l'était encore plus d'avoir montré son savoir avant ses aînés.

— En effet, Dumma, mais je te demandais juste combien de temps durait un jour de Brahmâ. La suite de tes explications n'était pas nécessaire, d'autant que tu y as employé un souffle et une énergie que tu aurais pu consacrer à l'invocation de Shiva plutôt qu'à une tentative puérile de faire naître l'envie dans le cœur de tes frères.

Le sourire de Dumma s'évanouit, rappelant à Râma le Bhârata d'autrefois, qui au gurukul essayait toujours de se mesurer à lui. Un soupçon de nostalgie le pinça agréablement au cœur. « Quelles belles années que celles où, à nous quatre, nous ne faisions qu'un. Nos disputes mêmes nous rapprochaient. »

— Comme je le disais, poursuivit Adranga à sa manière patiente, mesurée, ces événements se sont produits au matin du premier jour de Brahmâ. Les dieux n'avaient pas encore la lourde responsabilité de gouverner la création. Il n'existait que quelques mortels, et les asura ne manifestaient pas envers les dieux une hostilité ouverte. À ce moment-là, donc, Rudra, que nous appelons maintenant Shiva, simple mendiant qui passait son temps à méditer près des bûchers funéraires en compagnie des esprits, des goules, des gobelins et autres créatures du même genre, fut saisi du désir d'épouser la belle Satî, fille du seigneur Daksha, celui qui répand sa semence. Je parle de « celui qui répand sa semence » ou de « celui qui jette sa semence » au sens de Prajâpati, « celui qui procrée les enfants de sa race », pas littéralement, comme de « celui qui lance les graines dans la terre labourée ». En effet, Daksha faisait partie des rares mortels ayant évolué à partir de leurs ancêtres simiesques, de sorte qu'on lui avait confié la tâche de multiplier son espèce sur Prithivî. Il en allait de même pour votre ancêtre, rajkumâr, le seigneur Manu, qui composa les lois par lesquelles les humains civilisés allaient se gouverner. Il descendait du deva Sûrya et devint un des fondateurs de la race ârya.

Le rishi arrêta un instant de se caresser la barbe, mais recommença presque aussitôt. Le silence qui régnait témoignait de l'attention de son auditoire.

— Le jeune Rudra – car Shiva lui-même a été jeune –, très amoureux de la fille du grand Daksha, désirait donc l'épouser. D'ailleurs, la vertueuse Satî espérait fort devenir sa femme. D'abord déroutée par ses compagnons surnaturels et ses errances démentes dans le monde d'en bas, elle n'avait pas tardé à se persuader qu'elle le débarrasserait de ses habitudes de célibataire lorsqu'ils seraient unis par les liens conjugaux. (Le guru se permit une ombre d'amusement.) Elle n'était pas la première à se croire capable de changer notre seigneur Shiva grâce aux artifices féminins.

Le petit Dumma adressa un grand sourire à Râma, lui donnant un aperçu de sa mâchoire supérieure à laquelle manquaient plusieurs dents. Le prince dut faire effort pour garder son sérieux.

— Toutefois, le Prajâpati Daksha ne partageait pas la tendresse de sa fille envers le mendiant aux yeux hagards. Il avait élevé Satî dans la soie et le satin, l'or et l'argent, les perles et les diamants, et voilà qu'elle désirait épouser un moins que rien sans feu ni lieu, qui montait le buffle noir du roi des morts, qui portait un serpent autour du cou, qui s'enivrait de poison, qui se promenait vêtu d'une peau de léopard tout juste décente, retenue par une ceinture de crânes humains. Daksha prenait très au sérieux ses responsabilités de « celui qui répand sa semence ». Il voulait pour sa fille un mari mieux né que ce pauvre hère.

« La demande de Rudra fut donc rejetée, le vœu de Satî ignoré. Pourtant, par amour, elle défia son père en épousant celui qu'elle avait choisi. Or la loi ârya était formelle : Daksha ne pouvait exclure son beau-fils des rites et des affaires de famille. Mais c'était un orgueilleux, réfractaire aux compromissions. Il savait que Rudra possédait un sens aigu de la dignité, malgré ses bizarreries. S'il lui infligeait une insulte publique, sans doute l'offense le détournerait-elle de Satî, qu'il négligerait pour reprendre ses habitudes de célibataire.

« Décidé à froisser le jeune deva, son beau-père prépara un grand yajna, auquel il omit délibérément de le convier tout en veillant à ce que Satî, elle, fût présente. Dès que les invités, désapprobateurs, se mirent à commenter l'absence de son mari, elle comprit de quoi il retournait.

« Les plans de Daksha se retournèrent cependant contre

lui, telle une flèche mal tirée renvoyée par un vent puissant. Satî fut plus frappée que Rudra par l'insulte paternelle. Consciente que son père avait déshonoré son époux, elle se jeta dans le yajna en implorant Agni, le dieu du feu, d'accepter son offrande. Les flammes sacrées la consumèrent avant qu'aucun de ses parents n'ait pu intervenir. Ainsi son nom devint-il synonyme de sacrifice de soi. Aujourd'hui encore, les veuves qui décident de suivre leur époux dans l'après-vie ont le droit de se jeter sur le bûcher funéraire en un acte de satî.

« Quoique le seigneur Daksha fût bouleversé par les conséquences de sa machination, il était trop tard pour défaire ce qui avait été fait. Lorsque Rudra fut informé des événements, une colère aussi violente que l'agni qui avait englouti sa femme le submergea ; mais quand il comprit qu'il ne pouvait verser le sang du coupable, qui n'était autre que le géniteur de son épouse bien-aimée, cela le rendit réellement malade. Incapable de venger la mort de Satî et de soulager par la violence son propre chagrin, il fit serment de se retirer de la vie. En tant que deva, il était immortel. Assis à l'ombre d'un banian, il s'absorba dans la méditation épique que nous nous efforçons d'imiter aujourd'hui encore sous l'humble forme des âsana du yoga. »

Le rishi Adranga leva la main vers l'entrelacs échevelé de la ramure qui le dominait.

— Sous l'arbre vénérable dont le feuillage nous abrite cette nuit… Comme vous le voyez, ses branches et ramilles sont aussi emmêlées que la chevelure de Shiva dans son immense chagrin.

Dumma laissa échapper un soupir silencieux : il était fasciné par l'histoire. En détournant le regard, Râma entrevit un mouvement à la limite de son champ de vision. Il examina aussitôt d'un œil aigu l'autre côté de la clairière, où la lumière des flammes s'affaiblissait jusqu'à se fondre dans l'impénétrable obscurité du bosquet. Là : deux points rouges, entraperçus. « On dirait des yeux reflétant le feu. » Sans doute un lapin. Quoique… les reflets, trop grands, avaient brillé trop haut. Une biche, alors. Le jeune homme reporta son attention sur la kathâ.

— Bon, vous savez tous qu'une fois plongé dans sa méditation, Shiva ne s'apercevrait même pas de la fin du monde. Absorbé par son chagrin, il perdit conscience de ce qui se passait autour de lui. Des millénaires passèrent. Le premier jour de Brahmâ approcha de midi. Des civilisations fleurirent puis périrent. De grands empires naquirent puis s'effondrèrent. L'éternelle bataille entre deva et asura commença puis fit rage sans discontinuer. Les siècles coulèrent telles les eaux du Gange sacré.

« Shiva serait resté plongé dans sa transe jusqu'à ce que le soleil rougît et s'affaiblît, jusqu'à ce que les planètes tombassent en poussière. Les deva eux-mêmes n'osaient le tirer de sa samabavimudra*, état sacré où les yeux, quoique à demi ouverts, sont aveugles à l'Univers physique. Shiva avait en effet atteint le stade suprême, où l'être est juste assez vivant pour maintenir son corps sur Prithivî tout en atteignant l'union parfaite avec son moi intérieur, le Brahman. Le karma ne signifiait plus rien pour lui. Il avait complètement transcendé le monde matériel.

« Un jour, pourtant, s'y produisit quelque chose qui allait avoir pour résultat le retour de notre dieu au plan physique du karma et des renaissances. Une puissante yaksî* du nom de Tâtakâ commença à harceler les habitants d'une forêt, non loin de là... »

— Gurudev, pardonnez-moi de vous interrompre.

Le rishi se tourna vers Lakshman.

— Âgya, sisya. [Exprimez votre pensée.]

— Pranâm, guruji, reprit le jeune homme, les mains jointes, avec le respect dû au moindre guru dans son ashram. Vous avez dit qu'une puissante yaksî harcelait la population. Je suppose que vous voulez parler d'une femelle yaksa, mais ces derniers sont censés être les amis des mortels aussi bien que des deva. (Il haussa les épaules, embarrassé.) C'est en tout cas ce que nous avons appris au gurukul. Quant à moi, je ne sais même pas s'ils existent toujours. D'après ma mère, Sumitrâ-mâ, ils n'ont été créés que pour faire peur aux vilains garçons qui refusent de dormir.

Quelques rires surpris saluèrent ces derniers mots. Râma

sourit, lui aussi. Les shivaïtes avaient donc le sens de l'humour, après tout.

Adranga se caressa la barbe.

— Vous n'avez pas totalement tort, rajkumâr Lakshman. Autrefois, les yaksa, mais aussi plusieurs autres races asura, considéraient mortels et deva avec une certaine sympathie. Ils ne sont nos ennemis jurés que depuis quelques millénaires, pas davantage. Mais cette histoire-là ne saurait se raconter en une nuit… (Il jeta un coup d'œil hésitant à Visvâmitra.) Pour répondre brièvement à votre question, c'est le sombre seigneur de Lankâ en personne qui a dressé les asura contre les mortels. C'est par sa faute également que Tâtakâ est devenue le pire danger de son époque. Enfin, il y a là toute une kathâ… Je ne doute pas que l'estimable brahmârishi vous la dispense le moment venu…

Visvâmitra salua la référence à sa personne d'une légère inclinaison de tête. Le rishi expira ; la brume qui franchit ses lèvres montra à quel point la soirée s'était rafraîchie.

— Mais j'en reviens à celle qui nous occupe. Cette yaksî était donc un fléau à la face de Prithivî. Ses ravages avaient fait de la région environnante une forêt hantée, maudite. Littéralement, une bayanak-van… que nous appelons de nos jours les bois du Midi.

Râma sentit un frisson le traverser, nullement lié au froid qui tombait ou au feu qui faiblissait.

XI

L'OBSCURITÉ RÉGNAIT autour du palais silencieux, mais partout se pressaient des gardes, qui surveillaient le moindre mètre carré avec des yeux d'aigle. Derrière les grilles attendait une foule étonnamment nombreuse, dont beaucoup de gens assis en tailleur dans la rue, discutant tout bas ou priant près de dîpa allumées. Une vague d'espoir balaya l'assemblée à l'apparition des visages familiers du guru et des deux ministres. Plusieurs personnes se levèrent pour s'approcher du portail en demandant avec ardeur des nouvelles du maharajah.

— Son état est stationnaire, répondit Sumantra. Notre roi compte sur vos prières.

Ses interlocuteurs, déçus, se turent aussitôt.

Les trois hommes quittèrent le palais, escortés par une section entière de PF. Le capitaine Drishti Kumar, de nouveau de service après une courte pause, ne prenait aucun risque. Ils parcoururent à pied les trois kilomètres qui les séparaient de la prison, bâtie dans l'angle nord-est de la première muraille. Une enfilade de portes bien gardées et barricadées reliaient l'édifice au monde extérieur tout en le séparant nettement de la cité proprement dite.

Les geôles n'en étaient pas moins surveillées. Comme on n'avait pas appréhendé d'espions à Ayodiâ depuis des décennies, la plupart des ksatriya avaient grandi sans même avoir conscience qu'une telle trahison était possible. Des régiments entiers s'étaient portés volontaires pour surveiller la prison. Si les officiels avaient laissé faire, le peuple se serait massé, là aussi, désireux d'apprendre quelles révélations avaient été arrachées aux conspirateurs.

Les gardes saluèrent les trois visiteurs puis les laissèrent passer sans encombre. Ils pénétrèrent dans la cour, surveillée avec soin, avant de franchir les nombreuses portes qui empêchaient les évasions. Enfin, le corps de bâtiment principal les accueillit. Ils dépassèrent des rangées de cellules désertes, meublées de bottes de paille et d'un pot de chambre, rien de plus. Malgré ses inquiétudes, Sumantra avait donné l'après-midi même l'ordre de libérer les prisonniers de peu d'importance. Proclamer cette grâce pour célébrer le proche avènement de Râma lui avait fait un drôle d'effet, car le prince n'avait évidemment pu se joindre à lui, bien que la tradition l'exigeât, et elle était la clé de voûte de la société ârya.

Le directeur de la prison, un homme à la charpente massive, bien adapté à sa profession, attendait les personnalités à la grille de l'escalier menant aux cachots.

— Je vous en prie, messieurs, n'allez pas plus loin, leur dit-il. Un mal immense est à l'œuvre dans les geôles.

— Notre tâche consiste justement à le déraciner, déclara avec calme Vasistha. Laissez-nous passer, mon brave.

Le regard du directeur passa du prophète à Sumantra.

— Au nom du maharajah, laissez-nous passer, répéta ce dernier d'un ton ferme quoique sans élever la voix.

L'autre hocha lentement la tête. Son visage n'avait plus la moindre couleur. Ce fut avec des mains frémissantes qu'il glissa une clé dans la serrure du portail. Le pêne cliqueta, puis l'employé poussa la grille. Sumantra se retourna en emboîtant le pas au guru, qui s'était déjà avancé. Le mantri Jâbâli s'était remis à trembler, figé derrière eux. Claquant des dents, il se cramponna aux barreaux.

— Je ne peux pas y aller. Le directeur en sait autant que moi. Je les interrogeais quand... quand ils se sont transformés.

— Rentrez chez vous, mon bon Jâbâli, dit posément Vasistha. Préparez-vous un bouillon brûlant et couvrez-vous bien. Vous êtes en état de choc. Nous nous occupons de tout. Demain, à la lumière du jour, il sera temps d'en reparler.

Jâbâli s'inclina, heurtant sans le vouloir les barreaux de la tête.

— Merci, gurudev. Je vais prier pour que vous reveniez sains et saufs.

Sumantra franchit la deuxième grille, qui ouvrait directement sur l'escalier, puis entama la descente, avant de se retourner de nouveau. Jâbâli, toujours cramponné au premier portail, avait l'air désespéré d'un condamné à la réclusion perpétuelle – ou d'un homme dont le meilleur ami y a été condamné. Les barreaux brouillaient curieusement les choses : il était difficile de dire s'ils empêchaient les prisonniers de sortir ou les gens de l'extérieur d'entrer.

Le directeur, plus grand que les visiteurs, ouvrit le chemin dans un passage étroit, une petite dîpa à la main. Le plafond bas les obligeait à baisser la tête, mais ne leur en râpait pas moins le crâne. C'était une des caractéristiques de l'architecture militaire ârya : en cas de révolte, un seul garde armé pouvait contenir tous les occupants des cachots, car il leur était impossible de se battre en gagnant le rez-de-chaussée, tête basse et bras ramenés contre la poitrine. Étant donné les circonstances, cependant, le court trajet n'en fut que plus effrayant, véritable descente en enfer.

Une éternité plus tard, les trois hommes atteignirent le niveau des cachots. Une dernière grille se trouvait juste au pied des marches – encore un point de passage facile à défendre.

Le directeur la déverrouilla puis s'immobilisa, tourné vers les deux visiteurs. Sa dîpa à la flamme vacillante éclairait son visage par en dessous d'une manière étrange.

— Ce niveau-là n'est plus gardé. Après la mort des deux premiers soldats, j'ai estimé inutile de risquer la vie d'autres ksatriya. De toute manière, les prisonniers... la chose, quelle qu'elle soit... ne cherche visiblement pas à s'échapper.

Sumantra fronça les sourcils. « La chose, quelle qu'elle soit. » On avait capturé onze espions le matin même. De quoi parlait donc cet homme ? Que voulait-il dire par, « elle ne cherche visiblement pas à s'échapper » ? Quel autre problème pouvait-on bien avoir avec des prisonniers ?

Il ravala ses questions tandis que leur guide les entraînait, Vasistha et lui, dans un couloir un peu plus spacieux, quoique juste assez large pour deux hommes de front, épaule contre épaule, et haut de deux mètres, pas davantage. La masse du directeur l'emplissait presque. Il les précéda dans le corridor, qui descendait par degrés, escalier sans fin aux marches étirées.

Sumantra s'efforça de se rappeler à quelle profondeur se trouvaient les cachots. Une cinquantaine de mètres sous le niveau de la rue, si ses souvenirs étaient bons, parce qu'il avait fallu passer largement sous le lit de la rivière. Pourtant, le plafond gouttait par endroits, et les murs étaient couverts d'une couche de mousse, résultat de siècles de suintement. Une odeur de renfermé et d'humidité flottait dans le boyau. Les petites masâl accrochées à intervalles réguliers crachotaient sous les filets d'eau qui les arrosaient. Le Pradhan-mantri, oubliant un instant que la responsabilité de cette visite lui incombait, se demanda avec inquiétude si tout n'allait pas s'effondrer et la rivière se ruer dans les souterrains.

Peu à peu, le passage s'élargit assez pour que deux personnes puissent y avancer de front sans se gêner. Les murs paraissaient maintenant presque secs, malgré les tentacules de lichen qui exploraient encore, par endroits, les interstices entre les pierres.

Enfin, les trois hommes atteignirent une grille ouverte, éclaboussée de taches brunes, comme les vêtements de Jâbâli. Aux traînées sanglantes qui maculaient le sol, on aurait pu croire que quelqu'un avait tiré une carcasse toute fraîche dans le couloir. Le directeur s'arrêta et tourna un visage livide vers ses compagnons.

— Mon deuxième geôlier est parvenu à ramper jusqu'ici. La clé s'est cassée dans la serrure, vous voyez, ici, ce qui m'a empêché de refermer la grille. Cette porte-là, en revanche, est fermée à clé et barrée. (Il montra du doigt un battant.) Ça ne nous aiderait guère si la chose décidait de sortir. Je ne crois pas que des serrures l'arrêteraient.

— Merci, monsieur le directeur, dit le guru. Vous pouvez regagner votre poste. À partir d'ici, nous nous débrouillerons seuls.

L'homme le fixa sans mot dire avant d'acquiescer.

— Comme vous voudrez, messieurs. Que Vishnu vous bénisse de m'épargner une nouvelle fois cet enfer.

Il rebroussa chemin en direction du rez-de-chaussée, tendant au passage son trousseau de clés à Sumantra.

— Pour la dernière porte. À votre retour, je vous attendrai au sommet de l'escalier. (À en juger par sa voix, il n'évoquait là qu'une lointaine possibilité.) Si vous avez besoin d'aide...

— Croyez-vous que vous pourriez nous aider, si nous avions des problèmes ? demanda Vasistha avec calme en montrant le cachot.

— Sans doute pas. (Le directeur secoua la tête.) Malgré tout...

— Nous vous enverrons chercher si nécessaire. À présent, partez, mon brave. Laissez-nous.

— Un instant, intervint Sumantra en s'avançant. Les onze prisonniers sont là, ensemble ?

— Oui, Pradhan-mantri, mais vous aurez peut-être du mal à les compter.

Sur cette réponse cryptique, le fonctionnaire partit d'une démarche traînante et ne tarda pas à disparaître. Le Premier ministre tressaillit lorsque la main du guru se posa sur son épaule.

— Courage, Sumantra. Avant que nous n'entrions dans ce cachot, rappelez-vous bien une chose : le Brahman est l'essence de toute énergie naturelle ou surnaturelle de l'Univers. Les adeptes du mal sont obligés de s'en servir, eux aussi, de le pervertir pour qu'il favorise leurs buts haineux. Voilà pourquoi ils ne peuvent rivaliser avec nous, qui exaltons son côté lumineux. Le bien triomphera toujours du mal.

Sumantra hocha la tête, la gorge nouée au point de ne pouvoir laisser passer le moindre mot.

— Ouvrez cette porte, et affrontons ce qui nous attend, conclut Vasistha.

Le ministre s'avança pour déverrouiller le lourd battant. Sa main tremblait un peu tandis qu'il tournait la gigantesque clé dans la serrure massive.

La porte pivota lentement sur ses gonds bien huilés, dévoilant une gueule obscure aussi attirante que les mâchoires ouvertes d'un ver gargantuesque.

Le prophète récita tout bas un mantra en levant son bâton puis en l'abattant par deux fois sur le sol. Une bouffée de fumée jaillit du sommet, qui se mit à briller d'une lumière bleue étonnamment efficace, quoique terne. Vasistha pénétra dans le cachot, armé de cette masâl improvisée.

Sumantra inspira profondément avant de lui emboîter le pas.

XII

LA VOIX DU RISHI COULAIT, aussi apaisante que le gargouillis lointain du ruisseau. Râma s'y abandonna avec reconnaissance, s'immergeant dans la kathâ pour écarter le chœur de pensées, d'anxiétés et d'émotions qui se pressaient au fond de son esprit. La journée avait été longue, difficile ; rester assis là à écouter, tout simplement, lui faisait du bien.

— Tâtakâ perpétra des ravages si terribles que ses incursions marquèrent à jamais la terre qu'elle foulait. Avec le temps, elle aurait flétri jusqu'au bosquet où méditait le seigneur Rudra, dont la présence seule préserva cette enclave. Un jour, elle s'aventura même dans les cerisiers, là-bas, à la lisière du verger…

— Je leur raconterai l'histoire de Tâtakâ une autre fois, rishi Adranga, intervint Visvâmitra d'une voix douce, mais ferme. Continuez, expliquez-leur comment Anangaashrama a acquis son nom, je vous en prie.

— Shama, mahâdev, répondit le guru en inclinant la tête dans sa direction. Je vais m'efforcer de ne plus m'écarter du chemin de ma kathâ.

Il caressa encore un peu sa barbe, retrouvant son rythme.

— Comme je le disais, Tâtakâ se livrait à des atrocités

tellement terribles que les deva ne pouvaient négliger de s'en occuper. Le jour arriva où ses dévastations suscitèrent sur Prithivî un véritable tollé et où les mortels implorèrent les dieux d'intervenir pour mettre fin à son règne de terreur. Les deva envoyèrent le plus âgé, le plus grand des Sept Prophètes, le vénérable sage Narada en personne, se renseigner sur les méfaits de la démone. Le rapport qu'il leur fit à son retour les décida à arrêter Tâtakâ.

« Toutefois, avant de pouvoir passer à l'action, ils se retrouvèrent assiégés par les hordes infernales, que commandait le seigneur de Lankâ. Après des siècles de guerre au cours desquels les asura avaient perdu autant de terrain qu'ils en avaient gagné, leurs races disparates s'étaient enfin unies sous la bannière de Râvana. L'ambition de ce dernier était aussi immense que son armée : il comptait envahir les cités des dieux. Ses troupes mirent le siège devant les villes étincelantes d'Amarâvatî et de Vaikunta. Le puissant Indra, chef des deva, ainsi que Kârtikeya et Ganesha, senâpati de leurs armées, eurent fort à faire pour défendre ces enclaves menacées. Il leur était impossible d'envoyer un seul de leurs soldats divins sur Prithivî s'occuper de la menace intolérable que représentait Tâtakâ. »

Le rishi marqua une pause pour ménager ses effets.

— Mais il en restait un.

— Rudra aswa Shiva, pépia aussitôt Dumma.

— En effet, petit brahmâcârin. Rudra, aussi connu sous le nom de Shiva. Lui seul serait capable d'affronter la terrible yaksî, car il avait goûté au poison de Sâgara, le grand océan, et survécu, il avait connu la corruption de l'anâtman*, l'opposé du Brahman, la plus noire des noirceurs, l'absence de l'âme lumineuse. Shiva possédait le pouvoir de détruire et donc de préparer la re-création par Brahmâ. Il lui suffisait d'ouvrir son troisième œil pour que Tâtakâ cessât d'exister sous sa forme présente.

— Jai* jai Shiv Shankar, psalmodièrent les brahmâcârin à l'unisson.

Lakshman tressaillit à ce vacarme inattendu, alors que Râma l'avait senti arriver, malgré son attention partagée entre la kathâ et l'animal caché dans le bosquet. Pourquoi

Lakshman n'avait-il pas remarqué cette présence furtive ? De toute évidence, les mahâ-mantras de Bala et d'Atibala n'avaient pas les mêmes effets sur eux. Une ombre d'intuition traversa l'esprit de Râma, un aperçu d'explication, qui disparut avant qu'il n'ait pu s'en saisir pour l'analyser.

— N'oubliez pas, cependant, que Shiva, absorbé dans sa méditation, était bien décidé à le rester pour toute la durée des jours de Brahmâ, jusqu'à la fin des temps. Telle était la discipline qu'il s'imposait. Les deva résolurent d'envoyer un émissaire le tirer de sa transe, mission que le sage Narada refusa, pour des raisons inconnues. Ils dépêchèrent alors la belle Parvâtî, la réincarnation de Satî, l'épouse perdue de Shiva, qui avait voulu revivre son union avec son bien-aimé. Cette fois, cependant, elle avait choisi des parents qui honoreraient son mari, contrairement au malheureux Daksha, dont le nom restait lié à son honteux méfait. Parvâtî attendit patiemment des millénaires durant dans le bosquet en rassemblant les fleurs préférées de Shiva, ornements parfumés dont elle tressait sa chevelure, et en faisant de son mieux pour le réveiller, mais sa présence sensuelle ne suffit pas à interrompre la transe yogique. Les deva finirent par envoyer à son secours le dieu du désir, Kâma.

Le rishi s'interrompit, cherchant de l'autre côté du cercle le visage de son plus jeune acolyte.

— Dumma, peux-tu nous dire de quelle qualité humaine Kâma est le dieu ?

— Pranâm, guruji, répondit le garçonnet, s'efforçant de s'exprimer avec calme. Kâma est le désir du bien sous toutes ses formes. Qu'il s'agisse d'amour, de procréation ou simplement de bonté.

Le vieillard hocha la tête, satisfait.

— Exactement. Toutefois, Kâma, dieu du désir sexuel, entre autres, était assez taquin. En découvrant Parvâtî dans des atours séduisants, prête au réveil sensuel de son époux, il décida de faire d'une pierre deux coups, c'est-à-dire de sortir Shiva de sa méditation en lui inspirant du désir pour Parvâtî. Bref, Kâma voulait à la fois réunir les amants et remplir sa mission. Il se mit donc à folâtrer autour de l'arbre sous lequel était assis Shiva.

Le rishi s'interrompit de nouveau pour englober la clairière d'un geste, afin de donner à ses auditeurs le temps de réfléchir et d'imaginer Kâma gambadant à l'endroit même où ils étaient installés.

Comme ils regardaient autour d'eux, retournés, en esprit, à cette époque mythique, certains scrutèrent les profondeurs du bosquet en s'efforçant de recréer les événements dont parlait le guru. « Quelqu'un va bien voir cet animal, maintenant. Au moins Lakshman. » Pourtant, personne ne distingua ce qui apparaissait à Râma, alors que les yeux rouges brillaient telles des braises dans un lit de cendres. « Non, je suis le seul à le remarquer. C'est mon karma. La créature m'attend. À moi de m'en occuper », songea-t-il, sinistre.

Déjà, les autres s'étaient retournés vers le rishi, qui continuait sa kathâ.

— Comme Shiva n'avait accordé aucune attention aux premières danses de Kâma, celui-ci s'enhardit. Il banda son arc, une tige de canne à sucre tendue d'une corde d'abeilles vivantes, plongea une flèche dans une rose rouge puis la tira droit vers le cœur de Shiva. Ce projectile bénin le réveilla enfin, mais lorsqu'il comprit que Kâma avait interrompu sa profonde méditation sur son amour perdu, il se mit en colère, persuadé que le dieu cherchait à lui arranger un nouveau mariage. S'il avait accordé ne serait-ce qu'une seconde d'attention à Parvâtî, il aurait compris que Kâma s'efforçait juste de l'unir une nouvelle fois à sa douce Satî, mais il n'est pas réputé pour sa patience. Ouvrant son troisième œil, il réduisit le malheureux Kâma en cendres. Basam kar dîpa Kamadev ko.

Dumma, frissonnant, promena autour de lui un regard effrayé, comme s'il s'attendait à voir apparaître Shiva, prêt à anéantir tous les occupants de la clairière.

— Kâma se retrouva désincarné. Ananga*. Celui qui n'a pas de corps. D'où le nom de notre ermitage, Anangaashrama. Ratî, sa femme, courut trouver Brahmâ en s'arrachant les cheveux, en se frappant la poitrine, en pleurant, inconsolable, la perte qui la frappait. Brahmâ, créateur de tout ce qui vit, petit ou grand, lui promit qu'une fois Shiva et Parvâtî mariés, Kâma retrouverait son corps. La tâche de réveiller Shiva incombait de nouveau à Parvâtî. Il fallait qu'elle réussît, non seulement pour être réunie à son mari, mais aussi pour rendre la vie à Kâma et vaincre la yaksî Tâtakâ. Plus décidée que jamais à y parvenir, elle entama une pénitence sévère, obéissant aux règles édictées par Shiva, le père de l'austérité. Bien sûr, ces dix lois sont la pierre angulaire de notre existence, ici, à Ananga-ashrama...

Le rishi lança un regard à Visvâmitra. Râma, persuadé qu'Adranga avait grande envie d'énoncer les règles de la pénitence méditative édictées par Shiva, fut soulagé de l'entendre poursuivre son histoire.

— Au fil des millénaires d'austérité, la charmante Parvâtî perdit beaucoup de sa beauté. Son esprit s'épuisa d'ailleurs autant que son corps dans sa cruelle tapas. Pourtant, elle s'évertua à tenter d'éveiller Shiva, qui persista à ne pas entendre ses prières.

« Enfin, alors qu'elle paraissait prête à s'évanouir dans le néant à force d'émaciation, un jeune ascète vint un jour lui demander pourquoi elle s'imposait de telles souffrances. Quand elle lui apprit l'objet de sa pénitence, il éclata d'un rire incrédule, puis il l'interrogea : l'étrange, le terrifiant Shiva méritait-il l'amour d'une beauté comme elle ? Ensuite, il chercha à lui inspirer du désir, lui promettant d'être un meilleur époux que ne pourrait jamais le devenir Shiva. Parvâtî s'aperçut, choquée, qu'elle répondait à ses caresses, car il l'attirait irrésistiblement. Écœurée de se découvrir déloyale, elle résolut de mettre une seconde fois fin à sa vie plutôt que de succomber aux avances du bel inconnu. Mais à l'instant où elle allait répéter l'immolation de son avatar précédent, l'ascète s'avéra être Shiva en personne, enfin revenu à lui et désireux de la harceler comme elle l'avait harcelé pendant si longtemps dans le verger de Kâma. Ils dansèrent alors le tândava*, la grande, la terrible danse de la procréation, faisant vibrer de leur tantrisme l'Univers entier. La formidable énergie engendrée par leur union permit au puissant Brahmâ de rendre son corps à Kâma. »

Dumma laissa échapper un énorme soupir de satisfaction. Ses compagnons échangèrent des regards amusés devant son évident soulagement. Le rishi Adranga hocha la tête avec indulgence puis continua :

— Shiva et Parvâtî passèrent des siècles à faire l'amour au sommet du mont Kailâsa, où ils bâtirent leur foyer. Les deva finirent même par désespérer, car il semblait que jamais Shiva ne quitterait les bras de son épouse pour aller abattre Tâtakâ. Toutefois, Parvâtî ne les avait pas oubliés : elle leur donna un fils, Kârtikeya, qui mit un terme aux méfaits de la démone. Plus tard, nous le savons tous, un autre fils aussi illustre naquit de cette union bénie, le puissant Ganesha, que son père décapita et qui dut s'arranger de la tête d'un éléphanteau.

— Mais c'est une autre histoire, pour une autre nuit, s'empressa d'intervenir Visvâmitra. Merci, rishi Adranga. J'ai rarement entendu évoquer la Folie de Kâma avec tant d'exactitude et de simplicité. Nous sommes véritablement très heureux et honorés d'avoir reçu les fruits de votre kathâ-vidyâ.

Lorsque les deux princes eurent également exprimé leur reconnaissance, le prophète remit la conversation sur le voyage, qui reprendrait au matin.

— Il nous faudrait une embarcation afin de descendre le cours d'eau. Or votre ashram est réputé pour ses radeaux en balsa. Cette nuit, peut-être vos brahmâcârin pourraient-ils apprendre à mes compagnons comment en tailler un. Nous partirons à l'aube.

— Mieux encore, mes brahmâcârin seront ravis de vous en confectionner un, répondit le rishi. Quant à vos sisya, s'ils veulent les regarder faire, ils seront les bienvenus, évidemment. Nous avons une réserve de balsa coupé tout exprès et l'habitude d'assembler des radeaux en une heure ou deux. Mes disciples en construisent parfois pour se distraire de leurs corvées habituelles. Ils vont s'en occuper.

La vague d'excitation qui courut à travers l'assemblée montra bien que ses acolytes l'approuvaient.

— Nous vous sommes redevables de votre amabilité et de votre hospitalité, rishiji, déclara Visvâmitra.

— Mahâdev, puis-je poser une dernière question au rishi ? s'enquit Lakshman.

— Faites, rajkumâr.

— L'histoire que vous nous avez contée avec éloquence concernait pour l'essentiel Shiva et sa méditation épique sur la perte de son épouse. Kamâdev n'y joue pas un bien grand rôle. Alors pourquoi avoir donné son nom au verger ?

Adranga sourit, tourné vers ses sisya, également souriants. Lakshman, déconcerté, parcourut le cercle des yeux.

— Aurais-je dit quelque chose d'inconvenant ?

— Pas du tout, répondit le rishi. C'est juste qu'il suffit de raconter la kathâ du verger de Kâma pour entendre cette question. Qui veut y répondre, cette fois-ci ?

Au grand amusement de Râma, la main de Dumma se leva brusquement avant même que le vieil homme n'eût prononcé la dernière phrase. Adranga, rayonnant, se tourna vers l'enfant.

— On dirait que voilà ta nuit de parole, Dumma. Très bien. Rends donc ce dernier service à nos hôtes.

Le garçonnet donna ses explications à toute vitesse, les mots se bousculant dans sa bouche tels des acrobates à une fête campagnarde. Visiblement, il avait la réponse toute prête.

— Ce n'est pas juste l'histoire de Shiva et de Parvâtî, mais aussi celle de leur amour, que ni le samay ni le karma ne parvinrent à annihiler. Voilà pourquoi les deva demandèrent à Kâma de tirer Shiva de sa grande méditation. Voilà pourquoi le bosquet fut baptisé en mémoire du dieu, mais aussi du lien épique unissant Shiva à Parvâtî. La Folie de Kâma, le verger de Kâma... devint le lieu de rendez-vous le plus sacré des amants des trois mondes.

Il s'interrompit pour reprendre son souffle, jeta un coup d'œil à son maître, puis poursuivit, à la surprise des deux princes :

— D'ailleurs, messieurs, le jour où vous trouverez le grand amour de votre vie, vous seriez bien inspirés de visiter notre bosquet avec votre bien-aimée afin de sceller votre couple en ce lieu romantique !

Le sourire béat du rishi s'évanouit, tandis qu'il s'exclamait, indigné :

— Dumma ! Combien de fois ne te l'ai-je pas déjà dit !

Cela ne fait pas partie de notre kathâ-vidyâ. Ne répète jamais plus ce genre de choses ! Compris ?

— Mais guruji, protesta le garçon, consterné, les autres m'ont assuré que vous aviez changé d'avis et que je devais veiller à informer nos hôtes estimés du romantisme de notre sanctuaire.

Le vieillard s'assombrit encore.

— Qui t'a dit cela ? Montre-le moi !

Le garçonnet parcourut du regard ses compagnons tranquillement assis, l'air innocent, comme s'ils n'avaient pas la moindre idée de ce qui venait de se passer. Il s'agita, mal à l'aise, puis baissa la tête, ses traits enfantins figés en une expression de contrition appropriée.

— Je les ai sans doute mal compris, guruji. Je suis désolé. Ça ne se reproduira pas.

Le regard du rishi Adranga balaya avec acuité les rangs de ses acolytes.

— Qu'attendez-vous, tous ? Allez chercher de quoi fabriquer le radeau. Vous avez entendu le brahmârishi. L'embarcation doit être prête pour le lever du jour. Mettez-vous au travail, shivaïtes. Om Namah Shiva. [Béni soit le nom de Shiva.]

— Om Namah Shiva, répétèrent-ils avant de se disperser, l'air affairé.

Adranga repéra Dumma, qui attendait, seul, d'être puni davantage.

— Toi aussi, Dumma. Rends-toi utile.

Le gamin, un grand sourire de soulagement aux lèvres, partit en courant rejoindre ses pairs. Il ne regrettait pas autant son erreur qu'il l'avait assuré un peu plus tôt, Râma l'aurait parié.

Adranga, rembruni, se tourna vers Visvâmitra, perdu dans la contemplation d'un point élevé sur le tronc d'un jaquier. Nul n'aurait su dire si les explications finales du jeune acolyte l'avaient irrité ou amusé.

— Toutes mes excuses, brahmârishi, soupira Adranga, visiblement contrarié. Je lui ai déjà dit et répété qu'il n'était pas dans notre intérêt de raviver cette légende.

— La raviver, rishidev ? releva Râma, s'efforçant de garder l'air sérieux de rigueur, ce qui n'était pas facile.

— Jusqu'à une date récente, il y a environ un siècle, le bosquet était un lieu de rendez-vous très connu des amoureux, expliqua Adranga. On disait, voyez-vous, que les couples qui... qui... mmh... consommaient leur union dans le verger sacré seraient unis par un lien aussi éternel que l'amour de Shiva et Parvâtî. (Gêné, il s'éclaircit la gorge.) Cette réputation ne simplifiait pas les choses pour notre ordre, vous l'imaginez sans peine.

— En effet, acquiesça Visvâmitra, les yeux toujours fixés au même endroit. Nous l'imaginons sans la moindre peine.

Les princes le regardèrent avec curiosité. Il leur lança un coup d'œil avant d'ajouter vivement :

— Cela ne devait pas vous simplifier la vie. Non, vraiment pas.

— Des couples se glissaient de nuit dans le bosquet, reprit Adranga, maussade. Ils se complaisaient à un comportement... inapproprié... alors que souvent, nous étions absorbés dans notre kathâ-vidyâ. Leur conduite... distrayait certains brahmâcârin de leurs études. Il est difficile de rester chaste lorsque la moitié des couples sottement enamourés du royaume se roulent dans l'herbe autour de vous en couinant. (Le rishi secoua la tête avec un soupir.) Shiva en soit remercié, nous n'avons plus à souffrir de ces distractions.

— Oui, Shiva en soit remercié.

Le brahmârishi fixait l'arbre avec un peu plus de concentration que nécessaire, Râma s'en aperçut brusquement. Lakshman et lui se regardèrent, avant de se détourner pour empêcher leur hôte de voir le fou rire qui menaçait d'exploser.

Adranga secoua de nouveau la tête.

— Je vais vous dire une bonne chose, mes amis. J'ai vécu cent vingt ans, durant lesquels cet ashram consacré à Shiva a été pour ainsi dire mon seul foyer. Avec le recul, il me semble qu'une chose, une seule, n'a pas changé durant cette période : l'impudeur des amants en chaleur. Figurez-vous qu'un jour, au lever du soleil, je parcourais le bosquet, à la recherche de baies pour notre rituel...

— Excusez-moi, rishi, intervint précipitamment

Visvâmitra, mais peut-être mes compagnons pourraient-ils se joindre à vos brahmâcârin pour les aider à préparer notre embarcation. Ensuite, comme nous partirons très tôt, j'aurais quelques obligations spirituelles à remplir avant la fin de cette nuit de pûrnîma.

— Bien sûr. (Adranga fit signe à un acolyte qui passait par là.) Sambu, nos hôtes désirent se renseigner sur la construction de nos radeaux. Emmène-les, et traite-les avec respect. Brahmârishi, si vous voulez bien me suivre, je vais vous escorter jusqu'au mandir que nous entretenons, juste au nord de l'ashram. C'est l'endroit le plus indiqué où faire vos prières.

Les princes échangèrent de discrets coups de coude en suivant Sambu de l'autre côté de la clairière.

— Le prophète se retenait-il de pouffer, ou n'était-ce qu'un effet de mon imagination ? s'enquit Lakshman.

— Je crois qu'il s'efforçait de maîtriser le rire le plus sonore qu'on ait jamais entendu dans toutes les sept nations ! répondit Râma.

Eux-mêmes éclatèrent de rire pendant que leur guide les entraînait jusqu'à un groupe de brahmâcârin assis parmi des rondins de balsa fraîchement débités, autour d'un feu sur lequel du goudron fondait tout doucement dans une marmite. Les moines, qui tressaient des plantes grimpantes et rampantes pour en faire les cordes destinées à l'assemblage, levèrent la tête puis se mirent debout avec vivacité avant de s'incliner avec déférence devant les princes.

— Soyez les bienvenus, rajkumâr d'Ayodiâ. Votre présence est un honneur.

Les jeunes gens, surpris, ouvrirent de grands yeux.

— Je croyais que les shivaïtes renonçaient à tous les titres et hiérarchies en prononçant leurs vœux, s'étonna Râma.

Les brahmâcârin se regardèrent entre eux avec des sourires embarrassés.

— En effet, rajkumâr, mais comment pourrions-nous feindre d'ignorer votre statut royal ?

Il s'avança pour attraper par le bras celui qui venait de lui répondre.

— Comment t'appelles-tu, mon ami ?

— Sankar, mon seigneur, dit le moine, surpris.

— Serre-moi la main, Sankar.

— Rajkumâr ?

— Vas-y, serre-moi la main. Plie-la, pince-la même si tu veux.

Sankar consulta ses pairs du regard, se demandant visiblement si l'on se moquait de lui. Enfin, il reposa les yeux sur la main que Râma lui tendait, puis la toucha, hésitant.

— Allez, n'aie pas peur. Serre-la. (Sankar obtempéra.) As-tu l'impression qu'elle diffère de la tienne ? (Il secoua la tête.) Tu vois ? Je suis fait de chair et de sang, comme toi. Mortel, comme toi. Alors s'il te plaît, traite-moi comme n'importe quel jeune homme de chair et de sang, pas comme un prince, un seigneur ou un deva. Juste un homme. Compris ?

— Pareil pour moi, ajouta Lakshman. Le prochain qui me donne du « rajkumâr » ou du « seigneur », je lui mets une bonne claque sur le crâne. Samje ?

— Samje ! répondirent en chœur les brahmâcârin, visiblement surpris, mais ravis.

— Bon, conclut Râma. Maintenant, installons-nous tous, et apprenez-nous à construire ces fameux radeaux.

Dumma vint s'asseoir en tailleur à côté des visiteurs.

— Je vais te montrer, prince Râma ! (Il fit la grimace, se reprit.) Je veux dire, frère Râma !

— Voilà qui est mieux, s'amusa Râma, mais je te croyais passé maître en histoires salaces plutôt qu'en confection de bateaux, frère Dumma. Tu as donné un sacré choc à ton guru, tout à l'heure ! J'ai l'impression qu'il ne s'est pas encore remis de sa surprise.

Un sourire effronté illumina le visage du garçonnet, qui avait renoncé à sa feinte consternation. Il se pencha en avant pour dire tout bas, de crainte que le rishi ne l'entendît – même s'il n'était pas en vue :

— Je peux vous en raconter bien d'autres, si vous voulez, sur le verger de Kâma et sur tout ce qui s'y est produit.

— Attention, mes frères, prévint Sankar. Les petits contes de Dumma vont vous faire rougir jusqu'aux oreilles ! Ne vous laissez pas abuser par son air innocent. Côté farces et plaisanteries, il est imbattable !

Râma jeta un coup d'œil à Lakshman.

— Oh ça ne nous dérange pas d'avoir les oreilles un peu rouges. Il ne faudrait pas qu'elles virent à l'écarlate, attention, mais rosées… ou à peine plus colorées…

— Alors préparez-vous, lança Dumma, radieux, parce que je vais commencer par l'histoire d'un de vos propres ancêtres, qui s'était glissé dans le verger de Kâma avec sa jeune épouse. C'était par une nuit sans lune, et votre aïeul était amoureux jusqu'au priapisme…

XIII

LA VASTE PIÈCE devait faire environ dix mètres sur quinze. Au bout d'un moment, les yeux de Sumantra s'habituèrent à la lueur bleue émanant du bâton de Vasistha. Il distingua un deuxième niveau, plus bas… et, au-delà, vaguement dessiné dans l'ombre, un troisième. Les rares visites faites aux cachots par le passé lui revinrent en mémoire : les geôles, de quarante-cinq mètres de long sur dix de large, étaient constituées de trois paliers identiques disposés en enfilade, chacun dominant le suivant de deux mètres. Plus le criminel était endurci, plus bas on l'enfermait. Le dernier échelon était en général inondé par les infiltrations, empli d'une eau froide, surtout en hiver, car la Sarayû était alors tout près de geler.

La clarté bleue révélait les menottes et les chaînes fixées aux murs du premier. Inutilisées. Ce palier-là était désert.

Le guru le parcourut d'un pas lent puis commença à descendre l'escalier taillé dans le roc menant au suivant. Sumantra, lui, s'immobilisa un instant au sommet des marches afin de scruter le reste de la salle, en une vaine tentative pour percer l'obscurité. Seul le deuxième niveau lui apparaissait, également désert… mais maculé, zébré de taches et de traînées sombres ; il lui sembla aussi discerner quelque chose dans les menottes. Des mains… coupées.

À l'instant même où il identifia ce qu'il regardait, l'odeur lui monta aux narines. L'inoubliable puanteur du cachot l'avait atteint avant même qu'il n'en passât la porte, relents de moisi, de pourriture, de pierre et de terre sans âge, mêlés aux émanations corporelles de générations de traîtres ou de criminels, mais ce qu'il sentait maintenant ne ressemblait à rien de ce qu'il avait jamais rencontré. Cela évoquait les profondeurs de la forêt, la sueur et la fourrure animales, le cuir, le sang et la cendre. Impossible d'imaginer ce qui pouvait bien produire ça. Pourtant, les entrailles de Sumantra s'animèrent de mouvements qui lui transformèrent les tripes en feu liquide. « J'aurais dû rester en haut avec Jâbâli. Pourquoi être venu ici, au nom de Vishnu ? Imbécile que je suis ! Jamais je ne reverrai la lumière du jour. »

— Du calme, Pradhan-mantri. Évitez les pensées négatives. Venez me prendre par la main.

Le guru tendit le bras vers Sumantra, qui le fixa bêtement une seconde avant de se risquer à descendre l'escalier. Une marche, deux, trois... six. Arrivé au deuxième palier, il toucha la main offerte en remerciant Vasistha.

— Ça ira, gurudev. Continuez, je vous en prie.

Le prophète traversa le niveau puis entama la descente vers la troisième et dernière partie du cachot. À la moitié de l'escalier, cependant, il se figea brusquement, obligeant son compagnon à s'arrêter, lui aussi. Le mage brandit son bâton le plus haut possible, ramena le bras en arrière. La lumière flamba, éclatante, si intense qu'elle en devenait presque blanche.

Sumantra s'efforçait de regarder par-dessus la tête et les épaules du guru, quand la porte du cachot se referma derrière eux avec un claquement sonore dont les échos s'attardèrent tels ceux d'une cloche dans un temple. Le ministre se retourna pour fouiller des yeux l'obscurité. Le battant était quasi invisible au sommet des marches de pierre ; seuls ses renforts métalliques luisaient faiblement dans la lumière du bâton. Pourtant, les bruits qui s'élevaient de l'autre côté ne laissaient aucun doute : *on le verrouillait, on le barricadait !*

Sumantra faisait demi-tour dans l'escalier lorsque la voix du prophète l'arrêta :

— Les clés ne serviront plus à rien sur cette porte, mon ami. La force qui l'a refermée tient à ce que nous restions ici tant qu'elle n'en a pas terminé.

Le ministre se retourna. Ses yeux se posèrent sur l'arrière du crâne de Vasistha. Toutefois, de là où Sumantra se tenait à présent, trois degrés plus haut, il distinguait aussi une partie du dernier niveau. L'eau qui s'était infiltrée dans la fosse au fil des ans y formait une mare sombre couverte d'une humeur visqueuse. Le Pradhan-mantri ne voyait que cette grande flaque noire. Rien d'autre. Personne. La puanteur émanait de cette eau. De ce qui s'y tapissait.

Comme si quelqu'un avait lu dans ses pensées, une voix s'éleva du liquide fétide. « Approche, brahmane. Viens voir ce que je vous ai apporté, à toi et à ton ami mortel. »

Dans un crachotement d'étincelles évoquant l'extinction d'une masâl, la lumière bleue du bâton s'évanouit. Une nuit d'encre enveloppa les deux hommes.

La biche à la fourrure duveteuse luisait telle une idole dorée dans la nuit du verger de Kâma. Sûrpanakâ, agile et élégante, avançait d'un pas lent entre les arbres serrés. La blessure de la matinée, complètement guérie, n'entravait en rien sa démarche délicate. Plongée dans son rôle d'herbivore des forêts, elle promenait le museau sur le sol comme pour chercher à manger ou renifler la piste de ses congénères. Par moments, elle se figeait, la tête haute, l'oreille tendue à des bruits inaudibles pour des humains, un frisson la traversait, puis elle poursuivait son chemin, s'éloignant de la clairière.

La lumière des lampes s'affaiblit peu à peu, tandis que les voix des brahmâcârin au travail, qui scandaient des bâjan* shivaïtes, s'évanouissaient jusqu'à devenir de simples murmures portés par le vent, signes fantomatiques de présence humaine plus sensibles que réellement audibles. À voir l'humus du bosquet, souple et aéré, on aurait cru qu'il avait bruiné dans la soirée. L'odeur de la terre humide emplissait les narines de l'animal, mêlée à l'arôme des baies et au parfum piquant, acidulé, de la flore omniprésente. Les feuilles tombées formaient un tapis frais et douillet, sur lequel toutes sortes de friandises délicieuses attendaient Sûrpanakâ.

Elle s'était de nouveau métamorphosée avant de pénétrer dans le bosquet. Un pelage plus sombre l'aurait aidée à se fondre dans l'environnement, mais l'idée de troquer son lustre doré contre un brun terne voire un noir poisseux offensait son sens de l'esthétique. Que se passerait-il si elle croisait Râma sous une forme aussi grossière ? Il ne la reconnaîtrait même pas. Évidemment, il ne la reconnaîtrait pas non plus sous sa forme naturelle de râkshasî... pensée qu'elle avait chassée avec impatience. Râma la verrait telle qu'elle le voudrait. Elle lui devait bien cela, puisqu'il lui avait sauvé la vie.

Elle se glissait entre les arbres d'un pas lent, prudent. La séance de kathâ-vidyâ terminée, elle s'était éloignée de la clairière dès que Râma s'était levé pour rejoindre les jeunes shivaïtes. Toutefois, elle lui avait souhaité bonne nuit en silence – non sans pousser un soupir à la vision de la silhouette mince qui s'éloignait.

Plus d'une fois, durant le récit, Sûrpanakâ avait eu peur de se faire capturer. Après tout, Visvâmitra était un mage puissant. Il devait bien sentir qu'une râkshasî était là, tout proche... Cependant, son déguisement s'était toujours révélé très efficace. Sous cette forme, elle était bel et bien une biche. Même un brahmârishi ne pouvait guère la percevoir autrement.

Cela ne l'avait pas empêchée de frissonner avec délice, électrisée par l'importance du risque qu'elle s'imposait. Enfin, il ne s'était rien passé. Visvâmitra ne l'avait pas remarquée. Râma non plus, alors qu'il se tenait sur ses gardes, plein d'une vigilance surnaturelle. Voilà qui avait déçu Sûrpanakâ : par moments, elle avait presque souhaité qu'il la repérât, qu'il quittât les autres mortels pour venir la trouver. Après tout, c'était le verger de Kâma et la pûrnîma d'Holî, une belle nuit de pleine lune et le lieu de rendez-vous le plus romantique au monde. S'il s'était approché, elle aurait pris une forme féminine de toute beauté, elle se serait faite plus séduisante que toutes les apsaras d'Indra pour le remercier de lui avoir sauvé la vie. Elle aurait passé la nuit à le remercier.

C'était cependant trop demander.

La clairière se trouvait maintenant à des kilomètres. Sûrpanakâ frissonna. Elle avait erré au hasard, portée par ses fantasmes, sans savoir où elle allait. Au cœur du bois, les arbres l'entouraient d'une muraille si serrée que le clair de lune atteignait tout juste le sol. Comme elle poursuivait sa promenade, perdue dans sa rêverie, la végétation s'ouvrit devant elle ; elle déboucha dans une petite éclaircie créée par la foudre, qui avait frappé un arbre puis incendié quelques dizaines de mètres carrés du bosquet. L'odeur des feuilles et du bois brûlés flottait toujours sur les lieux. Lorsque la biche s'avança dans l'espace dégagé, le clair de lune se déversa autour d'elle, aussi éclatant qu'un midi argenté, dessinant les cendres remuées par ses sabots. Sa songerie l'absorbait tellement qu'elle ne remarqua pas l'étrange turbulence qui naissait quelques mètres plus loin.

Les arbres tremblaient violemment, se tordaient, se penchaient autour du malstrom, centré sur le vieux colosse déformé récemment foudroyé. Son écorce se ridait telle la surface d'un lac sous laquelle des poissons s'agitent, invisibles. Le vent crût en force dans la percée, alors que pas un souffle ne traversait le verger. Des tornades miniatures s'emparèrent des feuilles mortes et de l'humus superficiel pour les emporter, derviches tournoyants, à quelques mètres de hauteur.

Au-dessus de la souche carbonisée se forma un petit nuage noir, dont les profondeurs lâchèrent de minuscules éclairs sinueux qui s'abattirent sur le moignon d'arbre. Il fallut cependant qu'un grondement de tonnerre menaçant suivît la foudre pour attirer l'attention de Sûrpanakâ.

Elle leva les yeux vers l'orage contre nature, limité à la clairière. Ses yeux s'écarquillèrent, ses narines palpitèrent, son pouls accéléra jusqu'à atteindre la rapidité de la fuite. Un œil rouge se mit à croître au centre du nuage. La biche voulut battre en retraite, mais ses pattes avant se prirent dans des racines, tandis que son arrière-train heurtait un arbre. Elle frissonna violemment, le museau levé, dans la position caractéristique d'une bête sans défense face à un prédateur redouté.

Le tronc foudroyé entreprit de se déraciner avec un grondement vibrant qui se réverbéra à travers tout le corps de la bête. Le mouvement des débris s'accéléra, ils montèrent plus haut, découpant des passages cylindriques dans les ramures environnantes. Une pluie d'étincelles rouges et un déchaînement de petits éclairs enveloppèrent la souche qui se libérait du sol, ses longues racines mortes encroûtées de terre. Elle commença à se modifier, à s'allonger et à s'amincir, métamorphose que Sûrpanakâ refléta en reprenant peu à peu son aspect naturel de râkshasî. La démone s'ébroua, révoltée par le changement, refusant de retrouver le monde de sa race. « Laissez-moi rester encore un peu, implora-t-elle en silence, les yeux agrandis par le désespoir. Juste le temps que je le revoie, une seule fois. »

La chose obscène qu'elle contemplait n'avait plus rien de commun avec un arbre, ni avec le moindre enfant conçu naturellement dans le ventre fécond de Prithivî-mâ.

C'était un être dont les épaules dominaient le sol de près de trois mètres et auquel ses têtes ajoutaient encore une soixantaine de centimètres. Son corps étonnamment bien proportionné, quasi humain, aurait pu appartenir à un ksatriya ârya adepte d'activités physiques difficiles : superbement formé, musclé, harmonieux. Sa peau de miel foncé, presque noire dans l'obscurité du bosquet, luisait quand on y regardait de plus près d'une clarté interne dorée. L'ensemble puait la bonne santé et les soins assidus. Cette splendeur était vêtue du strict minimum, un langot de guerrier en cuir qui dissimulait sa virilité. Des lanières, en cuir également, à boucle de métal, s'entrecroisaient sur sa poitrine, ses épaules, sa taille et ses cuisses. Le motif déconcertant ainsi dessiné prenait son sens dès qu'on réalisait qu'il n'avait rien d'ornemental, au contraire : les courroies portaient des armes, une douzaine, voire plus, au fourreau ou non, dispersées çà et là ; de véritables objets exotiques d'une conception étrangère, certains visiblement destinés à abattre des créatures non humaines, d'autres à infliger des blessures cruelles aux mortels, d'autres encore à un usage mystérieux. Sûrpanakâ savait que cet attirail était en réalité adapté au combat contre les trois espèces : asura, humains et deva. La créature qui venait de la rejoindre n'avait par nature que des ennemis, pas d'associés. C'était le prédateur suprême, affrontant tout ce qui vivait, ne se fiant à rien ni à personne.

Sa charpente impressionnante soutenait un cou épais, au moins trois fois plus massif que celui d'un Ârya normal. Veines et muscles s'y découpaient en bas-relief, preuve du poids qu'il supportait, mais son développement anormal ne l'empêchait pas de sembler curieusement proportionné au corps harmonieux. Il fallait que ce cou fût assez fort pour soutenir les dix têtes de Râvana, seigneur de Lankâ.

Neuf d'entre elles, deux fois plus petites que la normale, étaient, par ailleurs, banalement masculines. Cinq s'alignaient au-dessus de l'épaule gauche et même au-delà, les quatre autres au-dessus de la droite. Serrées les unes contre les autres, elles étaient soudées par le bas et par les oreilles. Seules celles des extrémités disposaient d'un côté d'organes auditifs parfaitement formés.

Au centre de cette rangée se dressait la tête principale, nettement plus grosse que la normale, comme pour compenser la relative petitesse de ses sœurs, et fascinante. On ne pouvait la qualifier de belle, selon les critères humains, mais sa mâle séduction était indéniable. Son propriétaire faisait partie des puissants, c'était évident, des maîtres habitués à infléchir, à diriger de grandes forces. Son air arrogant quoique détendu dénonçait celui qui ne connaît pas la défaite, celui pour qui elle ne figure même pas au rang des possibles.

Les dix visages alignés ne présentaient entre eux aucune ressemblance particulière, mais la tête centrale régnait visiblement sur cette curieuse ménagerie. Les regards craintifs et haineux dont les autres la gratifiaient le prouvaient autant que l'indifférence parfaite avec laquelle elle considérait le monde, y compris ses sœurs inférieures.

À sa vue, Sûrpanakâ sentit ses entrailles se liquéfier. Un spasme de terreur lui vida la vessie sans qu'elle y pût rien, le jet d'urine brûlante éclaboussant le tapis de feuilles mortes. Une odeur âcre se répandit dans la clairière. La créature, à présent entièrement formée, renifla de ses dix paires de narines puis émit une onomatopée moqueuse.

Eh bien, cousine. Tu n'as pas l'air enchantée de me voir.

XIV

LE MONSTRE À DIX TÊTES s'avança vers la biche.

Tu te cantonnes à cette forme méprisable depuis si longtemps que tu en viens à penser et à agir en animal. Reprends ton aspect naturel.

Sûrpanakâ frissonna, tandis que les dernières gouttes d'urine tombaient à terre, mais conserva son apparence bestiale.

Serait-ce un défi ? Le contact des mortels t'a corrompue, je le vois bien. Combien de fois ne t'ai-je pas mise en garde, petite idiote ? Pourquoi ne pas m'avoir fait ton rapport plus tôt, comme prévu ?

— J'ai été blessée, répondit-elle dans la seule langue à sa disposition, une sorte de voix mentale qu'elle partageait avec son cousin. Des mortels m'ont attaquée alors que j'avais pris cette forme-ci. Je ne m'y attendais pas.

Elle montra la cicatrice, de moins en moins visible.

Simple égratignure. Je t'ai déjà vue te battre avec des mortels. Tu es capable d'en réduire une douzaine en pièces sans même y penser. Pourquoi ne pas avoir suivi notre plan après l'échec de Kâla-nemi ?

— Vous savez ?

En elle, l'étonnement le disputait au sentiment de culpabilité : elle aurait dû informer Râvana de ce qui s'était passé, mais, comme toujours, il s'était arrangé pour l'apprendre.

— Je... J'étais... désorientée. Il y avait trop de mortels. Ils avaient fermé les portes. M'introduire en ville était impossible.

Râvana s'éloigna de quelques pas, penché pour éviter les branches basses. Ses têtes discutaient avec animation, exprimant des opinions, des suggestions, des idées, des ordres différents. Apparemment, la plupart estimaient nécessaire la mort de Sûrpanakâ. Les mortels l'avaient corrompue, domptée. Sa défaillance frôlait la trahison. Son élimination s'imposait. Elle frissonna de nouveau, saisie d'une envie désespérée de s'enfuir, mais consciente que nulle part dans le Triple Monde elle ne serait à l'abri de « celui qui a dix têtes ». Voilà pourquoi elle attendit où elle était, les pattes légèrement écartées, dans l'attitude vaincue des animaux acculés.

Lorsque Râvana se retourna vers elle, sa tête centrale souriait.

Tu as trébuché, ma biche, mais tu n'as pas chu. Il te reste un moyen de remplir tes obligations. (Courte pause. Grimace fugitive de désapprobation ou de doute des neuf visages querelleurs.) *Car tu veux toujours me servir, n'est-ce pas ?*

— Bien sûr, seigneur. Vous savez que ma loyauté vous est acquise.

Sourires. Froncements de sourcils, aussi.

Parfait. Je savais que tu serais raisonnable. Tu n'es pas la première de notre race à te laisser séduire par le suave éclat de ces animaux à la peau douce. Ils ont un certain... comment dire ? Un certain charme ?

— Une certaine noblesse, proposa-t-elle, tout excitée, avant de se reprendre. Rien de comparable avec la vôtre, mon seigneur, mais une sorte de grâce animale grossière assez séduisante dans son genre primitif, non asura.

La tête centrale l'examinait avec attention. Les autres discutaient entre elles ou regardaient ailleurs, écœurées.

Oui, je vois. (Nouvelle pause, muette cette fois, les têtes inférieures attendant avidement l'avis de celle qui les gouvernait.) *Tu t'es prise d'affection pour eux en bien peu de temps. C'est intéressant.*

— Pas pour tous, mon seigneur. Juste pour l'un d'eux. (Sûrpanakâ cherchait comment expliquer son agitation intérieure sans s'attirer une punition macabre.) Il s'est montré... bon avec moi. Il m'est agréable de me trouver près de lui.

Silence persistant. Impression trompeuse de distraction, presque d'indifférence, à l'opposé de la rage, de la fureur que la jeune démone avait cru s'attirer.

Alors continue. Suis ce mortel. Satisfais ton envie.

— Cousin ? (La stupeur de Sûrpanakâ était si grande qu'elle en oubliait de s'adresser à Râvana avec la solennité habituelle.) Vous n'y voyez pas d'objection ?

Il agita d'un air moqueur un bras musclé. Les oreilles situées aux extrémités de la rangée de têtes s'agitèrent.

Du moment que tu ne succombes pas à ton obsession. Du moins, pas avant que je ne t'en donne l'autorisation, compris ? C'est une condition expresse. Suis-le, observe-le, mais garde-toi de l'approcher. Cette fois, je n'admettrai aucune négligence. Nous sommes bien d'accord ?

— Oui, mon seigneur. (L'attitude de la biche avait changé : c'était à présent un animal en proie à la plus grande excitation, qui sautillait sur place, parcouru de tressaillements de joie.) Vous avez ma parole. Je ne vous décevrai pas une seconde fois. Je le suivrai discrètement, je l'observerai, puis je vous informerai de la situation.

Et quand je te donnerai l'ordre d'intervenir, tu feras exactement ce que je te dirai, sans poser de question, même si cela ne te plaît pas. Je n'ai pas de temps à perdre. Une affaire urgente m'appelle à l'instant même. Tu as compris ? Je ne le répéterai plus : lorsque je commanderai, tu obéiras !

— Je comprends parfaitement. Merci, cousin. Merci beaucoup ! Je vous promets que cette fois...

Déjà, il se détournait, prêt à partir. Les dix têtes s'étaient remises à marmonner avec animation, préoccupées par d'autres problèmes. Il regagna l'endroit d'où le tronc s'était arraché, où la terre cuivrée bâillait. La tempête miniature reprit, avec les débris, le nuage, la foudre. Un instant plus tard, la souche avait repris sa place ; les racines avaient retrouvé l'humus en gémissant.

Le silence et l'obscurité retombèrent. Sûrpanakâ était seule dans le bosquet.

— Montre-toi, Râvana.

Malgré son calme, la voix du guru résonna dans le silence épais du cachot inférieur telle la cloche d'un temple dans sa tour de pierre.

— Tu veux poser tes yeux sur moi. Très bien. Je suis là.

Une flamme rouge naquit puis grandit au fond de la geôle, au sein de la mare noire, gagnant en intensité jusqu'à ce que le liquide prît la couleur du feu. Enfin, elle en sortit pour s'élever dans la pièce, où elle s'arrêta à mi-chemin du plafond, haut d'une vingtaine de mètres à cet endroit, illuminant non seulement la fosse, mais aussi tout le cachot.

La grande flaque se mit à s'agiter, à bouillonner, écumer, tourbillonner de plus en plus vite, avant de léviter sous la flamme, aussi brillante que du sang dans la lumière cramoisie. Soudain, le malstrom grimpa jusqu'au plafond, où il explosa en millions de cristaux qui éclaboussèrent la geôle. Les rubis liquides s'abattirent sur le ministre et le guru, pluie magique dont les gouttes éclataient contre leur visage, leurs membres, leur corps. Sumantra laissa échapper un cri d'horreur et de dégoût, lorsque la puanteur immonde de la fosse l'enveloppa puis s'accrocha à lui, étouffante. « Voilà ce qui a taché les vêtements de Jâbâli. »

En contrebas, une silhouette était sortie de l'eau, aspirée vers le haut par le tourbillon aqueux.

Le Pradhan-mantri, les yeux exorbités, se mordait le poing pour ne pas hurler. Son esprit s'efforçait de comprendre ce que lui montraient ses sens, une monstruosité qui défiait l'entendement humain et les règles de l'anatomie. Un jour, il avait eu la malchance de voir la chose née d'une femme violée par un râkshasa. Le bébé griffu qui grondait dans son berceau, souriant, la bouche pleine du sang de sa mère agonisante, était loin d'être aussi horrible que la créature qu'il contemplait à présent.

La bête se composait des onze espions jetés au cachot. Une noire sorcellerie avait écartelé les misérables, totalement, puis ajusté leurs différents morceaux pour former ce... cette abomination !

Le torse masculin, d'une seule pièce, possédait deux bras supplémentaires, greffés sous les siens. Il semblait par ailleurs plus ou moins normal, si l'on parvenait à oublier les plaies atroces qui en balafraient la chair quasi dévêtue.

La véritable horreur, c'étaient les têtes. Les onze. Les pouvoirs magiques obscènes du sombre seigneur de Lankâ lui avaient permis d'en fondre les oreilles, de manière à jucher sur le cou du mort tous les visages des espions maudits, alignés au-dessus des épaules. Cette vision intolérable assomma à moitié un Sumantra bouleversé, incrédule. Il comprenait à présent l'émotion de Jâbâli et du directeur de la prison. Sans doute avaient-ils vu cette... cette chose se former sous leurs yeux, les traîtres se faire démembrer, puis se redessiner à l'image indescriptible de leur maître.

Les onze têtes ouvrirent les yeux, lorgnant méchamment les deux visiteurs.

Ma sculpture de chair vous plaît ?

— Obscénité. (La voix du guru était dure, quoique calme.) Tu assassines tes propres fidèles, puis tu profanes leur corps.

Assassiner ? Profaner ? Ce sont des concepts humains, brahmane. Ils ne signifient rien dans le monde asura.

— Les asura sont censés obéir aux lois de la nature, eux aussi. Les deva ne laisseront pas passer un usage aussi pervers du Brahman. Tes excès ne sont plus supportables, Râvana.

Les deva ! Je les ai affrontés sur le champ de bataille, et mes couleurs ont flotté au soir de cette journée. Voilà pourquoi ils se cachent, maintenant, honteux. Non, brahmane. Cette guerre-ci, je n'aurai à combattre que les faibles mortels sur lesquels tu étends ta protection. Or, tu le vois, ils sont faciles à détruire. Ou à corrompre.

— Adonne-toi au pire, râkshasa, tu ne vaincras pas. Cette transgression marque le commencement de ta fin. Chacun de tes actes maléfiques hâte ta propre chute.

Tu es bien effronté, vieillard. Tu le seras moins lorsque je ravagerai les cités des hommes et réduirai en poussière la civilisation dont vous êtes tellement fiers, méprisables insectes bipèdes. Cette fois, je triompherai. C'est toi qui tomberas. Je te ferai dégringoler si bas que jamais tu ne t'en relèveras. Les jours des Prophètes sont comptés. Ceux des mortels touchent à leur fin. Mon époque à moi ne fait que commencer.

— Ne m'adresse plus la parole, Râvana ! tonna le guru, dont la voix résonna dans la vaste salle. Je n'ai envie ni d'entendre tes vantardises stupides ni de voir tes petits tours maladoits. Va-t'en. Va-t'en, ou je te rejette dans la fournaise de souffrance qui est ta place, au fin fond du Pâtâl, le niveau inférieur du Narak. Cette fois, il ne te suffira pas d'un millénaire de pénitence pour attirer l'attention de Brahmâ ou de Shiva. Les deva te connaissent, maintenant. Va-t'en, ou je te chasse comme un chien paria* !

Tiens ta langue, vieillard. Ne profère pas de menaces que tu ne puisses mettre à exécution. L'époque n'est plus où je te craignais. Aujourd'hui, c'est mon soleil qui se lève dans le ciel rouge sang de l'occident. Tu veux me bannir une nouvelle fois au plus profond des enfers ? Mais je transformerai Prithivî en Pâtâl. Quelques années me suffiront pour défaire ce que tu as mis sept mille ans à créer. Tu verras, brahmane, et tu verseras des larmes amères, car il ne te restera que les yeux pour pleurer lorsque je viendrai prendre Ayodiâ.

— Tes menaces ne me font pas peur, démon ! Nous avons déjà percé à jour et éliminé ton assassin, nous avons repéré tes espions... Bientôt, nous frapperons un coup mortel au cœur même de tes forces. Tes rêves de grandeur ne sont que des rêves, justement. Jamais tes pieds fourchus ne fouleront les fières rues d'Ayodiâ.

La créature pouffa. Cela commença par un simple ricanement de la tête centrale qui ne tarda pas à gagner les autres. Bientôt, elles riaient toutes, chacune à sa manière. Le vacarme emplissait le cachot, réverbéré par les murs de pierre, remontait dans les couloirs et la cage d'escalier, se déployait au sommet des degrés où attendait le directeur suant, qui priait pour voir revenir les visiteurs sains et saufs.

Imbécile ! Tu prends cela pour des victoires ? Ce n'étaient de ma part que piqûres de puces sur la croupe d'une mule agonisante, mordillements destinés à attirer votre attention. Tu crois avoir repéré mes espions ? J'ai des yeux et des oreilles jusque dans le palais. Les puissants, les nobles de tes misérables nations ârya font partie de mes fidèles. Pour les éliminer tous, il te faudrait amputer le malade – la civilisation humaine – de son cœur et de ses poumons. Quand bien même tu en aurais le courage, cela déclencherait la guerre civile. Mon oncle Kâla-nemi se porte comme un charme. Il est là, près de moi, indemne malgré tes mantras de charlatan. Quant à Ayodiâ...

Cette fois, le rire se prolongea au point que Sumantra craignit de devenir fou.

— Je suis déjà à Ayodiâ !

La monstruosité recula, sans que le glapissement des onze têtes s'interrompît. La flamme rouge qui la dominait devint plus brillante encore, d'un blanc éblouissant dans son intensité.

Le guru leva les yeux, les protégeant de la main pour scruter la lumière.

— Allez-vous-en, Sumantra ! s'écria-t-il. Vite ! Sauvez-vous !

Le ministre ne se le fit pas dire deux fois. Il pivota pour remonter en trébuchant les marches glissantes, résistant à l'envie de jeter un coup d'œil en arrière une fois sur le deuxième palier.

— Dépêchez-vous, Sumantra !

Le rire allait crescendo, aussi multiple à présent que s'il avait réuni onze cents voix, ou onze mille... La moindre âtman morte errant aux alentours semblait avoir été attirée dans le cachot par le charisme du démoniaque seigneur de Lankâ. Le vacarme perçait les oreilles de Sumantra, lui écorchait le cerveau, menaçait de le figer par sa seule intensité.

Il atteignit le palier supérieur, puis la porte. Fermée à clé, barrée ! De l'extérieur !

La voix du guru résonna au fond de la geôle, récitant un mantra, contrepoint aux hordes hurlantes d'esprits hilares. Le battant s'ouvrit brutalement dans une explosion de lumière bleue, fendu, arraché de ses gonds, projeté de l'autre côté du couloir. Sumantra remercia les deva en se ruant dans le passage, droit vers l'escalier. Il grimpa, grimpa, les jambes douloureuses, s'écorchant les épaules, la tête et les mains un nombre incalculable de fois, s'arrachant la peau, se cassant un ongle, le sang giclant dans sa hâte. Le rire et les mantras le suivirent durant toute l'ascension. Enfin, la lumière des torches l'accueillit tandis qu'il débouchait au rez-de-chaussée, où l'attendaient les bras secourables du directeur.

— Vishnu soit loué ! s'exclama ce dernier

— Gurudev ? appela le ministre en se retournant.

Personne ne le suivait, mais le vacarme enflait toujours dans les entrailles de la prison. La voix de Vasistha, perdue parmi la cacophonie assourdissante des rires démoniaques, était tout juste audible.

Soudain, une vibration étourdissante secoua le bâtiment jusque dans ses fondations. Une flamme rouge et bleue rugissante, aux couleurs entremêlées tels des serpents en plein combat, jaillit de la cage d'escalier pour ondoyer à travers le grand couloir.

Le directeur fut projeté à terre, Sumantra renversé par une onde de choc évoquant le souffle incendiaire d'un dragon furieux. La flamme se dissipa aussi brusquement qu'elle était née.

Un silence de mort lui succéda.

XV

LA LUMIÈRE QUI ÉCLAIRCISSAIT l'orient au-dessus de la falaise était encore rose pastel lorsque les brahmâcârin portèrent le radeau jusqu'à la rivière. Les princes les précédaient, marchant du même pas qu'eux, chantant le même chant de travail entraînant. En l'honneur des rajkumâr, les moines remplaçaient l'habituel *Om Namah Shiva* par le traditionnel *Dasa nâm satya hai* – « Le nom de Dasaratha signifie vérité », ou, moins littéralement : « Loué soit le vrai roi, Dasaratha. »

La rive ne se trouvait qu'à peu de distance de l'ashram, mais le court trajet suffit pour que la vigueur et l'enthousiasme de ses compagnons éveillassent une fois de plus en Râma la nostalgie du gurukul. Un lien puissant avait uni les quatre princes aux autres sisya, sans distinction de caste, de varna, de gotra, de naissance ou de richesse. Maintenant encore, il aurait risqué sa vie pour le moindre de ces amis, mais où étaient-ils ? Dispersés à travers le royaume, voire les sept nations.

En s'engageant sur le gravier de la berge, Râma décréta une halte ; huit paires de pieds nus s'immobilisèrent avec ensemble. Lorsque le jeune homme donna l'ordre de poser l'embarcation, elles recommencèrent à se déplacer avec le même ensemble, puis l'esquif toucha sans un bruit l'argile glissante de la rive. Le prophète, Adranga et ses disciples les plus âgés suivaient la petite troupe. Ils entreprirent de se faire leurs adieux en échangeant les bénédictions et les mantras d'usage. Les princes, quant à eux, avaient déjà pris congé des brahmâcârin, lorsqu'ils s'étaient tous rendus au ruisseau pour leurs ablutions matinales.

En récitant la Gâyatrî, plongé jusqu'à la taille dans l'eau glacée, concentré sur son acamana, Râma avait senti qu'on le regardait : le petit Dumma, posté derrière lui, plus intéressé par le prince héritier d'Ayodiâ que par ses prières. « Je ne suis pas le dieu soleil, Dumma, avait doucement commenté le jeune homme, ses mantras terminés. Juste un sisya qui aime rire autant que toi. Ne l'oublie jamais. Respecte tous les hommes, mais n'en révère aucun. L'adoration est réservée aux deva. » Le halètement du novice ne lui avait pas échappé, non plus que son murmure sifflant : « Il a des yeux derrière la tête ! Je vous avais bien dit qu'un prince d'Ayodiâ a des *pouvoirs* ! »

Râma aurait aimé s'attarder à l'ashram un peu plus longtemps, avec son frère. « Si seulement Bhârata et Satrugan étaient là aussi... On se retrouverait tous les quatre, comme au bon vieux temps. » Dire qu'au gurukul, ils n'avaient rêvé que de devenir des ksatriya actifs, risquer leur vie, affronter de grandes aventures, combattre les asura et autres ennemis... Quelle ironie : maintenant qu'il partait pour la plus grande aventure de sa vie, il regrettait l'époque de ses études.

Vasistha l'avait bien dit : « Désirer ce qu'il n'a pas, telle est l'éternelle malédiction du cœur humain. »

Pendant que Râma vérifiait une dernière fois l'assemblage du radeau – pour la seule raison que les brahmâcârin insistaient, fiers de leur œuvre – puis attendait que le brahmârishi embarquât, il sentit qu'on l'observait de nouveau. D'instinct, il se retourna, prêt à sourire à Dumma, mais il n'y avait personne derrière lui. Dans le verger désert, les arbres, régulièrement espacés, jetaient des ombres étirées par la lumière rasante de l'aube.

Râma examina les alentours. Le garçonnet, grimpé dans un arbre, à l'écart, était très occupé à lancer les fruits qu'il cueillait aux autres brahmâcârin.

Le prince se reporta au bosquet : il avait bien senti qu'on le regardait de là. Maintenant encore, il était persuadé qu'on le surveillait avec attention depuis les profondeurs du bois. Les yeux clos, il dépêcha son esprit où sa vision ne pouvait aller. Derrière les arbres fruitiers ; parmi les vignes, dont les grappes gonflées oscillaient, à point pour la cueillette ; dans la ramure d'un manguier, aux fruits encore verts, de taille modeste, à un ou deux mois de la maturité – la saveur aigre-douce de la kairî, bien réelle sur sa langue, lui fit venir l'eau à la bouche ; à travers un petit champ de melons d'eau vert foncé, de jour en jour plus rebondis ; dans un carré de tomates qui rougissaient au soleil ; derrière un buisson de...

— Bhai ?

Il ouvrit les yeux puis battit des paupières dans la lumière de plus en plus vive : le verger était un peu plus sombre. Lakshman le regardait.

— Ça va ?

— Mais oui, acquiesça Râma avec un hochement de tête un peu brusque. Je récitais juste un dernier mantra.

— Le séjour chez les shivaïtes t'a rendu bien pieux, s'amusa Lakshman. J'espère quand même que tu n'essaieras pas de tuer les râkshasa à coups de mantras !

— À vrai dire, je pensais leur jeter des troncs d'arbre ! riposta Râma, souriant.

— À propos, je voulais te demander... La nuit dernière... Tu as senti autre chose ? Une différence quelconque ?

Il haussa les épaules.

— Non, pas vraiment. J'ai l'impression d'être plus fort, plus adroit, en meilleure santé, mais si ça se trouve, c'est juste parce qu'on s'est bien amusés avec les brahmâcârin.

— C'était formidable, hein ? (Lakshman rayonnait.) Si seulement on pouvait rester une ou deux semaines ici ! Après tout, on n'a pas eu l'occasion de célébrer Holî.

— Écoute, une fois qu'on en aura terminé avec les râkshasa et que le brahmârishi aura eu son yajna, on n'aura qu'à faire un détour par Mithilâ.

— Pourquoi Mithilâ ? s'étonna-t-il, les sourcils froncés.

— Pour que tu puisses étaler un peu de rang sur la jolie

frimousse de ton Urmila. (Râma prit un air songeur.) Voire ailleurs…

Son frère lui martela l'épaule ; il le lui rendit. Lakshman tomba du radeau dans le ruisseau peu profond, soulevant de grandes éclaboussures bruyantes, aspergeant d'eau et de boue les brahmâcârin alentour, dont les dhotî immaculés se couvrirent de taches. Sambu, de l'argile plein le visage, l'essuya d'un doigt qu'il porta ensuite à sa bouche pour le sucer.

Râma se nettoya grossièrement, lui aussi.

— Ne sois donc pas si susceptible, petit frère, se moqua-t-il. Si tu veux, je demanderai au brahmârishi de parler au père d'Urmila. Janaka-chacha sera sans doute ravi de t'avoir comme gendre !

— Ferme-la.

— Bon, bon. Allez, la paix.

Il tendit une main secourable à Lakshman, qui hésita, flairant la farce, mais finit par la prendre. Son aîné le souleva un peu trop vite, le remettant certes sur ses pieds, mais l'envoyant tituber de l'autre côté de l'embarcation, avant de le rattraper pour l'aider à retrouver l'équilibre.

— Tu vois ? Cette fille te fait tourner la tête !

— Pas autant que sa sœur ne te la fait tourner, à toi, riposta Lakshman, lui rendant son sourire.

Râma allait répondre, quand la voix de Visvâmitra interrompit la fausse querelle.

— Si vous en avez terminé avec vos bêtises, rajkumâr, je songe à partir. Nous avons plus urgent à faire que nous pousser les uns les autres dans un cours d'eau boueux, ne l'oubliez pas.

— Ji guruji, lancèrent-ils aussitôt, leur sérieux retrouvé.

Ils s'emparèrent des perches en balsa de trois mètres de long fabriquées par les brahmâcârin, qui se penchèrent pour mettre le radeau à flot. Il résista un instant, avant de se dégager de la rive en tressautant sous l'effet de la poussée. Il fallait à présent le propulser jusqu'au milieu du ruisseau, mais Râma appuya beaucoup trop fort sur sa gaule. L'esquif se mit à tournoyer, oscillant, et Lakshman faillit tomber à la renverse, tandis que sa propre perche jaillissait de l'eau dans un éclaboussement. La poigne puissante du mage se referma sur son épaule.

— Désolé, dit Râma avec un geste d'excuse.

Son frère lui jeta un regard d'avertissement avant de replonger sa perche jusqu'au fond du flot, tandis que lui-même se servait de la sienne pour interrompre leur balancement. Le courant paresseux se saisit du radeau puis l'emporta lentement.

Le rishi Adranga et ses compagnons levèrent la main afin de saluer les voyageurs et de leur souhaiter la protection de Shiva durant leur mission. Ils dérivaient tout doucement vers l'aval, pendant que les rondins frais se faisaient à l'eau avec force craquements et éclatements. Les acolytes les suivaient en courant au sommet de la berge, agitant la main, braillant des encouragements. Soudain, une petite silhouette jaillit du bosquet à toute vitesse, fonça à travers le groupe des rishi immobiles, zigzagua entre les brahmâcârin, puis s'élança sur la rive, devant l'embarcation. Ses pieds s'enfoncèrent dans la terre grasse, manquant la faire trébucher. Elle serrait quelque chose contre sa poitrine nue.

— Rajkumâr Râma ! Rajkumâr Lakshman ! Je vous ai cueilli des fruits pour que vous ayez à manger durant votre voyage !

Les jeunes gens échangèrent un sourire.

— C'est très avisé de ta part, Dumma ! cria Râma par-dessus les quelques mètres d'eau qui le séparaient du garçonnet. Un guerrier a besoin de se sustenter pour gagner des forces. Jette-les-nous un par un, en faisant attention à ne pas tomber à l'eau.

— Tenez-vous prêts à les attraper, haleta l'enfant, s'efforçant de ne pas perdre son avance sur eux.

Toutefois, la vitesse de l'esquif augmentait peu à peu. Le premier fruit le manqua de loin : la petite papaye s'éleva beaucoup trop haut puis s'écrasa contre la falaise, de l'autre côté du cours d'eau, où elle éclata sur un rocher. Un jal murghi*, dérangé, s'envola en poussant un cri rageur.

Râma se mit à rire à l'instant précis où le deuxième fruit l'atteignait en plein cou : le sitaphal* explosa avec un bruit humide, lui répandant sur le torse ses entrailles d'un blanc laiteux. Lakshman fut pris de fou rire, tandis que le gamin s'écriait, horrifié :

— Je suis désolé, rajkumâr ! Vraiment désolé !

Râma lui adressa un sourire encourageant.

— Ce n'est pas grave, mais laisse tomber les sitaphal, d'accord ?

Le troisième lancer s'avéra d'une précision meurtrière, le fruit volant droit vers la main tendue du jeune homme. Il l'attrapa sans marquer la moindre pause dans les poussées régulières imprimées à sa perche puis continua avec les suivants, qu'il recueillit d'une main tout en maintenant de l'autre le radeau au milieu du ruisseau, à l'écart des rochers de la rive nord comme des boues de la rive sud. Dumma lui donna ainsi trois oranges, deux pêches, une pomme et trois petites kairî avant que l'embarcation n'ait pris trop de vitesse.

— Attention ! cria Râma.

Le garçonnet regarda devant lui juste à temps pour voir l'arbre tombé qui lui barrait le passage, bondit par-dessus avec un cri de surprise et atterrit dans une flaque boueuse. Son dhotî tomba sous le choc, le laissant nu comme un ver.

Il se cramponna aussitôt à son cordon sacré, comme si le fin collier allait le couvrir. Les brahmâcârin qui le suivaient sur la terre plus ferme se tenaient les côtes pendant que, plié en deux, il essayait de récupérer le tissu tout en dissimulant, un peu tard, son entrejambe de l'autre main.

Les princes riaient aussi ; Râma crut même distinguer une lueur d'amusement sur le visage de Visvâmitra. Lorsque le ruisseau emporta le dhotî hors d'atteinte, l'enfant laissa échapper un cri de déception, puis il s'agita furieusement, soulevant des gerbes d'éclaboussures, dans une tentative futile pour le rattraper : le vêtement dérivait à présent au fil de l'eau, presque à la vitesse du radeau. Dumma cracha un chapelet de jurons mal assorti à son statut de brahmâcârin, menant une fois de plus ses condisciples au paroxysme de l'hilarité. Puis, comme l'embarcation allait atteindre une courbe du cours d'eau, il agita la main avec frénésie, sans plus penser à dissimuler sa virilité naissante.

— Revenez nous voir sur le chemin du retour, seigneur Râma ! Je vous mettrai d'autres fruits de côté ! Des sitaphal !

Lakshman pouffa lorsque Dumma fit un pas en arrière, perdit de nouveau l'équilibre et tomba assis dans la boue de la rive. Le radeau s'engagea dans la courbe ; ce fut leur dernière vision du petit acolyte.

— Ah ! ces shivaïtes... commenta Râma en secouant la tête.

Il sortit sa perche de l'eau, tourné vers le sage. Visvâmitra se tenait presque face à l'aval, jambes légèrement écartées et bras croisés. Ses yeux grands ouverts paraissaient contempler des mondes bien éloignés de celui où il se trouvait. Dans la lumière croissante de l'aube, il offrait une vision impressionnante, avec son corps musclé, sculptural, marbré d'ombres par les branches surplombant le ruisseau. Un cri d'oiseau le tira de ses pensées. Son regard se reposa sur la berge, derrière Râma.

— Vous avez vu ? appela Lakshman. Des chini kulang*.

Ils dépassaient un étang marécageux, tout proche du cours d'eau, où se tenaient d'innombrables grues d'une blancheur immaculée au bec rouge vif. Serrées les unes contre les autres, elles attrapaient avidement tiges et racines en piétinant.

— Des burmuch, corrigea Râma.

C'était le nom employé par sa mère au cours d'un voyage dans son enfance.

— Si tu veux, riposta Lakshman. Ce sont des kar kare dans l'Ouest, des tunhi dans le Nord, des burmuch dans le desh* de Kausalyâ-mâ, mais père et le guru Vasistha les appellent toujours des chini kulang, parce que tous les ans, ces oiseaux-là viennent de Chine jusque chez nous pour échapper aux neiges cruelles de l'hiver.

— En fait, ils arrivent des toundras glacées de Sibérie, bien plus au nord que la Chine, intervint Visvâmitra. Pour les Russes, ce sont des grues blanches ou grues de Sibérie. La plupart cherchent le climat chaud de la Mârwar ou du Gujarât, mais le long voyage en fatigue certaines, qui s'installent ici. Elles retourneront chez elles, au pays des neiges, d'ici quelques jours.

Lakshman se mit la main devant la bouche puis émit un cri d'oiseau perçant. Des milliers de becs rouges se levèrent avec ensemble tandis que les grues cherchaient d'où venait le bruit, mais aucune ne prit son envol.

Râma hocha la tête, admiratif devant cette immobilité. « Elles ne savent pas ce qu'est le danger ; elles n'ont rien à craindre, sous la protection de Shiva. »

Lakshman souriait, fier de son imitation.

— Qu'est-ce que tu en penses, bhai ?

— Pas mal, répondit son frère, impassible. Bien sûr, ça ressemblait plus au cri du jhili* en chaleur qu'à celui du chini kulang au repos, mais je suis sûr que ça ne les a pas dérangés.

— Le cri du jhili en chaleur ? répéta Lakshman, rembruni.

— Oui. Les grues se demandent sans doute depuis quand les oiseaux des marais sont aussi grands et voyagent en radeau.

— Oh ! va te faire voir, avec ton petit bec.

Il jeta un coup d'œil à Visvâmitra, plongé semblait-il dans sa contemplation. Les trois voyageurs poursuivirent leur navigation en silence.

Le courant, régulier, était juste assez fort pour les porter à bonne allure. Au bout d'un moment, le ruisseau s'élargit considérablement. L'embarcation progressait à présent en douceur, sans que les jeunes gens en corrigent à chaque instant la trajectoire. Ils posèrent leur perche, s'assirent puis regardèrent défiler le paysage. À leur gauche, la falaise ne baissait pas, muraille floue gris-noir balafrée de veines rouges. Elle leur dissimula le soleil levant durant les premiers yojana, au fil desquels la brise du petit matin et les embruns les protégèrent de la chaleur. Sur leur droite, les arbres fruitiers du verger de Kâma disparurent en moins d'une heure, remplacés par des terres marécageuses fertiles, qui cédèrent à leur tour la place à une succession de boqueteaux. Les bêtes sauvages qui regardaient passer le radeau depuis les berges ou les arbres ne montraient aucun signe de nervosité.

Les princes identifiaient à voix haute animaux et végétaux, énumérant les surnoms qu'on leur donnait dans les différentes régions du continent. Par moments, cependant, l'ignorance les réduisait au silence. Le sage leur donnait alors le nom cherché, puis une ribambelle de choix dans une multitude d'autres langues.

Il fallut plusieurs yojana à Râma pour remarquer qu'ils n'avaient pas vu un seul grand carnassier ni entendu le cri des chasseurs redoutés. « Pas étonnant que les herbivores soient si nombreux et si sûrs d'eux. Leurs prédateurs naturels ne sont pas là pour s'en prendre à eux. La protection de Shiva s'étend sans doute jusqu'ici. »

Le sage restait debout, tel le capitaine d'un vaisseau campé à la proue, guettant l'approche de la terre. Ou les récifs dangereux. Lorsque les rajkumâr se lassèrent de leur petit jeu, il se tut également. Le passage de l'esquif ne fut plus salué que par les bruits de l'eau et de la faune qui s'agitait sur les berges.

Le soleil, montant dans le ciel, finit par trouver le milieu du flot, la chaleur augmenta, la fraîcheur de l'aube s'effaça. Le ruisseau aussi se réchauffait, les princes s'en apercevaient lorsqu'ils y laissaient pendre la main. Son cours se faisait plus rapide. Son chant, les cris des oiseaux et autres animaux des bois, le calme placide des environs commençaient à bercer les deux jeunes gens.

Enfin, le paysage changea. Les bois cédèrent peu à peu la place à un habitat étrange, moins touffu, moitié marais, moitié forêt. Les arbres, déformés plutôt qu'absents, présentaient un tronc rabougri, des branches et des feuilles flétries, dépourvues de fleurs ou de fruits. Le terrain paraissait marécageux, mais curieusement marron, épargné par les lichens, les mousses et les roseaux. Dans sa course rapide, l'esquif ne tarda pas à dépasser ces lieux appauvris, gorgés d'eau, auxquels succédèrent de vastes espaces dégagés, où des arbres morts avortés cherchaient à s'élever au-dessus de broussailles d'un pourpre noirâtre anormal. La puanteur terrible qui s'élevait de ces étendues rappela un peu à Râma l'odeur organique du compost répandu sur les cultures, en nettement pire. Quelques yojana plus loin, ces champs nauséabonds s'interrompirent, eux aussi. Une nouvelle phase commençait.

Les berges devinrent rocailleuses, couvertes de pierres à lohit* noires déchiquetées, certaines si énormes qu'elles dissimulaient totalement la forêt au-delà. Celle-ci, sombre, impénétrable, était l'exacte contrepartie du verger de Kâma, avec sa profusion bienfaisante et son calme parfumé. Les arbres immenses, déformés, tordus, se penchaient les uns vers les autres telles des bêtes menaçantes. Dans le sous-bois épais, des créatures invisibles aux yeux brillants épiaient les voyageurs, comme le rksa que Râma avait vu un jour pris au piège de la fosse creusée par un chasseur. Le grand ours noir avait les prunelles aussi sombres, aussi insondables que les habitants cachés de cette jungle.

La forêt le fascinait tellement qu'il ne remarqua même pas la disparition de la falaise. Un instant, elle était là, sur sa gauche, le dominant de sa masse, coiffée du soleil proche de son zénith ; celui d'après, elle s'éloignait rapidement dans son sillage. Un coup d'œil en arrière la lui montra entre deux branches griffues, puis un virage brutal l'emporta hors de vue, dernier lien avec le monde normal.

Le flot ralentit jusqu'à devenir quasi sirupeux, entravé par une végétation aquatique dense, couvert de rondins pourrissants, de branches vermoulues et d'écume sale. Sa surface bouillonnait de nuages d'insectes, ses berges se resserraient sous des rochers aux arêtes bizarrement aiguës, prêts, semblait-il, à attraper les voyageurs qu'ils dominaient tels des éléphants maussades. Des cris de bêtes de proie s'élevaient, de plus en plus forts, de plus en plus nombreux : rugissements, hurlements, mugissements, feulements de rage ou de rut. Des gémissements de douleur ou d'indignation répondaient aux braillements de fureur, mais il n'était pas facile de les distinguer les uns des autres.

Non loin de là, un loup lança son appel mélancolique, aussitôt couvert par ceux de bêtes bien différentes, menaces sauvages plutôt que réponses à sa plainte solitaire. Un animal terrifié se rua dans le sous-bois en une vaine tentative de fuite : ses hurlements se réduisirent à un couinement désolé lorsque son chasseur le rattrapa puis le mit en pièces avec des bruits liquides de déchirure. Des cris étranges s'élevaient çà et là, appels interrogateurs de bêtes inconnues, peut-être à la recherche de frères de race avec lesquels communiquer.

Les voyageurs ne distinguaient plus du ciel que quelques éclats fugitifs à travers les branches griffues. Un crépuscule quasi nocturne les enveloppait, malgré les taches jaune-vert vaguement luisantes maculant le sol et l'écorce des arbres.

L'embarcation s'immobilisa avec un grincement qui leur fit mal aux dents. Râma arrêta aussitôt de pousser sur sa perche, mais son frère fut un peu moins rapide, si bien que l'esquif parcourut une cinquantaine de centimètres supplémentaires. Il racla quelque chose de rond et de souple. Une puanteur immonde s'éleva de sous les rondins assemblés, provenant d'un quelconque cadavre gonflé d'eau.

Lakshman se détourna pour cracher à plusieurs reprises dans le ruisseau en s'éclaircissant la gorge avec des bruits rauques. Son aîné refoula une brusque envie de vomir. Visvâmitra ramassa son bâton. Râma remarqua alors que là où il le tenait, près du sommet, il l'avait entouré de fils colorés assez serrés pour former une protubérance ocre rouge, vert perroquet et jaune citron. Lorsque le prophète leva le bâton, il sembla au jeune homme que les couleurs luisaient faiblement dans la pénombre. Les bruits de la forêt moururent peu à peu, comme si ses habitants, conscients de la présence des intrus, attendaient leur mouvement suivant.

— Bienvenue dans la Bayanak-van, rajkumâr, lança le sage au milieu d'un silence surnaturel, d'une voix aussi sereine que celle avec laquelle il avait nommé un peu plus tôt arbres et oiseaux.

XVI

RÂMA !

La voix rauque de Dasaratha trahissait une indéniable panique. Le maharajah s'assit brusquement dans son lit, en nage, les mains tendues, comme pour attraper quelqu'un se trouvant juste hors d'atteinte.

— Attention, Râma ! La Bayanak-van…

Kausalyâ arriva la première à son chevet, parce qu'elle était la plus proche. Bhârata, réveillé en sursaut à l'instant même où son père s'était mis à crier, se reposait au fond de la baitak-san, de l'autre côté de la pièce ; le confort de l'alcôve l'avait peu à peu plongé dans une somnolence sporadique. En rejoignant Kausalyâ-mâ, il cligna des yeux afin de chasser le sommeil.

— *Râma !*

Les traits de Dasaratha se tordirent en une expression de désespoir et d'impuissance absolus. Ses poings s'abattirent sur ses cuisses, sans force. Un frisson le secoua. Sanglotant, il se pencha en avant. Kausalyâ, qui lui présentait un tissu pour essuyer ses larmes, s'aperçut avec un choc qu'elles étaient brûlantes. La fièvre n'avait pas baissé.

— Ce n'était qu'un rêve, dit-elle en caressant l'épaule de son époux dans l'espoir de l'apaiser. Un cauchemar.

— Un cauchemar ? répéta-t-il, levant vers elle des yeux égarés.

— Oui, père. (Bhârata s'installa à ses pieds pour les masser avec douceur.) Provoqué par la fièvre.

Le malade parcourut du regard son corps puis ce qui l'entourait, comme s'il prenait enfin conscience de l'endroit où il se trouvait.

— Un cauchemar, répéta-t-il d'une voix atone, avant de se presser les paumes contre les yeux.

Apparut à la porte un groupe de servantes remuantes, alertées par sa voix. Kausalyâ ordonna à l'une d'elles d'aller chercher des fruits et des jus tout frais, au cas où Dasaratha parviendrait à avaler quelque chose, puis renvoya les autres. La chambre retomba dans le silence et l'immobilité, mais des acclamations ne tardèrent pas à s'élever au loin, devant le palais. La nouvelle était parvenue à la foule : le maharajah avait repris conscience.

— Un cauchemar, répéta-t-il pour la troisième fois.

Levant les yeux vers Bhârata, qui lui massait toujours les pieds, il toucha la main de son fils, comme s'il se demandait si le jeune homme était réel ou simple produit de son imagination.

— Bhârata, dit-il d'une voix lente, presque étonnée. Mon enfant.

— Oui, père. Je suis là.

Dasaratha se tourna vers Kausalyâ, une lueur d'espoir dans le regard.

— Ce n'était qu'un cauchemar. Râma et Lakshman sont toujours au palais. Ils ont participé à Holî. Jamais ils ne sont partis pour la Bayanak-van combattre les asura. Ils sont en sécurité, en train de dormir dans leur lit. N'est-ce pas ?

Kausalyâ-mâ se raidit. De là où il se trouvait, Bhârata ne voyait pas son visage, mais il sentait la douleur qui perçait le cœur de la première reine. Qu'aurait-il répondu à sa place ? Il l'ignorait. Aurait-il menti plutôt que de dévoiler à Dasaratha la cruelle vérité ? De toute évidence, le maharajah délirait.

— Non, mon seigneur, dit Kausalyâ d'une voix douce. Ils sont réellement partis pour les bois du Midi combattre les asura. Le brahmârishi Visvâmitra veille sur eux, ils sont bien armés, bien équipés... Ils ne tarderont pas à rentrer, sains et saufs.

Le souverain poussa un cri, la main levée comme pour se protéger d'un coup. En le voyant se tasser, désespéré, Bhârata sentit ses yeux s'humidifier. Le spectacle de son père dans cet état lui était insupportable.

— Râma est le meilleur archer du royaume, déclara-t-il. Il nous bat même, Satrugan et moi. Il reviendra, je le sais.

Les sanglots de Dasaratha s'interrompirent. Il se découvrit le visage pour se presser la poitrine, les yeux posés sur son fils.

— Oui, oui, c'est le meilleur, dit-il d'une voix faible.

Kausalyâ le contempla un instant encore, puis la servante arriva avec du jus de grenade et des fruits coupés en dés. La première reine lui ordonna de poser le tout au chevet du roi avant de se retirer. La jeune fille sortit à reculons, fixant le maharajah d'un air effaré.

Au bout d'un moment, Kausalyâ se tourna vers Bhârata.

— Ton père a besoin d'un peu de solitude, putra. Pourquoi ne pas regagner ta chambre et prendre du repos ? Tu reviendras le voir dès demain matin, si tu veux.

— Et vous, mâ ?

— Je reste. Je m'occuperai de lui.

Bhârata aurait volontiers protesté, car il voulait rester aussi pour rendre, si possible, la santé à son père, mais apparemment, Kausalyâ-mâ désirait voir le roi en tête à tête. C'était son droit, son privilège. Le prince acquiesça, puis s'inclina pour toucher les pieds de la première reine, afin de recueillir une fois de plus son asirvâd avant de quitter la chambre.

— Ayurmânbâ, bete*, dit-elle en lui effleurant affectueusement la tête.

Lorsqu'il se fut éloigné, elle se pencha vers le lit.

— Dasaratha ?

Le malade avait un regard morne, vide.

— Dasaratha, qu'y a-t-il ? Quel genre de cauchemar as-tu fait ? Pourquoi t'a-t-il tellement troublé ?

Lentement, il se tourna vers elle, en aveugle, toujours.

Elle lui posa la main sur la joue. Sa peau couverte d'une barbe naissante était brûlante, trempée de sueur.

— Dasaratha ? C'est moi, Kausalyâ.

Pour la première fois depuis son réveil, le roi la fixa réellement.

— Kausalyâ, ma bien-aimée...

Les larmes lui montèrent de nouveau aux yeux.

— Parle-m'en. Tu l'oublieras plus facilement. Raconte-moi ce rêve.

Il la contempla un long moment, puis examina par-dessus son épaule le plateau qu'on venait d'apporter. Elle se retourna, s'empara d'un bol de jus de fruits et le lui présenta. Il se contenta d'y tremper les lèvres, mais en parut réconforté.

Kausalyâ attendait.

— Satyakâm, dit-il enfin. (Elle attendait toujours.) La malédiction de Satyakâm.

Elle fouilla sa mémoire. Qui était Satyakâm ? Un asura que Dasaratha avait affronté durant la dernière guerre ? Un ennemi mortel ? Un usurpateur potentiel ? Un concurrent au trône ? Un traître de haut rang ? Le nom ne rappelait rien à Kausalyâ. Elle n'avait aucun souvenir d'un quelconque Satyakâm.

— Qui est-ce ? demanda-t-elle d'une voix douce.

Le malade regarda la coupe de jus de fruits d'un air surpris puis la lui rendit. Elle la reposa avec précaution. Plus tard, lorsque Dasaratha se sentirait moins tourmenté, peut-être chercherait-elle à le persuader de manger un peu. Pour l'instant, il avait surtout besoin de parler, de se libérer du cauchemar et de son souvenir.

— J'adorais chasser, commença-t-il. Avant de te connaître, quand j'étais jeune, fort et bête. J'aimais la chasse plus que n'importe quoi d'autre au monde, sauf peut-être les femmes...

Se rappelant à qui il parlait, il s'interrompit. Kausalyâ secoua la tête, souriante.

— Je suis une femme, moi aussi. Tu m'aimes, non ?

Il lui rendit son sourire, hésitant, les lèvres quasi paralysées. Après un silence, il reprit plus vite, comme pressé d'en terminer :

— Un jour, je suivais en pleine forêt la piste toute chaude d'un cerf de Nîlgîri. Un grand. Je l'avais traqué toute la journée. C'était presque le crépuscule. J'étais fatigué, énervé de ne pas encore avoir abattu la bête. Mes compagnons me cherchaient ; je les entendais m'appeler au loin, à des kilomètres. Il y avait aussi une princesse, me semble-t-il. Très belle. Je voulais rapporter un trophée, ne pas revenir les mains vides.

Kausalyâ l'écoutait, consciente qu'il s'absorbait dans son histoire ; que c'était pour lui bien davantage : des mouvements spasmodiques l'agitaient, car son corps participait au récit. Cet incident de jeunesse avait une importance énorme, même si jamais encore Dasaratha n'en avait parlé.

— Au moment où je pensais avoir perdu le gibier, j'ai entendu du bruit droit devant moi. J'ai traversé les broussailles avec prudence. Le sous-bois était très épais, à cet endroit-là. Un territoire de tigre. Je me sentais nerveux ; mon arc était bandé, ma flèche prête à partir si je faisais ne serait-ce que souffler sur la corde. Il y avait un trou d'eau. Son odeur me parvenait, mêlée à celle des animaux de toutes sortes qui venaient s'y abreuver. L'un d'eux se désaltérait, justement. Des bruits humides s'élevaient, ceux que produit, par exemple, un cerf qui lape avec avidité.

Il serra les poings, repliant le bras droit, levant légèrement le gauche.

— Caché derrière un roncier, je me suis fait une idée de sa position, puis j'ai lâché ma flèche.

Ses mains retombèrent, sa tête s'inclina. Lorsqu'il la releva, il pleurait.

— Je me suis approché de la mare, persuadé d'avoir touché ma cible de plein fouet. Et je l'ai trouvé, lui, près de son pot en terre cassé en deux. La flèche l'avait frappé à la gorge. Une blessure mortelle. Il se cramponnait à la hampe, il cherchait son souffle, sa vie, la vie que je lui avais volée. Pour un trophée. À cause d'une princesse.

Dasaratha s'interrompit. Kausalyâ sentait les larmes lui monter aux yeux. L'angoisse de son époux était évidente. Sans doute n'avait-il jamais parlé de cela à personne et l'histoire était-elle restée enfermée en lui des années durant, à mijoter, à bouillonner... jusqu'à ce qu'enfin elle éclatât, se libérât tel un trait mal ciblé à la recherche d'une victime.

— Il a essayé de me dire quelque chose. Moi, j'ai tenté d'implorer son pardon. Il ne pouvait plus parler, alors il m'a montré du doigt l'eau, le pot cassé. Je l'ai tenu dans mes bras en attendant qu'il meure. C'était un beau garçon vigoureux, dans la fleur de la jeunesse. Comme moi.

« Quand il a rendu le dernier souffle, j'ai cherché à comprendre ce qu'il avait voulu me dire. Je suis parti dans la direction indiquée. J'ai trouvé un tout petit sentier, tracé peu à peu par ses allers-retours quotidiens au trou d'eau. Le chemin menait à un appentis minuscule, à peine une maisonnette, une hutte... où attendait un vieux couple, faible et malade. Aveugle. »

Dasaratha se passa la main sur les yeux. Il l'en retira sèche, mais il se pressa les paupières comme pour s'arracher d'autres larmes, incapable de comprendre pourquoi il n'en venait plus. Enfin, il secoua la tête, pleurant encore la mort du jeune homme abattu quarante ans plus tôt, voire davantage.

— Je leur ai raconté ce qui s'était passé. J'ai essayé de leur expliquer que j'étais un rajkumâr d'Ayodiâ, l'héritier du trône du soleil. L'argent ne posait pas de problème. Je veillerais à ce qu'ils ne manquent de rien le reste de leur vie. Ils m'ont maudit...

Kausalyâ se rejeta en arrière, telle une enfant mordue par un serpent. Dasaratha hocha la tête : il comprenait sa réaction.

— Oui, maudit. Il ne leur restait que peu de temps à vivre. Une seule chose les rattachait à l'existence : la certitude d'avoir un fils parfait qui les pleurerait, qui prendrait femme, qui continuerait leur lignée. Maintenant qu'il était mort, ils n'avaient plus aucune raison de vivre. À quoi leur servirait mon argent ? Ils voulaient leur enfant.

Dasaratha baissa la tête, honteux.

— Je suis parti, terrorisé. Leur malédiction résonnait à mes oreilles. J'ai retrouvé mes compagnons de chasse puis regagné la hutte, dans l'intention d'emmener les vieillards au palais, où je demanderais conseil à mon père.

Il leva au plafond des yeux désolés.

— Ils étaient morts, tous les deux. Ils s'étaient pris la vie en mangeant une racine empoisonnée.

Kausalyâ posa sa main sur celle de son époux ; il la serra avec force, réconforté par son contact.

— Voilà, c'est la fin de l'histoire, conclut-il en haussant les épaules.

— Non. (Elle secouait la tête.) La malédiction... C'est ça qui a provoqué ton cauchemar, je parie. Que t'ont-ils dit, Dasaratha ? De quelle manière t'ont-ils maudit exactement ?

Il la fixa sans ciller. Un calme étrange s'était emparé de lui, comme si le récit avait évacué l'angoisse et l'anxiété, à la façon dont la fièvre consume la maladie.

— Ils m'ont dit qu'un jour, je perdrais un fils de la manière dont ils avaient perdu le leur. (Kausalyâ porta sans le vouloir la main à sa bouche.) Que cela se produirait quand je serais vieux et malade... quand j'aurais le plus besoin de lui. Qu'il serait assassiné aussi brutalement que Satyakâm, sans même voir le visage de son meurtrier.

Kausalyâ se leva d'un bond.

— Non ! *Non !*

Dasaratha tendit vers elle des mains impuissantes.

— J'ai rêvé de Râma dans la Bayanak-van. Il était seul, séparé de Lakshman et du brahmârishi. C'est à ce moment-là que les asura l'ont attaqué de derrière, d'au-dessus, de partout. Les monstres l'ont encerclé, écartelé... mis en pièces.

— Non, Dasaratha ! Tel n'est pas son destin ! Râma nous reviendra sain et sauf. Vivant !

Le maharajah baissa la tête.

— Je prie pour que tu aies raison. (Il la regarda, implorant.) Mais dans ce cas, qu'adviendra-t-il de la malédiction de Satyakâm ? De mon karma ?

Mantharâ tendit à Kaikeyî un thalî bien garni.

— Des pân ! J'adore les pân ! s'écria la deuxième reine en regardant, ravie, les petites feuilles d'arec fourrées aux épices.

Elle s'empara de la plus grande, la plus dodue, qu'elle s'enfonça dans la bouche. Un jus poisseux lui coula au coin des lèvres, tombant en gouttes sucrées sur le haut de son sari, qu'elle essuya d'un geste négligent. La tache s'agrandit.

— Mmh. Merveilleux, Mantharâ. Qu'est-ce qu'il y a dedans ?

La bossue sourit. Si elle donnait sa recette à Kaikeyî, cette dernière en vomirait sa bouchée.

— Tout ce que tu aimes, plus une de mes petites spécialités, répondit l'infirme, mystérieuse.

« Oui, ma chère. Un peu de sang d'un jeune brahmane, sanctifié par le seigneur de Lankâ lors de mon dernier yajna. C'est encore meilleur comme ça, hein ? »

Elle prit elle aussi un pân, le plus petit, confectionné à son intention. Mantharâ détestait avaler une bouchée de plus qu'il n'était absolument nécessaire pour survivre, ses membres osseux le prouvaient. Kaikeyî, les yeux ronds, la regarda déguster la minuscule friandise.

— Comment, Mantharâ ? Toi, manger un pân ? En quel honneur ? Ça doit vraiment être une grande occasion !

La bossue attendit pour répondre d'avoir terminé la feuille d'arec, résistant à l'envie d'en recracher le jus – donc le sang. Au contraire, elle se contraignit à avaler toute la bouchée.

— Nous avons eu de la chance, aujourd'hui, ma reine, dit-elle ensuite. Oui, ça a été une journée bénéfique... suivie d'une soirée encore plus favorable.

Ses informateurs venaient de lui raconter le tamasa* qui s'était déroulé dans les cachots, couronnement parfait d'une journée quasi parfaite.

— Tout s'est passé exactement comme prévu, acquiesça Kaikeyî, se méprenant sur la réponse. J'ai fait ce que tu m'avais dit de faire : j'ai affronté à la fois Dasaratha et Kausalyâ en leur disant ma façon de penser... plus ce que tu m'avais conseillé de raconter, notamment au sujet de Bhârata, qui deviendrait roi à la place de Râma. (Un sourire découvrit ses dents tachées de rouge.) Tu aurais dû voir la tête de Kausalyâ. Elle croyait sa dernière heure arrivée ! (La deuxième reine pouffa, postillonnant des fragments de pân.) Elle n'est pas passée loin, d'ailleurs !

— Maîtrise-toi un peu mieux, la prochaine fois, prévint

Mantharâ. Pas de violence physique. L'émotion est une arme très efficace contre le maharajah, tu l'as vu. Elle l'a abattu plus sûrement qu'un coup de lance, mais on ne peut rien te reprocher, puisque au fond, vous avez juste eu une querelle de famille. Tu as mal réagi en comprenant que ton fils ne serait pas couronné... Quoi de plus naturel ?

— C'est vrai, admit Kaikeyî, mais j'espère que Dasa s'en remettra. Bon, j'étais furieuse contre lui, seulement s'il meurt...

— S'il meurt, son successeur deviendra instantanément maharajah, trancha Mantharâ, aussi cinglante que le fouet sur le flanc d'un cheval capricieux. Et ce successeur sera Bhârata.

Le visage de sa maîtresse s'illumina.

— Oui, je comprends bien, mais comment est-ce possible ? Je veux dire... pour l'instant, Râma est toujours prince héritier. Si Dasa passe sans avoir changé d'avis...

— Dasa est encore en vie pour un petit moment. Le temps de changer d'avis. (Mantharâ sourit, ses lèvres se retroussant lentement en un rictus méprisant.) Le temps de contempler le cadavre sanglant de Râma.

Les yeux de Kaikeyî s'écarquillèrent.

— Râma est mort ? Mais comment ? Tu ne veux pas dire que nous... (La compréhension se fit jour sur son visage.) Bien sûr ! La Bayanak-van. Les asura le tueront. C'est ça, hein ? (Elle fronça les sourcils.) Mais s'il s'en sort ? S'il revient sain et sauf réclamer la couronne ? Ce sera un héros, à ce moment-là. Le peuple le soutiendra contre Bhârata. La cour aussi.

— Le peuple et la cour suivront leur maharajah. Lequel changera d'avis et fera de Bhârata son successeur, je viens de te le dire. Dans moins de deux semaines.

Kaikeyî prit un deuxième pân de bonne taille en jetant un regard interrogateur à Mantharâ, qui lui fit signe de se servir. La reine enfourna avec reconnaissance la feuille d'arec, avant de se mettre à mastiquer en réfléchissant à ce qu'elle venait d'entendre.

— Mais comment peux-tu en être tellement sûre ? finit-elle par demander, la bouche pleine. Enfin quoi...

comment peux-tu affirmer que Dasa va changer d'avis en faveur de Bhârata ?

Mantharâ se pencha vers elle.

— Parce que nous l'y obligerons.

Les mâchoires de Kaikeyî cessèrent de s'activer.

— Mais *comment* ?

La bossue le lui expliqua.

La deuxième reine faillit s'étrangler avec le pân. Saisie d'une toux paroxystique, elle se mit à cracher des morceaux de feuille, du jus, des débris variés. L'infirme la regardait, le nez froncé de dégoût. Toutefois, c'était par des faiblesses telles sa gloutonnerie qu'elle tenait Kaikeyî.

Enfin, cette dernière retrouva l'usage de la parole.

— Tu es un génie, Mantharâ, déclara-t-elle d'une voix rauque. Tu crois que c'est le moment ?

— Non, pas encore. Mais bientôt. Très bientôt.

XVII

VISVÂMITRA LEVA LES BRAS au ciel, le bâton tenu à deux mains, et sauta du radeau. Quand il atterrit, les feuilles mortes et la poussière tourbillonnèrent autour de lui tel un nid de serpents agités.

Les deux princes suivirent son exemple avec ensemble. À l'instant où leurs pieds allaient quitter l'esquif, il grinça, secoué d'une saccade. Râma corrigea sa trajectoire en plein bond pour ne pas perdre l'équilibre, mais Lakshman retomba mal et bascula en avant. Son frère le rattrapa juste à temps pour lui éviter de se cogner le menton sur son genou levé. Le cadet se redressa en jetant un coup d'œil méfiant à l'embarcation. Râma se retourna vers le sage, qui scrutait les profondeurs de la forêt. Des grains de poussière tournoyaient autour de lui, dans l'unique rayon de soleil pénétrant l'épais feuillage enchevêtré.

— On a déjà senti notre présence… La maîtresse des lieux ne va pas tarder à être informée de notre arrivée. Je serais surpris qu'elle daigne se déplacer en personne dès l'abord, car elle croira ses séides capables de s'occuper de nous sans problème. Leur échec seul la poussera à nous prendre au sérieux, mais même alors, il se peut que nous soyons contraints de la chercher au lieu d'attendre qu'elle vienne à nous. Ses pouvoirs sont plus grands à minuit, plus faibles à midi, lorsque le soleil arrive à son zénith. C'est à ce moment-là qu'il faudra attaquer et débarrasser à jamais la Terre de Tâtakâ.

Râma eut conscience de la surprise de Lakshman avant même qu'il n'ait pris la parole.

— Tâtakâ ? Parantu, mahâdev, pas plus tard que la nuit dernière, le rishi Adranga nous a raconté comment Kârtikeya l'avait tuée.

— Il nous a raconté l'histoire du verger de Kâma, rajkumâr, rectifia le sage en se tournant vers lui. Ou comment Kamâ et Parvâtî avaient interrompu la méditation chagrine de Shiva pour l'inciter à procréer un enfant capable de détruire la yaksî maléfique. Leur fils Kârtikeya a, en effet, été mis au monde pour éliminer Tâtakâ, devoir qu'il a rempli – ce qui est tout à son honneur.

— Mais si Tâtakâ est morte… commença Lakshman, l'air encore plus perplexe.

Visvâmitra leva la main pour l'interrompre, puis resta un instant figé, l'oreille tendue. Râma accorda son ouïe de la même manière, à peine en dessous de la normale, ce qui lui permit d'entendre la même chose : un martèlement lointain, à croire qu'un marteau colossal frappait une enclume d'un gigantisme inimaginable. Toutefois, le bruit s'élevait à plusieurs yojana et décroissait régulièrement : sa source mystérieuse s'éloignait des voyageurs. Le prophète rendit son attention à Lakshman.

— Tâtakâ est morte, abattue par Kârtikeya, mais la matière ne peut être détruite, juste transformée. Ce qui signifie que la démone a tout simplement quitté ce plan d'existence pour passer sur le suivant, où est maintenant sa place… Pouvez-vous me dire de quoi je veux parler, rajkumâr Râma ?

— Du monde d'en bas, le Narak. Le plus bas, autrement dit l'enfer.

— Regardez. (Le sage désignait la forêt environnante.) L'enfer.

Les deux jeunes gens examinèrent les alentours avec des yeux ronds.

— Mais nous sommes toujours sur Prithivî, mahâdev, n'est-ce pas ? Comment l'enfer pourrait-il se trouver ici ?

(Lakshman montra du doigt l'amont de la rivière, d'où ils étaient venus.) C'est bien notre monde à nous, le plan des mortels, Prithivî.

— Telle est la sorcellerie de Râvana, souverain des asura. Écoutez-moi bien… (Visvâmitra s'appuya sur son bâton.) Après avoir été banni par les deva jusqu'au Pâtâl, le degré inférieur des enfers, Râvana le Terrible a passé des milliers d'années plongé dans une bhor* tapas tellement austère, tellement affreuse, que les dieux ont été obligés de lui accorder certaines faveurs. Notamment l'élévation au statut de maître de la puissance brahmanique, un niveau de shakti comparable à celui des Sept Prophètes, les brahmârishi tels que moi ordonnés par Brahmâ en personne pour veiller au bon fonctionnement et à l'harmonie du Triple Monde.

« Hélas Râvana a utilisé sa shakti à mauvais escient. Il a perpétré des yajna sacrificiels barbares afin de parvenir à ses fins maléfiques. Ses efforts ont eu pour résultat, entre autres, d'ouvrir une déchirure entre les royaumes de Prithivî et du Pâtâl. Voilà pourquoi il a décidé de bâtir sa capitale, la Forteresse noire, sur l'île alors submergée de Lankâ. À l'époque, ce n'était pas une langue de terre ferme, mais un volcan éteint, dont les deva s'étaient servis pour boucher l'accès au Pâtâl, dans les profondeurs du grand océan. La sorcellerie de Râvana a élevé l'île, puis ressuscité le volcan, dont la lave en fusion lui a permis de construire son bastion imprenable. Du même coup, il a créé au cœur de la montagne un passage vers le Pâtâl, par lequel il attire un flot sans fin d'asura, recrutés droit en enfer pour créer la plus grande armée démoniaque jamais rassemblée. (Visvâmitra pinça les lèvres.) Tant que ce passage restera ouvert, Râvana aura accès à des hordes innombrables, qu'il lancera contre les nations ârya.

Râma sentit plus qu'il ne vit le poing du sage se crisper sur la protubérance colorée du bâton. Les grains de poussière pris dans le rayon de soleil tournoyèrent plus vite, en une danse ascendante agitée, bien qu'aucun souffle de vent ne traversât la forêt figée, au silence surnaturel.

Lakshman, sidéré, secoua la tête.

— C'est bouleversant, mahâdev, mais excusez-moi de le

demander, quel rapport avec Tâtakâ et la Bayanak-van ? Lankâ se trouve à des centaines de yojana. (Il se reprit, hésitant.) Du moins en théorie, si l'on en croit les lois de la géographie normale.

Visvâmitra ne manquait pas de patience, malgré la colère profonde que Râma devinait en lui.

— Vous avez raison, rajkumâr, mais la shakti brahmanique mal acquise de Râvana est devenue assez puissante pour lui permettre de déchirer le tissu entre les mondes. C'est ce qu'il a fait ici, avant de relâcher Tâtakâ et ses enragés de fils dans cette belle contrée, qu'il lui a donnée en fief.

Lakshman regarda autour de lui. Sa pomme d'adam tressauta tandis qu'il déglutissait.

— Une belle contrée, mahâdev ? Cette forêt maudite ?

— Cette forêt maudite était autrefois le site de deux grandes cités jumelles, Malada et Karusa, répondit le sage, lourdement appuyé sur son bâton.

— Malada et Karusa... répéta le jeune homme. Poussière et Impureté ?

— Exactement. Ainsi baptisées parce que les deva ont lavé en ces lieux le grand Indra d'un terrible péché – le hatya* d'un brahmane – grâce aux eaux purificatrices du Gange sacré. C'est lui qui a appelé Malada et Karusa les deux endroits où la poussière et les impuretés qui le couvraient sont tombées à terre, avant de les bénir en leur accordant une fertilité et une prospérité éternelles pour avoir absorbé les résidus de son acte. Au fil du temps, ils sont devenus deux des villes les plus florissantes de l'histoire humaine, d'immenses coffres au trésor dont les terres arables faisaient la gloire. Jusqu'à ce que Râvana libère du Pâtâl Tâtakâ et ses rejetons assoiffés de sang pour leur donner la région.

« Le seigneur de Lankâ ne s'est pas décidé à la légère. Autrefois, avant qu'Indra ne soit lavé de ses péchés, le grand sage Agastya avait bâti son ermitage ici même. Ici, à l'origine, il avait maudit Tâtakâ, qu'il avait transformée par sa srâp en yaksî répugnante. La relâcher en ces lieux permettait à Râvana de la contrôler, car elle est incapable de quitter la forêt pour le monde de Prithivî. Telle est sa malédiction : hanter à jamais la Bayanak-van, l'ancienne région bénie de Malada et Karusa, vous le savez à présent. (Le sage montra le ruisseau pollué.) Voilà tout ce qui reste des eaux sacrées du Gange tombées sur la Terre lorsque Indra a été lavé de ses péchés.

Lakshman considéra avec stupeur le cours d'eau répugnant, couvert de débris.

— Le Gange ? Ce caniveau ? On dirait plutôt la Pâtâlganga, le fleuve des enfers !

— En effet, prince. Ce qui explique le nom de la Pâtâlganga : c'est le Gange sacré tel qu'il traverse le monde inférieur. Autrefois, le ruisseau malsain que vous avez sous les yeux coulait pur et clair, mais la présence répugnante de Tâtakâ l'a corrompu.

Levant son bâton, le prophète le pointa vers le sud-ouest.

— J'ai construit mon ashram dans cette direction. Mes collègues rishi y attendent mon retour avec impatience. Une fois la forêt purifiée et rendue à son ancienne gloire, elle redeviendra partie de Prithivî, détachée du Pâtâl. Le Gange y coulera de nouveau limpide. La contrée retrouvera la beauté florissante dont elle a joui lorsque Indra l'a couverte de ses bienfaits.

— Comment remplir cette tâche sacrée, gurudev ? demanda Lakshman, d'un ton qui donnait à penser qu'il avait une idée de la réponse. Comment retransformer la Bayanak-van en une région de Prithivî ?

Le sage le fixa un instant, impassible, avant de se tourner vers Râma.

— En tuant Tâtakâ, bien sûr. Voilà pourquoi nous sommes ici.

Avant que Lakshman n'ait pu exprimer sa réaction, Visvâmitra se raidit, lui fit signe de se taire, puis tourna la tête de tous côtés, l'oreille tendue. Ses nouveaux pouvoirs permettaient à Râma de voir et d'entendre sans difficulté les mêmes choses que le prophète.

— Ils arrivent, dit calmement le jeune homme à son cadet, en s'armant de son arc et en prenant une flèche.

Lakshman se laissa tomber sur un genou, en position de

tir, préparant lui aussi d'un même mouvement arc et flèche.

— Tâtakâ et ses mignons ?

— S'ils nous attaquaient tous en même temps, la bataille serait vite terminée, d'une manière ou d'une autre, répondit le sage, sinistre.

Il leva les yeux vers les petits coins de ciel visibles entre les branches entrelacées.

— D'ici quelques heures, il sera midi. Nous ferions mieux d'attendre pour affronter la démone que le soleil soit à son zénith. (Il inclina de nouveau la tête de côté, attentif.) Entre-temps, il va falloir combattre la horde de ses subordonnés.

— De quel genre de créatures s'agit-il, mahâdev ? Des râkshasa ? Des yaksa ? Des pishaca ? Des daitya ?

Lakshman s'humecta les lèvres, examinant les alentours, l'arc bandé au maximum.

— Elles n'appartiennent à aucune des races asura, rajkumâr. Tâtakâ avait trop de fierté pour demander à Râvana les renforts nécessaires au maintien de son autorité dans son fief. Ou peut-être avait-elle peur que le seigneur de Lankâ ne stationne ici une force importante qui aurait usurpé son pouvoir. Elle a donc créé sa propre armée.

— Créé ?

— En croisant ses rejetons avec les habitants de ce monde. Les hybrides qui en résultent ne sont vraiment ni animaux, ni râkshasa, ni humains, mais un peu tout cela à la fois. Il y a fort longtemps qu'elle produit ces monstruosités. Râvana lui a récemment commandé de les multiplier le plus vite possible, car il veut les envoyer piller et massacrer au nord de la Sarayû, pour terroriser les paysans des régions frontalières. L'ordre d'entamer les incursions tombera dans moins d'une semaine. Nous sommes arrivés juste à temps pour gâcher ces beaux projets.

— À quoi ressemblent ces choses, gurudev ? s'enquit Lakshman. Comment les reconnaîtrons-nous, lorsqu'elles nous attaqueront ?

Râma n'eut pas à détourner les yeux des ombres rassemblées entre les troncs serrés pour deviner le sourire sinistre du prophète.

— N'ayez crainte, rajkumâr, vous les reconnaîtrez. Ne vous laissez pas abuser par leur aspect en quelque sorte familier ni par leurs discours – car certaines, en partie humaines, conservent quelque chose de leurs qualités perdues. Ce sont des abominations à la face de la nature et de la création, des hybrides nés de la corruption du pouvoir brahmanique et d'unions tantriques impies entre espèces inconciliables. Détruisez-les toutes. Après les avoir décimées, nous pourrons nous consacrer à notre véritable but : trouver et éliminer Tâtakâ et ses fils. Alors seulement il me sera possible de regagner mon ashram afin de terminer à temps mon yajna.

Un son évoquant une bourrasque dans des ramures feuillues s'éleva lentement, puis gagna en volume. Pourtant, pas un souffle n'agitait les cheveux ou les vêtements des voyageurs. Le bruit augmenta, plus semblable à présent au gémissement d'une bête titanesque. Les poils se hérissèrent sur les bras des princes, tandis que le moindre pore de Râma se mettait à le démanger horriblement, comme si l'air était devenu empoisonné. Il ne lâcha pas son arc pour autant.

— L'ours qui se gratte le dos à un arbre, dit-il tout bas à l'oreille de Lakshman.

Ce dernier se plaça aussitôt dos à dos avec lui, dans la position de défense à deux la plus classique. De cette manière, leurs arcs couvraient les quatre points cardinaux.

Le prophète traça, du bout de son bâton, un mandala sur le sol, à l'endroit précis où tombait le rayon de soleil. Feuilles et poussière tournoyèrent rageusement à ce contact, s'élevant en spirales tels des cobras nerveux pour disparaître dans les hauteurs de la colonne d'or translucide. Visvâmitra se posta au milieu du cercle qu'il venait de dessiner : non seulement la figure le protégerait de n'importe quelle attaque, physique ou magique, mais elle maintiendrait aussi les assaillants à l'écart avec autant d'efficacité qu'une muraille invisible. Les Sept Prophètes étaient de toute manière réputés indestructibles, car la main omnipotente de Brahmâ abritait les ambassadeurs des dieux. Le mandala rappellerait juste à ceux qui auraient la bêtise de l'oublier qu'il était impossible de faire du mal à

Visvâmitra. Râma prit bonne note que le sage n'en avait pas dessiné autour de son frère et lui. À eux de se défendre.

— Mahâdev, appela Lakshman d'une voix posée, où perçait cependant un soupçon d'anxiété. S'il m'est permis de poser une dernière question, combien de ces hybrides peut-il bien se trouver dans la Bayanak-van ?

Il y eut un silence.

— Jusqu'à présent, répondit enfin le prophète avec une indifférence trompeuse, Tâtakâ n'a réussi à en créer que quelques centaines. Un demi-millier au mieux. Certainement pas davantage.

Dans le silence pesant qui suivit, l'espèce de gémissement grandit jusqu'à envahir la moindre molécule d'air autour des princes, les empêchant de respirer. Il n'évoquait plus tant la plainte du vent ou d'une énorme bête que la pluie qui approchait, le tambourinement d'une averse soudaine sur un toit de tôle.

« Une pluie de sang », se dit Râma, juste avant que la forêt n'entrât en éruption autour de lui.

XVIII

Les hommes de Bejû attendaient ses ordres. Chars et montures étaient disposés en deux rangées bien ordonnées, les chevaux encore fumants après la descente de la falaise. Personne auparavant ne connaissait l'existence du sentier, mais Berya l'avait trouvé, le senâpati se demandait bien comment. Berya trouvait toujours. La décision de Bejû était prise : dès leur retour à Ayodiâ, il ferait du jeune homme son successeur officiel. Il était plus que temps.

Le lieutenant n'avait qu'un seul défaut – mais en était-ce vraiment un ? –, son obsession pour sa femme – fort belle, certes, mais là n'était pas la question. Avec le soma, le jeu et les dettes, le beau sexe représentait une des malédictions du guerrier. Bien des hommes accomplis se voyaient réduits à l'idiotie pure et simple par une poitrine moelleuse et des lèvres peintes. L'épouse de Berya était sans doute une honnête femme, avide d'affection et d'attention, comme tout le monde. Ses appas ne devaient cependant pas faire oublier au jeune officier son statut de ksatriya, tenu par serment de défendre, au péril de sa vie si nécessaire, le maharajah, son clan et sa varna – dans cet ordre.

Bejû soupira. L'âge venant, il lui semblait que les sujets d'inquiétude se multipliaient. C'était la maladie des vieillards, il le savait : la peur de laisser un héritage insuffisant. La dernière guerre asura avait été longue, pénible. Il n'avait pas assez des doigts de ses deux mains – et de ses deux pieds – pour compter les batailles auxquelles il avait participé, même s'il n'arborait guère de cicatrices (hormis la vilaine balafre qui s'incurvait sur son sein droit jusqu'à l'épaule) et s'il conservait l'usage de ses membres.

Il avait une bonne épouse, une réputation enviable, une belle maison dans un quartier agréable de la ville et assez d'argent pour que sa famille vécût confortablement une génération durant s'il venait à mourir le jour même. Sa carrière de militaire lui avait valu plus que sa part d'honneurs et de compliments. Il avait conquis ce que les sages appelaient la yasas*, un nom glorieux... mais il n'avait personne à qui le laisser, personne pour le porter après lui.

Shakun avait fini par dépasser l'âge de la fertilité. Elle le lui avait appris l'avant-veille, pendant qu'ils regardaient les effigies des mauvais esprits brûler sur le terrain de manœuvre. Ses cycles menstruels avaient cessé ; leur dernier espoir de procréer avait disparu, comme les grands pantins de cire et de tissu dans les flammes.

— Les éléphants approchent, mon capitaine. (La voix de Berya interrompit la rêverie de Bejû.) Faut-il leur ordonner de rester à distance, comme d'habitude, ou de nous rejoindre ?

L'officier eut une moue dubitative.

— Qu'en pensez-vous, Berya ? Ces bois sont d'une épaisseur... Croyez-vous que les chevaux puissent y pénétrer, sans parler des chars ? L'idée de m'y déplacer à pied ne me sourit pas tellement non plus.

— Vous me demandez conseil, mon capitaine ? s'étonna le jeune homme.

— Je sollicite votre opinion de professionnel. Tôt ou tard, vous aurez des décisions à prendre. Autant commencer tant que je suis là pour rectifier vos erreurs.

Le regard que Berya jeta à son supérieur était expressif : « Vous êtes sûr de ne pas vous être cogné la tête à une branche basse ? »

— Ma foi, pour être franc, répondit-il tout haut, je

pense que nous devrions nous faire précéder par les éléphants, qui nous ouvriront un passage. Sinon, nous serons obligés d'y aller à pied... (Il s'éclaircit la gorge.) Ou à quatre pattes. Sans doute à quatre pattes.

« Voilà. Pourquoi n'ai-je pas un fils ou une fille aussi droits, aussi intelligents que ce garçon ? Était-ce vraiment trop demander aux deva ? Un héritier, un seul. »

— Très bien, Berya. La méthode employée dans la Charaka-van, durant l'insurrection des dâsyu* de Kaikeya ?

— Exactement, mon capitaine. (Le lieutenant fronça les sourcils, de plus en plus passionné par la discussion.) Sauf que... nous pourrions peut-être envoyer un ou deux chars en avant-garde, avec les cimeterres que la délégation maure nous a offerts l'an dernier. Ils nous débarrasseraient des ronciers du sous-bois. Quant aux arbres, ils ont l'air assez frêles. J'ose croire que nos éléphants les renverseront comme les pièces d'un jeu de chaturanga.

— Parfait. Mais disons trois chars. De front. Donnez les ordres.

— Bien, mon capitaine ! (Berya, visiblement content de lui-même, fit volter sa monture puis se retourna.) Mon capitaine ?

— Dépêchez-vous, lieutenant. Nos éclaireurs ont perdu les rajkumâr de vue depuis l'aube. Pour ce que nous en savons, ils sont peut-être déjà à mi-chemin de Lankâ.

— Je voulais juste vous dire que ça a été un plaisir de servir sous vos ordres ces quatre dernières années. Vous êtes le meilleur, mon capitaine !

Le jeune homme était visiblement sincère, malgré sa maladresse à tourner le compliment.

— Votre langue distille plus de miel qu'une ruche ! renifla Bejû. Maintenant, hors de ma vue, ou je vous fais tâter du fouet pour insubordination !

Il ajouta tout bas, pendant que le lieutenant rejoignait les éléphants dans un nuage de poussière :

— Ça a été un plaisir de t'avoir sous mes ordres, mon fils.

Ils avaient vraiment eu de la chance de trouver le chemin qui serpentait à flanc de falaise ; un ancien sentier de chars, sans doute inutilisé depuis l'époque d'Aja, pour une raison toute simple : il menait à la Bayanak-van et nulle part ailleurs. S'ils ne l'avaient pas découvert, jamais ils n'auraient rattrapé les rajkumâr et le prophète, partis en radeau. Les éclaireurs avaient bien fait leur travail. Comme ils avaient assisté à la construction de l'esquif la nuit précédente, Bejû avait eu le temps de deviner les projets du sage et de prendre ses dispositions en conséquence.

Mais voilà qu'il se demandait avec inquiétude si le cours d'eau ne mourait pas très vite dans les bois, car il se réduisait presque à un frêle ruisseau en pénétrant sous le couvert, quelques centaines de mètres plus loin. Or, suivre la piste de trois voyageurs au cœur de cette jungle ne serait peut-être pas facile. L'idée de s'engager dans la redoutable forêt de la peur mettait déjà les hommes mal à l'aise... Ils n'avaient vraiment pas besoin d'un autre défi.

Les pensées de Bejû en revenaient à l'adoption, une solution à laquelle sa femme s'opposait depuis des années, quand le char le plus proche du bois disparut dans une explosion de débris.

Lakshman crut d'abord que le sol se soulevait pour cracher ses entrailles, comme lors des tremblements de terre, à ce qu'on lui avait raconté. Son erreur lui apparut à l'instant où une grosse motte d'humus se déploya en l'air, révélant de longues serres jaunâtres, des flancs tachetés, un museau sorti tout droit d'un conte horrifique.

— Shiva ! s'écria le jeune homme, lâchant sa flèche par pur réflexe.

Le projectile frappa la créature à la tête. Elle tomba, presque aux pieds du prince, ses pommettes fragiles réduites en miettes.

Ses hurlements atroces n'étaient vraiment ni cris d'oiseau ni feulements, mais il n'eut pas le temps de l'achever : déjà, trois silhouettes jaillissaient de terre pour se jeter sur lui, griffes tendues et babines retroussées sur des crocs dégoulinants de bave. Il décocha trois flèches avec des mouvements flous, plus rapides que la pensée, abattant deux des monstres, touchant le dernier au sommet du crâne. La chose agonisante passa au-dessus de son épaule car il s'était baissé, persuadé, à juste titre, qu'elle manquerait Râma d'un cheveu. Elle n'avait pas encore touché terre qu'il encochait un autre trait.

Il tira ensuite avec la constance d'une meule broyant le grain ; les engrenages de ses bras tournaient inlassablement, au point qu'il ne tarda pas à perdre le compte des créatures abattues. Râma aussi valait une rangée d'archers mithiliens à lui tout seul, Lakshman le savait : il sentait derrière lui les muscles dorsaux de son frère se contracter régulièrement.

Le monde se réduisait à un cycle monotone : attraper une flèche dans le carquois, l'amener à soi, encocher, tirer. Viser se révélait quasi inutile, car l'assaut était d'une telle fureur, les bêtes tellement nombreuses, que les princes les auraient abattues les yeux bandés. Comme elles attaquaient de tout près, ils n'avaient pas un instant à perdre ; en même temps, elles n'avaient pas non plus le loisir d'esquiver. Un tas de cadavres se forma très vite, barrière naturelle dressée devant les monstres – autre avantage pour leurs adversaires. À présent, Lakshman brisait des têtes ou lacérait des ailes avant même que leurs propriétaires ne puissent se jeter sur lui. Un singe au faciès d'ours, qui se préparait à bondir, prit une flèche dans l'œil. Il bascula cul par-dessus tête en poussant un rugissement rauque.

Malgré l'animation de la bataille, le jeune homme avait conscience de l'aspect grotesque des hybrides. Léopards à bec de corbeau ; loups à capuchon de naja et queue de crotale ; corps d'éléphant à tête de bébé humain décharnée, accompagnée de bras ; brutes imberbes, ruisselantes d'une humeur verte, aux poils poussant *à l'intérieur*, les blessures en témoignaient ; civettes aveugles à croupe d'âne et à dents de sabre. La liste n'avait pas de fin. L'odeur fétide et les débris de la boucherie enveloppèrent peu à peu Lakshman. Du sang lui maculait les bras et le visage ; des entrailles fumantes s'étaient déroulées sur son épaule droite.

Le monde se réduisait à son champ de vision, au demicercle défendu par son arc meurtrier. Le bruit de la corde devint mélodie accompagnant le martèlement dans sa tête, tandis que la puanteur des viscères monstrueux et du sang inhumain se faisait parfum à ses narines ; il l'aspirait avidement, il en jouissait.

Jamais encore il n'avait connu la rouge fureur du combat, mais son intuition lui soufflait qu'il n'était pas seul à éprouver cette sensation nouvelle, surprenante. Il laissa la vague l'envelopper, emporter la peur, l'anxiété, l'angoisse, toutes les inquiétudes d'*avant*. Il ne faisait plus qu'un avec son arc. Lâcher un projectile revenait à enfoncer la main dans la chair ennemie. Il déchiquetait les poitrines, transperçait les cœurs, ouvrait les gorges, tailladait les museaux, brisait les becs, faisait exploser les crânes ; il buvait le vin du massacre ; il aspirait la fumée enivrante de la mort violente ; il goûtait l'âcreté ferreuse du sang versé de ses mains. Et il riait, car il avait découvert ce que les guerriers ressentaient au cœur de la bataille : passé un certain point, l'homme redevenait une bête. Deux mains ou quatre pattes, quelle importance ? La civilisation n'était qu'illusion ; le sang appelait le sang ; la vie induisait la mort ; la flèche était faite pour tuer, peu importait qui ou quoi.

Lorsque enfin, il baissa son arc, ce fut parce qu'aucun ennemi n'apparaissait plus devant lui. Il ne restait rien ni personne à massacrer.

Il se leva. Le sang lui monta à la tête en un flot rugissant. Son cœur battait encore à tout rompre, il avait la bouche pâteuse, emplie de l'écume sale de ses propres sucs aigres. Un fil rouge pendait à son front, qu'il essuya. Le silence pesait sur la jungle. Le sage se tenait toujours dans son mandala, indemne, aussi sûr de lui qu'à l'ordinaire. Quand Lakshman se tourna vers Râma, il reçut son premier véritable choc de la journée.

Un morceau de roue frappa Bejû en pleine poitrine. Heureusement pour lui, c'était du bois, et sa cuirasse en alliage de bronze et d'acier résista, mais l'impact manqua le renverser.

« Qu'est-ce que c'était que ça, au nom de Shanî* ? » Son cheval, un étalon du Kâmboja imperturbable, même en pleine bataille, se cabra, saisi de terreur. Il ne se calma que quand Bejû lui eut murmuré le mantra de Shanî, son patron divin, à l'oreille.

Les autres hennissaient, encensaient ; trois hommes au moins gisaient à terre, morts ou grièvement blessés. Une des montures avait été coupée en deux par une partie de l'avant du char : le métal était resté planté dans son cou tranché, tandis que ses yeux grands ouverts reflétaient toujours une stupeur horrifiée. Du véhicule lui-même ne subsistaient que des débris ; il avait été aplati et dispersé comme un jouet en bois écrasé par un éléphant.

Quelle monstruosité pouvait bien posséder la force nécessaire pour faire une chose pareille ? Bejû passa en revue ses troupes, secouées par cette attaque inattendue sinon par les morts eux-mêmes : le devoir du ksatriya le menait inévitablement à la mort... dont les circonstances lui apportaient honneur ou déshonneur – même si, en l'occurrence, ce n'était qu'hébétude. Personne ne voyait le moindre signe de ce qui avait causé la destruction du char.

Un des cavaliers montra du doigt le ciel, au-dessus de la forêt, grand bol retourné d'un bleu éclatant couronnant la sinistre jungle gris-vert.

— Quelque chose est arrivé par là, dit-il en tapotant l'encolure de son cheval pour le rassurer. Ils ont peut-être une machine de siège.

Une machine de siège ? Certes, il existait des catapultes géantes qui lançaient contre les forteresses des rochers capables de détruire une voiture, mais si les râkshasa utilisaient ce genre d'arme, où était passée la pierre, justement ? Il n'y avait que les morceaux du char et les restes de ses infortunés chevaux et occupants – sang, membres, entrailles dispersés un peu partout, couverts d'une poussière épaisse.

En approchant du théâtre de l'attaque, Bejû plissa le nez. Quelle puanteur ! De quoi s'agissait-il ? On se serait cru près d'un énorme tas d'excréments... Il fronça les sourcils. Ce qu'il avait d'abord pris pour de la poussière s'avérait plus sombre, plus compact que l'humus ferreux foulé par sa monture. Alors il comprit. D'instinct, avec la certitude infaillible issue d'années de combat contre des espèces étranges et des hommes pires encore, il sut ce qui avait frappé le char.

— Dispersez-vous ! cria-t-il à ses subordonnés en faisant volter son étalon. Immédiatement ! Éloignez-vous les uns des autres ! Allez, exécution !

Ils réagirent sans hésiter ni s'interroger, mais les broussailles épaisses entourant le chemin ne leur facilitèrent pas la tâche. Quant au sentier lui-même, empli de nids-de-poule, d'herbe et de cailloux, les voitures ne pouvaient y manœuvrer sans autre forme de procès avant de s'enfoncer à travers les buissons et les ronciers de trois mètres de haut. Les soldats firent malgré tout de leur mieux, pendant que Bejû regagnait l'arrière-garde en appelant Berya. Où se trouvaient donc les éléphants ? Ils ouvriraient un passage dans la jungle, où les vajra seraient peut-être plus à l'abri du danger qui les menaçait toujours, leur officier le sentait. Après tout, si l'ennemi avait conscience de leur présence, il ne se limiterait pas à une seule attaque.

Bejû avait presque atteint l'extrémité de la rangée, lorsque le sifflement lui parvint. Le son ténu lui avait échappé la première fois, mêlé aux autres bruits de la forêt, d'autant qu'il ignorait à quoi s'attendre, mais maintenant qu'il savait, il distinguait la note aiguë malgré sa faiblesse. Comme elle augmentait, le capitaine fit de nouveau volter sa monture, sans un mot. Il avait prévenu ses hommes que le danger viendrait du ciel, mais cela ne servit à rien : le projectile décrivit un arc de cercle au-dessus des cimes, n'apparaissant qu'une fraction de seconde avant de retomber. Il atteignit le dos d'un cheval, la tête d'un autre et le flanc d'un cavalier qui se trouvait à cinq bons mètres des deux premiers. La boule, énorme, faisait au moins dix mètres de diamètre. Le bruit de son impact évoqua celui d'une patte d'éléphant s'abattant à terre, mais il n'y avait pas d'éléphant, juste un monceau d'excréments tassés, lancés depuis le sommet d'arbres immenses avec une précision meurtrière.

Mais par qui ?

L'heure n'était pas à la réflexion. Bejû calma son étalon à l'aide d'un autre mantra, puis se porta au secours du cavalier désarçonné, coincé sous sa monture à la tête arrachée, dont l'encolure émettait de grands jets de sang. Une épaisse couche d'un brun noirâtre recouvrait les alentours, tachée par endroits d'une humeur visqueuse. L'officier bondit à terre, puis s'arc-bouta contre le cadavre équin, secoué de spasmes. La puanteur lui souleva le cœur, au point qu'il dut mobiliser toute sa volonté pour ne pas vomir. Le soldat lui expliquait qu'il avait la jambe écrasée, et Bejû s'efforçait de le dégager, aidé d'une demi-douzaine d'hommes qui avaient mis pied à terre pour venir à la rescousse, lorsque le sifflement reprit.

Il leva la tête afin de suivre le bruit léger. On aurait dit le bourdonnement d'une guêpe vous frôlant l'oreille… en beaucoup plus fort, cette fois.

L'officier se redressa complètement pour scruter le ciel au-dessus des arbres. Son sang se glaça.

Une nuée de répugnants projectiles noirâtres cachait le soleil, arrivant droit vers la clairière où s'agitaient les vajra. Il en compta trois, quatre, cinq… avant de cligner des yeux devant le sixième, qui suivait avec un peu de retard.

« Nous allons tous y passer, réduits en pièces par de la merde *asura* ! »

XIX

RÂMA ?

Lakshman hésitait devant son frère toujours en position de tir, un genou en terre, l'arc entre les mains, une flèche encochée. Le cadet sentait que quelque chose n'allait pas, pas du tout.

« C'est lui qui a fait ça ? »

La pensée s'imposa à lui, dénuée de jalousie. Jamais il n'avait réellement envié son aîné, ou du moins, jamais il n'avait ressenti ce désir pressant de le surpasser qu'il éprouvait en faisant la course avec Bhârata, voire avec Satrugan. Juste celui de l'imiter ; de l'égaler. Comme disait toujours sa mère : « Il voudrait être Râma, mais il doit bien se contenter d'être son frère. » Sa première pensée devant ce qu'avait accompli Râma ne fut donc que nostalgique : « Si seulement j'avais réussi à en faire autant ! »

Le tas de cadavres accumulé de son côté – trois mètres de haut sur dix de large – contenait une trentaine de corps, voire davantage. Lakshman avait éprouvé une fierté immense en se relevant, encore palpitant de la fièvre du combat, et en voyant combien de monstres il avait abattus à lui seul. Plus de trente ! Avec un simple arc court, à découvert, sans souffrir de la moindre blessure – à part quelques égratignures, un ou deux assaillants ayant réussi à le griffer en tombant, morts. D'ailleurs, l'ennemi avait été assez impressionné pour battre en retraite. C'était une telle victoire, si héroïque, que les bardes des tavernes se battraient pour en faire des ballades. Du moins l'avait-il cru.

Devant Râma, les corps s'entassaient au moins jusqu'à sept ou huit mètres de haut sur vingt de large. Ils formaient une véritable colline, digne de l'antre de quelque démon pillard, désireux de s'en repaître plus tard. Le charnier rappelait les tas de venaison édifiés par les chasseurs royaux aux portes des cuisines avant les grands banquets. Peut-être rassemblait-il cent vingt, voire cent cinquante cadavres. Ce qui signifiait que pour chaque flèche lâchée par Lakshman, Râma en avait décoché cinq. « Impossible ! Je tirais tellement vite que mon bras et ma corde en paraissaient flous. Comment aurait-il pu tirer plus vite, surtout *cinq fois* plus vite ? »

Lakshman fit un pas qui l'amena à la périphérie du champ de vision fraternel. Déjà, l'arc de Râma avait pivoté vers lui ; la flèche prête à partir le visait à la gorge. « On aurait dit une aile de colibri ! C'est incroyable, on ne peut pas bouger aussi vite ! »

L'aspect de Râma était encore plus choquant que celui des morts entassés devant lui. Comme Lakshman, il était couvert de débris de chair, de sang et de fluides divers, mais peu importait. Un instant, son cadet ne vit qu'un visage peinturluré de rouge, où les yeux flamboyaient dans la pénombre surnaturelle de la jungle.

Ce n'étaient pas ceux de Râma. Ils n'étaient même pas humains. Lakshman battit des paupières ; était-il encore en proie à la fièvre du combat, ou la vue des hybrides monstrueux avait-elle surexcité son imagination ? Les pupilles de son frère lui semblaient briller d'une clarté bleuâtre où flottaient des points lumineux dorés, minuscules étoiles scintillantes en suspension dans un fluide laiteux, vivantes car elles se déplaçaient avec une précision et une décision inouïes. Lakshman en oublia le tas de cadavres, l'impossibilité manifeste que Râma eût massacré autant de créatures, pour ne plus penser qu'à Râma en personne.

Quelque chose n'allait pas ! Le prince allait s'avancer vers son aîné, lorsque la voix du sage brisa le silence de mort.

— Restez où vous êtes, prince. Il n'hésitera pas à vous tuer comme il l'a fait de ces horreurs.

« Lui, me tuer ? Impossible ! » Mais si, c'était possible : nulle chaleur ne brillait dans les yeux de Râma, nulle lueur prouvant qu'il reconnaissait son cadet ou éprouvait pour lui la moindre affection. D'ailleurs, la flèche le visait toujours à la gorge. Elle suivait ses plus infimes mouvements avec autant de précision que si un fil métallique en avait relié la pointe à sa jugulaire.

— Râma ? appela Lakshman, hésitant. Pose ton arc. Je veux t'examiner. J'ai peur que tu n'aies été blessé.

Pas de réponse. Les yeux fixes, grands ouverts, brillaient bel et bien d'un éclat bleu indéniable. Les points dorés y dessinaient leurs motifs étranges, poissons célestes dansant dans un vide cosmique. Une statue aurait été plus expressive.

— Il ne vous répondra pas, Lakshman, reprit le sage. La fièvre de Bala et d'Atibala le possède toujours. Vous en avez ressenti les vertiges, vous aussi, pendant la bataille. Les mahâ-mantras s'emparent du guerrier aux instants critiques pour le transformer en engin de guerre d'une efficacité meurtrière. Voilà ce qu'est Râma, pour l'instant : une arme parfaite. Il est prisonnier d'une transe qui ne disparaîtra qu'une fois la crise réellement terminée. La seule raison pour laquelle il ne vous a pas encore décoché sa flèche, c'est qu'il a conscience de votre propre énergie brahmanique et de votre essence bienfaisante.

« Mais c'est un homme, un adolescent même, pas une arme. Ce qui lui arrive est contre nature. »

— Alors pourquoi ne suis-je pas dans le même état ? demanda tout haut Lakshman. Pourquoi suis-je capable de penser et de me déplacer pendant qu'il reste là, tel un mannequin, à me menacer comme si j'étais une des créations impies de Tâtakâ ?

Le prophète soupira.

— Les mahâ-mantras ont des effets différents suivant les individus. Dans le cas de Râma, ils se sont enracinés très profondément. N'ayez crainte : le danger passé, il redeviendra tel que vous l'avez toujours connu.

Lakshman parcourut du regard la jungle silencieuse, les innombrables morts.

— Mais c'est fini, non ? Les monstres ont attaqué. Nous les avons massacrés. Il n'en reste plus.

— Malheureusement, non, rajkumâr. Ceux-là n'étaient que les descendants les plus faibles, les moins efficaces de Tâtakâ. Elle les a envoyés les premiers pour découvrir nos forces et nos faiblesses – une tactique bien connue face à un nouvel ennemi. La prochaine vague comportera ses meilleurs guerriers, plus difficiles à éliminer, et moins prévisibles. Vérifiez par vous-même. Il n'y a là que des jeunes, bien loin de la maturité, même selon leurs critères impies.

En examinant les corps, Lakshman constata que le prophète avait raison. Les difformités et les étranges combinaisons de caractères présentées par les monstres l'avaient empêché de s'en rendre compte lui-même, mais il suffisait d'y regarder de près pour découvrir qu'en effet, il s'agissait de jeunes. Leurs couleurs, les motifs de leur pelage ou de leur plumage, leurs serres, cornes, défenses partiellement formées confirmaient la véracité de l'observation.

— Il n'y en a pas plus d'un demi-millier, c'est bien ça ? demanda le prince en promenant sur la jungle un regard circonspect. Nous en avons tué près de deux cents... soit la moitié ou presque.

Le prophète, qui s'était assis dans son mandala, s'aida de son bâton pour se relever.

— La force de l'ennemi ne dépend pas toujours du nombre de ses troupes. Les créatures que vous avez éliminées étaient les derniers fruits des expériences impies de Tâtakâ. Les bêtes féroces de la deuxième vague seront plus puissantes que tout ce que vous avez jamais affronté jusqu'alors et tout ce dont vous avez entendu parler. Ce seront les hybrides des prédateurs les plus imposants, les plus meurtriers : éléphants et rapaces, lions et rhinocéros, requins et faucons, panthères et scorpions, piranhas et tigres, vautours et hippopotames. Il y aura aussi des mélanges de trois, de quatre, de cinq espèces, d'une création si complexe, si embrouillée que Tâtakâ elle-même n'en connaît pas toutes les capacités et qu'elle les garde en cage. Elle est d'ailleurs en train de les libérer.

Lakshman déglutit.

— Parantu, mahâdev, nous n'avons pas assez de flèches ! Comment affronterons-nous une telle multitude ?

Visvâmitra eut un geste d'impatience.

— Des flèches ? Ne vous inquiétez pas pour ce genre de détails triviaux, prince. J'ai veillé à ce que vos carquois ne se vident pas. C'est l'avantage d'un endroit où les lois de la nature sont tellement bouleversées : Râvana y exerce à son gré sa vile sorcellerie, mais il est plus facile qu'ailleurs d'y canaliser le Brahman. J'ai utilisé un mantra grâce auquel vos flèches seront remplacées plus vite que vous ne pourrez les décocher.

Le sage se tut, les paupières closes, l'oreille tendue, quoique Lakshman n'entendît pas un bruit. Les yeux de Râma se détournèrent comme pour guetter quelque chose, mais ce fut en vain que son frère suivit son regard. La jungle s'étendait autour de lui à perte de vue, dépourvue de vie, semblait-il, pas même troublée par un chant d'oiseau ou un bourdonnement d'insecte. Il lui sembla cependant détecter quelque chose à l'extrême limite de sa capacité auditive, une sorte de bourdonnement suraigu, de vibration plus que de véritable son.

La flèche de son aîné se détourna de lui pour se pointer vers le sud-ouest. « Il l'entend parfaitement, alors que c'est tout juste si je le sens vaguement. » Les points dorés qui dansaient dans les yeux de Râma s'agitèrent plus vite, plus largement. La lumière qui les baignait devint d'un bleu plus prononcé ; le prince paraissait maintenant promener deux projecteurs dans la pénombre de la jungle épaisse. Ses lèvres s'écartèrent, dévoilant des dents tachées de sang en une grimace qui lui ressemblait si peu que Lakshman se demanda un instant quel monstre avait bien pu prendre la place de son frère.

Le prophète rouvrit les paupières et écarta les bras en poussant un grand cri. Ses yeux étincelaient d'un bleu aveuglant, comme ceux de Râma, semés des mêmes points dorés tourbillonnants. Les petites étoiles s'élevèrent au-dessus de lui, dans la colonne de soleil dont le mandala marquait la base, grimpant en spirale vers la cime des grands arbres, cherchant le ciel. Le sage se mit à réciter un mantra d'une voix de stentor qui fit exploser le silence de la forêt.

— Andh tam pravishanti yeh avidyâm upaste ; Tatho bhuya îva tey tamo ya u vidyâyam ratah.

Comme les dernières syllabes s'évanouissaient, s'éloignaient avec un pouvoir de pénétration surprenant dans les profondeurs de la jungle, le tonnerre de la deuxième vague fit trembler la terre.

Lakshman tomba sur un genou, l'arc à la main, la flèche prête. Son attention se reporta sur la bataille qui s'annonçait.

Les hurlements des agonisants couvrirent presque ceux des chevaux. Presque.

Des cavaliers et leurs montures disparurent sous la pluie de projectiles, réduits en fragments déchiquetés d'os, de chair et d'entrailles. Des chars volèrent en éclats. L'un d'eux, frappé à l'arrière, se dressa telle la bascule d'un enfant, soulevant en l'air les chevaux qui le tiraient. Leur harnachement se cassa tel un fil de mauvaise qualité, et ils retombèrent avec un bruit de déchirure dans un fourré, où ils s'empalèrent sur des centaines d'épines aussi effilées que des aiguilles. Là, ils se débattirent en vain, hennissant, les lambeaux de peau détachés dévoilant une chair cramoisie hérissée de piquants cassés. La puanteur des excréments enveloppait la scène, fétidité inhumaine telle que jamais encore Bejû n'en avait senti.

Le capitaine tenait son épée, mais il ignorait quand il l'avait tirée. D'ailleurs, dans son désespoir, il faillit la jeter : à quoi lui servait-elle contre des projectiles venus du ciel ? L'acier du Kosala était impuissant face à ce massacre. « Shanesh-wara-deva », appela-t-il en son for intérieur, priant son patron divin, le dieu des chars, des vaisseaux et autres véhicules que les Grecs appelaient Saturne, du nom de l'imposante planète encerclée par la poussière de mille mondes réduits en cendres. « Puissant Shanî-deva, donne-moi une chance d'affronter les lâches qui ont perpétré ce massacre. Apporte-moi la mort si tel est ton bon plaisir, mais une mort de ksatriya ; je ne veux pas succomber durant cette boucherie, où il est impossible de se défendre. »

Comme en réponse à sa supplique, un autre bruit s'éleva, dans son dos celui-là, tandis que la terre se mettait à trembler : le barrissement des éléphants.

Lorsqu'il se retourna, Berya arrivait à la tête du peloton de pachydermes aussi vite que le permettait l'état du chemin. Le visage assombri par la fureur, le lieutenant examinait ce qui restait des fiers vajra. Sur ses talons, le mahout du premier éléphant aiguillonnait sa bête avec une rare vigueur.

« Voilà notre chance ! Merci, Shanî-deva ! »

Bejû bondit à cheval, l'épée brandie, puis la pointa vers la forêt dense en criant, pour se faire entendre malgré le vacarme :

— *Les éléphants ! Dans la jungle !*

Le mastodonte de tête le dépassa avec un bruit de tonnerre, roulant les yeux, balançant la trompe, entraînant impétueusement ses frères à travers les arbres. Lorsqu'il heurta le premier tronc, le fracas du choc fut presque couvert par le sifflement d'une nouvelle vague de projectiles. Un morceau de bouclier aussi aiguisé qu'un rasoir frôla l'oreille de Bejû, dont il coupa le lobe. L'officier n'eut même pas conscience du sang qui ruisselait le long de son cou. Il n'avait d'yeux que pour la charge des éléphants.

« Accorde-nous cette chance, Shanî-deva. Laisse passer les pachydermes. Je détesterais mourir de cette manière, mais je mourrai sous la pluie d'excréments plutôt que de battre en retraite sans avoir rempli mon devoir. »

Le premier tronc émit un craquement de branche – ou d'échine – qui se brise. L'arbre se renversa, abattant du même coup une rangée irrégulière de ses semblables. Un nuage de poussière et de feuilles enveloppa l'animal de tête. La grêle ininterrompue de projectiles prenait toujours davantage de vies, d'hommes valides. Bejû n'attendit pas que la poussière retombât pour brandir de nouveau son épée et répéter son cri, à l'adresse cette fois des cavaliers et des archers.

— *Dans la jungle ! Suivez-moi dans la jungle !*

Il partit sur les traces des éléphants ; dans la Bayanak-van.

Ceux-là arrivaient lentement, en un bouillonnement de tapis vivant, grouillant, posé sur l'humus auquel ils s'accrochaient de leurs griffes aiguës avec une facilité stupéfiante. Ils auraient pu s'y enfouir comme leurs cadets de la première vague, y progresser pour en jaillir au dernier moment, mais ils préféraient se montrer, se répandre à travers la forêt tels des termites. Le prophète avait vu juste : les précédents n'étaient, par comparaison, que des balak*, des bébés. Ceux-là se révélaient bien plus imposants ; certains mesuraient trois ou quatre mètres au garrot et possédaient un long museau gris trahissant des origines éléphantesques. Même les plus petits dégageaient une impression de puissance. Ils étaient plus mûrs que leurs prédécesseurs, cela se voyait à leur démarche et à leur aspect physique, plus sûrs d'eux. Les flèches ne leur faisaient pas peur. Lakshman eut beau leur en décocher un essaim, la plupart se contentèrent de lui montrer les dents en continuant d'avancer. Il creva les yeux d'un mélange d'hermine et de gharial, mais la chose poursuivit sa reptation silencieuse, agitant sa queue parcheminée, tandis qu'une sorte de pus jaunâtre suintait autour des traits profondément enfoncés dans ses orbites. Le prince abattit bien deux ou trois bêtes, plus par chance que par adresse, sans ralentir pour autant la marée de monstruosités à poil ou à carapace qui approchait inexorablement.

Il prit le temps de jeter un coup d'œil à son frère. Ce dernier tirait avec un calme trompeur, visant soigneusement. Ses flèches trouvaient toujours le point vital des cibles, qui roulaient sur le dos en gémissant ou s'effondraient, le souffle coupé. Le moindre trait prenait une vie. La patience de Râma était fascinante ; on aurait dit qu'il s'entraînait sur des mannequins de paille, insensible à la futilité de sa précision – car les bêtes se pressaient toujours autant.

Lakshman se tourna vers le prophète, qui s'était tu, les yeux fixés au-dessus des monstres de plus en plus proches, comme s'il attendait quelque chose.

Les créatures ralentirent puis s'arrêtèrent. La première rangée s'immobilisa à une dizaine de mètres des princes et du sage, qu'elle entourait d'un cercle parfait, où ne s'ouvrait aucune brèche. Museaux, tentacules, trompes, gueules, becs, bouches laissaient échapper de petits grognements, gémissements, grondements de plaisir anticipé. Des filets de bave tombaient sur les feuilles mortes.

Lakshman sursauta en s'apercevant que les cadavres de la vague précédente avaient presque tous disparu. Quand et comment ? Un hybride souleva dans sa gueule le corps d'un chat-renard qu'il jeta en arrière, après quoi la carcasse vogua au-dessus de l'océan de monstres jusqu'à disparaître au loin, sans doute par-delà le dernier rang. Les choses nettoyaient le théâtre de leur assaut. Quelques instants plus tard, elles avaient fait place nette : les dizaines de cadavres avaient disparu. Elles étaient prêtes.

Déjà, Lakshman avait lâché son arc pour s'emparer de son épée. L'acier luisait à peine dans la clarté terne de la forêt, mais réfléchissait la lumière bleutée émise par le sage et Râma. Comme un mouvement se reflétait sur la lame aiguisée, son propriétaire y jeta un coup d'œil, au cas où l'attaque serait venue d'en haut. Deux yeux bleus lui rendirent son regard : les siens, qui luisaient à présent de la même clarté que ceux de ses compagnons – mais moins forte. La fureur ardente du combat l'envahit de nouveau ; il leva son épée, tandis que le sage entamait un autre mantra.

— Asuryah namah tey loka andhyen tamasavratya ; tan asthey preytyabhigshanti yeh keych âtmanhanah janah.

L'incantation plana un instant sur la scène tel un nuage de points dorés dans un rayon de soleil. Lorsque ses échos s'évanouirent, la horde monstrueuse chargea.

Les arbres, aussi pourris qu'ils en avaient l'air, éclataient comme des calebasses sous les assauts des éléphants. Le grand pachyderme de tête poussait des barrissements d'exultation en abattant les fragiles géants les uns après les autres. Un passage plus large et plus pratique que le sentier suivi le matin même à flanc de falaise s'ouvrait peu à peu dans la forêt.

Bejû suivait à cheval le dernier mastodonte, d'assez près pour que sa masse le protégeât des arbres qui tombaient, mais d'assez loin pour ne pas risquer d'être piétiné. Il ralentit en voyant Berya approcher, le visage toujours figé en un masque de fureur et d'incrédulité. Le jeune ksatriya n'avait pas digéré la vision de tous ces hommes et ces chevaux de valeur réduits en miettes tels de vulgaires pantins. « Et pour quoi ? Pour rien. Ils n'ont même pas eu l'occasion de prendre leur arc ou leur épée. Ils sont morts sans emporter avec eux le moindre shatru*. Quelle honte, mon Dieu, quelle honte. »

— Combien ?

La capitaine trouva sa propre voix nasillarde, étrange. L'air bizarrement fétide de la jungle distordait les sons, corrompait les sens. Bejû voulait tout simplement savoir combien de vajra avaient survécu.

Son subordonné paraissait avoir vieilli de dix ans.

— Soixante chevaux, huit chars, quinze éléphants. L'un d'eux a été abattu avant que nous ne pénétrions dans la forêt.

Le capitaine hocha la tête, sinistre. La grêle puante avait cessé dès que les soldats s'étaient avancés sous le couvert. Sans doute les misérables lâches qui les bombardaient de leur petit coin savaient-ils que les arbres dévieraient et ralentiraient les projectiles. Toutefois, les quelques chiffres donnés par Berya causaient à Bejû un choc qui réduisait à néant son soulagement devant la fin de l'averse meurtrière et son plaisir d'avoir pénétré dans la jungle.

— Nous avons perdu plus de la moitié de nos chars et de nos chevaux, commenta-t-il d'une voix tremblante de rage. Les coupables vont nous le payer. Les pleutres immondes, qui se terrent !

Son hurlement s'éleva au-dessus des barrissements et du vacarme des arbres réduits en miettes :

— Montrez-vous, bande de lâches ! Venez vous battre, si vous l'osez !

Pas de réponse. Berya essuya la sueur qui lui coulait sur le visage, étalant une tache de sang.

— Et maintenant ? Les éléphants se débrouillent bien, mais ils ne tiendront pas ce rythme-là très longtemps.

Bejû maîtrisa sa colère afin de mettre au point sa stratégie avec une détermination glacée.

— Nous cherchons le cours d'eau. Ensuite, nous le suivons pour rejoindre le prophète et les princes. (Il saisit son lieutenant par le bras.) Et attention, écoutez-moi bien. Je me fiche que les éléphants se fassent exploser la tête en nous frayant un passage dans cette maudite forêt. Il n'est pas question de s'arrêter avant d'avoir trouvé les princes... ou les salauds qui nous ont bombardés. Vous me suivez ?

— Oui, mon capitaine.

Bejû regarda Berya s'éloigner. « À mon avis, nous trouverons les rajkumâr en trouvant les démons. Et le plus tôt sera le mieux. J'ignore ce qui nous jetait ces boules de merde, mais une chose est sûre : ça n'avait rien d'une machine de guerre. Les projectiles avaient été façonnés à la main, ils en portaient l'empreinte. Et ils atteignaient dix mètres de diamètre... Alors quelle taille peut bien faire la créature qui nous les lançait l'un après l'autre comme des confettis ? De quel genre d'asura peut-il bien s'agir ? »

Il avait le sinistre pressentiment qu'il ne tarderait pas à le savoir.

XX

AYODIÂ ANASYA !

Le cri de guerre ayodien résonna dans la jungle avec une force surhumaine, dominant les rugissements bestiaux de rage ou d'angoisse.

Lakshman y fit écho, mais sa voix parut bien faible, bien rauque après celle de Râma :

— Ayodiâ Anasya !

Ayodiâ l'Indestructible !

Le sage, lui, enchaînait sans répit les sloka. Les mantras semblaient modifier la texture même de l'air, emplir les poumons des jeunes gens d'une énergie brute tirée de l'âkâsa pour remplacer l'atmosphère corrompue de la Bayanak-van. Lakshman, l'épée guidée par une shakti bien supérieure à l'habileté et à l'expérience, sentait le pouvoir s'amasser autour de lui. La lumière bleue de ses yeux jouait sur le faciès des hybrides, se reflétait dans leurs prunelles inhumaines. S'ils n'en furent d'abord guère impressionnés, ils devinrent, au fil de la bataille, plus hésitants, plus circonspects. Bientôt, ils essayèrent de se faufiler à la périphérie de son champ de vision pour l'attaquer par-derrière, d'en haut, d'en dessous, de côté, car ils osaient de moins en moins s'en prendre à lui de front.

Lakshman jouait de l'épée comme un paysan bat son

blé, fauchant une moisson de sang. Des pattes, des organes, des entrailles, de la fourrure, des griffes, des parties de corps impossibles à identifier dans leur étrangeté volaient autour de lui pendant qu'il affrontait, qu'il abattait les créatures les unes après les autres. Il finit par perdre le compte de ses victoires, des monstres jetés au loin par leurs pairs rugissants de rage. La masse qui l'entourait se fit plus dense, les hybrides se pressant davantage, l'entourant de plus près, cherchant désespérément à percer ses défenses. La plus minuscule erreur, et c'en serait fait de lui – un coup de griffe ou de bec aiguisés comme des rasoirs, la piqûre d'un aiguillon au bout d'une queue suintante de venin, l'empalement sur les piquants flamboyants d'un lion-hérisson. Pourtant, il tenait sa position, tranchant, tailladant, massacrant sans merci ni hésitation. Il était une machine de guerre, comme l'avait dit le sage, un engin de combat propulsé par la puissance divine des mahâ-mantras. Rien ne pouvait l'atteindre. Du moins le pensait-il dans sa fureur aveugle.

Le premier signe qu'il n'était peut-être pas invulnérable lui fut donné par une chauve-souris-cobra, qui se jeta sur lui depuis une branche pendant qu'il affrontait simultanément un ours-cerf et un sanglier-chat sauvage. Il esquiva à temps pour éviter les crocs de serpent, la créature passa près de lui comme une flèche avec un cri de frustration, et son venin se répandit sur l'humus, inutile. Toutefois, une douleur brûlante déchira le dos de Lakshman, qui pensa trop tard aux griffes des pattes avant. Le sang suintait de ses estafilades, coulait lentement sur son flanc. Ce n'était cependant qu'une blessure sans gravité. Chassant la souffrance de son esprit, il redoubla de vigueur.

— *Ayodiâ Anasya !*

Un rhinocéros-gharial impatient choisit cet instant pour se frayer littéralement un passage jusqu'au jeune homme : plongeant son long museau tranchant dans le dos de l'ours-cerf, il émergea, ruisselant, du ventre de sa victime. Ses crocs se refermèrent sur la main armée de Lakshman, stupéfait. Le prince se tordit pour se libérer. L'instant s'étira, pendant qu'il luttait rageusement contre le rhinocéros-gharial, dont le séparait l'ours-cerf agonisant, puis le sanglier-chat sauvage lui administra un coup de défenses qui manqua son abdomen mais le blessa à la hanche. Cela donna l'avantage à l'hybride de gharial.

Ses mâchoires se serrèrent, étau puissant qui réduisit en miettes le poignet de Lakshman et lui trancha deux doigts. L'épée tomba de la main mutilée. Les artères coupées envoyèrent au visage du prince un jet de sang qui l'aveugla.

La seconde d'après, les monstres se jetaient sur lui, mordaient, griffaient, tranchaient, déchiquetaient. Quelque chose de froid et de pointu s'enfonça dans son dos, brisa ses côtes, qui crevèrent ses poumons. Le sang jaillit de sa bouche à l'instant même où une patte s'abattit sur son crâne, qui se fendit. Ses adversaires le dévorèrent, chacun s'emparant de son morceau préféré ; ils le réduisirent en pièces, gobant ses organes fumants, encore palpitants, avec des hurlements d'exultation.

Lakshman n'était pas indestructible, après tout.

Bejû entrevit le scintillement de l'eau juste avant que sa monture ne franchît les débris éparpillés des arbres tombés, dépassant l'éléphant au front ensanglanté et au casque brisé. Repérer le ruisseau n'était pas facile, avec le tapis de mousse et de pourriture qui le recouvrait, mais les arbres s'interrompaient à environ cinq mètres de la rive, dessinant une avenue qui permettait de suivre le cours d'eau des yeux en pleine jungle. Bejû leva la main. Les vajra s'arrêtèrent. Puisque les éléphants n'avaient plus besoin d'ouvrir la marche, le capitaine allait reprendre la tête de son unité.

Il se préparait à donner ses ordres, lorsque lui parvinrent les bruits d'une bataille : son expérience ne pouvait le tromper, des êtres vivants engagés dans une lutte sans merci employaient tous les moyens à leur portée pour s'entredétruire. Seuls les bruits de l'amour étaient aussi excitants. Bejû renifla tel un ours noir des montagnes. Le parfum salé et âcre du sang arrivait de l'aval, direction dans laquelle il brandit son épée avant de crier à ses troupes, toujours aussi déterminées quoique très réduites :

— Vite ! On a besoin de nous !

Cette fois, il n'eut pas à réciter de mantra à sa monture.

Elle partit d'elle-même au galop le long du ruisseau, les naseaux palpitants dans l'odeur du sang. En approchant du théâtre des événements, il scruta la pénombre de la forêt, perplexe. Le vacarme ne permettait pas de se faire une idée des deux camps… Le tohu-bohu rassemblait les cris d'animaux les plus variés qu'il eût jamais entendus. Que pouvaient bien combattre les rajkumâr, au nom des dieux ?

La réponse à cette question lui fut donnée quelques instants plus tard. Sur la rive opposée se déroulait la lutte la plus étrange du monde.

Le prince Râma affrontait, seul, une foule énorme de bêtes. Les créatures se bousculaient tellement dans leur hâte à se jeter sur le jeune homme que l'officier avait du mal à les distinguer les unes des autres… puis il comprit que sa première impression ne devait rien à la faible lumière de la jungle. Il ne s'agissait pas de prédateurs normaux. Le visage de Bejû se plissa de dégoût lorsqu'il distingua les formes contre nature des adversaires de son prince.

Toutefois, ce dernier était encore plus stupéfiant. Seul, sans cuirasse, sans casque, une simple épée courte dans une main, une poignée de flèches dans l'autre, il tenait en respect une centaine de monstres obscènes, assez meurtriers pour frapper de terreur un régiment armé de pied en cap. Le rajkumâr se battait comme si une escouade avait protégé ses arrières, un bouclier d'invulnérabilité sa poitrine. Son arme étincelait, d'une rapidité aveuglante, au point qu'elle paraissait de feu bleuté plutôt que d'acier. Tout ce qu'elle touchait, elle le tuait. La poignée de traits, elle aussi redoutable, traçait une courbe de mort sanglante dans la foule monstrueuse. Encerclé par un ennemi cent fois supérieur en nombre, le jeune homme fendait cet océan aussi facilement que s'il n'avait présenté aucune résistance.

Derrière lui se tenait Visvâmitra, enveloppé d'une colonne de lumière bleue aveuglante dont Bejû ne voyait pas le sommet, qui disparaissait au-dessus des cimes. Des points dorés tournoyaient autour de lui, évoquant les mouches prises dans l'ambre qu'on lève vers le soleil. Le mage enchaînait les mantras avec la calme férocité d'un général répétant son cri de guerre. Non loin de lui gisait ce qui ressemblait à un animal déchiqueté par une meute de hyènes, mais un bracelet en or repoussé, aux armes de la maison des Sûryavamsa, reposait parmi les restes. Bejû comprit qu'il contemplait le cadavre du prince Lakshman, car comment le malheureux aurait-il survécu dans cet état ? Le cœur lui manqua : il avait déjà échoué pour moitié dans sa mission. Un des princes avait été massacré, par sa faute, car il n'était pas arrivé à temps pour le protéger.

Berya, qui l'avait rejoint, contemplait la scène avec de grands yeux écarquillés par l'incrédulité, l'horreur, mais aussi autre chose... L'adoration. Bejû le comprit, devinant aussitôt que le jeune ksatriya regardait Râma. « Jamais il n'a vu personne se battre de cette manière. Moi non plus, d'ailleurs. En tout cas, pas un être humain. » Les yeux du rajkumâr apparurent alors au capitaine, étincelants d'un feu bleu, emplis des mêmes points dorés que ceux qui entouraient le sage. « Le pouvoir du Brahman est à l'œuvre. Qu'a donc fait le prophète à notre prince ? »

L'officier n'avait cependant nul besoin de comprendre ni de démêler tout cela. En tant que guerrier, deux choses seulement lui importaient : qui il fallait combattre, et comment. Jamais la compréhension n'avait aiguisé le fil d'une épée ni rendu une flèche plus rapide. Bejû regagna la limite arborée, partit au galop vers le cours d'eau, qu'il franchit d'un bond au niveau du radeau, et atterrit sur la rive opposée, nettement plus loin que nécessaire. Il n'eut pas à attendre pour voir si ses hommes le suivaient, car Berya l'avait aussitôt imité. Les chars et les éléphants restants parviendraient sans doute à traverser, puisque le ruisseau ne faisait guère qu'un mètre de profondeur. Le capitaine brandit son épée en éperonnant sa monture, non sans lancer une invocation à Shanî, son dieu :

— Jai Shrî Shaneshwara !

Puis il se jeta dans la bataille.

— Tasmin tvayi kim viryam ityapidan ; Sarvah daheyam yadindah prithivyamithih.

Immergé dans le Brahman, Visvâmitra sentait vaguement la bataille se déchaîner autour de lui. Telle était la puissance de la force qu'il commandait : après l'avoir déchaînée, on perdait le contact avec le plan matériel, car le Brahman échappait aux limites du temps et de l'espace, de tout ce qui avait jamais été, était ou serait. Le sage avait commencé par entonner les mantras sacrés du Vedânta, des stances de sa composition, dont le mètre et le rythme donnaient la capacité de canaliser le flot de l'énergie tissant l'Univers. Il scandait à présent ceux des Upanisad* afin de transmettre le pouvoir aux rajkumâr, qui l'utiliseraient pour lutter contre l'ennemi innombrable. Il fallait qu'ils parviennent au paroxysme de la force brahmanique et spirituelle pour supporter, voire contenir, la shakti en crue, comme une rivière distend ses berges pour s'adapter à un flot houleux.

Pourtant, un recoin de l'âtman de Visvâmitra, son âme divinc immortcllc, savait qu'il s'ćtait produit au cours dc la bataille quelque chose qui nécessitait son attention. Quelque chose de très important. De très préoccupant.

Un immense effort lui permit de continuer à diriger le pouvoir tout en libérant une petite portion de son esprit – le peu de conscience de soi nécessaire pour ouvrir l'œil gauche afin d'observer les alentours. Ce qu'il découvrit ne le surprit pas vraiment.

Le prince Râma brillait d'énergie brahmanique, les bras et les armes dirigés par l'immense savoir des mahâ-mantras de Bala et d'Atibala. Avec des résultats bien visibles : pas une des bêtes horrifiques qui s'agitaient sans répit autour de lui comme un nuage de sauterelles maléfiques ne parvenait à toucher un seul de ses cheveux. Il les fauchait tel du blé mûr, moissonnant le champ qui l'entourait. Des ksatriya le rejoignaient d'ailleurs, les restes du contingent vajra rencontré sur la raj-marg. L'issue du combat n'avait jamais fait aucun doute, mais à présent, il était évident qu'elle ne tarderait plus. Déjà, les hybrides démoniaques reculaient pas à pas, incapables d'atteindre la perfection guerrière meurtrière de Râma ou des courageux cavaliers, archers et éléphants. Râma se lancerait bientôt à la recherche de la véritable ennemie : Tâtakâ en personne. Quoique au paroxysme de sa mélopée méditative,

Visvâmitra laissa le fantôme d'un sourire adoucir ses traits austères.

Ce fut alors que son œil se posa sur les restes effondrés à terre, si proches de son mandala qu'il n'y avait pas prêté attention, persuadé d'avoir affaire à un cadavre d'hybride comme les autres. Il découvrait à présent qu'il s'agissait d'un être humain, complètement déchiqueté. Le tas d'os et de chair évoquait l'étal d'un boucher plus qu'un corps d'homme, mais on ne pouvait le confondre avec une des monstruosités bestiales de Tâtakâ. Cette charpie était tout ce qui subsistait du rajkumâr Lakshman.

Bejû avait déjà vu des guerriers en proie à la fureur du combat, mais rien de comparable à ce qu'il contemplait maintenant. Il lui suffisait de se trouver au côté de Râma pour sentir le pouvoir brut qui en émanait. L'épée du prince tournoyait à travers la ménagerie de cauchemar, si bien que l'officier n'avait pas grand-chose à faire, sinon plonger la sienne çà et là, dans quelques yeux ou quelques ventres, et trancher tout ce qui passait à sa portée. Malgré la bataille, poussé par l'éternelle fascination humaine devant la violence implacable, il trouvait le temps de regarder Râma. Ce qu'il voyait le glaçait et l'émerveillait tout à la fois. Le visage du jeune homme était un masque d'exultation grimaçant. « Il aime ça. Il goûte ce massacre. »

Le prince ne se contentait d'ailleurs plus de réduire ses adversaires en pièces avec méthode ; il s'arrangeait aussi pour les faire souffrir, autant que possible. Bejû le regarda en abattre deux coup sur coup, leur infligeant des blessures mortelles à long terme, puis passer son chemin. Décidé à les achever, l'officier ne put retenir une grimace lorsque l'un d'eux présenta son ventre pâle pour lui faciliter la tâche. « Le prince n'est pas lui-même. Ce n'est pas Râma Chandra qui se bat près de moi, mais une création du sage, un possédé de la sorcellerie brahmanique. »

La bataille se poursuivait, furieuse. Cavaliers et archers s'y étaient jetés avec ardeur, heureux de trouver un ennemi à combattre. Bejû avait des aperçus fugitifs de lances ou de masses d'armes qui brisaient des os, transperçaient des fourrures. Chaque fois qu'un vajra abattait un monstre retentissait le traditionnel « Jai Shanesh-wara ! ». Les créatures tuaient aussi, cependant, surtout quand les guerriers étaient pris au dépourvu par leur anatomie bizarre.

Elles conservaient également l'avantage du nombre, mais le massacre auquel Râma se livrait sans répit n'allait pas tarder à égaliser les chances. Ce qui était apparu au premier regard comme un défi impossible à relever faisait à présent figure de victoire possible, d'autant que les éléphants arrivaient enfin. Ils avaient d'abord reculé, à la vision des frères ou des cousins répartis dans les rangs des hybrides, mais leurs mahout avaient eu recours à des mantras pour les calmer puis les faire changer d'avis, si bien qu'ils se ralliaient à leurs compagnons humains. Un répit entre deux adversaires permit à Bejû de jeter un coup d'œil en arrière. Le premier pachyderme se frayait un passage sanglant jusqu'au cœur de la bataille, écrasant les bêtes sous ses pas, agitant sa trompe à laquelle était attachée une arme conçue tout exprès : une lame en forme d'éclair, capable de tout trancher sans se prendre nulle part, identique au vajra dessiné sur la bannière de l'unité. Partout, les monstruosités succombaient. Râma n'était plus le seul à semer sauvagement la mort.

Les créatures se débandaient, conscientes, peut-être, de leur défaite imminente, mais reculer pas à pas dans la forêt ne les sauvait pas. Certaines, assez agiles pour esquiver en s'enfuyant, entraînaient leurs adversaires dans de courtes poursuites, puis hurlaient de dépit lorsque les chars ou les cavaliers les rattrapaient. « Elles se retirent. C'est fini. » Bejû se battit avec plus d'ardeur que jamais, tandis que la muraille de fourrure et de griffes se fissurait devant lui. Râma continuait à taillader sans remords, pourchassant, blessant, mutilant les fuyards. Des cris déchirants s'élevaient dans son sillage, où les hybrides mouraient d'une mort lente, atrocement douloureuse.

Bejû, qui suivait le prince, tuait tout ce qu'il pouvait. Beaucoup de monstres reculaient, à présent ; ils battaient en retraite avec ensemble. Les soldats se mirent à pousser des cris de triomphe en voyant l'ennemi quitter le champ de bataille. Leur officier reposa un instant sa main armée, soulagé : ce genre de combat lui répugnait. Il allait ordonner à ses hommes de regagner le cours d'eau, car ils s'étaient enfoncés de plusieurs dizaines de mètres dans la jungle, lorsque retentit un coup de tonnerre.

La terre trembla sous un impact d'une telle puissance que Bejû perdit l'équilibre, glissa et tomba au milieu des restes visqueux d'une monstruosité grotesque, dont la crête dorsale aiguisée lui coupa la main. Ce fut à peine s'il sentit la douleur : son attention était focalisée sur l'ombre qui venait d'apparaître dans le ciel. « Hai, Shanî-deva. Protège-nous du mal. Quel genre d'asura nous envoies-tu encore ? »

Près de lui, l'engin meurtrier appelé Râma Chandra leva un regard aveuglant vers la chose qui approchait.

— Tâtakâ ! s'écria le prince, ravi. Tu te montres enfin !

XXI

BEJÛ, HÉBÉTÉ, ne bougeait pas de là où il était tombé. Sous lui, le sol tremblait, frissonnait, s'inclinait. L'officier sentait les minuscules fissures qui s'y ouvraient puis s'étendaient à chaque impact telles des toiles d'araignées. Il avait oublié qu'il gisait dans les entrailles répandues d'un cadavre, sa meilleure main entaillée. Tout ce qu'il pouvait faire, c'était rester étendu là, les yeux au ciel.

Les légendes effrayantes sur la yaksî Tâtakâ ne manquaient pas, catalogue des horreurs censées s'abattre sur les hommes assez fous pour s'aventurer dans la Bayanak-van, mais personne n'était jamais revenu décrire la démone. Bejû, quant à lui, l'avait toujours vaguement soupçonnée de n'être qu'une servante folle, une cannibale qui assassinait les voyageurs, un peu comme les brigands de la grand-route soi-disant mandatés par la déesse Kali. Dans son esprit se dessinait l'image d'une femme des tribus primitives à la peau sombre, vêtue d'une jupe de feuilles, le corps percé par endroits de bijoux d'os, une solide massue cloutée à la main, un collier de crânes de bébés sur ses mamelles pendantes, rugissant des malédictions dans sa langue archaïque, montrant des dents pourries faciles à prendre pour des crocs de râkshasî.

Or l'être qui fondait sur les intrus n'avait rien d'une dâsyu, d'une meurtrière sans feu ni lieu ou d'une sauvage cannibale. Qu'était-ce ? Le vocabulaire humain manquait pour décrire une apparition de telles proportions. Le mot *géante* semblait risible, inadéquat. *Colosse*, *Hercule*, *Titan*, *montagne* : voilà les termes qui venaient à l'esprit. Sans doute l'apparition résultait-elle de quelque sorcellerie asura. Mâyâ*... Illusion... Jeu de lumière... C'était tout ce qu'on voulait, forcément, sauf ce que les yeux s'obstinaient à voir.

Bejû ne pouvait cependant refuser le témoignage des siens. La créature qui se frayait un chemin à travers la Bayanak-van n'était que trop réelle. Sa tête, ses épaules, sa taille dominaient de loin les plus grands arbres, qui atteignaient au moins cent mètres de haut. Elle se dressait au-dessus de la forêt, bloquant de sa masse immense le peu de lumière qui parvenait à percer le sous-bois épais. Lorsque sa tête passa devant le soleil presque à son zénith, il disparut comme la flamme d'une torche qu'on éteint.

L'ombre noire de la géante, d'une taille inimaginable, même à midi, filait à toute vitesse sur le sol, engloutissant les hommes en contrebas dans une obscurité crépusculaire. Pourtant, elle se trouvait encore à des kilomètres. Elle s'avançait dans la jungle tel le taureau Nandi* à travers un champ de blé. La végétation serrée s'écartait devant elle à la manière des épis, se couchait par pans entiers dans son sillage. La poussière qu'elle soulevait formait un nuage dans le ciel, sans doute visible à des dizaines de yojana à la ronde.

C'était un véritable miracle que personne ne l'eût jamais repérée depuis la raj-marg ni, tout simplement, du nord de la Sarayû.

En la regardant arriver, cependant, Bejû se sentit brusquement idiot : la densité virginale de cette partie de la forêt prouvait que l'énorme créature y venait pour la première fois. Sans cela, la végétation aurait été réduite à l'état de brindilles.

La bataille avait cessé. Les monstres survivants s'étaient enfuis sous le couvert, tandis que les soldats s'arrêtaient pour regarder approcher le nouveau danger.

— Ce n'était pas un engin de siège ! s'écria Berya, tout excité. C'était elle !

Il fallut un instant à son supérieur pour comprendre que le jeune homme pensait aux boules d'excréments dont on les avait bombardés à l'orée des bois. Bejû hocha la tête. La géante aurait pu leur lancer des collines si l'envie l'en avait prise, voire une ou deux petites montagnes. Oui, sans aucun doute, c'était elle qui leur avait jeté les projectiles, façonnés de ses mains énormes.

Tâtakâ s'immobilisa pour examiner les humains avec attention. Le nuage de poussière qui s'élevait au-dessus de sa tête brillait au soleil comme une couronne de fumée. Son visage et son corps se découpaient contre l'astre au zénith, alors que ses traits restaient quasi invisibles.

Elle se pencha, tendant des mains aussi larges, aussi longues que des maisons – aucune autre comparaison ne se présenta à l'esprit de Bejû. Un instant, le cœur de l'officier s'arrêta, car il crut qu'elle voulait l'attraper, *lui*. Toutefois, le geste s'interrompit au sommet d'un bosquet, dont la démone écarta les arbres comme un singe les poils d'un cousin à épouiller. Le soleil illumina les militaires, la lumière envahissant le coin de jungle où ils se trouvaient. Les chevaux se cabrèrent en hennissant, terrifiés par cette apparition, mais qu'en pensaient les éléphants ?

L'agitation qu'elle suscitait tira à la géante une sorte de grognement – de satisfaction, pensa l'officier. « Ou de faim. Peut-être ne sommes-nous à ses yeux que d'appétissantes friandises. » Elle attrapa une poignée d'arbres, qu'elle arracha sans effort ou presque, les déracinant puis les jetant de côté comme de la paille.

Un pachyderme, pris entre les troncs tel un insecte dans la brosse d'un balai éclata en barrissements terrifiés lorsque ses grosses pattes grises quittèrent l'humus. Ses cris s'évanouirent quand il s'envola avec le bosquet, qui parcourut des kilomètres avant de retomber. Au moment où Tâtakâ extirpait les racines, deux chevaux, jetés à terre, désarçonnèrent leur cavalier ; un char se retourna, tuant son passager ; un éléphant, paniqué, partit en courant droit vers le cours d'eau.

La pénombre de la jungle disparut en un clin d'œil. Bejû et ses hommes se retrouvèrent dans une clairière toute neuve d'une centaine de mètres de diamètre. La yaksî contempla son œuvre avec satisfaction. À présent, tous les mortels lui étaient visibles, négligeables fourmis impuissantes devant sa taille et sa force prodigieuses.

Elle se pencha derechef. Ses dents blanches étincelèrent dans son visage enveloppé d'ombres. « Nous sommes perdus », se dit Bejû en s'efforçant de se remettre sur ses pieds. De quelque manière qu'il commandât ses troupes, il leur serait impossible de tuer une créature pareille. Tout ce qu'il pouvait espérer, c'était la chance de mourir debout, au combat. Il se débattit donc pour se redresser malgré son sentiment d'impuissance, l'épée serrée dans sa main entaillée, les yeux levés vers la gigantesque yaksî.

Tâtakâ s'avança d'un pas, un seul, dans la clairière qu'elle venait de créer. Son pied se posa à quelques mètres d'un éléphant, secouant la terre au point que les dents du capitaine s'entrechoquèrent et que le pachyderme s'envola à quelques mètres de haut avant de retomber sur le flanc, hurlant. Il parvint cependant à se relever, un peu étourdi, mais indemne, de même que son mahout. Les chevaux se cabrèrent, voltèrent en roulant les yeux. Les ksatriya survivants restèrent bouche bée.

La yaksî s'inclina de nouveau. Bejû ne douta plus que la fin de ses jours sur Prithivî fût venue. Il n'avait aucun moyen de se défendre – ni quiconque, d'ailleurs – contre cette montagne asura. Mâchoires serrées, pieds légèrement écartés pour éviter d'être une fois de plus jeté à terre, droit comme un I, il attendit l'attaque et la mort inévitable.

La démone regardait de tout côté, visiblement à la recherche de quelque chose. *Ou de quelqu'un.*

— Râma, dit-elle, écartant des lèvres assez immenses pour gober un couple d'éléphants.

« Avec le céleri en accompagnement », songea Bejû, dans une stupeur cotonneuse.

La bouche de Tâtakâ se trouvait à plus de cent mètres de haut, mais son haleine n'en atteignit pas moins l'officier. Il se raidit, prêt à affronter une puanteur cent fois plus immonde que celle des hybrides.

Lorsque le souffle lui passa sur le visage, cependant, il cligna des yeux, incrédule. « Elle sent merveilleusement bon. » La bourrasque charriait des dizaines de délicieuses fragrances mêlées. « Le trèfle, c'est sûr... La menthe... Le chèvrefeuille, peut-être... » Pourtant, ces parfums n'étaient rien comparés à une odeur plus enveloppante, indescriptible, même si Bejû la connaissait parfaitement. « Elle sent la femme. » Plus précisément, elle sentait sa femme à lui, malgré la pure folie de l'association d'idées entre Shakun et la gigantesque asura.

Tâtakâ se pencha au-dessus des soldats. Plus elle se baissait, plus ses traits devenaient visibles, éclairés par la lumière du soleil réfléchie à terre. Enfin, elle s'accroupit. Sa tête, qui ne se trouvait qu'à quelques dizaines de mètres de haut, paraissait aussi large que la clairière.

— Par la langue rouge de Kali ! marmonna Bejû, l'épée au poing, quoique son sang en eût rendu la poignée glissante.

Ce n'était pas seulement une question d'odeur... Malgré sa taille, malgré les légendes, malgré tout ce qu'il avait entendu dire des asura durant ses quarante-sept années sur Prithivî, l'officier ne pouvait refuser le témoignage de ses yeux.

La yaksî n'était ni laide ni malformée. Au contraire...

— Atî sundar*, murmura-t-il, comme si formuler la chose devait l'aider à en croire ses yeux.

« D'une beauté incomparable. » Si belle qu'en détourner le regard pour examiner la clairière fut difficile à Bejû. Ses hommes étaient aussi sidérés que lui. Eux qui brandissaient leurs armes, prêts à en découdre, à lutter jusqu'au bout malgré la futilité de leur résistance, ce renversement de situation les prenait par surprise. Comment une entité maléfique pouvait-elle être d'une beauté aussi étourdissante que les apsaras d'Indra ?

Plus déconcertant encore, elle se gardait du moindre geste, du moindre acte hostiles. Elle se montrait même aussi douce, aussi attentive que possible. Si elle l'avait voulu, il lui aurait suffi de lever le pied pour écraser les soldats comme des scarabées, les réduire en cadavres mutilés. Au contraire, elle avait évité la violence, y compris en déracinant les arbres pour créer la clairière. C'était par accident qu'elle avait blessé certains vajra. « Après tout, elle n'y peut rien si elle est immense. »

À cette pensée, Bejû prit conscience de l'absurdité de la situation : « Je cherche des excuses à une asura ! »

Toutefois, le fait n'en demeurait pas moins aussi indéniable que la splendeur de la yaksî : elle n'avait rien d'une démone hideuse, aux crocs puissants rouges du sang de malheureux bébés, vêtue de peaux humaines. Elle n'était d'ailleurs pas vêtue, puisqu'elle portait en tout et pour tout, sur son éclatante chevelure rouge, une petite couronne de mogra* si odorante que les fleurs en étaient forcément toutes fraîches. Ce dernier détail eut le don de déstabiliser Bejû, dont l'épouse ornait parfois ainsi ses cheveux, surtout lorsqu'elle le sentait d'humeur amoureuse. La yaksî n'en avait que davantage l'air d'une très, très belle femme de très, très grande taille.

— Râma, répéta-t-elle d'une voix plus douce.

Son souffle était aussi parfumé qu'un champ de fleurs printanières, sa voix aussi suave, aussi féminine que celle d'une chanteuse de la cour. Ses yeux verts brillants, aux proportions exquises, évoquaient deux lacs de lumière colorée. Son nez délicat, ses longues oreilles pointues, son cou de cygne, son corps mince – si c'était le mot juste pour une femme de trois cents mètres de haut sur quarante ou cinquante de large – auraient enflammé d'une jalousie ardente la moindre concubine du maharajah. Lorsque Bejû baissa les yeux vers les charmes plus intimes de Tâtakâ, il s'aperçut avec un choc que les formes parfaites de la géante éveillaient ses sens. Les gandharvî créées pour séduire les deva auraient imploré d'obtenir un corps pareil. Parcourant ses hommes du regard, le capitaine constata sans surprise que certains avaient baissé leur lance ou leur épée. « Alors que leur désir, lui, monte rapidement. » Il secoua la tête afin de s'éclaircir l'esprit, détourna un instant les yeux, incapable d'en croire le tressaillement de sa chair. « Impossible. Il y a de la sorcellerie là-dessous. Comment ce... cette... créature pourrait-elle bien être Tâtakâ ? »

Râma reprit conscience par étapes, la shakti des mahâmantras diminuant peu à peu, le furieux torrent glacé se réduisant à un ruisseau bouillonnant, puis plus placide, plus mince, jusqu'à perdre enfin son influence et le laisser revenir à la normale.

Redevenu maître de ses actes, il cligna des yeux au soleil éblouissant. Quelque chose l'avait rendu à lui-même...

Tâtakâ.

La géante se dressait devant lui, idole de la perfection féminine sculptée à une échelle immense. L'épée à la main, méfiant, il était prêt à douter de ses sens peut-être obscurcis par la mâyâ, mais la beauté irrésistible de la créature le fit hésiter assez longtemps pour que le doute s'insinuât dans son esprit : « Ce n'est pas possible, ça ne peut pas être une démone maléfique. »

— Tâtakâ, lâcha-t-il d'une voix douce, les yeux levés vers elle.

En l'entendant prononcer son nom, elle sourit ; un sourire merveilleux, empli de chaleur et d'innocence, de soulagement et de plaisir, parce que le jeune homme montrait qu'il avait conscience de sa présence. Hormis pour la taille, ç'aurait pu être une simple femme. Seules ses oreilles pointues, sa peau livide, sa chevelure rouge vif et ses quelques taches de rousseur la différenciaient des Ârya. Sa nudité, aussi, tellement saisissante.

« Attention, Râma, n'oublie pas à qui tu as affaire. »

— Tâtakâ, répéta-t-il. Nous nous rencontrons enfin, démone légendaire.

Le sourire vacilla.

— Démone ? Est-ce ainsi que tu me vois, mon prince ?

— Râma ! (La voix rageuse du brahmârishi tonna dans la clairière.) Ne vous laissez pas abuser par l'ingénuité retorse de Tâtakâ. Elle cherche à vous distraire par la mâyâ. Les asura sont des maîtres de l'illusion, ne l'oubliez pas. Montrez-vous aveugle à sa beauté, à sa féminité, et remplissez votre devoir envers moi. Tuez ce monstre immédiatement !

Tous les regards se tournèrent vers le sage. Il n'avait pas quitté son mandala, mais la colonne de lumière brahmanique avait disparu. Levant son bâton, il le pointa sur la géante.

— Ne perdez pas de temps, prince. Pensez à ce que je vous ai dit : ses pouvoirs sont au plus faible lorsque le soleil atteint le zénith. Voilà pourquoi elle a choisi ce déguisement séduisant : pour vous retarder en vous envoûtant. Cramponnez-vous à votre dharma. Tuez-la.

Râma considéra une fois de plus Tâtakâ, puis le prophète.

— Parantu, gurudev, elle a l'air d'une femme plus que d'une asura. L'honneur ksatriya m'interdit de m'en prendre à une femme.

Le prophète agita son bâton avec colère.

— Ne vous fiez pas aux apparences, prince. Cette yaksî est coupable de mille crimes. Les deva eux-mêmes se sont efforcés de la détruire à maintes reprises. Rappelez-vous l'histoire du verger de Kâma ! Les dieux ont cherché des millénaires durant à tirer Shiva de sa tapas d'un million d'années dans le seul dessein d'éliminer cette créature. Ressuscitée par la sorcellerie maléfique de Râvana, elle a pris cet aspect physique pour vous égarer. N'écoutez pas ses mensonges mielleux, ne prêtez aucune attention à ses charmes féminins. Saisissez-vous de vos armes à l'instant et abattez-la !

Une mèche de cheveux tomba en travers du visage de Tâtakâ, devant sa joue et son œil droits, la rendant encore plus attirante.

— Tu me tuerais, mon prince ? Moi, une faible femme ?

Râma, partagé, promena un regard hésitant sur la clairière.

— N'ayez pas peur de son gigantisme, rajkumâr. Elle a beau avoir la force de mille éléphants, elle n'est pas de taille à vous vaincre, vous et les mahâ-mantras.

Il regarda la géante, puis le sage, ne sachant plus qui écouter, qui croire.

— Je vous en prie, gurudev, je vous en supplie, ne me forcez pas à violer le dharma en tuant une femme. J'ai fait tout ce que vous vouliez, je ferai tout ce que vous voudrez à l'avenir, mais cet ordre-là, il m'est impossible d'y obéir.

Visvâmitra, furieux, abattit son bâton. À l'endroit où le bois toucha le sol, la terre s'ouvrit dans un éclair aveuglant, accompagné d'un coup de tonnerre. Chevaux et éléphants, déjà agités à cause de la yaksî, se cabrèrent en hennissant ou en barrissant.

— Prince Râma ! Le dharma se compose des obligations que nous impose le plus grand bien. Or celle dont il est question ici décidera du bien-être des quatre castes, mais aussi de la sécurité de tout ce qui vit. Un roi doit servir ses sujets au mieux, car tel est son devoir, même si cela l'oblige parfois à des actes iniques, détestables.

« Écoutez-moi bien. Le grand Indra, le plus honorable des dieux, s'est résigné à tuer la fille de Virocana parce qu'elle cherchait à détruire Prithivî, notre planète. Vishnu le Préservateur a éliminé l'épouse de Bhrigu, la mère de Kavya, parce qu'elle préparait le meurtre d'Indra. Au fil des époques, d'autres rois et princes ksatriya ont satisfait à la pénible exigence du srî-hatya* ; d'autres ont affronté les doutes et les hésitations qui vous rongent. Vous n'êtes ni le premier ni le dernier placé devant la nécessité de tuer une femme. Il faut le faire. Oubliez votre pitié, ravalez vos interrogations, prenez votre arc et abattez Tâtakâ avant que midi ne soit passé. Éliminez-la à l'instant, Râma ! »

La géante se releva, dissimulant de nouveau le soleil, puis elle attendit avec une passivité bouleversante que Râma se décidât. « Si c'était une monstruosité griffue, aux crocs redoutables, qui s'était précipitée sur moi pour m'arracher le cœur, aurais-je hésité ? » Pourtant, quelque chose retenait la main du jeune homme.

Visvâmitra reprit la parole d'une voix plus douce, emplie de compassion.

— Écoutez-moi bien, mon enfant. Je sais que vous souffrez. Vous êtes un noble cœur, porté par de grands idéaux, mais la tâche doit être accomplie *à l'instant.*

Il s'interrompit, avant d'ajouter :

— Si vous ne le faites ni pour votre peuple ni pour vous-même, faites-le au moins pour votre frère.

— Mon frère ? répéta Râma, sourcils froncés.

Le sage montra de son bâton quelque chose d'informe, juste devant lui.

— Regardez et pleurez, courageux prince d'Ayodiâ. Ici gît votre frère en bravoure, le fils de Sumitrâ, Lakshman, réduit à un tas d'os brisés et de chair déchiquetée, victime de Tâtakâ. Voyez ce qu'il en reste, et dites-moi si vous pensez toujours que cette démone n'est qu'une simple femme.

Râma traversa la clairière à une vitesse qui fit cligner des yeux les ksatriya, surpris, puis il s'efforça de ramasser les ossements et les débris sanglants. « Mon frère d'armes. » Ni un cadavre entier ni un squelette nettoyé ; c'était pire que s'il n'avait rien subsisté. Les mahâ-mantras emplissaient le jeune homme de leur puissance fiévreuse, la shakti inondait son corps et son cerveau, mais il conservait quelque chose de son identité, du Râma Chandra qu'il était lorsqu'il ne subissait pas l'influence de Bala et d'Atibala. Ce Râma-là possédait des souvenirs : images, émotions, sensations, paroles presque oubliées, toutes choses sans importance sur l'instant, mais à présent plus précieuses qu'une prière. Des années passées ensemble à grandir, à s'égratigner les genoux et se meurtrir le cœur, à maîtriser les arts et les sciences, à apprendre comment tuer et aimer, à découvrir l'importance de la famille, la nécessité de la discipline, la signification du dharma, le cycle du karma... Tout cela traversa l'esprit de Râma avec la violence brûlante de l'éclair jailli du nuage d'orage. Un coup de tonnerre suivit, assourdissant. La roue du temps, le grand samay chakra qui ne s'arrêtait pour nul homme, dieu ou démon, tourna d'une fraction infinitésimale de dent minuscule. Râma souleva les restes sanglants de son frère en criant sa douleur vers le ciel.

— *Lakshman !*

Son chagrin emplit la Bayanak-van tout entière.

Le prince se mit en marche, le cadavre déchiqueté dans ses bras tendus, adorateur angoissé apportant une étrange offrande à un dieu sans cœur. Devant le sage, il s'immobilisa, plia le genou, abaissa avec précaution le corps en charpie jusqu'au sol, aussi tendrement qu'une mère allonge son bébé endormi. Enfin, il se pencha pour toucher la terre du front. La poussière sableuse et les feuilles mortes frottèrent sa peau fiévreuse, s'écrasèrent contre son crâne comme des épices dans un silbutta*. Lorsqu'il releva la tête, le front taché de l'humus gris-noir de la jungle hantée, il évoquait un shivaïte marqué avec de la cendre.

La rage le reprit avec une soudaineté aussi terrifiante qu'exaltante. Une fureur sans mélange se rua dans ses veines, lame de fond qui balaya l'anxiété, les doutes, le sentiment de culpabilité. Ses poings se serrèrent, à la recherche d'une arme, n'importe laquelle. Ses narines palpitèrent, tandis qu'il inspirait avidement ; il baissa la tête, comme un taureau prêt à charger, afin de permettre à l'oxygène véhiculé par le sang d'atteindre sans entrave le cerveau.

Les vajra eux-mêmes firent un pas en arrière, effrayés par la transformation. Il était redevenu un être de Brahman, tributaire du grand fleuve de la puissance céleste.

— Mahâdev, commença-t-il d'une voix terrible, votre connaissance des shâstra divins est sans égale. Brahmâ en personne vous a donné le vidyâ des mantras gouvernant la vie, la mort, la renaissance et la résurrection. Nulle tâche n'est insurmontable pour votre shakti. Je vous implore de rendre mon frère d'armes au monde des vivants.

La main de Visvâmitra se déplaça sur son bâton, pour se refermer autour de la protubérance des fils colorés enroulés au sommet.

— Les sortilèges qui altèrent l'équilibre entre la vie et la mort ont leur prix. Yama, le roi des morts, tient des comptes précis. Les deux plateaux de la balance doivent s'équilibrer en permanence. Nulle exception n'est possible. Si vous voulez que je m'adresse à lui pour rendre le prince Lakshman à son état précédent, vous devez payer sa vie d'une autre vie.

Les yeux de Râma étincelaient, bleu et or, flamboyants, même à la lumière de midi.

— Je la paierai de la mienne s'il le faut.

— Cela ne suffirait pas. Le prix de la résurrection est élevé. Une seule âme de mortel ne saurait régler l'addition de Yama.

— Alors j'en offrirai une douzaine. Une centaine. Un millier ! Dites-moi quel est le prix, sage, et je l'acquitterai.

Je faucherai une moisson de sang telle qu'on n'en a jamais vu dans les trois mondes.

— Écoutez-moi bien. Toutes les âmes des mortels ne suffiraient pas à satisfaire Yama. Vous pourriez débarrasser l'Univers de l'humanité entière, comme Parasurâma a débarrassé à trois reprises Prithivî du moindre ksatriya, cela ne rachèterait pas l'esprit de votre frère. Le dieu ne le rendra qu'en échange d'une mort bien précise.

— Dites-moi qui est le malheureux dont vous parlez. Il ne verra pas le soleil se coucher.

— Non. Au coucher du soleil, il serait beaucoup trop tard. Yama est déjà à mi-chemin du Pâtâl sur son buffle noir aux yeux rouges, l'âme de votre frère enfermée dans sa bourse en peau de léopard. S'il emprisonne Lakshman dans un des nombreux niveaux des enfers, il sera impossible de le récupérer, à n'importe quel prix. L'échange doit intervenir assez vite pour que Yama fasse immédiatement demi-tour. D'ici quelques instants.

— Il en sera comme vous le dites, grand sage. Maintenant, désignez-moi la victime qui permettra la résurrection de mon frère.

Le bras de Visvâmitra se tendit.

— Il n'y a là rien de mystérieux. Elle se tient juste derrière vous… la responsable de la mort de Lakshman. Tuez cette démone, et je rachèterai l'âme du prince au roi des morts. Agissez sur-le-champ, car le soleil est au zénith, ou vous aurez laissé passer votre chance ; vous n'aurez plus qu'à aller chercher le bois de santal nécessaire au bûcher funéraire de votre frère.

Râma fixa le prophète en silence puis, lentement, se courba une nouvelle fois jusqu'à terre.

— Qu'il en soit ainsi. Commencez le mantra, rishi, je remplirai ma part du marché.

Il se releva, se retourna, regagna l'endroit où était tombé Lakshman et s'empara de ses armes. Puis, balançant le carquois par-dessus son épaule, il encocha une flèche.

Alors, il leva son arc vers la géante, dont la masse dominait la clairière.

XXII

TÂTAKÂ SE REJETA en arrière.

— Voilà trop longtemps que les prophètes m'empoisonnent l'existence ! Toi, Visvâmitra, je vais te détruire immédiatement, en même temps que tes amis mortels. Ceux de ta race ne sauraient résister à la puissance ni à la fureur du seigneur de Lankâ ! Au nom de Râvana !

Elle leva le pied pour écraser le sage, qui ne bougea pas d'un pouce, récitant ses mantras sans paraître la voir.

Râma lâcha sa flèche. Le mince trait de bois s'éleva dans le ciel, où il disparut un instant, englouti par l'éclat du soleil de midi. Soudain, la géante poussa un cri de rage en s'assenant une claque, comme pour tuer un moustique.

Une minuscule piqûre d'épingle se matérialisa sur sa peau claire, juste au-dessus de son sein gauche, point rouge infinitésimal. Elle attrapa le projectile entre le pouce et l'index pour le retirer. Sur sa masse gargantuesque, il n'était qu'une écharde quasi invisible, pas plus grosse qu'une aiguille dans la main d'un adulte. Tâtakâ le jeta à terre.

— Mortel stupide. Te crois-tu vraiment capable de me faire du mal ? Je suis Tâtakâ ! J'ai la force de mille éléphants. On ne m'appelle pas pour rien *gaja-gamini*, « celle qui a des pieds d'éléphant » !

— Qui peut abattre un mastodonte peut en abattre mille, riposta Râma en encochant une deuxième flèche, mais essaie de t'enfuir à la vitesse de mille éléphants, si tu veux. Cela ne te sauvera pas, démone.

L'expression de la yaksî changea : elle prenait conscience que le négligeable humain planté devant elle n'était plus un prince scrupuleux, guidé par le dharma, redoutant de commettre le péché mortel du srî-hatya. Il était devenu quelqu'un de complètement différent, avec qui il ne fallait pas songer à discuter.

— Qu'il en soit ainsi, lança-t-elle.

À l'instant où Râma levait son arc, elle ouvrit les bras, « assez grand pour presque englober Ayodiâ », songea Bejû ; puis elle frappa dans ses mains de toutes ses forces, déchaînant le coup de tonnerre le plus violent qu'il eût jamais entendu. Le vent soulevé par l'impact le renversa, ainsi que ses hommes, projeta en l'air certains d'entre eux, les envoya s'écraser contre les arbres ou les éléphants. Les chevaux frissonnèrent puis tombèrent. Les pachydermes piétinèrent, trébuchèrent, mais conservèrent l'équilibre.

À la même seconde, Râma lâcha sa flèche, qui alla se ficher droit dans la paume gauche de Tâtakâ, dont elle perça le mont de Shukra, sous le pouce. La géante, qui se penchait déjà pour faire son mouvement suivant, la sentit visiblement à peine, mais poussa une exclamation de mécontentement, d'une voix tonitruante qu'elle ne modulait plus au bénéfice des humains. Elle leva la main afin de l'examiner, en retira le projectile, le contempla un instant d'un œil fixe puis le jeta et frotta l'endroit où il l'avait frappée. Enfin, oubliant la piqûre, elle regarda autour d'elle.

Râma décocha un troisième trait, qui toucha sa cible à l'avant-bras droit, juste au-dessus du poignet. Cette fois, la démone n'y prêta aucune attention. Une grimace crispa ses traits à l'instant de l'impact, mais elle tendit aussitôt la main dans la clairière, ramassa un éléphant entre deux doigts, telle une larve gigotante, puis le porta à sa bouche.

Un petit coup de dents lui suffit pour le trancher en deux. Tâtakâ laissa l'avant tomber à terre en un tas de chair sanglante, avant de viser avec l'arrière un autre pachyderme, sur lequel elle le jeta. Le cadavre heurta l'animal au flanc avec assez de force pour lui broyer la hanche ; il s'écroula en poussant des barrissements désespérés.

Le mastodonte de tête se cabra, les yeux révulsés, avec un hurlement furieux. « Cette bataille-là, tu ne peux pas la gagner, mon vieil ami, songea tristement Bejû. Un millier des tiens n'auraient aucune chance contre elle. » Cela ne l'empêcha pas de se cramponner à son épée, décidé à périr les armes à la main.

La yaksî leva le pied gauche, déchaînant le chaos dans la clairière. Les chevaux se cabrèrent, voltèrent, brusquement terrifiés. « Ils sentent que maintenant, elle nous est hostile. » L'officier le percevait aussi, d'ailleurs. Une odeur âcre l'enveloppait, aussi nette que le parfum qui l'avait précédée : la véritable émanation corporelle de la démone, non le suave arôme grâce auquel elle avait abusé les guerriers un peu plus tôt.

Elle poussa un cri de rage inarticulé en laissant son pied retomber sur trois vajra, à l'instant précis où Râma lâchait sa quatrième flèche en direction de cette même jambe. La nouvelle blessure ne provoqua chez elle aucune réaction, mais Bejû, lui, sursauta : il venait de remarquer qu'il se passait quelque chose de bizarre à l'endroit où avait frappé le premier trait.

Le sein gauche de la yaksî, sur lequel étaient apparues une toute petite piqûre et une gouttelette de sang quasi invisible, portait à présent une tache rouge sombre aussi grosse que son pouce. Un filet de fumée minuscule s'en élevait. On aurait même dit que la peau de la meurtrissure, cloquée, se mettait à peler.

« Quelle meurtrissure ? Un chardon lui aurait fait plus de mal. »

Pourtant, la plaque sombre s'étendit encore le temps que Bejû levât sa main libre afin de se protéger les yeux du soleil. Sa première impression ne devait rien à un mirage suscité par la lumière éblouissante : la blessure prenait bel et bien feu !

La yaksî fronça les sourcils, arrachée au massacre des vajra, puis baissa la tête pour regarder son sein. La marque, à présent de la taille de sa paume, grandissait à une vitesse surprenante. La fumée montait des bords, froissés comme un rouleau de papier enflammé par le passage du soleil à travers un morceau de verre.

Tâtakâ toucha prudemment l'endroit du bout des doigts. Un cri lui échappa, car elle s'était brûlée. Une bouffée de fumée naquit alors de sa main gauche, qu'elle tendit pour examiner l'endroit où avait frappé la deuxième flèche. Là aussi, une tache grandissait, une macule noirâtre.

Bejû eut la brusque intuition de ce qui se passait. Il scruta le bras droit de la géante, où s'était fiché le troisième trait, puis ses pieds, le gauche d'abord et enfin le droit, que Râma venait de blesser. La même chose se produisait avec toutes les plaies. « On dirait qu'il a tiré des flèches enduites de poix dans un toit de chaume. La peau brûle comme de la paille. Par quel miracle... ? »

Lorsque l'officier se retourna vers le prince, la réponse à sa question lui apparut presque aussitôt. Le jeune homme préparait son sixième projectile. Cette fois, Bejû le regarda avec assez d'attention pour ne perdre aucun de ses mouvements. Juste avant d'encocher la flèche, Râma s'en piqua légèrement l'abdomen... avec une force suffisante pour se percer la peau et se faire saigner.

Les yeux du capitaine s'écarquillèrent à la vue de la minuscule goutte rouge qui s'arrondissait sur le torse musclé du rajkumâr. Alors seulement il remarqua des gouttelettes semblables sur ses bras, ses jambes, sa poitrine.

« Il a plongé les flèches dans son sang avant de tirer. » Bejû ignorait totalement pourquoi chacune d'elles devenait, de ce fait, aussi efficace contre la yaksî, mais sans doute cela avait-il quelque chose à voir avec les mahâ-mantras dont avait parlé le prophète. Le sang du rajkumâr véhiculait le pouvoir du Brahman.

Tâtakâ hurla, ramenant sur elle l'attention de Bejû. Les cinq blessures brûlaient vraiment, à présent ; un feu teinté d'indéniables nuances bleutées dévorait littéralement la démone. La plaie de sa poitrine, brasier rugissant, dévoilait ses entrailles : son cœur et sa cage thoracique, bien visibles. Terrifiée, folle de douleur, la créature leva sa main gauche en flammes – qui traversèrent sa paume, laissant deviner de l'autre côté le ciel et un rayon de soleil. Vision inouïe.

« L'énergie brahmanique de Bala et d'Atibala imprègne le sang de Râma, voilà pourquoi il dévore la yaksî toute crue. D'autant que le dieu soleil Sûrya, fondateur de la dynastie royale, est au sommet de sa puissance. Le rajkumâr possède les forces combinées des shakti mortelle et immortelle. »

Râma lâcha sa sixième flèche, qui perça cette fois le ventre de la géante. Elle hurla, comprenant enfin ce que faisait cet humain négligeable, et retira aussitôt le projectile. Mais déjà, la piqûre s'enflammait et le feu s'étendait à la manière dont l'eau ruisselle sur une pente. Enfin, Râma s'empara d'une septième flèche, dont il se piqua le front.

— Maintenant, Tâtakâ, tu vas mourir.

Le trait se ficha entre les deux yeux de la démone.

Bejû adressa une prière fervente à tous les dieux dont il se souvenait. L'asura poussa un hurlement à lui percer les tympans puis, dans un vacarme de cascade s'écrasant sur un rocher, un brasier auréolé de bleu l'engloutit tout entière. Elle tomba à genoux ; la terre trembla assez fort pour secouer le moindre os de l'officier.

Une seconde, son cœur s'arrêta : il voyait bien que la yaksî allait s'abattre face contre terre sur toute la clairière. Elle grogna, semblable à une bougie avec ses coulées de chair fondue et de sang bouillant, puis elle s'écroula de côté dans un énorme nuage de poussière. Bientôt, la forêt alentour se mit à brûler tel un bûcher funéraire.

XXIII

LAKSHMAN OUVRIT LES YEUX sous un ciel éclatant. Ses paupières battirent. Il était allongé. Le sol tremblait convulsivement. Un rugissement cliquetant lui emplissait les oreilles. D'après la position du soleil, on était en fin d'après-midi. Le prince leva lentement la tête, grimaçant en prévision de la douleur. Une plaque en métal incurvée lui apparut : l'intérieur d'un char de guerre.

Il se trouvait dans un char ! Les pieds du conducteur, derrière lui, se révélèrent couverts de sang séché, de coupures, de meurtrissures. La main aux poils blancs qui tenait bon les rênes était également ensanglantée. D'après le balancement régulier de la voiture, elle ne roulait ni sur une route aussi égale que la raj-marg ni en pleine campagne.

Lorsque Lakshman voulut s'asseoir, il perdit l'équilibre et bascula à l'arrière du char, vers la terre brune qui défilait à toute vitesse. Une main musclée l'attrapa par l'épaule pour le remettre d'aplomb. Il se retourna vers le visage buriné d'un vétéran grisonnant, qu'il reconnut aussitôt.

— Bejû-chacha ! Mais qu'est-ce que je fais dans votre char ?

Pour toute réponse, l'officier le fixa en silence. Lakshman fronça les sourcils. Avait-il réussi à dominer le bruit du véhicule ? Ou une blessure quelconque avait-elle fait perdre l'ouïe à Bejû ? Apparemment, il venait de prendre part à une grande bataille. Enfin, il cligna des yeux et les reposa sur la route.

— Le prophète m'a dit de vous transporter. Il nous suit à pied, avec votre frère.

Lakshman regarda autour de lui. La voiture progressait sur un chemin en terre cahoteux, mais praticable, à travers une brousse semée d'arbres. Deux autres chars la suivaient, très abîmés, l'un vacillant dangereusement. Derrière eux s'étirait une file d'environ deux douzaines de chevaux, précédant trois éléphants, dont on distinguait la trompe levée à travers le nuage de poussière soulevée par la troupe.

Surpris, le prince se retourna vers le capitaine.

— Vos vajra... c'est tout ce qu'il en reste ?

— Oui, répondit Bejû, la mâchoire durcie.

— Pourquoi m'avoir installé dans votre char ? Pourquoi Râma et le gurudev ne m'ont-ils pas réveillé et laissé marcher ? Ma place est auprès d'eux, pas ici, à me faire transporter.

L'officier examina son passager de haut en bas avec la plus grande attention.

— Vous avez été... blessé durant la bataille. Vous avez perdu conscience. Comme vous ne pouviez pas vous déplacer à pied, on m'a donné l'ordre de vous emmener à l'ashram du prophète... rajkumâr.

Le dernier mot était arrivé à retardement.

— Je me sens parfaitement bien, commença Lakshman, agacé. Marcher ne m'aurait posé aucun problème. Arrêtez-vous, que je descende. Je vais attendre mon frère et le guru au bord de la route, puis je continuerai le voyage en leur compagnie.

— Shama, mon prince, répondit Bejû sans faire mine de ralentir. Les ordres sont stricts. Vous ne devez descendre qu'une fois à Siddh-ashrama.

— Mais ce n'est pas possible, nous ne sommes pas déjà en route pour Siddh-ashrama ? protesta Lakshman, les sourcils froncés. Nous n'avons pas encore tué la yaksî Tâtakâ et ses deux fils, Mârica et Subâhu. (Un frisson le secoua, malgré la chaleur du soleil.) Que m'est-il arrivé, capitaine ? J'ai été blessé, m'avez-vous dit ? (Il se palpa tout le corps.) Mais où ? Il ne me semble pas avoir la moindre plaie. Je me sens en parfaite santé, vigoureux, prêt au combat... et affamé, vraiment affamé.

Bejû lui lança un curieux regard, tout en négociant un virage qui entraîna le char derrière un bosquet de cerisiers.

— Je ne doute pas que les rishi de l'ashram vous donnent tout ce dont vous avez besoin, prince. Nous ne devrions pas tarder à arriver. Le sage a dit qu'il y avait huit ou neuf yojana de trajet, dont nous avons déjà bien couvert la moitié.

Lakshman frappa la paroi du char du poing.

— Je ne comprends pas. Pourquoi suis-je resté inconscient aussi longtemps ? Qu'est-il arrivé pendant mon évanouissement ? Racontez-moi, capitaine. Expliquez-moi !

— Tout ce que je sais, rajkumâr, lui répondit le vétéran en évitant son regard, c'est que quand mes vajra vous ont enfin rattrapés, le prophète, votre frère et vous, vous vous trouviez dans la Bayanak-van, en train de livrer une grande bataille à Tâtakâ et à ses créatures. Nous avons joint nos forces aux vôtres, bien sûr. Grâce à l'immense bravoure du prince Râma, la démone a été abattue et la forêt maudite incendiée. Le feu doit encore se voir, même d'ici.

S'abritant les yeux du soleil, le jeune homme scruta la direction indiquée ; un panache de fumée s'élevait au loin, difficile à remarquer dès l'abord, à cause de la poussière soulevée par les vajra.

— Jai Shiv Shankar ! [Grand Shiva !] Alors nous avons réussi ! Nous les avons vaincus ! Vous avez vu Râma tuer la yaksî ?

— Oui, acquiesça Bejû, toujours sans le regarder.

— Était-elle aussi terrible que dans les histoires ? Une créature assoiffée de sang, à la force de mille éléphants ?

— C'était l'être le plus gigantesque que j'aie jamais vu ou dont j'aie jamais entendu parler, reconnut Bejû, les yeux rivés au chemin.

— Et mon frère l'a abattue ? Comment y est-il parvenu ? Racontez-moi tout en détail, capitaine ! (Lakshman se donna un coup de poing dans la paume.) Si seulement j'avais assisté à ça ! Pourquoi a-t-il fallu que je me fasse assommer juste à ce moment-là ! Râma a été obligé de se débrouiller tout seul... (Il jeta un regard d'excuse à Bejû.) Même si, bien sûr, les vajra l'ont soutenu de toutes leurs forces. Je le vois bien à l'étendue de vos pertes.

— Oui, lâcha l'officier, laconique. Peut-être devriez-vous vous reposer un peu, rajkumâr, pendant que je me concentre sur la conduite du char pour notre sécurité. Votre frère et le prophète seront sans doute ravis de répondre à vos questions une fois arrivés.

— Oui, oui, bien sûr. (Lakshman se serait volontiers mis à chanter, à battre des mains, mais l'humeur sombre de son interlocuteur douchait son enthousiasme.) Vous avez dû perdre des hommes de valeur, ajouta-t-il, compatissant.

Bejû resta un instant muet. Lorsque enfin il reprit la parole, ce fut d'une voix rauque, bourrue.

— C'étaient tous des hommes de valeur, grande ou très grande.

Le prince secoua la tête, empli de regrets.

— En rentrant à Ayodiâ, je dirai à mon père que vous vous êtes bien battus. Il fera élever une stèle à la mémoire des soldats tombés au combat. (Lakshman soupira puis replia les bras contre la poitrine, oscillant au rythme du char.) J'aurais pu connaître le même sort... mourir dans la Bayanak-van.

À sa grande surprise, Bejû sursauta, manquant perdre le contrôle de son attelage, puis le fixa un instant.

« L'épuisement de la bataille. Il a besoin de temps pour se remettre, voilà tout. »

Peu après, alors que le soleil brillait encore haut dans le ciel, ils arrivèrent à l'ashram. Bien que très semblable à celui du verger de Kâma, le monastère était voué à Brahmâ et plus récent : il n'avait que quelques siècles au lieu du millénaire d'Ananga-ashrama.

Lakshman refusa de se restaurer ou même de se désaltérer, de se plier au rituel de l'argha ou de mettre le pied dans la hutte ombragée de l'ermitage avant l'arrivée de son frère, qu'il attendit assis sur un tertre, au bord du chemin.

Si seulement il avait pu prendre un char pour aller chercher Râma et le guru ! Les heures passaient avec une lenteur atroce, mais malgré la faim qui l'avait assailli un peu plus tôt, le jeune homme se sentait parfaitement capable de supporter la chaleur et l'inanition. À vrai dire, il était en pleine forme… sans doute grâce à ses heures d'inconscience.

Les vajra s'occupaient de leurs chevaux en l'évitant nerveusement, il se demandait bien pourquoi. Cela ne le dérangeait pas : il n'était pas d'humeur à bavarder, car il s'efforçait de se rappeler ce qui s'était passé avant son évanouissement. Il se souvenait juste d'avoir bataillé contre les monstres, les yeux brillants d'une lumière bleue, d'avoir admiré la rapidité, la force, l'habileté inouïes de Râma…

Le soleil n'était plus qu'à une heure de son coucher, lorsque Lakshman repéra enfin les longues boucles blanches du brahmârishi et la chevelure aile de corbeau de Râma. Les deux hommes approchaient à petites foulées rapides. Le cœur du cadet se mit à lui marteler les côtes quand il constata que son aîné n'avait pas subi la moindre blessure. Il semblait même s'être débarrassé de l'ichor et du sang qui le couvraient sans doute après la bataille contre les hybrides.

Comme Râma approchait, la peau luisante de sueur, son frère distingua dans ses yeux, même de loin, quelque chose qui ne lui ressemblait pas. Une sensation déplaisante descendit le long du dos de Lakshman au souvenir de la folie qui s'était emparée de lui pendant le combat. Pourtant, il se mit à courir en agitant la main, tout excité. L'arrivant perdit son air sinistre tandis que sa bouche s'ouvrait sur un rire familier. Il s'élança à la rencontre de Lakshman. À mi-chemin, les deux frères tombèrent dans les bras l'un de l'autre, s'étreignant de toutes leurs forces.

— Ça fait du bien de te revoir, bhai, dit le cadet en ravalant ses larmes.

Râma se dégagea pour le regarder.

— Pareil, petit frère. Beaucoup de bien…

Sa voix avait une tonalité étrange, comme s'il contenait difficilement des sanglots violents.

Le brahmârishi les rejoignant, Lakshman se tourna vers lui, mains jointes et tête baissée, avec respect.

— Pranâm, gurudev. Je vous présente mes excuses pour mon inconscience durant le combat contre la yaksî et ses fils.

— Ce n'est pas nécessaire, rajkumâr, répondit le sage en lui posant la main sur le crâne. Vous vous êtes battu avec courage et avez fait plus que votre part. Chacun a un rôle à jouer dans le moindre conflit, mais sert les buts du Brahman à sa manière.

— Maintenant, j'ai hâte de vous aider à accomplir votre yajna, mahâdev, reprit Lakshman en relevant la tête. Quand doit-il commencer ?

Le prophète regarda le soleil, bas dans le ciel vespéral.

— Ce soir même, rajkumâr. Je crains que votre frère et vous ne soyez contraints de vous passer de sommeil durant les sept prochaines nuits. Il faudra monter la garde pour veiller à ce que les râkshasa ne puissent ni violer le rituel ni profaner l'autel comme ils l'ont fait au cours des précédentes prières. Il ne s'agit pas d'une offrande ordinaire, mais d'un mahâ-yajna, que je dois mener à bien sans être interrompu.

— Nous ne vous décevrons pas, mahâdev, assura Lakshman.

— Je n'en doute pas, répondit le saint homme en reposant le regard sur lui. J'ai confiance en votre capacité à remplir votre devoir dans toute son étendue. (Il jeta un coup d'œil à Râma, qui se tenait derrière son cadet.) Vous serez des ennemis plus que redoutables face à Mârica et Subâhu, lorsqu'ils se présenteront.

« Je vais aller me purifier pour me préparer au yajna. Faites de même. Accomplissez votre sandyâvandana et offrez votre acamana au confluent sacré du Gange et de la Sarayû. N'oubliez pas, en effet, que nous sommes à Siddhashrama, sur le site béni où a vécu autrefois le puissant Vâmana – le célèbre avatar nain de Vishnu, descendu sur Terre pour reprendre Prithivî au démon Bali. (Visvâmitra sourit.)

« Enfin, cette histoire attendra une autre occasion. Peut-être vous la raconterai-je lorsque nous aurons repris la route d'Ayodiâ, le yajna terminé. Pour l'instant, le temps nous manque, car il reste beaucoup à faire. »

Le mage s'approcha à grands pas de l'ermitage, devant lequel attendaient les rishi chargés des cruches et des mâlâ de l'argha, prêts à accomplir les rituels honorifiques habituels.

Lakshman se tourna vers son frère.

— Il a bien dit Mârica et Subâhu ? Je croyais que tu les avais abattus dans la Bayanak-van en même temps que Tâtakâ ?

— Ils se sont enfuis, répondit distraitement Râma, l'air lointain.

— Oh. (Lakshman avait une grande envie d'en apprendre davantage.) Dis-moi, bhai, le combat contre la démone… pendant que j'étais assommé… Comment cela s'est-il produit, d'ailleurs ? Tout ce dont je me souviens…

Râma lui posa la main sur l'épaule pour le faire taire.

— Nous avons du travail, mon frère. Le crépuscule va tomber dans quelques minutes, et nous n'avons pas encore récité nos prières du soir. Viens. Nous parlerons de tout cela plus tard.

— Oui, bien sûr. Plus tard.

Ensemble, ils gagnèrent l'ashram.

XXIV

LES SIX PREMIERS JOURS ET NUITS s'écoulèrent dans un calme parfait. Le yajna se poursuivait sans problème. L'après-midi du cinquième jour, déjà, Lakshman savait à l'expression des rishi et des acolytes que tout allait pour le mieux. D'ailleurs, les bons présages ne manquaient pas. Il commença à se détendre. Le matin du septième et dernier jour, cependant, Râma l'alerta calmement :

— Tiens-toi sur tes gardes, aujourd'hui.

Pourtant, la journée passa comme les autres.

Le soir venu, lorsque le crépuscule tomba, l'atmosphère changea. Les cheveux de Lakshman se hérissèrent sur sa nuque ; l'âpre croassement plaintif d'un corbeau interrompit les pépiements joyeux des pinsons. Le jeune homme comprit que des monstres plus dangereux que des loups ou des fauves approchaient dans la pénombre croissante. Ils tombèrent du ciel.

Deux silhouettes se matérialisèrent dans le vide, volant sans que les princes comprennent comment. La première avait la peau si pâle que Lakshman reconnut aussitôt un albinos, aux yeux décolorés emplis d'une haine plus effrayante que sa masse d'armes meurtrière. « Pourquoi me déteste-t-il à ce point ? »

La réponse lui vint immédiatement, évidente. « Bien sûr. Nous avons tué sa mère. » C'était Mârica, l'informa Râma, de la voix silencieuse qu'ils avaient appris à utiliser sous l'influence des mahâ-mantras.

Le second démon ne ressemblait absolument pas à son frère : petit, la taille épaisse, noir de peau et de poil, il brandissait une curieuse arme ronde que Lakshman n'avait encore jamais vue, sphère métallique évidée qui lui enveloppait la main et une bonne partie de l'avant-bras. Subâhu, d'après Râma.

La créature leva le bras avec un grand geste, comme pour faire un effet de cape. L'engin se déploya : il se composait de lamelles chevauchantes, aussi merveilleusement aiguisées que des rasoirs, entre lesquelles émergeaient de fines baguettes métalliques, coiffées de pointes qui tournoyaient avec un ensemble fascinant. Lakshman s'arracha à la contemplation de cette beauté meurtrière pour se concentrer sur ses propres armes.

Avant d'entamer son yajna, le brahmârishi avait armé les deux jeunes gens au cours d'une cérémonie fort simple, quoique impressionnante, qui avait réuni les habitants de l'ashram et les vajra.

« En hommage à la bravoure dont vous avez fait preuve dans la Bayanak-van – car vous avez sanctifié les redoutables bois du Midi, puis les avez rasés par le feu purificateur, vous avez tué la démone Tâtakâ et libéré le monde de la menace qu'elle représentait –, je vous confie les âstra* divines des deva. Les mantras que je vais communiquer directement à votre esprit vous donneront la shakti nécessaire pour en appeler à une centaine d'entre elles. Il ne s'agit pas de simples armes, en dépit de leur nom, mais de créatures célestes, de demi-dieux éclatants du Svargaloka, le plus élevé des trois mondes. Les mantras les obligeront à vous servir lorsque bon vous semblera. Prononcez-en un, et la lumière correspondante se retrouvera aussitôt à vos ordres. Acceptez ces armes divines en récompense de votre triomphe dans la Bayanak-van. »

Un pincement de remords avait troublé Lakshman. Il ne lui semblait pas mériter un tel hommage, lui qui avait passé presque toute la bataille inconscient, mais lorsqu'il l'avait avoué au brahmârishi, Râma était intervenu pour le presser de ne pas refuser des dons aussi fantastiques. Son cadet avait cédé afin de ne pas gâcher la cérémonie. À présent, il se sentait ravi d'avoir été armé par le guru.

Quand les râkshasa descendirent du ciel, il s'avança donc, prêt à mettre son plan à exécution : l'âstra Mânava lui permettrait de détruire d'un même coup les deux démons grâce à la shakti de son ancêtre, Manu le Législateur en personne.

Toutefois, alors qu'il la lançait contre les asura, Râma se posta devant lui pour le protéger. Avec un cri de dépit, Lakshman dévia son arme au dernier moment. Elle partit sur le côté, éraflant juste l'épaule de Mârica. Sa puissance était telle qu'elle projeta cependant le râkshasa en arrière aussi violemment qu'un rocher expédié par une catapulte. Il retomba une centaine de yojana plus loin, dans le grand océan, l'épaule cassée, mais toujours en vie. Lakshman l'apprit lorsque l'âstra revint en un éclair lui montrer les résultats de son intervention.

Avant qu'il n'ait pu crier à Râma de s'écarter, son aîné avait libéré une, deux, trois âstra à la queue leu leu. Le cadet regarda, incrédule, les armes d'Agni, de Vâyu et d'Indra frapper en même temps Subahû, dans une magnifique démonstration de shakti coordonnée. Le démon fut éparpillé, brûlé vif, réduit en cendres charbonneuses par le feu, le vent et la foudre.

Le combat s'était achevé aussi brusquement qu'il avait commencé. Lakshman battit des paupières, incapable de croire que la lutte avait été si brève. Autour des deux frères, les vajra scrutaient les alentours, mal à l'aise, épées et masses d'armes étincelantes à la main, flèches au carquois. Des murmures nerveux circulaient dans leurs rangs, pendant qu'ils jetaient aux princes des regards furtifs.

Le lendemain, à l'aube, lorsque le yajna s'acheva, Lakshman rompit enfin le silence rituel :

— Pourquoi m'avoir bloqué le passage, bhai ? Je les aurais détruits tous les deux avec l'arme de Manu. Ils seraient morts ensemble, alors qu'à cause de toi, Mârica s'est enfui.

— Il était grièvement blessé, protesta son frère en évitant son regard. Il ne survivra pas à sa chute en plein océan.

— Mais pourquoi avoir fait une chose pareille ?

Relevant les yeux, Râma fixa Lakshman bien en face.

— Je ne voulais pas te perdre une seconde fois.

Une vague de colère souleva le cadet.

— Ce n'est pas parce que je me suis fait assommer un jour que je suis totalement impuissant, bhai ! Je suis capable de me battre aussi bien que toi. Ta protection de *grand* frère n'est pas nécessaire !

Râma hocha la tête.

— Sur le moment, ça m'a semblé la meilleure idée. Je suis désolé d'avoir froissé ta fierté. Ça ne se reproduira pas.

La colère de son interlocuteur s'apaisa. On ne lui disait pas tout, il en était persuadé.

— Rajkumâr...

Visvâmitra rayonnait d'une énergie nouvelle. Sa force avait visiblement crû durant la semaine, au point qu'il paraissait avoir rajeuni de cinquante ans – ou de cinq cents, étant donné son âge. Il nourrit de ses mains les deux princes avec la prasâda* du yajna. En mangeant les fruits sanctifiés, en énonçant les remerciements rituels, Lakshman oublia ses doutes et ses interrogations.

— La fin de votre service est arrivée, rajkumâr, annonça le prophète, souriant. Vous avez rempli votre dharma avec éclat... au prix de grands sacrifices. (Il jeta un coup d'œil à Lakshman.) Nous ne tarderons pas à rentrer à Ayodiâ, où vous reprendrez l'existence des princes de votre illustre lignée. Votre père sera honoré de votre conduite durant votre première mission spirituelle, et le peuple se réjouira d'apprendre que vous avez réussi à purifier la redoutable Bayanak-van. Ces grands bois ne feront plus reculer les Ârya... D'ici une ou deux générations, on y construira des cités aussi imposantes qu'Ayodiâ ou Mithilâ. Grâce à votre bravoure, mes sisya. Je suis extrêmement fier de vous.

Le sage fit signe de s'avancer à Bejû, qui se tenait au garde-à-vous en attendant de recevoir à son tour la prasâda.

— Comme le capitaine insistait pour nous accompagner durant le trajet du retour, j'ai consenti à le laisser suivre ses ordres. (Bejû montra d'une révérence et d'un nâmaskaram qu'il appréciait la générosité du mage.) Son lieutenant, Berya, va regagner la capitale à cheval pour porter les bonnes nouvelles au maharajah Dasaratha, de sorte qu'à votre arrivée, on vous accueillera avec toute la pompe et les cérémonies dues aux princes d'Ayodiâ victorieux.

Sur un geste de Visvâmitra, les rishi présentèrent la prasâda à Bejû.

— Ksatriya, au nom de tous les habitants de Siddhashrama, je vous remercie d'avoir bien servi vos rajkumâr. Vous m'avez désobéi en nous suivant, mais vos sacrifices dans la Bayanak-van font plus que vous absoudre de vos erreurs.

Bejû ouvrit la bouche pour dire quelque chose, puis, se ravisant, courba la tête et accepta la prasâda.

— Vous êtes trop bon, mahâdev. Comptez-vous prendre le chemin du retour dès aujourd'hui, avec les princes ?

— Oui, mais nous ne rentrerons pas tout droit à Ayodiâ. Nous passerons d'abord par Mithilâ.

L'officier battit des paupières.

— Cela représente un détour de deux jours entiers... alors que le rajkumâr Râma Chandra doit être couronné prince héritier au seizième anniversaire de sa cérémonie du nom, dans moins d'une semaine.

— Nous serons de retour à temps. J'ai des affaires importantes à régler à Mithilâ et j'aimerais que les princes m'y accompagnent. N'oubliez pas qu'ils sont à mon service, par serment, jusqu'à ce que je les ramène en personne au maharajah, leur père.

Le capitaine lutta un instant avec ses pensées, avant de soupirer.

— Comme vous voudrez, mahâdev. Avec votre permission, je vais immédiatement envoyer mon lieutenant porter à Ayodiâ cette nouvelle aussi bien que les précédentes. Âgya, gurudev ?

Il s'inclina devant le prophète puis devant les jeunes gens.

— Je vous remercie de nous avoir aussi bien servis, capitaine, lui dit Râma, très princier.

Puis il ajouta à l'intention de Berya, qui se tenait à l'écart, respectueusement.

— Bon voyage.

Le lieutenant le remercia d'un nâmaskaram, puis les deux militaires s'éloignèrent en direction des chars. Bejû prit Berya par l'épaule pour lui donner ses dernières instructions.

— Pourquoi Bejû-chacha me regarde-t-il si bizarrement ? demanda Lakshman à son frère. On dirait qu'il m'est poussé quatre oreilles ou quelque chose de ce genre. Je ne comprends pas. Il était tellement gentil avec moi, quand j'étais petit.

Râma haussa les épaules.

— Les gens changent.

Lakshman aurait volontiers discuté cette affirmation, mais déjà, son aîné s'était tourné vers le prophète.

— Si vous voulez bien me pardonner ma question, gurudev, quelles affaires vous appellent donc à Mithilâ ?

Le brahmârishi hocha la tête, détendu ; le yajna lui avait donné toute satisfaction.

— Je dois assister à un mariage.

— Un mariage ? Mais lequel, gurudev ?

Il sourit, mystérieux.

— Le vôtre, rajkumâr.

Ati-Samaptam

LA LUNE EST (TOUJOURS)
UNE MAÎTRESSE CRUELLE

I

BERYA SENTIT VENIR l'attaque un instant avant qu'elle ne se produisît. Il se trouvait avec ses hommes sur le chemin en terre menant au sommet de la falaise. Quelques yojana plus loin s'étendait le plateau dominant la vallée de la Sarayû. La végétation avait envahi l'étroit sentier au point que broussailles et branches audacieuses avaient couvert le visage et les bras du lieutenant d'un entrelacs d'égratignures. Il chevauchait cependant aussi vite que le lui permettaient la faible lumière et le parcours, pressé d'arriver en ville pour transmettre la nouvelle : « Les rajkumâr sont sains et saufs ; ils ont rempli leur mission. » Ayodiâ pousserait des cris de joie à ces mots. Le maharajah serait fou de bonheur. Ensuite, Berya rejoindrait sa jeune épouse pour reprendre, où il l'avait laissée, leur nuit de noces. Il pensait justement à la manière dont se déroulerait cette célébration, lorsque quelque chose bougea sur un rocher, loin au-dessus de lui.

Le sentier montait en lacets avant de décrire brusquement un grand virage, suivant la courbe du flanc de falaise. Là, un gros rocher proéminent le surplombait. L'endroit parfait pour une embuscade.

Berya entrevit une fourrure veloutée et de grands yeux de biche – un cervidé ! –, puis la créature se redressa de toute sa taille, se découpant dans la lumière de la lune presque pleine. Avec sa peau comme fluctuante, elle n'avait rien d'un herbivore.

— Asura ! s'écria aussitôt l'officier. Savdân* ! Ennemi droit devant ! Sur le rocher !

La réaction de ses hommes fut instantanée. À l'instant même où il les avertit, ils se dispersèrent autour du chemin, s'éloignant les uns des autres en une manœuvre d'encerclement. Berya, lui, resta sur place, la pique levée, prêt à frapper, alors que la créature n'avait pas encore eu le temps de bouger.

Quand elle bondit de son perchoir avec un rugissement de rage, il lança son arme, qui fila droit vers le poitrail velu. Toutefois, la bête l'esquiva d'une contorsion avant de retomber dans les buissons, hors de vue.

— Destruction ! ordonna-t-il. Attention, il y en a peut-être d'autres !

Il s'empara d'une deuxième lance, qu'il soupesa en dirigeant sa monture. Une râkshasî… Il en était persuadé, car il avait distingué l'affreuse tête cornue, les crocs écartés, les protubérances reconnaissables de la poitrine ; mais pourquoi l'avait-il d'abord prise pour une biche ? Bah ! Peu importait. Une seule chose comptait, à présent : trouver la démone et la tuer au plus vite… en vérifiant qu'elle était seule.

Sans doute s'agissait-il d'une survivante de la Bayanakvan. Lorsque les quelques vajra avaient quitté Siddhashrama, un peu plus tôt, la jungle flambait toujours, énorme incendie qui les avait obligés à un grand détour. De toute évidence, l'asura avait échappé à la mort par les armes, puis par le feu ; affolée, égarée, elle voulait venger ses semblables. Berya ne tarderait pas à l'envoyer les rejoindre.

Soudain, des rugissements de fauve et des cris de terreur jaillirent des broussailles épaisses, où deux chars s'étaient enfoncés sur son ordre, transportant quatre de ses meilleurs soldats. Les hurlements humains s'interrompirent avec une brusquerie effrayante, qui lui fit comprendre que la râkshasî avait versé le premier sang.

— Jai Shanî-deva ! s'écria-t-il en s'engageant dans le sous-bois.

Sa monture se mit à progresser à travers les buissons et les arbres, dont il écartait les branches agitées. Près des chars, il s'arrêta. Un massacre. Pas seulement des archers et des conducteurs, mais aussi des chevaux.

Il repartit vers le sentier à reculons en jurant, puis cria à ses hommes de se regrouper autour de lui : sa tactique n'était pas adaptée aux circonstances, il le comprenait un peu tard. Les soldats dispersés auraient été très efficaces confrontés à un groupe, mais la végétation les entravait tout en fournissant une cachette parfaite à leur unique adversaire.

— Rejoignez-moi ! Rejoignez-moi, vajra !

De retour sur le chemin, le lieutenant fit volter sa monture puis partit en cercles à la recherche de ses hommes ou de la râkshasî, au choix. La nuit résonnait de cris de douleur et de terreur. Une démone solitaire pouvait-elle vraiment infliger tant de dommages ? Comment parvenait-elle à se déplacer aussi vite ? Elle lui avait paru plutôt petite, à peine deux mètres, mince, peu musclée... Il se rappelait cependant les crocs qu'elle lui avait montrés en bondissant du rocher ; ils avaient brillé au clair de lune. Et les griffes ; oui, les griffes...

Berya tournait sur lui-même, s'efforçant de déterminer où elle se trouvait. Chaque fois qu'il s'enfonçait dans les broussailles, c'était pour découvrir des cavaliers désarçonnés, égorgés, éventrés, près de leurs chevaux éviscérés.

— Rejoignez-moi, vajra !

La colère l'envahissait, la fureur, à la pensée qu'une asura isolée l'avait si facilement abusé. Comment avait-elle bien pu savoir que les soldats se sépareraient ? Les démons connaissaient-ils les tactiques vajra ? Non, impossible !

Une fois de plus, il quitta le sous-bois pour le chemin. Là, il s'arrêta net. Elle l'attendait. En plein milieu du sentier. Un liquide visqueux, noir au clair de lune argenté, dégoulinait de ses griffes et de sa gueule. Ramassée sur elle-même, elle évoquait un ours pêchant dans un cours d'eau.

Les cris avaient cessé. Berya comprit que tous ses hommes étaient morts. Il soupesa son arme pour être sûr de réaliser un lancer parfait, puis attendit que la créature bougeât la première. Il allait la tuer. Un vajra ne manquait jamais sa cible deux fois de suite.

Pourtant, il la manqua.

Elle non.

Sûrpanakâ se nettoyait à petits coups de langue. Le sang humain, d'une acidité saline, la fit cracher, l'écœura. Elle n'aimait plus cela depuis longtemps, mais il était impossible d'y échapper lorsqu'on égorgeait ou qu'on éventrait ses victimes. Voilà ce qui la gênait dans le fait de tuer des mortels : leur goût répugnant.

L'embuscade ne lui avait pris que quelques minutes, car les choses s'étaient encore mieux passées qu'elle ne l'avait espéré. Les vajra se croyaient tranquilles, et l'aspect mi-biche mi-râkshasî de Sûrpanakâ au début du combat avait désorienté leur chef. Il s'était comporté exactement comme prévu : elle avait déjà affronté des vajra ; malgré leur tactique soi-disant non conformiste, ils étaient bien trop prévisibles pour une asura expérimentée. Elle avait vu appliquer ce mouvement de dispersement-encerclement trois cents ans plus tôt... avec les mêmes résultats !

La démone retourna s'installer sur le rocher. Ses griffes crissèrent contre la pierre ferreuse crevassée. La lune qui brillait sur sa fourrure ensanglantée lui conférait une luisance humide. Sûrpanakâ allait rester là un moment à jouir de la soirée. Sans doute son cousin la contacterait-il cette nuit pour vérifier qu'elle avait mené sa mission à bien.

Elle ne se trouvait qu'à quelques heures de Râma, mais déjà, il lui manquait. La veille, elle l'avait suivi le long de la rivière jusque dans la Bayanak-van. Pendant la bataille, elle s'était transformée en singe afin de grimper dans un arbre, assez haut pour se cacher, assez bas pour tout voir.

Le massacre de ses semblables l'avait puissamment excitée. Elle s'était exaltée à la vue d'un mortel capable d'affronter tant de ses frères et sœurs, de les tuer avec une telle efficacité... tandis qu'elle-même était saine et sauve, bien sûr. Le spectacle n'avait fait que rendre Râma plus attirant à ses yeux.

Elle avait un plan. Lorsque son cousin apparaîtrait, plus tard dans la nuit, elle lui parlerait. Elle le persuaderait que le prince était à l'abri des tentatives d'assassinat, que Kâlanemi en personne serait à présent bien incapable de l'approcher. Grâce au pouvoir des mahâ-mantras, aux conseils du prophète, aux devâstra qui lui obéissaient, le jeune homme était pour ainsi dire invulnérable.

Mais il ne se méfierait pas d'une femme. Or ses origines en partie mortelles donnaient à Sûrpanakâ la capacité de prendre une forme humaine si convaincante que le brahmârishi en personne aurait du mal à établir qu'elle n'était pas ce qu'elle semblait. Cela avait déjà permis à la râkshasî de suivre les voyageurs de près jusqu'à la jungle, après les avoir espionnés à Ananga-ashrama sans qu'ils la remarquent.

Oui. Là où un assassin échouerait à coup sûr, une femme réussirait peut-être. Une jeune beauté ârya en détresse, que les princes rencontreraient par hasard sur la route de Mithilâ. Elle savait déjà qu'ils partaient le lendemain, à l'aube. Il lui suffirait de les précéder, comme elle l'avait fait avec les vajra cette nuit même, puis de leur tendre une embuscade tout aussi efficace. En remplaçant la vérité et la violence par le mensonge et l'adresse.

Sûrpanakâ sourit. Ses dents étincelèrent au clair de lune. Oui, c'était un bon plan. Il ne restait qu'à en convaincre Râvana. Le sourire s'évanouit. Voilà qui était plus facile à dire qu'à faire ; mais elle y arriverait, d'une manière ou d'une autre. Elle avait *besoin* d'approcher Râma, de toucher sa peau si douce, de sentir son cœur battre contre sa propre poitrine. Même si, un instant plus tard, elle devait le lui arracher.

Après tout, elle était une râkshasî. Chez les siens, il n'y avait guère de différence entre l'accouplement et le meurtre. D'ailleurs, elle trouvait souvent le second beaucoup plus agréable que le premier.

Exultant à la pensée de la victoire qu'elle venait de remporter et de celle qui l'attendait, elle leva la tête pour hurler à la lune. Son cri parcourut des yojana dans l'air nocturne figé.

Râvana ne tarderait pas à connaître son plan.

II

SUMITRÂ ARRIVA bonne dernière : c'était la première fois qu'elle venait à la salle des sceaux, et elle s'était trompée deux fois de chemin. Elle s'empressa d'entrer en balbutiant des excuses, puis s'assit entre Kausalyâ et Bhârata. Satrugan, seul à être resté debout, portait une hache à la ceinture... en plein cœur de la nuit, au palais ! Sumitrâ lui adressa un froncement de sourcils pour lui montrer qu'elle n'aimait pas le voir arborer une arme sous le toit de son père, mais il haussa les épaules. Avec un soupir, elle se tourna vers sa voisine.

— Pourquoi le guruji nous a-t-il réunis ici ? demanda-t-elle dans un murmure.

Kausalyâ secoua la tête.

— J'aimerais bien le savoir. Le Premier ministre m'a juste dit qu'il voulait nous parler de quelque chose d'important.

Sumitrâ examina la pièce, déserte, à l'exception des quatre membres de la famille royale. Les lieux, réservés à l'administration, abritaient les sceaux officiels du royaume. De jour, des employés travaillaient à ces tables, copiant proclamations et édits avant que le maharajah n'y apposât son sceau – la plupart du temps, c'était bien sûr le Pradhan-mantri qui le faisait, mais il consultait d'abord le souverain. Sumitrâ, ne s'intéressant guère aux affaires administratives, ne voyait là qu'un vaste espace à l'odeur de renfermé, aux bureaux surchargés de rouleaux, de parchemins et de matériel d'écriture.

— Où sont-ils, alors ? s'enquit-elle. Le guruji et Sumantra, évidemment…

Avant que Kausalyâ n'ait pu répondre, les portes s'ouvrirent une fois de plus pour livrer passage à Vasistha, suivi du Pradhan-mantri. Le sage, vêtu de ses robes blanches habituelles, une rudraks mâlâ au cou, ne portait cependant pas comme de coutume son grand bâton. Sumitrâ s'émerveilla de le voir tiré à quatre épingles, malgré l'heure tardive ; il ne s'était tout de même pas changé juste en prévision de la réunion ?

Vasistha attendit que Sumantra ait refermé les portes pour dessiner d'une main un signe en l'air, récitant très vite un mantra. La troisième reine éprouva une sensation bizarre de pression dans les oreilles, comme si des cloches assourdissantes venaient juste de se taire. Satrugan et Bhârata s'y enfoncèrent les doigts puis se les tirèrent en secouant la tête : apparemment, ils avaient la même impression.

— C'est un mantra de dissimulation, expliqua le prophète, laconique, pour éviter qu'on ne nous écoute.

— Vous croyez qu'il y a des espions au palais, gurudev ?

Kausalyâ semblait choquée.

Vasistha lui jeta un regard sévère. Même à la lumière dansante des masâl, Sumitrâ crut distinguer des rides nouvelles sur son visage. Il semblait avoir vieilli de dix ans depuis la dernière fois qu'elle l'avait vu. « Mais c'était cet après-midi, lorsque nous avons fait nos adieux à Râma et à Lakshman ! » À la pensée des deux jeunes gens, la gorge de la troisième reine se serra. Elle s'efforça de les écarter de son esprit pour mieux se concentrer sur la discussion en cours.

— Pas seulement des espions, ranî. Des traîtres aussi. (Il pivota afin d'examiner tour à tour chacun de ses auditeurs. Sumitrâ, mal à l'aise, se tortilla sous son regard perçant.) Je vous ai réunis pour vous prévenir.

— De qui s'agit-il ? (Malgré sa douceur, la voix de Satrugan trahissait une colère indéniable.) Dites-le-nous, guruji. Nous les faucherons tel le blé mûr.

Le prophète hocha la tête avec indulgence.

— Je comprends votre envie d'agir, rajkumâr, mais il n'est pas possible de s'occuper de ces misérables de manière aussi expéditive que vous l'aimeriez.

— Pourquoi cela ? intervint Bhârata. Après tout, ce sont de simples mortels, non ? Nous avons capturé onze espions, que nous avons enfermés dans la prison de la ville. Pourquoi ne pourrions-nous faire de même avec cette engeance ?

Le guru leva la main.

— Patience, Bhârata. Écoutez-moi d'abord. Je viens juste de faire une rencontre fort désagréable dans les cachots dont vous parlez.

Sumitrâ vit le Pradhan-mantri frissonner.

— Que s'est-il passé, guruji ? demanda-t-elle avec douceur. Il circule toute sorte de rumeurs. Se peut-il réellement que les prisonniers se soient fondus en un liquide laiteux, avant de disparaître dans une fissure du sol ?

Un soupir fatigué échappa au prophète.

— La vérité vous serait peut-être insupportable, ranî... surtout après une journée aussi pénible. J'ai cru comprendre que le maharajah avait repris conscience...

— En effet, acquiesça Kausalyâ.

— ... mais qu'il n'était pas encore en pleine possession de ses moyens ?

Elle hésita avant de répondre.

— Il est agité. Sans doute parce que son état s'est aggravé. Il fait des rêves étranges.

Le guru hocha sombrement la tête.

— J'irai le voir dès que nous en aurons terminé, mais promettez-moi tous de ne pas lui répéter un mot de ce qui va se dire entre nous ce soir.

Ses compagnons échangèrent des regards hésitants.

— Comment pourrions-nous accepter de conspirer derrière le dos de mon père, guruji ? finit par demander Bhârata, avec respect, cependant.

— Conspirer ? (Un pâle sourire effleura les lèvres du

sage.) Il ne s'agit pas de cela, rajkumâr. L'ennemi s'en charge, pendant que nous sommes là à discuter. Toutefois, pour calmer vos craintes, permettez-moi de vous rappeler que, votre père étant dans l'incapacité d'assumer ses fonctions, le fardeau du royaume repose sur les épaules du Pradhan-mantri Sumantra et de la première reine Kausalyâ-mâ... mais aussi sur les vôtres.

— Les miennes ? fit Bhârata, incrédule.

— Oui, fils de Dasaratha. Car tant que votre frère Râma n'est pas rentré sain et sauf, vous êtes considéré comme le prince héritier. (Le guru s'interrompit.) Je n'ai aucune envie de m'expliquer davantage à ce sujet... De toute manière, vous comprenez sans doute de quoi il retourne.

— Qu'avez-vous appris dans les cachots, guruji ? intervint Kausalyâ d'une voix douce, mais pressante. Ce sont les révélations des espions qui vous ont poussé à nous réunir cette nuit, n'est-ce pas ? De quoi s'agit-il ?

Vasistha posa sur la première reine ses yeux maintes fois centenaires.

— Une telle sagesse surprend chez quelqu'un de votre âge, Kausalyâ. Les dieux vous ont fait la grâce d'un vif esprit analytique. Il pourrait arriver pire sort au Kosala que de vous avoir comme régente à la mort du maharajah.

Elle battit plusieurs fois des paupières, visiblement déconcertée par le compliment.

— Je fais preuve de bon sens, guruji, voilà tout.

— Vous l'associez à beaucoup de sagesse. (Le ton du prophète devint soudain plus brusque.) Vous avez raison, j'ai découvert quelque chose qui m'a fort alarmé. Je pensais avoir pris la mesure de la crise actuelle, mais j'ai le regret de dire que je ne connaissais pas réellement la situation. La pourriture que nous avons flairée, le brahmârishi Visvâmitra et moi, est plus avancée que nous ne le croyions. Les griffes du démoniaque seigneur de Lankâ se sont plantées très profond dans les nations ârya.

Les princes échangèrent un coup d'œil. Satrugan s'agita, mal à l'aise.

— Shama, guruji. Je ne comprends pas ce que vous voulez dire.

— L'influence de Râvana est bien plus grande qu'aucun

de nous ne le soupçonnait. Il n'a pas seulement posté des espions à la cour, il a étendu son emprise sur le trône même d'Ayodiâ !

Sumitrâ se leva brusquement, le souffle coupé.

— Impossible ! Cela signifierait que...

— Qu'un membre de la famille royale a prêté en secret allégeance à Râvana, compléta Kausalyâ d'une voix lente. (Elle prit Sumitrâ par la main pour la ramener à son siège avec fermeté.) En êtes-vous certain, guruji ? Une chose pareille est-elle réellement arrivée ?

Bhârata et Satrugan avaient l'air respectivement stupéfait et furieux. Le second, qui depuis le début se cramponnait à la poignée de sa hache, la lâcha enfin, impuissant.

— Mais cela sous-entend... que le traître est parmi nous ! (Il regarda autour de lui.) Comment est-ce possible ?

Le guru étendit les mains.

— Il en est pourtant ainsi, ma visite aux cachots me l'a prouvé. Un membre de la famille royale trahit les nations ârya en apportant son soutien secret au roi des asura, en complotant notre destruction à tous, en aidant Râvana à préparer la conquête sanglante du monde des mortels.

Sumitrâ porta ses mains à sa poitrine. Son cœur battait si fort que tout le monde l'entendit sans doute dans le silence qui suivit. Elle promena sur ses compagnons un regard effaré.

— Mais comment l'un de nous pourrait-il... (La compréhension se fit enfin jour dans son esprit.) Ce n'est pas l'un de nous ! Jamais nous ne ferions une chose pareille. Le traître ne peut être que...

— ... Qu'une traîtresse, Kaikeyî-mâ, compléta Bhârata, aussi impassible qu'un masque. Il ne reste qu'elle. D'ailleurs, elle seule a une raison de conspirer contre le trône : elle veut empêcher l'ascension de Râma et me faire couronner maharajah après la mort de mon père. (Il agita le poing.) Plutôt mourir ! C'est ma mère, je lui dois le respect, mais je ne la soutiendrai pas. Râma deviendra roi d'Ayodiâ, ou Ayodiâ n'aura pas de roi, je le jure en présence de mon guru.

III

JAMAIS ENCORE LE JATÂYUS n'avait eu les ailes aussi douloureuses, mais il était vrai que jamais encore il n'avait couvert une telle distance sans se reposer. Le souverain des asura lui devrait un grand festin pour compenser ce long vol ininterrompu.

La créature descendit sous les gros nuages chargés d'humidité, avertie par son sens inné de l'orientation et de la distance qu'elle était presque arrivée. Lorsqu'elle émergea du banc noir au-dessus de l'océan, un cri suraigu de bonheur lui échappa. Son instinct ne l'avait pas trompée.

Lankâ s'étendait juste en contrebas.

Pendant que l'homme-vautour tournoyait dans le ciel, descendant par paliers sur les courants aériens nécessaires pour supporter son énorme masse, il n'en croyait pas ses yeux perçants. Le spectacle qu'il découvrait chassait même sa faim hurlante : une flotte de guerre était amarrée au large de Lankâ.

Le jatâyus avait passé un demi-millénaire à survoler Prithivî. Il avait vu d'innombrables préparatifs et scènes de bataille, mais jamais encore une flotte aussi énorme, aussi impressionnante.

Les vaisseaux s'étiraient en rangées infinies, attachés les uns aux autres par des échelles assemblées avec habileté, chaînes énormes tendues jusqu'à l'horizon. Il y en avait des dizaines, des centaines de milliers – comment les humains disaient-ils donc ? Ah ! oui, des lakh –, voire davantage. Des millions, peut-être. Les embrasser tous du regard était impossible : même du ciel, lorsque la vue portait à des yojana, les plus éloignés restaient invisibles. Et les moindres d'entre eux étaient de taille à accueillir des centaines d'asura de toutes les espèces imaginables ; la diversité de taille et de structure des bateaux le prouvait.

Comme le jatâyus descendait toujours, quelque chose de plus inouï encore finit par lui apparaître.

Les vaisseaux étaient chargés. Les silhouettes sombres inhumaines des râkshasa, yaksa, pishaca, nâga, uraga, gandharva et autres asura se pressaient sur les ponts immenses, équipées de pied en cap pour la bataille.

La créature vira sur l'aile, quelques centaines de mètres seulement au-dessus de l'île, dans le ciel de Lankâ enténébré par les nuages de la mousson. Elle avait oublié son envie de se poser. La côte du royaume insulaire grouillait de démons attendant leur tour d'embarquer. L'opération était presque terminée, la flotte presque prête à mettre à la voile. Le vent tourna, apportant au vautour géant le vacarme des hordes, rugissement assourdissant de typhon marin, mais aussi leur odeur, une puanteur incroyable, indescriptible.

La destination de l'armada ne faisait aucun doute. Le jatâyus en prononça le nom tout haut, ajoutant sa voix et son souffle à la cacophonie malodorante de la plus grande armée asura jamais réunie.

— Ayodiâ !

Son cri perçant, suraigu, s'enfonça dans l'obscurité de la nuit orageuse. Comme en réponse, les nuages amassés au-dessus de lui laissèrent échapper un roulement de tonnerre, juste avant de se délester de leur fardeau de pluie. Un instant plus tard, une averse saumâtre, presque pourpre à la lumière crue de la lune quasi pleine, s'abattit sur l'océan.

Belle métaphore de la pluie d'asura qui s'abattrait bientôt sur Ayodiâ et de l'océan de sang humain que répandrait l'invasion.

Le jatâyus, croassant d'exultation, poursuivit sa lente descente triomphante vers le royaume de son seigneur et maître.

GLOSSAIRE

L'auteur de cette réécriture moderne du Râmâyana se sert en toute liberté de mots et phrases sanskrits ou d'autres langues indiennes. La plupart ont un sens très différent suivant le contexte, voire l'époque concernés – antique, médiévale ou actuelle. Ce glossaire les définit d'après l'usage contextuel qui en est fait dans le roman plutôt qu'à la manière stricte du dictionnaire. A. K. B.

acamana : offrande d'eau rituelle à Sûrya, dieu du soleil, au lever et au coucher de l'astre.
agar : matière noire gommeuse servant à la fabrication des bâtonnets d'encens.
agarbatti : bâtonnets d'encens brûlés pendant la prière.
âgya : permission.
âkâsa : ciel, éther ; salle de l'âkâsa : pièce réservée à la relaxation, dont le plafond laisse voir le ciel.
akhada : champ de lutte.
aksohini : division de l'armée comprenant des représentants de ses quatre forces principales : éléphants de guerre, chars transportant des archers, cavaliers en armure et fantassins.
amâvasya : nouvelle lune (la lune est donc invisible).
Amrita-manthana : barattage de la « mer de lait » par les deva et les asura réunis pour créer l'Amrita, le nectar d'immortalité.
ananga : désincarné.

anars-ashram : orphelinat.
anasya : indestructible.
anâtman : sans âme.
ângan : cour, entrée.
ang-vastra : drapé couvrant le haut du corps – comme les plis supérieurs de la toge romaine ; vêtement quelconque.
anjan : khôl ; kajal*.
apsaras : nombreuses danseuses de toute beauté réunies à la cour céleste d'Indra, roi des deva*.
argha : rituel visant à accueillir respectueusement un visiteur en lui nettoyant les pieds de la poussière du chemin.
ârti : cérémonie de la prière.
Ârya : Aryens. Dans l'Antiquité, ces tribus guerrières étaient prospères ; d'après certains historiens, elles descendaient d'immigrants teutons, rentrés chez eux après avoir atteint le sous-continent indien, mais les spécialistes indiens actuels les considèrent plutôt comme des indigènes purs et simples ; les découvertes archéologiques récentes tendent d'ailleurs à confirmer qu'ils auraient migré *depuis* l'Inde jusqu'en Europe et non l'inverse – mais les deux points de vue ont leurs défenseurs.
âsana : posture ou série de postures de yoga équivalentes aux *katha* des arts martiaux, lesquels sont sans doute nés dans le centre de l'Inde, des mêmes racines que le yoga.
ashram : monastère, ermitage reculé.
asirvâd : bénédiction.
âstra : arme.
asubh : malencontreux, défavorable.
asura : antidieu ; littéralement a-sura ou anti-sura, les sura étant les dieux ; quiconque s'opposait à eux était donc qualifié d'asura ; plus généralement appliqué aux créatures démoniaques et autres êtres maléfiques.
atî sundar : très beau (belle), bien fait ou bien dit.
âtman : âme, esprit.
Ayodiâ : « l'Imprenable » ; capitale du royaume du Kosala*.
Ayodiâ-naresh : maître d'Ayodiâ ; roi.
ayurmânbâ : longue vie ; souvent utilisé comme salutation d'un aîné à un cadet.
ayurveda : science médicale.

bade bhai : frère aîné.
badmas : bandit, brigand, voyou.
bagavân : bénie des dieux, chanceuse.
baitak-san : zone de repos ; salon privé.
bâjan : chant de prière.

bakti : prière.
balak : petit garçon.
barka : averse violente.
basan : cours, conférence.
bayanak : effrayant, terrifiant.
bete : enfant.
bhai : frère.
bhang : concoction enivrante que l'on prépare en mélangeant des feuilles de pavot avec du babeurre fouetté ; boisson typique des adultes indiens lors des fêtes d'Holî* ; il se fume aussi dans un narguilé, un pot ou un bong traditionnel.
bhangra : danse populaire vigoureuse de l'Inde du Nord (Pendjab).
Bhârata-varsa : nom original de l'Inde ; littéralement « pays de Bhârata », de l'antique roi ârya* Bhârata.
bhes-bâ : aspect physique.
bhor : extrême ; comme dans *bhor sva* (l'extrême matin, c'est-à-dire très tôt).
bhung : inutile, nul.
bindu : tache rouge circulaire arborée sur le front par l'épouse hindoue pour indiquer son statut de femme mariée ; de nos jours, le bindu est surtout un accessoire de mode, de toutes sortes de formes et de couleurs.
bogashâla : grande salle à manger.
brahmâcârin : homme ou enfant mâle vouant les vingt-cinq premières années de sa vie à la prière, à la chasteté et à l'étude des sciences védiques sous la tutelle d'un guru* brahmane*.
Brahman : « Cela », l'« Universel » ; énergie pure à partir de laquelle est créé tout ce qui existe ; négation de ce qui n'est pas.
brahmane : membre de la caste des prêtres, la plus haute avec celle des ksatriya*.
brahmârishi : saint homme éclairé qui a atteint le niveau de grâce le plus élevé ; littéralement, *rishi** ou « saint homme béni par Brahmâ », le créateur de toute chose.

chacha : oncle ; frère cadet du père.
chaddar : drap, feuille, plaque.
chaitra : mois du printemps ; correspond, en gros, à la deuxième moitié de mars et la première d'avril.
chakra : roue.
Chandra : la lune.
charas : opium.
chaturta : intelligence, ingéniosité.

chaturanga : jeu de dés de stratégie militaire, très ancien, universellement reconnu comme l'ancêtre original des échecs ; on jette les dés en os sur un morceau de tissu bien tendu ou sur un plateau pour décider des mouvements des pions représentant les quatre aksohini* de l'armée ârya* : éléphants, chars, fantassins, cavaliers.
chaukat : carré ; la plupart des maisons indiennes formaient un carré, avec une entrée sur un des côtés, les trois autres étant fermés ; le centre était occupé par un chaukat ouvert, où l'on voyait les visiteurs (ou les intrus) de n'importe quelle pièce de la demeure.
chaukidar : garde, gardien, notamment de nuit.
chilom : pipe utilisée pour inhaler la fumée du charas* (opium).
chini kulang : oiseau.
choli : vêtement dont les femmes se couvrent le haut du corps.
chotti : queue de cochon.
chudail : dame blanche, fantôme de sexe féminin, sorcière.
crore : cent fois cent mille ; cent lakh* ; dix millions.

daîmâ : mère par alliance, mère de clan, nourrice, gouvernante ; d'abord sage-femme de la future mère, la daîmâ sert ensuite de nourrice, de gouvernante et de servante à l'enfant.
daksinâ/guru-daksinâ : honoraires rituels dus par un ksatriya au guru qui les demande.
danush-bân : arc et flèches.
darbha : herbe épaisse.
darsana : contemplation respectueuse du visage d'une idole divine, acte d'adoration essentiel ; littéralement, « vision ».
dâsyu : esclave ; serviteur ou servante.
desh : pays, nation.
deva (fém. *devî*) : dieu (déesse) ; plusieurs deva indiens ont des équivalents dans les mythologies grecque et nordique.
devadâsî : prostituée du temple.
devâstra : arme des deva* ; arme divine.
dharma : devoir sacré ; code de comportement moralement contraignant ; pierre angulaire de la foi védique.
dhobi : blanchisseur.
dhol : tambour.
dhotî : vêtement masculin ; large bande de tissu enroulée autour des hanches puis passée entre les jambes et coincée sous la ceinture, composant une sorte de pantalon.
dîpa : lampe à huile en argile.
Dîpavalî : « festival des lumières » ; principale fête hindoue, aussi appelée Dîpâlî.
dollî : palanquin ; chaise à porteurs.

dosai : crêpe de riz plate, croustillante, élément de base de la cuisine du sud de l'Inde.

dyâna : état de méditation exalté, transcendantal, proche du sommeil.

gaddhi : siège ; littéralement, « coussin ».

gandharva (fém. *gandharvî*) : génie des airs ou des forêts.

Ganga-jal : eaux sacrées du Gange.

ganja : cannabis.

Gâyatrî : le plus puissant mantra* hindou ; prénom féminin.

gharial : sous-espèce de prédateur reptilien cantonnée au sous-continent indien ; le gharial a un corps semblable à celui du crocodile ou de l'alligator, mais un museau en forme d'épée.

ghât : littéralement, « colline basse » ; berges des rivières et des bassins sacrés où sont souvent incinérés les morts.

gotra : sous-caste.

govinda : chevrier.

gulmohur : arbre asiatique produisant, en hiver, de belles fleurs rouges.

guru/guruji : professeur, mais aussi le plus souvent « sage » ; *ji* indique le respect ; il signifie littéralement « monsieur » et peut être ajouté à n'importe quel nom ou titre masculin, comme dans Râmaji.

gurukul : ermitage d'un guru* réservé aux érudits ; ashram* forestier où vivent les élèves du guru, qui entretiennent terres et bâtiments tout en suivant en plein air l'enseignement du sage.

hai : ave, bonjour, salut ; exclamation.

halvai : confiseur.

hatya : meurtre.

havaldar : agent de police

havan : offrande sacrificielle.

Holî : festival indien très important, occasion de grands festins, marquant la fin de l'hiver et le premier jour du printemps, dernier jour de repos avant le début de la saison des semailles ; célébré, entre autres, par l'aspersion de poudres et d'eaux colorées symbolisant toutes les couleurs du printemps, par l'abondance de friandises (mithai*) et de bhang*.

Iksvâku : du nom de son fondateur, Iksvâku ; clan ancestral de ksatriya* qui a donné naissance à la lignée des Sûryavamsa.

Indra : dieu du tonnerre et de la guerre, équivalent du Thor nordique et de l'Arès grec.

ishta : offrande religieuse.

Jagganâtha : dieu hindou de la guerre sans cesse en mouvement, impossible à arrêter ; autre nom de Ganesha ; juggernaute.
Jai : prénom masculin ; hai*.
Jai Mata Ki : « gloire à la déesse-mère ».
jalbartans : récipient à eau potable.
jaldi : vite, à la hâte.
jalebi : friandise indienne, obtenue en versant des spirales de pâte dans de l'huile bouillante, puis en trempant les beignets obtenus dans un sirop de sucre.
jal murghi : oiseau indien ; littéralement, « oiseau d'eau ».
jhili : oiseau indien.
johari : joailler.
johar ka roti : crêpe rôtie plate confectionnée à partir de farine d'orge.

kabbadi : jeu pour enfants et adultes ; sport national officiel en Inde.
kaho : parler.
kairî : mangue verte acide, préparée en saumure ou au vinaigre.
kajal : khôl.
kalâ : art.
kâla yâtu : magie noire.
kalâkâr : artiste.
kalârappa : ancien art du combat rapproché, universellement considéré comme l'ancêtre des arts martiaux extrême-orientaux ; appris par des délégués chinois en visite, il a évolué pour donner les arts martiaux modernes.
Kali : déesse de la vengeance ; avatar de la devî* universelle.
Kali-yuga : âge de Kali ; d'après les prophéties, le dernier et le pire des âges de la civilisation humaine.
Kâma : dieu du désir et de l'amour, équivalent de l'Éros grec ou parfois de Cupidon ; par extension, désir, amour.
Kâma-sûtra : science de l'amour.
kânda : partie d'une histoire ; littéralement, « nœud » d'une longue tige de bambou ou de canne à sucre servant de repère dans un comptage.
karma : « loi des actes » ; principe selon lequel chaque acte ou pensée d'un être influe sur son devenir cosmique et donc ses futures incarnations ; code éthique en découlant.
karya : actes.
kâspulî : marionnette.
kasyapa : tortue.
kathâ : histoire.
kavi : poète.
kâvya : poème, composition poétique.

kazana : trésor.
kintu : mais, pourtant.
kiran : rayon (de lumière, le plus souvent) ; prénom féminin ou masculin.
Kosala : royaume du centre nord de l'Inde, qui se serait épanoui plusieurs millénaires avant l'ère chrétienne.
kosalien : du Kosala*.
kottî-siki : fausse monnaie.
koyal : oiseau chanteur indien.
krodha : colère, ire.
ksatriya : caste des guerriers, la plus élevée dans l'Inde antique ; elle rassemblait alors les défenseurs armés de la tribu, experts en combat et en organisation martiale ; tous les rois y appartenaient ; plus tard, avec le glissement de l'hindouisme vers le pacifisme et la non-violence, la caste des prêtres ou brahmanes* est devenue la plus puissante, tandis que les ksatriya passaient en deuxième position.
kukri : sorte de machette du Nord de l'Inde, très appréciée par les tribus gurkha des collines.
kumkum : poudre rouge.
kundalî : horoscope.
kurta : vêtement du haut du corps à encolure ronde et manches longues ; sorte de chemise à enfiler par la tête, comme un T-shirt.
kusa : herbe luxuriante du centre et du nord de l'Inde, haute et épaisse.

lakh : cent mille.
langot : tissu porté autour des reins.
lingam : représentation toute simple de Shiva, dépourvue d'ornementation, la plupart du temps en pierre noire grossièrement taillée et en forme de colonne au sommet arrondi (la tête), traditionnellement oint ; considéré par certains Occidentaux comme un objet phallique, point de vue controversé dont les érudits indiens et l'étude des textes védiques ont prouvé la fausseté à plusieurs reprises.
lohar : forgeron.
lohit : fer.
lota : petit pot en métal avec une anse, servant de récipient d'eau.
lungi : vêtement courant pour le bas du corps ; bande de tissu descendant jusqu'aux chevilles, enroulée une ou plusieurs fois autour de la taille puis coincée sous ou nouée à la ceinture ; unisexe, mais le plus souvent portée par les hommes.

mâ : mère.

magarmach : crocodile indien de rivière.
mahâ : grand – comme dans mahâ-mantra, maharajah, mahâbhârata, mahâguru, mahâdev, etc.
mahâdev : grand homme.
mahal : palais, manoir.
mahâruk : arbre indien.
mahout : dresseur d'éléphants.
mâlâ : rosaire ; guirlande, notamment de fleurs.
mandala : cercle purifié interdit.
mandir : temple.
mâng : point marquant sur le front le milieu de la chevelure.
mann : esprit.
mantra : appel adressé aux deva*.
mantri : ministre.
marg : route.
marg-darsak : guide, mentor, guru*.
masâl : torche.
masi : méchanceté, malice, plaisanteries.
masîr : poisson indien.
matka : pot en terre.
mâyâ : illusion.
mâynî : sorcière, démone.
mela : foire, fête populaire.
mithai : confiserie.
mithaigalli : rue des confiseurs (les halvai* ou fabricants de mithai*) ; partie du marché où ils sont réunis.
mithun : bison indien ; espèce locale de buffle.
mochî : cordonnier.
mogra : fleur blanche au parfum puissant, à la floraison très brève, dont les Indiennes ornent leur chevelure.
muhurat : date de bon augure pour entamer quelque chose d'important.
mujra : danse sensuelle.

nâginî : cobra femelle.
namak : sel.
nâmaskar/nâmaskaram : salutations, prononcées le plus souvent les mains jointes, la tête légèrement inclinée en avant ; témoignage de respect.
Nandi : taureau de Shiva, symbole du dieu, gardien de tous les mammifères.
nanga : nu.
Narak : enfer.
naresh : seigneur, maître ; titre royal dont on se sert pour s'adresser au maharajah, équivalent à « votre grandeur ».

nâsta : petit-déjeuner ou goûter tardif (l'équivalent du « thé » anglais).
nautanki : mélodrame chanté et dansé ; spectacle de rue populaire.
nîm : arbre indien dont les feuilles et l'écorce sont remarquables par leur propriétés médicinales reconnues.

pahâri : montagnard ou habitant des collines ; personne fruste, mal élevée.
paisa : précisément, un sou, la pièce de moindre valeur, par le passé et de nos jours ; l'argent en général.
palâ : arbre indien à fleurs.
pallo : pli supérieur du sari qui dissimule les seins avec soin.
pân : feuille de bétel fourrée de toutes sortes de délices, surtout des morceaux de supari* et du tabac à chiquer.
panchâyat : comité de village, de cinq *panch* (personnes), en général.
parantu : mais, cependant, toutefois.
paria : sous-caste très basse d'intouchables.
Pâtâl : le niveau le plus bas des enfers (Narak*), c'est-à-dire le plan d'existence inférieur.
payal : bracelet délicatement ciselé chargé de minuscules grelots, la plupart du temps en argent, porté par les femmes à la cheville.
peda : friandise indienne très populaire et très répandue, composée de sucre et de lait.
phanas : jacque.
phera : cercle rituel décrit autour d'un feu sacré.
pitchkarî : tuyau de descente d'eau ; pompe à main portable, utilisée par les enfants dans leurs jeux.
Pradhan-mantri : Premier ministre.
Prajâpati : le Créateur ; Celui qui a créé tout ce qui vit ; désigne aussi les papillons, censés représenter l'esprit du Créateur.
pranâm : forme élevée de nâmaskar* ou de salutations.
prânâyama : respiration de yoga parfaitement maîtrisée.
prârsana : prière ardente, dévote.
prasâda : nourriture bénie par les deva* durant les prières ; offrande sacrificielle.
prasna-uttar : question-réponse.
pravasân : monologue ou conférence (le plus souvent d'un guru* ou d'un mentor), dont il faut, en général, s'imprégner dans un silence total.
Prithivî : la Terre.
pûjâ : prière.
pundit : prêtre ; maître des cérémonies religieuses.

pûrnîma : pleine lune ; nuit de la pleine lune.
purohit : voir pundit*.
putra : fils.

raje : forme plus affectueuse de *raja* (roi) ; le suffixe « e » appliqué à un nom se terminant en principe par une autre voyelle indique intimité et affection – par exemple dans « Bonjour, Shawne ! » au lieu de « Bonjour, Shawna ! »
rajkumâr : prince de sang royal.
raj-marg : route du roi ; route ou grand-route protégée par les soldats du roi.
raksak : protecteur.
râkshasa (fém. *râkshasî*) : variété d'asura* ; en gros, l'équivalent des diables ou démons occidentaux.
rang : couleur ; le plus souvent, poudre colorée.
ranî : reine.
râtha : char ; chariot.
rât ki ranî : littéralement, « reine de la nuit » ; nom familier d'une fleur indienne très commune ne fleurissant que de nuit.
rawas : espèce de poissons d'eau douce.
rishi : voir sâdhu*.
rksa : ours noir des montagnes.
rudraks : perles rouges, considérées comme sacrées par les Indiens.
rudraks mâlâ : sorte de rosaire hindou, « guirlande de perles » souvent portée en collier, composée de rudraks*.

sabhâ : comité ; parlement.
sâdhu : ermite, pénitent ; saint homme
samabavimudra : posture méditative cosmique
samasya : problème, situation.
samay chakra : roue du Temps, tournant inlassablement tandis que le dieu du Soleil parcourt l'Univers ; une des pierres angulaires de la foi hindoue.
samje : compris.
sandyâvandana : oblation vespérale ; offrande rituelle d'eau et de prières au soleil du crépuscule ; voir aussi acamana*.
saprem : suprême.
sasî : lapin.
Satya-yuga : âge de vérité.
sautan : deuxième épouse, considérée du point de vue de la première ; rivale pour l'affection du mari.
savdân : prudence.
senâpati : commandant de forces armées, général.
shagun : arbre indien ; événement ou signe de bon augure.
shakti : force, puissance, énergie ; désigne la puissance divine

d'un dieu, comme dans *Kali-shakti*, c'est-à-dire la puissance de la déesse Kali.
shama : pardon ; « excusez-moi ».
Shanî : dieu des armes et de la destruction ; équivalent du Saturne grec.
shanti : paix, calme, sérénité.
shâsan : sofa très bas à dossier ou accoudoir.
shâstra : science ; champ d'étude.
shatru : ennemi.
shivaïte : adorateur de Shiva.
shrâvana : mois du calendrier hindou ; en général, celui des pluies ; également prénom masculin.
siksâ : éducation, apprentissage.
silbutta : meule ; pilon et mortier.
sindhûr : poudre rouge sang utilisée dans les rituels du mariage, traditionnellement appliquée par le mari à la naissance des cheveux de la femme (mâng*) pour signaler son statut d'épouse ; les veuves ou les célibataires ne sont pas autorisées à l'arborer, quoique de nos jours, le bindu*, son équivalent moderne, soit considéré comme un accessoire de mode permis à toutes.
sipâhî : soldat, garde.
sisya : élève d'un guru*.
sitaphal : fruit indien à gousses emplies d'un lait sucré.
sloka : stance.
soma : sorte de vin.
srâp : malédiction ; invocation terrible.
srî-hatya : meurtre d'une femme.
sûdra : membre de la caste la plus basse, cantonnée au nettoyage, à la chasse, au tannage et autres activités indésirables.
suhâg rât : nuit de noces.
supari : noix d'arec.
Sûryavamsa : dynastie solaire, lignée des rois du Kosala ; littéralement, « clan du dieu soleil Sûrya ».
sutâr : charpentier.
Svargaloka : « monde lumineux » ; le paradis.

tabla : instrument de percussion indien, sorte de tambour dont on joue du bout des doigts et du bas de la paume.
tâl : rythme, pulsation.
tamasa : représentation ; spectacle de rue.
tândava : danse cosmique frénétique, très connotée sexuellement, de Shiva le Destructeur ; elle lui permet de générer

assez de shakti* pour détruire l'Univers afin que Brahmâ le Créateur puisse le recréer.
tandûri : gril indien.
tann : corps.
tantra : doctrine religieuse selon laquelle tout peut être mis en œuvre pour obtenir la libération, y compris les choses défendues par l'orthodoxie.
tapas : pénitence, ascèse.
tapasvî : celui qui endure une pénitence, en général dans le dessein d'acquérir des dons spirituels importants.
teko : se prosterner jusqu'à toucher le sol du front en signe de dévotion et d'obéissance.
thâkur : seigneur ; propriétaire terrien.
thalî : plat rond en métal utilisé lors des repas ou pour ranger les objets de prière ; équivalent indien de l'assiette de présentation occidentale.
Tretâ-yuga : âge de raison.
trimûrti : trinité sainte hindoue comprenant Brahmâ, Vishnu et Shiva, respectivement le Créateur, le Préservateur et le Destructeur.
trisûl : trident.
tulsî : sorte de basilic, plante indienne célèbre pour ses propriétés médicinales, symbole du foyer heureux et sûr ; pousse dans tous les jardins ou cours particuliers, et reçoit chaque jour une prière de la maîtresse de maison ; prénom féminin.

Upanisad : antiques textes sacrés indiens.

vaid : médecin versé en ayurveda*, antique science indienne de la médecine par les plantes.
vaisya : troisième des quatre castes, celle des commerçants et marchands.
vajra : éclair d'orage.
van : jungle, forêt.
varna : caste ; littéralement, « couleur », « catégorie ».
varsa : pluie ; prénom féminin.
Vâyu : dieu du vent.
Veda : textes sacrés des sages ârya* de l'Antiquité réunissant des méditations, des prières, des observations et des traités scientifiques sur le moindre centre d'intérêt humain imaginable ; la base de la culture indienne.
vidyâ : savoir, connaissance, science.

yajna : rite d'oblation religieux consistant à brûler des offrandes ; le brasier sacrificiel lui-même.

yaksa (fém. yaksî), race elfique dont la particularité est de se métamorphoser.
yasas : célébrité, adoration, admiration.
yâtugar : magicien.
yojana : mesure de distance dans l'Inde antique ; environ 14 kilomètres.
yoni : sexe féminin (le yin, par opposition au yang).
yuga : âge ; période de l'histoire.

REMERCIEMENTS

Aux Sept Prophètes grâce auxquels il m'a été possible de raconter cette histoire :

Liz Williams, *Ghost Sister*[1], qui a négligé la construction de son *Empire of Bones*[2] assez longtemps pour me prodiguer ses conseils, ses encouragements et son éditeur ;

puisse le *Poison Master*[3] ne jamais te toucher à travers tes *Nine Layers of Sky*[4].

Shawna McCarthy, qui a mené la marche du Râmâyana à New York au bruit des conques et au claquement des étendards safran ;

grâce à toi, tout est devenu possible ; et je dis bien *tout*.

Betsy Mitchell, qui a trouvé ce récit prometteur et porteur d'espoir, alors que sa ville paraissait tomber en ruines ;

New York a survécu au 11 septembre, et ce livre aussi, grâce à toi.

Danny Baror, le meilleur agent de la planète ; plus qu'une Mercedes, une Rolls dans sa partie ;

1. *Sœur fantôme*, texte inédit en français. *(N.d.T.)*
2. *L'Empire des os*, texte inédit en français. *(N.d.T.)*
3. *Le Maître du poison*, texte inédit en français. *(N.d.T.)*
4. *Neuf strates de ciel*, texte inédit en français. *(N.d.T.)*

tu m'as entraîné en des lieux que jamais je n'aurais rêvé visiter un jour.

Tim Holman, qui a décidé de publier ce roman, mais aussi de le propulser dans l'hyperespace fabuleux réservé à quelques élus ;

je peux le dire en toute honnêteté : tu m'as placé en « Orbite[1] » !

Volker Busch, persuadé qu'une belle histoire *est* une belle histoire dans n'importe quelle langue, surtout en allemand ;

Danke !

Et Jaime Levine, lecteur capable d'aller droit au cœur vivant de l'histoire, éditeur qui n'essaie pas d'arracher ce cœur ;

n'importe quel auteur rêve d'un éditeur comme toi, et tu es le mien.

Merci aussi à Todd Mason, David Pringle (Interzone), John Clute, Paul Brazier, Robert N. Stephenson (Altair), Xargol Books, Storisende.com, Ian Randall Strock (Artemis), Doreen et John Boston, Darrell Schweitzer et George Scithers (Weird Tales), Darren McKeenan et Seth Lindberg (GothicNet), The Horror Writers Association (America's Bram Stoker Award Commitee), David G. Hartwell et Kathryn Cramer ; vous m'avez tous aidé en me montrant le chemin, d'une manière ou d'une autre. Merci.

Et une pensée spéciale pour les auteurs Cecilia Dart-Thornton (*The Bitterbynde Trilogy*[2]) et Juliet E. McKenna (*The Tales of Einarinn*[3]), qui se sont donné la peine de me prodiguer des conseils et des encouragements précieux, malgré leur emploi du temps chargé.

1. Le roman a été publié en Grande-Bretagne par les éditions Orbit. *(N.d.T.)*
2. Trilogie inédite en français. *(N.d.T.)*
3. Série inédite en français. *(N.d.T.)*

Impression réalisée sur CAMERON par

BUSSIÈRE CAMEDAN IMPRIMERIES

GROUPE CPI

à Saint-Amand-Montrond (Cher)
en août 2004
pour les Éditions du Pré aux Clercs
12, avenue d'Italie
75013 Paris

Composition et mise en pages : Facompo, Lisieux

N° d'édition : 190/01. — N° d'impression : 043475/1.
Dépôt légal : septembre 2004.

Imprimé en France